KARL MAY

Durch Kampf zum Sieg

Die Liebe des Ulanen

Der Originalroman aus der Zeit
des Deutsch-Französischen Krieges

Band 1 – Die Herren von Königsau
Band 2 – Napoleons letzte Liebe
Band 3 – Der Kapitän der Kaisergarde
Band 4 – Der Spion von Ortry
Band 5 – Durch Kampf zum Sieg

KARL MAY

Durch Kampf zum Sieg

B 5

VERLAG
NEUES LEBEN

[redacted]

ISBN 3-355-0134-3

Einband: Peter Nagengast (Reihengestaltung)
Jörn Hennig (Bildmotiv)
Lichtsatz: Nationales Druckhaus GmbH, Berlin
Lithographie: SWS Repro GmbH, Wiesbaden
Druck und buchbinderische Weiterverarbeitung:
Chemnitzer Verlag und Druck GmbH, Werk Zwickau

Fritz war an der anderen Seite des Wagens herangekrochen. Dort hatte sich auf dem Steinschutt ein kleines Dickicht von Farnkraut und anderen Pflanzen gebildet, hinter denen er Schutz fand. Und von hier aus konnte er alles beobachten und auch alles hören. Er vernahm jedes Wort, welches gesprochen wurde.

Es fiel ihm gar nicht ein, zu glauben, daß der Maler seinen Platz verlassen habe. Daher erschrak er nicht wenig, als dieser so plötzlich von da oben herabgeprasselt kam. Das darauf folgende Gespräch überzeugte ihn von der Gefahr, in welcher er sich nun auch selber befand, und als er dann hörte, daß der Steinbruch durchsucht und der Eingang besetzt werden solle, zog er sich schleunigst zurück.

Dies konnte aber nicht so geräuschlos geschehen, wie es wünschenswert gewesen wäre. Man hörte seine eiligen Schritte und kam hinter ihm her. Desto eiliger sprang er von dannen. Er erreichte den Eingang und rannte mit einem Menschen zusammen, welcher sich fest an den Stein geschmiegt hatte. Er glaubte natürlich, es mit einem Gegner zu tun zu haben und faßte die Person an, um sie aus dem Weg zu schleudern, mußte aber sofort bemerken, daß dieser Mann ihm an Körperkraft zum wenigsten gewachsen war, denn er selbst wurde von ihm so fest bei der Kehle gepackt, daß er fast den Atem verlor. In dem nun entstehenden Ringen, welches allerdings nur kaum einige Augenblicke währte, fühlte er, daß der andere einen Höcker trug.

„Herr – Dok – tor!" gelang es ihm hervorzustoßen.

Da ließ der andere sofort los und flüsterte:

„Sapperlot! Fritz, du?"

„Ja."

„Was tust du hier? Wer ist da drin? Man kommt."

„Sie haben mich beinahe erwürgt! Aber fort, schnell fort, Herr Doktor."

Er nahm ihn bei der Hand und riß ihn mit sich fort. In höchster Eile ging es über das angrenzende Feld hinweg, bis die Schritte der Verfolger nicht mehr zu hören waren.

„Wohin denn nur?“ fragte Müller.

„Nach dem Waldloch.“

„Warum denn?“

„Habe jetzt keine Zeit. Später davon. Jetzt aber schnell!“

„Das muß notwendig sein. Also vorwärts!“

Sie rannten nach dem Wald und, als sie denselben erreicht hatten, in möglichster Schnelligkeit zwischen den Bäumen dahin. Dies ging zwar keineswegs ohne Beschwerden ab; aber sie hatten denselben Weg bereits bei Tag und auch bei Nacht gemacht, und so erreichten sie das Waldloch, ohne sich an den Baumstämmen Schaden getan zu haben.

„Jetzt sollten Sie Ihre Laterne bei sich tragen!“ sagte Fritz, endlich das Wort ergreifend.

„Ich habe sie.“

„Oh, das ist sehr gut. Vielleicht auch die Schlüssel?“

„Ja.“

„Herrlich! Brennen Sie an. Wir müssen hinein.“

Müller zog die Laterne und Streichhölzer hervor. Während des Anbrennens hatte er Zeit zu der Frage:

„Und warum das jetzt alles?“

„Um einen Menschen zu retten, um den es sonst auf jeden Fall geschehen ist!“

„Wer ist es?“

„Sie sollen es nachher erfahren. Jetzt brennt die Laterne, und wir haben keinen Augenblick zu verlieren. Der, welchen ich meine, ist nämlich vom Steinbruch aus in den Gang geschafft worden. Wir dringen von dieser Seite ein. Wenn wir uns beeilen, kommen wir vielleicht noch zeitig genug, um zu bemerken, in welches Gewölbe er gesperrt wird.“

„Das genügt einstweilen. Also komm.“

Sie hatten den Boden des Waldloches erreicht und drangen auf die bereits bekannte Art und Weise in den unterirdischen Gang ein. Sie verfolgten denselben bis zum Kreuzungspunkt, wo die Gänge sich durchschnitten, und wollten eben um die Ecke biegen, um den Gang zu betreten, welcher in der Richtung nach dem Steinbruch fortlief, als Müller schnell einige Schritte wieder zurückfuhr.

„Was gibt's?“ fragte Fritz.

„Bald hätten wir eine Dummheit begangen.“

„Welche?“

„Du vermutest, daß sie sich in dem Gang da rechts um die Ecke befinden?"

„Ja."

„Und wir wollten mit der Laterne um diese Ecke biegen?"

„Sapperlot. Ja. Sie hätten uns leicht bemerken können!"

„Stecken wir also die Laterne ein. Wir müssen, so gut es geht, im Finstern weiter."

Nun erst, als sie von dem Licht nicht mehr verraten werden konnten, gingen sie weiter. Kaum aber waren sie um die Ecke gelangt, so hielten sie bereits wieder an.

„Siehst du?" fragte Müller.

„Ja. Dieser kleine Lichtpunkt da vorn muß von einer Laterne kommen. Nicht?"

„Jedenfalls. Sehen wir genau hin, ob er sich bewegt."

So leicht sie sich täuschen konnten, bemerkten sie doch, daß der helle Punkt sich vergrößerte.

„Die Laterne bewegt sich", meinte Fritz.

„Ja, sie kommen näher. Warten wir hier!"

Sie verhielten sich ruhig, bis sich um den Punkt eine helle Umgebung bildete. Dann sagte Müller:

„Sie sind nicht mehr hundert Schritt entfernt. Wir müssen uns also zurückziehen."

„Aber wohin?"

„Dahin, woher wir gekommen sind."

„Doch nicht hinaus in den Wald?"

„Keineswegs. Wir müssen sehen, was sie tun. Wir kehren also nur soweit, als es unsere Sicherheit erfordert, zurück."

Sie schlugen den Rückweg ein und blieben dann in einiger Entfernung wieder halten. Sie brauchten nicht lange zu warten, so erschien am Kreuzungspunkt der Laternenschein.

„Sapperlot!" flüsterte Fritz. „Sie kommen in diesen Gang herein. Wir müssen noch weiter rückwärts."

„Nur aber nicht zu schnell. Ah, siehst du? Sie bleiben stehen!"

Die beiden konnten jetzt ziemlich deutlich vier Männer unterscheiden, welche ihre Schritte angehalten hatten. Es wurden einige Worte gewechselt, deren Schall in dem Gang bis her zu den Lauschern drang. Dann hörten diese ein Schloß öffnen, und der Lichtschein verschwand.

„Sie sind dort durch die erste Tür in das Gewölbe", bemerkte Fritz. „Wollen wir näher?"

„Ja, obgleich es sehr gefährlich ist."

Sie schlichen sich äußerst vorsichtig heran. Sie wagten viel, aber es gelang ihnen, die Tür zu erreichen, welche nur angelehnt war. Müller blickte durch die Lücke. Das Gewölbe war mit Fässern ganz angefüllt. Ganz hinten zeigte sich eine gerade noch wahrnehmbare Helligkeit.

„Sehen Sie etwas?“ fragte Fritz.

„Ja. Horch!“

„Da wurde eine Tür zugeworfen.“

„Und nun klirrt ein Riegel. Ah! Sie kommen zurück. Fort! Schnell!“

Sie eilten auf den Fußspitzen wieder nach dem Punkt, an welchem sie sich vorher befunden hatten. Doch hatten sie denselben noch nicht erreicht, so bemerkten sie hinter sich bereits wieder den Laternenschein.

„Stehenbleiben!“ flüsterte Müller. „Ihre Laterne leuchtet nicht hierher. Und wir können vielleicht hören, was sie sprechen.“

„Aber wenn sie hierherkommen?“

„So haben wir immer noch Zeit zur Flucht. Horch!“

„Es sind nur drei. Der eine schließt zu.“

„Man hat also den vierten eingesperrt. Pst! Sie sprechen.“

Man hörte den einen der drei Männer sagen:

„Also nachher verhören wir ihn?“

„Ja, in einer Stunde sind wir fertig. Es hat Zeit bis dahin.“

„Der Kerl kann sich gratulieren!“

„Er mag sein, was er will, ob unschuldig oder ein Spion, er hat uns belauscht und muß unschädlich gemacht werden. Jetzt also wieder hinaus zu den Fässern!“

Sie entfernten sich in der Richtung, aus welcher sie vorher gekommen waren. Als der Schein ihrer Laterne nicht mehr zu erkennen war, fragte Fritz:

„Haben Sie die letzten Worte verstanden, Herr Doktor?“

„Ja. Verhören wollen sie den Mann, verhören und unschädlich machen.“

„Das müssen wir verhindern.“

„Wer ist denn dieser Mann?“

„Ein Maler; wissen Sie, der dicke Maler, von dem ich Ihnen schon erzählt habe.“

„Ah, dieser! Aber wie kommt dieser sonderbare Mensch in diese fatale Lage?“

„Er scheint überhaupt ein ausgemachter Pechvogel zu sein.“

„Und ein wunderbarer Kerl dazu.“

„Fast mehr als wunderbar, nämlich wunderlich. Ich traf ihn im

Gasthof und erfuhr dann von ihm, daß der Pulvertransport heut abend hier ankommen werde. Er wollte das beobachten, ich konnte ihn nicht davon abbringen."

„Weiter!"

Fritz gab seine Aufklärung, und als er damit zu Ende war, meinte Müller:

„Dieser Maler scheint trotzdem gar kein unebener Kerl zu sein. Wir müssen uns seiner annehmen. Welch ein glücklicher Zufall also, daß ich auf dich getroffen bin!"

„Konnte mich beinahe das Leben kosten!"

„So schnell geht das Erwürgen nicht."

„Aber wie kamen denn Sie zum Steinbruch?"

„Ich beobachtete den Alten und bemerkte, daß er nach den Gewölben ging. Ich folgte ihm, um vielleicht zu sehen, was er vorhabe. Du erinnerst dich doch, daß der Gang nach dem Steinbruch verschüttet war?"

„Ja. Heut aber ist er jedenfalls geöffnet worden."

„Und zwar von dem Alten selbst. Ich beobachtete ihn dabei. Natürlich nahm ich sogleich an, daß im Steinbruch etwas geschehen werde. Das mußte ich erfahren. Von meinem Lauscherposten aus konnte ich es nicht beobachten, darum verließ ich die Gewölbe durch das Waldloch und ging nach dem Bruch."

„Ah, so also ist es!"

„Ja. Ich war kaum da angekommen, so hörte ich jemand sehr eilig gelaufen kommen. Ich drückte mich eng an den Felsen, um ihn vorüberzulassen; aber dieser jemand wollte ebenso eng um den Felsen biegen und stieß also mit mir zusammen."

„Das war ich!"

„Ja. Ich hielt dich für einen andern."

„Und drückten mir daher ein ganz klein wenig die Gurgel zusammen. Na, das ist nun überstanden. Was tun wir jetzt?"

„Wir suchen den Maler."

„Aber wenn man uns dabei erwischt!"

„Wir haben eine Stunde Zeit."

„Es gibt dennoch eins zu bedenken, Herr Doktor."

„Was?"

„Wenn wir ihn befreien, so schöpft der Alte Verdacht."

„Das ist freilich wahr. Wie aber wollen wir das umgehen?"

„Ich weiß es auch nicht."

„So muß es eben riskiert werden. Aber sonderbar ist diese Sache doch. Kannst du dich erinnern, daß wir auch in dem Gewölbe da gewesen sind?"

„Ja. Es steht voller Fässer."
„Hast du eine Tür bemerkt?"
„Nein."
„Ich auch nicht. Und dennoch hörte ich ganz deutlich, daß ein Riegel klirrte und eine Tür zugeworfen wurde."
„Vielleicht war sie hinter den Fässern versteckt."
„Anders nicht. Also beginnen wir!"
Sie begaben sich zu der betreffenden Tür. Müller zog den Schlüssel hervor, öffnete, trat mit Fritz ein und verschloß sodann die Tür hinter sich. Nun nahm er die Laterne aus der Tasche und öffnete sie. Er hatte sie gar nicht ausgelöscht. Ihr Schein beleuchtete die Fässerreihen.
„Wo mag sich die Tür befinden?" fragte Fritz.
„Da ganz hinten muß es sein, wo ich den Lichtschein bemerkte. Suchen wir!"
Sie begaben sich nach der hinteren Mauer des Gewölbes und bemerkten auch sofort, daß da einige Fässer entfernt worden waren. Dadurch war eine bisher hinter ihnen verborgene, stark mit Eisen beschlagene Tür zum Vorschein gekommen.
„Hier muß es sein."
„Jedenfalls."
„Aber ob der Schlüssel hier auch schließt?"
„Wir werden sehen."
Zu ihrer Freude tat der Schlüssel seine Schuldigkeit. Sie gelangten in einen leerstehenden kleinen, viereckigen Raum und sahen sich abermals einer Tür gegenüber. Auch diese wurde geöffnet. Müller trat ein. Dieser Raum war ganz ebenso beschaffen wie der vorige. Es war da nichts zu sehen als eine dicke, menschliche Gestalt, welche an der Erde kauerte und sich mühsam erhob.
„Jetzt schon ins Verhör?" fragte der Mann.
„Nein", antwortete Müller.
„Was denn? Soll ich etwa eine Partie Sechsundsechzig mit Ihnen spielen?"
„Sie scheinen sehr gut gelaunt zu sein, Herr Schneffke!"
„Warum soll ich nicht! Ich bin hier sehr wohl versorgt."
„So können wir also wieder gehen. Wir glaubten, Ihnen einen Gefallen zu erweisen, wenn wir Ihnen diese Schlösser öffnen und Ihre Stricke zerschneiden."
„Sapperment, das klingt nicht übel! Wer sind Sie denn?"
„Ein Bekannter Ihres Bekannten."
„Welches Bekannten?"

„Dieses da."
Er deutete dabei auf Fritz, der bisher hinter ihm gestanden hatte und also nicht zu sehen gewesen war.
„Bitte, leuchten Sie ihm doch einmal ins Gesicht!"
Müller tat es und sogleich meinte der Maler:
„Heiliges Mirakel! Was ist denn das? Wäre ich nicht an Armen und Beinen gebunden, so schlüge ich vor Erstaunen die Hände und Füße über dem Kopf zusammen. Herr Schneeberg!"
„Freilich bin ich es."
„Aber wie kommen denn Sie hierher?"
„Das habe ich vorausgesehen, Sie Spaßvogel. Aber . . . Lassen wir das jetzt. Zeigen Sie einmal her!"
Er zog sein Messer hervor und schnitt die Stricke entzwei.
„So, da sind Sie nun frei. Ein anderes Mal unterlassen Sie gefälligst solche Dummheiten."
„Welche Dummheiten?"
„Ich hatte Ihnen gesagt, daß Sie auf Ihrem Platz bleiben sollten."
„Hm! Ja! Wir können ja gleich wieder hingehen!"
„Sie scheinen unverbesserlich zu sein."
„Was hatte ich denn zu befürchten?"
„Den Tod, mein Bester."
„Donner und Doria! Wäre es wirklich so schlimm gemeint gewesen?"
„Gewiß, ganz gewiß."
„Nun, so will ich Ihnen herzlich danken! Um mich wäre es wohl nicht sehr schade gewesen; aber ich habe noch einige Pflichten zu erfüllen, welche mir heilig sind. Bitte aber mir zu erklären, wie es Ihnen möglich ist, mich zu befreien."
„Jetzt ist zu einer Erklärung keine Zeit", sagte Müller. „Wir müssen uns schleunigst entfernen, wenn diese Menschen nicht drei Gefangene haben sollen anstatt des einen."
„Ist mir lieb. Gehen wir also."
„Nicht so. Nehmen Sie die Stricke vom Boden auf. Wir dürfen sie nicht liegenlassen."
„Warum nicht?"
„Der Kapitän darf sich nicht erklären können, auf welche Weise Sie entkommen sind."
„Ganz richtig! Da sind die Stricke; ich bin also bereit."
Sie gingen, und Müller schloß alle Türen hinter sich zu. Durch den Gang gelangten sie in das Waldloch. Dem Maler fiel es freilich schwer, durch die niedrigen Ausgänge zu schlüpfen,

welche für sein Kaliber gar nicht eingerichtet waren. Als er im Freien angekommen war, holte er tief Atem und sagte:

„Meine Herren, es war dennoch eine verdammte Geschichte."

„Das will ich meinen", sagte Müller. „Sie können die Gefahr, in welcher Sie sich befunden haben, gar nicht taxieren."

„Ist dieser alte Kapitän wirklich ein so gefährlicher Kerl?"

„Schlimmer als Sie denken. Doch jetzt das Notwendigste. Können Sie schweigen?"

„Beinahe wie ich selber."

„Ich bitte Sie nämlich, von dem, was Sie heute erlebt haben, nichts verlauten zu lassen."

„Diesen Gefallen kann ich Ihnen tun. Aber warum soll ich diese Menschen nicht zur Rechenschaft ziehen?"

„Das erfahren Sie noch. Ich habe erfahren, wo Sie logieren. Wann reisen Sie ab?"

„Heute und morgen wohl noch nicht."

„Warum?"

„Sehr einfach. Weil ich hier noch zu tun habe."

„Ich will Sie nicht nach der Art Ihrer Geschäfte fragen; aber es ist meine Pflicht, Sie darauf aufmerksam zu machen, daß es für Sie am besten ist, sich schleunigst zu entfernen."

„Warum?"

„Weil der Kapitän alles tun wird, sich Ihrer zu bemächtigen."

„Da sollte ihm wohl schwer gelingen. Viel eher würde ich mich seiner bemächtigen."

„Trauen Sie sich nicht zu viel zu."

„Dieser Kapitän ist der dümmste Kerl, den ich kennengelernt habe."

„Wieso?"

„Steckt mich ein und läßt mir meinen Revolver!"

„Das ist allerdings geradezu unglaublich. Dennoch rate ich Ihnen, vorsichtig zu sein. Lassen Sie sich nicht von ihm sehen. Ich denke, daß ich noch mit Ihnen sprechen werde. Gehen Sie nach Hause."

„Nach Hause? Sapperment! Ich möchte nach dem Steinbruch!"

„Wozu?"

„Um diese Kerle weiter zu beobachten."

„Überlassen sie das lieber mir. Hier, Herr Schneeberg wird Sie begleiten. Es genügt vollständig, wenn ich allein erfahre, was dort im Steinbruch heute in der Nacht passiert. Gute Nacht."

Sein Licht verlöschte. Es raschelte im Laub, und dann war er verschwunden. Schneffke versuchte mit seinen Augen das Dunkel zu durchdringen. Dann sagte er:

„Dieser Herr hatte eine sehr bestimmte Art und Weise, mit einem zu sprechen. Wer ist er?"

„Der Hauslehrer auf Schloß Ortry."

„Ah! Wie heißt er?"

„Doktor Müller."

„So so! War es vielleicht der Bekannte, von dem Sie sprachen?"

„Ja."

„Hm, hm!"

„Warum brummen Sie?"

„Das tue ich stets, wenn ich über Dinge oder Personen nachdenke, welche mich interessieren. Er sagte: Gute Nacht. Ist er wirklich fort?"

„Natürlich."

„Na, so wollen wir ihm gehorchen und auf den Steinbruch verzichten. Was haben Sie noch vor?"

„Nichts. Ich gehe nach Hause."

„Schön! Gehen wir also miteinander. Sie kennen den Weg?"

„Genau. Legen Sie den Arm in den meinigen."

„Das ist allerdings sehr notwendig. Wenn ich nämlich sehr genau und scharf nachdenke, so kommt es mir ganz so vor, als ob ich meinen Kopf nicht erhalten hätte, um ihn bei Nacht und Nebel an den Baumstämmen zu zerstoßen."

„Das geht mir mit dem meinigen ebenso. Kommen Sie! Aber schweigen wir jetzt! Es ist nicht nötig, daß uns jemand bemerkt."

Der Dicke gehorchte dieser Aufforderung. Erst als der Wald hinter ihnen lag und man nun besser unterscheiden konnte, ob man beobachtet sei oder nicht, sagte er:

„Sagen Sie mir einmal, was Sie von mir denken, mein lieber Herr Schneeberg."

„Schön! Aber soll ich aufrichtig sein?"

„Ja."

„Gut, so will ich Ihnen gestehen, daß ich Sie für einen sehr guten Kerl, aber auch für einen sehr großen Tolpatsch halte."

„Donnerwetter! Wer das sagt, muß selbst ein Tolpatsch sein. Aber ich will es Ihnen nicht übelnehmen. Ich habe Pech, aber auch sehr viel Glück. Der Kapitän hätte mich nicht gefressen, denn ich hatte noch die Waffe; dennoch . . ."

„Was hätten Sie mit dem Revolver tun wollen?" fiel Fritz ihm in die Rede.

„Den Alten erschießen."
„Sie waren ja gefesselt."
„Sapperment! Das ist wahr! Daran habe ich nicht gedacht. Schießen hätte ich gar nicht können. Desto mehr Dank bin ich Ihnen schuldig. Nun aber sagen Sie mir, wie Sie auf den Gedaken gekommen sind, mich herauszuholen?"
„Sollte ich Sie etwa steckenlassen?"
„Nein. Aber ich hätte es für ein Ding der Unmöglichkeit gehalten."
„Und doch war es nicht schwierig. Ich kenne diese unterirdischen Gänge und traf dazu Herrn Müller, der fast noch besser orientiert ist als ich. Da wurde es verhältnismäßig leicht, bis zu Ihnen zu gelangen."
„Es gibt hier gewisse Heimlichkeiten; doch frage ich nicht nach ihnen, da sie mich nichts angehen. Aber dabei möchte ich doch sein, wenn sie zurückkommen und das Nest leer finden."
„Sie werden sich Ihr Verschwinden gar nicht erklären können."
„Der Kapitän weiß also wohl gar nicht, daß Sie auch Schlüssel besitzen?"
„Nein. Er darf nicht einmal ahnen, daß wir die Gänge kennen."
„So werde ich also schon aus reiner Dankbarkeit schweigen, um Ihnen keinen Schaden zu bringen. Aber, das ist mir noch viel zuwenig. Können Sie mir nicht die Freude machen, mir zu sagen, in welcher Weise es mir möglich ist, meinen Dank abzutragen?"
„Hm! Ich tat meine Pflicht, weiter nichts."
„Das ist sehr bescheiden. Ich werde mich also ganz derselben Bescheidenheit befleißigen und Ihnen gegenüber auch nur meine Pflicht tun. Darf ich?"
„Ich wüßte nicht, welche Pflicht Sie meinen könnten."
„Ich bin überzeugt, daß Sie das nicht wissen. Ich möchte Sie nämlich sehr gern glücklich sehen."
„Halten Sie mich für unglücklich?"
„Nein; aber trotzdem könnten Sie noch glücklicher sein, als Sie es jetzt schon sind."
„Das ist wahr. Es hat ein jeder Tag seine Hitze und seinen Schatten."
„Nicht nur der Tag, sondern auch der Mensch. Auch Sie haben Ihre Hitze und Ihren Schatten."

„Ich? Wieso?“
„Ihre Hitze heißt: Mademoiselle Nanon.“
„Lauscher! Aber Sie stellen nur eine Vermutung auf, die nicht gerechtfertigt ist.“
„Pah! Sie lieben Nanon!“
„Herr Schneffke!“
„Nun ja! Jetzt möchten Sie lieber gar grob werden, und doch meine ich es so gut mit Ihnen. Ich möchte Sie nämlich sehr gern von Ihrem Schatten befreien. Den haben Sie ja auch.“
„Was wäre das?“
„Ein gewisses Geheimnis, welches sich auf – hm, auf die Abstammung bezieht.“
„Sapperment! Was wissen Sie von diesem Geheimnis?“
„Daß es enthüllt werden kann.“
„Etwa durch Sie?“
„Ja.“
„Spaßvogel! Wer hat zu Ihnen davon gesprochen?“
„Niemand.“
„So können Sie ja auch gar nicht wissen, daß ich ein Findelkind bin.“
„Sie? Ein Findelkind? Ach so? Aber von Ihnen ist ja gar nicht die Rede!“
„Nicht? Von wem denn? Sie sprachen doch von meiner Abstammung.“
„Ist mir nicht eingefallen! Von der Ihrigen nicht.“
„Von welcher denn?“
„Von derjenigen Nanons.“
Da hielt Fritz den Schritt an, legte die Hand fest um den Arm des Malers und sagte:
„Herr Schneffke, dieses Thema ist mir zu heilig, als daß ich einen Scherz darüber dulden könnte!“
„Scherze ich denn?“
„Was sonst?“
„Ich spreche im Gegenteil sehr im Ernst.“
„Das werden Sie mir sehr schwer beweisen können!“
„Sogar sehr leicht.“
„Wollen Sie etwa behaupten, die Abstammung, von welcher wir sprechen, zu kennen?“
„Nicht gerade diese Behauptung ist es, welche ich aufstellen will; aber es gibt Zufälligkeiten, welche, miteinander verglichen, zu Schlüssen führen können.“
„Zu Trugschlüssen!“

„Vielleicht. Heute aber habe ich keine Lust, Trug zu schließen. Seien wir aufrichtig! Sie interessieren sich für Nanon?"
„Ja."
„Das heißt natürlich, Sie lieben sie?"
„Nichts anderes."
„Nun gut! Sie sollen sie haben!"
„Sapperment! Sie widersprechen sich bedeutend!"
„Wieso?"
„Sie sagten erst heute, daß die Traube für mich viel zu hoch am Stock hänge."
„Ja; aber inzwischen haben Sie mir einen großen Dienst erwiesen, und so will auch ich Ihnen nach Kräften förderlich sein. Mit einem Wort: Sie sollen Nanon haben."
„Herr Schneffke, ich gestehe Ihnen aufrichtig, daß ich bis jetzt angenommen habe, Sie sprechen im Scherz. Aber der Ton, welchen Sie jetzt anschlagen, scheint mir Ernst zu bedeuten."
„Es ist mein völliger Ernst."
„Nun, Gottes Wege sind wunderbar; ihm ist nichts unmöglich. Aber Sie werden mir glauben, wenn ich versichere, daß ich sehr gespannt auf das bin, was Sie mir mitzuteilen haben."
„Das glaube ich Ihnen. Ich vermute nämlich, daß Nanon nicht Eltern gewöhnlichen Standes gehabt habe. Ich war die letzten Tage auf Schloß Malineau."
„Ich auch. Und doch ist dort nichts zu erfahren gewesen."
„Sie haben nichts erfahren und die beiden Schwestern auch nichts. Doch es ist trotzdem möglich, daß andere etwas erfahren. Glauben Sie, daß Nanon Sie wiederliebt?"
„Vielleicht."
„Pah, vielleicht! Sie liebt Sie; das ist sicher! Ich habe es bemerkt, als ich auf der Birke hing. Aber glauben Sie, daß sie Ihnen ihre Hand reichen würde, wenn sie auf einmal Gewißheit bekäme, daß ihr Vater ein Adeliger sei?"
„Der Liebe ist alles möglich."
„Aber diesem Vater würde das vielleicht nicht passen."
„Das steht abzuwarten."
„Darum will ich Ihnen die Hand bieten, sich diesen Vater so zu verpflichten, daß er Ihnen die Tochter geben muß."
„Sie sprechen gerade so, als ob Sie sich entschlossen hätten, meine Vorsehung zu sein."
„Das ist auch wirklich der Fall. Sie sollen heute dem Maler Hieronymus Aurelius Schneffke nicht umsonst aus der Patsche

geholfen haben. Können Sie jetzt mit mir noch einmal in den Gasthof kommen?"

„Es würde mich niemand hindern, und doch möchte ich es unterlassen."

„Warum?"

„Man soll nicht bemerken, daß wir miteinander zu tun haben. Der Wirt ist nämlich ein Verbündeter des Kapitäns."

„Ach so! Das ist schade! Ich hätte Ihnen gern bereits heute ein Mittel in die Hand gespielt, Nanons Abstammung zu entschleiern."

„Sollte es wirklich ein solches Mittel geben?"

„Ich vermute es und glaube nicht, mich dabei zu irren."

„Dann stehe ich Ihnen zu Gebot, aber nicht im Gasthof. Ich werde Sie vielmehr bitten, mit nach meiner Wohnung zu kommen."

„In die Apotheke?"

„Ja."

„Wird das nicht auffallen?"

„Gar nicht. Es wird uns gar niemand bemerken."

„Gut, so gehe ich mit. Diese Apotheke ist übrigens ein Haus, für welches ich eine lebhafte Sympathie hege."

„Warum?"

„Weil da drei Personen wohnen, denen ich das lebhafteste Interesse widme."

„Darf man diese Personen kennenlernen?"

„Gewiß! Die erste sind natürlich Sie."

„Großen Dank!"

„Die zweite Person ist die Engländerin."

„Ach so! Hm! Ja! Und die dritte?"

„Der Gehilfe."

„Dieser? Wieso?"

„Ich habe ihm einmal einiges abgekauft, was ich noch nicht in Gebrauch genommen habe und ihm infolgedessen so recht gemütlich unter die Nase reiben möchte. Das wird schon einmal passen! Aber hier ist die Stadt. Also mit zu Ihnen?"

„Ja. Ich befinde mich in einer Spannung, welche gar nicht größer sein kann. Lassen Sie uns eilen."

Fritz befand sich natürlich im Besitz eines Hausschlüssels. Nach kurzer Zeit hatte er mit dem Maler sein Zimmer erreicht und dort Licht gemacht. Dann erwartete er mit Ungeduld die Mitteilung seines Gastes.

„Haben Sie Papier und Bleistift hier?" fragte dieser.

„Ja. Wollen Sie schreiben?"
„Nein, sondern zeichnen."
„Was denn?"
„Das werden Sie bald sehen. Geben Sie her!"
Er erhielt das Verlangte, setzte sich an den Tisch und sagte:
„Brennen Sie sich eine Zigarre an und lassen Sie sich die Zeit nicht lang werden. Ich muß meine Zeichnung aus der Erinnerung machen, und da heißt es, die Gedanken zusammenzunehmen."
Fritz folgte diesem Rat. Er rauchte, und Schneffke zeichnete; Minute um Minute verging; es wurden Viertelstunden daraus, Fritz befand sich wie auf Kohlen; aber er sagte kein Wort, um nicht zu stören. Endlich, als bereits über eine Stunde vergangen war, legte Schneffke den Stift weg, hielt das Papier in gehörige Entfernung, um es genau zu betrachten, und sagte dann:
„Ich denke, daß es gelungen ist."
„Was haben Sie gezeichnet? Darf ich es sehen?"
„Ja. Hier ist es."
Fritz sah einen Frauenkopf von wunderbarer Lieblichkeit. Er hielt denselben sich in kürzerer und größerer Entfernung vor die Augen und sagte dann:
„Ein allerliebster Scherz!"
„Scherz? Wieso?"
„Das ist ja Nanon!"
„Nanon? Ah! Wirklich?"
„Ja. Sie haben die Nanon in spe gezeichnet, so wie sie sein wird, wenn sie einige Jahre älter und Weib geworden sein wird."
„So, so!" lächelte Schneffke. „Sind Sie Ihrer Sache gewiß?"
„Ich habe ganz im Gegenteil gedacht, Madelons Bild zu zeichnen."
„Madelons? Hätte ich mich geirrt? Ja, richtig! Es ist nicht Nanon, sondern Madelon."
„Sehen Sie das nun genau?"
„Ganz genau. Es ist keine Täuschung möglich."
„Aber mein Lieber, wenn es nun wirklich meine Absicht gewesen wäre, Nanon zu zeichnen! Sehen Sie sich das Bild genau an!"
Fritz musterte nochmals das Porträt und sagte dann:
„Ich werde nicht klug daraus! Das ist sowohl Nanon als auch Madelon, nur älter und ausgebildeter."
„Sie werden nicht klug? Und doch habe ich Sie für klug gehalten. Ich werde Ihnen auf die Sprünge helfen. Wenn dieses Por-

trät dasjenige von Madelon und Nanon ist und doch auch wieder nicht ist, wessen Porträt muß es dann sein?"
„Das einer Schwester vielleicht."
„Haben die beiden genannten eine Schwester?"
„Nein."
„So haben Sie also falsch geraten. Weiter!"
Fritz dachte einen kurzen Augenblick nach; dann zuckte es wie eine Erkenntnis über sein männlich hübsches Gesicht.
„Meinen Sie etwa die Mutter?" fragte er.
„Warum nicht?"
„Ah! Also die Mutter soll es sein! Haben Sie denn die Dame gekannt? Sie ist längst tot."
„Ich habe sie nie gesehen."
„Aber wie kommen Sie dazu, ihr Porträt zu zeichnen?"
„Ich habe einmal ein Bild gesehen, ganz so wie dieses. Und darunter standen die Worte, welche ich jetzt auch unter diesen allerliebsten Kopf schreiben werde. Hier!"
Das letztere war nicht nach der Wahrheit gesagt; aber es paßte so in seinen Plan. Fritz warf einen Blick auf die Worte und las:
„Mon doux et aimé becque-fleur – mein süßer, lieber Kolibri! Herrgott! Mann, wie kommen Sie zu diesen Worten?"
„Ganz so, wie ich gesagt habe. Ich habe sie gelesen."
„Und Nanon hat mir gesagt, sie wisse von ihrer Mutter, daß diese von dem Vater stets mit dem Kosenamen Kolibri bedacht worden sei. Wie kommen Sie dazu, aus diesem Namen zu schließen, daß ... "
„Nun, daß ..."
„... daß dieser Kopf das Porträt von Nanons Mutter sei?"
„Hm! Dieses Geheimnis müssen Sie mir schon lassen. Sie werden später das Weitere erfahren."
„Schön! Aber Sie spannen mich auf die Folter!"
„Ich hoffe, daß es keine unangenehme Folter sein wird."
„Darf ich Nanon das Bild zeigen?"
„Ja."
„Auch Madelon?"
„Auch ihr, doch stelle ich meine Bedingungen."
„Bedingungen? Ich hoffe, Sie werden nichts Unmögliches verlangen."
„Nein. Was ich verlange, das ist zu Ihrem eigenen Glück. Sie dürfen das Bild den beiden Mädchen zeigen; aber Sie sagen nicht, von wem es ist."

„Warum nicht?“
„Ich habe meine Absicht dabei.“
„Dann kann ich ja nichts erreichen!“
„O doch! Sie sollen das Bild nämlich noch einer dritten Person zeigen, aber auch ohne zu sagen, von wem Sie es haben.“
„Wer ist diese Person?“
„Es ist – ah, wissen Sie, wer hier im Hause verkehrt?“
„Ich kenne sie alle.“
„Ich habe sie im Garten bei der Engländerin gesehen.“
„Meinen Sie etwa Master Deephill?“
„Deephill, ja, so heißt er.“
„Und ihm soll ich das Bild zeigen?“
„Ja.“
„Wozu?“
„Sie werden von ihm Auskunft erhalten.“
„Was aber antworte ich, wenn man mich nach dem Zeichner fragt?“
„Das Porträt ist nicht ein Porträt, sondern ein Studienkopf, entworfen von einem Freund, an den Sie schreiben werden, um Aufklärung zu erhalten.“
„Ja. Diese Aufklärung habe ich von Ihnen zu erbitten?“
„Ja. Ich will jetzt im Hintergrund bleiben.“
„Lauter Rätsel! Von Deephill soll ich Auskunft erhalten und von Ihnen Aufklärung! Warum geben Sie mir diese nicht gleich jetzt?“
„Ich will mich vorher überzeugen, ob meine Vermutung das Richtige trifft oder nicht.“
„So muß ich mich fügen. Hoffentlich treffe ich Nanon bereits morgen. Und Deephill wird auch kommen. Wo finde ich Sie dann?“
„Im Gasthof. Aber, Sie sagten, daß der Wirt der Verbündete des Kapitäns sei. Das ist, nach dem, was heute für mich geschehen ist, gefährlich. Ich werde mich also ausquartieren.“
„Wohin?“
„Das weiß ich noch nicht, werde es Ihnen aber durch einige Zeilen, die ich Ihnen sende, mitteilen.“
„Ich bitte sehr darum! Diese Angelegenheit ist mir so wichtig, daß ich keine Minute verlieren möchte.“
„Nun, laufen Sie nur nicht schon während der Nacht nach Schloß Ortry, sondern lassen Sie die Damen erst ausschlafen! Jetzt aber ist's genug. Ich werde gehen.“
Sie schieden unter den Versicherungen herzlicher Freund-

schaft voneinander. Fritz war so erregt, daß er nicht schlafen konnte. Er lief noch stundenlang im Zimmer umher, schmiedete Pläne und erging sich in tausenderlei Vermutungen. Endlich fühlte er sich doch körperlich und seelisch so angegriffen, daß er das Lager suchte.

Die Folge blieb nicht aus. Als er erwachte, war der Mittag nahe; es hatte bereits elf Uhr geschlagen. Und als er dann durch das Fenster blickte, sah er Doktor Müller die Straße heraufkommen und in das Haus treten.

Was hatte dieser Besuch zu bedeuten? Er trank seinen Kaffee und kleidete sich zum Ausgehen an, um zu versuchen, ob er Nanon treffen könne. Da trat Müller bei ihm ein.

„Warst du heute bereits fort?" fragte dieser.

„Nein."

„So kann ich auch von dir nichts erfahren. Ich hielt es für möglich, daß du ihm zufälligerweise begegnet seiest."

„Wem?"

„Deephill."

„Diesem? Sie suchen ihn?"

„Ja. Ich hatte ihn zu sprechen und fand ihn nicht. Ich erkundigte mich und erfuhr, daß der Kapitän gesagt habe, der Amerikaner sei heimlich abgereist."

„Und das glauben Sie nicht?"

„Nein. Er hätte ganz sicher vor seiner Abreise noch mit mir gesprochen. Ich ging daher jetzt zu meiner Schwester, habe aber auch nichts weiter erfahren, als daß er gestern am Nachmittag hier gewesen sei."

„Ist er dann auf dem Schloß gewesen?"

„Nein. Es hat ihn niemand gesehen."

„Donnerwetter! Niemand gesehen! Da fällt mir ein – ah, das wäre doch ein verdammter Streich!"

„Was?"

„Dieser Maler Schneffke strich gestern im Wald herum, und ich erfuhr von ihm, daß er dem Amerikaner begegnet sei."

„Wo?"

„Eben draußen im Wald."

„In welcher Gegend?"

„Es muß gewesen sein, kurz bevor ich mit dem Maler zusammentraf, also vermutlich zwischen dem alten Turm und der Klosterruine."

„So muß ich hinüber zu diesem Schneffke."

„Er hat sich ausquartiert."

„Wohin?“

„Das weiß ich noch nicht; er wird mir es aber jedenfalls heute noch mitteilen.“

„Schade. Ich befinde mich in hoher Besorgnis um Deephill. Der Kapitän trachtet ihm nach dem Leben; das weiß ich sehr genau. Wer weiß, was da geschehen ist!“

„Himmelelement! Und gerade jetzt brauche ich den Amerikaner so notwendig!“

„Wozu?“

„Wegen einer Auskunft über Nanons Eltern.“

„Dieser soll Auskunft geben können?“

„Ja. Bitte, Herr Doktor, haben Sie die Güte, sich einmal dieses Bild zu betrachten!“

Er erzählte seine Unterredung mit dem Maler. Müller hörte aufmerksam zu, betrachtete das Bild sehr genau und sagte dann:

„Dieser Aurelius Hieronymus Schneffke ist in Wirklichkeit ein psychologisch höchst interessanter Mensch. Er scheint eine Zusammensetzung von Klugheit und Dummheit, List und Vertrauensseligkeit zu sein. Was er dir hier gesagt hat, das beweist, daß er noch weit mehr weiß. Aber wie er den Amerikaner zu dieser Angelegenheit in Beziehung bringen kann, das weiß ich nicht. Dieser letztere aber ist nicht verreist. Ich werde nach ihm forschen.“

„In den Gewölben?“

„Auch das.“

„Soll ich helfen?“

„Ja. Ich will jetzt meine Erkundigungen fortsetzen und erwarte dich Punkt drei Uhr im Waldloch.“

Er ging, und bald darauf verließ auch Fritz die Stadt, um die Nähe des Schlosses aufzusuchen.

Der Zufall war ihm außerordentlich günstig, denn als er vom alten Turm her den Weg nach dem Park einschlug, kamen ihm die beiden Schwestern entgegen.

Sie waren sehr erfreut, ihn zu sehen, und luden ihn ein, sie auf dem Spaziergang zu begleiten. Es war ein schöner Tag, so vertieften sie sich in den Forst, bis die Damen müde wurden und den Vorschlag machten, im Moos auszuruhen. Während der Unterhaltung, welche nun geführt wurde, kam auch die Rede auf die Erlebnisse in Malineau, auf den alten Berteu und dessen Familie. Natürlich wurde dabei auch die verstorbene Mutter erwähnt.

„Ihren Papa also haben Sie gar nicht gekannt?" fragte Fritz, der froh war, das Gespräch auf dieses Thema gebracht zu wissen. „Sie wissen auch nicht, was er war?"

„Gar nichts wissen wir außer einigen Nebensachen."

„Da fällt mir ein: Sagten Sie nicht einmal, Mademoiselle Nanon, daß Ihr Papa die Mama gern Kolibri gerufen hätte?"

„Ja."

„Eigentümlich. Daran wurde ich gestern sehr lebhaft erinnert."

„Wieso?"

„Ich suchte alte Briefe durch und fand dabei ein Blatt mit einem Studienkopf. Unter dem letzteren stand die eigentümliche Unterschrift: Mein süßer, lieber Kolibri."

„Wirklich? Gewiß?" fragten die Schwestern.

„Ja."

„Das ist allerdings höchst wunderbar. Wessen Porträt war es?"

„Es war kein Porträt, sondern ein Studienkopf."

„Wenn man ihn doch einmal sehen könnte."

„Das hat keine Schwierigkeiten. Aber es hat auch keinen Zweck. Es ist ja ein ganz fremder Kopf."

„Aber die Unterschrift macht ihn so interessant."

„Nun, wenn ich nicht irre, habe ich das Blatt bei mir."

„Dann bitte, bitte! Dürfen wir es sehen?"

„Sehr gern."

Er nahm die Brieftasche heraus, suchte eine Zeitlang darin, zog dann das Blatt hervor und gab es ihnen. Er befand sich in außerordentlicher Spannung, welchen Eindruck es machen werde.

Er brauchte nicht lange zu warten. Kaum hatten die Schwestern einen Blick auf den Kopf geworfen, so fuhren sie auf.

„Die Mama!" rief Madelon.

„Ja, unsere Mama! Oh, mein Gott, das ist sie wirklich, die liebe, gute Mama!" rief auch Nanon.

Fritz stellte sich ganz verwundert und fragte:

„Wie? Ihre Mama soll das sein?"

„Ja, sie ist es."

„Das ist jedenfalls eine Täuschung!"

„Nein, nein. Es ist gar kein Zweifel."

„Erinnern sie sich Ihrer Mutter denn noch so deutlich?"

„Ganz und gar. Wir waren nicht sehr alt, als sie starb, aber wir hatten sie so sehr lieb, und wen man so lieb hat, den kann man nie vergessen."

Und Madelon fügte hinzu:

„Selbst wenn wir uns irrten, denken Sie doch hier an diese Unterschrift. Wer könnte da noch zweifeln."
„Wie aber kommt mein Freund zu diesem Bild!"
„Von wem ist es?"
„Ein Freund von mir hat es gezeichnet, damals ein angehender Maler. Er schenkte es mir, weil ich mich an diesen Zügen nicht satt sehen konnte."
„Ah, es hat Ihnen gefallen?"
„Sehr, o sehr."
„Aber wie kann dieser Freund unsere Mama kennen? Ah, ich spreche ja wirklich wie ein Kind! Ich weiß ja gar nicht einmal, wo er gelebt hat. Vielleicht in dieser Gegend?"
„Nein, sondern in Deutschland. Ich glaube nicht, daß er jemals in diese Gegend gekommen ist."
„Wo befindet er sich jetzt?"
„Auf einer Reise. Er schreibt mir, daß er bald heimkehren und mich dabei besuchen will."
„So kennt er Ihren jetzigen Aufenthalt?"
„Ja."
„Und hier, hier wird er Sie besuchen?"
„Ja. Er steigt hier ab, um einen Tag bei mir zu bleiben."
„O bitte, Monsieur, fragen Sie ihn doch nach diesem Bild!"
„Ganz gewiß werde ich es tun."
„Und . . ., aber nein, das wäre zu unbescheiden."
„Was?"
„Das Bild unserer guten Mama. Oh, Monsieur."
Es traf ihn dabei ein Blick aus ihren schönen Augen, welcher zu beredt war, als daß er ihn nicht hätte verstehen können. Er schüttelte den Kopf und antwortete:
„Es geht nicht, Mademoiselle Madelon. Ich würde gern ja sagen, aber es geht wirklich nicht."
„Warum nicht?"
„Weil . . ., na, weil Sie zu zweien sind."
„Ist das wirklich ein Grund?"
„Gewiß. Zu zweien können Sie es nicht besitzen, denn die eine wohnt hier und die andere in Berlin."
„Sie sind nicht so gut, wie ich dachte!"
„Sie irren. Um Ihnen das zu beweisen, will ich an einen Ausweg denken. Soll ich?"
„Was meinen Sie?"
„Ich habe früher einmal ein wenig gezeichnet . . ."
„Ach so! Sie wollten . . .?"

„Wenigstens versuchen."
„Werden Sie es können?"
„Vielleicht. Dann kann jede eins erhalten."
„Sie Lieber, Guter!"
„Vorhin nannten Sie mich nicht so, Mademoiselle Madelon."
„Verzeihen Sie. Ich bin überzeugt, daß Sie der Tochter nicht zürnen werden, die das Bild ihrer verstorbenen Mutter zu besitzen wünscht."
„Wie sollte ich zürnen!"
„Wenn aber kommt Ihr Freund?"
„Wahrscheinlich sehr bald."
„Das ist herrlich! Er wird uns sagen müssen, wer ihm zu diesem Kopfe gesessen hat. Er ist so charakteristisch gehalten und so sauber gearbeitet, gerade . . ., ah, es wäre wohl lächerlich, dies zu sagen."
„Was?"
„Ich sah während der Bahnreise die Tierbilder eines Mitreisenden, des Tiermalers Schneffke. Dort waren es Tierköpfe und hier ist es ein Menschenkopf, aber dieser ist ganz in derselben Manier gehalten. Man möchte beinahe sagen, daß Schneffke auch diesen Kopf gezeichnet habe."
Fritz wunderte sich über den Scharfblick der Dame. Er hatte seinen Zweck erreicht. Er hatte den Beweis, daß dieser Kopf wirklich derjenige sei, für welchen Schneffke ihn ausgegeben hatte. Nun brannte er darauf, mit dem Amerikaner zusammenzutreffen.
Er begleitete die beiden Schwestern bis in die Nähe des Schlosses zurück und begab sich dann nach dem Waldloch, wo er sich zunächst überzeugte, daß er nicht beobachtet werde. Zur angegebenen Zeit stellte sich Müller ein.
„Sind wir hier sicher?" fragte er.
„Es ist niemand in der Nähe."
„So wollen wir den Eingang öffnen."
„Der Amerikaner ist also wirklich verschwunden?"
„Ja. Wir müssen sehen, ob er hier vielleicht in eine Falle geraten ist."
„Dann können wir auch gleich nach einem zweiten sehen, Herr Doktor."
„Was meinst du?"
„Sie sprachen unlängst von einem Keller des Mittelpunktes, wenn ich mich nicht irre?"
„Ja. Ich vermutete meinen Vater dort."

„Wir fanden diesen Keller aber nicht. Heute während der Nacht nun ist mir ein Gedanke gekommen . . ."

„. . . den ich errate. Es wird ganz der meinige sein. Du hast an Schneffke gedacht?"

„Ja."

„Er befand sich in einem Lokal, in welchem wir noch nicht gewesen waren."

„Und dieses Lokal lag nicht weit vom Mittelpunkt."

„Richtig! Und aus dem Raum, in welchem der Maler steckte, führte eine Tür weiter."

„Wohin mag sie gehen?"

„Wir werden es heute sehen. Gestern abend gab es keine Zeit zu dieser Untersuchung."

„Waren Sie noch im Steinbruch?"

„Ja. Es war eigentlich nicht notwendig. Ich habe nichts Neues gehört. Aber meine Vermutung über die Richtung des Ganges hat sich bestätigt. Dieser letztere ist nur an seinem Ausgang in den Steinbruch zugeschüttet. Räumt man den Schutt hinweg, so steht der Eintritt offen. Jetzt aber komm. Wir wollen beginnen."

„Aber der Alte?"

„Ich fürchte ihn nicht."

„Das weiß ich. Besser aber ist es doch auf alle Fälle, daß er uns nicht überrascht. Wie mag er sich das Verschwinden des Malers erklären?"

„Überlassen wir ihm dies selbst. Komm."

Sie zogen den Stein hinweg, krochen in die Öffnung und schlossen diese dann von innen. Auf dieselbe Weise gelangten sie dann auch in den Gang. Dort angekommen, brannte Müller seine Laterne an.

Nun suchten sie das Gewölbe auf, in welchem gestern Herr Hieronymus Aurelius Schneffke gesteckt hatte. Alle Türen, welche sie öffneten, verschlossen sie hinter sich wieder.

An Ort und Stelle angekommen, schloß Müller die zweite Tür auf, welche er gestern bemerkt hatte. Diese führte in eine runde Halle, welche vollständig leer war und keine andere, zweite Tür besaß. Aber gerade in der Mitte ging ein ungefähr sechs Fuß im Durchmesser haltendes Loch in die Tiefe hinab.

„Was mag das sein?" fragte Müller.

„Ein Brunnen vielleicht."

„Möglich. Aber man erkennt keine Spur irgendeiner Vorrichtung, wie sie bei Brunnen gewöhnlich sind. Dieses Loch kommt mir verdächtig vor."

„Ob es tief sein mag?“
„Wollen sehen.“
Er suchte nach einem Stein, um ihn hinabzuwerfen, doch war nicht das kleinste Steinchen zu sehen.
„Ich habe Siegellack einstecken“, bemerkte Fritz.
„Schön. Brich ein Stück davon ab.“
Sie ließen das Stückchen hinabfallen und horchten. Es dauerte mehrere Sekunden, ehe sie einen leisen Ton vernahmen. Der Brunnen war ungewöhnlich tief.
„Hast du den Schall richtig gehört?“ fragte Müller.
„So ziemlich.“
„Klang es nach Wasser?“
„Ja. Auf festen Grund ist der Siegellack nicht gefallen.“
„Das denke ich auch. Wollen eine zweite Probe machen.“
Er nahm die sämtlichen Streichhölzchen, welche er bei sich trug, brannte sie an und warf sie hinab. Die schwefelige Flamme sank ziemlich schnell zur Tiefe und verlöschte unten so schnell, daß mit Gewißheit auf Wasser zu schließen war.
„So ist es also vergebens“, sagte Müller. „Es ist ein Brunnen, weiter nichts, kein Schacht, wie ich erst dachte. Wir wollen aber nichts unversucht lassen und noch an die Wände klopfen.“
Auch das führte zu nichts. Die Mauern waren rundum massiv, natürlich mit Ausnahme der Tür, durch welche sie beide gekommen waren.
„Also wieder hinaus. Suchen wir nun den Amerikaner.“
„Aber wo? Diese unterirdischen Gänge sind so ausgedehnt, daß man tagelang vergebens suchen kann.“
„Ich habe eine Vermutung. Da vorn, wo wir den Alten mit Rallion belauschten, scheint der Gefängnisraum zu sein. Wollen zuerst dort nachsuchen.“
Sie bogen von diesem jetzigen Gang nach links ab, welcher in der Richtung nach dem Schloß führte. Sie erreichten die wohlbekannte Tür und den Keller, in welchem die Kisten standen. Hier blieben sie zunächst stehen, um zu lauschen. Es war nichts zu hören. Dennoch aber begaben sie sich nach dem Hintergrund, wo Müller an die Tür klopfte.
„Ist jemand da drin?“ fragte er.
Keine Antwort.
„Steckt jemand hinter dieser Tür?“ wiederholte er.
Da war es, als ob ein Räuspern zu vernehmen sei.
„Warum wird nicht geantwortet?“
Abermals dasselbe Räuspern, aber keine Antwort.

„Es steckt jemand drinnen, unbedingt", sagte Fritz. „Aber warum antwortet man nicht?"
„Werden es gleich erfahren."
Müller schob die Riegel zurück und öffnete. Er ließ den Schein der kleinen Laterne auf den Boden fallen, wo eine Gestalt zusammengekrümmt lag.
„Warum antworten Sie nicht?" fragte er.
Beim Klang dieser Stimme sprang der Bewohner dieses Loches blitzschnell empor.
„Höre ich recht?" fragte er. „Sie, Herr Doktor?"
„Ja."
„Ich dachte, der Kapitän sei es; darum antwortete ich nicht."
„Ach so. Aber Master Deephill, wie kommen Sie in diese schauderhafte Lage?"
„Der alte Teufel hat mich in die Falle gelockt. Wie aber kommen Sie hinter seine Schliche und dann hierher, mir zu öffnen?"
„Davon nachher. Jetzt treten Sie zunächst heraus. So. Schieben wir die Riegel wieder vor. Setzen Sie sich auf diese Kiste, und erzählen Sie uns, wie es der Alte angefangen hat, Sie herabzulocken!"
„Zunächst die Frage: Kennen Sie diese Räumlichkeiten alle? Und auch den Zweck, zu welchem sie gebraucht werden?"
„Sehr genau."
„Gut, so werde ich keine Sünde begehen, wenn ich davon spreche."
Er erzählte nun, wie er gestern dem Alten im Wald begegnet sei und was darauf alles geschehen war. Als er zu Ende war, fragte er dann:
„Welchem Umstand habe ich aber diese unerwartete Befreiung zu verdanken?"
Müller klärte ihn darüber auf und erkundigte sich dann angelegentlichst:
„Was werden Sie nun tun, Master?"
„Ich gehe natürlich direkt von hier aus zum Staatsprokurator, um diesen Satan in Ketten schlagen zu lassen."
„Vielleicht tun Sie das doch nicht."
„Nicht?" stieß der Amerikaner hervor. „Halten Sie mich für wahnsinnig? Soll ich so einen Teufel etwa noch gar eine öffentliche Belobung zuteil werden lassen?"
„Das nicht. Aber ich werde Sie bitten, die Anzeige aus Rücksicht auf mich zu unterlassen."
„Jede Bitte will ich Ihnen erfüllen, jede, jede, diese eine nicht.

Er hätte mich verschmachten lassen, aber selbst die Qualen einer Hölle hätten mich nicht zwingen können, ihn in den Besitz der verlangten Summe zu bringen."

„So werde ich Ihnen die Gründe mitteilen, welche mich zu meiner Bitte bewegen. Diese werden Sie wenigstens anhören."

„Das kann ich Ihnen nicht versagen."

„Ich danke. Sie ahnen nicht, was ich in diesem Augenblick wage, Monsieur. Ich spiele va banque, aber ich weiß, daß Sie ein Ehrenmann sind, der mein Vertrauen nicht zu mißbrauchen vermag. Sie sind ein Franzose und lieben Ihr Volk und Ihr Vaterland?"

„Ich liebe mein Vaterland, aber die Erfahrungen, welche ich gegenwärtig mache, sind nicht geeignet, mich an meine Landsleute zu ketten."

„Sie haben gesagt, daß Sie die Deutschen hassen?"

„Zu wem?"

„Zu diesem da."

Er ließ den Lichtschein auf Fritzens Gesicht fallen.

„Ah, der Pflanzensammler", sagte der Amerikaner erstaunt. „Sie, Sie kommen, mich zu befreien?"

„Warum soll er das nicht? Er wird noch mehr für Sie tun, wie Sie bald erfahren werden. Lernen Sie erst die Deutschen kennen. Auch ich bin einer!"

„Auch Sie?" fragte Deephill, indem er einen Schritt zurück trat. „Wirklich, auch Sie?"

„Ja. Sie verzeihen, daß ich Ihnen das nicht früher sagte. Die Umstände gestatteten das nicht.

„Aber, mein Gott, diese Dame, Miß Harriet de Lissa?"

„Ist meine Schwester!"

„Also auch eine Deutsche?"

„Ja."

„Was höre ich da! Das ist ja . . ., ah!"

Er holte tief, tief Atem. Wäre es heller gewesen, hätte man sehen können, daß beinahe Totenblässe sein Angesicht bedeckte. Müller legte ihm beruhigend die Hand auf die Achsel und sagte:

„Bitte, urteilen Sie nicht jetzt, sondern nachher. Fritz, geh vor an die Tür und paß auf, daß wir nicht überrascht werden. Hörst du Schritte, so kommst du sofort zurück."

„Ein Deutscher! Ein Deutscher!" wiederholte Deephill. „Und das sagen Sie mir hier, hier an diesem Ort, an welchem Ihre Feinde den Tod, welcher Ihr Volk treffen soll, in solcher Ausdehnung vorbereiten. Wenn das der alte Kapitän wüßte."

„Nur Gott lenkt die Geschicke der Völker; den Kapitän fürchten wir nicht. Bitte setzen Sie sich mir gegenüber, und hören Sie mir zu."

Der Amerikaner setzte sich, und Müller begann mit halblauter Stimme zu erzählen von seinem Großvater Hugo und seiner Großmutter Margot. Er erzählte weiter und weiter, alles was seine Familie erlitten und erduldet hatte. Er nannte den Namen Königsau nicht, aber den Namen des Kapitäns nannte er.

Deephill hörte wortlos zu, und selbst als die Erzählung zu Ende war, schwieg er noch eine ganze Weile; dann sagte er leise vor sich hin:

„Schrecklich. Kann es wirklich solche Menschen geben?"

„Gewiß. Sie haben das ja an sich selbst erfahren."

„Ich?"

„Ja. Hat man nicht ein heißgeliebtes Weib und zwei herzige Kinder von Ihrer Brust gerissen? Der das tat, war ein Franzose, Ihr eigener Vater, und Ihr Weib, welches mit allen Lebensfasern an Ihnen hing, war eine Deutsche."

„Sie irren. Sie liebte mich nicht; sie war mir nicht treu. Sie verließ mich schamlos eines Buhlen wegen."

„Das ist Lüge."

„Das denken Sie, aber beweisen können Sie es nicht. Warum hat sie sich nicht von mir finden lassen? Ich habe sie gesucht an allen Orten, bis auf den heutigen Tag. Wo ist sie? Wo sind meine Kinder? Sie selbst hat sich mir entzogen, sich und meine Kinder. Mein ganzes Vermögen würde ich opfern, um nur meine Kinder zu sehen. Wo sind sie, wo?"

„Halten Sie Ihr Weib wirklich dessen fähig, sie, die Sie einst nicht anders nannten als ‚mon doux et aimé becque-fleur'?"

Da fuhr Deephill von seinem Sitz auf und fragte:

„Herr, woher wissen Sie das?"

„Warten Sie einen Augenblick."

Er holte den von Schneffke gemalten Frauenkopf und gab das Blatt dem Amerikaner.

„Lesen Sie und sehen Sie", sagte er, indem er das Licht der Laterne auf die Zeichnung fallen ließ.

Der Blick des Amerikaners fiel auch darauf. Seine Hände begannen zu zittern; ein tiefer, tiefer Atemzug hob seine Brust.

„Amely, Amely", sagte er dann. „Ja, es ist Amely, mein Kolibri. O Gott, o Gott!"

Er ließ das Blatt aus den Händen fallen und brach beinahe zusammen. Er vermochte nicht, ein gewaltiges, plötzlich hervorbrechendes Schluchzen zu unterdrücken.

Müller verhielt sich ruhig. Endlich raffte Deephill das Blatt wieder auf und fragte:

„Lebt sie noch?"

„Nein, aber sie hat ihre Rechtfertigung hinterlassen."

„Haben Sie sie gekannt?"

„Nein. Nur der Zufall hat mir dieses Blatt in die Hand gegeben. Das und das Weitere werden Sie dort von meinem Diener erfahren."

„Ihr Diener? Ah! Sie selbst sind der Sohn jener Familie, von welcher Sie erzählten?"

„Ja, Sie raten richtig."

„Und Sie sind gekommen, sich an dem Kapitän zu rächen?"

„Nein. Ich überlasse Gott die Rache; aber ich tue meine Pflicht. Werden Sie mir vielleicht dabei Hindernisse bereiten, Monsieur Gaston de Bas-Montagne?"

„Wie? Sie kennen meinen Namen?"

„Natürlich. Ich besitze nicht nur das Bild Ihrer Frau, sondern auch . . . Sind sie stark genug, es zu hören?"

„Was?"

„Ihre Kinder . . ."

„Meine Kinder? Gott, o Gott! Sagen Sie, sagen Sie, leben sie noch?"

„Ja."

„Wo, wo? Schnell, schnell!"

„Wenn Sie es wünschen, können Sie sie heute noch sehen."

„Natürlich, natürlich wünsche ich es! Mein Gott! Meine Kinder am Leben! Ich soll sie sehen! Welch eine Seligkeit! Sagen Sie, Herr Doktor, wo befinden sie sich?"

„Hm!" lächelte Müller. „Sie haben sie vielleicht bereits gesehen, eine der Schwestern aber ganz gewiß."

„Wo? Wo denn?"

„Hier in der Nähe. Jedenfalls können Sie sich auf Ihre Frau Gemahlin besinnen?"

„Sehr gut, sehr gut! Sie steht noch ganz lebensvoll in meinem Gedächtnis."

„Auch ihre Züge?"

„Ja, ja. Oh, dieses liebe, milde, zarte, freundliche Angesicht habe ich doch nicht vergessen können!"

„Nun gut! Ist Ihnen hier nicht vielleicht eine Dame begegnet, welche Ihrer verstorbenen Frau ähnlich ist?"

„Doch, o doch! Ich war ganz frappiert über die Ähnlichkeit."
„Wer war es?"
„Fräulein Nanon. Ich wiederhole, daß ich beim Anblick dieser jungen Dame fast bestürzt war; aber . . ."
„Was aber?"
„Ich erkundigte mich nach ihrem Namen. Er lautete Charbonnier. Die Ähnlichkeit mußte also eine ganz zufällige sein."
„Haben Sie sich auch nach ihren Familienverhältnissen erkundigt, Herr Deephill?"
„Ja. Sie ist eine Waise aus Schloß Malineau in der Gegend von Etain."
„Aber Sie erfuhren doch auch, daß sie eine Schwester hat?"
„Ja. Ich bin mit dieser Schwester gefahren. Sie befand sich mit mir im Coupé."
„Und die Züge von Fräulein Madelon sind Ihnen nicht aufgefallen? Die beiden Schwestern sehen sich ja außerordentlich ähnlich."
„Madelon trug im Coupé einen Schleier."
„Aber auffallen muß Ihnen doch wenigstens jetzt, daß es zwei Schwestern gibt, welche Waisen sind, ihren Vater nicht gekannt haben und eine so große Ähnlichkeit mit Ihrer Frau besitzen!"
„Allerdings. Aber wollen Sie damit sagen, daß Nanon und Madelon meine Kinder sind?"
„Ja, sie sind es."
„Mein Gott! Wirklich?"
„Es ist gar kein Zweifel möglich!"
„Aber wie wollen Sie das beweisen? Die bloße Ähnlichkeit ist noch kein Beweis."
„Das ist wahr. Aber dort mein Diener wird imstande sein, Ihnen weitere Aufklärungen zu geben."
„So kommen Sie, schnell, schnell! Wir gehen sofort nach Schloß Ortry, wo ich die Kinder treffen werde."
Es war eine leicht zu erklärende Erregung über ihn gekommen. Er wendete sich, um schnell zu gehen; Müller aber hielt ihn zurück und sagte:
„Halt, nicht so rasch! Denken Sie wirklich daran, jetzt nach Ortry zu gehen?"
„Gewiß! Natürlich!"
„Und der alte Kapitän?"
„Was frage ich jetzt nach ihm?"
„Was Sie betrifft, so ist es freilich begreiflich, daß Sie jetzt an

nichts anderes denken, als Ihre Kinder zu finden; aber ich bitte Sie dringend, auch auf mich Rücksicht zu nehmen."

„Wieso?"

„Ich möchte ein Zusammentreffen zwischen Ihnen und dem Kapitän jetzt noch vermeiden."

„Warum?"

„Aus naheliegenden Gründen, welche mir ganz außerordentlich wichtig sind, obgleich wir sie jetzt nicht zu erörtern brauchen. Mir ist jetzt das allerwichtigste die Frage, wie Sie sich in bezug auf den Kapitän zu verhalten gedenken."

„Nun, angezeigt wird er. Seine Strafe muß er erhalten. Ich lasse mich nicht zum Zweck der Beraubung von ihm einsperren."

„Wenn ich Sie nun ersuche, von dieser Anzeige noch abzusehen?"

„Aus welchem Grund aber?"

„Ich habe Ihnen bereits eine Andeutung gegeben. Es sind in diesen unterirdischen Gewölben noch Menschen eingesperrt, welche ihre Lebensbedürfnisse nur durch den Kapitän erhalten. Wenn er arretiert wird und nichts gesteht, müssen sie elend verkommen und verschmachten."

„So muß man ihn zum Geständnis bringen!"

„Wodurch?"

„Durch Zwang."

„Welchen Zwang meinen Sie? Die Zeiten der Tortur sind glücklicherweise vorüber."

„So muß man, sobald man ihn eingesperrt hat, nach diesen Unglücklichen schleunigst suchen!"

„Meinen Sie, daß man sie finden wird, ehe sie verschmachtet, verhungert und verdurstet sind?"

„Halten Sie dieses Nachforschen für so schwer?"

„Gewiß. Bedenken Sie, daß sich jedenfalls auch mein Vater unter ihnen befindet!"

„Dann möchte ich allerdings Ihren Wunsch berücksichtigen."

„Und noch eins, was ich Ihnen als Ehrenmann ja wohl nicht zu verheimlichen brauche: Es gibt noch gewisse andere Gründe, welche es mir wünschenswert erscheinen lassen, daß der Alte jetzt noch frei bleibt."

„Politische?"

„Auch mit."

„Hm! Ich verstehe und werde Sie natürlich nicht verraten.

Zeige ich den Kapitän an, so müssen Sie als Zeuge dienen. Er aber soll noch nicht wissen, daß Sie sein Feind sind."

„So ist es, Herr Deephill. Also . . .?"

„Gut! Ich stehe noch von einer Anzeige ab. Aber nach Ortry muß ich dennoch, um meine Töchter zu sehen!"

„Das ist nicht notwendig. Fritz Schneeberg mag Sie zu meiner Schwester führen, welche sich wegen Ihres Verschwindens bereits in großer Besorgnis befand."

„Wirklich?" fragte der Amerikaner rasch.

„Ja. Ich ging zu ihr, um mich zu erkundigen, ob Sie vielleicht bei ihr gewesen seien. Ihr Erscheinen wird sie beruhigen. Dann führe ich Ihnen Ihre Töchter zu."

„Werden Sie von Ortry fort können?"

„Wer will sie halten?"

„Der Alte!"

„Oh, der ahnt ja nichts. Also gehen wir! Vorher aber wollen wir dafür sorgen, daß hier keine Spur meiner Anwesenheit zu finden ist."

„Tun Sie das! Vorher aber noch eins, mein bester Herr Doktor! Sie haben mir nicht nur die Freiheit wiedergegeben, sondern Sie haben mir sogar das Leben gerettet. Ich hätte die Sonne nie wieder gesehen. Sie können versichert sein, daß ich Ihnen das nicht vergessen werde. Ich bleibe Ihr Schuldner für die ganze Lebenszeit. Verfügen Sie über mich ganz nach Ihrem Belieben!"

Müller warf ihm einen ernsten, forschenden Blick zu und fragte dann sehr langsam und mit Nachdruck:

„Wissen Sie, was das heißt? Haben Sie auch an die Tragweite dieses Wortes gedacht?"

„Gewiß!"

„Nun, was mich betrifft, das heißt, meine Person, so haben Sie allerdings nicht die geringste Verbindlichkeit. Ich adressiere Ihre Dankbarkeit dort an den, den ich jetzt meinen Diener nenne, und an noch einen, den Sie wohl noch kennenlernen werden. Dennoch aber sehe ich voraus, daß ich gezwungen sein werde, Sie mit Bitten zu belästigen. Berücksichtigen sie diese, so sind nicht Sie mein Schuldner, sondern ich der Ihrige."

„Bitten, welche mit Ihrer vermutlichen Mission in Beziehung stehen?"

„Ja."

„Ich werde sie erfüllen."

„Aber Sie sind Franzose!"

„Und Sie sind Deutscher. Ich haßte die Deutschen. Ich kam, um das Meinige zu ihrem Nachteil beizutragen. Aber ich denke bereits ganz anders, Herr Doktor. Betrachten Sie mich immerhin als Ihren Schuldner! Und nicht nur als das, sondern auch als Ihren Freund. Sie können versichert sein, daß ich nichts tun werde, was Ihnen bei der Erfüllung Ihrer Pflichten hinderlich sein könnte."

„Ich danke Ihnen! Ich halte Sie für einen Ehrenmann, fühle mich aber dennoch durch Ihre Versicherung doppelt beruhigt, wie ich Ihnen aufrichtig gestehe."

„Und noch eins, Herr Doktor. Wer ist dieser zweite, von dem Sie vorhin sprachen?"

„Ein Maler, welcher sich jetzt in der Gegend von Thionville befindet."

Das fiel dem Amerikaner auf. Er fragte:

„Er ist also nicht von hier?"

„Nein."

„Wohl ein kleiner, dicker Kerl mit Kalabreserhut und goldener Brille?"

„Allerdings."

„Ah, den kenne ich, wenn Sie nämlich diesen sogenannten Hieronymus Aurelius Schneffke meinen."

„Den meine ich allerdings."

„Ihm bin ich Dank schuldig?"

„Ja, sogar sehr großen, wie Sie jedenfalls recht bald erfahren werden."

„O weh, ich bin mit ihm zusammengeraten."

„Weshalb?"

„Einer Kleinigkeit wegen. Mein verteufeltes Temperament! Ich bin ungemein hitzig, Herr Doktor!"

„Das läßt sich bei einiger Mühe und Selbstzucht wohl ändern. Doch kommen Sie! Dieser Ort ist nicht zum Verweilen einladend. Und was wir noch zu besprechen haben, hat Zeit für später."

Sie gingen. Im Freien gab Müller den Befehl, in der Stadt sofort nach dem Maler zu suchen und ihn zum Apotheker zu führen. Dann trennten sie sich.

Müller wendete sich der Richtung des Schlosses zu. Da er auf den gebahnten Pfaden einen Umweg gemacht hätte, so drang er in gerader Richtung mitten durch den Wald. Er war noch gar nicht weit gekommen, so blieb er stehen.

„Was war das?" dachte er, indem er lauschte.

Es war ein eigentümlicher Ton, welcher sich jetzt wieder hören ließ, an sein Ohr gedrungen.

„Was mag das sein? Die Stimme eines Tieres? Das ist ein Brummen oder Blöken, wie ich es noch gar nicht gehört habe, so dumpf, verworren und tief!"

Er horchte weiter. Der Ton ließ sich zum dritten Mal vernehmen.

„Dieser Laut läßt sich nicht unter die Tierstimmen registrieren. Das ist keineswegs etwas Gewöhnliches. Wollen einmal sehen!"

Er ging dem Schall nach und blieb von Zeit zu Zeit stehen, um zu horchen.

„Wahrhaftig, das ist ein Mensch! Er ruft in zwei Sprachen, deutsch und französisch, wie aus der Erde heraus."

„Holla!" rief er laut. „Wer ist hier?"

„Vorwärts, vorwärts!" klang es als Antwort.

„Wohin denn?"

„Zu mir!"

„Ja, wo sind Sie denn?"

„Donnerwetter! Im Loch!"

„Und wo ist das Loch?"

„Sehen Sie es denn nicht?"

„Nein."

„Mohrenelement! Es ist tief genug. Sie müssen doch an meiner Stimme hören, wo ich stecke."

„Jedenfalls in der Erde. Aber gerade deshalb täuscht der Schall. Rufen Sie noch einmal, aber lauter."

„Hier, hier!" brüllte es.

„Schön. Jetzt wird's deutlicher. Rufen Sie weiter."

Er ging langsam, um sich nicht zu täuschen, dem Schall nach, schien sich aber doch von dem Ort, den er suchte, zu entfernen.

„Lauter!" befahl er.

„Hier! Hier! Oder soll ich etwa singen?"

„Ja, singen Sie!" lachte Müller.

„Schön!" klang es ihm dumpf und hohl entgegen.

Aber dann erscholl es, wie aus einem Grab heraus, aber bei jedem Schritt, den er tat, deutlicher:

„Mein Lieb ist eine Alpnerin,
Gebürtig aus Tirol.
Sie trägt, wenn ich nicht irrig bin,
Ein schwarzes Kamisol!"

„Halt! Aufhören!" gebot Müller. „Ich bin da!"

„Gott sei Dank", antwortete es.

Müller stand nämlich vor einer grünen, dichtmoosigen Stelle, in deren Mitte ein kleines Loch zu sehen war. Dieses letztere hatte kaum den Durchmesser einer halben Elle. War hier wirklich ein Mann hinabgestürzt? In diesem Fall mußte die eigentliche Öffnung weiter sein und wurde von dem elastischen Moos trügerisch versteckt. Darum ging er nicht weiter, sondern er blieb in vorsichtiger Entfernung vor dem Loch halten.

„Sind Sie hier hinab?" fragte er.

„Ja."

„Das ist doch kaum möglich."

„Warum denn nicht?"

„Ihrer Stimme nach sind Sie kein Kind, und für einen Mann ist das Loch zu klein."

„Nein, ein Kind bin ich nicht, und dick genug bin ich auch für zwei Männer. Aber dennoch bin ich hier herab."

„Gestürzt?"

„Gestiegen nicht, Sie Esel!"

„Aha! Ist es tief?"

„Freilich."

„Wie tief denn?"

„Na, ich kann mich täuschen. Hier unten ist es finster, und wenn ich emporblicke, sehe ich des Mooses halber auch nur einen halbdustern Fleck. Dreimal Mannestiefe wird es wohl betragen."

„Sind Sie aus Versehen hinab?"

„Aus was sonst? Etwa aus Übermut, um das Genick zu brechen, he?"

„Nein", antwortete Müller, welchem die kräftige Weise des Unbekannten Spaß machte. Dieser hatte sich jedenfalls keinen Schaden getan, und so war kein Grund zu Angst und Besorgnis vorhanden.

„Oder", rief es von unten herauf, „halten Sie mich vielleicht für einen Regenwurm, der sich in die Erde bohrt, um von den Maulwürfen gefressen zu werden? Kommen Sie herunter, so werden Sie sehen."

„Was denn?"

„Ob ich Ähnlichkeit mit einem Wurm habe."

„Das werde ich zu sehen bekommen, wenn Sie wieder herauf sind."

„Schön. Aber wie komme ich hinauf?"

„Können Sie klettern?"

„Ja, wie eine Katze."
„Nun, so ist es ja leicht."
„Wieso denn?"
„Machen Sie es wie ein Essenkehrer: Schieben Sie sich mit Hilfe des Rückens und der Knie empor."
„Schöner Rat. Was denken Sie denn?"
„Geht das nicht?"
„Nein. Absolut nicht."
„Warum nicht?"
„Erstens bin ich zu schwer, und zweitens ist das Loch viel zu weit für so eine Essenkehrermanipulation."
„Wie aber wollen Sie sonst in die Höhe kommen?"
„Holen Sie gefälligst eine Leiter."
„Schön. Da müssen Sie aber eine tüchtige Weile warten. Eine Leiter kann ich nur auf dem Schloß bekommen."
„Donnerwetter. Das möchte ich nicht."
„Warum nicht?"
„Hm. Das kann ich nicht einem jeden sagen. Wer sind Sie denn eigentlich?"
„Zunächst möchte ich Sie fragen, wer Sie sind."
„Ein Pole."
„Ah. Was denn?"
„Maler."
„Maler? Sapperment. Wie heißen Sie?"
„Schneffka."
„Schneffka? Ah, das ist hochinteressant."
„Hochinteressant? Sie dummer Kerl! Mir kommt es in dieser Mördergrube nicht sehr interessant vor."
„Natürlich heißen Sie Hieronymus Aurelius?"
„Sapperment. Sie kennen mich?"
„Habe die Ehre."
„Woher denn?"
„Ich bin Doktor Müller."
„Doktor Müller? Juchhei! Das ist der Richtige. Das ist der, den ich hier ganz allein gebrauchen kann."
„Warum?"
„Hier gibt es Geheimnisse."
„Wirklich? Welche denn?"
„Das Loch ist nicht von ungefähr. Es ist mit Fleiß gemacht, ganz künstlich. Ein breites, tiefes Loch. Oben darauf Knüppel gelegt, darauf Erde und diese Erde mit Moos bepflanzt. Die Knüppel müssen an der Stelle, wo ich durchgebrochen bin, ver-

fault sein. Das ganze Ding ist so eingerichtet wie eine Grube in den indischen Dschungeln, um Tiger zu fangen."
„Dieses Mal fing sich kein Tiger."
„Etwa ein Rhinozeros?"
„Will es nicht in Abrede stellen."
„Hol Sie der Teufel!"
„Schön."
„Vorher holen Sie mich aber fein hübsch hinauf."
„Das geht am besten mit Hilfe einer Leiter. Warum aber soll ich die nicht vom Schloß holen?"
„Wegen des alten Kapitäns."
„Das verstehe ich nicht."
„Er darf nicht wissen, daß einer hier hereingestürzt ist."
„Warum nicht?"
„Weil es, wie gesagt, hier Geheimnisse gibt. Ich stecke nämlich nicht in einem gewöhnlichen Loch, sondern hier ist ein Gang oder Stollen mit Türen rechts und links."
„Sapperment! Da darf der Alte allerdings kein Wort erfahren. Drei Männer tief? Hm! Wie stellt man das an, Sie heraufzubringen? Soll ich herunterkommen, um Sie zu heben?"
„Wollen Sie sich auf diesen Kalauer etwas einbilden?"
„Gar nichts. Aber wenn Sie sich zehn Minuten gedulden wollen, so habe ich Hilfe."
„Was für welche?"
„Es sind unweit von hier Bäume gefällt worden, junger, dreißigjähriger Wuchs. Ich hole einen Stamm."
„Stecken Sie ihn in das Loch."
„Ja."
„Schön. Laufen Sie."
Müller entfernte sich. Er war an dem Holzschlag vorübergekommen. Dort angelangt, fand er einen Stamm, welcher von den Ästen befreit und stark genug war, den dicken Maler zu tragen. Er nahm ihn auf die Achsel und trug ihn zurück.
Wieder beim Loch angekommen, untersuchte er sehr sorgfältig den Boden, um nicht selbst einzubrechen. Dann ließ er den Stamm hinabrutschen.
„Ah! Sakkerment!" schrie es unten.
„Was gibt's?"
„Tun Sie doch das Maul auf, ehe Sie mich anspießen oder zerstampfen."
„Ich dachte, Sie merkten es ganz von selbst. Wird es gehen auf diese Weise?"

„Will's versuchen."

Müller hörte ein Stöhnen und Pusten, dann erscholl es aus der Tiefe herauf:

„Das ist doch eine ganz verfluchte Patsche, in die ich da geraten bin."

„Wieso?"

„Es will nicht gehen."

„Ich denke, Sie können klettern!"

„Gewiß. Aber der Baum dreht sich immer um sich selbst herum. Ich bin doch nicht etwa hier abgerutscht, um Reitschule oder Karussell zu spielen."

„So gibt es nur ein Mittel: Ich halte den Stamm."

„So brechen Sie durch."

„Nein. Die künstliche Decke hält doch fester, als ich dachte. Noch besser aber wird es sein, ich komme auch einmal hinab."

„Dann stecken wir beide in der Tinte."

„Keine Sorge. Bin ich unten, so kann ich schieben, und Sie kommen viel leichter herauf."

„Na, da versuchen Sie es!"

„Treten Sie auf die Seite."

Müller umfaßte zunächst mit den Händen den Stamm, schlang dann auch die Beine um denselben und rutschte hinab.

Müller war leichter hinabgekommen, als er sich gedacht hatte.

„Da bin ich", sagte er, als er den Boden unter seinen Füßen fühlte.

„Station Hölle! Fünf Minuten Aufenthalt", verkündete Herr Hieronymus Aurelius Schneffke.

„Vielleicht auch etwas länger."

„Habe keine Lust dazu."

„Befinde ich mich einmal hier, so will ich doch auch genau wissen, wo ich bin."

„Dazu gehört eine Laterne."

„Habe ich."

„Sapperment! Sie scheinen Tag und Nacht bereit zu sein, als Einbrecher zu praktizieren."

„Man muß hier stets au fait sein. Aber, Herr Schneffke, was treiben Sie im Wald?"

„Studien."

„Was für welche?"

„Geologische und geognostische, wie Sie sehen. Ich untersuche das Erdinnere."

„Sie sollten das Herumspazieren lieber bleibenlassen."

„Warum?"
„Sie verunglücken stets dabei."
„Das will ich ja. Ich bin ein großer Freund des Unglücks, vorausgesetzt, daß es mich selbst betrifft, aber keinen anderen."
„Sonderbare Passion!"
„Ja, ein jeder Mensch hat seine Mucken."
„Also was wollten Sie im Wald?"
„Es wurde mir so unheimlich in dem Nest Thionville. Ich brauche frische Luft . . ."
„Glaubten Sie, hier unten frische Luft zu finden?"
„Na, was das betrifft, so bin ich allerdings auf einen solchen Rutsch nicht ausgegangen."
„Sie konnten Hals und Beine brechen."
„Keine Sorge. Ich falle weich. Ich schlenderte so in meinen Gedanken durch den Wald; da kriegte die Erde ein Loch, und ich schoß hinab. Unten kam ich gerade auf den Teil zu sitzen, wo die Engel keine Flügel haben. Auf diese Weise habe ich weder mir noch den Steinplatten hier einen Schaden getan."
„Wirklich! Steinplatten gibt es hier. Wollen die Lampe anzünden."
Beim Schein des Lichtes bemerkten sie nun, daß das Loch viereckig war, also auf künstliche Weise hergestellt. Sie befanden sich in einem Gang, welcher etwas mehr als Manneshöhe und eine Breite von fünf Fuß hatte.
„Wo gibt es Türen?" fragte Müller.
„Da vorwärts und auch rückwärts."
„Haben Sie sie gefühlt?"
„Ja. Ich tappte mich fort und bin an drei Türen gewesen. Weiter aber getraute ich mich nicht. Diese Gegend scheint ganz von Schächten und Gängen durchzogen zu sein."
„Die Türen waren natürlich verschlossen?"
„Ja."
„Was für Schlösser?"
„Keine Hänge-, sondern Kastenschlösser."
„Wollen einmal sehen, ob mein Schlüssel paßt."
„Ah! Auch Schlüssel haben Sie mit? Immer also auf dem Quivive."
„Das ist notwendig."
Müller steckte den Schlüssel in das Schloß der ersten Tür, welche sie erreichten. Er paßte.
„Sapperment, das klappt wie Pudding!" meinte der Maler. „Bin neugierig was da drinnen steckt."

Müller öffnete. Das kellerartige Gewölbe war leer, und den gleichen Erfolg hatte das Öffnen von noch zwei weiteren Türen.

„Wir müssen die Untersuchung unbedingt fortsetzen“, meinte Schneffke.

„Ich meine das Gegenteil: Wir kehren an die Oberwelt zurück.“

„Warum? Man muß doch wissen, wer oder was hier steckt.“

„Erstens ist das zu gefährlich . . .“

„Warum?“

„Es kann leicht da oben jemand vorübergehen und den Stamm im Loch bemerken.“

„Das ist allerdings wahr.“

„Und sodann habe ich keine Zeit und Sie auch nicht.“

„Ich? Pah, ich bin nicht beschäftigt.“

„Sie werden aber Beschäftigung erhalten. Fritz Schneeberg ist nach Thionville gegangen, um Sie zu suchen.“

„Wozu?“

„Sie sollen zur Miß de Lissa kommen.“

„Zu der Engländerin, die eine Gouvernante war?“

„Die Sie wenigstens für eine solche gehalten haben.“

„Sapperlot! Sollte sie mich doch noch heiraten wollen?“

„Das weniger. Sie sollen einem dort anwesenden Herrn einen Liebesdienst erweisen.“

„Soll ich ihn etwa rasieren?“

„Nein, das nicht.“

„Oder einen abgerissenen Knopf anflicken?“

„Nein. Der Herr ist ein Amerikaner und heißt Deephill.“

„Ah der! Er sitzt immer bei der Engländerin im Garten und schnautzt die Leute an, welche zufälligerweise einmal ein paar Zaunlatten abbrechen.“

„Hm; haben auch Sie welche abgebrochen?“

„Nur zwei. Das ist doch wenig genug.“

„Und da wurde er grob?“

„Außerordentlich.“

„Darum sagte er mir, daß er mit Ihnen zusammengeraten sei.“

„Sagte er das? Nun, ich habe mir nicht viel daraus gemacht. Wenn er sich etwa mit der Befürchtung quälen sollte, daß ich vor Schreck die Staupe bekommen habe, so beruhigen Sie ihn, Herr Doktor. Ich habe ihm überhaupt bereits gesagt, daß er mich jedenfalls einmal sehr notwendig brauchen wird.“

„Wozu?“

„Zur Enthüllung eines Geheimnisses.“

„Vielleicht meinen Sie dasselbe Geheimnis, in Beziehung dessen er Sie sprechen möchte."
„Welches?"
„Seine Kinder."
„So hat dieser Monsieur Schneeberg bereits geschwatzt? Na, ich bin nicht rachsüchtig und trage keinem Menschen etwas nach. Dieser Amerikaner hat mich angebellt wie der Mops den Mond. Der Mond aber lächelt trotz des Mopses, und so soll auch mein gnadenreiches Licht diesen Herrn Deephill in friedlich-poetischem Schimmer belächeln."
„Schön! Sie treffen auch Schneeberg bei ihm."
„Das ist mir sehr lieb. Ich will Ihnen aufrichtig sagen, daß ich nur Schneebergs wegen von dieser Sache gesprochen habe. Er liebt diese Nanon Charbonnier."
„Ah! Das wissen Sie?"
„Ja. Ich habe sie von der Birke aus belauscht!"
„O weh!"
„Allerdings o weh! Denn ich rutschte von der Birke herunter und kugelte gerade vor das Pärchen hin.
„Wieder einmal Pech."
„Das nennen Sie Pech? Sehen Sie meinen Bauch und meine Taille an! Bin ich nicht etwa zum Kugeln gemacht? Wenn ich ausrutsche, stürze, falle, kugle oder rolle, so erfülle ich nur die mir von der freundlichen Natur so gnadenvoll gegebene Bestimmung. Also Schneeberg liebt die Nanon. Er ist's, der mich gestern aus der Patsche befreit hat, und so soll er die Nanon bekommen."
„Wer wird Sie aus der heutigen Patsche befreien?"
„Sie jedenfalls."
„Nun, haben Sie da nicht auch für mich eine Dame als Belohnung in petto?"
„Wollen sehen! Also, um bei Schneeberg zu bleiben, möchte ich haben, daß der Amerikaner ihm zum Dank verpflichtet wird. Ich selbst aber möchte verborgen bleiben, so hinter den Wolken, ganz so wie das Schicksal, wenn es seine geheimnisvollen Fäden von der Spindel leiert. Der Amerikaner muß ihm aus reiner Dankbarkeit seine Tochter geben."
„Also können Sie wirklich beweisen, daß Nanon seine Tochter ist?"
„Mit Leichtigkeit."
„Dann werden Sie wohl oder übel hinter Ihrer Wolke hervortreten müssen."

„Ist mir nicht lieb."
„Schneeberg kann doch den Beweis nicht führen."
„Warum nicht?"
„Ist er im Besitz des Materials?"
„Ich übergebe es ihm."
„Und selbst dann ist es eine Frage, ob er es so zu verwenden verstehen wird wie Sie, der Sie es aus erster Hand überkommen haben, wie es scheint."
„Na, ich denke, ein preußischer Ulanenwachtmeister wird doch so viel Grütze im Kopf haben, daß er es versteht, aus einigen Namen und Tatsachen . . . Donnerwetter!"
„Alle Teufel!" hatte nämlich Müller hervorgestoßen, und erst infolgedessen bemerkte Schneffke, daß er verraten hatte, was er wußte.
„Was wollen Sie mit dem Ulanenwachtmeister sagen?" fragte Müller.
„Hm", brummte der Maler verlegen.
„Heraus damit!"
„Na, es war soso!"
„Ihr Soso genügt mir nicht! Sie befinden sich jetzt in einer gefährlichen Lage, Herr Schneffke! Wissen Sie, daß es in jetziger Zeit nicht geraten ist, hier in Frankreich einen anderen als preußischen Ulanenwachtmeister zu bezeichnen?"
„Mag sein."
„Es kann das für den Betreffenden leicht sehr schlimme Folgen haben."
„Das weiß ich."
„Und für Sie auch."
„Wieso?"
„Es könnte jemand auf den Gedanken kommen, Ihnen den Mund zu stopfen."
„Würde ihm nicht leicht werden."
„Pah! Wenn ich nun auf diesen Gedanken käme?"
„So würde ich mich hüten, das Maul dahin zu halten, wo es gestopft werden soll, Herr Rittmeister."
Königsau fuhr zurück.
„Mensch!" sagte er. „Jetzt sagen Sie, wie Sie dazu kommen, hier in dieser Umgebung die Worte Wachtmeister und Rittmeister zu gebrauchen."
„Und wenn ich mich weigere?"
„So jage ich Ihnen auf der Stelle eine Kugel durch den Kopf. Sehen Sie!"

Er ließ das Licht des Laternchens auf den Revolver fallen, den er hervorgezogen hatte.
„Na", lachte Schneffke, „ich glaube nicht, daß Sie einen königlich preußischen Landwehrunteroffizier so mir nichts, dir nichts niederschießen werden."
„Ah! Preußischer Unteroffizier?"
„Ja. Verzeihen Sie, daß ich hier das Honneur unterlasse. In der Unterwelt haben die Instruktionsstunden ihre Wirkung verloren."
„Was treiben Sie eigentlich in Frankreich?"
„Allerhand Allotria."
„Das habe ich gehört. Ihr Lieblingsallotria aber scheint das Purzelbaumschlagen zu sein."
„Wird mitunter auch gemacht."
„Soll ich etwa denken, daß Sie sich im . . . Auftrag hier befinden?"
„Allerdings."
„Ah! Wer hat Sie dazu kommandiert?"
„Oh, es ist nicht das, was Sie denken. Der Auftrag, welchen ich bekommen habe, ist ein rein privater. Er hat nicht ein Stäubchen Militärisches an sich."
„Aber Sie sprechen von Wacht- und Rittmeistern!"
„Was ich weiß, das habe ich zufälligerweise erfahren."
„Nun, was wissen Sie?"
Müllers Ton war immer strenger geworden. Er stand vor dem Maler wie der Vorgesetzte vor dem Untergebenen. Schneffke aber ließ sich in diesem Augenblick gar nicht imponieren. Sein Ton war ganz so, als ob es sich um eine äußerst gleichgültige Angelegenheit handle.
„Was ich weiß?" fragte er. „Nun, ich weiß, daß sich sogenannte Eclaireurs in Frankreich befinden."
„Spezieller!"
„Spezieller der Herr Rittmeister von Hohenthal von den Husaren."
„Sapperment!"
„Mit dem Wachtmeister Martin Tannert. Beide waren erst in Paris; jetzt befinden sie sich in Metz."
„Mensch, das wagen Sie zu sagen?"
„Ja. Ferner befinden sich in Frankreich der Ulanenwachtmeister Fritz Schneeberg und . . ."
„Und? Nun?"
„Und der Herr Rittmeister Richard von Königsau."

„Wo?"
„Der Wachtmeister ist Pflanzensammler in Thionville."
„Und der Rittmeister?"
„Ist Erzieher auf Schloß Ortry."
„Alle Teufel! Mann, wer hat Ihnen das verraten?"
„Kein Mensch. Tannert ist mein bester Freund. Ich traf ihn als Weinagent auf Schloß Malineau. Herrn von Hohenthal sah ich in Metz. Es versteht sich ganz von selbst, wie ich mir die Anwesenheit dieser Herren zu erklären habe."
„Aber ist Ihnen auch der Wachtmeister Schneeberg persönlich bekannt?"
„Nein."
„Oder der Rittmeister von Königsau?"
„Auch nicht."
„Wie können Sie also die Anwesenheit dieser beiden wissen?"
„Tannert sprach davon."
„Der Unvorsichtige! Ich werde ihn zur Bestrafung bringen."
„Verzeihung, Herr Doktor, es war nicht Unvorsichtigkeit von ihm, sondern ganz das Gegenteil. Ich habe in Malineau vieles erlauscht; ich wollte nach Orty. Beides sagte ich dem Freund Tannert. Er war gezwungen, mir die Anwesenheit der beiden Herren mitzuteilen, erstens um mich vor Fehlern zu bewahren, und zweitens, um mich mit dem, was ich erlauscht hatte, an den Herrn Rittmeister von Königsau zu wenden."
„Ah, so! Aber Sie befinden sich trotzdem in einer keineswegs beneidenswerten Lage."
„Wieso?"
„Sie sind ein plauderhafter Mensch. Ich muß mich also Ihrer versichern!"
„O weh!"
„Ja. Und ferner haben Sie so ungeheuer viel Pech, daß ich befürchten muß, mit in dieses zu geraten, falls ich Sie tun und treiben lasse, was Sie wollen."
„Und was wollen Sie da mit mir tun?"
„Ich werde Sie über die Grenze schaffen lassen bis in die nächste preußische Garnison, wo Sie interniert bleiben, bis Sie keinen Schaden mehr verursachen können."
„Wer wird mich eskortieren?"
„Eben der Wachtmeister Schneeberg."
„Herr Doktor, das werden Sie nicht tun."
„O doch!"

„Nein, und zwar aus verschiedenen Gründen."
„Welche könnten das sein?"
„Erstens wäre nicht ich, sondern Schneeberg der Arrestant!"
„Wieso?"
„Weil ich nur auf der Station zu sagen brauche, daß er ein preußischer Unteroffizier ist. Ich wäre ihn ja augenblicklich los. Er würde sofort eingesperrt, und ich könnte gehen, wohin ich will. Wäre ich dann rachsüchtig, so . . ., hm!"
„Was?"
„So wäre es auch um Sie geschehen!"
„Wieso?"
„Ich brauchte nur an diesen liebenswürdigen Herrn Kapitän Richemonte zu schreiben. Er ist ein so großer Freund der Preußen, daß er Sie vor lauter Entzücken sogleich umarmen würde, freilich nicht mit den Armen, sondern mit Stricken oder Handschellen."
„Kerl, Sie sind ein Filou."
„Merken Sie etwas? Übrigens dürfen Sie mich nicht so falsch beurteilen. Ich habe scheinbar allerdings sehr viel Pech, aber das ist auch nur scheinbar."
„Daß es nur Schein sei, müssen Sie wohl erst beweisen!"
„Dieser Beweis fällt mir sehr leicht. Mein Pech ist, genau genommen, immer nur Glück."
„Ah!"
„Jawohl. Wünschen Sie spezielle Beweise?"
„Ja."
„Nun, in Trier versäumte ich den Zug."
„Ich hörte davon."
„Dadurch wurde es mir erspart, bei dem Bahnunglück den Hals zu brechen."
„Das ist so übel nicht vorgebracht."
„Hier stürzte ich ins Loch. Dadurch haben Sie einen neuen, unterirdischen Gang entdeckt. Oder sollten Sie denselben bereits gekannt haben?"
„Nein. Es ist eine neue Entdeckung, welche ich da mache."
„Sehen Sie! Kurz und gut, es mag mir passieren, was da nur will, Pech, Malheur, Unglück, es läuft allemal auf ein Glück, auf einen Vorteil, auf ein befriedigendes Ereignis hinaus; das ist sicher . . ."
„. . . Zufall!"
„Nicht ganz. Sie haben mich Filou genannt. Ich gebe meinen Mitmenschen allerdings Gelegenheit, sich über mich zu erhei-

tern. Aber meinen Sie wirklich, daß ich da stets der Ungeschickte, der Pechvogel bin?"

„Was sonst?"

„Ist es denn gar nicht möglich, daß meinerseits ein klein wenig Absicht oder Berechnung dabei ist?"

„Hm! Möglich ist es!"

„Und meinen Sie, daß einem braven, preußischen Unteroffizier gegenüber Ihr Geheimnis in Gefahr geraten kann? Ich werde mir viel eher den Kopf abhacken lassen, als daß ich etwas ausplaudere. Darauf können Sie tausend Eide schwören."

„Na, ich wollte ja auch nicht sagen, daß ich die Meinung habe, in Ihnen einen Verräter zu sehen."

„Das sollte mir auch leid tun. Übrigens habe ich die gute Angewohnheit, allen, mit denen ich in Berührung komme, Glück zu bringen."

„Dann sind Sie ja ein ganz und gar wertvoller Mensch."

„Ja, mein Wert ist gar nicht hoch genug zu schätzen. Diesem Deephill gebe ich seine Kinder und diesem Schneeberg seine Geliebte. Es sollte mich wundern, wenn ich nicht auch in die erfreuliche Lage käme, Ihnen nützen zu können."

„Wollen es wünschen. Vielleicht bringt Ihr Fall in dieses Loch mir das, wonach ich längst gestrebt habe."

„Was ist das?"

„Privatangelegenheit."

„Entschuldigung! Ich fragte nicht aus zudringlicher Neugierde. Also werden Sie mich wirklich über die Grenze transportieren lassen, mein verehrtester Herr Doktor?"

„Hm! Ich will davon absehen."

„Besten Dank! Die Belohnung wird auch sofort kommen."

„Wissen Sie das so gewiß?"

„Ja, wenn nämlich meine Vermutung die richtige ist."

„Nun, was vermuten Sie?"

„Ich habe über diesen Master Deephill so meine Gedanken und Vermutungen. Er ist ein reicher Amerikaner. Er kommt zu dem Kapitän. Dieser letztere agiert auf das äußerste gegen Deutschland. Deephill ist sein Verbündeter, er bringt ihm Geld und zwar sehr viel Geld."

„Hm! Sie sind nicht ohne Scharfsinn!"

„Finden Sie? Weiter! Dieser Deephill aber ist nicht ein Amerikaner, sondern ein französischer Edelmann, ein Feind Deutschlands. Wie wäre es, wenn wir ihn nach Deutschland, nach Berlin entführten?"

„Er hat bereits mit dem Kapitän gebrochen."
„Wirklich? Da ist er sehr klug gewesen. Aber das ist immer nur ein halber Erfolg. Er ist dennoch Franzose. Er ist nicht als sicherer Mann zu betrachten. Man muß ihn nach Berlin bringen. Er muß ein Deutscher werden."
„Wie wollen Sie das fertigbringen?"
„Indem ich ihn heute, morgen oder übermorgen, ganz wann es Ihnen beliebt, mit nach Berlin nehme."
„Das wollten Sie ausführen?"
„Ganz gewiß."
„In welcher Weise?"
„Oh, er wird ganz närrisch darauf sein, mit mir nach Berlin zu gehen. Kommen Sie nachher auch mit zum Apotheker?"
„Ja."
„Nun, so werde ich Ihnen den Beweis liefern, daß ich meiner Sache äußerst sicher bin."
„Sie machen mich wirklich neugierig. Eigentlich ist es sehr unvorsichtig von uns, hier so lange zu verweilen. Ich denke, wir kehren an die Oberwelt zurück."
„Schön! Wer steigt voran?"
„Sie. Ich werde den Stamm halten."
„Aber dann wird er sich drehen, wenn Sie nachfolgen."
„Haben Sie keine Sorge. Ich komme schon hinauf."
„Soll ich vielleicht oben halten?"
„Nein. Sie sind zu schwer. Treten Sie nicht wieder auf das Moos; der Boden könnte sich abermals unter Ihnen öffnen. Wenn Sie oben anlangen, müssen Sie sich einen kräftigen Schwung geben, um sich über das Moos hinüberzuschnellen. Werden Sie das fertigbringen?"
„Ich werde einen wirklichen Panthersprung tun."
„Schön! Also, fassen Sie an!"
„Gut! Jetzt! Eins – zwei – drei!"
Müller setzte einiges Mißtrauen in die Kletterkunst des dikken Pechvogels; aber dieser schob sich schnell und sicher in die Höhe und rief von oben:
„So! Da bin ich. Der Sprung ist gelungen."
Einige Augenblicke später stand Müller neben ihm. Es gelang, den Stamm aus dem Loch zu ziehen und das letztere so zu verschließen, daß von der Öffnung nichts zu sehen war.
„Nun muß der Baum wieder an seinen Ort", sagte Müller.
„Ich werde ihn hintragen."
„Nein. Sie wissen nicht, wo er gelegen hat. Sie müssen sogleich

nach der Stadt. Werden Sie sich von hier aus auch wirklich zurechtfinden?"

„Sehr leicht."

„So gehen Sie. Auf Wiedersehen!"

„Adieu, Herr Doktor!"

Er ging. Als er eine Strecke weit fort war, blieb er einen Augenblick stehen und murmelte:

„Verfluchte Geschichte! Stürze ich in dieses verteufelte Loch! Wäre der Doktor nicht gekommen, so hätte ich da unten entweder verhungern müssen, oder ich wäre wieder in die Hände dieses famosen Kapitäns geraten. Dieser Königsau ist ein patenter Kerl, klug, listig und kühn bis zur Verwegenheit. Aber mich über die Grenze transportieren, hm, das war doch der reine Pudding."

Nachdem Müller den Baumstamm wieder an seine frühere Stelle geschafft hatte, begab er sich nach dem Schloß und nahm, in der Nähe desselben angekommen, die Haltung eines unbefangenen Spaziergängers an.

Vorher war der Briefträger gekommen und auf den Hof dem alten Kapitän begegnet.

„Für mich etwas?" fragte dieser.

„Nein."

„Für wen sonst?"

„Für das gnädige Fräulein", antwortete der Briefträger.

„Brief?"

„Ja."

Marion befand sich bei Nanon und Madelon, als sie den Brief erhielt. Er trug den Poststempel Etain.

Das befremdete sie zuerst, da sie dorthin keine Korrespondenz hatte. Aber die Erklärung kam sogleich, als sie ihn las. Ihr freudiges Lächeln verkündete sofort den beiden andern, daß der Inhalt ein guter sei.

„Wißt Ihr, wo dieser Brief geschrieben wurde?" fragte sie.

„Wie können wir das wissen?" antwortete Nanon.

„Auf Schloß Malineau."

„Wirklich? Ah! Von wem denn?"

„Hört!"

Sie las vor:

„Meine gute Marion!

Dir für Deine lieben Zeilen herzlich dankend, bin ich gezwungen, Dich um Entschuldigung zu bitten, daß ich Dir nicht eher geantwortet habe. Aber wir hatten so viel zu tun, daß mir das Schreiben zur Unmöglichkeit wurde.

Jetzt nun benutzte ich die erste freie Viertelstunde, um Dir mitzuteilen, daß ich mit Großpapa auf Malineau angekommen bin, um die nächste Zeit hier zu verweilen.

Wäre es Dir nicht möglich, meine herzige Freundin, mir Deine Gegenwart zu schenken? Ich sehne mich so sehr nach Dir; ich habe Dir so viel zu erzählen, und nach Ortry zu kommen, das geht ja nicht. Du weißt, welche Furcht ich vor diesem alten, weißbärtigen Kapitän habe.

Also komm, komm recht bald. Auch Großpapa ladet Dich dringend ein, und mit größter Ungeduld erwartet Dich Deine

Ella von Latreau."

Marion hatte noch das letzte Wort dieses Briefes auf den Lippen, da klopfte es höflich an, und Müller trat ein. Er sah den Brief in Marions Händen und sagte also:

„Ich störe. Entschuldigung! Ich würde mich sofort zurückziehen, aber ich komme mit einer Bitte, welche ich nicht gern aufschieben möchte."

„Sie sind mir zu jeder Zeit willkommen, Herr Doktor", antwortete Marion. „Sprechen Sie also die Bitte aus. Ich werde ja sehen, ob es sehr schwer ist, Ihnen die Erfüllung derselben zu gewähren."

„Ich habe sie nicht an Sie, gnädiges Fräulein, sondern an diese beiden Damen zu richten."

„Unter vier Augen?"

„Nein. Haben die beiden Demoiselles vielleicht Zeit, einen Spaziergang nach Thionville zu unternehmen?"

„Wann?"

„Allerdings sofort."

„Was sollen wir dort?" fragte Nanon.

„Doktor Bertrand erwartet Sie."

„Bertrand? Sofort? Das muß eine wichtige Veranlassung haben, wie sich vermuten läßt."

„Sie vermuten richtig."

„Wissen Sie, was wir bei ihm sollen, und dürfen wir es erfahren?"

„Hm! Ich weiß das nicht genau. Ich denke vielmehr, daß ich jetzt nicht davon sprechen sollte."

„Oh, dann ist es etwas Schlimmes!"

„Nein, nein, sondern im Gegenteil etwas sehr Erfreuliches."

„Wirklich? Nun, dann dürfen Sie es uns auch sagen. Bitte, bitte, Herr Doktor!"

Er zuckte zögernd die Achsel. Aber Marion nahm sich der beiden Damen an, indem sie zu dem Schweigsamen sagte:

„Werden Sie auch zu mir so schweigsam bleiben, wenn ich Ihnen sage, daß ich sehr wißbegierig bin?"

„Wer kann da widerstehen, gnädiges Fräulein! Es handelt sich nämlich um das Geheimnis, welches die Abstammung dieser Damen umgibt."

Sofort eilten Nanon und Madelon auf ihn zu. Die eine faßte ihn hüben und die andere drüben. Beide bestürmten ihn mit dem Verlangen, mehr zu sagen.

„Ich habe wohl bereits mehr verraten, als ich sollte", meinte er.

„Wer hat Ihnen denn verboten zu sprechen?"

„Niemand."

„Nun, so dürfen Sie ja reden."

„Ich möchte Ihnen die Überraschung nicht verderben."

„Wollen Sie etwa, daß wir unterwegs vor unbefriedigter Neugierde sterben?"

„Nein; so grausam bin ich freilich nicht."

„Also bitte, bitte!"

„Nun, es hat sich eine Spur entdecken lassen, welche, wenn sie verfolgt wird, auf den Namen Ihres Vaters führt."

„Unseres Vaters?" fragte Madelon schnell. „Eine Spur von ihm? Wer hat sie gefunden?"

„Ein Maler, welcher . . ."

„Oh", fiel Nanon schnell ein, „wohl der wunderbare kleine Dicke, welcher vom Baum stürzte?"

„Der wird es sein, Mademoiselle Nanon."

„Warum kommt er nicht lieber hierher?"

„Er scheint sich, wie so viele andere, auch vor dem Herrn Kapitän zu fürchten. Er traf mich und hat mich gebeten, Ihnen seine Bitte mitzuteilen."

„Dann müssen wir zu ihm! Schnell, schnell, Madelon!"

„Ich werde sogleich anspannen lassen", meinte Marion.

„Bitte, nein, nicht anspannen", bemerkte Müller.

„Warum nicht?"

„Ich habe Gründe, den Herrn Kapitän noch nicht merken zu lassen, um was es sich handelt. Gehen Sie zu Fuß. Tun Sie so, als ob Sie einen einfachen Spaziergang unternehmen."

„Und ich? Wenn ich doch mit dürfte!"

Die beiden Schwestern blickten Müller fragend an. Er nickte mit dem Kopf und antwortete:

„Die Angelegenheit soll für das gnädige Fräulein kein Geheimnis sein. Ich selbst werde auch kommen."

„Sie auch! Da gehen wir alle vier zusammen."

„Bitte mich zu dispensieren! Ich möchte nicht haben, daß der Herr Kapitän mich mit Ihnen gehen sieht."

„Aber unterwegs können Sie zu uns stoßen?"

„Vielleicht."

„Dann schnell, Madelon! Komm, wir wollen rasch ein wenig Toilette machen!"

Die beiden Schwestern gingen. Marion legte Müller die Hand auf die Achsel und fragte zutraulich:

„Sie wissen noch mehr, als Sie sagten?"

„Vielleicht, gnädiges Fräulein."

„Darf ich es wissen?"

Der Blick, den sie dabei auf ihn richtete, war so sprechend. Es lagen ihn ihm die Worte:

„Ich selbst würde dir alles, alles anvertrauen. Warum willst du Geheimnisse vor mir haben?"

„Ja, Ihnen will ich es sagen. Der Vater der beiden Damen scheint gefunden zu sein."

„Mein Gott, welches Glück. Wo ist er?"

„In Thionville."

„Kenne ich ihn?"

„Sehr gut. Er war Gast auf Ortry."

„Wirklich? Wer? Wer?"

„Deephill."

Sie trat erstaunt zurück.

„Dieser? Der?" fragte sie.

„Ja."

„Ein Amerikaner?"

„Es ist kein Amerikaner, sondern ein Franzose, sogar ein französischer Edelmann, ein Baron de Bas-Montagne."

„Woher wissen Sie das?"

„Wir haben Freundschaft geschlossen."

„Das ist allerdings eine Nachricht, welche die beiden Damen mit Entzücken erfüllen wird. Auch ich freue mich mit ihnen. Aber, da fällt mir ein, daß ich eine Frage an Sie richten muß."

„Welche?"

„Bitte, lesen Sie!"

Sie gab ihm den Brief, den sie soeben erhalten hatte. Als er ihn gelesen hatte, fragte sie:

„Soll ich diesen Besuch unternehmen?"

„Dieser Brief kommt ganz zur glücklichen Zeit."

„Also, ich soll?"

„Ja. Weiß der Kapitän davon?"

„Nein."

„Sehr gut! Es kann nämlich notwendig werden, daß Sie Ortry verlassen, ohne ihm zu sagen, wohin Sie gehen. Lassen Sie also niemand etwas wissen."

„Aber Madelon und Nanon wissen es bereits."

„Sie werden wohl schweigen."

„Warum aber läßt Doktor Bertrand diese beiden zu sich kommen? Sie wohnen ja hier und Deephill auch."

„Dieser letztere nicht mehr."

„Nicht? Ich habe ihn allerdings seit gestern nicht gesehen. Aber verabschiedet hat er sich nicht."

„Es war ihm unmöglich. Er war gefangen."

„Gefangen? Wo?"

„In den unterirdischen Kellern."

„Herrgott! Wohl so, wie man mich einsperren wollte?"

„Ja, gerade in demselben Keller."

„Aber warum?"

„Der Kapitän wollte ihm sein Geld abnehmen und ihn dann ermorden."

„Jesus, mein Heiland! Wer hat ihn befreit?"

„Ich."

„Sie und Sie und immer wieder Sie! Mir ist so angst. Ich befinde mich unter Teufeln! Herr Doktor, führen Sie mich aus dieser Hölle!"

„Wohin, gnädiges Fräulein?"

„Wohin Sie nur immer wollen."

Sie blickte ihm voll und groß in die Augen. Es lag auf ihrem schönen Angesicht neben aller Angst ein so großes Vertrauen, daß er vor Dankbarkeit hätte vor ihr niederknien mögen. Er beherrschte sich aber und sagte:

„Ich bin ein armer Lehrer, gnädiges Fräulein. Wenn Sie des Schutzes bedürfen, so sind Mächtigere bereit, Ihnen denselben zu gewähren."

Sie wendete sich ab. Hatte sie etwas anderes hören wollen? Es war fast, als ob sie ihm zürne. Aber bald drehte sie sich ihm wieder zu und sagte:

„Und doch ist es mir, als ob ich gerade unter Ihrem Schutz am sichersten sein würde. Von Ihnen kommt alles, was hier gut und erfreulich ist. Ich möchte wetten, daß auch nur Sie den Vater Nanons auffanden."

„Daß er der Vater ist, habe ich nicht geahnt. Zugeben aber will ich, daß er ohne mein Einschreiten eine Leiche sein würde."

„Welch ein Glück, einen Vater zu finden! Herr Doktor, mir ist stets, stets so gewesen, als ob ich vaterlos sei. Ich kann diesem schwachsinnigen Mann, den ich doch Vater nennen muß, unmöglich die Liebe eines Kindes entgegenbringen. Und meine Mutter . . . tot! Zwar sagten sie, daß sie möglicherweise noch am Leben sei, aber . . ."

Sie stockte. Er hatte sich vorgenommen, ihr noch nichts zu sagen, aber in dem jetzigen Augenblicke floß ihm das Herz über.

Er sagte:

„Ich pflege mir ein jedes Wort genau zu überlegen, gnädiges Fräulein!"

„Das weiß ich; aber dennoch sind Sie dem Irrtum unterworfen. Sie irren sich!"

„Dieses Mal nicht."

„Wie, Sie wollen wirklich behaupten, daß Liama, meine Mutter, noch lebe?"

„Ich behaupte es noch jetzt."

„Sie müssen sich irren!"

„Nein. Ich sage Ihnen sogar, daß Sie dieses Schloß nicht ohne ihre Mutter verlassen werden."

Ihre Augen wurden größer, und ihre Wangen entfärbten sich. Es war ihr, als ob sie einen Geist erblicke.

„Herr Doktor", stieß sie hervor, „was soll ich von diesen Worten denken?"

„Daß sie wahr sind. Ihre Mutter lebt. Sie selbst haben sie gesehen."

„Damals am alten Turm? Das war ihr Geist."

„Nein. Sie war es selbst. Ich kann es Ihnen beweisen."

„Wie denn? Wie?"

„Wollen Sie Ihre Mutter sehen?"

„Ich begreife Sie nicht!"

„Nehmen Sie das, was ich sage, ganz wörtlich. Ich habe mit Liama gesprochen."

„Herr Gott! Ist's wahr? Wann?"

„Als der Kapitän krank war. Die Krankheit kam von mir, gnädiges Fräulein."

„Wieso?“

„Ich gab ihm Tropfen, welche ihn für diese kurze Zeit an das Lager fesselten. Dadurch gewann ich Muße, in seine Geheimnisse einzudringen.“

„Herr Doktor, Sie sind ein rätselhafter, vielleicht ein fürchterlicher Mensch, und doch habe ich ein so unendliches Vertrauen zu Ihnen.“

„Bitte, halten Sie es fest. Ich werde es nie, nie täuschen. Ich habe während der Krankheit des Kapitäns nach Liama gesucht und sie gefunden.“

„Lebend, wirklich lebend?“

„Ich sagte bereits, daß ich mit ihr gesprochen habe.“

Marion ließ sich ganz kraftlos auf einen Sessel nieder.

„Was höre ich da?“ fragte sie leise. „Träume ich, oder ist es wirklich die Wahrheit?“

„Es ist die Wahrheit.“

„Aber wie kann sie leben, da sie doch begraben worden ist! Wer könnte eine solche Täuschung wagen?“

„Der Kapitän.“

„Aus welchem Grund?“

„Das ist mir noch ein Rätsel, das ich aber hoffentlich noch ergründen werde.“

„Ich muß mich fassen. Ich bin meiner Sinne kaum mächtig; aber ich will ruhig und objektiv sein. Sagen Sie, wo sich Liama befindet!“

„In einem Gewölbe unter ihrem Grab.“

„Dort haben Sie sie gesehen?“

„Und mit ihr gesprochen.“

„Fragte sie nach mir?“

„Ja.“

„Mein Jesus! Wollte sie mich nicht sehen?“

„Nein. Sie hat geschworen, tot zu sein und auf ihr Kind zu verzichten.“

„Ist das wahr?“

„Ja.“

„Dann ist sie es nicht; dann ist es eine andere!“

„Warum?“

„Kann eine Mutter auf ihr Kind verzichten? Kann eine Mutter sich zu etwas hergeben, was man nicht anders als Betrug und Schwindel nennen muß? Kann sie sich dazu hergeben und obendrein ihr Kind verlassen?“

„Ja.“

Dieses Wort war mit so fester Betonung gesprochen, daß sie rasch zu ihm aufblickte.

„Welcher Ton!“ sagte sie. „Ich bin überzeugt, daß auch Sie einer liebenden Mutter eine solche Tat nicht zutrauen. Habe ich recht, Herr Doktor?“

„Sie haben unrecht. Gerade weil es eine liebende Mutter war, hat sie sich dazu bestimmen lassen.“

„Können Sie das erklären?“

„Ja. Liama ist verschwunden, um ihr Kind zu retten. Der Kapitän hat ihr gedroht, dieses Kind zu töten, wenn sie ihm nicht gehorche. Sie hat ihm Gehorsam geleistet, um ihr Kind zu retten. Um es nicht noch jetzt in Gefahr zu bringen, verzichtet sie auch, ihr Kind gegenwärtig zu sehen, obgleich all ihr Denken an demselben hängt.“

Da sprang Marion von ihrem Sitz auf. Ihre Augen glühten wie Irrlichter. Ihre Stimme klang heiser, als sie sagte:

„Herr Doktor, Sie wissen, wie sehr ich Ihnen vertraue. Ich schwöre darauf, daß Sie mir nie eine Unwahrheit sagen werden, und dennoch frage ich Sie noch einmal: Irren Sie sich nicht? Haben Sie wirklich mit Liama gesprochen?“

„Ich entsage dem Himmel und der Seligkeit, wenn ich mich geirrt habe! Glauben Sie mir nun?“

„Ja, ja, nun glaube ich es! Es ist entsetzlich! Meine Mutter, meine arme, arme Mutter! Aber ich werde sie rächen, so fürchterlich rächen, wie das Verbrechen ist, welches man an mir und meiner geliebten Mutter verübt hat. Herr Doktor, bitte, darf ich sie sehen?“

„Sie will nicht!“

„Aber ich, ich will sie sehen!“

„Ich gehorche.“

„Wann also?“

„Heute abend. Können Sie um Mitternacht das Schloß verlassen, ohne bemerkt zu werden?“

„Wenn ich es will, so kann ich es. Wissen Sie, was ich tun werde?“

„Ich ahne es.“

„Nun?“

„Sie werden mit Liama von Ortry fortgehen?“

„Nein. Ich werde mit Liama in Ortry bleiben. Ich werde die Polizei der ganzen Umgegend in die Gänge dieses Schlosses führen; ich werde . . . Ah, was werde ich tun? Ich weiß es selbst noch nicht!“

Sie befand sich in einer unbeschreiblichen Aufregung. Und gerade jetzt kehrten die beiden Schwestern zurück.

„Schweigen Sie!" raunte Müller ihr leise zu; dann entfernte er sich.

Als kurze Zeit später die drei Damen die Freitreppe hinabstiegen, kam der alte Kapitän gerade aus dem Stall. Er trat ihnen entgegen und fragte:

„Du hast einen Brief bekommen?"

„Ja."

„Von wem?"

„Von der Person, die ihn geschrieben hat!"

Diesen Ton hatte er von ihr noch nicht gehört, trotzdem sie sich in letzter Zeit öfters so kampfbereit gezeigt hatte. Und so hatten auch ihre Augen ihn noch nicht angeblitzt wie jetzt. Das war nicht allein Haß; das war eine förmliche Herausforderung. Er aber war nicht der Mann, sich in dieser Weise abweisen zu lassen. Er sagte:

„Das versteht sich ganz von selbst. Eine solche Antwort mußt du einem Kind oder einem Irrsinnigen geben, aber nicht mir. Ich frage: Woher ist der Brief?"

„Du wirst ihn kontrolliert haben!"

„Nein. Ich bin ja überzeugt, daß du es sagen wirst!"

„Du hast seit kurzem immer Überzeugungen, welche sich später als hinfällig erweisen."

Sie wendete sich ab. Er faßte sie am Arm.

„Halt! Wohin?"

Da schleuderte sie seinen Arm von sich und antwortete:

„Das geht Sie nichts an, Herr Richemonte!"

Sie ging, an ihrer Seite die beiden Schwestern. Er war wie an die Stelle gebannt; es schien ihm unmöglich, ein Glied zu bewegen. In seinem Innern kochte es. Der Atem wollte ihm versagen. Nur mit Mühe stöhnte er vor sich hin:

„Ich ersticke! Was war das? Dieses Verhalten! Diese Worte! Diese Blicke! Was ist heute mit ihr? Sie muß eine Waffe gegen mich gefunden haben, sonst würde sie so einen Widerstand unmöglich wagen! Sie hat etwas vor! Wohin geht sie? Ich muß es erfahren!"

Er rief den Stallknecht.

„Hast du die Damen gehen sehen?" fragte er.

„Ja."

„Wohin haben sie sich gewendet?"

„Nach dem Wald."

„Du schleichst ihnen nach, um zu erfahren, wohin oder zu wem sie gehen! Aber wenn du es so dumm anfängst, daß sie dich bemerken, jage ich dich zum Teufel!"

Damit wendete er sich ab und suchte sein Zimmer auf. In demselben schritt er nun ruhelos auf und ab. Die Minuten dehnten sich ihm zu Ewigkeiten. Endlich kam der Knecht zurück.

„Kerl, wo treibst du dich herum?" herrschte ihn der Alte an. „Du mußt doch längst wissen, wohin sie sind!"

„Nach Thionville ist weit, Herr Kapitän!"

„Ah, nach der Stadt sind sie?"

„Ja."

„Du bist ihnen gefolgt?"

„Ja. Sie wollten doch wissen, zu wem sie gehen würden."

„Nun, zu wem?"

„Zu Doktor Bertrand."

„Schön! Es ist gut!"

Er wandte sich ab zum Zeichen, daß der Knecht sich entfernen solle. Dieser sagte aber:

„Noch eins, Herr Kapitän!"

„Nun?"

„Wissen Sie, von wem die Damen erwartet wurden?"

„Du hast es einfach zu melden, aber nicht mir Rätsel aufzugeben! Verstanden?"

„Der Maler stand am Fenster."

„Welcher Maler?"

„Der mit dem Grafen von Rallion kam. Ich habe mir den Namen nicht merken können."

„Haller?"

„Ja, Haller hieß er!"

„Unsinn. Dieser Maler ist weit, weit weg von hier."

„Er ist da, in Thionville, bei Doktor Bertrand. Er stand am offenen Fenster und begrüßte die Damen von weitem."

„Mensch, du irrst dich!"

„Ich kann es bei allen Heiligen beschwören!"

„Wenn Haller wirklich nach Thionville käme, so wäre ich der erste, den er aufsuchte."

„Aber er war es wirklich!"

Jetzt war es doch unmöglich, länger zu zweifeln. Was war das? Haller zurück, ohne zu ihm zu kommen? Das Verhalten Marions, welche vorher einen Brief erhalten, aber den Schreiber verheimlicht hatte? War dieser Brief von Haller, dem eigentlichen Grafen Lemarch? Hatte er sie darin zu Bertrand bestellt? Weshalb? Das mußte untersucht werden.

„Spann sogleich an!“ befahl er.

Als er dann in den Wagen stieg, herrschte er dem Kutscher die Worte zu:

„Nach Thionville! Bei Doktor Bertrand halten!“

Er konnte nicht wissen, daß der Stallknecht den Pflanzensammler für den vermeintlichen Maler Haller gehalten hatte, welche beide sich ja außerordentlich ähnlich waren.

Als vorher Fritz Schneeberg mit dem Amerikaner die Stadt erreicht hatte, bat er diesen, zu Bertrand zu gehen. Er selbst werde sich nach dem Maler umsehen. Deephill ging direkt nach dem Zimmer, welches Emma von Königsau bewohnte. Er klopfte leicht an, und als er dann auf ihren Zuruf eintrat, spang sie mit einem halblauten Ruf freudiger Überraschung von ihrem Sitz auf.

„Monsieur Deephill! Ah! Wieder hier?“

„Um Ihnen zu zeigen, daß ich unversehrt bin“, fügte er hinzu, ihr weißes Händchen küssend.

„Wo aber waren Sie?“

„In Gefangenschaft.“

„Unmöglich!“

„O doch“, nickte er, indem er Platz nahm.

„Aber die Polizei kann doch nicht einen solchen Fauxpas begehen, einen Mann wie Sie in Gewahrsam . . .“

„Die Polizei? O nein, die war es nicht. Ich befand mich in den Händen eines bodenlos niederträchtigen Schurken.“

„Wer ist er?“

„Kapitän Richemonte.“

„Ah! Was wollte er bezwecken?“

„Mir einige Millionen abnehmen und dann mich jedenfalls zu meinen Vätern versammeln.“

„Ist's möglich?“

„Ja. Sie kennen diesen Menschen ja zur Genüge.“

„Ich?“ fragte sie, ihm mit dem Ausdruck der Spannung in das Gesicht sehend.

„Ja, Sie, die Sie seine Feindin sind“, lächelte er.

„Wie kommen Sie zu dieser Annahme?“

„Auf dem einfachsten Weg: Ihr Herr Bruder hat es mir mitgeteilt.“

„Mein Bruder?“

„Ja. Bitte, beunruhigen Sie sich nicht, gnädiges Fräulein. Er hat mir anvertraut, daß Sie ebenso inkognito oder pseudonym hier sind wie er."

Sie war natürlich verlegen geworden.

„Ich weiß nicht, welche Deutung ich Ihren Worten zu geben habe, Herr Deephill," stieß sie hervor.

„Es ist mir sehr erklärlich, daß Sie sich durch meine Worte befremdet fühlen. Aber was ich seit gestern erlebt habe, hat mich Ihrem Herrn Bruder so nahegebracht, daß er Vertrauen zu mir gefaßt hat. Sie sind keine Engländerin."

„Was sonst?"

„Eine Preußin."

„Mein Gott! Welche Unvorsichtigkeit."

„Bitte erschrecken Sie nicht. Ich habe beinahe auch Lust, ein Preuße zu werden."

„Hat er Ihnen auch unseren wirklichen Namen genannt?"

„Er hat mir die Geschichte Ihrer Familie erzählt, doch ohne einen Namen zu nennen."

„So will ich ihm allein die Verantwortung lassen."

„Es trifft ihn nichts derart. Ich bin sein Freund. Ich weiß, was er hier will, aber ich werde ihn nicht verraten. Er hat mich vom Tod errettet."

„Er?"

„Ja, er und dieser brave Fritz Schneeberg, welcher jetzt in der Stadt herumläuft, um einen Menschen zu suchen, von welchem ich niemals geglaubt hätte, daß er mir nützlich werden könne."

„Wen?"

„Den dicken Maler, welcher die Zaunlatten abbrach."

„Schneffke? Was soll er?"

„Zu Ihnen kommen. Da habe ich wirklich vergessen, Ihnen sogleich die Hauptsache mitzuteilen. Man will sich nämlich bei Ihnen ein Rendezvous geben. Ich muß bitten, die Schuld nicht auf mich zu werfen. Ihr Herr Bruder hat dieses Arrangement entworfen."

„Wer soll kommen?"

„Er, ich, Schneeberg, Schneffke und die Damen Nanon und Madelon von Schloß Ortry."

„Eine wahre Volksversammlung! Zu welchem Zweck?"

„Die eigentliche Veranlassung bietet meine Person. Ich muß annehmen, daß Ihnen meine Verhältnisse unbekannt sind, gnädiges Fräulein."

„Ich weiß, daß Sie Deephill heißen und Bankier in den Vereinigten Staaten sind."

„Deephill ist die wirkliche Übersetzung meines französischen Namens. Eigentlich nenne ich mich Baron Gaston de Bas-Montagne. Ich vermählte mich mit einer Deutschen, welche mich während meiner Abwesenheit verließ und die beiden Kinder, zwei herzige kleine Mädchen, mit sich nahm. Ich habe lange, lange Jahre nach ihr gesucht, sie aber nicht gefunden. Heute nun erfahre ich, daß sie gestorben ist, daß aber die beiden Mädchen noch leben."

Sie hatte ihm mit Teilnahme zugehört und fragte nun:

„Wer brachte Ihnen diese Nachricht?"

„Ihr Herr Bruder."

„Von wem mag er das haben?"

„Von Schneeberg oder Schneffke."

„Wunderbar! Ich gönne Ihnen von ganzem Herzen das Glück, die Kinder noch am Leben zu wissen; aber man muß da sehr vorsichtig sein. Sind Beweise vorhanden?"

„Man will sie mir bringen."

„Und wo sind die Kinder?"

„Jetzt in Ortry."

„Was? Wie? In Ortry?"

„Ja. Der Herr Doktor Müller gab mir die Versicherung."

„Wer mag das sein?"

„Oh, wenn Sie es hören, werden Sie sich wohl förmlich bestürzt fühlen."

„Ist es denn gar so schrecklich?" fragte sie lächelnd.

„Schrecklich nicht, aber – ahnen Sie denn nichts?"

„Wie könnte ich ahnen? Ich bin in Ortry nicht bekannt."

„Aber grad die beiden Betreffenden kennen Sie."

„Wohl kaum."

„Ganz gewiß sogar. Bitte, gnädiges Fräulein, denken Sie nach. Zwei Schwestern – auf Ortry jetzt."

Sie schüttelte langsam den Kopf.

„Wie alt?" fragte sie dann.

„Achtzehn."

Da hob sie den Kopf schnell empor. Glühende Röte bedeckte ihr Gesicht. Es war, als ob sie erschrocken sei.

„Doch nicht etwa Nanon und Madelon?" fragte sie.

„Ja."

„Das sind Ihre Töchter?"

Sie war außerordentlich bewegt. Sie trat an das Fenster und blickte stumm hinaus. Er sah, wie ihr Busen auf und nieder wogte, und das gab ihm einen Stich in das Herz. Er sah sehr jung aus. Er war auch eigentlich nicht alt; er hatte nur früh geheiratet. Er hatte gehofft, das Herz dieser Miß de Lissa zu gewinnen, und nun? Schämte sie sich, dem Vater so großer Töchter, von denen sie die eine sogar Freundin nannte, ihre Teilnahme gezeigt zu haben?

Da drehte Miß de Lissa sich langsam wieder um. Ihr Gesicht war ernst, aber ruhig, und ihre Stimme klang vollkommen klar, als sie, ihm die Hand reichend, sagte:

„Ich gönne es Ihnen von ganzem Herzen, die Langverlorenen wiederzufinden. Beide sind wert, die Töchter eines solchen Mannes zu sein. Ich wünsche jedoch, daß sich Ihre Hoffnung nicht als trügerisch erweise."

„Ich befinde mich in einer Spannung, in einer Aufregung, von welcher Sie keine Ahnung haben, gnädiges Fräulein."

„Das läßt sich denken. Wissen die beiden Damen vielleicht bereits davon?"

„Bisher wohl nicht; aber es ist möglich, daß Herr Doktor Müller, welcher sie holen will, Ihnen mitteilte, warum sie zu Ihnen kommen sollen."

„Warum begaben Sie sich nicht nach dem Schloß?"

„Eben der Herr Doktor riet mir davon ab. Ich sollte von dem Kapitän nicht gesehen werden."

„Ach so! Dieser soll noch nicht wissen, daß Sie ihm entkommen sind?"

„So ist es."

„Wie aber gerieten Sie in seine Gewalt?"

„Durch Verrat von seiner und Unvorsichtigkeit von meiner Seite. Darf ich Ihnen erzählen?"

„Ich bitte sogar darum!"

Er begann ihr zu berichten, was geschehen war, seit er sie gestern verlassen hatte. Dann klopfte es, und Fritz trat ein.

„Nun?" fragte Emma. Wo ist der Maler?"

„Ich konnte nur ausfindig machen, wo er wohnt; zu treffen war er nicht. Ich habe aber anbefohlen, ihn sofort, sobald er zurückkehrt, nach hier zu schicken."

Er erhielt einen Stuhl angewiesen, und nachdem er Platz genommen hatte, fragte ihn Deephill:

„Sie kennen also die beiden Schwestern genauer?"

„Nanon war mir bereits längere Zeit bekannt; Madelon aber sah ich erst vor kurzem hier das erste Mal."

„Haben Sie sich öfters getroffen?"

„Zufällig, bei Spaziergängen. Kürzlich starb ihr Pflegevater.

Sie reiste mit der Schwester zu seinem Begräbnis. Sie wollte diese Reise nicht ohne Schutz unternehmen, und da wurde mir die Ehre zuteil, die Damen begleiten zu dürfen."

„War denn Gefahr zu befürchten?"

„Ja. Diese Befürchtung hat sich dann auch als sehr begründet bewiesen."

„Was ist geschehen?"

„Wir haben ein kleines Abenteuer erlebt, welches ich Ihnen, bis der Maler kommt, erzählen kann."

Er begann seinen Bericht, hatte denselben aber noch nicht bis zu Ende gebracht, als er durch einen sehr lauten Wortwechsel gestört wurde, welcher unten auf der Treppe in französischer Sprache geführt wurde.

„Nein! Sie dürfen nicht!" rief eine Stimme. „Ich verbiete es Ihnen, Monsieur!"

„Mir verbieten? Du? Wurmsamenhändler, der du bist? Packe dich zum Teufel!" antwortete eine zweite Stimme.

„Es soll kein Fremder hinauf!"

„Was soll ich sein? – Ich bin kein Fremder, mein lieber Latwergenmeister!"

„Sie haben herabzugehen und das Haus zu verlassen!"

„Schere dich zu deinen Pillen, holder Salmiakgeist, sonst werfe ich dich zur Bude hinaus."

„Das wollen wir sehen, Sie Grobian!"

„Pah! Ich stecke dich in eine Klistierspritze und spritze dich hinauf an die Turmuhr, damit du erfährst, welche Zeit es ist, wenn ich beginne in die Wolle zu geraten!"

„Das ist der dicke Maler", sagte Fritz. „Ich werde ihn hereinlassen."

Er öffnete die Tür.

„Herr Schneffke! Kommen Sie!"

„Gleich! Aber darf ich nicht vorher erst diesen Weinsteinsäureheinrich in die Westentasche stecken?"

„Bitte, lassen Sie ihm seine Freiheit."

„Schön! Er mag dieses Mal noch so mit einem blauen Auge davonkommen. Das nächste Mal sorge ich dafür, daß noch weit mehr blau wird als nur sein Auge."

Er trat ein und verbeugte sich vor Emma.

„Ihr Diener, Miß! Soll ich mich wieder einmal zu Ihren Füßen legen?"

„Ich danke! Nehmen Sie lieber Platz wie gewöhnliche Leute."

„Das fällt mir schwer. Ich bin leider nur zu Ungewöhnlichem

geboren. Ergebenster Monsieur Deephill! Ist der Zaun bereits ausgebessert worden?“

„Ich werde nachsehen.“

„Schön! Wie ich höre, bin ich gesucht worden?“

„Hat man es Ihnen im Gasthof gesagt?“ fragte Fritz.

„Nein.“

„Von wem haben Sie es denn erfahren?“

„Von Herrn Doktor Müller.“

„Von dem? Waren Sie denn in Ortry?“

„Nein.“

„Wo denn?“

„Im Loch.“

„Im Loch? In welchem Loch?“

„Ja, da haben Sie schon wieder einen Beweis, daß ich nur zu Ungewöhnlichem geboren bin. Ich war draußen im Wald und brach in den Erdboden ein, ziemlich tief hinab. Ich befand mich in einem unterirdischen Gang. Da kam der Herr Doktor und half mir heraus. Bei der Gelegenheit erfuhr ich, daß ich erwartet werde. Ich eilte mit der Geschwindigkeit eines Kurierzuges hierher, traf aber unten den gelehrten Apothekerjüngling, welchen ich bereits von früher ins Herz geschlossen hatte. Es wäre zu einem Duell mit beiderseits tödlichem Ausgang gekommen, wenn nicht Sie, Herr Schneeberg, uns im letzten Moment gerettet hätten.“

„Sie sind unverbesserlich.“

„Diese hohe Tugend besitze ich bereits seit langer Zeit.“

„Wie konnten Sie denn aber in ein Loch fallen.“

„Wie? Sapperment! So, wie man in ein Loch zu fallen pflegt: mit dem schwersten Körperteil nach unten.“

Die Anwesenden lachten, und zugleich winkte Fritz, welcher am offenen Fenster stand, mit der Hand nach der Straße.

„Sie kommen“, meldete er.

„Sind sie allein?“ fragte der Amerikaner erregt.

„Fräulein Marion ist mit.“

„Der Herr Doktor nicht?“

„Nein.“

Die drei Damen traten ein und wurden herzlich begrüßt. Marion hatte den Schwestern nichts verraten, dennoch herrschte eine Stimmung, wie sie vor einer wichtigen Entscheidung unausbleiblich ist. Man war gespannt, fühlte sich gepreßt und sogar verlegen.

Bald kam auch Müller. Er wendete sich sofort an Marion:

„Hatten Sie vor Ihrem Fortgehen vielleicht eine Unterredung mit dem Kapitän, gnädiges Fräulein?“

„Ja.“

„Unfreundlich?“

„Noch mehr als das.“

„Sagten Sie ihm, wohin Sie gehen wollten?“

„Nein.“

„Nun, er wird es dennoch sehr schnell erfahren. Ich war eher da als Sie und trat mit Überlegung da drüben in die Restauration. Dort beobachtete ich den Stallknecht von Ortry, welcher aufpaßte. Der Kapitän hat ihn geschickt. Es steht vielleicht gar zu erwarten, daß er selbst nachkommen wird.“

„Wozu?“

„Vielleicht malt ihm sein böses Gewissen vor, daß hier etwas ihm Feindseliges besprochen oder vorgenommen werden soll. Das will er unterdrücken.“

„Darf er mich da sehen?“ fragte Deephill.

„Und mich?“ fügte Schneffke hinzu.

„Das kommt auf die Umstände an“, antwortete Müller. „Mich aber darf er keineswegs zu Gesicht bekommen. Und stellt er sich wirklich ein, so gehen sämtliche Herren in das Nebenzimmer. Auf sein Verhalten wird es dann ankommen, wie Mademoiselle zu handeln hat. Fritz, bleib am Fenster, um aufzupassen!“

Als dann auch er Platz genommen hatte, sah er sich lächelnd im Kreis um und sagte:

„Meine Herrschaften, ich habe diesen beiden Damen mitgeteilt, daß sie hier vielleicht in Beziehung auf ihre Geburtsverhältnisse eine Neuigkeit hören werden. Herr Schneffke, wollen Sie die Güte haben, zu beginnen!“

„Hm!“ brummte der dicke Maler. „Beginnen? Bei was soll ich anfangen?“

„Sprechen Sie ganz nach Belieben.“

„Nun, da will ich bei dem wichtigen Augenblick beginnen, an welchem ich mich den Damen und Herrn Schneeberg abends in Etain vorstellte.“

„Dieser Augenblick soll höchst dramatisch gewesen sein“, lachte Müller.

„Entschuldigung! Ich bin stets dramatisch, nicht nur an einem vorübergehenden Augenblick! Eigentlich für die Bühne geboren, habe ich mir mein Dasein mit den Brettern beschlagen, welche die Welt bedeuten. Ich bin der Dichter meines eigenen Lebens und spiele dieses Stück zu meinem eigenen Vergnügen. Trollgäste und Leute mit Freibilletts werden geduldet. Abonnements aber dulde ich nie! Also, Herr Doktor, wenn jener große Augenblick an der Tür und auf der Treppe des Hotels zu Etain Ihnen vielleicht zu dramatisch erscheint, so beginne ich bei etwas anderem, bei dem wichtigsten, nämlich bei der Gage. Nicht wahr, Mademoiselles, Ihre Mutter ist arm gestorben?"

„Ja", antwortete Nanon.

„So haben Sie gedacht. Aber sie hat dem Schurken Berteu fünfzehntausend Franken geborgt. Sein Sohn mag sie Ihnen zurückgeben."

„Woher wissen Sie das, Monsieur?"

„Die Anweisung steckt im Pastellbild. Nämlich, Monsieur Deephill, ist Ihnen vielleicht der berühmte Porzellanmaler Merlin in Marseille bekannt gewesen?"

„Sehr gut. Er war weit älter als ich, aber mein Freund."

„Hat er etwas für Sie gemalt?"

„Mein Porträt in Pastellmanier."

„Das M, sein Faksimile, steht unten in der Ecke?"

„Gewiß."

„Und auf der hinteren Seite des Bildes steht „Baron Gaston de Bas-Montagne?"

„So ist es; so ist es! Haben Sie dieses Bild gesehen?"

„Ja. Es war etwas veraltet, und ich habe es nach Kräften aufgefrischt. Ich werde Ihnen zeigen, wie Ihre Figur gehalten ist."

Er nahm Papier und Bleistift vom Schreibtisch, zeichnete mit größter Gewandtheit eine Figur und reichte sie dem Amerikaner hin.

„Ist es so?"

„Ja, ja", antwortete Deephill. „Sie haben dieses Bild gesehen. Aber wo? Wo?"

„Auf Schloß Malineau bei Etain. Aber noch ein zweites Porträt, Monsieur, wenn Sie gestatten."

Er nahm ein zweites Blatt und zeichnete. In kaum zehn Minuten war er fertig und gab auch dieses Blatt dem Amerikaner.

Dieser stieß einen Ruf der Überraschung aus.

„Meine Frau, meine Frau! Amely, mein lieber, süßer Kolibri! Sie ist's, sie ist's!"

Er drückte das Blatt in größter Aufregung an seine Lippen, wurde aber in demselben Augenblick von vier weichen Mädchenarmen umschlungen.

„Vater, Vater, lieber Vater."

Mit diesem Ausruf schmiegten die beiden Schwestern sich an seine Brust. Er zog sie fester an sich und rief:

„Es ist kein Zweifel; es bedarf keines weiteren Beweises. Unsere Herzen haben gesprochen. Ihr seid meine Kinder! Gott, Gott, ich danke dir!"

Er weinte laut, seine beiden Töchter ebenso, und auch kein anderes Auge blieb tränenleer. Es bedurfte einer ganzen Weile, bis der Sturm der Aufregung sich legte, dann fragte Deephill:

„Monsieur Schneffke, daß Sie mein Bild zeichnen können, das begreife ich, da Sie mein Porträt gesehen haben; aber wie kommen Sie dazu, auch meinen Kolibri zeichnen zu können?"

„Ich fand das Porträt Ihrer Frau bei einem Bekannten."

„Was ist er?"

„Sonderling."

„Er muß doch einen Beruf haben."

„Ja. Er ist von Beruf nämlich Quälgeist. Das heißt, er macht sich und anderen das Leben so sauer wie möglich. Am besten ist's, ich zeichne Ihnen seinen Kopf."

Sein Stift fuhr über ein drittes Blatt, und als dann Deephill die Zeichnung betrachtete, rief er aus:

„Mein Vater, mein Vater! Zwar um vieles älter, aber er ist es! Ich habe lange, lange Jahre nach dem Vater, nach Weib und Kindern gesucht, ohne nur eine Spur zu finden, und Sie, Monsieur Schneffke, wissen alles. Wie haben Sie das angefangen?"

„Beim richtigen Zipfel. Hören Sie!"

Er begann zu erzählen, von Anfang bis zu Ende: aber er sagte nicht, daß der Vater des Amerikaners in Berlin wohne und nannte auch dessen jetzigen Namen nicht. Als er mit seiner Anwesenheit auf Schloß Malineau zu Ende war, sagte Müller:

„Mein bester Schneffke, ich habe Ihnen sehr Unrecht getan, als ich Ihnen heute da unten im Loch etwas scharf entgegentrat. Sie sind ein tüchtiger Junge!"

„Ein prachtvoller Mensch!" fügte Deephill hinzu. „Sie haben mit einer Umsicht gehandelt, welche Ihnen alle Ehre macht. Ihnen allein habe ich es zu verdanken, daß ich meine Kinder sehe und auch den Vater finden werde."

„Mir allein? Unsinn! Übertreiben Sie nicht! Diesen beiden Damen haben Sie es zu verdanken, daß Sie sie haben. Wenn sie nicht mehr lebten, wäre mein ganzer berühmter Scharfsinn der reine Quark!"

„Sie sind bescheiden! Aber, Herr, ich bin Millionär; wenden Sie sich in jeder Lebenslage an mich!"

„Das werde ich bleibenlassen. Ich habe, was ich brauche. Aber, Herr, ich bin Maler; wenden Sie sich in jeder Körperlage an mich! Ich male Sie von allen Seiten, sogar von unten, wenn Sie es wünschen."

Alle lachten, nur der Maler allein blieb ernsthaft.

„Aber", wendete sich der Amerikaner an ihn, „Sie haben noch gar nicht gesagt, wie mein Vater sich jetzt nennt. Er muß seinen Namen verändert haben, sonst hätte ich ihn gefunden."

„Er hat ihn nicht verändert, sondern ihn nur, ganz so wie Sie, in eine andere Sprache übersetzt, nämlich in die deutsche. Er nennt sich Untersberg."

„So wohnt er in Deutschland und ist doch Deutschenhasser fast bis zum Übermaß!"

„Das wird einen Grund haben, den ich ahne, einen psychologischen Grund."

„Welchen?"

„Er war Deutschenfeind. Sie heirateten eine Deutsche. Er verstieß Sie deshalb; er machte Ihre Frau unglücklich. Er trieb sie mit den Kindern in die Fremde hinaus. Er schilderte sie Ihnen als treulos!"

„Ja, das tat er."

„Aber er war doch immer Mensch. Er hatte ein Herz, ein Gewissen. Die Reue kam, je später desto gewaltiger. Der Sohn war fort, Weib und Kinder auch. Er konnte nichts wieder gutmachen; darum legte er sich wenigstens die eine Buße auf: Er verließ Frankreich und ging nach Deutschland. Er lernte die verhaßte Sprache dieses Landes und wurde Einsiedler, um auf die Vorwürfe seines Gewissens Tag und Nacht ungestört hören zu können."

„Einsiedler? Lebt er so in der Abgeschiedenheit?"

„O nein. Er lebt in einer großen Stadt."

„In welcher?"

„Hm. Werden Sie ihn aufsuchen?"

„Das versteht sich ganz von selbst. Er hat schlimm an mir gehandelt, aber er ist mein Vater. Wir werden ihm vergeben, nicht wahr, meine Kinder?"

Die beiden Mädchen nickten ihm freudig zu; dann setzte er seine Erkundigung fort:

„Also in welcher Stadt?"

„In Berlin."

„Wie lautet seine Adresse? Welche Straße und auch welche Nummer, Herr Schneffke?"

„Halt, halt! Das geht nicht so schnell wie das Brezelbacken. Man muß hier vorsichtig sein. Wann wollen Sie hin zu ihm?"

„Morgen fahren wir nach Schloß Malineau, um mit Monsieur Melac zu sprechen. Sodann geht es gleich nach Berlin, direkt vom Bahnhof zum Vater."

„Sachte, sachte. Der würde Sie hinausschmeißen gerade wie meinen Freund, den Maler Haller."

„Maler Haller?" fragte Müller schnell. „Kennen Sie denn diesen Herrn?"

„Oh, sehr gut."

„Wo lernten Sie ihn kennen?"

„Bei einer Schlittenpartie im Tharandter Wald."

„Warum", fragte Bas-Montagne, „warum glauben Sie denn, daß mein Vater uns nicht empfangen wird?"

„Weil er überhaupt außer mir keinen einzigen Menschen zu sich läßt."

„Aber, seinen Sohn, seine Enkelinnen!"

„Erst recht nicht. Man durfte ja davon gar nicht sprechen. Er muß auf ganz andere Weise gepackt werden."

„Wie denn?"

„Mit Ihrem Bild. Ich habe Ihnen bereits gesagt, daß er sich bestrebt, Ihren Kopf zu zeichnen. Eines schönen Tages muß ihm das gelingen. Was darauf folgt, das muß abgewartet werden."

„Ihr Rat ist nicht zu verwerfen. Werden Sie sich auf der Reise nach Berlin anschließen?"

„Gern."

„Und ebenso lieb wäre es mir, wenn Sie morgen mit uns nach Etain fahren wollten."

„Lieber heute noch."

„Das geht nicht. So wichtig mir diese Angelegenheit ist, ich mag sie doch nicht überstürzen."

„Pst", warnte Fritz in diesem Augenblick. „Ein Wagen aus Ortry!"

„Der Alte?" fragte Müller.

„Ich weiß es noch nicht. Das Verdeck ist zu. Ich kenne aber die Pferde."

Er trat vom Fenster zurück, um nicht selbst auf seinem Posten bemerkt zu werden, ließ aber trotzdem den Blick nicht von unten weg und meldete nun auch:

„Ja, der Kapitän. Gehen wir hinaus?"

„Gewiß", antwortete Müller. „Kommen Sie, meine Herren. Ich darf auf keinen Fall anwesend sein."

Kaum hatte sich die eine Tür hinter den vier Herren geschlossen, so ging die andere auf, um Richemonte eintreten zu lassen. Er verbeugte sich höflich vor Emma von Königsau und sagte:

„Verzeihung, daß ich störe, Miß. Ich hörte, daß meine Enkelin sich hier befindet, und komme, sie abzuholen."

„Sie stören keineswegs. Bitte, nehmen Sie Platz, Herr Kapitän."

Er setzte sich auf die Hälfte des Sessels, so wie einer, welcher bereits im nächsten Augenblick wieder aufbrechen will. Sein Auge schweifte forschend im Zimmer umher; dann sagte er:

„Ich glaubte, Herrengesellschaft hier zu finden."

„Wieso?"

„Ich sah Hüte draußen liegen. War vielleicht Herr Maler Haller hier?"

„Nein", antwortete Emma.

„Ich möchte aber doch behaupten, daß er hier gewesen ist."

Die scheinbare Engländerin erriet sofort den Zusammenhang, da sie die Ähnlichkeit Fritzens mit Haller kannte.

„Sie dürften sich sehr irren", sagte sie.

„Wohl nicht", lachte er höhnisch überlegen.

Sie stand von ihrem Stuhl auf und antwortete in stolzem, verweisendem Ton:

„Sie scheinen nicht gelernt zu haben, mit Leuten von Bildung zu verkehren, Herr Kapitän."

„Ah", stieß er hervor.

„Es ist eine gesellschaftliche Infamie, eine Dame einer Lüge zu zeihen."

„Infamie. Donnerwetter. Wenn ich nun beweisen kann, daß diese Dame wirklich gelogen hat?"

„So wäre Ihr Verhalten immer noch ein rüdes. Übrigens würde Ihnen dieser Beweis wohl schwerfallen."

Sie trat zur Nebentür, öffnete diese und sagte:

„Herr Schneeberg, bitte."

Fritz trat in das Zimmer.

„Nun, das ist ja Herr Haller", sagte der Alte, indem er höchst befriedigt dem Deutschen die Hand entgegenstreckte. „Diese Dame hat also doch gelogen."

Marion hatte sich bisher völlig teilnahmlos verhalten. Jetzt hielt sie es für an der Zeit, auch ein Wort zu sagen:

„Verzeihen Sie, Miß de Lissa. Mein Großvater wird alt. Er leidet an Halluzinationen und hat sogar zuweilen Anfälle eines allerdings höchst ungefährlichen Irrsinnes. Man darf nicht auf ihn hören."

Der Alte stand da, als ob er zur Statue geworden sei. Das war ihm denn doch noch nicht geboten worden.

„Was sagst du? Was meinst du?" stieß er zischend zwischen den Zähnen hervor.

Dies sollte nur der Anfang eines Wutausbruches sein. Aber Marion fiel ihm in die Rede:

„Eine Dame von solcher Distinktion eine Lügnerin schimpfen, das ist Irrsinn, und diesen Herrn hier für den Maler halten, das ist ein Beweis von Halluzination. Mach dich nicht lächerlich, sondern sieh dir gefälligst diesen Herrn genauer an. Es ist nämlich Herr Schneeberg, Pflanzensammler bei Herrn Doktor Bertrand."

Da trat der Alte einen Schritt zurück, stieß einen erstaunten Pfiff aus und fragte:

„So, so. Berteu sprach von diesem Mann. Ein deutscher Spion, den wir unschädlich machen werden. Gibt es vielleicht in Etain oder Malineau noch etwas für Sie zu tun, Monsieur Schneeberg?"

Draußen im Nebenzimmer hatte Müller die drei anderen instruiert, was sie vorkommenden Falles antworten sollten. Fritz entgegnete einfach:

„Wüßte nicht, was ich dort zu suchen hätte."

„Aber Sie hatten etwas zu suchen."

„Freilich. Ich suchte fünfzehntausend Franc, welche der ehrenwerte Monsieur Berteu an Mademoiselle Nanon und deren Schwester schuldet."

„Hm. Sie sind wohl der Beschützer dieser Damen?"

„Es kam mir ganz so vor, als ob in Malineau Damen gar sehr des Schutzes bedürften. Ist das auf Schloß Ortry vielleicht auch der Fall, Herr Richemonte?"

„Frecher Kerl. Ich werde mit der hiesigen Polizei sprechen. Man wird Ihnen das Handwerk legen."

„Verbrennen Sie sich nicht, alter Herr. Wer weiß, was Sie selbst für ein Handwerk betreiben."

„Pah. Ich werde Sie zertreten wie einen Wurm."

Und sich an Marion wendend, fragte er höhnisch:

„Gibt es vielleicht noch mehrere solche Spione hier? Die Hüte draußen scheinen auf die Anwesenheit von dergleichen Gesellen zu deuten."

Sie zuckte die Achseln und antwortete in überlegener Ruhe:

„Du scheinst dich für diese Hüte außerordentlich zu interessieren."
„Natürlich."
„Nun, wollen doch einmal sehen, ob sie wirklich ein solches Interesse verdienen."
Sie öffnete den Eingang, griff auf den neben der Tür stehenden Tisch und trat, mit dem Hut des Malers in der Hand, dann zu dem Alten heran:
„Wem mag dieser da gehören?" fragte sie
„Jedenfalls einem Subjekt."
„Du kennst ihn also nicht?"
„Nicht so nahe. Fort mit ihm. Er stinkt und duftet nach Spitzbubenfleisch."
„Ich werde mir erlauben, dir diesen Spitzbuben vorzustellen."
Sie öffnete die Nebentür und sagte:
„Bitte, Herr Hieronymus!"
Schneffke trat ein.
Hätte den Alten der Schlag getroffen, er hätte kein anderes Bild geben können. Er wußte ganz genau, daß er diesen Menschen eingesperrt hatte und noch dazu in Fesseln und hinter mehreren verschlossenen Türen. Er hätte tausend Eide geschworen, daß er sich tief unter der Erde befinde, und nun stand jener hier, vor ihm, leibhaftig, lebendig. Der Alte fragte sich, ob Marion denn vielleicht doch vorhin recht gehabt habe, als sie behauptete, daß er an periodischem Irrsinn leide.
Der kleine dicke Maler lachte den konsternierten Alten lustig an und sagte:
„Sie machen ja ein Gesicht, wie eine geräucherte Schlackwurst, die von den Ratten angefressen worden ist. Kommen Sie gefälligst zu sich, Alter, sonst denke ich, daß Ihnen Ihr letztes bißchen Verstand flötengegangen ist."
„Wie – wie – heißen Sie?" stammelte der Kapitän.
„Hieronymus Aurelius Schneffke, mein lieber, alter Groß-, Ur- und Kapitalspitzbube. Sie denken, die Klugheit mit Löffeln gegessen zu haben; aber prosit Mahlzeit. Sie werden von Ihren Untertanen doch über den Löffel barbiert. Kaum hatten Sie mich fest, so kam einer, der ließ mich wieder heraus. Ich glaube, er hieß Ribeau, der Busenfreund eines gewissen Berteu."
„Lügner."
„Mach keinen Unsinn, alter Karfunkelhottentott. Du bist so dumm, daß der, welcher dich betrügen will, die Wahrheit sagen muß, denn du glaubst sie ja doch nicht. Dein Verstand ist ganz

von den Motten zerfressen, und dein Gehirn ist der reine Mehlwürmertopf, zerwühlt und zerfressen durch und durch. Alter Halunke, du kannst mich dauern. Mit dir geht es gewaltig auf die Neige. Für dich ist's am besten, du legst das Licht ins Bett und bläst dich selber aus."

Dem Kapitän wollte der Atem vergehen. Er schnappte nach Luft – endlich, endlich gurgelte er hervor.

„Schuft. Spion verdammter."

„Sei still. Du brauchst dich hier gar nicht erst vorzustellen. Wir kennen dich schon."

„Ich werde sofort nach der Polizei schicken."

„Tue das, trautes Giraffengerippe. Ich habe gar nichts dagegen, daß sie dich in Sicherheit bringen. Deine Stunden sind gezählt. Du pfeifst auf dem letzten Loch."

„Spotte nur, Erbärmlicher. Sobald ich dieses Haus verlassen habe, wird man sich deiner und dieses Kräutermenschen bemächtigen. Das also ist die Gesellschaft, mit welcher die Baronesse Marion de Sainte-Marie umgeht."

Marion antwortete kalt:

„Es fehlt noch einer, um sie vollständig zu machen. Oder sollte es nicht eher die Gesellschaft sein, mit der du selbst umgegangen bist? Wollen sehen."

Sie öffnete abermals die Tür, und Deephill trat ein. Der Kapitän stieß einen unartikulierten Schrei aus. Seine Adern traten weit hervor, und seine Augen starrten gläsern auf den Amerikaner.

„Nun, kennst du ihn?" fragte Marion.

Man hörte seine Zähne knirschen, aber sprechen konnte er nicht. Deephill trat auf ihn zu und sagte in höhnisch mitleidigem Ton:

„Deine Krallen sind stumpf geworden, alte Hyäne. Du wirst in deinem eigenen Bau verhungern. Du hast mich morden wollen und deshalb den Zug entgleisen lassen. Da dies nicht gelang, hast du mich in eine Falle gelockt; aber diese war nicht fest genug. Ich könnte dich den Gerichten übergeben, aber selbst dem Galgen graut vor dir, du bist so erbärmlich, daß ich dich nicht einmal verachten kann. Geh nach Hause. Kein Mensch wird dir etwas tun. Aber grüße mir den jungen Rallion. Er weiß die Hauptschlüssel, welche du verloren glaubtest, sehr gut zu gebrauchen. Du siehst, daß du von deiner eigenen Brut verraten wirst; deine besten Verbündeten betrügen dich, obgleich du sie zum Eidam haben willst. Geh schlafen, alter Skorpion."

Ein Wink an Fritz. Dieser trat herbei und faßte den Kapitän bei beiden Schultern. Er schob ihn zur Tür hinaus bis an die Treppe.

„So, mach dich nun fort, Kellerunke! Und sieh zu, daß du mir nicht wieder unter die Hände kommst."

Der Alte widerstrebte nicht. Wie im Traum stieg er die Treppe hinab, und wie im Traum gelangte er auch in seinen Wagen. Eben als dieser sich in Bewegung setzen wollte, fuhr ein zweiter vorüber, in welchem ein Mann saß. Als dieser den Kapitän erblickte, ließ er halten.

„Herr Kapitän", sagte er. „Wie gut, daß ich Sie hier sehe. Ich wollte hinaus nach Ortry zu Ihnen."

Der Alte wendete ihm sein leichenstarres Antlitz zu. Beim Anblick dieses Mannes belebte es sich sofort. Er gewann augenblicklich die Sprache wieder:

„Herr Haller! Ah, das ist die Erlösung. Wann kamen Sie nach Thionville?"

„Vor zwei Minuten mit dem Zug."

„Warum blieben Sie nicht in Berlin?"

„Man hat mich telegrafisch zurückgerufen."

„Sprechen Sie leiser. Man belauscht uns wahrscheinlich. Zurückgerufen nach Paris?"

„Ja. Ich stieg hier aus, um es Ihnen zu melden. Nun habe ich nicht nötig, nach Ortry zu fahren."

„Haben Sie etwas ausgerichtet, Graf?"

„Viel, sehr viel."

„Mit diesem Königsau?"

„Mit seinem Vater. Er selbst war verreist, zu einem Verwandten. Aber ich habe alle seine Arbeiten und Manuskripte gelesen. Diese Preußen sind tausendmal dümmer als ich annahm."

„Ich weiß es."

„Wir werden leichtes Spiel haben. Preußen ist nicht gerüstet, und Süddeutschland geht mit uns. Leben Sie wohl."

„Wollen Sie wirklich nicht mit nach Ortry?"

„Nein. Der Zug hält nur eine Viertelstunde; er steht noch da, ich komme noch mit ihm fort. Ich berichte Ihnen baldigst mehr. Umkehren."

Die beiden hatten so nahe nebeneinandergestanden, daß es den Sprechern leicht geworden war, das Gespräch flüsternd zu führen. Nicht einmal einer der Kutscher hatte ein Wort erlauschen können. Das Lohngeschirr des Grafen Lemarch, alias Maler Haller, lenkte um.

„Also Glück auf den Weg", sagte der Alte noch. „Adieu, Monsieur!"

„Adieu, Herr Kapitän!"

Der eine fuhr dahin und der andere dorthin.

„Gut, gut", brummte der Alte in sich hinein. „Die Rache beginnt bereits. Ah, ich werde mich mit wahrer Wollust in ihr wälzen."

Droben am Fenster hatte Müller gestanden, um den Alten einsteigen und fortfahren zu sehen. Schneffke befand sich an seiner Seite. Er blickte aus dem Hinterhalt hinab.

„Sapperment! Wer ist das?" sagte er.

„Wer?"

„Der dort in dem Wagen kommt."

Müller bog sich ein wenig weiter vor, fuhr aber sofort wieder zurück.

„Haller."

„Ja, Haller", stimmte der Dicke bei. „Ich werde ihn rufen."

Er fuhr mit dem Kopf zum Fenster hinaus, aber Müller faßte ihn und zog ihn schnell zurück.

„Um aller Welt willen, begehen Sie keine Dummheit."

„Dummheit? Mein Freund Haller aus Stuttgart."

„Lassen Sie sich das nicht weismachen. Es ist kein Maler, sondern Chef d' Escadron Graf Lemarch. Er ist als Spion nach Berlin gegangen."

„Tausendschwerebrett!"

„Ja, ja, mein Bester."

„Sie irren."

„Nein. Er war in Ortry, ehe er nach Berlin ging, und kommt jetzt wieder, um dem Alten Bericht zu erstatten. Ah, er lenkt wieder nach dem Bahnhof zu. Gut, so sind wir ihn los und brauchen nicht mit seiner Anwesenheit zu rechnen."

Die beiden kehrten in das Hauptzimmer zurück. Marion fragte Müller:

„Haben Sie Haller gesehen, Herr Doktor?"

„Ja, gnädiges Fräulein."

„Welche Ähnlichkeit mit Fritz."

„Mit mir?" fragte der Genannte.

„Ungeheuer."

„Dann schade, daß ich nicht auch am Fenster war."

Da steckte das Dienstmädchen den Kopf zur Tür herein.

„Herr Schneeberg, eine Depesche."

Fritz nahm und öffnete sie.

„Ist's wichtig?" fragte der Maler neugierig.

„Gar nicht. Der Mann konnte auch schreiben", antwortete Fritz gleichmütig. „Jetzt meine Herren, können wir wieder auf unsere Angelegenheiten zurückkommen. Ist vielleicht noch irgend etwas aufzuklären?"

Dabei spielte er Müller die Depesche heimlich in die Hand.

„Für den Augenblick wohl nicht", antwortete Deephill. „Wir haben uns nur über unsere morgige Abreise zu besprechen."

Müller hatte einen raschen Blick auf das Papier geworfen. Es enthielt nur das eine Wort ‚zurück'. Das war das Zeichen, Ortry zu verlassen und in Berlin wieder einzutreffen. Er fühlte einen schmerzlichen Stich in seinem Innern, ließ sich aber nichts merken, sondern antwortete in gleichmütigem Ton:

„Wann fahren Sie?"

„Doch wohl morgen früh mit dem ersten Zug", meinte der Amerikaner. „Wenn ich auch heute noch bleibe, so will ich doch von morgen an jede Stunde benutzen. Kinder, packt eure Sachen zusammen und kommt dann hierher. Auf dem Schloß sollt ihr keinen Augenblick mehr bleiben. Dieser alte Schurke – Verzeihung gnädiges Fräulein! Er ist Ihr Großvater; aber ich kann mir nicht helfen –, er ist ein Schurke."

„O bitte! Ich habe ihn nie als Verwandten anerkannt."

„Das beruhigt mich. Wie gut, Herr Doktor, daß Sie uns vorher im Zimmer instruierten. Nun fällt sein Verdacht auf Ribeau und Rallion."

„Diesen letzteren wird er sofort vornehmen. Aber, Herr Deephill, was haben Sie in Beziehung auf den Kapitän beschlossen?"

„Ich folge Ihrem Rat."

„Ich danke Ihnen."

Bei diesen Worten aber winkte er dem Amerikaner zu, nichts weiter zu sagen, um ihn nicht zu verraten. Marion war ja noch gar nicht eingeweiht. Darum lenkte Deephill ab und wendete sich an Fritz:

„Wie hübsch, Herr Schneeberg, wenn auch Sie mit nach Malineau könnten."

Der Angeredete warf einen schnellen Blick auf seinen Vorgesetzten. Dieser antwortete an seiner Stelle:

„Vielleicht gibt ihm Herr Doktor Bertrand noch einmal Urlaub. Wenn Sie meinem Rat folgen wollen, so packen Sie ein, was Mademoiselle Nanon in Ortry hat, und schicken es nach Berlin voraus. So sind Sie von allen Weiterungen befreit. Das ist das allerbeste."

„Wird mich der Kapitän gehen lassen?“ meinte Nanon.
„Der wird gar nicht gefragt“, antwortete ihr Vater.
„Wer doch auch mit könnte“, seufzte Marion. „Das wäre eine Erlösung für mich. Brechen wir auf?“
„Ja, wir erwarten euch hier, Kinder“, antwortete der Amerikaner. „Bleibt nicht zu lange aus.“
Die drei Damen brachen auf. Müller flüsterte dem Vater, der seine Tochter bis zur Tür begleiten wollte, schnell und unbemerkt noch zu:
„Bitte, sagen Sie heimlich den beiden Damen, daß sie Marion nicht verraten sollen, was sie von mir wissen.“
„Schön!“
Dann trat Müller an Marions Seite.
„Kommen Sie bald nach, Herr Doktor?“ fragte sie.
„In einigen Minuten.“
„Mir ist so bang. Ich verliere Nanon. Wen habe ich noch außer Ihnen? Ich wiederhole: Könnte ich doch nun auch fort.“
„Sie können fort“, antwortete er leise.
„Wirklich?“
„Ja. Aber es muß Geheimnis bleiben. Niemand darf es ahnen, nicht einmal die Schwestern. Wir reisen auch.“
„Wann?“
„Morgen.“
„Wohin?“
„Nach Malineau.“
„Ist's wahr?“ fragte sie, freudig erregt.
„Ja, ich gebe Ihnen mein Wort.“
„Gott sie Dank! Aber Sie müssen zurück.“
„Leider! Aber bitte, sorgen Sie sich nicht; ich werde an alles, alles denken.“
Die drei Damen gingen, und Müller kehrte mit dem Amerikaner zu den anderen zurück. Dieser letztere sagte dann zu ihm:
„Herr Doktor, haben Sie Vertrauen zu mir?“
„Ja, Herr Baron.“
„Nun, so lassen Sie mich sehen, woran ich bin. Die Depesche, welche Herr Schneeberg erhielt, war eigentlich für Sie bestimmt?“
„Woraus schließen Sie das?“
„Ich sah, daß er sie Ihnen zusteckte.“
„Gut, ich leugne es nicht.“
„War sie wichtig?“
„Ja.“

„Darf man den Inhalt erfahren?"
„Ich reise auch."
„Ah, dachte es mir! Gnädiges Fräulein mit?"
„Natürlich."
„Bitte, wohin?"
„Ich habe dasselbe Ziel wie Sie: Berlin."
„Herrlich, herrlich! Aber ich muß leider erst nach Malineau."
„Ich werde dafür sorgen, daß wir uns treffen."
„Wollen wir das telegrafisch tun?"
„Nein. Ich will mich nicht in Gefahr begeben. Ich verspreche Ihnen, daß wir uns treffen werden; und ich pflege Wort zu halten. Für jetzt aber muß ich mich verabschieden. Fritz, du begleitest mich."
Da zog ihn seine Schwester in die Fensternische und sagte: „Das kommt so plötzlich! Befehl vom Kommando?"
„Ja. Es macht mir einen Strich durch die Rechnung."
„Wenn Vater sich wirklich als Gefangener in Ortry befände. Mein Gott!"
„Ich will eben jetzt noch mein möglichstes tun. Ich wage alles."
„Aber sei vorsichtig."
„Habe keine Sorge. Jetzt brauche ich keine Rücksicht mehr zu nehmen. Wer mir heute widerstrebt, der ist verloren. Ich bin bewaffnet."
„Wäre es nicht dennoch besser gewesen, Ihr hättet den Kapitän der Polizei überwiesen?"
„Nein. Die Lösung meiner Aufgabe geht mir über alles."
„Aber muß er denn durchaus frei bleiben?"
„Unbedingt. Ich kenne das Schloß, die Niederlagen und alles Nötige. Käme der Kapitän fort, so würden Änderungen eintreten, welche meinen ganzen Plan vernichteten. Es muß so bleiben."
Er ging mit Fritz. Unten trafen sie auf den Arzt.
„Herr Doktor", sagte Müller, „haben Sie bemerkt, daß der Kapitän oben war?"
„Ja."
„Wir hatten einen bedeutenden Auftritt."
„Ich habe es bemerkt."
„Er wird Ihnen zürnen, daß diese Personen hier waren. Sie werden in Ungelegenheiten kommen, vielleicht sogar in Gefahr geraten."
„Ich fürchte mich nicht. Miß de Lissa wohnt bei mir. Ich kann

ihr nicht vorschreiben, wen sie in ihrer Wohnung empfangen darf und wen nicht. Und was den Alten betrifft, so verstehe ich, ihm entgegenzutreten."

„Vielleicht kommt die Zeit, in welcher ich Ihnen so danken kann, wie ich es wünsche."

„Das will ich nicht. Ich helfe Ihnen gern!"

„Haben Sie nicht einige feste, längere Stricke? Ich brauche sie und möchte mich doch dadurch, daß ich welche kaufe, nicht verraten."

„Genug. Ich selbst werde nachsehen."

„Und noch eins: Sie haben für Ihre Landpraxis Pferd und Wagen?"

„Ja."

„Ist das Pferd gut?"

„Ein sehr flotter Läufer."

„Wie viele Personen faßt der Wagen?"

„Zwei, außer dem Kutscher."

„Würden Sie mir ihn verkaufen?"

„Hm! Ich möchte Ihnen nicht Ausgaben verursachen, welche nicht unbedingt nötig sind. Wie lange brauchen Sie das Geschirr, Herr Doktor?"

„Auf höchstens zwei Tage."

„Warum denn da kaufen? Ich leihe es Ihnen ja ganz gern."

Müller ging natürlich darauf ein. Die Stricke wurden ausgesucht. Fritz machte ein Paket daraus, und dann erhielt er von seinem Herrn den Befehl:

„Jetzt kaufst du noch Lichte für die Laterne, und dann erwartest du mich am Waldweg, wo wir uns zu treffen pflegen."

„Reisen wir wirklich morgen?"

„Ja."

„Aber heimlich?"

„Warum diese Vermutung?"

„Weil Sie einen Wagen nehmen."

„Richtig! Adieu jetzt!"

Er ging nach Ortry.

Dort war lange vorher der Kapitän in einer ganz unbeschreiblichen Stimmung angekommen. Er begab sich, ganz so, wie vermutet worden war, zu Rallion, dem Jüngeren. Dieser lag nachlässig auf dem Sofa und las in einem Buch.

„Ah, Herr Kapitän!" sagte er. „Unerwarteter Besuch!"

„Wirklich?"

„Gewiß."

„Ich denke, Sie haben mich jetzt immer zu erwarten."
„Wieso? Weshalb?"
„Das wissen Sie nicht?"
„Nein."
„Ahnen es auch nicht?"
„Kein Wort."
„Nun, der Schlüssel wegen."
„Welcher Schlüssel?"
„Zu den unterirdischen Gewölben."
„Was gibt es denn wieder mit diesen Schlüsseln?"
„Donnerwetter, wissen Sie sich gut zu verstellen!"
„Ich mich verstellen?"
„Ja. Sie haben diese Schlüssel!"
„Das sagten Sie bereits einmal."
„Sie leugneten, jetzt aber habe ich den Beweis."
„Gut. Bringen Sie diesen."
„Der, welchen Sie heute befreit haben, hat es mir mitgeteilt."
„Alle Wetter! Ich habe jemand befreit? Das heißt, einen Gefangenen?"
„Natürlich!"
„Der da unten steckte?"
„Wen sonst!"
„Wer war es denn?"
„Das wissen Sie ebensogut wie ich."
Da sagte Rallion in seinem ernstesten Ton:
„Kapitän, Sie sind seit einiger Zeit höchst unbegreiflich. Sie versprachen mir Ihre Enkelin und halten nicht Wort. Sie schleppen mich in Versammlungen, in denen ich verwundet werde. Sie nennen mich nun gar einen Dieb! Das habe ich satt. Ich weiß sehr genau, was ich meiner Ehre und meinem Stand schuldig bin. Ich lasse mich nicht länger hänseln. Vater hat vorhin telegrafiert! Morgen oder übermorgen reise ich."
„Donnerwetter! Was hat er telegrafiert?"
„Hier das!"
Er gab ihm das Telegramm zu lesen. Es enthielt die Worte:
„Dränge auf Entscheidung, und komm dann sofort. Alles ist vorbereitet."
„Sie sehen also", fuhr er fort, „wie es steht. Bekomme ich Marion oder nicht?"
„Verdammt! Das Mädchen wird immer obstinater! Und nun dazu diese Schlüsselgeschichte!"
„Darf man sie denn nicht erfahren?"

„Hol's der Teufel! Ich habe doch nur Sie im Verdacht!"
„Da sind Sie dümmer als dumm."
„Denken Sie sich: Gestern ergriffen wir einen Spion. Ich lasse ihn fesseln und schließe ihn hinter drei Türen ein. Einen anderen Gefangenen brachte ich in denselben Karzer, in welchen wir die Zofe anstatt Marions steckten. Ich bin überzeugt, beide festzuhaben. Vorhin fällt mir Marions Wesen auf. Ich lasse sie beobachten und erfahre, daß sie zu dieser verdammten Engländerin ist. Ich fahre nach. Wen finde ich dort?"
„Nun?"
„Diese beiden Gefangenen!"
„Unsinn!"
„Weiß Gott, es ist keine Lüge! Ich muß ausgesehen haben wie ein Nilpferd!"
„Was Sie da erzählen, ist doch ganz unmöglich!"
„Unmöglich gerade nicht, da mir ja die Schlüssel fehlen."
„Hm!"
„In Ihrer Gegenwart habe ich sie verloren."
„Das heißt, ich habe sie?"
„Ich denke es wahrhaftig. Der eine Gefangene sagte mir, ich solle Sie grüßen, und Sie hätten die Schlüssel."
Da lachte Rallion laut auf und meinte dabei:
„Und das haben Sie geglaubt?"
„Was sonst?"
„Merken Sie denn nicht, daß der Kerl Sie nur irreführen will?"
„Irreführen? Hm!"
„Wer war denn noch bei den Gefangenen?"
„Marion und . . ."
„Donnerwetter!"
„Was?"
„Marion war bei ihnen? Und Sie ahnen noch immer nichts?"
„Denken Sie etwa, daß sie die Schlüssel hat?"
„Wer denn sonst?"
„Wie will sie diese denn erhalten haben?"
„Auf zehnerlei Weise. Vielleicht sind Sie von ihr schon längst beobachtet worden."
„Ich möchte schwer daran glauben. Aber wenn ich mir überlege, daß sie . . ."
Er zauderte.
„Was?"
„. . . daß sie es war, welche mir die befreiten Gefangenen in die Stube brachte!"

„Sie brachte jene? Na, wollen Sie noch andere Beweise?"
„Aber wie soll sie zu den Schlüsseln gekommen sein?"
„Das fragte ich nicht; das muß sie selbst gestehen. Schlüssel hat sie, das ist sicher und gewiß."
„Wieso?"
„Sie legte die Zofe in ihr Bett, anstatt sich; sie muß also unseren Plan belauscht haben."
„Wahrscheinlich."
„Sie kann uns aber nur dann belauschen, wenn Sie die heimlichen Gänge, Treppen und Türen kennt."
„Satan!"
„Sie kann sich also ganz leicht, während Sie schlafen, bei Ihnen einschleichen und die Schlüssel borgen oder sich einen Wachsabdruck machen."
„Daran dachte ich mit keiner Silbe."
„Sie durchkreuzt unsere Pläne; sie wird immer obstinater, wie Sie selbst sagen; es entkommen Ihnen Gefangene, welche ganz sicher hinter Schloß und Riegel waren; Marion wird bei diesen Gefangenen gefunden, denen sie den Rat gegeben hat, mich zu verdächtigen. Das tut sie auch wieder nur, weil sie mich haßt. Wenn Sie nun noch nicht wissen, woran Sie sind, so sind Sie vollständig blind!"
Der Alte schritt hin und her, mit den Armen gestikulierend und dabei allerhand unverständliche Laute ausstoßend. Endlich sagte er, stehenbleibend:
„Sie haben recht. Ich war blind, vollständig blind. Sie aber haben mir jetzt den Star gestochen."
„Endlich! Was aber weiter?"
„Ich mache sie unschädlich!"
„Auf welche Weise?"
„Indem ich nun doch den Plan ausführe, den sie uns vereitelt hat."
„Und sie einstecken?"
„Ja."
„Hm! Vielleicht lauscht sie jetzt wieder."
„Nein. Sie ist noch in der Stadt."
„Sie wird wieder entkommen."
„Dieses Mal nicht. Ich habe noch Orte, die Sie gar nicht kennen. Dahin bringen wir sie."
„Wann?"
„Sobald sie zurückgekehrt ist."
„Sapperment!"

„Wir binden sie sogar im Kerker an, so daß sie sich gar nicht bewegen kann."

Der Graf schnalzte mit der Zunge und mit den Fingern.

„Und dann?" fragte er. „Dann?"

„Was dann?"

„Dann gehört sie mir?"

„Ja, ich gebe sie Ihnen; aber erst nach vierundzwanzig Stunden, Verehrtester!"

„Warum so spät?"

„Ich gewähre ihr diese Bedenkzeit, weil es für die Zukunft besser ist, sie wird freiwillig ihre Braut als gezwungen."

„Einverstanden! Unter diesen Umständen bleibe ich trotz der Depesche einen Tag länger hier. Ich habe es nun einmal auf diese Marion abgesehen. Was kann ich gegen diese dumme Liebe? Wie also arrangieren wir uns?"

„Ich warte, bis sie in ihrem Zimmer ist; dann hole ich Sie ab. Wir treten durch das Täfelwerk bei ihr ein."

„Schön! Aber sie wird schreien!"

„So weit dürfen wir es nicht kommen lassen."

„Gut, gut! Ich bin gespannt, ganz außerordentlich gespannt. Aber man wird sie vermissen?"

„Lassen Sie es meine Sorge sein, hierauf eine Antwort zu geben, welche die Frager befriedigen wird."

„Alle?"

„Ich denke."

„Hm! Einen doch wohl nicht."

„Wen?"

„Diesen verdammten, buckligen Hauslehrer."

„Sie hassen ihn einmal!"

„Pah! Ich weiß ganz genau, daß Sie ihn ebenso hassen, ja, daß Sie ihn sogar fürchten."

„Fürchten? Sind Sie toll?"

„Nein. Ich beobachte gut. Sehen Sie denn nicht, daß Marion am Fenster steht, wenn er unten im Garten sitzt? Sie geben sich heimliche Zeichen; sie stützt sich auf ihn. Hätte sie ihn nicht, so wagte sie keinen solchen Widerstand."

„Was Sie da sagen, klingt nicht ganz unwahrscheinlich. Ich habe Beweise, daß er horcht, daß er heimlich beobachtet. Er hat zu mir von Dingen gesprochen, die nur ich allein wissen kann. Das ist höchst auffällig."

„Und da dulden Sie ihn?"

„Was will ich tun? Der Junge hängt an ihm!"

„Pah! An dem nächsten wird er ebenso hängen und vielleicht noch mehr."
„Möglich. Aber, aber . . ."
„Was denn?"
„Ich will Ihnen aufrichtig sagen, daß ich ihn nicht gern aufregen möchte. Ich habe mich doch ein wenig in acht zu nehmen. Dieser Lauscher hat einige Kleinigkeiten bemerkt, deren Ruchbarwerden mir zwar keinen Schaden, aber Unannehmlichkeiten bringen könnte."
„Dachte es mir doch! Sie fürchten sich vor ihm!"
„Fürchten? Nicht die Spur; ich habe ihn nur zu berücksichtigen; das ist alles."
„Nun gut, so legen Sie es darauf an, daß er selbst kündigt."
„Da wird er sich hüten."
„Hat er kein Ehrgefühl?"
„Mehr als genug."
„Hm, ich zweifle daran! Mir gegenüber hat er sich als Feigling benommen. Sie wissen ja!"
„Das mußte damals einen ganz besonderen Grund haben. Ich habe keinen zweiten kennengelernt, der so wie er zum Raufbold prädestiniert wäre. Ehrgefühl hat er; aber er wird lieber manches verschlucken, als eine so fein dotierte Stellung aufgeben."
„Es gilt den Versuch."
„Ich werde ihn machen. Werde ich den Menschen so halb und halb in Frieden los, so soll es mir auch auf ein Vierteljahresgehalt nicht ankommen."
„Ist er denn fleißig? Er scheint stets abwesend zu sein, wie ich bemerkt habe."
„Er geht allerdings sehr viel aus. Dies gibt vielleicht die Veranlassung zu einer Auseinandersetzung. Also halten Sie sich bereit. Ich werde Sie abholen."
Er ging und beobachtete dann von seinem Fenster aus die Straße, welche nach der Stadt führte. Unterdessen schickte er den Diener, um sich nach Müller zu erkundigen und auch zu erfahren, welchen Unterricht er heute erteilt habe.
„Er hat heute gar keinen Unterricht gegeben", lautete der Bescheid.
„Ist er denn nicht da?"
„Er ist heute stets fort gewesen. Nur einige Augenblicke hat man ihn gesehen; dann ist er wieder verschwunden."
Nach einiger Zeit sah der Alte Marion mit den beiden Schwestern die Straße nach dem Schloß daherkommen, und zugleich

schritt Müller nachdenklich auf dem Wiesensteig herbei. Er hatte die Stadt später als die Damen verlassen, war aber einen kürzeren Weg gegangen: So kam es, daß er fast in demselben Augenblick mit ihnen auf dem Schloßhof anlangen mußte.

Dies bemerkte der Alte. Er ging hinab und wartete. Draußen vor dem Tor traf Müller mit den Damen zusammen und betrat mit ihnen den Hof.

„Herr Doktor", sagte der Alte laut. „Sie wurden gesucht."

„Von wem?"

„Von mir."

„Ich stehe zu Diensten."

„Das habe ich nicht gefunden. Wenn man Sie braucht, sind Sie nicht vorhanden. Haben Sie heute Unterricht erteilt?"

„Nein", antwortete der Gefragte, welcher sehr ruhig vor dem Frager stand.

Auch die Damen waren unwillkürlich stehengeblieben.

„Warum nicht? Weshalb sind Sie engagiert?"

„Um meinen Zögling zu erziehen. Die Erziehung aber besteht nicht im Unterricht allein. Man muß individualisieren. Ich habe es für nötig befunden, dem jungen Herrn Baron jetzt einige Ruhe zu gewähren."

„Ihm oder Ihnen, Herr Doktor?"

„Vielleicht beiden zugleich."

„Das kann ich nicht billigen. Ich bezahle keinen Erzieher zu dem Zweck, sich Ruhe zu gönnen. Ein anderer würde sich sein Gehalt zu verdienen suchen."

„Meinen Sie, das dies bei mir nicht der Fall sei?"

„Durch dieses Sich-Ruhe-gönnen allerdings nicht. Es gibt gerade jetzt Überfluß an tüchtigen Pädagogen."

„Dann möchte ich raten, es doch einmal mit einem anderen zu versuchen, Herr Kapitän."

„Wir haben lange Kündigung."

„Ich gehe auch ohne diese."

„Wann?"

„Heute noch, wenn es Ihnen beliebt."

„Schön! Ich werde, damit Sie nicht darunter leiden, Ihnen ein Vierteljahrsgehalt auszahlen."

„Danke! Ich bin noch bei Kasse!"

„Wann holen Sie sich Ihre Zeugnisse?"

„Ich brauche keine. Ich bitte nur noch, meinen Koffer zu Herrn Doktor Bertrand schaffen zu lassen."

„Wird besorgt! Also, leben Sie wohl, Herr Doktor."

„Ebenso, Herr Kapitän."

Der Alte hatte nicht gedacht, den unbequemen Menschen so leicht loszuwerden. Er hatte ihn vor den Damen blamiert und schritt im Bewußtsein eines Sieges stolz von dannen. Er ahnte nicht, daß sowohl Müller als auch die beiden Schwestern ihn heimlich auslachten und daß Marion auf der Freitreppe leise zu ihm sagte:

„Was haben Sie getan, Herr Doktor?"

„Einen Sieg errungen."

„Wieso?"

„Sie werden es erfahren. Jetzt ist nicht Zeit dazu, gnädiges Fräulein."

„Aber Sie haben nun keine Stellung."

„Oh, eine viel, viel bessere und ehrenvollere. Ich dachte nicht, so gut von ihm loskommen zu können."

„Aber ich . . .!"

„Lassen Sie mich sorgen."

„Nun wohl! Ich möchte mich so gern auf Sie verlassen."

„Sie können es, Sie können es, gnädiges Fräulein. Nur liegt es in unserem Interesse, den Kapitän jetzt noch nicht ahnen zu lassen, daß wir Verbündete sind. Sie dürfen vollständig versichert sein, daß ich alles tun werde, was in meinen Kräften steht, Sie gegen die Intentionen Ihres Großvaters in Schutz zu nehmen."

„Wie aber wollen Sie dies tun können, wenn Sie sich nicht mehr bei mir befinden?"

„Ich bitte Sie abermals, dies jetzt nur meine Sorge sein zu lassen. Wir können nicht weiter darüber sprechen, da wir jetzt hier bei Ihrem Zimmer angelangt sind. Es würde das auffallen, denn wir dürfen nicht vergessen, daß wir jedenfalls scharf beobachtet werden."

Sie trennten sich, er, um seine eigenen Sachen einzupacken, und sie, um über alles nachzudenken, was sie heute erfahren und gehört hatte.

Sie schritt einsam und in Gedanken versunken in ihrem Zimmer auf und ab, wohl über eine halbe Stunde lang, dann ließ sie sich auf den Sessel nieder, welcher vor dem Tisch stand. Sie stemmte den Ellbogen auf den letzteren und legte das schöne Köpfchen in die Hand. Sie hatte eine solche Stellung eingenommen, daß sie dem Eingang, welcher nach dem Vorzimmer führte, den Rücken zukehrte.

Unterdessen hatte der Kapitän den Oberst Rallion aufgesucht, von welchem er mit Spannung erwartet wurde. Er trug einen geöffneten Brief in der Hand.

„Denken Sie, was da angekommen ist", sagte er. „Der Brief ist bereits einige Stunden da, ohne daß ich es wußte. Man hat ihn mir während meiner Abwesenheit auf den Schreibtisch gelegt."

„Interessiert der Inhalt auch mich?"

„Sogar sehr."

„Von wem ist er?"

„Von Ihrem Herrn Vater."

„Dann muß er mich allerdings sehr interessieren. Vater ist ja sonst kein Freund von Korrespondenz. Was schreibt er denn?"

„Hören Sie!"

Der Alte las:

„Mein bester Kapitän!

Die politische Konstellation ist ganz plötzlich eine solche geworden, daß ich Sie persönlich sprechen muß. Da ich aber nicht so schnell wieder nach Ortry kommen kann, so ersuche ich Sie, spätestens am Tag nach Empfang dieses Briefes mit dem ersten Frühzug abzureisen. Es hat große Eile. Ich habe fast die Gewißheit, daß das Wetter noch eher losbricht, als wir es vermuteten. Natürlich bringen Sie meinen Sohn mit. Es steht ihm die Auszeichnung bevor, zu den Gardezuaven versetzt zu werden.

Ihr Jules, Graf von Rallion."

„Was sagen Sie dazu?" fragte der Alte, indem er den Brief wieder zusammenfaltete und einsteckte.

„Victoria!"

„Ja, dieses eine Wort ist das richtige und enthält alles, was gesagt werden kann. Also zu den Zuaven kommen Sie!"

„Eine große Auszeichnung?"

„Die Zuaven weniger, aber die Garde, Oberst eines Regimentes Gardezuaven. Donnerwetter, das läßt sich hören!"

„Ja", nickte Rallion, indem sein Auge stolz aufleuchtete, „Wir haben ja nur das eine Zuavenregiment bei der kaiserlichen Garde, zwei Bataillone stark. Das ist es, was mich selbstverständlich freut. Aber das andere ...!"

„Was?"

„Die schnelle Abreise."

„Die ärgert Sie?"

„Natürlich doch."

„Warum."

„Hm! Marion! Haben Sie denn vergessen?"

„Pah! Bis zum ersten Zug morgen früh haben Sie mehr als genug Zeit, zum Ziel zu gelangen."
„Ist sie bereits nach Hause?"
„Ja; ich sah sie soeben kommen."
„Nun, wann holen wir sie?"
„Gleich jetzt. Ich habe zwei paar Filzgaloschen draußen stehen, welche wir anziehen, um unsere Schritte unhörbar zu machen."
„Und wenn sie um Hilfe ruft?"
Der Alte stieß ein höhnisches Lachen aus und antwortete: „Da habe ich ein Stück alten Pelzes, welches sie schon verhindern wird zu schreien. Ich drücke ihr dasselbe auf das Gesicht und binde es ihr fest. In gleicher Zeit nehmen Sie die Stricke, welche ich mitgebracht und draußen liegen habe, und fesseln ihr Hände und Füße. Sie ist ganz sicher unser, denn jetzt soll es ihr nicht einfallen, anstatt ihrer selbst die Zofe fangen zu lassen."
„So wollen wir gehen."
„Vorher noch eins: Ich habe mit diesem Müller gesprochen."
„Ah, schon?"
„Ja. Ich ging ihm ja entgegen."
„Sprachen Sie von seiner Entlassung?"
„Ja."
„Ging er darauf ein?"
„Mit Vergnügen, wie es schien. Nicht einmal sein Zeugnis will er haben."
„Der Unvorsichtige. Wie kann er eine weitere Stelle finden, ohne nachzuweisen, daß Sie mit ihm zufrieden gewesen sind?"
„Er mag zusehen, wer ihn engagiert. Ich bot ihm das Gehalt eines Vierteljahres als Entschädigung an, aber er nahm auch dieses nicht an."
„Nicht? Warum nicht?"
„Weiß ich es? Er sagte, er sei noch bei Kasse."
„Warum aber boten Sie ihm diese Entschädigung an?"
„Weil er von einer Kündigung absah."
„Ah! So geht er bereits am Schluß des Monates?"
„O nein, noch besser! Er geht sofort."
„Heute schon?"
„Nicht nur heute, sondern sofort. Er wird einpacken und dann gehen."
„Dem Himmel sei Dank! Sind wir diesen arroganten Menschen los! Ich habe ihm nicht getraut."
„Er war ein verschlossener, undurchdringlicher Charakter,

aber trotzdem und trotz seines Buckels doch ein tüchtiger Kerl. Aber, halten wir uns mit ihm nicht auf! Wir haben mehr zu tun. Kommen Sie! Aber schließen Sie vorher den Eingang. Man muß vorsichtig sein."

„Haben Sie Laternen mit?"

„Das versteht sich ganz von selbst. Laternen und auch alles andere, was wir brauchen."

Rallion verschloß seine Tür, und dann krochen sie durch das geöffnete Täfelwerk. Draußen zogen sie die Filzschuhe über ihre Stiefel, nahmen die anderen Requisiten an sich und schlichen sich dann zu derjenigen Stelle, an welcher man in Marions Vorzimmer gelangte.

Sie lauschten. Es ließen sich regelmäßige, durch die Entfernung gedämpfte Schritte hören.

„Sie scheinen im Zimmer auf- und abzugehen", meinte Rallion.

„Ja. Wir müssen also warten."

Sie warteten eine kurze Weile, dann waren die Schritte nicht mehr zu hören.

„Jetzt", raunte der Alte seinem Spießgesellen zu. „Aber vorsichtig. Unsere Schritte müssen unhörbar sein. Haben Sie die Stricke bereit?"

„Ja."

„Sie wird sich natürlich sträuben. Seien Sie nicht so zart mit ihr. Je fester wir zugreifen, desto eher und besser werden wir mit ihr fertig."

Ein leises Rascheln ließ sich hören, so leise, das selbst Rallion es kaum zu vernehmen vermochte. Der Alte öffnete das Täfelwerk. Sie blieben einige Augenblicke horchend stehen, und da sich nichts im Zimmer regte, so waren sie überzeugt, nicht gehört worden zu sein.

„Jetzt vorwärts!" befahl der Kapitän.

„Lassen wir hier offen?"

„Ganz natürlich!"

Sie traten in das Vorzimmer. Es befand sich niemand da. Sie schlichen zu den Portieren und blickten hindurch. Marion saß in der bereits beschriebenen Stellung am Tisch.

Der Alte nickte dem Grafen aufmunternd zu, schob die Portieren zur Seite und trat ein, in den beiden Händen das Pelzstück haltend. Rallion folgte ihm mit den Stricken.

Der Kapitän machte zwei rasche Schritte vorwärts. Ein unterdrückter Schrei erscholl, oder vielmehr, er wollte erschallen, aber der Alte hielt dem Mädchen den Pelz so fest auf den Mund, daß es nicht laut schreien konnte. Und zugleich schlang Rallion ihm die Stricke um die Arme, mit denen es alle Anstrengungen machte, den Kapitän von sich abzuwehren; dann wurden ihm auch in gleicher Weise die Füße gefesselt. Es war gefangen.

„So!“ knurrte Richemonte vergnügt. „Dieses Mal ist das Täubchen eingefangen. Sie soll uns nicht wieder das Zöfchen in die Hände schieben. Schnell fort mit ihr.“

Sie faßten sie, die nicht im geringsten zu widerstreben vermochte, an und trugen sie hinaus. Dann schob der Alte die Täfelung wieder zu und verriegelte sie.

„Wohin nun?“ fragte Rallion.

„Zunächst hinunter in den Gang, gerade wie bei der Zofe. Hier stehen die Laternen. Brennen wir sie an.“

Rallion fühlte der Gefangenen nach dem Kopf und fragte: „Haben Sie den Pelz nicht zu fest gebunden?“

„Nein.“

„Mir scheint es doch so. Wenn sie nun erstickt.“

„Pah! Solche Katzen ersticken nicht. Hier, hängen Sie sich die Laterne ins Knopfloch. Und dann hinunter.“

Sie trugen Marion bis zur Tür desjenigen Gewölbes, in dessen hinterem Teil die Zofe eingeschlossen worden war. Da hier der Kapitän seine Last niederlegte, fragte Rallion:

„Hier hinein?“

„O nein. Hier wäre sie nicht sicher aufgehoben, denn von da ist mir einer entkommen, ohne daß ich es mir erklären kann. Ich will einmal nachsehen, ob es mir vielleicht möglich ist, eine Spur zu entdecken. Bleiben Sie hier zurück, um über die Gefangene zu wachen.“

Er öffnete die Tür und trat in das Gewölbe, aus welchem er erst nach längerer Zeit zurückkehrte. Seine Miene war eine höchst verdrießliche.

„Etwas gefunden?“ fragte Rallion.

„Nein. Nicht eine Spur.“

„Sonderbar. Wenn einer entkommen ist, muß doch die Tür offen sein.“

„Sie haben gesehen, daß diese hier verschlossen war, und die hintere war es ebenso. Ich begreife das nicht!“

„Es muß jemand den Schlüssel haben.“

„Ganz sicher!“

„Aber wer?“

„Das werde ich schon noch herausbekommen. Fassen Sie wieder an. Wir gehen weiter."

Sie trugen Marion bis an den Kreuzungspunkt der Gänge und lenkten dann rechts ein. An der Tür, durch welche der dicke Maler geführt worden war, blieben sie halten, um ihre Last niederzulegen.

„Nun sehen Sie", meinte der Alte, „auch hier ist mir einer entkommen, sogar durch drei verschlossene Türen. Ich werde einmal vorangehen."

Er öffnete die Tür und verschwand hinter ihr. Es dauerte eine geraume Zeit, ehe er wieder erschien. Er sagte in zornigem Ton:

„Man ist versucht, an Zauberei zu glauben. Auch hier ist der Gefangene verschwunden, ohne die geringste Spur zurückzulassen, aus welcher man schließen könnte, auf welche Art und Weise er entkommen ist."

„Waren denn die Türen auch hier verschlossen?"

„Alle drei."

„Ohne eine Spur von Verletzung zu zeigen?"

„Nicht die leiseste Spur."

„So bleibt es dabei: Es besitzt jemand die Schlüssel. Wohin tragen wir Marion jetzt?"

„Hier herein."

„Was? Hier herein? Von wo soeben einer entkommen ist?"

„Ja. Aber haben Sie keine Sorge! Die hier entkommt mir nicht. Vorwärts!"

Das gefesselte Mädchen wurde nach dem runden Raum geschafft, in welchem Schneffke gesteckt hatte. Dort legten sie es auf den Boden nieder.

„Sehen Sie, hier war der Gefangene eingeschlossen, und – fort ist er!" sagte der Kapitän.

„Und Sie haben ihn bereits wiedergesehen?"

„Ja, bei Doktor Bertrand."

„So kennt der Mensch, welcher die Schlüssel besitzt, auch die betreffenden Ausgänge."

„Wenigstens einen derselben."

„Dann ist es wirklich höchst nötig zu erfahren, wer er ist. Aber was soll dieses Loch? Ist es ein Brunnen?"

„Scheinbar."

„Also kein Wasser drin?"

„Zuweilen. Es ist der Eingang zu denjenigen Räumen, in welche mir sicherlich kein Unberufener gelangen wird."

„Gehen denn Stufen hinab?"

„Nein."
„Eine Leiter?"
„Auch nicht."
„Donnerwetter! Wie gelangen wie denn da hinab?"
„Ja, das ist ein Rätsel!" lachte der Alte. „Der dicke Kerl, welcher hier steckte, und derjenige, der ihn befreit hat, sie beide haben jedenfalls auch untersucht, ob da hinabzukommen sei. Sie werden mit der Hand hinabgegriffen haben, um auch Stufen zu suchen, haben aber nichts gefunden. Ich bin überzeugt, daß sie meinen, es wirklich mit einem Brunnen zu tun gehabt zu haben. Es sind Eisenstangen eingefügt, die oberste allerdings so tief, daß man sie nicht mit der Hand erreichen kann."
„Mittels dieser Stangen steigt man hinab?"
„Ja."
„Auch wir jetzt mit Marion?"
„Natürlich. Auf der halben Tiefe halten wir an. Dort öffnet sich ein Gang, welchen wir passieren müssen. Ich steige voran und halte Marion, welche Sie an einem Strick herablassen. Dann folgen Sie."
Marion erhielt einen Strick unter den Armen hindurch und wurde an demselben herabgelassen. Rallion stieg dann nach und trat in den neuen Gang, in welchem der Alte bereits seiner wartete. Sie trugen ihre Last den Gang entlang, stiegen mehrere Stufen empor und kamen dann an eine Stelle, wo es bemerklich heller wurde.
„Wir kommen wohl gar ins Freie?"
„Bewahre. Wir befinden uns zwar wieder in gleicher Höhe mit den Gewölben, aber ins Freie führt dieser Gang doch nicht. Der Schimmer kommt von oben herab."
„Wohl gar ein Fenster?"
„Nein, ein Luftloch, weiter nichts."
„Wohin mündet es denn?"
„In den Wald."
„Wenn es nun entdeckt wird?"
„Das ist nicht möglich."
„Wie nun, wenn einer in dieses Loch stürzt?"
„Das ist nicht denkbar. Das Loch ist mit Moos verschlossen, welches zwar die Luft hindurchläßt, aber keinen Menschen, da es auf festen Holzprügeln ruht. Doch wollen wir uns dabei nicht aufhalten. Vorwärts wieder."
„Noch weit?"
„Nein. Sehen Sie die Türen rechts und links?"

„Ja."
„Rechts die fünfte ist es."
Sie schritten weiter und entfernten sich so von dem Loch. Als sie die betreffende Tür erreichten, öffnete der alte Kapitän. Es gähnte ihnen ein finsteres Loch entgegen. Auf dem Boden lag Stroh. Sonst war nichts, gar nichts vorhanden. In dieses Loch wurde Marion gelegt.
„Ob sie noch lebt?" fragte Rallion, der bei seiner Liebe für das schöne Mädchen sich doch beunruhigt fühlte.
„Wie sollte sie gestorben sein! Machen Sie den Pelz auf."
Rallion kniete nieder und entfernte das Pelzwerk vom Gesicht, welches er mit der Laterne beleuchtete.
„Alle Teufel!" rief er. „Sie ist tot!"
„Unsinn!"
„Sehen Sie her!"
Marions Augen waren geschlossen; ihr Gesicht hatte allerdings die Blässe des Todes. Der Alte bückte sich nieder und befühlte die gefesselte Hand.
„Pah!" sagte er. „Haben Sie keine Sorgen! Sie ist ohnmächtig, aber nicht tot."
„Wirklich?"
„Ja; ihr Puls geht doch."
„Gott sei Dank!"
„Na, verliebt scheinen Sie wirklich zu sein!" höhnte er. „Soll ich Sie mit der Angebeteten allein lassen?"
„Hm! Was soll ich hier?"
„Narr! Die Zeit benutzen! Sie ist gefesselt. Sie befindet sich ja in Ihren Händen."
„Wohin gehen Sie?"
„Zurück, um Lebensmittel zu holen."
„Für Marion?"
„Für sie und für andere. Sie wird nämlich nicht meine einzige Kostgängerin sein. Ich habe noch zwei andere Personen zu versorgen, und da ich nach Paris muß und nicht weiß, wann ich wiederkomme, will ich sie mit hinreichendem Wasser und Brot versehen."
„Sie kommen aber doch wieder?"
„Natürlich."
„Wann?"
„In vielleicht einer Stunde."
„So spät?"
„Sie haben ja den Weg selbst mitgemacht. Und zudem habe ich

das Wasser und das Brot zu schleppen. Dieses letztere kann ich mir nur heimlich nehmen, wenn niemand sich im Speisegewölbe befindet. Darum ist es möglich, daß ich erst in einigen Stunden zurückkehren kann."

„Donnerwetter", fuhr Rallion auf.

„Was?"

„Ich hoffe doch nicht!"

„Was hoffen Sie nicht?"

„Daß Sie mich hier sitzenlassen werden."

„Sind Sie verrückt!"

„Nein, das nicht; aber . . ."

„Was aber?"

„Sie scheinen hier ziemlich viele Gemächer zu haben, welche für unfreiwillige . . . Sommerfrischler bestimmt sind."

„Und Sie meinen . . ."

„Wie nun, wenn Sie bei der Verwundung, welche ich in dem verdammten alten Kloster erhalten habe, für mich auch eine solche Erholung, eine solche Sommerfrische für nötig hielten!"

„Ich frage noch einmal, ob Sie verrückt sind."

„Das nicht, aber vorsichtig bin ich."

„Ich werde Sie doch nicht hier zurückhalten."

„Nicht? Werden Sie mich mit Marion hier einschließen?"

„Nein. Die Tür bleibt offen, bis ich zurückkehre, vorausgesetzt, daß Sie das Mädchen nicht entfesseln. Wie können sie auf den ganz und gar hirnverbrannten Gedanken kommen, daß ich Sie feindlich behandle, da wir doch morgen miteinander verreisen."

„Hm! Sie sind allen denen, welche Ihnen unbequem werden, ein gefährlicher Mann, und ich weiß doch nicht recht genau, ob ich Ihnen bequem bin."

„Lassen Sie diese albernen Gedanken. Sie sollen ja mein Schwiegersohn werden! Würde ich Sie so vertrauensvoll in diese unterirdischen Gänge einführen, würde ich Ihnen meine Enkelin in dieser Weise widerstandslos in die Hände liefern, wenn ich Ihnen feindselig gesinnt wäre? Ja, ich will Ihnen noch einen großen Beweis meines Vertrauens geben, indem ich Ihnen den einzigen Gefangenen zeige, welcher sich noch hier unten befindet. Kommen Sie!"

„Wer ist der Mann?"

„Ein Deutscher. Er kam, um eine Kriegskasse auszugraben, welche den Franzosen gehört. Ich habe ihn daran gehindert, indem ich mit ihm kämpfte und ihn dann heimlich als Gefangenen nach Ortry schaffte."

„Wie heißt er?“
„Er ist ein Königsau, ein Angehöriger einer Familie, welche ich hasse, wie ich niemand weiter gehaßt habe.“
Er ging nun einige Türen weiter und öffnete eine derselben. Ein fürchterlicher Gestank quoll ihnen entgegen. Als der Alte in das Loch leuchtete, sah Rallion, daß dasselbe fußhoch mit mistigem Stroh und Menschenkot angefüllt war. Es hatte ganz das Aussehen einer Düngergrube. Und da lag ein Mensch, zusammengeringelt wie ein Hund, mit Fetzen auf dem Leib, welche kaum noch Fetzen genannt werden konnten.
„Das ist er!“ sagte der Alte, in dessen Gesicht es wie eine teuflische Freude leuchtete.
„Einer dieser verdammten Deutschen!“ meinte Rallion. „Ah, ihnen gehört nichts anderes. Möchten sie alle so verfaulen, wie dieser eine hier!“
„Ja, er verfault; er verfault bei lebendigem Leibe. Ich räche an ihm, was ich an seiner Familie nicht mehr rächen kann. Er weiß, wo die Kasse vergraben liegt; er soll es mir sagen, und er tut es nicht. Er bleibt so lange hier, bis er es gesteht, und dann . . .“
Er hielt inne.
„Und dann?“ fragte Rallion.
„Dann muß er dennoch sterben!“ flüsterte ihm der Alte zu, damit der Gefangene es nicht hören solle.
Und lauter fügte er hinzu:
„Steh auf. Laß dich sehen, Hund!“
Der Gefangene bewegte sich nicht. Da griff der Kapitän an die Mauer. Dort hing eine Peitsche am Nagel. Er nahm sie herab und schlug damit auf den Unglücklichen los, bis dieser sich langsam und mühsam erhob.
Er war an Ketten gefesselt, so daß er sich kaum drei Fuß weit bewegen konnte. Sein langes, graues Haar hing ihm bis auf die Hälfte des Rückens herab, und sein ebenso langer und ebenso grauer Bart berührte mit seiner Spitze beinahe das Knie. Die Wangen waren eingefallen, und die Augen lagen tief. Bart und Haar waren mit Kot besudelt.
„Hast du Hunger, Königsau?“ fragte der Alte.
Der Gefragte antwortete nicht. Da gab ihm der Kapitän einen Hieb mit der Peitsche und wiederholte:
„Ob du Hunger hast, frage ich.“
„Nein“, erklang es matt und hohl.
„Durst?“
„Nein.“

„Willst du frei sein?“
„Nein.“
„Sterben?“
„Nein.“
„Hund! Sage die Wahrheit, sonst bekommst du die Peitsche wieder. Willst du frei sein?“
„Durch dich nicht!“
„Ah! Durch wen denn?“
„Die Meinigen werden kommen und mich holen.“
Da schlug der Alte eine heisere, höhnende Lache an und sagte:
„Wenn sie kommen, so stecke ich sie zu dir. Ich würde deine ganze Brut ausrotten, wenn sie sich zu mir wagte!“
Er hing die Peitsche wieder an die Wand und schloß die Tür zu.
„Das ist Rache!“ sagte er. „Die Peitsche hängt drin bei ihm, und er kann dieses Folterwerkzeug nicht vernichten. Die Schlüssel zu seinen Fesseln hängen an demselben Nagel, und er kann nicht zu ihnen, eben weil er gefesselt ist.“
„Eigentlich schrecklich.“
„Und doch nicht schrecklich genug. Und dazu sage ich Ihnen, daß dieser Mensch mein – Neffe ist.“
„Ihr Neffe?“ fragte Rallion erschrocken.
„Ja. Vielleicht erzähle ich Ihnen einmal davon. Ihr Vater weiß bereits einiges. Aber jetzt gehe ich. Haben Sie nun Vertrauen zu mir und glauben Sie, daß ich wiederkomme und Sie abhole?“
„Sicher.“
„Gut. So bekämpfen Sie einstweilen diese spröde Unschuld da drin. Ich wünsche, daß Sie Sieger sind, wenn ich zurückkehre.“
Er ging, während Rallion in die Zelle trat, in welcher Marion lag.
Müller war auf sein Zimmer gegangen, um seine Sachen einzupacken. Der Koffer wurde von einem Stallbediensteten geholt, und dann entfernte sich der so schnell verabschiedete Hauslehrer, ohne von irgendeinem Menschen Abschied zu nehmen.
Er tat, als sei er willens, den Weg nach der Stadt einzuschlagen, wendete sich aber, als es nicht mehr bemerkt werden konnte, dem Wald zu, wo er an der betreffenden Stelle auf den treuen Fritz Schneeberg traf.
„Hast du alles besorgt?“ fragte er.
„Ja, Herr Doktor.“

„Hm! Es hat sich ausgedoktert, lieber Fritz."
„Leider. Wir müssen fort. Aber wird man Sie lassen?"
„Ich habe den Abschied bereits."
„Das hätte ich nicht für möglich gehalten."
„Oh, der Alte ist froh, daß er mich los ist."
„Das glaube ich allerdings ohne weiteres. Aber wenn er alles wüßte, würde er Sie gewiß nicht fort lassen."
„Nein, nein. Ich müßte sterben oder würde eingesperrt gerade wie die anderen da unten."
„Wir haben sie ja herausgeholt."
„Allerdings; aber glaubst du, daß nun niemand mehr da unten steckt?"
„Wer denn noch? Ah, Sie meinen Liama!"
„Diese und – meinen Vater."
„Sollten Sie sich denn wirklich nicht täuschen? Sollte Ihr Herr Vater wirklich hier eingemauert sein?"
„Ich denke es. Die Worte des verrückten Barons lassen es mich vermuten."
„Herr, mein Heiland! Da könnte ich mit Säbeln, Fäusten und Knütteln dreinschlagen. Und – wir müssen fort."
„Leider! Wir sind die letzte Nacht hier; aber diese Zeit will ich auch benutzen. Ich werde alles, alles durchsuchen."
„Und wieder nichts finden."
„Oh, wahrscheinlich doch. Wir glaubten bisher, alle Räumlichkeiten kennengelernt zu haben, aber es ist nicht wahr. Es gibt noch Gänge, welche wir noch nicht gesehen haben."
„Den Gang, in den der Dicke gestürzt ist?"
„Ja. Und vielleicht ist dieser der richtige. Der blödsinnige Baron sprach von einem Gewölbe oder Keller des Mittelpunktes ..."
„Er meinte den Kreuzungspunkt der uns bisher bekannten Gänge."
„Nein. Ich habe nachgedacht und mir die Situation überlegt. Die Gänge sind oft gewunden. Ihr Kreuzungspunkt liegt nicht, wie ich erst glaubte, in der Mitte. Wenn ich vom Schloß aus eine Linie nach dem Steinbruch und von dem alten Turm eine zweite nach der Klosterruine ziehe, so schneiden sich diese beiden Geraden jedenfalls so ziemlich auf dem Punkt, an welchem Herr Hieronymus Aurelius Schneffke in die Tiefe gefahren ist."
„Sapperlot."
„Dort soll, nach der Aussage des Verrückten, sich der befin-

den, dessen Person mit der Kriegskasse in Beziehung steht. Wer könnte das sein, wenn nicht mein Vater?"

„Da müssen wir allerdings auch suchen, Herr Doktor. Sie haben sich doch den Ort gemerkt?"

„Sehr genau. Komm nur. Wir wollen jede Minute zu Rate ziehen und keine Sekunde verschwenden."

Sie drangen mit großen Schritten in den Wald ein, bis sie den Ort erreichten, auf welchem die gefällten Bäume lagen. Man hatte die jungen, vielleicht zwanzigjährigen Stämmchen von den Ästen entblößt und sie dann in numerierten Haufen geordnet.

„Hier ist es wohl?" fragte Fritz.

„Nein. Aber wir brauchen einige Stämmchen, welche wir mitnehmen müssen."

„Um sie als Leitern zu gebrauchen?"

„Vielleicht, vielleicht auch nicht. Die Umgebung des Loches ist nämlich unverläßlich. Die eigentliche Öffnung ist viel weiter als das Loch, durch welches Schneffke gestürzt ist. Das Moos ruht auf einer dünnen Unterlage, welche leicht nachgeben kann."

„So müssen wir die Stämme quer darüberlegen."

„Das meine ich eben auch."

„An die Stämme können wir dann unsere Stricke befestigen, an denen wir hinab- und wieder hinaufturnen."

„Das ist der Gedanke, den ich gehabt habe. Greifen wir also zu!"

Bei Schneffke hatte Müller nur einen Stamm gebraucht, der kräftige Fritz nahm jetzt aber deren drei auf die Achseln, und Müller tat dasselbe. Bei dem Loch angekommen, legten sie die Hölzer kreuzweise über dasselbe weg. Dann kniete der letztere, da die Unterlage nun vollständige Sicherheit bot, nieder, um einen der Stricke an den Kreuzungspunkt zweier Stämmchen zu befestigen.

Indem er das tat, war es ihm, als ob er unter sich ein Geräusch vernehme.

„Pst! Still, Fritz!" warnte er. „Ich höre etwas."

Er horchte und schob das Moos ein wenig zur Seite. Ein Lichtschein näherte sich.

„Schnell! Knie mit her, ob du etwas siehst oder hörst", sagte er. „Zwei bemerken mehr als nur einer."

Im nächsten Augenblick lag Fritz neben ihm. Auch dieser machte sich ein Löchlein in das Moos, um besser sehen zu können. Von unten herauf ertönten die Worte:

„Wir kommen wohl gar ins Freie?"

„Bewahre. Wir befinden uns zwar wieder in gleicher Höhe mit den Gewölben, aber ins Freie führt dieser Gang doch nicht. Der Schimmer kommt von oben herab."

„Wohl gar ein Fenster?"

„Nein, ein Luftloch, weiter nichts."

„Wohin mündet es denn?"

„In den Wald."

„Wenn es nun entdeckt wird?"

„Das ist nicht möglich."

„Wie nun, wenn einer in dieses Loch stürzt?"

„Das ist nicht denkbar. Das Loch ist mit Moos verschlossen, welches zwar die Luft hindurchläßt, aber keinen Menschen, da es auf festen Holzprügeln ruht. Doch wollen wir uns dabei nicht aufhalten. Vorwärts wieder!"

„Noch weit?"

„Nein. Sehen Sie die Türen rechts und links?"

„Ja."

„Rechts die fünfte ist es."

Der Lichtschein verschwand nach der entgegengesetzten Seite.

„Hast du es gehört?" fragte Müller.

„Ja."

„Auch etwas gesehen?"

„Alle drei."

„Ich nur einen. Das Moos ist hier bei mir zu dicht."

„Wen haben Sie gesehen?"

„Den Kapitän. Wer waren die anderen?"

„Rallion. Die beiden trugen eine gefesselte Person. Es schien ein Frauenzimmer zu sein."

Sofort kam Müller ein erschreckender Gedanke.

„Ein Frauenzimmer?" fragte er. „Vielleicht war es nur ein Paket?"

„Nein, ein gefesseltes Frauenzimmer."

„Hast du das genau gesehen?"

„Ja. Der Kopf war eingewickelt."

„Herrgott! Hast du nichts vom Kleid bemerkt?"

„Es schien hellgrau zu sein. Aber die beiden Laternen gaben so wenig Licht, daß ich mich leicht täuschen kann."

„Fritz, da ist wieder ein schlimmer Streich ausgeführt worden. Marion hatte ein hellgraues Kleid!"

„Sie meinen doch nicht etwa . . ."

„Ja, grad das meine ich."

„Daß sie Mademoiselle Marion in so ein Loch schleppen?"
„Gewiß meine ich das. Sie haben es doch bereits einmal versucht. Und denke an den Auftritt bei Doktor Bertrand."
„Alle Teufel! Es ist möglich! Wir müssen sie natürlich herausholen!"
„Versteht sich! Ich klettere hinunter!"
„Jetzt?"
„Ja, ich muß hinterher!"
„Herr Doktor, warten Sie noch."
„Nein, nein."
„Nur bis sie wieder fort sind."
„Fällt mir nicht ein. Wer weiß, was unterdessen geschehen ist."
„Sie werden sie einfach einschließen und sich dann wieder entfernen. Nachher können wir in Gemütlichkeit und ohne alle Gefahr hinab, um sie zu befreien."
„Nein, ich klimme jetzt am Seil hinunter!"
„Aber man wird Sie sehen."
„Ich glaube nicht. Sagte der Alte nicht, daß es die fünfte Tür sei?"
„Ja."
„Nun, ich war bereits unten und habe bemerkt, daß die Türen in einer Entfernung von ungefähr zwanzig Schritt voneinander angebracht sind. Das gibt über hundert Schritt, eine Entfernung, welche mir vollständig genügt. Sie können mich gar nicht bemerken."
„Es ist dennoch gefährlich. Darf ich mit?"
„Nein. Du mußt hierbleiben, ich komme mit deiner Hilfe viel rascher hinab und herauf. Du wirst schon merken, wenn ich wiederkomme. Das andere Ende des Seiles behältst du in der Hand. Greift jemand daran, und es ist unten dunkel, so bin ich es. Siehst du aber den Lichtschein wiederkommen, so ziehst du es schnell herauf, damit man es nicht bemerkt. Also rasch!"
„Ihre Revolver sind doch geladen?"
„Ja."
„Gut. Wenn Sie schießen, komme ich hinab, und dann soll der Teufel diese verdammten Schufte bei den Haaren holen. Also Vorsicht."

Er sagte diese letzten Worte, weil sein Herr bereits am Seil hing und schnell unter dem Moos verschwand.

Müller faßte festen Boden und blickte sich um; weit, weit hinten sah er den Lichtschein. Er schlüpfte darauf zu, bis er die erste Tür erreichte. Als vorsichtiger Mann zog er den Schlüssel und steckte ihn in das Schloß. Er paßte, und das beruhigte ihn.

Nun schlich er leise und vorsichtig weiter. Es gelang ihm, so nahe zu kommen, daß er nicht nur alles sehen, sondern sogar einiges verstehen konnte.

„Darum ist es möglich, daß ich erst in einigen Stunden zurückkehren kann", sagte eben der Alte.

„Donnerwetter!" fluchte Rallion.

„Was?"

„Ich hoffe doch nicht!"

„Was hoffen Sie nicht?"

Das Folgende wurde so schnell und in eigentümlichen Tonfällen gesprochen, daß es nur als Gemurmel an Müllers Ohr drang. Sodann hörte er Rallion fragen:

„Wer ist der Mann?"

„Ein Deutscher. Er kam, um eine Kriegskasse auszugraben ... Ich habe ihn daran verhindert ..."

„Wie heißt er?"

Die Antwort verstand Müller nicht.

Die beiden Schurken gingen einige Türen weiter und blieben dann vor einer stehen, welche der Kapitän öffnete. Müller schlich sich nach, bis er vor derjenigen stand, an welcher sich die beiden vorher befunden hatten. Er konnte nun nicht weiter, da Rallion in dieser Zelle seine Laterne stehengelassen hatte. Wäre er in den Schein derselben getreten, so hätte er bemerkt werden müssen. Er horchte um so schärfer hin und hörte den Alten sagen:

„Das ist er!"

„Einer dieser verdammten Deutschen! ..."

„Ja, er verfault; er verfault bei lebendigem Leibe!"

Das andere blieb unverständlich, bis der Alte mit lauter Stimme befahl:

„Steh auf! Laß dich sehen, Hund!"

Nun trat der Kapitän in die Zelle. Was er hier tat und sprach, das konnte Müller nicht sehen und hören. Und das war ein Glück. Hätte er bemerkt, daß der Insasse des Loches geschlagen wurde, so hätte er sich auf Rallion und Richemonte gestürzt und beide erwürgt.

Er sagte sich, daß seine Ahnung ihn nicht getäuscht habe, daß der, bei dem sich jetzt die beiden befanden, sein Vater sei. Sein Herz bebte vor Wonne, Verlangen, Zorn und Grimm; aber er beherrschte sich. Er mußte ruhig bleiben und seine ganze Besonnenheit zu wahren suchen.

Endlich verschloß der Alte die Tür wieder. Daraufhin hörte Müller ihn sagen:

„Das ist Rache!... Die Schlüssel zu seinen Fesseln hängen an demselben Nagel, und er kann nicht zu ihnen, eben weil er gefesselt ist!"

Rallion murmelte eine Antwort, welche Müller nicht verstand; der Kapitän antwortete etwas darauf, und dann sagte Rallion:

„Ihr Neffe?"

„Ja. Vielleicht erzähle ich Ihnen ..."

Müller konnte nichts weiter verstehen, weil er sich zurückziehen mußte, da die beiden wieder zurückkamen. Dabei aber vernahm er doch wieder des Alten Worte:

„Haben Sie nun Vertrauen zu mir und glauben Sie, daß ich wiederkomme und Sie abhole?"

„Sicher!"

„Gut. So bekämpfen Sie einstweilen diese spröde Unschuld da drin. Ich wünsche, daß Sie Sieger sind, wenn ich zurückkehre."

Jetzt sah Müller, daß der Kapitän sich entfernen wollte. Darum mußte er fort. Auf den Zehen gehend, lief er beinahe Trab, denn er mußte bereits in Sicherheit sein, wenn der Alte unter dem Luftloch ankam.

Er erreichte dasselbe. Der Strick hing noch. Er ergriff denselben, turnte sich rasch empor und fühlte dabei, daß Fritz das Ende an sich zog. Oben ankommen, das auseinandergerissene Moos zusammenstreichen und sich niederlegen, war das Werk eines Augenblickes.

„Haben Sie etwas gesehen?" flüsterte Fritz.

„Pst! Man kommt!"

Sie sahen nun beim Schein seiner Laterne den Alten unten passieren.

„Der Kapitän allein?" fragte Fritz.

„Ja. Ich hatte mich sehr zu beeilen, um von ihm nicht erwischt zu werden."

„Wo ist Rallion geblieben?"

„In der fünften Zelle. Er soll da eine Spröde besiegen."

„Donnerwetter! Wenn das Marion ist."

„Wahrscheinlich ist sie es. Wir müssen sofort hinab."

„Ich mit."

„Ja. Übrigens ist mein Vater unten."

„Herr des Himmels! Haben Sie ihn gesehen?"

„Nein. Aber ich kann dir jetzt nichts weiter sagen. Wir haben keine Zeit zu verlieren. Wer weiß, was dieser Schuft mit Marion vorhat. Ich gehe voran, und du kommst sofort nach."

„Aber wenn der Alte zurückkehrt, befinden wir uns zwischen zwei Feuern."

„Er wird erst nach einigen Stunden kommen, wie ich gehört habe. So lange sind wir sicher. Komm!"

Er griff sich an dem Seil hinunter, und einen Augenblick später stand Fritz neben ihm.

Sie sahen den Schein von Rallions Laterne aus der offenen Kerkertür dringen und schlichen sich leise hinzu.

„Ich höre sprechen!" sagte Fritz.

„Ich auch. Wollen den Kerl erst belauschen."

Marion war nämlich aus ihrer Ohnmacht erwacht, und Rallion sprach mit ihr. Die beiden Deutschen kamen unbemerkt bis an die offene Zellentür und blieben da stehen. Müller streckte den Kopf ein wenig vor und sah Marion, an Händen und Füßen gefesselt, auf dem Stroh liegen, Rallion kniete neben ihr und sagte eben jetzt:

„Wie, Sie könnten mich wirklich nicht lieben?"

„Ich verachte Sie", antwortete sie.

„Oh, ich heirate Sie trotz dieser Verachtung."

„Elender! Geben Sie mir die Hände frei, und ich werde Ihnen zeigen, was Ihnen gehört."

„Die Hände freigeben? Fällt mir nicht ein."

„Feigling."

„Ja, ich springe eines schönen Mädchens wegen nicht in die Mosel wie Ihr buckeliger Schulmeister; ich weiß mir die Schönheit auf andere Weise untertänig zu machen. Ich frage Sie zum letzten Mal, ob Sie meine Frau werden wollen."

„Nie."

„Und dennoch werden Sie es."

„Niemals."

„Ah, ziehen Sie vielleicht vor, meine Geliebte zu sein?"

„Eher würde ich sterben."

„Wie wollen Sie sterben? Wollen Sie sich erschießen, ersäufen, vergiften? Sie sind ja gefesselt."

„Ich werde diese Fesseln nicht immer tragen."

„Allerdings ist das wahrscheinlich; aber bis dahin sind Sie mein Eigentum geworden. Bis der Kapitän zurückkehrt, habe ich Ihren Widerstand gebrochen. So ist es zwischen uns verabredet worden."

Jetzt legte Müller sich auf den Boden und kroch näher. Der

Franzose kniete so, daß er dem Eingang den Rücken zukehrte; er konnte den Deutschen nicht sehen. Auch Marion sah ihn nicht, da Rallion sich zwischen ihnen befand.

„Ungeheuer!“ antwortete sie voller Abscheu.

„Oh“, lachte Rallion, „auch Ungeheuer trachten nach Liebe und Erhörung. Ich werde, wenn nicht die erstere, aber doch die letztere finden. Und um dabei systematisch zu Werke zu gehen, werde ich Sie zunächst um einen Kuß ersuchen.“

„Kommen Sie mir nicht zu nahe!“

„Oh, was wollen Sie dagegen tun? Sie sind ja ganz in meine Hand gegeben. Komm her, mein süßes Liebchen. Mein Mund sehnt sich nach deinen Lippen.“

Er streckte die Arme nach ihr aus, um sie zu umfassen. Sie schnellte sich trotz ihrer Fesseln zur Seite.

„Schöne Schlange, wie du dich windest! Aber es ist vergeblich. Mein wirst du doch.“

Angst und Abscheu zuckten über ihr schönes Gesicht; aber – was war das? Plötzlich leuchteten ihre Augen auf. Sie warf einen triumphierenden Blick auf Rallion und sagte:

„Rühre mich nicht an, Elender, sonst bist du verloren.“

Da sie eine andere Stellung eingenommen hatte, war ihr Blick auf Müller gefallen, welchen jetzt das Licht traf.

Rallion lachte laut auf und fragte:

„Ich, verloren? Was willst du mir tun? Du entschlüpfst mir nicht. Komm her. Ich will Liebe und Seligkeit von deinen süßen Lippen trinken.“

Es gelang ihm, sie zu fassen, aber in demselben Augenblick legte ihm Müller seine Linke von hinten um den Hals und schlug ihm mit der geballten Rechten so an die Schläfe, daß er sofort zusammenbrach.

„Ist es so recht, gnädiges Fräulein?“, fragte er dann lächelnd.

Ihr Auge ruhte mit einem Strahl auf ihm, der ihm bis ins tiefste Herz drang.

„Zur rechten Zeit!“ sagte sie. „Im letzten, allerletzten Augenblick!“

„Aber doch nicht zu spät. Bitte, geben Sie her!“

Er zog sein Messer und ergriff ihre Hände, um diese von den Fesseln zu befreien. Da aber erklang es hinter ihm:

„Nicht schneiden. Nicht schneiden, Herr Doktor!“

„Noch jemand hier?“ fragte Marion überrascht.

„Nur ich, Mademoiselle!“ antwortete Fritz, indem er aus dem Dunkel näher trat.

„Monsieur Schneeberg! Wenn es eine Heldentat gibt, sind Sie doch stets dabei."

„Oh, hier handelt es sich um kein großes Heldentum!"

„Aber warum mir die Fesseln nicht abnehmen? Soll ich gebunden bleiben?"

„Nein. Nur nicht zerschneiden soll der Herr Doktor die Stricke."

„Warum?"

„Sie müssen ganz bleiben, weil wir diesen braven Rallion damit binden müssen."

„Ach so! Soll das wirklich geschehen, Herr Doktor?"

„Fritz hat recht", antwortete Müller. „Wir müssen diesen Menschen wenigstens für so lange unschädlich machen, als wir uns hier befinden."

Er begann also die Knoten der Stricke zu lösen und erkundigte sich dabei:

„Aber wie sind Sie in die Hände dieser beiden Elenden gefallen, jetzt, am hellen Tage?"

Sie erzählte es und fragte dann:

„Und wie konnten Sie wissen, daß ich mich in dieser schrecklichen Gefahr befand?"

„Davon nachher. So, jetzt sind Sie frei. Bitte, treten Sie hinaus in den Gang, während wir Rallion binden."

Sie berücksichtigte diese Bitte. Rallion, welcher noch ohne Bewußtsein war, wurde gefesselt, wie vorher Marion es gewesen war; dann schloß Müller ihn ein, ließ ihm aber die brennende Laterne in der Zelle.

„Was nun?" fragte jetzt Fritz. „Sie sagten doch vorhin, daß auch Ihr . . ."

Müller warf ihm einen warnenden Blick zu und fiel ihm dabei in die Rede:

„Behalten wir unsere Besonnenheit! Vor allen Dingen muß ich wissen, wie dieser Gang mit den übrigen Gängen in Verbindung steht. Sehen konnten Sie wohl nichts, als man Sie trug, gnädiges Fräulein?"

„Nein."

„Aber hören?"

„Vieles habe ich nicht vernommen. Ich bekam fast gar keinen Atem; es rauschte mir in den Ohren, und dann verlor ich die Besinnung. Als ich erwachte, befand sich dieser entsetzliche Rallion bei mir."

„Darf ich nicht das wenige wissen, was Sie hörten?"

„Man hatte mich auf kalte, feuchte Steine gelegt, und da sprachen sie von einem Brunnen."

„Ah!"

„Von da, wo sie sich befanden, war, wie der Kapitän sagte, ein Gefangener entkommen, den er dann bei Bertrand wiedergesehen hat."

„Das ist der Maler gewesen."

„Der Brunnen war nur scheinbar ein Brunnen."

„Ich war dort; ich habe ihn gesehen."

„Ich auch", fügte Fritz hinzu. „Was soll es denn sein, wenn es kein Brunnen ist?"

„Ein Eingang. Es sind Eisenstangen eingefügt, auf welche man treten kann."

„Dann muß aber die oberste dieser Stangen so tief unten sein, daß man sie mit der Hand nicht erreichen kann."

„Das eben sagte der Kapitän."

„Hat man Sie da hinabgetragen?"

„Die beiden stiegen hinunter; ich wurde an einem Strick hinabgelassen."

„Wohin ging es dann?"

„Ich hörte sagen, daß in halber Tiefe des Brunnens sich ein Gang öffne. Da hinein wird man mich gebracht haben, wie ich vermute."

„Aber dieser liegt in gleichem Niveau mit den anderen ..."

„Ich habe gefühlt, daß ich eine Reihe von Stufen emporgetragen wurde."

„Ah so! Hörten Sie vielleicht Türen öffnen?"

„Nein."

„Schön, das genügt! Wir beide, gnädiges Fräulein, werden auf diesem Weg zurückkehren."

„Wohin?"

Und ehe Müller noch antworten konnte, fiel Fritz ein:

„Aber warum denn nicht zu unserem Loch hinauf, Herr Doktor?"

„Ich habe meine Absicht. Da hinauf wirst du mit dem anderen Gefangenen müssen."

„Noch ein Gefangener?" fragte Marion.

„Leider, ja!"

„Natürlich befreien wir ihn?"

„Selbstverständlich!"

„Wo befindet er sich?"

„Gar nicht weit von hier. Bitte, wollen Sie hier warten?"

„Warum soll ich nicht mit?"
„Der Anblick der Zelle und des Gefangenen ist zu gräßlich für Sie."
„Alles, was Sie tun, Herr Doktor, ist wohlüberlegt und gut, ich muß Ihnen gehorchen. Aber hier diese Finsternis!"
„Wir werden Ihnen eine der Laternen zurücklassen."
„Aber bleiben Sie nicht lange!"
Die beiden schritten weiter in den Gang hinein.
„Warum darf sie nicht mit?" fragte Fritz leise.
„Weil ich um dich besorgt war."
„Um mich?"
„Ja. Hättest du nicht vorhin beinahe alles verraten?"
„Verzeihung, Herr Doktor!"
„Von meinem Vater zu sprechen!"
„Aber es muß doch herauskommen!"
„Doch jetzt noch nicht."
„Ich denke dennoch. Wenn wir ihn hin zu ihr bringen."
„Wieso denn?"
„Nun, er wird Sie doch seinen Sohn nennen!"
„Ich sage ihm gar nicht, daß ich sein Sohn bin."
„Herr Doktor, bringen Sie das übers Herz?"
„Es muß sein. Ich habe mit Schmerzen nach ihm gesucht und jetzt, da ich ihn finde, will mir das Herz vor Wonne zerspringen; trotzdem muß ich schweigen."
„Ich sehe doch keinen Grund!"
„Es gibt sogar mehrere. Zunächst soll Marion noch nicht wissen, wer und was ich bin, und sodann muß ich den Vater schonen. Er ist kaum noch lebendig zu nennen. Der Gedanke, frei zu sein, wird ihn überwältigen. Hört er, daß ich sein Sohn bin, so kann ihn die Freude geradezu töten. Man darf ihm das Glück nur nach und nach beibringen. Das klingt beinahe herzlos, aber du kennst mich; du weißt, daß ich ein Herz habe."
„Oh, Herr Doktor, was das betrifft, so ist . . . Ah, das Licht nähert sich, Mademoiselle kommt also!"
Es war so; Marion kam ihnen nach.
„Zürnen Sie nicht!" bat sie. „Ich war allein, und Sie standen beratend beieinander, ich glaubte, es gebe irgendeine Gefahr."
„Es gibt keine", beruhigte sie Müller. „Aber, da Sie nun hier sind, so sollen Sie auch bleiben. Doch müssen Sie sich auf Schreckliches gefaßt machen."
„Schrecklicher kann es nicht sein, als die Einsamkeit in diesen Gängen!"

Müller zog den Schlüssel und öffnete. Er holte tief, tief Atem. Er mußte seine ganze Selbstbeherrschung zusammennehmen, um nicht unter lautem Schluchzen sich dem Vater zu erkennen zu geben.

Der Gefangene bewegte sich nicht, als der Schein des Lichtes abermals in seine Zelle drang. Aber bei dem Anblick dieses Elendes stieß Marion einen lauten Schrei des Entsetzens aus.

„Vater im Himmel!" sagte sie. „Liegt hier ein Mensch?"

„Leider!" stieß Müller hervor, indem er die Zähne zusammenbiß.

Bei dem Klang der weiblichen Stimme hob der Gefangene den Kopf.

„Ein Weib! Wahrhaftig, ein Weib!" stammelte er. „Was willst du von mir?"

Sie trat trotz des entsetzlichen Gestankes näher und sagte:

„Ich bringe Ihnen die Freiheit."

„Die Freiheit? Oh, welcher Hohn!"

„Es ist kein Hohn; es ist die Wahrheit."

Er richtete sich weiter auf und fragte mit zitternder Stimme:

„Weib, Mädchen, betrüge mich nicht!"

Müllers Stimme zitterte nicht weniger, als er bestätigte:

„Man betrügt Sie nicht; es ist die Wahrheit."

. Er hatte diese Worte in deutscher Sprache gesprochen. Darum fuhr der Gefangene auf:

„Was höre ich? Man spricht deutsch? Deutsch, deutsch! Mein Gott, wie lange habe ich diese Klänge nicht gehört!"

Und laut weinend brach er wieder zusammen.

Marion weinte mit. Fritz schluchzte und Müller preßte wohl die Zähne zusammen, aber die Tränen flossen ihm doch über die Wangen herab.

„Haben Sie nicht vorhin dem Kapitän gesagt, daß Deutsche kommen würden, um Ihnen die Freiheit zu bringen?" stieß er dann hervor.

„Ja, das sagte ich. Haben Sie es gehört?"

„Ich stand in der Nähe und lauschte. Wo hängen die Schlüssel zu Ihren Fesseln?"

„Dort unter der Peitsche."

Erst jetzt erblickte Müller die Peitsche.

„Eine Peitsche!" rief er aus. „Sind Sie etwa geschlagen worden? Schnell, schnell, sagen Sie es!"

Der Gefangene schüttelte den Kopf, aber er antwortete nicht.

„Sagen Sie es!" drängte Müller.

„Kann der Tote sagen, daß er gestorben ist?“

„Herr, mein Gott! Ja, Sie haben recht! Sie können nicht davon sprechen! Aber wehe dir, alter Satan! Du sollst jeden Hieb zehnfach empfinden! Diese Peitsche wird mit uns gehen. Der Name Königsau, welcher durch sie befleckt worden ist, soll . . .“

Er hielt inne. Der Grimm hatte ihn vermocht, diesen Namen zu nennen. Der Gefangene aber näherte sich rasch, so weit wie die Ketten und seine Kräfte es erlaubten, und fragte:

„Was war das? Welchen Namen nannten Sie?“

„Königsau“, antwortete Müller, da es nun nicht mehr zu umgehen war.

„Wirklich! Oh, ich hatte doch recht gehört! Kennen Sie diesen Namen?“

„Ich kenne ihn.“

„Können Sie mir von der Familie sagen?“

„Ja, sobald Sie von hier fort sind.“

„Fort, fort, fort? Ich soll wirklich fort? Ich soll wirklich frei sein?“

„Ja. Hier sind die Schlüssel. Ihre Ketten werden fallen.“

„Gott, mein Gott, mein Gott!“

Er schlug die gefesselten Hände vor das Gesicht; dann sanken sie langsam herab, und er glitt wieder in den entsetzlichen Schmutz.

„Er ist ohnmächtig!“ sagte Marion weinend.

„Er wird wieder zu sich kommen“, suchte Müller mehr sich als sie zu beruhigen.

Dabei kniete er neben dem Besinnungslosen nieder und schloß ihm die eisernen Handschellen auf. Dann trug er ihn hinaus in den Gang und schloß die Tür zu.

„Wollen ihn untersuchen!“ sagte Fritz.

„Nein“, antwortete Müller. „Wir haben keine Zeit zu verlieren. Du mußt mit ihm hinauf in die freie, frische Luft. Komm! Kommen Sie, gnädiges Fräulein!“

„Ich bin wie im Traum“, sagte sie.

„Sie werden fröhlich erwachen.“

Er nahm seinen Vater auf die Arme und trug ihn fort bis unter das Loch.

„Wie ihn aber hinaufbringen?“ fragte Fritz.

„Zieh deinen Rock aus. Wir knöpfen ihn hinein. Dann ziehst du ihn am Seil empor.“

Das wurde gemacht. Fritzens Rock wurde wie ein Tuch benutzt, in welches der Ohnmächtige geknöpft wurde. Dann stieg der erstere empor und zog. Als die Last oben angekommen war, bat Müller:

„Gedulden Sie sich einen einzigen Augenblick, gnädiges Fräulein! Ich kehre gleich zurück."

Er schwang sich am Seil hinauf und untersuchte den Vater.

„Wie steht es?" fragte der besorgte Pflanzensammler.

„Er lebt. Er ist außerordentlich schwach. Wenn er erwacht und fragt, so sagst du ihm noch nichts."

„Aber wenn er fragt, wer wir sind?"

„Du bist Pflanzensammler, und ich bin Hauslehrer. Im übrigen verweist du ihn auf mich."

„Und hier soll ich warten?"

„Nein. Bis Vater erwacht, trägst du die Stämme fort. Dann suchst du mit ihm nach dem Waldloch zu kommen, wo wir uns treffen werden."

„Aber warum kommen Sie nicht gleich mit?"

„Weil ich jetzt dem Verstand mehr zu gehorchen habe, als dem Herzen. Ich will, noch ehe der Alte wiederkommt, mit Marion zu ihrer Mutter."

„Zu Liama?"

„Ja. Wir nehmen sie mit."

„Sapperment. Welch ein Schlag für den Alten. Wohin wird sie geschafft?"

„Das wird sich finden! Spute dich jetzt und gib dir Mühe, nicht gesehen zu werden!"

Er küßte den Vater auf die eingefallene Wange und ließ sich dann am Seil hinab, welches Fritz sofort wieder hinaufzog.

„Ich hatte bereits wieder Sorge", gestand Marion.

„Sie müssen entschuldigen! Ich wollte wissen, ob der Schwächezustand dieses armen Menschen Befürchtung erregend ist."

„Wie haben Sie ihn gefunden?"

„Er wird sich erholen."

„Gott sei Dank. Also er ist ein Königsau?"

„Ja."

„So erklären Sie mir, wie . . ."

„Bitte, bitte!" unterbrach sie Müller. „Heben wir das für später auf. Jetzt muß es unsere Sorge sein, in Sicherheit zu kommen, bevor der Kapitän zurückkehrt. Wir müssen eilen. Sind Sie bei Kräften?"

„Ich bin bei Ihnen, und da geht es."

„Stützen Sie sich auf mich."

Sie legten ihren Arm in den seinigen, und nun schritten sie in den Gang hinein. Dabei flüsterte sie:

„Wenn uns nun der Kapitän entgegenkommt?"

„Er hat uns mehr zu fürchten, als wie ihn. Auf alle Fälle nehme ich es mit ihm auf."

Sie erreichten die Stufen, welche sie hinabstiegen. Dann ging es wieder eben fort, bis sie die Stelle erreichten, wo der Gang in den Brunnen mündete. Müller leuchtete hinauf.

„Also hier herunter sind Sie gekommen? Nun, da werden wir wohl auch hinaufgelangen."

„Die Eisenstäbe sind stark", bemerkte Marion, indem sie einen der Stäbe befühlte.

„Und nur in Fußweite auseinander. Das läßt sich bequem steigen. Wollen Sie es wagen?"

„Gewiß. Es ist kein Wagnis, sondern fast bequemer als eine Leiter."

„Nur oben werden Sie sich meiner Hand anvertrauen müssen. Also bitte!"

Sie kamen glücklich in dem runden Brunnenraum an. Von hier aus öffnete Müllers Schlüssel die Türen, so daß sie nun in den Kreuzgang gelangten. Da bog Müller links ab, und als er um die Ecke getreten war, blieb er stehen und sagte:

„Jetzt endlich können Sie ein wenig ruhen. Nun mag der Kapitän zurückkehren; er kann uns nicht mehr begegnen."

„Wissen Sie das sicher?" fragte sie.

„Ja", antwortete er. „Der Kapitän kommt von rechts da hinten und geht nach links. Hier herüber kommt er nicht. Übrigens fürchten wir ihn ja nicht."

„Gott sei Dank!"

Er fühlte, daß sie sich schwer auf seinen Arm legte. Sie war doch nicht so stark, wie sie sich den Anschein gegeben hatte. Nur in seiner Nähe hatte sie Mut gefunden. Jetzt war es ihr nun, als müsse sie vor Schwäche zusammenbrechen.

Er hörte einen tiefen, tiefen Atemzug.

„Wird Ihnen übel, Mademoiselle?" fragte er.

„So schwach", hauchte sie.

Da wagte er es, den Arm um ihre Taille zu legen, um sie beser stützen zu können. Da legte sie ihm die Hand auf die Achsel und das Köpfchen an seine Brust.

„Monsieur Müller", klang es leise.

„Mademoiselle", flüsterte er zurück.

„Wie oft retteten Sie mich!"

„Oh, noch tausend, tausend Male, wenn es möglich wäre."
„Ich glaube es. Sie sind meine Vorsehung."
Sie preßte sich fester an seine Brust, und als er nicht antwortete, fuhr sie leise fort:
„Wissen Sie noch, als ich Sie im Steinbruch traf und was Sie mir da sagten?"
„Ich weiß es noch."
„Sie versicherten, mich zu lieben."
„Ich wagte das."
„Und es ist wahr?"
„Gewiß, o gewiß!"
„Ist es jetzt anders?"
„Nein, gnädiges Fräulein. Meine Liebe würde nur mit meinem Leben sterben."
„Haben Sie vielleicht geglaubt, daß ich Ihnen wegen dieser Liebe zürne?"
„Muß ich es denn nicht glauben?"
„Warum?"
„Sie, das von Gott mit allen Gaben begnadete Kind der Aristokratie, und ich . . ., ah!"
„Bitte, geben Sie mir einmal Ihre Hand."
Sie hatte die Linke noch immer auf seiner Achsel liegen. Jetzt ergriff sie mit der Rechten seine Hand und sagte:
„Ich fühle mich jetzt ganz und gar nicht als Aristokratin. Ich bin recht arm und elend, so arm und elend, wie selten eine. Was ich jetzt besitze, das ist Ihr Schutz und Ihre Freundschaft. Was wäre ich ohne Sie? Herr Müller, ich wollte, es bliebe so! Ich möchte stets nirgends weiter als bei Ihnen und mit Ihnen sein!"
Sie schwieg und erwartete seine Antwort. Sie kam sich in diesem Augenblick so hilflos und verlassen vor, und doch wußte sie, daß er nie das erste Wort sprechen werde. Darum hatte sie jetzt den Bann gebrochen.
Es dauerte eine Weile, ehe er antwortete:
„Mademoiselle Marion, haben Sie diese Worte überlegt, ehe Sie sie aussprachen?"
„Nein. Herzensworte braucht man nicht zu überlegen."
„O doch! Ich bin arm!"
„Sie sprachen von einer Stelle, welche Sie haben."
„So tief dürfen Sie nie herabsteigen."
„Ich steige nicht herab, sondern zu Ihnen hinauf."
„Und ich bin nicht nur arm, sondern . . ."
„Sondern?"

„Ich bin nicht wohlgestaltet."

„Oh, sprechen Sie nicht davon. Man liebt an dem Mann ja vor allen Dingen den Geist, das Herz!"

„Wenn Sie wüßten, in welche Versuchung Sie mich führen."

„Folgen Sie dieser Versuchung."

Da beugte er sich zu ihr herab.

„Ist das Ihr Ernst, Marion?"

„Ja, mein größter, heiligster Ernst."

Sie erwartete, daß er sie jetzt in heißer Liebe umschlingen werde, und sie hätte ihm mit Freuden den Mund zum Kuß geboten; aber statt dessen erklang es mahnend:

„Und jene Fotografie?"

„Welche Fotografie?"

„Welche Ihnen im Steinbruch entfiel."

Er hatte die Laterne eingesteckt. Es war vollständig finster, und darum sah er nicht, welche glühende Röte sich bei diesen Worten über ihr Gesicht verbreitete. Aber er fühlte, daß ihre Hand leise erzitterte.

„Die ich Ihnen dann zeigte?" fragte sie.

„Ja, die Fotografie des preußischen Ulanenoffiziers."

„Was ist's mit ihr?"

„Enthält sie nicht die Züge, welche sie im Herzen getragen haben?"

Sie schwieg, und erst nach einer Weile fragte sie:

„Warum sagen Sie mir das? Jetzt, jetzt?"

„Weil ich ehrlich gegen Sie sein will."

„Sie sind nicht ehrlich gegen mich, sondern grausam gegen sich selbst."

„Und Sie, Mademoiselle, sind dankbar gegen mich, und halten diese Dankbarkeit für ein zarteres Gefühl."

Ihr Köpfchen zog sich langsam von seiner Brust zurück, und ihre Hand sank von seiner Schulter. Sie fühlte in diesem Augenblick, daß sie diesem äußerlich unscheinbaren und geistig doch so überlegenen Mann zueigen sein müsse für ihre ganzes Leben; aber durfte sie weiter gehen?

Und er, als er fühlte, daß sie sich zurückzog, sagte sich, daß er mit seinen Worten recht gehabt habe. Ihm wollte sie dankbar sein, aber den Offizier liebte sie.

„Meinen Sie nicht, daß Sie sich irren?" fragte sie noch.

„Nein."

„Es war ja nur ein Phantom, eine Fata Morgana."

„Aber eine unvergeßliche. Ich habe Ihnen den Namen dieses

Offiziers genannt, da ich die Familie zufällig kenne. Heute finden Sie einen Königsau in den unterirdischen Kerkern von Ortry. Können Sie wirklich sagen, daß Sie die Herrin Ihres Herzens sind?"

„Sind Sie nicht gar zu viel der Herr des Ihrigen?"

„Seien Sie gnädig, Mademoiselle. Geben Sie diesem Herzen Zeit! Das Ihrige wird ja sogleich auf das außerordentlichste in Anspruch genommen werden."

„Wodurch?"

„Ich stehe im Begriff, Sie zu jemand zu führen. Ich will Ihnen beweisen, daß ein körperliches Wesen kein Geist ist."

„Gott! Sie meinen meine Mutter, von der Sie behaupten, daß sie lebt?"

„Sie befindet sich hier in der Nähe."

„Und ich soll sie sehen?"

„Fühlen Sie sich stark genug dazu?"

„O ja, ja, ja. Kommen Sie; kommen Sie schnell!"

„Warten Sie noch! Es liegt mir nämlich sehr daran, sie von hier zu entfernen. Sie soll einsehen, daß sie dem alten Betrüger ihr Versprechen nicht zu halten braucht."

„Wohin wollen Sie sie bringen?"

„Dahin, wohin ich Sie morgen begleiten werde. Erraten Sie auch das nicht?"

„Nein."

„Bitte, denken Sie an den Brief, welchen Sie mir zu lesen gaben!"

„Ah, nach Malineau, zu Ella von Latreau?"

„Zu dieser Ihrer Freundin. Der Vater derselben, der General, wird Sie gern in seinen Schutz nehmen. Bei ihm sind Sie sicher vor jeder Gefahr, auch sicher vor Rallion und dem Kapitän."

„Sie haben recht, sehr recht", sagte sie schnell. Aber langsamer fügte sie hinzu: „Aber Sie . . .?"

„Ich kann allerdings nicht in Malineau bleiben; aber wir werden uns wiedersehen."

„Wirklich?"

„Ja, sicher."

„Wann?"

„Das ist nicht genau zu bestimmen."

„Wohin werden Sie gehen?"

„Mein Beruf führt mich in nächster Zeit nach Paris."

Er dachte dabei an einen siegreichen Einzug in die französische Hauptstadt; sie ahnte das nicht und bat also:

„Aber Ihre Adresse werden Sie mir zurücklassen!"
„Ich kenne sie jetzt selbst noch nicht, werde sie Ihnen aber dann mitteilen. Aber jetzt, bitte, gehen wir weiter!"
Er zog seine Laterne hervor. Nach den ersten Schritten blieben sie wieder stehen.
„Monsieur Müller", sagte sie zaghaft.
„Mademoiselle?"
„Lebt sie wirklich?"
„Ja, sie lebt."
„O Gott, o Gott! Fühlen Sie hier!"
Sie führte seine Hand an ihr Herz, welches er schlagen fühlte. Er fragte besorgt:
„Sind Sie wirklich stark genug?"
Ihr Angesicht war jetzt tiefblaß; sie blickte ihn mit großen, dunklen Augen zögernd an und sagte dann:
„Ja, ich bin stark genug, denn ich habe Sie bei mir."
Ohne ein weiteres Wort zu sagen, schritt er mit ihr vorwärts. Die Tür, welche bei seinem vorigen Besuch offengestanden hatte, war jetzt verschlossen. Er zog den Schlüssel hervor und öffnete.
Der Raum, welchen er bereits gesehen hatte, war durch eine Lampe erleuchtet. Liama saß mit gekreuzten Beinen nach orientalischer Weise am Boden und ließ die Gebetkugeln durch die Finger gleiten. Sie hielt den Rücken gegen die Tür gerichtet und bewegte sich auch dann nicht, als sie hörte, daß diese geöffnet wurde.
Marion war draußen geblieben, Müller aber trat herein.
„Liama", sagte er.
Sie mochte doch sofort hören, daß dies nicht die Stimme des Kapitäns sei. Sie wandte den Kopf. Als sie den Deutschen erblickte, sprang sie schnell auf.
„Du?" fragte sie.
„Ja, ich", antwortete er, ihr freundlich zunickend.
„Warum kommst du wieder?"
„Weil ich mit dir sprechen will."
„Habe ich dich nicht gewarnt?"
„Ich fürchte ihn nicht."
„Der Weißbart ist schrecklich in seinem Grimm."
„Ich verachte denselben."
„So mußt du sehr mächtig sein."
„Ich bin nicht mächtig, aber ich habe ein gutes Gewissen, während das seinige nie zur Ruhe kommt."

„Er selbst hat keine Ruhe. Er wandelt stets. Er kann auch jetzt kommen, und dann bist du verloren."

„Er hat mich mehr zu fürchten, als ich ihn. Er ist ein Lügner und Betrüger. Er betrügt auch dich."

„O nein. Mich betrügt er nicht. Allah verlieh mir klare Augen. Ich würde es sehen, wenn er mich täuschte."

„Und dennoch betrügt er dich. Er ist dein Feind und ein Feind deines Kindes."

„Meines Kindes? Nein. Er hat mir versprochen, Marion zu schützen, und er wird Wort halten."

„Er hat sein Wort gebrochen. Er trachtet, Übles mit deiner Tochter zu tun. Ich habe mit ihr gesprochen."

„Du hast sie gesehen? Spricht sie von Liama, ihrer Mutter?"

„Sie spricht von dir und will dich sehen."

„Nein, nein, sie darf mich nicht sehen. Ich habe es geschworen."

„Und er hat dafür geschworen, sie zu schützen?"

„Er hat es geschworen bei Allah und bei seinem Gott."

„Er hat den Schwur gebrochen."

„Beweise es."

Er trat zur Seite. Hinter ihm stand Marion unter der Tür. Liama starrte sie mit weit geöffneten Augen an. Dann breitete sie langsam die Arme aus und fragte:

„Wer ist das? Wen bringst du da? Wer ist dieses?"

„Mutter!"

Dieses eine Wort nur sprach Marion, dann eilten beide sich entgegen und lagen sich in den Armen.

Müller trat aus der Tür und machte dieselbe zu. Er wollte die Seligkeit der beiden nicht durch seine Gegenwart entweihen und lieber Wächter ihrer Sicherheit sein. Jubelnde und klagende Töne erklangen drin in dem Raum. Niemand schien an ihn zu denken. Er zog die Uhr. Eine Viertelstunde verging und noch eine. Da wurde die Tür geöffnet.

„Bist du noch da?" fragte Liama heraus.

„Hier!"

„Komm herein."

Er trat ein und zog die Tür hinter sich zu. Die einstige Liama war eine ganz andere geworden. Ihre Augen blitzten, und ihre Wangen hatten sich gerötet.

„Was du mir gesagt hast, das ist wahr", sagte sie. „Warst du es, der mein Grab öffnete?"

„Ja."

„Wer war dabei?“
„Hassan, der Zauberer.“
„Ich dachte es; ich hatte ihn erkannt. Du willst, daß Marion vor dem Weißbart fliehen soll, und ich soll mit ihr gehen?“
„Ja.“
„Wann soll ich gehen?“
„Jetzt, sogleich.“
„Gut. Ich gehorche dir. Mein Schwur hat keine Gültigkeit, denn er hat den seinigen gebrochen.“
„Bist du das Weib des Barons gewesen?“
„Nie.“
„Ah, unbegreiflich.“
„Liama hat ihn nie geliebt. Ich mußte ihm folgen, um den Vater und den Geliebten zu retten, aber nicht der Kadi hat mich ihm gegeben, und von einem eurer Priester habe ich keinen Segen verlangt.“
„So ist Marion nicht seine Tochter?“
„Nein. Er durfte mich nie berühren.“
„Wessen Tochter ist sie dann?“
„Das werde ich ihr sagen, wenn die Zeit dazu gekommen ist. Wohin ist Abu Hassan gegangen?“
„Ich weiß es nicht.“
„Auch nicht, ob er wiederkommen wird?“
„Auch nicht. Aber warum bist du bei dem Baron geblieben?“
„Ich hatte es ihm geschworen, und er bedurfte meiner, wenn der Wahnsinn seinen Geist verfinsterte.“
„Wie aber kam es, daß du sterben mußtest?“
„Ich sollte es nicht wissen, aber ich habe es belauscht. Eine andere liebte den Baron. Sie wurde sein Weib, und ich mußte weichen.“
„Ich habe es mir gedacht. Du folgst mir also. Hast du etwas mitzunehmen?“
„Nein, gar nichts.“
Da fragte Marion:
„Werde ich wieder in das Schloß zurückkehren?“
„Nein, Mademoiselle.“
„Aber ich habe doch manches, was ich mitnehmen muß.“
„Ich werde es Ihnen besorgen. Wir gehen jetzt zu Doktor Bertrand. Dort schreiben Sie alles auf, was Sie brauchen. Können wir also gehen?“
„Ja.“

Liama ließ alles stehen und liegen, wie es stand und lag. Sie erfaßte die Hand ihrer Tochter und sagte:

„Komm, mein Kind. Fluchen wir dem alten Graubart nicht. Allah wird ihn treffen mit seinem Zorn und ihn vernichten mit seinem Grimm."

Müller schritt mit der Laterne voran, und sie folgten ihm durch den Gang bis hinaus in das Waldloch. Es war unterdessen dunkel geworden, und man konnte nicht weit sehen. Schon wollte Müller einen Ruf nach Fritz ausstoßen, als jener ihm zuvor kam.

„Pst!" erklang es hinter einem Baum hervor.

„Fritz?"

„Ja. Ah, ich konnte Sie doch nicht sogleich erkennen."

Er trat zu ihm heran. Müller erkundigte sich:

„Ist der Gefangene mit da?"

„Ja. Er liegt dort im Moos und schläft. Die frische Luft ermüdet ihn."

„Hat man euch gesehen?"

„Kein Mensch. Ich habe den – den Herrn bis hierher tragen müssen. Es ist ein Herzeleid, wie es ihm ergangen ist."

„Wie lange ist er gefangen gewesen?" fragte Marion.

„Volle sechzehn Jahre."

„Und diese Ewigkeit hat er in dieser Zelle gesteckt?"

„Ja."

Sie schlug die Hände zusammen, fühlte sich aber unfähig, ein Wort zu sagen.

„Führe uns zu ihm", bat Müller.

Fritz brachte sie eine Strecke weiter in den Wald hinein, wo Gebhardt von Königsau schlafend lag. Sein Atem ging ruhig. Man merkte förmlich, daß bei jedem Atemzug Erquickung in seinen Körper strömte.

„Lassen wir ihn schlafen", sagte Müller.

„Aber dürfen wir hier warten?" bemerkte Fritz.

„Kann er nach der Stadt gehen? Und darf Liama in ihrer orientalischen Kleidung gesehen werden? Eile du, so schnell du kannst, zu Doktor Bertrand; spanne seinen Wagen an und komm heraus, uns abzuholen."

„Schön! Wo treffe ich Sie?"

„Drüben am Waldrand, wo der Vicinalweg vorübergeht."

„Und wenn Bertrand fragt?"

„Du sagst nichts."

„Oder das gnä . . ., wollte sagen, Miß de Lissa?"

„Kein Wort! Beeile Dich! Wir haben heute noch sehr viel zu tun."

Der treue Kerl eilte fort, so schnell er vermochte. Die andern ließen sich im Gras und Moos nieder, Marion neben der Mutter und Müller neben seinem Vater. Er bewachte dessen Atemzüge, während Mutter und Tochter, die Arme eng verschlungen, leise miteinander flüsterten.

Müller wollte nichts hören, aber es drang doch, wenn auch nur schwer verständlich, zu ihm herüber:

„Und du liebst ihn, mein Kind?"

„So sehr, so sehr!"

„Er ist es wert."

Von wem sprachen sie? Müller veränderte seinen Platz, so daß er nichts mehr zu hören vermochte.

Unterdessen war der alte Kapitän auf den heimlichen Wegen in sein Zimmer gekommen. Er hatte lange Zeit Achtung gegeben, ob er unbemerkt in die Vorratskammer kommen könne. Ehe ihm dies gelang, waren wohl zwei Stunden vergangen. Dann eilte er mit Brot und Wasser zurück. Einen großen Krug voll des letzteren und ein Brot ließ er im Kreuzgang , um es später Liama zu bringen. Mit dem anderen Vorrat passierte er mühsam den Brunnen und gelangte endlich in den Gang, in welchem seiner Meinung nach Rallion als Sieger auf ihn wartete.

Er wunderte sich nicht wenig, als er von weitem keinen Lichtschein bemerkte.

„Hm!" erklärte er sich, grimmig schmunzelnd, diesen Umstand. „Schäferstunde! Er hat die Tür herangezogen!"

Er trat so laut wie möglich auf, um von seinem Verbündeten bereits bemerkt zu werden, blieb aber dann ganz verblüfft stehen, als er bemerkte, daß die Tür nicht nur von innen herangezogen, sondern sogar von außen verschlossen sei.

„Donnerwetter!" murmelte er. „Was ist da geschehen? Sollte der Kerl also doch die Schlüssel haben, wie ich gleich erst vermutete?"

Er setzte die zwei Wasserkrüge, welche er in der Hand hatte, nieder und nahm den Schlüssel aus der Tasche. Als er geöffnet hatte, drang ihm der Schein der Laterne entgegen, und bei demselben bemerkte er den Gefesselten auf dem Boden liegen.

„Alle Teufel!" rief er aus. „Rallion! Sie gefesselt!"

„Wie Sie sehen!" antwortete dieser. „Wo stecken Sie denn diese lange Zeit?"

„Habe ich es Ihnen denn nicht gleich gesagt, daß es so lange dauern könnte?“

„Das wohl; aber mehr sputen konnten Sie sich doch!“

„Es war nicht möglich. Aber das ist ja Nebensache. Hauptsache ist, wie ich Sie hier finde. Wo ist Marion?“

„Das weiß der Teufel.“

„Wer hat Sie gefesselt?“

„Das weiß derselbe Teufel.“

„Und eingeschlossen?“

„Richten Sie Ihre Frage an dieselbe Adresse.“

„Aber, zum Donnerwetter! Sie müssen doch wissen, wie Sie in diese Lage gekommen sind!“

„Muß ich es wissen? Wirklich? Ach so! Aber, nehmen Sie mir doch vorher gefälligst diese verdammten Stricke ab. Dann können wir weiter sprechen!“

„Ich sollte Sie so liegenlassen. Ich bin ganz konsterniert! Wüßte ich nicht genau, daß ich wache, so hielt ich es für einen Traum. Erzählen Sie doch!“

„Erst die Stricke herunter!“

„Na, da!“

Er zog sein Messer und schnitt die Stricke entzwei. Rallion sprang auf, dehnte die Glieder und sagte dann:

„Hören Sie, Kapitän, Ihr Ortry mag der Satan holen! Mich bringen Sie niemals wieder her!“

„Schimpfen Sie nicht, sondern erzählen Sie!“

„Hier geht in Wirklichkeit der Teufel um oder ein sonst ihm sehr verwandtes Gespenst! Ich mache, daß ich so schnell wie möglich fortkomme!“

„Halt! Stehenbleiben! Erst wird erzählt. Ich will vor allen Dingen wissen, was geschehen ist. Ich verließ Sie ganz siegesgewiß und treffe Sie als Gefangenen! Wie ist das zugegangen?“

Rallion zeigte auf das Stroh und antwortete:

„Hier lag Marion.“

„Das weiß ich!“

„Ich kniete neben ihr und stellte ihr vor, daß aller Widerstand vergeblich sei, daß sie mich erhören müsse.“

„Was antwortete sie?“

„Daß sie lieber sterben wolle.“

„Oh, diese Mädchen wollen da immer sterben!“

„Es schien ihr wirklich ernst zu sein. Als ich ihr einen Kuß geben wollte, drohte sie mir, daß ich verloren sei, wenn ich sie anrühren würde.“

„Das klingt ja, als ob sie überzeugt gewesen wäre, auf irgendeine Weise oder durch irgend jemand Hilfe zu finden."

„Allerdings!"

„Was taten Sie?"

„Ich achtete nicht auf diese Drohung, welche ich geradezu lächerlich fand; ich hielt sie vielmehr fest und wollte sie küssen. Beinahe berührte ich ihre Lippen, da legte sich eine Faust wie ein Schraubstock um meinen Hals, und ich erhielt einen Hieb an den Kopf, daß mir auf der Stelle Hören und Sehen verging."

„Von wem?"

„Weiß ich es?"

„Aber Sie müssen doch etwas gesehen oder gehört haben!"

„Nicht das geringste. Ich verlor, wie gesagt, die Besinnung. Als ich wieder zu mir kam, war ich an Armen und Beinen gefesselt und sah, daß die Tür verschlossen war."

„Unbegreiflich!"

Rallion sah ihn von der Seite an und fragte:

„Ist es Ihnen wirklich so ganz und gar unbegreiflich?"

„Wie denn sonst?"

„Hm! Wissen Sie denn, daß ich Sie sehr stark im Verdacht hatte?"

„Mich?"

„Ja."

„Sind Sie toll?"

„Toll? Die Sache schien mir nicht so sehr toll zu sein. Sie haben eine gewisse Leidenschaft, andere einzuschließen."

„Ich glaube, der Hieb, den Sie auf den Kopf erhalten haben, hat Ihren Verstand in Unordnung gebracht!"

„Möglich, denn wenn Sie es nicht gewesen sind, so gebe ich überhaupt die Hoffnung auf, die Sache zu begreifen. Wo aber ist Marion?"

„Das frage ich Sie."

„Donnnerwetter! Sie muß einen heimlich Verbündeten haben. Anders ist es nicht möglich."

„So werden wir ihn jetzt fangen. Begegnet ist mir kein Mensch. Alle Türen sind zu gewesen. Er hält sich also hier versteckt. Durchsuchen wir den Gang. Er ist glücklicherweise nicht sehr lang."

Er nahm den Revolver in die Hand und schritt mit der einen Laterne voran. Rallion folgte ihm mit der anderen. Sie erreichten das Ende des Ganges, ohne irgend etwas bemerkt zu haben.

„Nun?" fragte Rallion, halb höhnisch und halb erwartungsvoll.

Er traute dem Alten noch immer nicht.
„Nichts und niemand!" antwortete dieser.
„Aber mir brummt der Kopf noch immer von dem Hieb, den ich erhalten habe. Soll das etwa dieser Monsieur Niemand gewesen sein?"
„Ich möchte an diesen Hieb gar nicht glauben, aber Sie haben wirklich eine ziemliche Beule hier an der Schläfe."
„Habe ich? Na, das ist Beweis genug. Ein Mann muß es gewesen sein, denn ein Weib vermag nicht, so kräftig zuzuschlagen."
„Das versteht sich von selbst."
„Und Schlüssel muß er haben, sonst hätte er mich nicht einschließen können."
„Richtig! Aber – ah, da kommt mir ein Gedanke: Sie sind miteinander hier noch in irgendeiner Zelle versteckt. Suchen wir!"
„Was befindet sich in den Zellen?"
„Sie sind leer, außer der, in welcher der Deutsche steckt. Sehen wir also nach!"
Er öffnete eine Zelle nach der anderen; sie waren alle ohne Ausnahme leer. Als er dann die zuletzt erwähnte aufschloß und mit der Laterne hineinleuchtete, stieß er einen lauten Fluch aus:
„Tod und Teufel! Was ist das?"
„Was gibt's?" fragte Rallion, schnell hinzutretend.
„Was es gibt? Da sehen Sie her!"
„Wetter noch einmal! Das ist verflucht!"
„Der Kerl ist fort!"
„Oder hat er sich in dem Kot versteckt?"
„Unsinn! Sehen Sie denn nicht, daß die Ketten geöffnet worden sind?"
„Wirklich! Der Schlüssel steckt noch im Schloß!"
„Und da ist auch die Peitsche fort!"
„Unbegreiflich!"
„Haben Sie denn wirklich so ohne alle Besinnung in Ihrer Zelle gelegen?"
„Ja."
„Nichts gehört?"
„Gar nichts."
„So ist es. Ihr Kopf scheint von Pappe zu sein! Jetzt ist mir gar der Deutsche ausgebrochen!"
„Aber wohin?"
„In dem Gang befindet sich kein Mensch! Oder sollte . . . Sapperment, da kommt mir ein Gedanke. Kommen Sie!"
Er eilte bis an das Luftloch und leuchtete empor.

„Sie denken, da hinauf?"
„Ja."
„Wie kann ein Gefangener von hier aus da emporkommen? Er müßte eine Leiter haben."
„Das ist richtig! Also hier nicht. So bleibt also nur übrig, daß der Mann, welcher die Schlüssel hat, denselben Weg genommen hat, den auch wir einschlugen. Sehen wir einmal, ob wir Spuren finden."
Sie schlugen die Richtung nach dem Brunnen ein, mit den Laternen am Boden suchend; hart am Brunnen blieb der Alte, welcher voranging, stehen.
„Sehen Sie her!" sagte er. „Was ist das?"
„Stearin am Boden!"
„Ja. Ganz frisch. Aus einer Laterne getropft. Wir beide aber brennen Öl. Was folgt daraus?"
„Hier sind sie gegangen."
„Richtig. Sie kennen also auch diesen Gang und diesen Weg. Steigen wir empor. Vielleicht findet sich noch eine Spur."
Sie kamen bis dahin, wo Müller mit Marion gestanden, vorher aber seine Laterne eingesteckt hatte. Beim Verschließen der Blende hatte er wieder einen Tropfen Stearin verloren.
„Hier wieder", sagte der Alte, „sehen Sie?"
„Ja, ganz deutlich."
„Kein Zweifel. Sie sind hier gegangen und – sollten sie etwa . . ."
„Was?"
„Da hinten steckt auch so eine Art Gefangene."
„Vielleicht haben sie diese auch befreit!"
„Dann schlage das Wetter drein. Wollen sehen."
Er stürmte vorwärts und untersuchte die Tür.
„Sie ist verschlossen."
Er öffnete und trat ein. Rallion folgte. Die Lampe brannte noch.
„Hier ist sie nicht", meinte der Alte, indem er sich geradezu voller Angst zeigte. „Vielleicht ist sie da draußen in der Nebenstube."
Rallion wollte ihm auch da folgen; aber er wies ihn mit den barschen Worten zurück:
„Bleiben Sie. Da draußen haben Sie nichts zu suchen."
Als er nach einiger Zeit zurückkam, zeigte sein Gesicht geradezu den Ausdruck der Verstörtheit.
„Auch sie ist fort", murmelte er grimmig.

„Entflohen?"
„Ja."
„Wer?"
„Das ist Nebensache. Ich hatte der Person gewisse Freiheiten gewährt, schloß sie aber heute ein. Beide Schlösser sind verschlossen, sie aber ist fort."
„Das ist freilich Pech über Pech."
„Mehr als Pech. Sie wissen nicht, was dabei für mich auf dem Spiel steht. Es bleibt mir nichts anderes übrig, als die Eingänge zu vernichten oder zuzuschütten und einstweilen das Weite zu suchen."
„Ist es denn so gefährlich?"
„Ja. Ich muß Gras darüber wachsen lassen. Das wird, falls der Krieg losbricht, nicht lange dauern."
„Aber die Eingänge zerstören, das erfordert Arbeit und Zeit."
„Gar nicht. Ich habe bereits für einen derartigen Fall meine Vorbereitungen getroffen. Kommen Sie."
Er kehrte mit ihm nach dem Kreuzgang zurück. Dort schien eine der Steinplatten zerbrochen zu sein. Er nahm zwischen zwei Rissen ein Steinchen heraus, und sofort kam ein Draht zum Vorschein. Er zog daran, und in demselben Augenblick rollte ein donnerartiges Geräusch durch die Gewölbe. Es schien von mehreren Seiten zu kommen.
„Was war das?" fragte Rallion.
„Kleine Minen."
„Ah! Die Eingänge zusammengestürzt?"
„Alle. Und auch noch anderes ist vernichtet."
Er zog die Uhr und blickte auf das Zifferblatt. Dann sagte er: „In einer Stunde geht ein Zug nach dem Süden. Mit diesem fahren wir."
„Warum nicht erst morgen?"
„Ich werde mich nicht hersetzen, wenn man die Hände ausstreckt, mich festzunehmen. Ein lustiger Krieg, und dann ist alles wieder gut!"
Eine Viertelstunde später verließen beide das Schloß. Der Kapitän trug all sein vorrätiges Geld bei sich. Er glaubte einer Gefahr entfliehen zu müssen, die es gar nicht gab.
Noch saß Müller bei seinem Vater und den Frauen, als es in der Nähe zu prasseln begann. Es krachte einige Augenblicke lang, und dann war alles ruhig.
„Was war das?" fragte Marion.
„Ich werde nachsehen", antwortete er.

Er brannte die Laterne an, welche er gelöscht hatte und ging zu dem Eingang, aus welchem sie vorhin gekommen waren. Er war verschüttet.

„Der Kapitän hat die Flucht bemerkt", sagte er, „und verschüttet die Eingänge, damit niemand entkommen soll."

„Doch wohl nur diesen?"

„Wohl nicht. Ich glaube, das Krachen, welches wir gehört haben, kam auch von anderen Orten. Am besten wird es sein, wir brechen auf."

Auch Königsau war bei dem rollenden Geräusch erwacht.

„Was war das?" fragte er.

„Nichts Gefährliches", beruhigte ihn Müller.

„Wo bin ich denn?"

„Bei Freunden."

„Und wer sind Sie?"

„Kennen Sie mich nicht?"

Er beleuchtete sein Gesicht mit der Laterne.

„Oh, mein Retter!"

„Sie sehen also, daß Sie ruhig sein können. Sind Sie sehr ermüdet?"

„Ich werde gehen können."

„Stützen Sie sich auf mich."

Er ging mit ihm voran, und Marion folgte langsam mit ihrer Mutter. Als sie an der Waldecke ankamen, hörten sie Pferdegetrappel. Bald hielt Fritz bei ihnen.

„Wie arrangieren wir das?" fragte er.

„Die Damen in den Wagen", antwortete Müller. „Ich fahre und nehme diesen Herrn zu mir auf den Bock. Du läufst nach Hause. Warst du verschwiegen?"

„Ich habe kein Wort gesagt."

Er half den beiden Frauen in den Wagen und dem schwachen Königsau auf den Bock. Müller schlang den Arm um seinen Vater und trieb die Pferde an.

„Fritz, komm baldigst nach", sagte er noch.

„Sehr wohl, Herr Doktor."

Als später der Wagen vor Doktor Bertrands Tür hielt, wollte Marion den Schlag öffnen, um zuerst auszusteigen, aber da sagte eine bekannte Stimme:

„Bitte, Mademoiselle, das kommt mir zu."

Müller hörte das und traute seinen Ohren nicht.

„Fritz", sagte er.

„Herr Doktor?"

„Du hier?"
„Ja."
„Wie kommst du so schnell hierher?"
„Ich habe mich hinten festgehalten und bin mit fortgetrabt. Das geht ganz prächtig, viel besser, als wenn man auf dem Bock sitzt."
Recht gelegen trat jetzt der Arzt aus der Tür.
„Herr Doktor", fragte ihn Müller, „haben Sie nicht ein separates Zimmer für diesen Herrn? Er ist Patient."
„Ein allerliebstes Zimmerchen, gerade neben demjenigen, welches Sie für heute bekommen werden."
„Schön! Bitte, bringen Sie ihn sofort hinauf. Er ist so angegriffen, daß er der Ruhe bedarf."
Müller hob seinen Vater vom Bock, Bertrand bot demselben den Arm und brachte ihn in das erwähnte Zimmer. Hier brannte Licht, und nun erst bemerkte der Arzt, in welchem Zustand sich sein Patient befand.
Schon unterwegs war ihm der penetrante Geruch, der von diesem ausging, aufgefallen.
„Mein Gott!" sagte er. „Sie sind ja fast unbekleidet! Woher kommen Sie?"
„Ich war gefangen", seufzte der Gefragte.
„Wo?"
„In einem unterirdischen Loch in Ortry."
„Was? Wirklich? Wer nahm Sie gefangen?"
„Der Kapitän."
„Wie lange waren Sie da?"
„Sechzehn Jahre."
„Herrgott! Widerrechtlich?"
„Gewiß!"
„Bitte, darf ich Ihren Namen hören?"
„Gebhardt von Königsau."
Der Arzt fuhr zurück. Dann fragte er:
„Wer hat Sie befreit?"
„Ein Herr Doktor Müller."
„Dieser Herr ist wohl ein Bekannter von Ihnen?"
„Ich kenne ihn nicht."
Nun wußte der Arzt, daß Müller sich noch nicht zu erkennen gegeben hatte und daß auch er schweigen mußte.
„Gedulden Sie sich einen Augenblick", bat er. „Ich kehre sogleich zurück."
Wenige Minuten später kam er mit dem Apotheker, welcher

eine Badewanne trug. Das Hausmädchen brachte heißes Wasser. Königsau mußte vor allen Dingen ein Bad nehmen.

Unterdessen war Müller mit Marion und ihrer Mutter nach oben gegangen. Dort waren die Engländerin, der Amerikaner, Nanon und Madelon beisammen. Die Frau des Arztes befand sich bei ihnen.

Diese letztere sprang, als sie Liama erblickte, leichenblaß von ihrem Stuhl auf und rief:

„Alle guten Geister . . .! Wer ist das? Wen bringen Sie da?"

„Kennen Sie die Dame nicht?"

„Freilich kenne ich sie! Die Frau Baronin von Sainte-Marie!"

Dieser Name brachte kein geringes Aufsehen hervor. Alle drängten sich um sie und stürmten mit Fragen auf sie ein. Doch Müller nahm sie in seinen Schutz und sagte:

„Bitte, meine Herrschaften, diese Dame ist zu sehr angegriffen, als daß sie Ihnen Rede und Antwort stehen könnte. Übrigens muß ich bemerken, daß diese Angelegenheit ganz unter uns, das heißt, Geheimnis bleiben muß. Kommen Sie, Frau Baronin; folgen Sie mir in das Zimmer Miß de Lissas! Ich habe einige Fragen an Sie zu richten."

Während nun Marion den Zurückbleibenden ihre Einkerkerung und Rettung erzählte, führte Müller Liama in dem genannten Zimmer zum Sofa und nahm ihr gegenüber Platz.

„Darf ich fragen", sagte er, „ob Sie einiges Vertrauen zu mir haben können?"

Er sagte das in arabischer Sprache, die er von seinem Vater gelernt hatte. Liama war freudig bewegt, so unerwartet die heimatlichen Laute zu hören, und antwortete:

„Alles, alles will ich Ihnen sagen."

„Nicht wahr, Sie sind eine Tochter des Stammes der Beni Hassan?"

„Ja. Mein Vater Menalek war der Scheich desselben."

„Sie kannten einen Angehörigen dieses Stammes, welcher Saadi hieß?"

Ihre Augen leuchteten auf.

„Er war mein Geliebter, mein Verlobter, mein Mann", antwortete sie.

„Wann haben Sie ihn zum letzten Mal gesehen?"

„Hier in Ortry."

„Nicht damals, als er von Ihnen gerissen wurde als Gefangener der Franzosen?"

„Nein. Ich wollte ihn und den Vater retten, indem ich mit dem

Fakihadschi Malek Omar und seinem Sohn Ben Ali fortging. Beide heißen jetzt Richemonte und Sainte-Marie."

„Sie wurden aber von ihnen betrogen?"

„Ja. Die Unseren wurden trotzdem niedergemacht. Mein Vater war tot; aber als die Franzosen fort waren, zeigte es sich, daß in Saadi noch Leben sei. Er wurde geheilt und verließ sein Land, um nach mir zu suchen."

„Da Sie ihn in Ortry gesehen haben, hat er Sie also gefunden?"

„Ich ging spazieren im Wald und begegnete ihm. Er wohnte bei mir auf dem Schloß, ohne daß es jemand wußte; er war mein Bräutigam; er wurde im stillen mein Gemahl. Er ist Marions Vater. Nie hat mich ein anderer Mann anrühren dürfen."

„So ist also Marion nicht die Tochter des wahnsinnigen Barons de Sainte-Marie?"

„Nein."

„Das ist mir eine große Beruhigung. Wo aber ist Saadi hingekommen?"

„Ich weiß es nicht. Er war eines Tages verschwunden. Ich habe ihn niemals wiedergesehen."

„Später zwang man Sie zu verschwinden, um das Leben Ihrer Tochter zu retten?

„Der Kapitän wollte Marion töten, wenn ich nicht tun wollte, was er befahl."

„Weiß die jetzige Baronin, daß Sie nicht wirklich gestorben sind?"

„Ich weiß es nicht."

„Hat sie Sie einmal gesehen?"

„Mehrere Male. Sie besuchte, da sie noch eine Hirtentochter war, den Baron und den Kapitän auf Ortry; da hat sie mich gesehen."

„Glauben Sie, daß dieselbe Sie jetzt wiedererkennen würde?"

„Sie kennt mich."

„Fürchten Sie sich vor ihr?"

„Ja."

„Aber wenn ich bei Ihnen bin?"

„Dann fürchte ich mich nicht."

In diesem Augenblick entstand draußen ein außerordentliches Gepolter. Mehrere Türen öffneten sich, und auch Müller eilte hinaus.

„Was gibt es denn da?" fragte er laut.

„Abermals eine Schlittenpartie!" antwortete eine Stimme unten am Fuß der Treppe.

„Schlittenpartie? Wie denn?"

„Grad wie damals im Tharandter Wald, nur dieses Mal auf dem Bauch anstatt auf der anderen Seite."

Derjenige, welcher diese Worte sprach, kam eben herauf; Herr Hieronymus Aurelius Schneffke.

„Ach, Sie sind es! Was machen Sie denn da?"

„Na, man wird doch wohl noch zur Treppe herunterpurzeln dürfen, Herr Doktor."

„Heruntergefallen sind Sie also?"

„Ja; das ist so Usus bei mir, wie Sie wohl wissen. Ich hatte Eile."

„Sie sehen allerdings ganz danach aus. Sie haben wohl eine Neuigkeit?"

„Ja. Die wollte ich so schnell wie möglich bringen. Ich gedachte daher, die Treppe in zwei oder drei Sprüngen zu nehmen, da aber nahm die Treppe mich. Ein Glück ist es nur, daß sie nichts gebrochen hat!"

„Was haben Sie denn für eine Neuigkeit?"

„Ich trank auf dem Bahnhof ein Glas Bier. Der Zug kam an, und da ging ich. Draußen am Billettschalter standen zwei. Raten Sie, wer sie waren!"

„Besser ist's, Sie sagen es."

„Das ist so richtig wie Pudding, denn Sie erraten es doch nicht. Der alte Kapitän war es ..."

„Der? Unmöglich!"

„Na, ich werde ihn doch kennen! Ein Maler ist gar wohl imstande, sich so eine Physiognomie zu merken."

„Und noch einer war dabei?"

„Ja. Er hatte ein zerschnittenes Gesicht."

„Sapperlot! Rallion! Was taten sie?"

„Ich stand ganz nahe bei ihnen; sie aber hatten es so eilig, daß sie mich gar nicht beachteten. Der Alte bezahlte zwei Billetts erster Klasse nach Paris."

„Wirklich?"

„Glauben Sie, daß er sie nur zum Jux bezahlt?"

„Ah! Er fürchtet sich!"

„So ist er fort?" fragte Marion den Maler.

„Ich sah ihn einsteigen, und dann ging der Zug ab. Wenn Ihnen das genügt, so ist er allerdings fort. Oder muß einer durch die Wolken fliegen, um fort zu sein?"

„Bitten, kommen Sie mit hier hinein!" bat nun Müller Marion, indem er sie zu ihrer Mutter führte.

Dort bemerkte er:

„Jetzt gibt es die beste Gelegenheit, zu holen, was Sie zu der Reise brauchen. Sie kehren zu diesem Zweck selbst mit nach Ortry zurück."

„Das tue ich. Wer geht noch mit?"

„Ihre Mutter hier."

„Wie? Darf sie gesehen werden?"

„Ich wünsche sogar sehr, daß sie von der jetzigen Baronin gesehen wird. Auch ich gehe mit."

„Auch Sie? Ich denke, Sie wollen Ortry nie mehr betreten!"

„Vielleicht komme ich später doch wieder hin. Übrigens möchte ich Sie um Ihretwillen begleiten."

„Das ist dankenswert. Wenn Sie zugegen sind, haben wir nichts zu befürchten. Wann gehen wir?"

„Wir werden fahren, doch nicht gleich jetzt. Wie ich vermute, gnädiges Fräulein, haben Sie drüben unser heutiges Abenteuer erzählt?"

„Ja."

„Haben Sie auch den Namen des Unglücklichen langjährig Gefangenen genannt?"

„Zufälligerweise nein."

„Ich danke. Das ist mir lieb."

Er suchte nun seinen Vater auf. Dieser hatte das Bad verlassen und Wäsche und Kleider von Doktor Bertrand angelegt, dessen Statur er hatte. Er saß ganz allein auf dem Sofa und hatte eine Tasse Bouillon vor sich stehen.

Müller blickte nur zur Tür hinein, schloß diese dann wieder und ging in das Familienzimmer, wo alle außer Marion und deren Mutter beisammen waren.

Schneffke erzählte sein Bahnhofsereignis noch einmal. Das gab Müller Gelegenheit, seine Schwester an das Fenster zu winken.

„Liebe Emma, ich muß dich auf ein wichtiges Ereignis aufmerksam machen, von welchem Marion noch nichts wissen darf", sagte er.

„Was ist es?"

„Du wirst in Herrenbegleitung nach Berlin zurückkehren."

„Natürlich! Du fährst doch wohl mit!"

„Noch einer."

„Fritz!"

„Noch einer."

„Schneffke?"

„Noch einer."
„Du meinst Deephill?"
„Ja, aber noch einen."
„Ich weiß weiter keinen."
„Ich meine den, welchen ich heute befreit habe."
„Auch er will nach Berlin?"
„Ja. Ich wünsche, dich ihm vorzustellen. Hast du Zeit?"
„Jetzt gleich?"
„Ich möchte es nicht für später aufschieben."
„So komm!"

Sie gingen. Als sie bei ihm eintraten, befand er sich noch auf seinem Sitz. Ein wohliges Lächeln schwebte auf seinem eingefallenen, leidenden Angesicht. Bart und Haar waren in Ordnung gebracht, und nun machte er einen ehrwürdigen und sogar vornehmen Eindruck. Als er die beiden erblickte, streckte er Müller die Rechte entgegen und sagte:

„Mein Retter! Nun ich mich von den schlimmen äußeren Anhängseln des Elends befreit sehe, fühle ich doppelt, was ich Ihnen zu danken habe. Wen bringen Sie mir da?"

„Eine Freundin dieses Hauses, Miß Harriet de Lissa, welche wünscht, Ihnen ihre herzliche Teilnahme zu erweisen."

„Ich danke Ihnen, Miß. Es tut unendlich wohl, in ein gutes Menschenantlitz blicken zu dürfen, nachdem man über ein Dezennium hinaus nur die Züge eines teuflischen Schurken gesehen hat. Nehmen Sie Platz!"

Dabei war sein Auge mit sichtlichem Wohlgefallen auf das schöne Mädchen gerichtet.

„Sie meinen Kapitän Richemonte?" fragte Emma.

„Ja. Ihm habe ich und haben all die Meinen unser ganzes Unglück zu verdanken."

„Er scheint der Teufel mehrerer Familien gewesen zu sein. Ich lernte in Berlin eine Familie kennen, die er mit wirklich satanischer Lust verfolgt hat und auch wohl noch verfolgt."

„In Berlin?" fragte er, aufmerksam werdend. „Darf ich den Namen dieser Familie wissen?"

„Königsau."

Sein Gesicht nahm fast eine rote Färbung an.

„Königsau!" sagte er. „Sind Ihnen die Glieder dieser Familie bekannt?"

„Ja."

„Es gab einen Königsau, welcher ein Schützling des berühmten Blücher war."

„Ja, das ist Großvater Königsau."
„Und sein Sohn?"
„Der ist spurlos verschwunden."
„Hat man nicht nach ihm geforscht?"
„Oh, wie sehr! Leider aber vergeblich."
„Lebt seine Frau noch?"
„Nein. Sie ist kürzlich gestorben."

Er nagte eine Zeitlang an der Lippe, um nicht merken zu lassen, wie ihn diese Botschaft erschüttere. Dann sagte er:

„Vielleicht irren Sie sich, Miß? Sie war eine geborene Gräfin Ida de Rallion."

„Ja, sie ist es doch, ich weiß es ganz genau", antwortete sie traurig. „Auch Sie scheinen die Familie zu kennen?"

„Vor Jahren stand ich ihr sehr nahe. Ich glaube, Gebhardt von Königsau hatte zwei Kinder, einen Knaben und ein Mädchen?"

Sie nickte ihm bejahend zu. Darum fragte er weiter.

„Leben sie noch?"
„Sie leben beide."
„Ich möchte wohl wissen, was aus ihnen geworden ist."
„Nun, Richard, der Sohn, ist Rittmeister bei den Gardeulanen."

„Ah, das läßt sich hören!" sagte er, indem sein Gesicht sich freudig aufhellte. „Hat er Aussicht auf Avancement?"

„Man sagt, daß er im höchsten Maße das Vertrauen seiner Vorgesetzten besitze."

„Das freut mich herzlich. Und die Tochter? Hieß sie nicht Emma? Sie wird sich längst verheiratet haben."

„Nein; sie ist noch unvermählt und wird es bleiben, falls ihr verschwundener Vater verschollen bleibt."

„Das gute Kind. Sie braucht nicht zu entsagen, denn ihr Vater kehrt zurück."

„Wie? Er kehrt zurück?" fragte sie hastig.
„Ja", lächelte er. „Ich bin überzeugt davon."
„Mein Gott! Haben Sie Grund, dies zu sagen?"

Er nickte ihr lebhaft zu und antwortete:

„Sogar einen sehr guten Grund."

Da sprang sie von ihrem Sessel auf und bat schnell:

„Sagen Sie ihn! O bitte, sagen Sie ihn sogleich."

„Sie scheinen dieser Familie eine sehr große Teilnahme zu widmen?"

„Oh, die größte, welche es gibt!"

„Das macht mich stolz und dankbar zugleich, da ich ein Glied derselben bin."

„Sie?" fragte sie erstaunt.

„Ja. Verzeihen Sie, daß ich Sie ausforschte, ohne Ihnen meinen Namen vorher zu nennen. Ich bin Gebhardt von Königsau."

Sie stand vor ihm in der höchsten, unbeschreiblichsten Überraschung. Ihre Augen waren weit geöffnet. Ihre Lippen ließen die weißen, blitzenden Zähne sehen; ihre Arme waren bewegungslos ausgestreckt.

„Was ist Ihnen, Miß?" fragte er.

Das gab ihr die Sprache zurück.

„Gebhardt von Königsau wären Sie?" fragte sie.

„Ja."

Da trat sie auf Müller zu, faßte ihn am Arm und fragte auch ihn:

„Ist es wahr, wirklich wahr?"

Er mußte seine ganze Kraft zusammennehmen, um nicht laut aufzuschluchzen.

„Ja", nickte er.

„Vater, mein Vater! Mein teurer, teurer Vater!"

Mit diesem Ausruf flog sie auf ihn zu und schlang die Arme um ihn. Sie drückte ihn an sich, immer und immer wieder und küßte ihm dabei die Hände, die Augen, Mund, Stirn und Wangen.

Er wußte nicht, wie ihm geschah. Er war zu schwach, sich dieser stürmischen Liebkosungen zu erwehren. Er ließ sie über sich ergehen, ohne Widerstand leisten zu können. Aber ein unbeschreiblich seliges Gefühl wollte sein Herz fast sprengen.

„Vater, Vater! O du armer, lieber, guter Vater", fuhr sie fort, ihn mit beiden Händen streichelnd. „Was hast du gelitten, und was haben wir uns um dich gesorgt! Nun aber ist alles, alles gut."

Dabei drückte sie seinen Kopf an ihr Herz und küßte ihn abermals auf die Stirn.

„Aber, Miß de Lissa, was hat das zu . . ."

„Miß de Lissa!" jubelte sie auf. „So heiße ich nur hier. Ich bin Emma von Königsau, dein Kind, deine Tochter!"

„Wirklich? Wirklich?" jubelte nun auch er.

„Ja, ja; du kannst es glauben."

Da schlang er die Arme um sie und schluchzte:

„Mein Kind, mein gutes, süßes, schönes Kind."

Die Sprache versagte ihm. Er weinte, als ob ihm das Herz brechen wolle. Emma streichelte ihm die Tränen von den Wangen. Dabei fiel ihr Blick auf Müller, welcher, das Gesicht an den Kaminsims gelehnt, ebenso weinte wie sie beide. Warum gab er sich nicht zu erkennen? Hielt er den Vater für zu schwach, das doppelte Glück zu ertragen?

Auch diesem fiel trotz seiner Tränen die tiefe Bewegung seines Retters auf.

„Herr Doktor", stammelte er, „Sie sehen, welch ein Glück Sie uns gebracht haben. Ich kann es Ihnen nie vergelten."

„O doch, doch", schluchzte Müller.

„Nein, nie."

„Ja, Vater, er hat recht; du kannst es vergelten, und wie leicht", sagte Emma. „Welch eine Fügung, daß gerade er dich befreien mußte, er, er!"

„Wieso eine Fügung?"

„Sieh ihn doch an. Ahnst du nichts?"

„Ahnen? Mein Gott, was soll ich ahnen? Kenne ich eine Familie Müller, welche . . ."

„Und auch er heißt nicht so, auch er läßt sich nur so nennen."

„Herrgott. Wären Sie – wärst du etwa – Richard?"

Er breitete die Arme aus.

„Vater!"

Sie hielten sich umschlungen; sie sagten kein Wort mehr, diese drei; sie bildeten im Übermaß ihres Glückes eine still weinende Gruppe. Endlich, nach längerer Zeit schob der Vater seine Kinder sanft von sich, trocknete sich tief aufatmend die Tränen und fragte:

„Richard, hattest du meinen Namen da drunten im unterirdischen Gang nicht gehört?"

„O doch!"

„Du wußtest es, daß du deinen Vater befreitest?"

„Ja."

„Warum verschwiegst du es? Warum gabst du dich nicht zu erkennen?"

„Es wollte mir zwar das Herz abdrücken; aber ich mußte schweigen, weil ich noch nicht wußte, ob du stark genug sein würdest, und weil Marion es nicht wissen durfte."

„Warum nicht?"

„Sie darf nicht wissen, daß ich ein Deutscher bin."

„Ich achte deine Gründe, auch ohne sie zu verstehen. Du bist Offizier und mußt . . ."

Er schwieg plötzlich. Sein Auge verlor den Glanz, der es belebt hatte. Er fragte mit tonloser Stimme:

„Richard, bist du wirklich Rittmeister?"

„Ja, Vater!"

„Aber diese Gestalt. Dieser, dieser ... Du warst als Knabe so wohlgewachsen."

„Oh, ich bin es auch noch", lachte Richard.

„Aber – ich begreife nicht."

Da neigte sich der Rittmeister zu ihm nieder und sagte leise:

„Ich habe ihn nur angeschnallt."

„Den Buckel?"

„Ja, den Buckel. Und dieser dunkle Teint ist erzeugt durch den Saft der Walnußschale."

„Wozu diese Komödie?"

„Ah, du kannst noch nichts davon gehört haben. Wir stehen vor einem Krieg mit Frankreich ..."

„Gott sei Dank! Jetzt werden wir alle Scharten auswetzen. Geht es bald los?"

„Vermutlich. Ich bin als Eclaireur unter der Flagge eines Erziehers auf Schloß Ortry."

„Welch eine Himmelsfügung!"

„Heute aber erhielt ich die Depesche, welche mich nach Hause ruft."

„Wir fahren zusammen. Aber als was ist Emma hier?"

Der Rittmeister wollte antworten, sie aber legte ihm errötend die Hand auf den Mund und sagte:

„Auch als Spionin, lieber Vater. Wir werden dir alles später erklären."

„Das ist freilich notwendig; ich muß doch alles kennenlernen, was euch betrifft, denn ..."

Er hielt inne, denn die Tür öffnete sich und Deephill trat ein. Er bemerkte die trauliche Gruppe; er sah die freudige Erregung aus ihren Augen leuchten.

„Oh, bitte um Entschuldigung", sagte er, im Begriff, sich schnell wieder zurückzuziehen.

„Nein; bleiben Sie!" rief ihm der Rittmeister entgegen. „Sie stören nicht, sondern Sie sind uns im Gegenteil sehr willkommen."

Da zog der Amerikaner die Tür hinter sich zu und sagte:

„Ich hörte den Bericht von der Befreiung eines Opfers dieses höllischen Kapitäns und kam herbei, um meine lebhafteste Sympathie auszudrücken."

„Für welche wir alle drei Ihnen herzlichst danken. Baron Gaston de Bas-Montagne – Gebhardt von Königsau, unser lieber, wiedergefundener Vater."

Königsau verbeugte sich höflich, der Amerikaner aber war so betreten, daß er vergaß, es auch zu tun.

„Wie?" fragte Deephill. „Ist dies der Herr, den Sie befreit haben?"

„Ja, das ist er."

„Und Sie nennen ihn Ihren Vater?"

„Das ist er ja auch."

„Wunderbar."

„Erinnern Sie sich der Familiengeschichte, welche ich Ihnen erzählte, als wir uns unten im Gewölbe befanden?"

„Vollständig, natürlich."

„Nun, es waren die Schicksale meiner eigenen Familie. Und dieser ist der verschollene Vater, den ich erwähnte."

„Wunderbar, wie gesagt, wunderbar! Herr von Königsau, ich gratuliere Ihnen aus freudigstem Herzen nicht nur zu Ihrer endlichen Erlösung, sondern auch zu solchen Kindern. Ihr Herr Sohn ist ein außerordentlicher Mensch. Sie hat er errettet; Mademoiselle Marion hat er errettet; den Maler hat er errettet; mich hat er errettet. Er scheint es als eine spezielle Aufgabe zu betrachten, die Kerker der Unglücklichen zu öffnen. Dieser Herr Doktor Müller . . ."

„O bitte!" fiel Richard lachend ein. „Rittmeister von Königsau von den preußischen Gardeulanen, wenn Sie gütigst gestatten!"

„Ritt . . ."

Das Wort blieb ihm im Munde stecken.

„Ja, es ist ganz richtig so, Herr Baron!" stimmte Emma bei.

„Aber, Rittmeister, bei dies . . . dies . . ."

„Bei diesem Buckel! Nicht wahr?" lachte Richard.

„Ich gebe es beschämt zu."

„Nun, ich will Ihnen im Vertrauen mitteilen, daß ich gar nicht bucklig bin, doch allerdings nur im Vertrauen, mein lieber Baron."

„So also, so ist das! Sie großartiger Pfiffikus! Na, hier meine Hand; es wird nichts verraten!"

„Danke! Ganz besonders darf Baronesse Marion keine Ahnung haben, daß ich nicht der Hauslehrer Müller bin."

„Warum gerade diese nicht?" fragte sein Vater.

„Weil ich sie liebe, Vater."

„Du liebst diese gute, wundervolle Blume?"

„Ja."
„Höre, Richard, diese Freude ist ja fast wie diejenige des Wiedersehens. Aber – liebst du glücklich, trotzdem sie dich für bukkelig hält?"
„Trotzdem."
„Junge, das möchte ich denn doch bezweifeln."
„Sie hat mich in Dresden in Uniform gesehen und seitdem meine Fotografie bei sich getragen, ohne daß ich es ahnte. Ich habe sie gleichfalls da gesehen und dann ihr Bild im Herzen getragen, ohne daß sie es ahnte."
„Wie poetisch."
„Es wird noch poetischer, lieber Vater! Wir wußten beide nichts voneinander. Da komme ich verkleidet als Erzieher hierher und finde sie als die Tochter des Hauses."
„. . . nachdem er ihr bei einem Dampfschiffsunglück das Leben gerettet hat", schaltete Emma ein.
„Das ist wirklich wunderbar. Erkannte sie dich?"
„Nein. Sie fand nur eine große Ähnlichkeit heraus. Nun setze ich meinen Stolz darein, von ihr geliebt zu werden trotz der beengten, bürgerlichen Stellung."
„Du bist sehr kühn, mein Sohn."
„Gelingt es, so werde ich später zehnfach glücklich sein. Also, bitte dringend, ja nichts merken zu lassen. Nun aber, lieber Vater, wollen wir uns zurückziehen. Du bedarfst jedenfalls ganz dringend der Ruhe."
„O nein. Ich fühle mich so kräftig und wohl wie nie. Ihr sollt bleiben. Ihr sollt nicht fort. Wollt Ihr denn nicht wissen, wie es mir ergangen ist und wie ich in die Hände dieses Richemonte gefallen bin?"
„Wir möchten wohl sehr gern, aber du mußt dich schonen. Später ist auch noch Zeit."
„Nein. Jetzt ist die beste Zeit. Setzt euch."
Die Geschwister gehorchten, doch der Amerikaner machte eine Bewegung, als ob er sich entfernen wolle.
„Bleiben Sie immer, Herr Baron", sagte Richard. „Sie haben so viel von unserer Geschichte gehört, daß Ihnen diese Episode nicht vorenthalten werden darf."
„Ja, bleiben Sie", bat auch der Vater. „Sie sollen erfahren, wie tief und schwarz der Abgrund einer verruchten Menschenseele ist."
Er begann zu erzählen von seiner Abreise an bis zu dem Kampf im Wald, wo er von Richemonte niedergestochen war,

und dann von seinem Aufenthalt bei dem Schäfer Verdy und dessen Tochter Adeline, der jetzigen Baronin von Sainte-Marie.

„So müssen wir ihr für diese sorgsame Pflege innig dankbar sein“, bemerkte Richard. „Sie hat dir das Leben erhalten.“

„Aber welch ein Leben. Und zu welchem Zweck hat sie es mir erhalten“, sagte sein Vater kopfschüttelnd. „Sie wollte Baronin werden. Ich war die Waffe in ihrer Hand gegen den Kapitän. Sie hat ihren Zweck erreicht, und ich verfaulte im eigenen Unrat.“

Er erzählte, daß er noch als Rekonvaleszent in einem Wagen nach Ortry geschafft und dort in das unterirdische Loch gesteckt worden sei. Er schilderte seine körperlichen und seelischen Leiden, obgleich sie wohl nicht ganz zu beschreiben waren. Er tat das in so beredten Worten, daß die Augen der Zuhörer nicht trocken wurden.

Nachdem er ausgeredet hatte, sprang der Amerikaner von seinem Stuhl auf, rannte wütend in dem Zimmer hin und her und fragte dann:

„Herr von Königsau, was werden Sie tun. Wie werden Sie gegen diesen Richemonte handeln?“

„Das weiß ich jetzt noch nicht. Ich ahne, daß ich dazu das Gutachten meines Sohnes ausbitten muß.“

„So, so! Wissen Sie, wie dieses Gutachten lauten wird?“

„Nun?“

„Er wird sagen: Laß ihn laufen, Vater; wenigstens jetzt laß ihn laufen! Später nehmen wir ihn beim Schopf.“

„Nun, ich denke, wenn Richard so sagt, so wird er wohl seine Gründe haben.“

„Ja, die habe ich, lieber Vater; du sollst sie hören und wirst sie anerkennen.“

„Gut, gut!“ meinte der Amerikaner. „Ich habe ganz dieselben Gründe gehört und auch anerkannt. Aber was Sie jetzt erzählt haben, das geht über alle Begriffe. Herr von Königsau, ich war ein Franzose, ein enragierter Deutschenfresser. Jetzt ziehe ich nach Berlin und bleibe dort bis an mein Ende. Ich bin cholerisch, ein Brausekopf, ein Tollkopf; aber ich habe ein Herz. Ich hatte zwei Kinder verloren; Ihr Herr Sohn hier hat sie mir wiedergegeben. Ich wollte gegen Deutschland agitieren und kämpfen; er ist ein Deutscher, und Sie sind sein Vater; mein braves Weib war trotz ihres französischen Namens eine Deutsche. Ich kann nicht länger ein Feind Deutschlands sein. Ich möchte Frankreich besiegen helfen gerade so, wie ich diesen Richemonte zertreten möchte!“

Da wurde an die Tür geklopft. Der dicke Maler öffnete, steckte den Kopf herein und fragte:

„Ist es erlaubt, meine Herrschaften?“

„Ja“, antwortete der Rittmeister.

Und sich an seinen Vater wendend, fuhr er lächelnd fort, Schneffke heranwinkend:

„Das ist Herr ... Herr ... Wie heißen Sie gleich?“

„Hieronymus Aurelius Schneffke, Tier- und Kunstmaler aus Berlin.“

„Dessen Schwiegervater du beinahe geworden wärest, lieber Vater“, ergänzte der Rittmeister.

„Wieso?“ fragte Gebhardt von Königsau, den Maler lächelnd fixierend.

„Er hatte es auf Emma abgesehen.“

„Ach so!“

„Er hielt sie für eine Gouvernante und betete sie so an, daß er ihretwegen sogar zu Pferde stieg.“

„Es war ein dressiertes!“ lachte Schneffke. „Es setzte mich ganz regelrecht zu ihren Füßen ab. Später ward ich ihr Beschützer und Reisebegleiter, mußte aber bald auf das erwartete Glück verzichten, weil die angebetete Gouvernante unterdessen eine himmlische Engländerin geworden war.“

„Die sie aber auch nicht bleiben wird.“

„Nicht?“ fragte er erstaunt.

„Nein. Miß de Lissa ist eigentlich meine Schwester, Baronesse Emma von Königsau.“

Der Maler machte ein Gesicht wie eine Gans, wenn es wittert.

„Verdammt!“ entfuhr es ihm.

Alle lachten. Der Rittmeister fragte:

„Haben Sie etwas dagegen einzuwenden?“

„Hm! Wie lange bleibt sie denn Ihre Schwester?“

„Ich hoffe, für immer.“

„Das bezweifle ich. Bei dieser Dame wird kein Mensch klug, wer und was sie eigentlich ist. Heute halten Sie sie im Ernst für Ihre Schwester, und morgen stellt sich vielleicht heraus, daß sie die Tante von Ihrer Schwiegermutter ist. Ich bleibe zweifelhaft wie Pudding. Von jetzt an verliere ich die Gefühle meines Innern nur an Damen, welche mittels Geburts- und Impfschein nachgewiesen haben, wer sie sind. Eine andere hat nie wieder einen Fußfall von mir zu erwarten.“

Er lachte über sich selbst; die anderen stimmten ein, und der Rittmeister sagte zu seinem Vater:

„Trotz alledem ist Herr Schneffke ein sehr braver Mann, dem du übrigens sehr viel zu verdanken hast."

„Wieso?"

„Er leidet an einer gewissen Art Fallsucht; er fällt sehr gern. Draußen im Wald stürzte er in ein Loch. Ich zog ihn heraus und fand dabei, daß dieses Loch zu dem unterirdischen Gang führte, in welchem du schmachtetest. Ohne ihn hätte ich dich schwerlich entdeckt."

Gebhardt von Königsau hielt dem Maler seine Hand hin und sagte:

„Ich danke Ihnen, mein wackerer Herr Schneffke! Geben Sie mir Gelegenheit, Ihnen für dieses Verdienst dankbar zu sein."

„Diese Gelegenheit will ich Ihnen sogleich geben."

„Nun?"

„Sprechen Sie nicht mehr von diesem Verdienst. Dies ist der beste Dank, den Sie spenden können. Übrigens kann ich mich mit dem stolzen Bewußtsein tragen, daß meine Fallsucht mir und anderen schon oft große Vorteile gebracht hat. Es versteht nicht ein jeder, wenn er fällt, gerade in das Glück zu fallen. Aber, nicht die Fallsucht führt mich zu Ihnen, sondern Mademoiselle Marion schickt mich her."

„Wohl zu mir?" fragte der Rittmeister.

„Ja. Sie läßt nämlich den Herrn Doktor fragen, wann Sie sich zum Aufbruch fertig machen soll."

„Ich werde sofort nach dem Pferd sehen."

Eine Viertelstunde später saß er auf dem Bock und fuhr Marion und Liama nach Ortry. Dort angekommen, übergab er dem Stallknecht die Zügel und begleitete die beiden Damen nach Marions Zimmer.

Die Erscheinung Liamas konnte nicht auffallen, da die Frau Doktor Bertrands ihr einen Regenmantel und einen Hut geliehen hatte.

Kaum waren sie in das Zimmer getreten, als ein Diener kam und meldete, daß die Frau Baronin das gnädige Fräulein bei sich erwarte.

„Ich bin beschäftigt", antwortete Marion.

Der Diener ging, kehrte aber mit dem Befehl zurück, augenblicklich Folge zu leisten.

„Sagen Sie der Frau Baronin, daß sie mir nicht das geringste zu befehlen hat! Aber richten Sie das ja ganz wörtlich aus!"

Die Baronin wurde von der Dienerschaft gehaßt. Der Beauftragte richtete, um die stolze Frau zu ärgern, den Befehl sehr gern wörtlich aus. Sofort machte sie sich auf den Weg nach Marions Zimmer.

Diese hatte das vermutet und Liama gebeten, in das kleine Nebenkabinett zu treten, von welchem aus sie mit Müller die Entführung der Zofe beobachtet hatte.

„Was soll das heißen?“ fuhr die Baronin in das Zimmer. „Warum kamst du nicht?“

„Weil ich keine Zeit habe, wie ich sagen ließ.“

„Wenn ich befehle, hast du zu gehorchen!“

„Darauf habe ich dir sagen lassen, daß du mir nichts zu befehlen hast.“

„Also wirklich! Solche Frechheiten gestattest du dir!“

„Sei wählerischer in deinen Ausdrücken, sonst muß ich auf deine Entfernung dringen!“

„Was fällt dir ein . . . Ah, wer ist denn das? Der Herr Doktor! Ich denke, Sie sind fort!“

„Wie Sie sehen, bin ich hier“, antwortete Müller ruhig.

„Was suchen Sie hier?“

„Die notwendige Bildung und Höflichkeit im Verhalten gegen andere!“

„Ah! Ist das etwa gegen mich gerichtet?“

„Jedenfalls.“

„Unverschämter! Entfernen Sie sich!“

Müller zuckte die Achsel.

„Ich befehle Ihnen, sich zu entfernen!“

„Sie haben auch mir nichts zu befehlen! Ich bin nicht mehr Ihr Hausgenosse.“

„Um so nachdrücklicher befehle ich Ihnen, zu gehen!“

„Ich habe nur auf den Wunsch des gnädigen Fräuleins zu hören!“

„Und ich bitte Sie herzlichst zu bleiben, Herr Doktor!“ sagte Marion. Dann fuhr sie, zur Baronin gewendet, in kaltem Ton fort:

„Was ist's, was du mit mir zu sprechen hast?“

„In Gegenwart Fremder schweige ich natürlich!“

„Das ist mir lieb!“

Sie hatte den Schrank geöffnet und suchte nach denjenigen Dingen, welche sie mitzunehmen gedachte.

„Warum packst du ein?“ fragte die Baronin.

„Weil ich abreise.“

„Wohin?“
„Das ist Staatsgeheimnis.“
„Impertinent! Von wem hast du die Erlaubnis?“
„Ich denke, keine Erlaubnis nötig zu haben.“
„Da bin ich denn doch gezwungen, meine Rechte auf das energischste zu wahren. Du darfst dich ohne meine Einwilligung nicht entfernen!“
„Ich wüßte keinen Grund, aus welchem du ein solches Recht über mich herleiten könntest.“
„Es ist ein sehr natürlicher: Ich bin deine Mutter!“
„Aber eine sehr unnatürliche.“
„Willst du mich etwa veranlassen, dir zu beweisen, daß ich mir nötigenfalls Gehorsam erzwingen kann?“
„Wie willst du das anfangen?“
„Ich rufe die Dienerschaft herbei!“
„Ich befehle den Dienern zu gehen, und das werden sie tun.“
„So schicke ich nach der Polizei.“
„Ich verlange von ihr, dich zu arretieren, und sie wird es tun.“
Da trat die Baronin drohend auf sie zu und fragte:
„Mädchen, was willst du damit sagen?“
Marion wollte antworten; aber Müller winkte ihr zu und sagte an ihrer Stelle:
„Gnädiges Fräulein wollen jedenfalls damit andeuten, daß es jederzeit Veranlassung gibt, die einstige Hirtin Adeline Verdy in Arretur zu nehmen.“
Die Baronin erbleichte.
„Herr, welche Sprache wagen Sie!“ rief sie aus.
„Eine sehr begründete.“
„Ich verstehe Sie nicht, wenn ich Sie nicht für wahnsinnig halten soll.“
„Der Wahnwitz ist Ihr eigenes Feld, auf welchem Sie es zur Baronin gebracht haben, nämlich der Wahnwitz Ihres Mannes. Denken Sie an den Doppelmord bei der Kriegskasse.“
Sie wurde todbleich.
„Ich begreife Sie wahrlich nicht!“
„An die beiden, welche von Ihrem Mann mit der Hacke erschlagen wurden und an den, welchen der Kapitän fast erstach, den Sie aber pflegten, um ihn dann einzusperren und dadurch Baronin zu werden.“
„Sie phantasieren.“
„Pah! Sollten Sie Gebhardt von Königsau nicht kennen?“
„Ich kenne ihn nicht!“

„Wollen Sie ihn sehen? Er ist entkommen."
„Lüge!"
„Wahrheit! Wo ist der Kapitän?"
„Er scheint ausgegangen zu sein."
„Entflohen ist er, aus Angst entflohen. Er hat den Grafen Rallion mitgenommen. Suchen Sie diese beiden!"
Sie fühlte sich wie zerschmettert; aber sie nahm sich zusammen; sie raffte sich auf und fragte:
„Was habe ich mit Ihnen zu schaffen? Was gehen mich andere an? Tun Sie, was Ihnen beliebt. Jetzt aber befehle ich Ihnen, sich zu entfernen. Ich bin die Herrin dieses Hauses!"
„Sie? Da irren Sie sich sehr."
„Wer sonst?" fragte sie stolz.
„Ich werde Ihnen die wirkliche Gebieterin von Ortry zeigen."
Er öffnete die Tür zu dem Nebenkabinett.
„Hier! Kennen Sie diese Dame?"
Liama hatte Regenmantel und Hut abgelegt und trat in ihrer maurischen Gewandung ein, doch das Gesicht unverschleiert.
Die Baronin wich zurück. Sie war bis auf den Tod erschrokken und schlug die Hände vor das Gesicht.
„Liama!" stieß sie hervor.
„Du kennst mich noch, Hirtin. Geh zu dem Wahnsinnigen. Hier bei uns hast du nichts zu schaffen! Komm, Marion, mein Kind, und kommen Sie, Doktor, ich werde Ihnen zeigen, wer hier Herrin ist."
Sie nahm ihre Tochter bei der Hand und schritt voran. Müller folgte. Die Baronin wankte hinterher, von einem unbestimmten Impuls getrieben.
Es ging in den Speisesaal und von da in die Gemächer der Schloßherrin. Die Baronesse folgte, ohne ein Wort zu sagen. Im Boudoir blieb Liama stehen und deutete nach dem Kamin.
„Doktor, schrauben Sie dieses Bild heraus."
Der Marmorkamin war mit einem Aufsatz gekrönt, in dessen Mitte sich ein Medaillon mit dem in Silber getriebenen Kopf der Venus befand. Müller faßte das Medaillon mit beiden Händen. Sollte es sich wirklich bewegen lassen? Er mußte alle seine Kräfte anwenden; der Rost hatte sich in das Gewinde gesetzt. Aber endlich gelang es. Und als das Medaillon entfernt war, sah man einen viereckigen Raum, in welchem sich ein Kästchen von nicht unbedeutender Größe befand.
„Nehmen Sie es heraus, und öffnen Sie es!" gebot Liama.
Müller gehorchte. Das Kästchen war aus Rosenholz gearbei-

tet mit massiv goldenen Spangen und Riegeln. Als diese letzteren zurückgeschoben waren, zeigte es sich, daß es mit allerlei Arten kostbaren Geschmeides angefüllt war.

„Das ist dein, Marion, mein Kind!" sagte Liama.

Die Augen der Baronin ruhten auf den blitzenden Perlen und Steinen. Ihre Gier erwachte.

„Halt!" sagte sie. „Dieses Etui gehört uns."

„Wem?" fragte Müller kalt.

„Mir und meinem Mann."

„Haben Sie es ihm eingebracht?"

„Nein, ich nicht."

„Können Sie nachweisen, daß es sein Eigentum ist und auf welche Weise er es erworben hat?"

„Er wird es beweisen."

„Nein. Das vermag er nicht", sagte Liama. „Dieses Gold ist mein Eigentum, und ich schenke es Marion, meiner Tochter."

„Lüge!" stieß die Baronin hervor.

Liama würdigte sie keines Blickes, sondern sie fuhr, zu Müller gewendet, fort:

„Es ist der Schatz der Beni Hassan; er gehört Liama, der einzigen Tochter des Scheichs Menalek. Saadi hat ihn mir gebracht und ihn hier im Kamin verborgen. Von jetzt an gehört er Marion, der Enkelin Menaleks."

Die Baronin wollte abermals Verwahrung einlegen, aber sie wurde abgehalten. Hinter ihr hatte sich die Tür leise geöffnet; der irrsinnige Baron war eingetreten. Sein Auge schweifte ausdruckslos im Kreis umher und blieb zuletzt auf der Tochter der Beni Hassan haften.

„Liama!" rief er aus.

Er tat einige Sprünge und warf sich ihr zu Füßen. Er umfaßte ihre Knie und rief in angstvollem Ton:

„Liama, Liama rette mich!"

„Vor wem?" fragte sie streng.

„Vor ihnen! Sie schuldigen mich an. Ich bin es gewesen; aber sage ihnen, daß ich es nicht gewesen bin. Dir glauben sie, mir aber nicht."

„Wo sind sie denn?"

„Überall sind sie, überall. Sie verfolgen mich auf Schritt und Tritt. Rette mich!"

„Was sagen sie, was du getan haben sollst?"

Eben wollte er antworten, da aber fiel die Baronin schnell ein:

„Halt! Mein Mann ist krank. Niemand darf ihn aufregen. Niemand darf mit ihm sprechen."

Sie trat hinzu, um ihn bei der Hand zu fassen und aus seiner knienden Stellung emporzuziehen. Er streckte ihr abwehrend die eine Hand entgegen, während er sich mit der anderen angstvoll an Liama klammerte, und rief in kläglichstem Ton:

„Fort mit ihr, fort mit der Schlange! Liama, laß sie nicht heran. Beschütze mich!"

„Er redet Unsinn!" erklärte die Baronin. „Er muß fort auf sein Zimmer!"

Sie streckte die Hand nach ihm aus, um ihn zu erfassen. Müller sagte sich, daß er das nicht zugeben dürfe. Der Irrsinnige befand sich in einer Aufregung, welche erwarten ließ, daß man von ihm vieles erfahren könne, was bisher verschwiegen gewesen war. Darum nahm er die Baronin beim Arm und sagte in strengem Ton:

„Zurück hier, Madame! Sie werden diesen Unglücklichen nicht berühren!"

Da loderte in ihren Augen das Feuer des wildesten Hasses auf. Sie ballte die Fäuste, stampfte mit den Füßen und rief drohend:

„Noch ein solches Wort und ich lasse Sie hinauswerfen!"

„Pah", lachte er. „Das Schäfermädchen hat das Zeug nicht dazu, mich hinauswerfen zu lassen!"

„Schäfermädchen?" kreischte sie förmlich auf. „Glauben Sie, daß ich mich vor einem fortgejagten, buckeligen Hauslehrer zu fürchten habe?"

„Ja, ganz gewiß; das glaube ich", sagte er ruhig. „Daß Sie mich auf meine unverschuldete Mißgestalt aufmerksam machen, ist der sicherste Beweis, daß Sie vom Dorf stammen und in das Dorf gehören. Gehen Sie."

Er zeigte bei diesen Worten nach der Tür.

„Nein, sondern packen Sie sich fort!"

Sie griff abermals nach dem Baron.

„Den lassen Sie hier", gebot Müller.

„Gut, so werde ich klingeln."

Während dieser Worte ging sie zur Tür, wo sich der Glockenzug befand.

„Ja, klingeln Sie!" sagte Müller. „Aber den Diener, welcher hereintritt, werde ich nach der Polizei schicken."

Sein Ton klang so fest und sicher, daß sie den Schritt innehielt.

„Nach der Polizei? Wozu?“ fragte sie.
„Um Sie arretieren zu lassen.“
„Weshalb?“
„Wegen verbotener Doppelehe.“
„Ah!“
„Wegen rechtswidriger Gefangenhaltung des Barons Gebhardt von Königsau.“
„Sie sind ein Teufel!“
„Wegen Ehebruchs mit dem jetzt toten Fabrikdirektor.“
„Herr“, brauste sie auf. „Was fällt Ihnen ein?“
„Pah. Ich weiß alles. Hat nicht der Alte Sie im Garten ertappt? Und war nicht auch ein fremder Offizier bei Ihnen? Gehen Sie augenblicklich, sonst bin ich es, welcher klingelt. Vorwärts.“
Er faßte sie am Arm und führte sie zur Tür hinaus, welche er hinter ihr verschloß. Sie war so verblüfft, daß sie gar nicht daran dachte zu widerstreben.
Ihre Entfernung machte sichtlich auf den Baron einen beruhigenden Eindruck.
„Fort ist sie, fort“, sagte er. „Gott sei Dank!“
„Sprechen Sie mit ihm!“ flüsterte Müller Liama leise bittend zu.
Sie beugte sich zu dem noch immer vor ihr Knienden nieder, legte ihm die Hand auf den Kopf und sagte:
„Armer Henri!“
Das schien ihm wohlzutun. Er lächelte zu ihr auf und stieß stockend hervor:
„Nur du kannst mir helfen, willst du?“
„Ja.“
„Sie stehen alle da, rund um mich her, hier, da und dort, allüberall.“
„Wer?“
„Der Deutsche, den wir erschlagen haben.“
„Wo?“
„Im Wald. Wegen der Kriegskasse.“
„Wie hieß er?“
„Königsau.“
„Wo ist er jetzt?“
„Er ist tot, tot, tot.“
„Wirklich?“
„Ja. Aber sein Geist lebt noch.“
„Wo?“
„Unten in der Erde. In den tiefen Kellern des Schlosses Ortry.“

„Hast du ihn gesehen?“
„Ja.“
„Wann?“
„Das weiß ich nicht mehr. Der Alte hat ihn mir gezeigt. Der Mord lag mir auf der Seele, und er wollte mich beruhigen. Darum machte er mir weis, daß Königsau nicht tot sei, sondern noch lebe.“
Er zeigte mit der Hand angstvoll seitwärts. Seine Augen blickten starr und erschrocken nach einem Punkt.
„Wer?“
„Hadschi Omanah.“
„Oh, der fromme Marabut?“
„Ja.“
„Kennst du ihn denn?“
„Ich habe ihn ja begraben.“
„Wo?“
„Auf dem Berg, in seiner Hütte. Und da steht auch sein Sohn. Er droht mir mit der Hand. Er hat einen Totenkopf und zeigt mir die Zähne. Rette mich!“
Er befand sich in fürchterlicher Angst. Der Schweiß tropfte ihm förmlich von der Stirn. Es war derjenige Zustand, in welchem er von dem alten Kapitän nur durch Faustschläge zum Schweigen gebracht worden war.
„Hast du den Sohn des Marabuts denn auch gesehen?“ fragte sie auf die geflüsterte Aufforderung Müllers.
„Ja.“
„Wo denn?“
„Auch auf dem Berg. Ich habe ihn ja ermordet!“
Müller stand hinter Liama und raunte ihr zu, was sie sagen solle.
„Ermordet?“ fragte sie. „Du selbst?“
„Ja.“
„Warst du allein da?“
„Der Alte war mit. Er gebot mir, ihn zu töten.“
„Warum?“
„Weil ich Baron werden sollte.“
„Warst du denn nicht Baron?“
„Nein, o nein.“
„Was warst du denn?“
„Ich war ja Henri Richemonte, der Cousin und Pflegesohn des Kapitäns.“
„Und wer war der Baron?“

„Es waren zwei da."

Er konnte sich sichtlich nur schwer auf die Einzelheiten besinnen. Es mußte alles sehr vorsichtig aus ihm herausgelockt werden.

„Zwei?" fragte sie. „Wer war es?"

„Der Vater und der Sohn."

„Welcher war der Vater?"

„Der Marabut. Er lag im Sterben, als wir kamen, und den Sohn tötete ich."

„Begrubt Ihr sie?"

„Ja, in der Hütte. Die Papiere nahmen wir."

„Was machtet Ihr damit?"

„Ich bewies, daß ich der junge Sainte-Marie sei, und sagte, mein Vater sei tot. Herrgott! Da steht noch einer und noch einer!"

„Wer?"

„Menalek, der Scheich der Beni Hassan."

Sie legte die Hand an ihr Herz, als ihr Vater erwähnt wurde, bezwang sich aber und fuhr fort:

„Was will er von dir?"

„Er klagt mich an. Er fordert Rechenschaft."

„Worüber?"

„Über seinen Tod. Wir haben ihn in die Hände der Franzosen gegeben. Und den andern auch."

„Wer ist das?"

„Saadi. Er mußte sterben."

„Weshalb?"

„Weil ich Liama haben wollte, seine Geliebte. Hast du mich denn nicht gekannt?"

„Wer warst du?"

„Ich war Ben Ali und der Alte war . . ."

Er hielt inne, um sich zu besinnen.

„Wer war er?"

„Er war Malek Omar, der Fakihadschi. Er machte den Spion der Franzosen und der Beduinen. Er verriet sie aber beide. Oh, errette mich!"

Er schauderte zusammen und versuchte, sich hinter ihr vor den Geistern zu verbergen, welche er zu erblicken wähnte. Sie hatte doch Mitleid mit ihm. Darum sagte sie in beruhigendem Ton:

„Sei still. Saadi ist nicht tot."

„Nicht? Dort steht ja sein Geist."

„Es ist Täuschung. Saadi lebt."
„Ist es wahr?"
„Ja."
„Er wurde doch erschossen!"
„Nein. Er war nur auf den Tod verwundet. Die Franzosen glaubten ihn tot und ließen ihn liegen. Dann aber wurde er gefunden und gepflegt."
„Du sagst es und du lügst nie."
„Nein."
„Ja, du hast recht. Sein Gesicht ist verschwunden. Mein Kopf schmerzt nicht mehr. Ich will gehen."

Er erhob sich und wankte nach der Tür. Sie ließen ihn gehen, ohne ihn zurückzuhalten. Was sie jetzt erfahren hatten, wußten sie bereits zum großen Teil, Liama aus ihrer Vergangenheit und Müller aus den Aufzeichnungen, welche Marion von Hassan, dem Zauberer, empfangen und ihm anvertraut hatte. Manches aber erschien ganz neu und war wohl geeignet, sie in die höchste Bestürzung zu versetzen und ihnen Stoff zu den interessantesten und wichtigsten Kombinationen zu geben.

Wenn man in der Stadt Algier von der Straße Bab el Qued nach der Kasbahstraße einbiegt und dann sich um die erste Ecke rechter Hand wendet, kommt man an eins der berühmtesten Kaffeehäuser der einstigen Seeräuberstadt. Aber dem Äußeren dieses Hauses sieht man diese Berühmtheit ganz und gar nicht an. Es ist schwarz und alt. Kein Stein scheint mehr auf dem anderen halten zu wollen, und der Eingang ist schmal und niedrig wie die Tür zu einer Hütte.

Durch ihn gelangt man zunächst in einen langen, dunklen Flur, dann aber in einen großen, offenen Hof, welcher mit prächtigen Säulenbogen umgeben ist, unter denen sich kleine, lauschige, nach dem Hof zu offene Gemächer rundum aneinanderreihen.

Diese Gemächer sind für die Gäste bestimmt.

Inmitten des Hofes plätschert ein Brunnen, welcher von den vollen Wipfeln einer Sykomore überschattet wird. Hier sitzen des Abends, während die Ausländer unter den Säulenbogen trinken und rauchen, die Eingeborenen, in ihre weiten, weißen Gewänder gehüllt, „trinken" ihren Tschibuk, wie der Maure sich auszudrücken pflegt, und schlürfen einen Fingom Kaffee nach dem andern dazu.

Dabei lauschen sie dem Vortrag des Meda, des Märchenerzählers, der sie im Geist nach Damaskus und weiter führt und ihnen jene phantastischen Bilder aus Tausendundeine Nacht vor die Augen führt.

Doch nicht immer sind es Märchen, welche sie hören. Er berichtet auch von Mohammed, dem Propheten, von den Kalifen, von dem großen Salah ad-Din, welchen die Christen Saladin nennen, von Tarik, dem Eroberer, von dem spanischen Reich der Mauren. Er beschreibt die Pracht und Herrlichkeit des Altertums und schildert ebenso die Gegenwart.

Hat er Mekka, die heilige Stadt, besucht, so beschreibt er seine Pilgerreise, und ist er weit in das Innere der Wüste gekommen, so entrollt er die Geheimnisse der Sahara vor ihren Augen. Er spricht vom Samum, von den Djins, den bösen Geistern, vom Löwen, dem Beherrscher des Wüstenrandes, und während er spricht und erzählt, dichtet er:

„Da liegt der Maure unter Palmen,
Vom Sonnenbrand herbeigeführt;
Das Dromedar nascht von den Halmen,
Die noch der Samum nicht berührt.
Da trinkt das Gnu sich an der Quelle,
Der lebensfrischen, voll und satt;
Da naht verschmachtend die Gazelle,
Vom wilden Jagen todesmatt.

Da geht der Löwe nach der Beute,
Der König, kampfesmutig aus,
Und in die unbegrenzte Weite
Brüllt er den Herrscherruf hinaus,
Und Mensch und Tier, Gnu und Gazelle,
Sie zittern vor dem wilden Ton
Und jagen mit Gedankenschnelle,
Entsetzt, von Furcht gepackt, davon.“

Eben als der Meda bis hierher gekommen war, trat ein neuer Gast in den Hof. Er blieb am Eingang stehen und blickte sich um. Er schien den, welchen er gesucht hatte, gefunden zu haben, denn einer der Anwesenden erhob sich aus dem Kreis der Zuhörer und kam auf ihn zugeschritten.

„Salam aleikum!“ grüßte der Eingetretene.

„Aleikum salam“, antwortete der andere. „Wie bin ich erfreut, dich zu sehen!“

„Allah hat mich beschützt.“

„Warst du glücklich?“
„Ja.“
„Darf ich nun fragen, wo du warst?“
„Ich erzähle es dir.“
„Und was du dort wolltest?“
„Auch das.“
„So komm.“

Er führte ihn in eins der nach dem Hof zu offenen Gemächer. Ein Diener des Kawedschi – Kaffeewirtes – brachte Tabak und Kaffee. Sie setzten sich nebeneinander auf das Polster nieder, der Neuangekommene brachte seinen Tschibuk in Brand.

Er war jünger als der andere, ihm aber so ähnlich, daß man gleich auf den ersten Blick diese beiden für Verwandte halten mußte.

Und so war es auch. Der Ältere war Abu Hassan, der Zauberer, und der Jüngere war Saadi, der einstige Geliebte Liamas, von dem man geglaubt hatte, daß er erschossen worden sei.

„Nun erzähle“, bat Hassan. „Wo bist du gewesen?“
„Das würdest du nie erraten.“
„So sage es.“
„Im Aurasgebirge.“
„Dort oben? Was hattest du dort zu tun?“
„Ich suchte die Hütte des toten Marabut.“
„Des Hadschi Omanah?“
„Ja.“

„Allah ist groß. Er gibt den Menschen seine Gedanken. Ich aber bin nicht allwissend und kann nicht ahnen, was du dort wolltest.“

„Der Ort ist ein heiliger Ort. Ich wollte dort beten.“

„Das ist Allah wohlgefällig. Aber wolltest du nicht etwas anderes dort?“

„Ja. Ich wollte die Gebeine des Marabut sehen.“

„Hat dich der Scheitan – Teufel – besessen? Du hast doch nicht etwa diese Gebeine ausgraben wollen?“

„Gerade das habe ich gewollt.“
„Saadi!“ meinte der andere erschrocken.
„Was meinst du?“

„Weißt du nicht, daß sich der Gläubige verunreinigt, wenn er die Überreste eines Toten berührt?“

„Ich habe die Gebete der Reinigung gesprochen.“

„Und weißt du nicht, daß den, welcher das Grab eines Heiligen entweiht, Allahs Rache und der Fluch des Propheten trifft?“

„Ich weiß es.“
„Und dennoch hast du es getan?“
„Allah wird mir verzeihen, denn meine Absicht war eine gute. Weißt du was ich gefunden habe?“
„Die Überreste des Marabut.“
„Ja, aber dabei noch ein zweites Gerippe.“
„Das seines Sohnes?“
„Jedenfalls; dieser Sohn ist ermordet worden.“
„Allah il Allah!“
„Ja. Ich habe die Spur ganz deutlich gesehen.“
„Wer mag der Mörder sein?“
„Rate.“
„Irgendein böser Mensch oder gar ein Giaur, welcher Schätze gesucht hat.“
„Das letztere ist richtig. Ein Giaur ist's gewesen. Vielleicht waren es sogar zwei.“
„Der Teufel fahre mit ihnen zur Hölle! Wie aber kannst du das so genau wissen?“
„Weil ich noch einen Fund gemacht habe.“
„Einen guten?“
„Für uns einen sehr guten. Desto schlimmer aber für die Mörder. Wie gut, daß wir gelernt haben, die Sprache dieser Franzosen zu sprechen und zu schreiben.“

Er griff in den Gürtel und zog ein kleines Paket hervor. Er öffnete es. Es enthielt mehrere Schreiben, welche er Hassan hinreichte.

„Hier, lies und staune.“

Die Beleuchtung war so, daß die Zeilen ziemlich deutlich zu sehen waren. Beides, Papier und Schrift, war sehr gut erhalten, obgleich alt.

Während Hassan las, drückte sich auf seinem sonnenverbrannten Gesicht ein immer wachsendes Erstaunen aus. Als er fertig war, legte er die Papiere zusammen, gab sie an Saadi zurück und sagte:

„Welch eine Entdeckung!“
„Ist sie nicht wichtig und groß?“
„Größer und wichtiger als alles andere. Allah hat deinen Fuß geführt und deine Hand geleitet!“
„Glaubst du, daß er mir verzeihen wird, daß ich in die Hütte des Marabut eingedrungen bin?“
„Er wird dir verzeihen, denn es ist ja sein eigener Wille gewesen. Wo lagen diese Papiere? Mit im Grab bei den Toten?“

„Nein. Da wären sie verfault."
„Wo denn?"
„In der Mauer."
„Sie waren da aufbewahrt?"
„Sie lagen dort versteckt. Das Häuschen ist alt, und die Steine sind aus den Fugen gegangen. Einer der Steine, den ich berührte, fiel herab. Hinter ihm war ein Loch; da staken die Papiere."
„Welch eine Schickung! Es sind Abschriften."
„Vom Gouverneur unterzeichnet und besiegelt."
„Wo mögen die Originale sein?"
„Drüben in Frankreich."
„Meinst du?"
„Gewiß."
„Wie kommst du zu dieser Vermutung?"
„Oh, ich vermute noch ganz anderes. Fragst du dich denn nicht, wie diese Papiere in die Hütte des Marabut kommen?"
„Das muß man sich freilich fragen. Die Dokumente eines Franzosen in das Heiligtum eines gläubigen Moslems."
„Nun, wie willst du das erklären?"
„Weiß ich es? Laß mich nachdenken!"
„Nachdenken? Das habe ich bereits getan."
„Hast du es gefunden?"
„Ja."
„So sage es."
„Denkst du noch an den Überfall auf unseren Stamm?"
„Es ist mir, als sei es gestern gewesen. Fluch diesen Franzosen."
„Es war zu derselben Zeit, als der Marabut mit seinem Sohn verschwand. Ihre Überreste habe ich jetzt gefunden. Aber man fand damals in ihrer leeren Hütte ein altes Buch, welches in einer fremden Sprache gedruckt war."
„Ich besinne mich. Es enthielt Gedichte. Das sah man aus der Stellung der Zeilen."
„Nun, wir waren dann später beide in Frankreich und haben da ähnliche Bücher gesehen, welche Gedichte enthalten. Man nennt dort solche Bücher Gesangbücher. Die Ungläubigen singen in ihren Kirchen daraus."
„Allah ist groß. Meinst du, daß das Buch des Marabut ein solches Gesangbuch gewesen sei?"
„Ja."
„Ein Heiliger der Moslems und ein Gesangbuch der Ungläubigen! Bist du toll?"

„Ich bin sehr bei Besinnung. Du aber wirst mich freilich für wahnsinnig halten, wenn ich dir sage, daß Hadschi Omanah ein Christ gewesen ist."

„Ja, das ist wahnsinnig. Allah gebe, daß du deinen Verstand wiederfindest!"

„Ich habe ihn noch; ich habe ihn noch gar nicht verloren. Hadschi Omanah ist früher ein Christ gewesen und dann zu unserem Glauben übergetreten."

„So meinst du, daß er kein Sohn der Araber gewesen sei?"

„Nein; er war ein Franke. Ich kenne sogar seinen Namen."

„Willst du allwissend sein wie Gott selbst?"

„Ich denke nach; darum weiß ich es."

„Nun, wie soll dieser Name lauten?"

„Baron de Sainte-Marie."

Dem guten Hassan war der Tschibuk längst ausgegangen. Jetzt aber legte er ihn gar beiseite. Er öffnete den Mund und starrte seinen Verwandten an, als ob er ihn zum ersten Mal sehe.

„Sainte-Marie?" wiederholte er.

„Ja."

„Mensch, willst du auch mich um den Verstand bringen?"

„Nein. Denke nach. Hadschi Omanah war ein Baron de Sainte-Marie, der seinen Sohn bei sich hatte. Sie verbargen bei sich diese Papiere, welche Abschriften sind. Sie hatten auch die Originale bei sich."

„Wozu die Abschriften, wenn sie die Urschriften hatten?"

„Aus Vorsicht, zu ihrer Sicherheit. In den Schluchten des Aurasgebirges gibt es wilde Menschen. Geschah etwas, wobei von den Schriften entweder das Original oder die Kopie vernichtet wurde, so war doch wenigstens das andere noch vorhanden."

„Aber sie können ja gar nicht Sainte-Marie geheißen haben."

„Warum nicht?"

„Weil es einen Sainte-Marie gibt."

„Oh, der ist unecht."

„Du meinst, daß dieser Ben Ali . . .?"

„. . . ein Schwindler ist."

„Allah!"

„Und nicht nur ein Schwindler, sondern ein Mörder. Und nicht er allein, sondern dieser Malek Omar mit ihm."

„Der sich Richemonte nennt?"

„Ja. Sie haben den Hadschi Omanah, den richtigen, echten Sainte-Marie und dessen Sohn ermordet und die Papiere an sich genommen."

„Damit Ben Ali Baron werden solle?“
„Ganz gewiß.“
„Saadi, mein Bruder, wenn du recht hättest.“
„Ich habe recht.“
„Das wäre eine Rache an den beiden.“
„Wir werden uns rächen.“
„Aber wann und wie?“
„Das haben wir uns zu überlegen. Sie haben nicht geahnt, daß es noch Abschriften gibt. Mit diesen letzteren können wir beweisen, daß die wirklichen Sainte-Maries tot sind. Nun aber, wie ist es dir seit unserer Trennung ergangen?“
„Ich habe still gearbeitet. Nun aber hat sich etwas ereignet, was uns auf baldige Rache hoffen läßt.“
„Was?“
„Frankreich wird mit Deutschland Krieg führen.“
„Ist das gewiß?“
„Ja. Deutschland soll überrascht werden. Hast du denn noch nichts gehört?“
„Nein.“
„Die ganze Provinz ist in Bewegung. Die Regimenter der Turkos und Spahis werden nach der Küste gezogen, um schnell eingeschifft werden zu können.“
„Allah sei Dank. Sind die Oasen dann von den Soldaten entblößt, so werden wir uns erheben.“
Hassan schüttelte den Kpf und meinte:
„Das ist eine trügerische Hoffnung. Die Stämme Algeriens werden sich nicht erheben.“
„Warum nicht?“
„Es fehlt ihnen ein Anführer.“
„Wir haben viele tapfere Scheichs.“
„Aber keinen Feldherrn.“
„Wir werden einen finden.“
„Aber keinen Abd el-Kader. Nein, nicht hier in der Heimat können wir uns rächen.“
„Wo denn?“
„Drüben, jenseits des Meeres, wenn der Krieg begonnen hat. Diese Franzosen jauchzen bereits. Sie sind siegestrunken, bevor der Krieg noch erklärt worden ist. Aber hast du die blonden Männer der Fremdenlegion gesehen?“
„Ja, das sind die tapfersten und edelsten.“
„Das sind Deutsche. Hast du gehört, von wem Napoleon der Große vernichtet worden ist?“

„Von den Deutschen."
„So wird es auch diesmal werden."
„Allah gebe es!"
„Alle Gläubigen beten zu Allah, daß unsere Unterdrücker vernichtet werden. Und jeder Moslem ist bereit, das seinige dazu zu tun."
„Und doch müssen unsere Brüder in Frankreich fechten."
„Sie werden es nicht tun."
„Oh, man wird sie zwingen."
„Sie werden sich nicht zwingen lassen, sondern zum Feind überlaufen, wenn man sie gegen ihn führt. Es geht durch die Reihen der Spahis und Turkos eine heimliche Bewegung, von der du dich bald überzeugen sollst. Aber was kümmert das jetzt uns? Wir haben weit anderes zu tun. Ich weiß, wie wir uns persönlich an Frankreich rächen können."
„Wie?"
„Indem wir Kapitän Richemonte vernichten."
„Was sollte dies Frankreich schaden?"
„Habe ich dir nicht erzählt, daß ich drüben erfahren habe, er stehe an der Spitze einer Verschwörung gegen Deutschland?"
„Du sagtest es."
„Nun, wenn wir ihn stürzen, so bricht der ganze Plan zusammen. Diese Abschriften müssen ihn verderben."
„So willst du wieder nach Ortry, trotzdem du von diesem Ort geflohen bist, hinüber?"
„Ich floh vor dem Geist, den ich erblickte."
„Hassan, weißt du genau, daß es ein Geist war?"
„Ja."
„Kannst du es beschwören?"
„Ihr Körper kann es nicht gewesen sein."
„Warum nicht?"
„Weil sie tot ist."
„Sie könnte vielleicht noch leben."
„Könnte da der Baron ein anderes Weib haben?"
„Da drüben gelten andere Gesetze."
„Man hat nicht anders gewußt, als daß Liama das christlich angetraute Weib des Barons sei."
„So gibt es demnach noch eine Möglichkeit, daß sie noch lebt. Man hat sie nur beseitigt. Hast du ihren Geist genau betrachtet?"
„Ich habe ihn genau gesehen."
„Wie war er gekleidet?"

„In die Tracht unseres Landes."
„Verstandest du, was er sagte?"
„Jedes Wort."
„In welcher Sprache redete er?"
„In französischer."
„O Hassan, ich glaube, du täuschst dich. Ihr Geist hätte ganz sicher gewußt, daß du es bist, und dann hätte er arabisch gesprochen."
„Ein Geist redet die Sprache desjenigen Landes, in welchem er erscheint. Liama erschien unter Donner und Blitz. Kann das ein Mensch?"
„Ja. Man hat Pulver."
„Oh, das war kein Pulver. Die ganze Erde bebte und brannte. Ich bin davongestürzt."
„Aber jene beiden Männer blieben?"
„Ich weiß es nicht."
„Du bist zu eilig gewesen. Warum hast du nicht dann wenigstens in der Stadt gewartet? Du konntest erfahren, welchen Ausgang es genommen hatte."
„Sollte ich mich als Leichenräuber festnehmen lassen?"
„Ich will dich nicht tadeln, daß du zu vorsichtig gewesen bist. Wir werden wieder hinübergehen, und dann suche ich das Grab selbst auf, um mich zu überzeugen, daß es die Überreste meiner Liama wirklich enthält."
„Deiner Liama? Sie war das Weib des Barons."
„Nie."
„Glaubst du ihrer Versicherung wirklich so fest?"
„Ich glaube an sie wie an mich selbst. Dieser falsche Baron hat nur sagen dürfen, daß sie wirklich sein Weib sei."
„So ist ihre Tochter die deinige?"
„Sie ist es. Ich war mit Liama verlobt, und sie wurde vor Allah mein Weib, als ich sie fand und heimlich bei ihr wohnte. Da treten neue Gäste ein. Gehen wir, Hassan. In unserer Wohnung können wir ungestört weitersprechen."

Sie bezahlten, was sie genossen hatten, und verließen dann das Kaffeehaus.

Es war Mondschein. Sie wandelten im Schatten der Häuser. Aber als sie um eine Ecke bogen, kamen sie in den vollen Schein, ebenso auch ein Mann, welcher von der anderen Seite kam und fast mit ihnen zusammengerannt wäre.

Alle drei hielten ihre Schritte an und sahen einander unwillkürlich in die Gesichter.

„Hassan der Zauberer“, entfuhr es dem Mann.
„Vater Main!“ rief dagegen Hassan. „Mensch, wie kannst du wagen . . . Allah, Allah!“
Er stieß diese beiden Rufe aus, weil er vom Vater Main einen fürchterlichen Hieb in die Magengegend erhalten hatte, so daß er an die Mauer taumelte. Der einstige Pariser Wirt rannte davon. Saadi wollte ihm nach, hielt es aber doch für nötiger, nach dem Bruder zu sehen.
„Ist's gefährlich?“ fragte er ihn.
„Nein. Schon ist's vorüber. Dorthin rannte er. Schnell ihm nach.“
Beide eilten in der Richtung hin, in welcher Main entflohen war. Sie kamen bis an das Ende der Straße, ohne ihn erblickt zu haben. Sie sahen nun nach rechts und links in die Querstraßen hinein, ohne ihn zu bemerken.
„Er ist fort“, meinte Saadi.
„Entkommen, der Schuft.“
„Du kanntest ihn?“
„Freilich. Ich nannte ja seinen Namen.“
„Wer ist er?“
„Ein ganz gefährlicher Verbrecher, welcher aus Paris entflohen ist. Er wurde Vater Main genannt. In seinem Haus verkehrten nur böse Menschen. Er hatte ein sehr vornehmes Mädchen geraubt, um ein großes Lösegeld zu erlangen.“
„Hätte ich das gewußt!“
„Was hättest du getan?“
„Ihn sogleich festgehalten.“
„Man wird ihn ohnedies ergreifen, denn ich gehe gleich am Morgen zur Polizei, um zu melden, daß er sich hier befindet.“
Sie setzten ihren Weg fort, ohne zu ahnen, daß sich der, von welchem sie sprachen, ganz ihn ihrer Nähe befand. Das Nachbarhaus desjenigen, an welchem sie stehengeblieben waren, war nämlich wie so manches in Algier unbewohnt, weil es halb in Trümmern lag. Die Tür hing zwar noch in den Angeln, wurde aber nicht mehr verschlossen.
Hinter diese Tür war Vater Main geschlüpft und hatte sie so herangedrückt, daß es den Anschein hatte, als ob sie verschlossen sei. Er hörte ganz deutlich, was Hassan erzählte.
„Verräter!“ murmelte er, als sie fortgegangen waren. „Ich stoße dir das Messer in den Leib, sobald du mir wieder begegnest. Wie gut, daß diese beiden Menschen nicht wußten, welch ein prächtiger Schlupfwinkel dieses alte Seeräuberhaus ist.“

Er tappte sich im Finstern bis in den Hof und kletterte da an einer Mauer empor. Drüben sprang er in den Hof eines andern Gebäudes herab, schlich sich über denselben hin und gelangte an eine Tür, an welche er klopfte. Drinnen ertönte eine Stimme:

„Wer?"

„Ich selbst."

„Gleich!"

Nach wenigen Augenblicken wurde geöffnet. Vater Main trat in einen jetzt ganz dunklen Raum.

„Warum hast du kein Licht?" fragte er.

„Brauche keins."

„Hast wohl geschlafen?"

„Ja."

„Faulpelz!"

„Hm! Du schwitzt wohl vor lauter Arbeit?"

„Wenigstens bekümmere ich mich weit mehr als du um das, was uns von Nutzen ist."

„Pah! Was brauchen wir jetzt? Eine Handvoll Datteln täglich; das ist genug. Warum soll man sich da übermäßig anstrengen?"

„Aber die Zukunft."

„Warte nur ganz ruhig, bis der Krieg losgeht; dann beginnt unsere Zukunft, eher aber nicht."

„Na, wann wird denn Licht?"

„Ach, Licht willst du?"

„Natürlich! Ich denke, du bist aufgestanden, um welches anzuzünden?"

„Fällt mir nicht ein. Ich brauche keins. Ich bin doch nur aufgestanden, um dir zu öffnen."

„Und dich dann gleich wieder aufs Lager zu werfen."

„Ja. Kann man was Besseres tun?"

Vater Main antwortete vorerst nicht. Er brannte eine alte Lampe an, welche er in eine Mauernische stellte. Nun erkannte man den kellerartigen Raum, welcher früher wohl einmal als Badestube benutzt worden war. Jetzt war er völlig kahl und leer. Nur in der einen Ecke lag eine alte Strohmatte. Daneben stand ein Krug. Lampe, Krug und Matte bildeten das einzige Mobiliar dieser Wohnung; auf der Matte aber lag kein anderer als Lermille, der flüchtige Bajazzo, welcher in Thionville seine Stieftochter vom hohen Seil gestürzt hatte.

Vater Main brachte einen Zigarrenstummel aus der Tasche, brannte ihn an und setzte sich auf den Steinboden. Lermille zog den Duft des Krautes gierig ein und sagte:

„Donnerwetter! Das ist nichts Ordinäres. Wie kommst du zu so einer exquisiten?"
„Ich sah den Stummel im Kai liegen."
„Glückskind! Den hat kein Lump weggeworfen. Hast du sonst etwas mitgebracht?"
„Nichts, gar nichts."
„Auch kein Geld?"
„Nein."
„So bin ich gescheiter gewesen als du. Ich begebe mich lieber gleich gar nicht in die Gefahr, erkannt und erwischt zu werden. Ist nachher der Mond hinab, so gehe ich, um Wasser zu holen und einige Datteln zu stehlen; das reicht ganz gut bis morgen. Ich bin froh, die See zwischen Paris und mir zu haben, und will jetzt nicht gleich wieder verwegen sein, wie ein Leiermann."
„Hast auch Ursache dazu."
„Ich denke, du ganz ebenso."
„Habe soeben erst den Beweis erlebt."
„Ah! Wieso?"
„Ich hatte ein wunderbar hübsches Wiedersehen."
„Mit wem?"
„Rate einmal!"
„Laß mich in Ruhe. Was man mir sagen kann, brauche ich nicht erst zu erraten. Ich habe meinen Kopf für nützlichere Dinge nötig. Also, wen hast du wiedergesehen?"
„Einen frühern Herrn Prinzipal von dir."
„Welchen? Ich habe viel Prinzipale gehabt."
„Es wird der letzte gewesen sein."
„Doch nicht etwa Hassan, der Zauberer?"
„Gerade dieser."
„Alle Teufel."
„Sieh, wie du dich freust!" höhnte Vater Main.
Der Bajazzo war von seinem Lager aufgesprungen.
„Ist's wahr?" fragte er.
„Ja."
„Wann?"
„Vor zwei Minuten."
„Wo?"
„Draußen auf der Straße."
„Wie kommt dieser Kerl nach Algier?"
„Dumme Rede! Er kann ja viel eher nach Algier kommen als jeder andere deiner früheren Herren. Er ist ja ein Eingeborener."

„Hat er dich früher gekannt?“
„Sehr gut.“
„Und dich wohl gar jetzt erkannt?“
„Sofort.“
„Donnerwetter! Was sagte er?“
„Er hatte noch einen bei sich. Diese beiden Kerle hätten mich höchstwahrscheinlich festgehalten; aber ich gab ihm eins auf den Leib, so daß er taumelte, und riß aus.“
„Verfolgten sie dich?“
„Höchst eifrig. Es gelang mir aber, drüben hinter die Tür zu kommen. Sie blieben in der Nähe stehen, und ich hörte, was sie schwatzten.“
„Was sagten sie?“
„Hassan will morgen gleich früh melden, daß er mich gesehen hat.“
„Verdammt!“
„Hast du Angst?“
„Lach nicht. Wir stehen bei der Polizei so gut angeschrieben, daß sie sich ganz außerordentlich nach uns sehnt.“
„Das ist eine große Ehre für uns.“
„Aber höchst unbequem. Erfährt man, daß wir hier in Algier sind, so wird sicher eine Razzia abgehalten. Wie wollen wir dieser entkommen?“
„Vielleicht sind wir dann bereits fort.“
„Wohin?“
„Weiß es noch nicht.“
„Weil wir überhaupt noch nicht fort können.“
„Oho!“
„Wohin willst du ohne Geld?“
„Werden wir denn ohne Geld gehen?“
„Du sagst ja, daß du keines hast.“
„Das ist auch Wahrheit. Aber was nicht ist, das kann noch werden.“
„Ah! Sapperment! Du hast eine Gelegenheit erspürt?“
„Hm! Du tust so etwas nicht.“
„Du oder ich; das ist ganz egal. Ist nur erst einmal etwas gefunden, so bleibe ich bei der Ausführung sicherlich nicht zurück. Also, was ist's?“
„Es war ein zweites, ganz unerwartetes Wiedersehen.“
„Mit wem? Kenne ich ihn?“
„Auch sehr gut.“
„Ein Pariser?“

„Ja. Der Lumpenkönig."
„Alle Teufel! Lemartel?"
„Ja."
„Wenn das wahr wäre!"
„Natürlich ist es wahr!"
„Er ist wirklich da?"
„Freilich."
„Was mag der in Algier wollen?"
„Ich weiß es bereits, obgleich es nicht leicht war, dies auszuspionieren. Er hat nämlich so etwas wie eine Armeelieferung übernommen, wahrscheinlich für hiesige Truppen, und hat sich nun an Ort und Stelle begeben, um sich zu informieren."
„Wo wohnt er?"
„Im Hotel du Nord."
„Allein?"
„Seine Tochter ist bei ihm."
„Bedienung?"
„Kein Mensch. Dazu ist er zu geizig."
„Hat er dich gesehen?"
„Nein. Ich stand am Kai, als er sich ausschiffte, und bin ihm bis ans Hotel gefolgt."
„Gewiß hat der Kerl Geld mit!"
„Natürlich."
„Du meinst, wir wollen ihn schröpfen?"
„Wärst du denn von der Partie?"
„Auf alle Fälle."
„Schön! Es kann uns gar nichts Gelegeneres kommen. Wir müssen morgen früh fort sein. Ohne Geld geht das nicht. Wir holen es bei Lemartel."
„Aber wenn er nichts herausgibt? Du weißt, wie er es mit uns bereits gemacht hat."
„Nun, so kitzeln wir ihm so lange die Hände, bis er in die Tasche greift."
„Oder an den Hals."
„Bis wir in seine Tasche greifen können? Auch gut."
„Weißt du, welche Zimmer er bewohnt?"
„Natürlich habe ich nicht eher geruht, als bis ich das genau erfahren habe. Er hat drei Zimmer der ersten Etage genommen, zwei für sich und eins für seine Tochter."
„Wie liegen diese Zimmer?"
„Nummer eins sein Arbeits-, Nummer zwei sein Schlafzimmer und Nummer drei das Boudoir für das gnädige Fräulein."

„Hm! Wollen wir uns auch an das Mädchen machen?"

„Möglichst nicht."

„Dann müssen wir kommen, ehe er schlafen geht."

„Freilich. Später würden wir ja überdies auf keinen Fall zu ihm können."

„Ah, du willst es wagen, offen zu ihm zu gehen?"

„Das ist das allerbeste."

„Aber da wird man uns sehen."

„Was schadet es?"

„Es schadet sehr viel, falls wir Gewalt anwenden müssen."

„Pah! Man wird uns nicht so genau betrachten. Übrigens haben wir drüben den alten Juden, welcher uns für kurze Zeit zwei Kaftane leihen wird. Das wird uns so verstellen, daß man uns später nicht erkennen kann."

„Wie weit gedenkst du zu gehen, wenn er sich weigert, in den Beutel zu greifen?"

„Grad so weit, wie er uns treibt."

„Das heißt, unter Umständen sogar . . . so weit?"

Er fuhr sich dabei mit dem Finger quer über den Hals.

„Ja", antwortete Vater Main bestimmt.

„Sapperment! In diesem Fall hieß es freilich, das Bündel auf Nimmerwiedersehen schnüren!"

„Wir können nur gewinnen, wenn wir wagen."

„Gut. Also, wann beginnen wir?"

„Besser ist's, wir versäumen keine Zeit. Gehen wir also lieber schon jetzt zu dem Juden."

Sie löschten ihre Lampe aus und verließen den Raum. Im Hof halfen sie einander auf eine Mauer und sprangen dann in einen Hof hinab. Auch hier herrschte eine wahre Grabesstille. Sie schlichen sich im Schatten nach einer Ecke, wo es eine niedrige Tür gab, an welche sie leise klopften.

Ein unterdrückter Husten ließ sich hören, dem man es anmerkte, daß er als Antwort gelten solle. Aber erst nach einiger Zeit wurde geöffnet. Eine weibliche Stimme fragte leise:

„Wer ist gekommen, zu klopfen an diese Tür?"

„Freunde."

„Wie heißen sie?"

„Wir sind Nachbarn."

„Ah, daran erkenne ich die Messieurs!"

„Ist Salomon Levi daheim?"

„Bringen Sie etwas?"

„Nein."

„Was wollen Sie?"
„Einen Umtausch."
„So will ich erst sehen, ob er hat Zeit, sprechen zu lassen mit sich wegen Umtausch."
Sie ging und schloß die Tür vor ihnen zu.
„Verdammte Hexe!" murmelte der Bajazzo.
„Schimpfe nicht. Die Alte ist ein wahrer Schatz."
„Willst du ihn heben?"
„Pah! Ich meine natürlich, ein Schatz für ihren Levi."
„Aber wenn er uns nicht einläßt."
„Ich hoffe, daß er uns nicht abweist. Er hat die letzten drei Male keinen üblen Handel an uns gemacht. Mir scheint überhaupt, als ob er uns gewogen sei."
Jetzt wurde die Tür geöffnet. Die Alte streckte den Kopf vor und meldete:
„Die Messieurs sollen kommen."
Sie ließ die beiden eintreten, verriegelte die Tür und schritt ihnen dann voran. Es schien durch einen langen, engen Gang zu gehen, den die beiden jedenfalls bereits kannten, denn sie folgten der Alten ohne Zaudern, bis diese eine Tür öffnete, aus welcher ihnen der Schein einer trüben Lampe entgegenfiel.
Die Stube, in welche sie traten, war sehr klein und enthielt nichts als einen Tisch und vier alte Stühle. Auf ersterem stand die brennende Öllampe, und auf einem Stuhl davor saß Salomon Levi, der sie erwartete.
Dieser Jude war vielleicht sechzig Jahre alt und besaß ein vertrauenerweckendes, ja fast ehrwürdiges Aussehen. Wer ihn nicht kannte, hätte wohl nicht geglaubt, daß er der berüchtigste Hehler des ganzen Landes sei.
„Rebekka, kehre zurück zum Eingang", sagte er, „und wache, daß nicht gestört werde unser Gespräch."
Und als die Alte sich entfernt hatte, fuhr er fort:
„Seid willkommen, Messieurs! Nehmt Platz und sagt, womit ich kann dienen so guten Freunden."
Sie setzten sich, und Vater Main ergriff das Wort:
„Gute Freunde? Wirklich?"
„Ja. Oder habe ich bewiesen das Gegenteil?"
„Nein."
„Also, was wünschen Sie?"
„Zwei Kaftane für ganz kurze Zeit."
„Wie lange ungefähr?"
„Zwei Stunden."

„Gegen Kaution?“
„Wir haben kein Geld.“
„Hm!“ brummte er bedenklich.
„Wir lassen unsere Röcke hier.“
„Diese Röcke sind nicht viel wert.“
„Na, geben Sie uns getrost Kredit! Wenn wir zurückkehren, werden wir reichlich zahlen.“
Er nickte leise vor sich hin, musterte sie mit einem scharfen Blick, lächelte überlegen und sagte dann:
„Das will ich wohl glauben.“
Es lag etwas in diesen Worten, was den Bajazzo frappierte. Darum fragte er:
„Wie meinen Sie das?“
„Ich meine, daß da, wohin Sie gehen werden, allerdings etwas zu holen ist.“
„Nun, wohin wollen wir denn gehen?“
„Ins Hotel du Nord!“
Beide erschraken.
„Fällt uns nicht ein!“ sagte Vater Main.
Der Jude lächelte überlegen und antwortete:
„Streiten wir uns nicht. Ich kenne meine Leute sehr genau. Ist Ihnen vielleicht der Name Lemartel bekannt?“
„Nein.“
„Hm. Sollte ich mich wirklich irren? Sie sind doch geschlichen heute so viel um das Hotel.“
„Ich?“ fragte Main.
„Ja, Sie.“
„Da irren Sie sich.“
Der Jude nickte ihm wohlwollend zu und sagte:
„Sie können immer aufrichtig sein mit mir. Mein Geschäft bringt es mit sich, daß ich überwachen lasse meine Kunden genau. Ich weiß, daß Sie am Hotel du Nord rekognosziert haben. Daraus schließe ich, daß Sie dort etwas beabsichtigen.“
„Und dennoch irren Sie sich. Unser Weg führt nach einer ganz anderen Richtung.“
Er tat, als ob er es glaube, indem er sagte:
„Nun, so mag es sein. Geht mich allerdings auch gar nichts an. Aber da ich hörte, daß ein alter Bekannter dort abgestiegen ist, so ...“
„Von uns?“
„Ja.“
„Wer ist das?“

„Eben dieser Monsieur Lemartel."
„Sie irren sich wirklich. Wir kennen keinen Lemartel, wirklich nicht."
„Wenn das ist, so kenne ich Sie auch nicht."
„Wir haben Ihnen unsere Namen mitgeteilt."
„Ja. Sie heißen Marmont und Ihr Kamerad hier Chapelle?"
„Ja."
„Nun, so täusche ich mich unmöglich. Sie müssen diesen Monsieur Lemartel sehr genau kennen."
„Gar nicht."
„Und doch. Gestatten Sie mir nur, Ihrem Gedächtnis ein wenig zu Hilfe zu kommen."
Er öffnete den Tischkasten und nahm aus demselben zwei Zeitungsblätter, von denen er beiden je eins reichte.
„Bitte lesen Sie."
Kaum hatten sie einen Blick darauf geworfen, so rief Vater Main erschrocken:
„Tausend Teufel!"
Und der Bajazzo sekundierte ebenso rasch:
„Himmeldonnerwetter!"
„Was ist denn?" fragte der Jude gelassen.
„Ein Steckbrief", sagte Vater Main.
„Ja, ein Steckbrief", antwortete auch der Seiltänzer.
„Über wen denn?"
„Über einen Schankwirt aus Paris, welcher dort angeblich Vater Main tituliert wurde."
„Über einen Akrobaten, namens Lermille."
„Weshalb werden diese beiden denn verfolgt?" fragte der Jude lächelnd.
„Wegen Hehlerei und Menschenraubes."
„Wegen beabsichtigten Mordes und schweren Diebstahles."
„Das ist freilich schlimm. Kennen Sie die beiden Männer nicht, Monsieur Marmont?"
„Nein."
„Und Sie auch nicht, Monsieur Chapelle?"
„Nein."
Da nahm das Gesicht des Juden einen sehr strengen Ausdruck an. Er stand von seinem Sitz auf und sagte barsch:
„Gute Nacht!"
„Sapperment! So rasch! Warum denn?" fragte Vater Main.
„Das fragen Sie noch?"
„Natürlich."

„Nun, so will ich Ihnen sagen, daß ich meine Geschäftsfreunde mit Vertrauen behandle und aber auch von ihnen Vertrauen verlange. Nur so ist ein Zusammenwirken möglich. Kennt man sich genau, so weiß man auch, wie man sich am besten nützen kann. Nicht?"

„Ich lasse das natürlich gelten."

„Also warum verleugnen Sie sich denn?"

„Wer sagt Ihnen denn, daß ich Vater Main bin?"

„Und ich der Akrobat Lermille?"

„Ich weiß es, damit basta!"

„Aber Sie irren sich wirklich!"

„Gut! So sind wir geschiedene Leute. Holen Sie sich also Ihre Kaftane, wo es Ihnen beliebt, nicht aber hier bei mir!"

Die beiden blickten einander verlegen an. Mit einem so allwissenden Hehler hatten sie noch nicht zu tun gehabt.

„Nun?" fragte dieser, als sie zauderten.

„Verdammt!" brummte Vater Main vor sich hin. „Es ist zu gefährlich!"

„Mißtrauen Sie mir?"

„Wir kennen uns noch nicht lange genug."

„Ich Sie auch nicht, he? Glauben Sie wohl, daß ich Ihnen bereits abgekauft hätte, wenn ich nicht genau gewußt hätte, wer Sie sind? Sie werden verfolgt; aber gerade darum sind Sie mir sichere, also willkommene Leute. Also, hier meine Hand, Vater Main!"

Er streckte ihm die Hand entgegen.

„Na meinetwegen!" antwortete dieser, einschlagend. „Ich will es wagen, den Kopf in den Rachen des Löwen zu stecken. Schnappt er zu, dann adieu, Makronentorte."

„Und Sie, Monsieur Lermille?"

„Nun kann ich auch nicht anders. Hier meine Hand."

Sie schüttelten sich die Hände. Dann setzte der Jude sich wieder nieder und sagte:

„Jetzt läßt es sich ganz anders sprechen. Wir müssen Vertrauen haben und werden einander nicht verraten. Werden Sie mir nun wohl auch gestehen, daß Sie ins Hotel du Nord wollen?"

„Na, denn ja", erklärte Vater Main.

„Zu Lemartel?"

„Ja."

„Sie kennen ihn?"

„Leidlich."

„Ich auch. Wollen Sie ihn anpumpen?"

„Vielleicht."
Der Blick des Juden schien die beiden durchdringen zu wollen. Dann meinte er:
„Ich will Ihnen gestehen, daß auch ich früher in Paris gewohnt habe. Ich kenne den Lumpenkönig und habe alle Ursache, mich zu freuen, wenn Sie ihn nicht schonen. Denken Sie, daß es Ihnen gelingt, ihn anzuzapfen?"
„Wir hoffen es."
„Schön! Dann kommen Sie zu Geld und können sich das kaufen, was Ihnen am allernötigsten ist."
„Was?"
„Legitimationen."
„Sapperment! Das ist wahr. Aber woher nehmen? Können Sie uns vielleicht einen guten Rat geben?"
„Vielleicht."
„Wie müßte man einen solchen Handel einleiten?"
„Hm! Ich kenne einen kleinen Beamten, dem aber trotzdem Formulare und Siegel aller Art zur Verfügung stehen."
„Also authentisch? Nicht nachgemacht?"
„Nein, sondern echte Dokumente."
„Wetter noch einmal! Das wäre ein Glück! Aber, ist er sehr teuer?"
„Ich halte ihn für sehr billig."
„Welche Preise hat er?"
„Alle Legitimationen vom Geburtsschein an bis zum Paß, auf einen beliebigen Namen tausend Franc."
„Alle diese Legitimationen in Summa für diesen Preis?"
„Ja."
„Das ist billig, sehr billig. Trotzdem aber ist es sehr teuer, wenn man die tausend Franc nicht hat."
„Ich denke, Sie wollen . . ."
„Ja, freilich! Und ich hoffe, daß es gelingt. Wo aber wohnt dieser kleine Beamte, und wie heißt er?"
„Das darf ich nicht verraten."
„So nützt uns Ihre ganze Mitteilung nichts."
„O doch! Ich erbiete mich ganz gern, den Vermittler zu machen, Messieurs."
„Das läßt sich hören. Aber, wie lange dauert es, bis man das Bestellte erhält?"
„Das kommt auf die betreffenden Umstände an."
„Ich setze den Fall, wir wollten noch in dieser Nacht von hier fort."

„Ist das unumgänglich notwendig?"
„Vielleicht wird es nötig."
„Dann hätten Sie zweihundert Franc pro Person mehr zu bezahlen, würden aber dafür die betreffenden Papiere bereits binnen zwei Stunden in Empfang nehmen können."
„Und wann ist das Geld zu zahlen?"
„Bei Aushändigung der Papiere. Wollen Sie die Bestellung machen?"
„Wir können jetzt noch nicht, da wir nicht mit aller Genauigkeit sagen können, ob wir von Lemartel Geld erhalten werden."
Da meinte der Bajazzo:
„Sei nicht so zaghaft! Wir können nicht bleiben; wir brauchen Geld, also muß er es schaffen, auf jeden Fall!"
„Meinst du? Na, so wollen wir also annehmen, daß wir in zwei Stunden Geld haben werden."
„Soll ich daher die Legitimationen bestellen?" fragte der Jude.
„Ja."
„Auf welche Namen?"
„Ist egal. Wie aber steht es nun mit den Kaftanen?"
„Die bekommen Sie. Aber vorher noch eine Frage. Sie sprachen vorhin davon, daß Sie möglicherweise die Stadt noch während dieser Nacht verlassen müssen?"
„Dieses Muß kann allerdings eintreten."
„Wohin werden Sie sich wenden?"
„Hm! Das weiß der Teufel! Man sucht uns ja bereits überall."
„Ich rate Ihnen, außer Landes zu gehen."
„Also nach Marokko oder Tunis? Bis wir da die Grenze erreicht haben, sind wir längst ergriffen."
„Es gibt doch noch eine andere Grenze."
„Nach Süden zu? Was wollen oder vielmehr sollen wir denn in der Wüste?"
„Ich meine nicht die südliche, sondern die nördliche Grenze."
„Also die See?"
„Ja."
„Aber da hinaus ist ja am allerschwierigsten zu kommen. Und – lauter französische Schiffe."
Der Jude zeigte eine sehr überlegene Miene.
„Nur nicht gleich verzagen!" sagte er. „Sie haben ja Freunde, auf welche Sie sich verlassen können!"
„Wen denn zum Beispiel?"
„Nun, mich!"
„Ah! Wollten Sie uns helfen?"

„Gern."
„Aber könnten Sie uns auch helfen?"
„Ich hoffe es. Am allerleichtesten freilich würde es sich gerade heute machen lassen."
„Auf welche Weise?"
„Sie würden noch vor Anbruch des Tages an Bord sein."
„Und dann wohin? Etwa nach Frankreich?"
„Das hieße ja, Sie in die Hölle schicken! O nein, sondern nach Spanien."
„Wetter noch einmal! Das wäre höchst vorteilhaft! Nach welchem Hafen denn?"
„Zunächst nach Palma auf Mallorca."
„Gut! Schön! Was ist es für ein Schiff?"
„Da muß ich mich freilich auf Ihre Verschwiegenheit verlassen, Messieurs!"
„Sei es, was es sei, wir werden Sie nicht verraten."
„So will ich Ihnen gestehen, daß ich zuweilen ein klein wenig Schmuggel treibe . . ."
„Zuweilen?"
„Na, vielleicht öfters!"
„Nur ein klein wenig?"
„Mehr oder wenig, wie es paßt."
„Und für heute planen Sie etwas Ähnliches?"
„Ja. Ist Ihnen der Weg bekannt, welcher durch das Tor el Qued nach der Spitze Pescade führt?"
„Ja, wir sind ihn gegangen."
„Nun, kurz vor Sonnenaufgang wird an dieser Spitze ein kleiner Schoner liegen, der Sie aufnehmen wird, wenn Sie zur rechten Zeit kommen."
„Aber am Bab el Qued steht ein Militärposten!"
„Keine Sorge! Dieser Posten läßt Sie passieren."
„Das darf er doch nicht."
„Er darf nicht, tut es aber doch. Ich muß auch selbst hinaus. Wir gehen zusammen."
„Herrlich."
„Ich weiß, welcher Mann Posten steht. Er ist bereits bestochen. Er wird schlafen, wenn wir kommen."
„Das heißt, er wird tun, als ob er schlafe?"
„Ja."
„Und was zahlen wir für die Seefahrt?"
„Hundert Franc pro Mann, vorausgesetzt, daß Sie es nicht verschmähen, mir einen kleinen Gefallen zu erweisen."

„Die Summe ist nicht zu hoch. Was sollen wir tun?"

„Ich habe meinem Geschäftsfreund drüben auf Mallorca eine höchst wichtige Nachricht zukommen zu lassen."

„Auf die Pascherei bezüglich?"

„Ja."

„Also geheim?"

„Natürlich. Ich habe mich nicht getraut, sie irgend jemandem in die Hand zu geben. Aber da die Verhältnisse zwischen uns so sind, so denke ich, daß ich mit Ihnen nichts wagen werde."

„Nicht das geringste!"

„Ich kann mich also auf Sie verlassen?"

„Vollständig."

„Gut, so werde ich mich Ihnen anvertrauen."

„Aber wie nun, wenn man den Brief bei uns findet?"

„Das ist unmöglich."

„Mallorca ist spanisch. Wird man nicht bei der Ausschiffung untersucht?"

„Unter gewöhnlichen Verhältnissen, ja. Aber der Schiffer ist ein Bewohner der Insel. Er bringt Sie so unbehelligt an das Land, wie er auch die Ware glücklich landen wird. Es geschieht dies natürlich des Nachts. Und zudem ist der Brief nicht auf Papier geschrieben."

„Worauf sonst?"

„Auf einem weißen Taschentuch. Der Geschäftsfreund weiß, mit welcher chemischen Lösung er es zu behandeln hat, daß die unsichtbare Schrift hervortritt."

„So sind wir also außer Sorge. Nun aber handeln! Bitte, die Kleidungsstücke!"

„Erst muß ich Sie noch um etwas fragen. Werden Sie unter Ihrer Flagge zu Lemartel, dem Lumpenkönig, gehen?"

„Es wird uns wohl nichts anderes übrigbleiben."

„Oder wäre es Ihnen lieber, von der Bedienung späterenfalls nicht wiedererkannt zu werden?"

„Das wäre allerdings höchst wünschenswert."

„Nun, das kann ja leicht gemacht werden."

„Wie?"

„Durch Perücken und Bärte."

„Hm, ja; aber haben muß man sie."

„Nun, ich habe zufälligerweise einige solche Kleinigkeiten zur Verfügung."

„Herrlich! Wollen Sie uns das leihen?"

„Gern. Aber ich muß dabei eine Bedingung machen."

„Welche?"
„Eine sehr strenge. Was auch immer passieren möge, so dürfen Sie nicht verraten, von wem Sie die Kaftane, Bärte und Perükken haben."
„Es versteht sich ganz von selbst, daß wir einen solchen Helfer und Verbündeten nicht in Schaden bringen."
„Ihr Ehrenwort?"
„Hier."
Die drei Spitzbuben schlugen ein, als ob es zwischen solchen Menschen wirklich ein Ehrenwort geben könne, und dann wurde die Verkleidung vorgenommen.
Unterdessen saß der Lumpenkönig in seinem Hotelzimmer. Seine Tochter befand sich bei ihm. Es war dies die wunderbare Schönheit, welche er keinen Menschen sehen ließ und mit welcher er in verschlossenem Wagen spazierenfuhr.
Er hatte eine Menge Papiere vor sich liegen und dabei ein Portefeuille, dessen Umfang ahnen ließ, daß sein Inhalt ein erkleckliches Sümmchen repräsentiere. Da trat der Zimmerkellner ein.
„Sind der gnädige Herr vielleicht zu sprechen?" erkundigte er sich.
„Wer will zu mir?"
„Zwei Herren."
„Wer sind sie?"
„Sie behaupteten, die Namen nicht sagen zu können."
„So mögen sie wieder gehen!"
„Entschuldigung. Der eine von ihnen ließ merken, daß es sich um Lieferungen handle."
„Ah!"
„Und daß sie ihre Namen mir nur aus Geschäftsklugheit vorenthalten."
„Haben sie ein anständiges Aussehen?"
„Sie sind Juden, wie es scheint."
„Hm! So. Sie mögen kommen."
Als der Kellner sich entfernt hatte, bat er seine Tochter:
„Liebe Agnes, da es sich um Geschäftsangelegenheiten handelt, wird es geraten sein, dich zurückzuziehen. Willst du mir diesen Gefallen tun?"
„Wird es sehr lange dauern?"
„Hoffentlich nicht."
„Dann muß ich freilich gehen."
Sie zog sich in ihr Zimmer zurück, und in demselben Augen-

blick traten die beiden ein. Sie grüßten in höflichen Worten und unter tiefen Verneigungen.

„Guten Abend, Messieurs", dankte er. „Womit kann ich Ihnen dienen?"

„Mit einer Auskunft", antwortete der frühere Wirt mit verstellter Stimme.

„Betreffs?"

„Es betrifft den Grund Ihrer Anwesenheit. Wir hören, daß Sie im Begriff stehen, bedeutende Lieferungen für die Armee zu übernehmen?"

„Ich gebe zu, daß man Ihnen nichts Unrichtiges gesagt hat."

„Worin werden diese Lieferungen bestehen?"

„Das ist bis jetzt noch geheimzuhalten. Darf ich wissen, in welcher Beziehung Ihre Gegenwart zu dieser Angelegenheit steht?"

„Das ist für jetzt auch noch geheim."

„Und Ihre Namen?"

„Die kennen Sie."

„Ich glaube kaum."

„O doch!"

„Ich kann mich wirklich nicht besinnen."

„Paris!"

„In Paris soll ich Sie beide gesehen haben?"

„Gewiß."

„Das muß höchst vorübergehend gewesen sein!"

„Im Gegenteil. Und zwar geschah es unter Verhältnissen, unter denen man sich die Physiognomien zu merken pflegt."

„So bitte ich, meinem Gedächtnis zu Hilfe zu kommen!"

„Gern. Vielleicht erkennen Sie uns nur deshalb nicht, weil wir damals nicht diese Bärte trugen."

„Möglich."

„Legen wir sie also ab."

Er nahm den Bart vom Gesicht.

„Mein Gott!" sagte Lemartel erstaunt.

„Und dieses Haar. Weg damit."

Er nahm sich auch die falsche Perücke vom Kopf.

„Vater Main!" rief da Lemartel.

„Ah, jetzt erkennen Sie mich."

„Und Lermille."

„Ja, Lermille, der Bajazzo!"

„Sie hier, in Algier!"

„Wie Sie sehen."

„Sie sind ja verloren, wenn man Sie bemerkt!"

„Was kümmert uns das!“
„Was wünschen Sie aber von mir?“
„Das werden Sie gleich hören. Setzen wir uns.“
Er drückte Lemartel auf einen Sitz nieder, und dann nahmen die beiden Menschen rechts und links von ihm Platz.
„Können Sie sich nun an unsere letzte Zusammenkunft in Paris erinnern?“ fragter Vater Main.
„So leidlich.“
„Sie waren damals nicht sehr entgegenkommend.“
„Das möchte ich nicht behaupten.“
„Ich behaupte sogar, daß Sie ganz das Gegenteil waren!“
„So stimmen unsere Erinnerungen nicht überein.“
„Höchstwahrscheinlich. Freilich muß ich dann behaupten, daß die meinige der Wirklichkeit angemessener sei als die Ihrige. Doch jetzt haben wir es nicht mit der Erinnerung, der Vergangenheit zu tun, sondern mit der Gegenwart. Wird Ihr Aufenthalt hier von längerer oder kürzerer Dauer sein?“
„Ich gedenke, sehr bald wieder abzureisen.“
„Ganz wie wir. Auch uns vermag Algier keinen Vorteil mehr zu bieten.
„Hm!“ brummte Lemartel, da er nichts anderes zu sagen wußte.
„Sie freilich können leichter scheiden als wir.“
„Wieso?“
„Sie sind jedenfalls mit den Mitteln, deren man zur Reise bedarf, reichlicher als wir versehen.“
Hatte der Lumpenkönig bisher vermutet, daß es doch nur auf eine Bettelei abgesehen sei, so wurde diese Vermutung nunmehr zur Gewißheit. Er kannte diese beiden Kerle und ihre Verhältnisse; er war überzeugt, ohne Opfer von ihnen nicht wieder loszukommen, und so beschloß er, dieses zu bringen, dasselbe aber eine möglichst geringe Höhe annehmen zu lassen. Dann meinte er:
„Vielleicht sind Sie gerade im Vorteil gegen mich. Meine Reisekasse ist so zusammengeschmolzen, daß mir noch noch so viel bleibt, um nach Paris zurückzukommen.“
„Oh, das hat bei Ihnen keine Schwierigkeit. Sie vermögen die leere Kasse in jedem Augenblick wieder zu füllen.“
„Hier in Algier?“
„Ja.“
„Das dürfte wohl schwer oder gar unmöglich werden, Messieurs.“

„Oh, jeder Bankier würde sich beeilen, Ihre Anweisung zu honorieren."
„Man kennt mich hier nicht so genau, wie Sie denken."
„Ich bin überzeugt, daß Ihr Name hier fast ebenso bekannt ist wie in Paris. Übrigens – diese hier scheint mir nicht sehr arm ausgestattet zu sein."
Bei diesen Worten deutete er auf die Brieftasche, welche noch auf dem Tisch lag. Der Lumpenkönig griff nach ihr, steckte sie ein und sagte möglichst gleichmütig:
„Kontrakte und ähnliche Dokumente, aber leider kein Geld, wie Sie vielleicht denken."
„Nun, das ist uns gleich. Wir haben es zunächst nicht mit Ihrer Brieftasche, sondern mit Ihnen selbst zu tun."
„Womit kann ich dienen?"
„Mit einem kleinen Vorschuß, Monsieur Lemartel."
„Wie kommen Sie denn auf den Gedanken, sich da an mich zu wenden?"
„Hm! Alte Bekanntschaft. Sie werden sich jedenfalls freuen, daß wir so gern an Sie denken. Unsere Lage ist nicht beneidenswert. Wir sind überzeugt, daß wir nicht umsonst auf Ihr Mitgefühl gerechnet haben."
„Wieviel werden Sie brauchen?"
„Hm. Das ist leichter gefragt, als gesagt. Die Polizei streckt ihre Arme nach uns aus. Wollen wir endlich in Sicherheit kommen, so müssen wir weit fort, sehr weit. Selbst Amerika bietet uns keinen Schutz. Wir müssen nach Australien. In welcher Passagierkasse wir die Überfahrt machen, ob erster oder zweiter Klasse oder gar nur Zwischendeck, das bleibt natürlich Ihrem Ermessen anheimgestellt."
Lemarte erschrak sichtlich.
„Wie?" meinte er. „Höre ich recht? Sie scheinen anzunehmen, daß ich die Kosten der Überfahrt tragen werde?
„Gewiß, gewiß werden Sie das tun!"
„Nein; das werde ich nicht tun! Das wird mir gar nicht einfallen!"
Vater Main nickte ihm spöttisch lächelnd zu und sagte:
„So ist's recht. Das habe ich vermutet. Bei Ihrem wohlbekannten guten Herzen war dies gar nicht anders von Ihnen zu erwarten."
„Was denn? Was war nicht anders zu erwarten?" fragte er ziemlich verblüfft.
„Daß Sie nicht bloß das tun werden."

„Nicht bloß das? Was denn sonst noch?"
„Oh, Ihre Einsicht sagt Ihnen, daß die Überfahrt ja eigentlich das wenigste ist."
„Das wenigste? So! Ah!"
„Ja. Vorher bereits hat man tausend Ausgaben, um sich vorzubereiten, auszustatten und so weiter . . ."
„Wie Sie das so schön zu sagen wissen!"
„Jedenfalls nicht schöner, als Sie es sich selbst bereits gedacht haben. Und nach der Überfahrt – hm, man kann doch nicht als Bettler vom Schiff gehen. Man muß sich orientieren, ein Geschäft gründen, Land ankaufen und vieles andere. Das alles verursacht Ausgaben, deren Umfang oder Höhe voraus nicht berechnet werden kann. Darum berührt es uns so außerordentlich wohltuend, daß Sie beschlossen haben, nicht nur für unsere Überfahrt zu sorgen."
„Sie scheinen sich über das, was ich gesagt habe, in einem großen Irrtum zu befinden."
„Wieso?"
„Sie haben meinen Worten das Wörtchen ‚bloß' beigefügt, und das gibt ihnen allerdings einen ganz anderen Sinn."
„Dieser Sinn ist aber jedenfalls der uns angenehmste."
„Das glaube ich gern. Mir aber ist er desto unangenehmer."
„Oh, das tut nichts. Sie haben mit so vielen Annehmlichkeiten des Lebens zu tun, daß Ihnen eine so leicht zu überwindende Unannehmlichkeit schon der bloßen Abwechselung wegen willkommen sein muß."
„Eine willkommene Unannehmlichkeit darf keinen solchen Umfang haben. Ich bin zu einer kleinen Unterstützung bereit, große Summen aber vermag ich nicht zu zahlen, selbst wenn ich es wollte."
„Hm, Sie scherzen!"
„Durchaus nicht."
„Sollten wir uns in Beziehung auf Ihr gutes Herz getäuscht haben?"
„Getäuscht oder nicht. Formulieren Sie Ihre Forderungen! Wieviel wünschen Sie?"
„Das läßt sich, wie gesagt, nicht leicht bestimmen. Ich glaube aber annehmen zu können, daß der Inhalt Ihrer Brieftasche uns genügen würde."
„Uns genügen?" wiederholte er. „Ah! Sie sind nicht dumm! Das glaube ich wohl, daß dieser Inhalt Ihnen genügen würde!"
„Ja; natürlich freuen Sie sich über unsere Bescheidenheit?"

„Freuen? Ich finde diese sogeannte Bescheidenheit im Gegenteil außerordentlich unverschämt."

„Sie scherzen. Zwischen Männern von unserer Bildung und Lebensstellung sollte doch ein Wort wie ‚unverschämt' eigentlich gar nicht ausgesprochen werden!"

Lemartel erhob sich und sagte:

„Messieurs, ich sehe nicht ein, wozu eine weitere Unterhaltung führen könnte. Machen wir es kurz! Welche Summe verlangen Sie?"

Auch die beiden standen auf. Sie wußten, daß der Augenblick des Handelns gekommen sei.

„Gut!" sagte Vater Main kalt. „Ich will Ihnen den Willen tun. Geben Sie uns fünfzigtausend Franc, so sind Sie uns für immer los."

„Fünfzigtau . . .?"

Er brachte das Wort nicht fertig. Er stand starr und mit offenem Mund da.

„Ja, fünfzigtausend Franc", wiederholte der ehemalige Schankwirt. „Oder sollte Ihnen dies zu viel sein? Das wäre lächerlich!"

„Lächerlich auch noch!"

„Natürlich! Also, wie beliebt Ihnen?"

Es lag in diesem Ton und in der Haltung der beiden Strolche etwas, was den Lumpenkönig erst jetzt zur Einsicht seiner Lage brachte. Nun erkannte er, daß es sich nicht nur um eine Bettelei, sondern jedenfalls um etwas Ernsteres, wohl gar um einen Überfall, um das Leben handele. Diese beiden Menschen waren, wie er sie kannte, fähig, kurzen Prozeß mit ihm zu machen. Es gab nur das eine: Augenblicklich aus dem Zimmer hinauszukommen. Darum beschloß er, sie zu täuschen, indem er sich den Anschein gab, auf ihre Forderung, wenn auch zögernd, einzugehen. Er sagte:

„Fünfzigtausen, das ist zu hoch, viel zu hoch! Ich hatte an fünftausend gedacht."

„Das wäre eine Lappalie, von welcher man gar nicht reden darf!"

„Wie weit gehen Sie herab?"

„Um keinen Franken."

Er versuchte scheinbar zu handeln; sie aber gingen nicht darauf ein. Er tat, als sei er höchst in die Enge getrieben und sagte dann endlich:

„Nun wohl, Sie sollen die Summe haben. Aber ich stelle eine Bedingung."

„Welche?"
„Daß Sie mir niemals wieder mit einer ähnlichen Forderung kommen!"
„Haben Sie keine Sorge. Das werden wir wohl sehr gern bleiben lassen. Heute zum letzten Mal, dann nie wieder. Also bitte, zahlen Sie aus!"
„Gleich, gleich. Erlauben Sie mir nur, für einen Augenblick zu meiner Tochter zu gehen."
„Wozu?"
„In ihrem Zimmer befindet sich meine Kasse."
„Ach so", sagte der Bajazzo höhnisch.
Vater Main lachte grad hinaus.
„Wirklich?" sagte er. „Wie wunderbar klug. Das haben Sie sich allerdings nicht schlecht ausgesonnen, mein bester Monsieur Lemartel. Sie gehen zu Ihre Tochter und bringen anstatt des Geldes die Polizei."
Der Lumpenhändler erschrak, als er hörte, daß seine Absicht durchschaut sei. Er antwortete schnell:
„Wie können Sie das denken, Messieurs?"
„Oh, auf diesen Gedanken ist sehr leicht zu kommen. Und überdies sieht man es Ihnen sehr deutlich an, daß es Ihnen nur darum zu tun ist, aus dem Zimmer zu kommen."
„Das fällt mir nicht ein. Ich kann Ihnen ja nichts geben, wenn ich das Geld nicht holen darf."
„Zeigen Sie uns Ihre Brieftasche. Enthält sie wirklich kein Geld, so wollen wir glauben, daß Sie es bei Ihrer Tochter haben. In diesem Fall dürfen Sie das Zimmer verlassen, wir aber gehen natürlich mit."
„Es ist nichts drin."
Bei diesen Worten tat er einige Schritte nach der Tür, durch welche sich seine Tochter zurückgezogen hatte. Schnell aber stellt Vater Main sich ihm in den Weg.
„Halt!" sagte er. „Ohne unsere Erlaubnis kommen Sie nicht fort. Heraus mit der Brieftasche."
„Soll ich etwa um Hilfe rufen?"
„Das werden Sie nicht."
Als er das sagte, faßte er Lemartel mit beiden Händen bei der Gurgel. Dieser wollte schreien, brachte aber keinen Laut hervor. Er griff nach seinem Feind, aber in demselben Augenblick packte ihn auch der Bajazzo so fest, daß er sich nicht zu rühren vermochte. Sein Gesicht wurde erst rot und dann blau; er vermochte nicht, Atem zu schöpfen, und verlor die Besinnung.

„Da, laß ihn fallen“, sagte der frühere Schankwirt.

Sie ließen den Bewußtlosen auf die Diele niedergleiten.

„Aber wenn er erwacht, wird er uns verraten“, meinte der Bajazzo.

„Dagegen gibt es ein sehr gutes Mittel.“

„Welches?“

„Hier dieses.“

Bei diesen Worten zog er ein Messer hervor und stieß es dem Lumpenkönig bis an das Heft in die Brust.

„Herrgott“, stieß der Bajazzo erschrocken hervor.

„Dummheit! Ich glaube gar, du erschrickst! Sei kein Kind! Meine Sicherheit ist mir lieber als das Leben dieses Menschen. Nun laß uns einmal nachsehen.“

Er zog dem regungslos Ausgestreckten die Brieftasche aus dem Rock und öffnete sie.

„Donnerwetter!“ sagte er im höchsten Grade erfreut. „Da steckt ja ein ganzes Vermögen.“

„Hat er kein Portemonnaie bei sich?“

„Ja, hier in der Hosentasche. Ah, auch Gold und Silber drin?“

„Und die Uhr, die Ringe?“

„Unsinn! Die Sachen können uns verraten. Wir haben genug. Komm!“

„Halt. Erst die Bärte und Perücken wieder angelegt.“

„Alle Teufel, das hätte ich beinahe vergessen! Das wäre eine schöne Geschichte gewesen.“

Sie legten die erwähnten Gegenstände wieder an und entfernten sich sodann von dem Schauplatz ihres Verbrechens.

Agnes hatte sich in ihr Zimmer zurückgezogen. Da zwischen diesem und dem, in welchem sich ihr Vater befand, ein drittes lag, so war kein Laut der Unterredung des letzteren mit den beiden Raubmördern zu ihr gedrungen. Sie wartete eine sehr lange Weile und trat dann in den Zwischenraum, um zu horchen, ob der Besuch sich noch immer bei ihrem Vater befinde. Als sie nichts hörte, öffnete sie die Tür. Die Männer waren fort, aber der Vater lag am Boden mit dem Messer in der Brust.

Sie stieß einen fürchterlichen Schrei aus und sank neben ihm nieder. Das Bewußtsein wollte ihr schwinden; aber die Kindesliebe war stärker als der Schreck! Sie dachte nicht daran, das Messer aus der Brust zu ziehen. Sie erfaßte den Kopf des Vaters und rief:

„Vater, mein Vater! Bist du tot? O Gott, o mein Gott! Vater erwache, erwache.“

Sie drückte und schüttelte ihn, sie küßte ihn. Sie rief ihm die zärtlichsten Namen in das Ohr. Und da, da öffnete er die Augen und richtete den gläsernen Blick auf sie.

„Vater, mein guter Vater! Sprich! Rede! Siehst du mich? Erkennst du mich?"

Sein Blick gewann Ausdruck. Seine Hand bewegte sich nach der Brust und griff nach dem Heft des Messers. Da schien er zu erkennen, in welcher Lage er sich befinde.

„Agnes", flüsterte er.

„Vater! Hast du Schmerz?"

Ihr Blick war mit entsetzlicher Angst auf ihn gerichtet. Sein Gesicht wurde fahl: Das Blut war aus seinen Lippen gewichen. Kaum hörbar sagte er:

„Vater Main war es."

„Vater Main? Wer ist das denn?"

„Und Lermille, der Bajazzo."

„Gott, mein Gott! Sie haben dich verwundet. Sie wollten dich töten."

Sie griff nach dem Messer.

„Nein", sagte er mit abwehrender Gebärde. „Hier habe ich – oh, sie ist fort."

Er hatte nach der Stelle gefühlt, an welcher sich die Brieftasche befunden hatte.

„Was? Was ist fort?"

„Das Geld. Sie haben mich beraubt."

„Mein Heiland! Hilf Himmel, ich vergesse die Hauptsache; ich muß fort, um Hilfe zu holen."

Sie fuhr empor, um fortzueilen. Er aber hielt sie durch einen Ausruf zurück.

„Warte, warte", erklang es stöhnend. „Ich muß, muß, muß dir . . ."

Einige Tropfen Blutes quollen zwischen seinen Lippen hervor. Sie sah es und schrie laut auf.

„Ag–nes", röchelte er. „Komm – höre mich."

Sie merkte, daß er ihr etwas sagen wolle. Sie nahm alle ihre Kraft zusammen, um nicht niederzustürzen. Sie kniete neben ihm hin und fragte:

„Was willst du? Sag es."

„Ich – ich heiße – nicht – nicht Lemartel."

„Wie denn", fragte sie schluchzend.

„Henry – oh, mein – mein Gott! Daheim in – Paris – Geldschrank – Papier lesen . . ."

Er hatte das mit fürchterlicher Anstrengung hervorgestoßen, dann sank sein Kopf nach hinten. Ihre Angst erreichte den höchsten Grad. Sie raffte sich auf, stürzte nach der Tür, riß diese auf und schwankte hinaus.

„Hilfe! Mörder!" schrie sie auf.

Dann brachsie zusammen.

Ihr Ruf wurde gehört. Die Bedienung eilte herbei. Eine Minute später hatte die Schreckenskunde von dem Geschehenen sich durch das ganze Hotel verbreitet. Alles eilte herbei. Unter diesen Leuten befand sich auch ein Militärarzt. Er untersuchte Agnes und sagte:

„Sie ist nur ohnmächtig. Schafft sie fort und sorgt für sie. Sie darf vorerst die Leiche nicht zu sehen bekommen."

Diesem Befehl wurde sofort Folge geleistet. Dann trat er in das Zimmer und untersuchte auch Lemartel. Seine Miene verkündete kein freudiges Ergebnis. Dieses letztere lautete:

„Er ist noch nicht tot. Die Klinge ist in der Nähe des Herzens eingedrungen. Sobald das Messer herausgezogen wird, muß sich ein Blutstrom ergießen, und er stirbt."

Die beiden Mörden waren unangefochten aus dem Hotel entkommen. Sie mußten zu dem Juden, machten aber einen Umweg, um etwaige Nachforschungen irrezuleiten.

Sie begaben sich zunächst nach dem Gouvernementsplatz, dann am Artillerie-Train vorüber nach der Straße, welche sich in der Richtung der Zivil- und Militärintendanz teilt. Sie ließen die erstere zu ihrer Rechten und schritten auf die letztere zu. Dort angekommen, bemerkten sie eine ungewöhnliche Volksmenge, welche laute freudige, ja begeisterte Ausrufe hören ließ.

„Hurra, hurra! Es lebe der Kaiser! Nieder mit Deutschland! Rache für Sadowa! Nieder mit Bismarck!"

Die Rufe veranlaßten sie stehenzubleiben.

„Was gibt's? Was ist geschehen?" fragte der Bajazzo einen der Rufer.

„Das wissen Sie noch nicht?" antwortete dieser.

„Nein, sonst würde ich nicht fragen."

„Ah, ja. Die Depesche ist ja erst vor Minuten gekommen. Der Kaiser hat Preußen den Krieg erklärt. Die algerischen Regimenter werden marschieren. Alle, Zuaven und Turkos müssen fort."

„Ist das wahr?"

„Ja, ja; Sie hören es doch."

Der Bajazzo wollte noch weiter fragen; aber Vater Main nahm ihn beim Arm und zog ihn fort.

„Dummkopf!" raunte er ihm zu. „Wir dürfen uns doch nicht sehen lassen."

Sie gingen weiter, vorsichtig die hell erleuchteten Stellen der Straße vermeidend.

„Krieg, Krieg", sagte der Bajazzo. „Weißt du, was das bedeutet?"

„Daß Preußen fürchterliche Prügel bekommt."

„Ich meine, was es in Beziehung auf uns bedeutet."

„Auf uns? Hm! Ja. Man wird aufgeregt sein. Man ist nur mit dem Krieg beschäftigt. Man hat keine Zeit, auf uns zu achten. Ich glaube, wir können es wagen, nach Paris zu gehen."

„Ja, das meine ich."

„Ich kann holen, was ich dort versteckt habe. Aber daran können wir ja später denken. Komm nur!"

Sie erreichten glücklich die Wohnung des Juden und wurden von dessen Frau anstandslos eingelassen.

„Nun", fragte der Alte, „habt Ihr Geld erhalten?"

„Ja", antwortete Vater Main.

„Genug?"

„Hm, übrig bleibt uns freilich kaum etwas."

„Ist auch nicht nötig."

„Wie steht es mit den Legitimationen?"

„Sie sind beschafft. Hier, lest."

Er gab ihnen einige Dokumente, welche sie sogleich prüften. Dabei befanden sich zwei Pässe, welche ihr ganz genaues Signalement enthielten.

„Sapperment, ist das schnell gegangen", sagte Vater Main.

„Seid Ihr zufrieden?"

„Ja; sie sind vortrefflich."

„Ich hoffe, daß Euer Geld ebensogut ist."

„Natürlich. An wen haben wir die Überfahrt zu zahlen?"

„An mich."

Sie handelte sich einige Kleidungsstücke ein und bezahlten dann den Juden. Dieser steckte schmunzelnd das Geld in seinen Schrank und sagte:

„Jetzt seht Ihr ein, daß ich es gut mit Euch gemeint habe. Macht Euch nun fertig, die Stadt zu verlassen."

Es zeigte sich genau so, wie er gesagt hatte. Am Bab el Qued lehnte der Posten am Schilderhaus und schien zu schlafen. Sie gelangten unangefochten aus der Stadt.

Als sie dann später die Spitze Pescade erreichten, stieß der

Jude einen leisen Pfiff aus. Gleich darauf hörten sie Schritte. Ein Mann tauchte aus dem nächtlichen Dunkel vor ihnen auf.

„Wo ist der Kapitän?“ fragte der Jude.

„Dort im Boot.“

„Steht alles gut?“

„Alles. Folgen Sie mir.“

Eine halbe Stunde später kehrte der Jude allein nach der Stadt zurück.

Die seit längerer Zeit zwischen Frankreich und Preußen herrschende Spannung hatte sich bis zur Unerträglichkeit gesteigert. Es war anzunehmen gewesen, daß dies auf künstliche Weise angesammelte Donnerwetter sich mit einem fürchterlichen Schlag entladen werde, und das war nun geschehen.

Napoleon hatte diese Entladung herbeigeführt. Um seinem wankenden Thron einen neuen Halt zu geben, mußte er sein unzufriedenes Volk beschäftigen. Er mußte seinen Flitterthron mit neuer Glorie schmücken, und so zwang er den Krieg herbei. Er wußte sehr genau, daß er va banque spielte; aber er glaubte an sein Glück und unternehm das ungeheure Wagnis.

„Brusquez le Roi!“ hatte er seinem Vertreter Benedetti nach Bad Ems telegrafiert.

Das heißt in gutem Deutsch: Schnauzen Sie den König an! Benedetti gehorchte diesem Befehl, drängte sich auf der Promenade an König Wilhelm und „brüskierte ihn“. Er erhielt die verdiente Zurückweisung, und die Folge davon war Frankreichs Kriegserklärung.

Nun bemächtigte sich ein wahres Fieber des französischen Volkes, ein Fieber, welches seinen Höhepunkt natürlich in der Hauptstadt, in Paris, erreichte. Diese war ein einziges großes Waffenlager. Wehe dem Deutschen, der sich auf der Straße blikken ließ!

In dem bekannten Haus der Rue Richelieu wurde die Glocke der ersten Etage gezogen. Die Wirtin selbst öffnete.

„Monsieur Belmonte“, sagte sie, erfreut die Hände zusammenschlagend. „Endlich! Treten Sie ein.“

Sie zog ihn in den Vorsaal und dann in das Zimmer und begrüßte ihn in einer Weise, aus welcher er merkte, daß er ihr höchst willkommen sei.

„Also ist Martin, mein Diener, bereits hier gewesen?“ erkundigte er sich.

„Ja, bereits vorgestern. Er meldete mir Ihre Ankunft, und ich freute mich sehr, Sie wieder bei mir zu haben.“

„Lange wird dies freilich nicht währen."
„Nicht? Wie schade."
„Daran ist diese Kriegserklärung schuld."
„Ja, dieser Krieg! Man wird dem König von Preußen zeigen, welche Dummheit er begangen hat."
„Ja, eine Dummheit ist begangen worden, eine sehr große."
„Müssen Sie auch mit ins Feld?"
„Freilich."
„So gebe Gott, daß Sie gesund wiederkommen."
„Ich danke, Madame! Also ich darf mein früheres Logis für die kurze Zeit, die mir erlaubt ist, wieder beziehen?"
„Natürlich, natürlich!"
„Hat Martin Ihnen gesagt, wo er wohnt?"
„Jawohl! Denken Sie sich, daß er anderwärts logieren wollte. Ich habe das natürlich nicht zugegeben."
„So wohnt er bei Ihnen?"
„Das versteht sich ja ganz von selbst."
„Und wo befindet er sich jetzt?"
„Eben in Ihrer Wohnung. Er hat Ihren Koffer mitgebracht und alles ausgepackt. Sie werden das Logis ganz genau so finden, wie Sie es verlassen haben. Kommen Sie."

Sie führte ihn in die betreffenden Zimmer, wo er von dem braven Martin freudig empfangen wurde. Nachdem sie sich entfernt hatte und Herr und Diener allein waren, sagte der erstere:
„Nun, hast du Neues?"
„Genug! Eine ganze Menge von Notizen."
„Ich auch. Meine Ernte ist sehr reichlich."
„Wie lange bleiben wir hier?"
„Wohl kaum länger als bis morgen. Das Terrain wird zu gefährlich. Wir arbeiten diese Nacht, und dann können wir aufbrechen."
„Schön. Ich hoffe, daß wir recht bald wiederkommen, und zwar nicht als Weinhändler. Aber, mein sehr vorzüglicher Monsieur Belmonte, wissen Sie, was ich für eine Entdeckung gemacht habe?"
„Nun?"
„Eine höchst, höchst wichtige."
„So laß hören."
„Vater Main . . ."
„Was Teufel! Ist's wahr?"
„Ja."
„Hast du ihn gesehen?"

„Ich hoffe es."
„Du hoffst es? Das kling freilich sehr ungewiß."
„Hm! Er war sehr gut verkleidet, fast noch besser als ich selbst; aber seine Stimme war es ganz genau."
„Wann hast du ihn gesehen?"
„Heute früh. Auf dem Versailler Bahnhof. Ich lungerte dort herum, als der Zug anlangte. Unter den aussteigenden Passagieren waren zwei, welche hart an mir vorüberstrichen. Sie sprachen miteinander, und der Kuckuck soll mich reiten, wenn ich den einen nicht an der Stimme erkannte."
„Eben Vater Main?"
„Ja."
„Und der andere?"
„Ich weiß nicht, wohin ich ihn tun soll; aber seine Haltung und sein Gang schienen mir bekannt zu sein. Es läßt sich vermuten, daß auch er verkleidet war."
„Wohin gingen sie?"
„Sie schlugen die für uns glücklichste Richtung ein, welche es nur geben kann, nämlich nach dieser Straße."
„Ah! Bist du ihnen gefolgt?"
„Natürlich. Sie gingen, denken Sie sich den Zufall, in das uns gegenüberliegende Haus."
„Und du ihnen nach?"
„Ja, freilich nur bis in den Hof, um zu sehen, wo sie verschwinden würden."
„Nun?"
„Da drüben im Hinterhaus, parterre, gibt es eine sogenannte Destillation. Man destilliert aber nicht, sondern man verschänkt nur – Schnaps natürlich. Da hinein gingen sie. Ich habe mich dann hier an das Fenster gestellt und aufgepaßt. Sie sind noch nicht wieder heraus."
„Sapperment! Warum bist du nicht auch hinein?"
„Konnte ich? Man müßte sich verkleiden."
„Nun, so sehe ich mich genötigt, das Versäumte nachzuholen. Ich muß wissen, wer der andere ist."
„Hm! Eine Ahnung habe ich freilich."
„Welche?"
„Der Gang war ganz derjenige, den ich an jenem Harlekin beobachtet habe, der bei Vater Main verkehrte."
„Alle Teufel! Meinst du den Bajazzo Lermille?"
„Ganz genau!"
„Wenn du dich nicht irrtest. Das wäre ein Fang."

„Vater Main ein noch viel größerer. Er war es ja, der Fräulein von Latreau einsperrte. Der Bajazzo war da wohl nicht dabei."
„Aber er ist mir in anderer Beziehung wichtig. Hast du die Schminke und alles andere da?"
„Alles."
„So will ich mir sofort ein anderes Gesicht machen. Ich muß hinüber; ich muß wissen, woran ich bin."
Martin öffnete einen Doppelboden des Koffers, unter welchem sich allerlei Heimlichkeiten befanden, von denen er das Nötige auszuwählen begann. Plötzlich hielt er in dieser Beschäftigung inne, schnipste mit dem Finger und sagte:
„Sapperlot, kommt mir da ein Gedanke."
„Ein guter?"
„Ich hoffe es."
„Laß hören!"
„Wollen Sie Vater Main arretieren lassen?"
„Natürlich."
„Dann kommen Sie mit der Polizei in Berührung, und das müssen wir jetzt vermeiden."
„Meine Papiere sind ausgezeichnet."
„Ja, aber besser ist besser. Wissen Sie, wer am meisten darauf brennt, ihn zu fangen?"
„Nun?"
„Der General von Latreau."
„Natürlich. Wie aber kommst du auf diesen? Steht seine Person mit deinem plötzlichen Einfall in Beziehung?"
„Ja. Wie wäre es, wenn wir diesen braven Vater Main dem General nach Schloß Malineau schickten?"
„Pah! Er würde sich hüten hinzugehen."
„Oder wir selbst bringen ihn hin."
„Wie wollen wir das anfangen?"
„Oh, es ist nicht sehr schwer. Ich denke mir, daß Vater Main nur für kurze Zeit hier sein wird. Vielleicht hat er eine Kleinigkeit zu tun. Jedenfalls aber darf er sich nicht sehen lassen. Ihm ist ein Asyl notwendig, wo man ihn nicht kennt. Wie nun, wenn ihm dies in Malineau scheinbar geboten würde?"
„Hm! Dieser Gedanke hat allerdings etwas für sich. Wollen sehen. Ich muß erst rekognoszieren, ehe ich einen Entschluß fassen kann. Freilich, wenn der andere wirklich der Bajazzo wäre, so könnte man den beiden gar keine bessere Falle stellen, als die ist, die du meinst. Vor allen Dingen will ich Toilette machen."

Mit Hilfe Martins war er in kurzer Zeit so verwandelt, daß ihn kein Mensch erkennen konnte. Der Diener mußte dafür sorgen, daß er während des Fortgehens nicht von der Wirtin bemerkt wurde; dann verließ er das Logis.

Er schritt über die Straße, trat in das gegenüberliegende Haus und ging in den Hof desselben. Er bemerkte, daß die angegebene Destillation eine ganz gewöhnliche Spelunke sei, ein Umstand, mit welchem er sehr zufrieden war. Er trat ein und befand sich in einem nicht sehr großen, aber desto niedrigeren Raum, in welchem es fast unausstehlich nach Schnaps und schlechtem Tabak roch.

An einem schmutzigen Tisch saßen zwei Männer, in denen er die Betreffenden vermutete. Sie hatten eine Flasche Branntwein und zwei Gläser vor sich stehen; sonst befand sich niemand da.

Er grüßte und setzte sich an den Nebentisch; sie dankten mürrisch und schienen sich nicht weiter um ihn bekümmern zu wollen. Nachdem er eine Weile gewartet hatte, fragte er:

„Messieurs, ist vielleicht einer von Ihnen der Wirt?"

„Nein", antwortete Vater Main.

„Wo ist er denn?"

„Da draußen."

Er deutete nach einer dem Ausgang entgegengesetzten Tür. Belmonte klopfte an dieselbe, und nun trat der Wirt ein, von welchem er einen Schnaps verlangte. Er erhielt denselben, und dabei fragte der Wirt:

„Sie sind fremd in dieser Straße?"

„Ja."

„Dachte es. Wenigstens waren Sie noch nicht bei mir."

„Ich bin überhaupt fremd in der Residenz. Ich war noch nie in Paris."

„Und kommen gerade jetzt her! Das ist befremdlich."

„Wieso?"

„Nun, Sie sind doch wohl noch nicht über das Militärdienstalter hinaus, und jetzt hat jeder Kriegspflichtige an seinem Ort einzutreffen."

„Das ist sehr richtig. Aber gerade deshalb komme ich nach Paris. Ich muß mit ins Feld, und daheim mangelt es an Ersatz. Den will ich hier suchen."

„Ah so! Na, da suchen Sie."

Er entfernte sich wieder, und Belmonte gab sich Mühe, einen Schluck des miserablen Getränkes hinunterzuwürgen.

Die beiden anderen musterten ihn mit prüfendem Blick, dann fragte Vater Main:

„Darf man wissen, woher Sie sind?"

„Seitwärts von Metz. Es ist das eine verdammte Geschichte."

„Was?"

„Mein Vater ist nämlich Schloßkastellan und zugleich Ökonomieverwalter. Infolge des Krieges werden fast alle unsere Leute eingezogen, und sie fehlen daheim. In der Gegend gibt es keinen Ersatz, und so schickte mich der Vater nach Paris. Ich habe nur einen einzigen Menschen gefunden, der sich engagieren ließ, nun aber brauche ich drei. Kein Mensch will mit, obgleich die Stellen sehr gute sind."

„Was sind es für welche?"

„Die Stelle eines Forstwartes und seines Gehilfen."

„Da sind doch wohl Forstkenntnisse erforderlich?"

„O nein. Die beiden haben nur darauf zu sehen, daß nichts gestohlen wird."

„Hm! Wann sind diese Stellen zu besetzen?"

„Sofort."

„Welche Empfehlungen werden verlangt?"

„Empfehlungen? Mein Gott, wozu Empfehlungen?"

„Aber Sie können doch nicht den ersten besten engagieren!"

„Man muß dies leider. Es ist niemand zu bekommen."

Es entstand eine Pause. Belmonte griff nach einem Zeitungsblatt und las. Die beiden anderen sprachen leise miteinander. Vater Main flüsterte leise:

„Du, Bajazzo, was sagst du dazu?"

„Hm! Nicht übel!"

„Forstwart, man steckt im Wald; kein Mensch hat sich um einen zu bekümmern. Man könnte da Gras über die Geschichte wachsen lassen. Nicht?"

„Freilich!"

„Zudem sieht dieser Kerl sehr dumm aus. Wenn sein Vater nicht gescheiter ist, so sind wir geborgen. Soll ich mit ihm reden?"

„Meinetwegen. Aber wir müssen doch vorher erst unseren Plan zur Ausführung bringen."

„Natürlich. Dazu genügt der heutige Abend. Mein früheres Haus steht leer. Sobald es dunkel ist, können wir unbemerkt hinein. In einer halben Stunde ist die Sache gemacht. Dann sind wir in Paris fertig."

„Ist's auch wirklich wahr mit dem Löwenzahn?"

„Ja, ich habe ihn noch. Er ist bei den anderen Sachen."
„Wollen wir damit zum Grafen Lemarch?"
„Das ist noch zu überlegen. Ich halte es für gefährlich, verheimliche mir aber nicht, daß wir ihm ein hübsches Sümmchen abnehmen könnten."
„Das wäre nicht notwendig, wenn diese verdammte Polizei nicht die Nummern der Kassenscheine, die der Lumpenkönig bei sich hatte, veröffentlicht hätte."
„Wir konnten nicht wissen, daß er sie kurz vorher vom Bankier geholt hatte, der dann dummerweise das Verzeichnis einschickte. Wenn wir an den Grafen wollten, so müßtest du gehen. Ich darf mich nicht sehen lassen."
So unterhielten sie sich noch ein Weilchen flüsternd, dann wendete sich Vater Main an Belmonte:
„Würden Sie sich wohl ein wenig zu uns hersetzen?"
„Warum?" fragte er, scheinbar gleichgültig.
„Wir möchten in Ihrer Angelegenheit mit Ihnen sprechen."
„Ach so."
Er setzte sich hin und erkundigte sich.
„Wissen Sie vielleicht eine geeignete Persönlichkeit?"
„Ja, zwei sogar."
„Ach! Das wäre mir lieb. Wer sind diese beiden?"
„Wir selbst."
„Ah, Sie? Hm! Da darf ich wohl fragen, wer Sie sind?"
„Ja. Hier ist mein Paß."
„Und hier der meinige."
Er nahm die beiden Pässe in Empfang und prüfte sie. Er schien sehr befriedigt zu sein, denn er nickte einige Male mit dem Kopf und sagte dann:
„Schön, schön! Nur muß ich Ihnen sagen, daß ich nicht die Macht habe, das Gehalt zu bestimmen. Das ist meines Vaters Sache."
„Oh, das hat ganz und gar keine Eile!"
„Also Sie haben Lust?"
„Ja."
„Wann können Sie antreten?"
„Baldigst. Wann wollen Sie zurück?"
„Sobald ich eben die betreffenden drei engagiert habe. Einen hatte ich schon, nun Sie zwei, da bin ich eigentlich fertig."
„Wir haben aber heute noch eine kleine Angelegenheit in Ordnung zu bringen."
„Gut, so warte ich."

„Morgen können wir jedenfalls mit. Vielleicht macht es sich auch, daß wir bereits mit dem Nachtzug aufbrechen könnten. Wo logieren Sie?"
„Gar nicht. Ich kann bleiben, wo es mir beliebt."
„Schön! Wollen wir uns heute abend hier treffen?"
„Gut. Wann?"
„Es wird spät werden. Vielleicht elf Uhr?"
„Ich werde mich einstellen."
„So sind wir also einig. Dürfen wir fragen, wie Ihre Heimat heißt?"
„Schloß Malineau bei Etain."
Vater Main mußte eine Bewegung der Überraschung unterdrücken. Er fragte:
„Wem gehört dies?"
„Dem Baron von Courey."
„Ich denke, es ist Eigentum des Generals Latreau!"
„Das war es. Er hat es verkauft."
„Ach so. Die Herrschaft wohnt dort?"
„Nein. Nur wir wohnen da. Es ist sehr einsam, aber schön. Es wird Ihnen gefallen."
Er verließ das Lokal eher als sie, und es gelang ihm, unbemerkt in sein Logis zu gelangen. Martin hatte am Fenster gestanden und seine Rückkehr beobachtet.
„Sie waren noch drüben?" fragte er.
„Ja, es war Vater Main."
„Und der andere?"
„War der Bajazzo."
„Sapperment! Haben Sie mit ihnen gesprochen?"
„Nicht nur gesprochen; ich habe sie sogar engagiert."
„Engagiert? Wieso?"
„Als Forstbedienstete."
„Etwa für Schloß Malineau?"
„Ja."
„Alle Wetter! Sie werden hinreisen?"
„Wir beide und sie beide."
Er erzählte seine Unterredeung, die er mit den zwei Verbrechern gehabt hatte, und fügte hinzu:
„Du bist also auch engagiert und zwar – na, als was denn wohl? Was denkst du?"
„Gärtnergehilfe."
„Gut. Nun aber muß ich einen Brief nach Malineau schreiben."
„An den General?"

„Nein, sondern an Melac bloß. Ich habe meine Absicht, den General vorher nichts wissen zu lassen. Bleibe hier am Fenster und beobachte das Haus da drüben. Der Abend wird bald hereinbrechen; dann stellen wir uns beide auf die Lauer."

Er schrieb den Brief, welchen Martin sogleich zur Post besorgte; dann begaben sich beide auf die Straße. Sie sagten sich, daß Vater Main und der Bajazzo jetzt wohl miteinander ausgehen würden.

Sie hatten noch nicht lange gewartet, so sahen sie, daß sie sich nicht getäuscht hatten. Die beiden Erwarteten traten aus dem Tor und schritten langsam die Straße hinab.

„Wir gehen ihnen nach", sagte Belmonte. „Aber wir teilen uns; du drüben und ich hüben. Sie dürfen uns nicht bemerken."

Sie trennten sich und sahen nach einiger Zeit zu ihrem Erstaunen, daß sich die verkappten Flüchtlinge nach der Straße begaben, in welcher die frühere Restauration von Vater Main lag.

Dort angekommen, blieb der Bajazzo auf der Staße stehen, jedenfalls, um Wache zu halten. Der Schankwirt aber schlüpfte, nachdem er sich vorsichtig umgesehen hatte, in den Eingang, an welchem es jetzt nicht einmal eine Tür gab. Das Haus schien als Ruine betrachtet zu werden.

Nach ungefähr einer halben Stunde kehrte er zurück und entfernte sich mit dem Bajazzo. Die beiden Verfolger blieben in angemessener Entfernung hinter ihnen.

Der Weg ging einer Gegend zu, bis endlich die beiden einige Augenblicke vor einem palastähnlichen Gebäude stehenblieben. Der Bajazzo trat dort ein, und Vater Main zog sich nach der gegenüberliegenden Straßenseite zurück.

„Was mag der Kerl in diesem Haus wollen?" fragte Martin.

„Das möchte ich auch wissen. Ohne guten Grund wagt sich ein solcher Mensch nicht in ein Palais. Ich muß erfahren, wem es gehört."

„Später im Vorbeigehen."

„An ein Vorbeigehen dürfen wir nicht denken. Ich vermute, daß die beiden nun wieder umkehren werden, um nach der Destillation zu gehen, in welcher sie mich erwarten. Sie müssen also, wenn wir hinter ihnen gehen wollen, erst an uns vorüber."

„So ist es jedenfalls besser, wir gehen vor ihnen her."

„Nein. Wir müssen zurückbleiben, um zu erfahren, wem das Palais gehört. Da, dieser Hausflur ist nicht erleuchtet. Treten wir ein."

„Aber wenn jemand kommt und uns fragt, was wir hier wollen?"

„Hoffentlich glaubst du nicht, daß ich um eine Antwort verlegen sein werde."

Sie huschten in den dunklen Flur des Hauses, an welchem sie gestanden hatten, und beobachteten von da aus den Eingang des Palais, in welchem der Bajazzo verschwunden war.

Sie hatten noch nicht lange da Platz genommen, so hörten sie nahende leise Schritte.

„Zurück!" flüsterte Belmonte seinem Diener zu.

Sie hatten kaum Zeit, einige Schritte tiefer in den Flur zu treten, so huschte Vater Main hinein. Er schien seinen Kumpanen hier erwarten zu wollen. Natürlich mußten sich nun die beiden in acht nehmen, um nicht das geringste Geräusch von sich hörenzulassen.

Als der Bajazzo drüben eingetreten war, hatte ihn ein Diener gefragt, was er hier zu suchen habe.

„Hier wohnt der Graf de Lemarch?" erkundigte er sich.

„Ja."

„Ist dieser Herr zu Hause?"

„Ja. Für Sie aber wohl schwerlich."

„Vielleicht doch. Ich habe mit ihm zu sprechen."

Der Diener musterte ihn mit einem geringschätzenden Blick und meinte:

„Ich gebe Ihnen aber doch den Rat, lieber zu verzichten."

„Und ich rate meinerseits Ihnen, abzuwarten, was der gnädige Herr beschließen wird."

„Hm! Ist's denn wichtig?"

„Allerdings."

„Nun, diese Angelegenheit gehört nicht in mein Ressort. Gehen Sie eine Treppe hoch in das Anmeldezimmer!"

Dort erging es dem Bajazzo ebenso. Der Kammerdiener glaubte, ihn abweisen zu müssen. Er ging aber nicht und sagte endlich:

„Melden Sie, daß ich den gnädigen Herrn in Beziehung auf den Herrn Rittmeister zu sprechen habe!"

„Sie meinen den jungen Herrn?"

„Ja."

„Sonderbar! Wie ist Ihr Name?"

„Den werde ich dem Grafen selbst nennen."

Der Diener zuckte die Achsel, verschwand aber doch in der nächsten Tür. Dort befand sich das Rauchzimmer, und da saß eben der junge Graf, welcher als Maler Haller in Berlin gewesen war.

„Was gibt es?" fragte er den Kammerdiener.

„Ein fremder Mensch wünscht den gnädigen Herrn zu sprechen."

„Meinen Vater?"

„Ja."

„Vater hat keine Zeit. Er ist in der Bibliothek beschäftigt."

„Die Person beharrt aber auf der Bitte."

„Was will er?"

„Er behauptet, wegen Ihnen zu kommen."

„Wegen meiner? Hm! Wer ist der Mann?"

„Er will seinen Namen nur dem gnädigen Herrn nennen."

„Alle Wetter! Das klingt ja recht geheimnisvoll! Warte, ich werde ihn selbst empfangen. Er soll kommen!"

Der Diener öffnete, und der Bajazzo trat ein. Er hatte erwartet, den alten Grafen zu sehen; als er anstatt dessen den Chef d'Escadron erblickte, befiel ihn eine Verlegenheit, welche er vor Lemarch nicht zu verbergen vermochte. Dieser bemerkte es und fragte in einem hörbar mißtrauischen Ton:

„Was wollen Sie?"

„Ich bitte, den gnädigen Herrn Vater sprechen zu dürfen!"

„Er hat keine Zeit. Sagen Sie mir, was Sie zu sagen haben!"

„Das geht nicht an."

„Warum nicht? Sie kommen meinethalben, wie ich gehört habe. So kann ich auch verlangen, zu erfahren, was Sie wollen. Also reden Sie!"

„Es geht wirklich nicht. Wenn der gnädige Herr nicht zu sprechen ist, so werde ich mir gestatten, ein anderes Mal wiederzukommen."

Er machte eine Bewegung, sich zu entfernen.

„Halt!" sagte der Rittmeister. „Sie bleiben! Sie kommen mir verdächtig vor. Sie verschweigen Ihren Namen. Sie wollen mit Vater über mich sprechen, und zwar über einen Gegenstand, den ich nicht erfahren soll. Ich befehle Ihnen, Ihr Anliegen vorzubringen!"

„Es ist unmöglich."

„Ah, das kennen wir! Ich werde nach der Polizei senden!"

Er tat einen Schritt nach dem Tisch, auf welchem die Klingel lag. Da bemächtigte sich des Bajazzos eine ungeheure Angst. Mit der Polizei durfte er auf keinen Fall zusammenkommen. Daher sagte er schnell in bittendem Ton:

„Verzeihung! Wenn ich lieber schweigen möchte, tue ich das nur um Ihretwillen."

„So, so! Warum?"

„Weil ich nicht weiß, ob Sie davon wissen oder nicht!"

„Wovon?"

„Daß Sie nicht der Sohn des Grafen Lemarch sind!"

Da trat der Rittmeister einen Schritt zurück und sagte, indem sein Gesicht das größte Erstaunen ausdrückte:

„Ich nicht sein Sohn? Mann, sind Sie bei Sinnen?"

„Es ist so, wie ich sage."

„Daß ich nicht der Sohn des Grafen bin?"

„Ja."

„Ich habe wirklich große Lust, Sie als einen entsprungenen Tollhäusler festnehmen zu lassen!"

„Sie werden das nicht tun. Ich wollte Ihnen nichts mitteilen. Nun Sie mich aber gezwungen haben, bitte ich Sie, den gnädigen Herrn rufen zu lassen. Er wird bestätigen, was ich gesagt habe."

Der Rittmeister betrachtete den Sprecher mit weit geöffneten Augen. Dann sagte er:

„Sie sprechen wirklich im Ernst?"

„Ja."

„Wer sind Sie?"

„Ich bin ein armer Teufel, ein Tischler, und heiße Merlin."

Das war wieder ein falscher Name, den er sich gab.

„Gut! Kommen Sie!"

Bei diesen in entschlossenem Ton gesprochenen Worten faßte ihn der Rittmeister beim Arm, schob ihn durch eine Tür und dann durch eine zweite, worauf sie sich in der Bibliothek befanden. Dort saß der Graf am Studiertisch; er sah auf und richtete einen erstaunt fragenden Blick auf seinen Sohn.

„Pardon, Vater, daß ich störe!" sagte dieser. „Ist dir vielleicht dieser Mann bekannt?"

Der Angeredete stand von seinem Stuhl auf, betrachtete den Bajazzo und antwortete:

„Nein. Ich habe ihn nie gesehen, wenigstens nie bemerkt."

„Er scheint verrückt zu sein; er behauptet, daß ich nicht dein Sohn bin."

Der Graf wechselte die Farbe, faßte sich aber schnell und sagte achselzuckend:

„Dann ist er allerdings geistig gestört. Laß ihn gehen."

Er hatte in dieser Angelegenheit einen einzigen Vertrauten,

nämlich Vater Main. Da dieser flüchtig war und nicht wiederkehren konnte, fühlte er sich seiner Sache sicher. Aber der Bajazzo meinte:

„Bitte, Herr Graf, mir zu glauben, daß ich im vollen Besitz meiner Sinne bin. Ja, Sie hatten einen Sohn. Er starb. Ihre Frau Gemahlin war schwach und kränklich; sie durfte den Tod des Kindes nicht erfahren. Um sie am Leben zu erhalten, taten Sie einen für Sie schweren Schritt. Sie verheimlichten ihr den Tod Ihres Sohnes und adoptierten einen anderen Knaben von demselben Alter. Dies war nur dadurch ermöglicht, daß Ihre Frau Gemahlin sich wegen ihrer leidenden Gesundheit für längere Zeit außer Landes befand."

„Wer hat Ihnen dieses Märchen aufgebunden?"

Seine Stimme klang bei diesen Worten eigentümlich belegt. Er mußte sich alle Mühe geben, gleichgültig zu erscheinen.

„Es ist kein Märchen!"

„Was sonst?"

„Die Wahrheit. Sie gaben damals Ihrem Kammerdiener den Auftrag, nach einem geeigneten Kind zu suchen."

„Was Sie sagen."

„Sie schenkten diesem Mann Vertrauen. Später täuschte er es! Sie jagten ihn fort. Er wurde nachher unter dem Namen Vater Main bekannt und berüchtigt."

„Alle Teufel! Woher haben Sie diese Geschichte?"

„Vom Vater Main."

„Der Schurke lügt!"

„Oh, nein, denn ich bin es, der ihm damals den Knaben lieferte, gnädiger Herr."

„Sie? Sie . . .!"

„Ja."

Er nannte das Jahr, den Monat und den Tag ganz genau. Das war dem Grafen zuviel. Er griff sich an den Kopf. Er wußte nicht, was er sagen sollte.

„Vater", sagte der Rittmeister; „beweise diesem Mann, daß er sich irrt."

Der Graf wendete sich ab. Er kämpfte mit sich selbst. Dann kehrte er sich wieder zu dem Bajazzo und befahl ihm:

„Treten Sie in das vorige Zimmer zurück, und warten Sie, bis ich Sie rufe."

Der Bajazzo gehorchte. Vater und Sohn standen sich gegenüber, einer so erregt wie der andere.

„Vater, wie ist's? Er lügt! Er sagt die Unwahrheit!"

Der Graf schüttelte leise den Kopf und antwortete in gedämpftem Ton:

„Es kommt so plötzlich über mich. Ich kann nicht widerstreben. Bernard, er sagt die Wahrheit."

Da lehnte sich der Offizier an den Tisch. Er hielt sich an demselben fest. Er zitterte.

„Mein Gott!" stöhnte er. „Ich nicht – dein – Sohn! Ich – ich – oh, mein Heiland!"

Da aber trat der Graf zu ihm, nahm seine beiden Hände und sagte in zärtlichem Ton:

„O doch, du bist mein Sohn; du bist und bleibst mein Kind. Du solltest nie erfahren, daß du von anderen Eltern seiest. Nun aber dieser Mann gekommen ist, war es mir unmöglich, es zu verschweigen. Komm, setze dich nieder."

Er zog ihn in einen Sessel nieder, nahm selbst auch Platz und erklärte ihm sodann:

„Es ist allerdings so, wie er sagte: Die Gräfin war durch die Geburt unseres einzigen Kindes außerordentlich angegriffen. Ihre Nerven litten; ihre Brust wurde krank. Sie mußte den Knaben mir überlassen, um ein anderes Klima aufzusuchen. Meine damaligen amtlichen Pflichten erlaubten mir nicht, sie zu begleiten. Da starb der Knabe. Ich wußte, daß sie seinen Tod nicht überleben werde, und mußte die Geliebte retten. Ich gab dem Diener Auftrag, mir einen andern Knaben zu suchen."

Der Rittmeister hörte diese Worte wie im Traum, wie von weitem.

„Und dieser andere Knabe war ich?" fragte er.

„Ja."

„Wer waren meine Eltern?"

„Arme Schuhmachersleute. Sie gaben dich sehr gern her und erhielten von mir eine Entschädigung."

„O Gott, o Gott!"

„Fasse dich! Was du hörst, ist ja kein Unglück, sondern vielmehr ein Glück."

„Verkauft haben sie mich, verkauft."

„Sie waren arm. Sie wußten, daß dir dadurch ein Glück gegeben wurde, welches sie dir nicht bieten konnten."

„Und doch kann ich den Gedanken nicht fassen, das Kind anderer Eltern zu sein, nicht dein – ah, nicht Ihr – Ihr – Ihr Sohn zu sein."

„Unsinn, Unsinn! Was fällt dir ein!" rief der Graf. „Es bleibt alles, wie es war. Du bist mein Sohn, mein Erbe. Daran wird nichts geändert."

„Hast – hast du selbst mit meinen Eltern gesprochen?"

„Nein. Es ging alles durch jenen Diener."

„So weißt du nicht, ob sie noch leben?"

„Nein. Sie haben dich vollständig abgetreten. Ich hatte nichts mehr mit ihnen zu schaffen."

Der Rittmeister stand auf und ging im Zimmer auf und ab. Seine Brust arbeitete heftig. Endlich, nach einer langen Weile, blieb er vor dem Grafen stehen und fragte:

„Es soll wirklich so bleiben, wie es ist?"

„Natürlich, natürlich!"

„Dann bin ich dir allerdings einen Dank schuldig, dessen Größe gar nicht zu ermessen ist. Vater, ich ..."

Er konnte nicht weitersprechen. Tränen entquollen seinem Auge. Er schluchzte wie ein Kind. Der Graf nahm ihn in die Arme, drückte ihn an sich und sagte:

„Beruhige dich, Bernard! Du bist mir stets ein guter Sohn gewesen. Du bist mir wert und teuer wie mein eigenes Kind. Wir bleiben die Alten!"

„Aber welche Absicht führt diesen Mann hierher? Er sagt, daß der Diener mich von ihm bekommen habe!"

„Wollen sehen. Ich werde mich erkundigen. Bist du gefaßt genug, daß ich ihn rufen kann?"

„Rufe ihn."

Der Graf öffnete die Tür und ließ den Bajazzo wieder eintreten. Er fragte ihn:

„Sie behaupten also, daß Main damals den Knaben von Ihnen bekommen habe?"

„Ja."

„Er behauptete doch, das Kind von armen Schuhmachersleuten erhalten zu haben!"

„Er hat gelogen, um das Geld, welches Sie für die Eltern bestimmten, für sich zu behalten."

„Hm! Dann waren Sie wohl der Vater?"

„Nein. Der Knabe war ein Findelkind."

„Ah! So sind seine Eltern unbekannt?"

„Ja."

„Wer hat ihn gefunden?"

„Ich."

„Wo?"

„Im Wald. Ich befand mich damals auf der Wanderschaft. Ich

wollte nach Paris. In den Ardennen fand ich im tiefen Schnee einen halb erfrorenen Knaben. Ich nahm ihn auf. Niemand wollte ihn mir wieder abnehmen. Ich behielt ihn bei mir und brachte ihn mit nach Paris. Da traf ich Ihren Diener beim Vater Main. Er sah den Jungen und nahm ihn mit."

„Das wäre ja ein wunderbares Zusammentreffen der Umstände gewesen."

„Allerdings wunderbar."

„Ist denn seitens der Behörde nicht nachgeforscht worden, wer die Eltern des Knaben sein könnten?"

„Nein. Ich verstand die Sache nicht; ich kannte die Gesetze nicht. Ich hielt mich für berechtigt, das Kind als mein Eigentum zu betrachten."

„Vielleicht wurde es ausgesetzt."

„Ich glaube doch eher, daß es verlorengegangen ist."

„Haben Sie eine Ursache, dies anzunehmen?"

„Ja. Einem Kind, welches man aussetzt, nimmt man alles, wodurch seine Abstammung verraten werden könnte."

„Hatte dieser Knabe denn etwas Derartiges bei sich?"

„Ja."

„Was war es?"

„Ein Zahn."

„Ein Zahn? Hm! Sonderbar! Ist dieser noch vorhanden?"

„Ich glaube, daß es noch möglich ist, ihn zu beschaffen."

„Wirklich, wirklich?" fragte der Rittmeister schnell.

„Ja."

„Wer hat ihn?"

„Hm! Das möchte ich eigentlich nicht verraten."

„Ich verstehe Sie. Es handelt sich um eine Belohnung."

Der Bajazzo ließ ein verlegenes Lächeln sehen und sagte:

„Herr Rittmeister. Sie wären damals erfroren, wenn ich mich nicht Ihrer angenommen hätte."

„Das mag wahr sein. Weiter?"

„Ich bin arm, sehr arm."

„Gut! Ist also der Zahn noch da?" fragte der Graf.

„Ich will ihn beschaffen, wenn der gnädige Herr bedenken wollen, daß ich jetzt in Not bin."

Der Graf machte eine Bewegung der Ungeduld und fragte:

„Wieviel verlangen Sie?"

„Wieviel geben Sie?"

„Mann, das ist doch keine Sache, um welche man handeln und

feilschen kann wie um einen Sack Kartoffeln. Sie haben den Knaben gefunden. Sie sind also jedenfalls selbst im Besitz dieses Zahnes. Geben Sie ihn heraus, und ich garantiere Ihnen, daß Sie eine gute Belohnung erhalten werden."

„Geben Sie mir Ihr Wort?"

„Ja doch, ja!"

„Nun gut. Ich will Ihnen vertrauen. Hier ist er."

Er zog den Zahn nebst Kette hervor und gab ihn hin. Die beiden anderen betrachteten den Gegenstand.

„Morbleu!" rief der Graf. „Eine Grafenkrone."

„Wahrhaftig!" stimmte der Rittmeister bei. „Diesen Zahn habe ich an mir gehabt?"

„Ja, mit der Kette um den Hals."

„Warum haben Sie beides damals nicht mit hergegeben?"

„Ich will aufrichtig sein. Ich dachte, später einmal zu einer Belohnung zu kommen."

„Mensch, da haben Sie einen großen Fehler begangen. Wo wohnen Sie?"

Der Gefragte gab ihm eine Wohnung an, wie sie ihm grad einfiel.

„Sind Sie bereit, zu beschwören, daß ich es bin, den Sie damals gefunden haben?"

„Ja."

„Und daß ich diesen Zahn an der Kette bei mir getragen habe?"

„Ja."

„Ich werde mir Ihre Wohnung notieren und mich zur angegebenen Zeit an Sie wenden. Wie aber kommt es, daß Sie grad heute zu uns kommen?"

„Die Not –, von der ich sprach."

„Gut", sagte der Graf. „Sie sollen nicht umsonst gekommen sein. Sie brauchen Geld?"

„Ja."

„Wieviel?"

„Oh, sehr viel!"

„Ungefähr?"

„Darüber habe ich noch gar nicht nachgedacht."

Der Graf blickte ihn scharf an und sagte dann:

„Ich verstehe. Sie wollen uns das Geheimnis verkaufen. Wir sollen dafür so viel bezahlen, wie der Wert desselben für uns ist. Habe ich es erraten?"

„Ja, gnädiger Herr."

Der Graf zog einen Kasten seines Schreibtisches auf, öffnete ein Päckchen und nahm eine Anzahl Banknoten heraus.

„Noch sind wir nicht Ihrer sicher“, sagte er. „Wir müssen erst sehen, wie diese Angelegenheit sich entwickelt. Ich gebe Ihnen jetzt tausend Franc. Später, wenn wir Klarheit haben, belohnen wir Sie nach Verdienst.“

Der Bajazzo bedankte sich und steckte die Noten ein.

„Haben Sie sonst noch eine Bemerkung?“ fragte der Graf.

„Nein.“

„So gehen Sie für heute. Wir werden Sie jedenfalls in allernächster Zeit aufsuchen.“

Er ging. Als er die Straße erreichte, brummte er vor sich hin: „Verdammtes Pech! Wäre der Sohn nicht dagewesen, so hätte ich mit dem Alten handeln können. Lumpige tausend Franken! Ich wäre doch der größte Esel, wenn ich dem Vater Main nur einen Sou davon gäbe!“

Er wollte an der betreffenden Tür vorüber, wurde aber durch einen leisen Ruf angehalten.

„Pst! Bajazzo!“

Er blieb stehen. Da stand Vater Main vor ihm.

„Ich bin fertig. Komm!“ sagte er.

„Nein, nein!“ meinte der frühere Schänkwirt. „Wir müssen aufpassen, ob man dir vielleicht nachgeht. Komm einige Augenblicke hier herein.“

Er zog ihn hinter die Tür und fragte:

„Wie ist es gegangen?“

„Schlecht!“

„Doch nicht!“

„Sehr schlecht sogar.“

„Hast du Geld?“

„Keine Centime.“

„Donnerwetter. So hast du doch nicht etwa den Löwenzahn hingegeben.“

„Leider doch.“

„Bist du verrückt?“

„Ich kann nicht dafür. Statt zum Alten wurde ich zum Jungen geführt. Er drohte mir gar mit Arretur. Ich habe mich herausgelogen. Ich sagte, daß ich ihn als Kind in den Ardennen gefunden hätte, mit dem Zahn an der Kette um den Hals. Sie sagten, es wäre eine gräfliche Krone daran.“

„Verdammt! Ist’s wahr?“

„Ja.“

„Sie fragten natürlich, wer du bist?"
„Ja. Ich bin der Tischler Merlin."
„Und wo du wohnst?"
„Ich habe die erste beste Straße und Nummer angegeben."
„Und sie wollen dich aufsuchen?"
„Ja. Dann soll ich meine Belohnung erhalten."
„Verflucht! So sind wir geprellt!"
„Noch nicht. Ich kann ja wiederkommen. Wenn sie mich suchen und nicht finden, so haben sie sich meine Wohnung nicht richtig gemerkt."
„Aber dumm bleibt es doch, sehr dumm! Du hättest das Geheimnis für eine sehr hohe Summe verkaufen können. Jedenfalls hast du es verkehrt angefangen."
„Oho! Wäre nur der junge Graf nicht dagewesen."
„Na, der Zahn nützt ihnen doch nichts. Sie werden jenen deutschen Grafen von Goldberg niemals entdecken. Komm jetzt! Wie es scheint, läßt man dich in Ruhe."
Sie gingen. Als sie fort waren, begann es sich weiter hinten im Hausflur zu regen.
„Das war eine Geduldsprobe!" sagte Martin. „Wir haben eine volle Stunde dagestanden, ohne uns regen zu dürfen."
„Aber wir sind glänzend belohnt worden!"
„Glänzend? Das sehe ich nicht ein."
„Das, was ich hier gehört habe, ist viel, sehr viel wert."
„Sie sprachen von einem Zahn, von einer Grafenkrone, von einem Knaben. Wie reime ich das zusammen?"
„Das überlaß mir. Jetzt wollen wir ihnen nach."
Sie fanden bald, daß die beiden in die Destillation gingen, wohin sie Belmonte bestellt hatten.
„Gehe ich mit hinein?" fragte Martin.
„Es ist nicht notwendig. Nimm Bart und Perücke ab und geh nach Hause. Ich komme dann auch."
Als er in die Destillation trat, fand er mehrere Gäste vor. Vater Main und der Bajazzo hatten sich in eine Ecke zurückgezogen. Er setzte sich zu ihnen und erhielt ein Glas zugeschoben.
„Nun, haben Sie sich die Sache überlegt?" fragte er.
„Ja. Wir sind ins reine gekommen", antwortete Main. „Mitzugehen."
„Topp?"
„Topp!"
Sie reichten sich die Hände, wobei Belmonte bemerkte:

„Sie werden es nicht bereuen. Bei uns und mit uns läßt es sich gar nicht übel leben."

„Wir hoffen das. Wann kann es fortgehen?"

„Hm! Der andere, den ich engagiert habe, kann erst morgen früh acht Uhr."

„So müssen wir eben bis dahin warten."

„Ja. Wir kommen dann am Abend zu Hause an, grad noch um zu essen und dann schlafen zu gehen."

Doktor Bertrand saß in seinem Studierzimmer und las die Zeitungsberichte. Sein Gesicht ließ nicht auf eine erfreuliche Stimmung schließen. Da erklangen draußen Schritte; es klopfte an, und auf seine Antwort trat der alte Kapitän herein.

Der Arzt erhob sich von seinem Sitz und grüßte höflich:

„Sie, Herr Kapitän?" sagte er. „Ich hörte, daß Sie für längere Zeit von Ortry abwesend seien."

„Das war, ist aber nicht mehr. Erlauben Sie, daß ich mich setze!"

Er nahm Platz, musterte den Arzt mit einem eigentümlichen Blick und sagte dann:

„Herr Doktor, Sie sind mein Hausarzt ..."

Er hielt inne. Bertrand verneigte sich.

„Als solcher besitzen Sie mein Vertrauen ..."

„Danke!"

„Sind Sie sich bewußt, dasselbe zu verdienen?"

Bertrand blickte ihm ernst in das Gesicht und antwortete:

„Wenn ich glaubte, es nicht zu besitzen, würde ich auf die Ehre, Ihr Hausarzt zu sein, verzichten."

„Gut. Und doch hat sich in letzter Zeit mancherlei ereignet, was ..., na, still hiervon! Sie sind Österreicher?"

„Geborener."

„Und von Herzen?"

„Ja."

„So müssen Sie die Preußen hassen!"

„Ich hasse keinen Menschen deshalb, weil er ein Preuße ist."

„Redensart! Preußen hat Österreich schändlich hintergangen. Es wird jetzt seine Strafe erleiden. Frankreich marschiert jetzt nach Berlin. Sie sollen Gelegenheit erhalten, sich glänzend zu rächen."

„Hm! Von welcher Gelegenheit sprechen Sie?"

„Nun, haben Sie nicht den Aufruf des Kaisers gelesen?"

„Allerdings."

„Er fordert das Volk auf, zum Schwert zu greifen!"
„Die Armee."
„Nein, das ganze Volk. Wir werden uns erheben wie ein Mann. Frankreich wird ein einziger Riese sein, von Waffen starrend. Die Erde wird unter seinem Tritt erbeben. Man organisiert die Scharen der Franktireurs, über welche mir ein höheres Kommando anvertraut worden ist. Sie werden beitreten."
„Ich?"
„Ja."
„Als Franktireur?"
„Ja, aber nicht als Kombattant. Ich erteile Ihnen hiermit Rang und Charakter eines Regimentsarztes. Wir bedürfen ärztlicher Kräfte. Sie sind der erste, dem ich Gelegenheit gebe, sich Ruhm und Ehre zu erwerben."
Bertrand schüttelte nachdenklich den Kopf und sagte:
„Danke, Herr Kapitän! Ich muß ablehnen."
„Ablehnen? Höre ich recht?"
„Ja, vollkommen."
„Sie wollen auf die Ihnen angebotenen Lorbeeren verzichten?"
„Zu meinem Bedauern."
„Aus welchem Grund?"
„Ich bin für diese Stadt verpflichtet. Mein Wirkungskreis ist mir angewiesen. Ich muß bleiben. Ich darf nicht fort."
„Wer verbietet es Ihnen?"
„Mein Gewissen."
„Das heißt: Sie wollen einfach nicht? Wie nun, wenn man Sie zwingt?"
„Wer will mich zwingen?"
„Ich zum Beispiel. Wir brauchen Ärzte."
„Meine bisherigen Patienten brauchen mich ebenso!"
„Schön, schön! Fast scheint es wahr zu sein, was man sich über Sie in die Ohren flüstert?"
„Was?"
„Sie sind ein Feind des Vaterlandes. Sie verraten Frankreich."
„Herr Kapitän, wenn mir das ein anderer sagte, den würde ich ganz einfach zur Tür hinauswerfen."
„Nun, warum tun Sie dies nicht auch mit mir?"
„Ich achte Ihren Stand und Ihr Alter."
„Diese Achtung will ich dadurch belohnen, daß ich Sie warne. Man hat scharfe Augen und Ohren. Es gelten jetzt die Kriegsgesetze und Kriegsartikel!"
„Ich habe mit ihnen nichts zu schaffen."

„Hm. Man hat Sie beobachtet. Man ist in letzter Zeit sehr mißtrauisch geworden."
„Ich kann nicht dafür."
„Wirklich nicht? Haben Sie nicht mit diesem Doktor Müller verkehrt?"
„Ich lernte ihn in Ortry kennen. Sie selbst haben ihn mir vorgestellt. Das war eine Empfehlung für mich."
„Er war ein Undankbarer. Ferner haben Sie einen Menschen bei sich, welcher die ganze Gegend als Spion durchstreift."
„Wer soll das sein?"
„Ihr Kräutersammler."
„Er wurde mir von Komtesse Marion und ebenso von Mademoiselle Nanon empfohlen."
„Diese beiden sind ebenso undankbar wie jener deutsche und buckelige Doktor der Philosophie. Wie hieß der Sammler?"
„Schneeberg."
„Ein deutscher Name. Er war also ein Deutscher?"
„Ein Schweizer, glaube ich."
„Wo befindet er sich gegenwärtig?"
„Ich weiß nicht. Ich habe ihn entlassen."
„Daran haben Sie sehr recht getan. Sodann hat man jenen Amerikaner Deephill bei Ihnen gesehen."
„Hoffentlich soll das kein Vorwurf für mich sein!"
„Dieser Mensch war ein Feind Frankreichs."
„Auch ihn lernte ich bei Ihnen kennen."
„Er wurde mir empfohlen. Man hatte mich getäuscht. Also Sie weisen mein Anerbieten wirklich von der Hand?"
„Sie meinen das militärärztliche Engagement?"
„Ja."
„Meine Pflicht gebietet mir, auf dem Posten, an welchem ich mich befinde, auszuharren."
„Mögen Sie das nicht bereuen! Sie machen sich durch diese Weigerung verdächtig. Man wird ein sehr wachsames Auge auf Sie haben."
„Soll das eine Drohung sein?" erwiderte Bertrand.
„Nein, sondern eine Warnung. Und noch eins: Was ist Ihnen von dem Aufenthalt meiner Enkelin bekannt?"
„Sie meinen Baronesse Marion?"
„Ja, natürlich."
„Der Aufenthalt derselben muß doch Ihnen am allerbesten bekannt sein, Herr Kapitän."
„Hm! Ja freilich! Aber Sie kennen ihn auch?"

„Nein."
„Man hat nicht davon zu Ihnen gesprochen?"
„Die Leute sprachen, Sie haben Ihre Enkelin an einen sichern Ort gebracht, weil Sie die Verwirrung der jetzigen Zeit bereits damals vorausgesehen hätten."
„Wer das sagt, hat nicht so ganz unrecht. Ich verlasse Sie jetzt, gebe es aber noch nicht ganz auf, Sie als Feldarzt bei meiner Truppe zu sehen."
Er ging, von dem Arzt bis zur Haustür begleitet. Als dieser in sein Zimmer zurückgekehrt war, sagte er zu sich:
„Horchen wollte er; aber er soll nichts erfahren. Es war klug von ihm, sich den Anschein zu geben, als ob er Marions Aufenthaltsort kenne. Die ist sicher aufgehoben."
Er hatte eben wieder zu der Zeitung gegriffen, als es abermals an die Tür klopfte.
„Herein!"
Ein fremder Mensch trat ein, hoch und stark gebaut; sein Alter schien über fünfzig Jahre zu sein.
„Der Doktor Bertrand?" fragte er.
„Ja. Womit kann ich dienen?"
„Mit nichts. Ich danke! Ich habe Ihnen Grüße zu sagen."
„Von wem?"
„Von Mister Deephill in Berlin."
„Ah! Der Tausend", sagte der überraschte Arzt.
„Ebenso von Miß de Lissa und Nanon und Madelon."
„Sie kennen dieselben?"
„Ja."
„Aber, Mann, Sie kommen von Berlin und wagen sich in diese Gegend?"
„Was ist dabei?"
„Sie trotzen da einer sehr großen Gefahr. Sie befinden sich inmitten einer fanatisierten Bevölkerung."
„Ich bin vorsichtig."
„Aber von einem grüßen Sie mich nicht."
„Wen meinen Sie?"
„Herrn Doktor Müller."
„Der hat nicht nötig, Sie grüßen zu lassen."
„Nicht? Wieso?"
„Na, bester Herr Doktor, weil er vor Ihnen steht."
Diese letzten Worte sprach der Fremde allerdings mit Müllers Stimme. Aber sein Gesicht war doch ein ganz anderes.
Der Arzt trat ganz nahe zu ihm heran, um ihn zu betrachten.

„Welch ein Meisterstück!“ rief er aus. „Ja, Sie sind es, Herr Doktor, oder vielmehr, Herr Rittmeister. Aber, um Gottes willen, fast hätten Sie ihn hier bei mir getroffen.“
„Den Alten?“
„Ja.“
„Er hätte mich nicht erkannt.“
„Haben Sie ihn gesehen?“
„Ja. Ich sah ihn eintreten und wartete auf sein Fortgehen. Spricht er von seinen Familienverhältnissen?“
„Nein. Er ließ mich ahnen, daß er wisse, wo Fräulein Marion sich befinde.“
„Doch nur zum Schein.“
„Ja. Aber, Herr Doktor, so schnell hätte ich nicht erwartet, Sie wiederzusehen.“
„Ja, ich mußte zurück, und zwar direkt zu Ihnen.“
„In privater Angelegenheit?“
„Nein, obgleich ich von allen die herzlichsten Grüße auszurichten habe.“
„Also in . . . in dienstlicher Angelegenheit?“
„Ja.“
„Ich hoffe, daß Sie mir Vertrauen schenken!“
„Darf ich das wirklich?“
„Ja. Sie wissen es ja genau. Sie sind mein Lebensretter. Ich bin Deutscher durch und durch, wenn auch nur Deutsch-Österreicher. Die Provinz, in welcher ich jetzt wohne, wurde Deutschland geraubt; sie ist deutscher Boden; der Krieg richtet sich nicht gegen Preußen, sondern gegen ganz Deutschland; und so mache ich mich keiner Infamie schuldig, wenn ich Sie nach Belieben schalten lasse.“
„Hier meine Hand. Sie sind ein braver Mann.“
„Danke! Sehen Sich sich hier in der Gegend um, oder blicken Sie in die Zeitungen. Überall Überhebung, Übermut und doch dabei die größte Dummköpfigkeit. Ich habe das zum Ekel. Und dabei kommt dieser Kapitän zu mir, um mich zum Regimentsarzt zu machen. Denken Sie sich.“
„In welchem Regiment?“
„Pah! Bei den Franktireurs.“
„Im Ernst?“
„Allen Ernstes.“
„Was haben Sie geantwortet?“
„Ich habe natürlich abgelehnt und dafür von ihm allerlei Drohungen anhören müssen.“

„Sie Ärmster."

„Nun, seit ich Sie kenne, fürchte ich ihn nicht. Ich habe ja sehr scharfe Waffen gegen ihn in den Händen."

„Wenn er sich nach Ärzten umsieht, scheint er es sehr eilig zu haben."

„Auf mich mag er verzichten."

„Die Wahrheit zu sagen, liegt mir außerordentlich daran, zu erfahren, wann die Institution der Franktireurs in Kraft treten soll."

„Das kann ich Ihnen glücklicherweise mitteilen. Das Heer soll schleunigst an die Grenze geworfen werden. Da wären die Herren Freischützen im Weg. Sie sollen aus diesem Grund erst hinter dem Heer aus der Erde wachsen. Bis das letztere die Grenze überschritten hat, wird ein jeder zu Hause bleiben."

„Nun, da wird mir das Herz leicht, denn ich weiß, daß die hunderttausend Franktireurs, von denen die französische Fama prahlt, gar nicht zur Aktion kommen werden – einige wenige ausgenommen, deren man sich wohl erwehren wird."

„Wirklich?"

„Ganz gewiß. Man spielt den Krieg im Feindesland, das ist richtig. Aber ehe ein Franzose über die Grenze kommt, sind wir bereits über seine Schwelle."

„Das sollte mich freuen, ist aber nach allem, was man hier liest und hört, ganz unmöglich. Preußen ist nicht gerüstet, und die anderen Deutschen sind es auch nicht, sagt man hier."

„So sehen Sie doch gefälligst mich an. Bin ich nicht ein Preuße?"

„Ein sehr respektabler sogar."

„Und stehe ich nicht bereits in Frankreich? Passen Sie auf, wie schnell das gehen wird. Durch unser schnelles Einrücken kommen wir nicht nur der feindlichen Absicht zuvor, sondern wir zertreten auch zugleich dem giftigen Gewürm der Franktireurs den Kopf."

„Ich ahne, Sie kommen wegen der Vorräte, welche sich hier befinden, so schnell zurück?"

„Ja. Und da habe ich eine Bitte an Sie auszusprechen."

„In Gottes Namen."

„Es wird ein Freund von mir hier ankommen und sich Ihnen vorstellen."

„Er ist mir willkommen. Wie heißt er?"

„Irgendwie; ich weiß es noch nicht. Ich bitte um Ihre Gastfreundschaft für ihn. Er wird höchst zurückgezogen bei Ihnen

leben und höchstens des Abends oder des Nachts einen Spaziergang unternehmen."
„Ganz recht. Er wird hier Ihre Stelle auszufüllen haben."
„Ich will aufrichtig mit Ihnen sein; denn ich kann Ihnen ja Vertrauen schenken, und es ist besser, Sie wissen, woran Sie sind. Es gilt, die bedeutenden Vorräte, welche sich in den Gewölben von Ortry befinden, für uns unschädlich zu machen. Am liebsten wäre es uns natürlich, wenn wir so schnell herbeikönnten, daß der Feind gar keine Zeit fände, sie zu benutzen."
„Das ist höchst schwierig."
„Gewiß. Eben darum wollen wir Vorkehrungen treffen, lieber alles zu zerstören als zuzugeben, daß man es gegen uns anwendet. Ich werde also mit dem erwarteten Freund die Gewölbe aufsuchen. Wir haben uns mit den nötigen Sprengstoffen versehen. Ich muß dann allerdings wieder fort. Er aber bleibt zurück und wird, sobald er sich überzeugt, daß es nötig ist, den ganzen Kram in die Luft sprengen. Es bedarf dazu nur einer brennenden Zigarre."
„Das würde ein wahres Erdbeben ergeben."
„Gewiß. Also, wollen Sie den Freund aufnehmen?"
„Ganz ohne Zweifel."
„Trotzdem es für Sie gefährlich ist?"
„Man wird die Gefahr zu verhüten wissen. Wann kommt dieser Herr?"
„Voraussichtlich morgen abend. Ich werde die Muße, die mir bis dahin bleibt, zu einem Ausflug benutzen."
„Ah! Weiß schon", lachte der Arzt.
„Meinen Sie?"
„Ja. Nach Schloß Malineau natürlich?"
„Erraten. Haben Sie vielleicht Nachricht von Fräulein Marion erhalten?"
„Nein. Jedenfalls aber befindet sie sich wohl. Wie aber ist es in Berlin gegangen? Hat Deephill seinen Vater gefunden und sich mit ihm ausgesöhnt?"
„Ja. Das hat Szenen gegeben, welche ich Ihnen unbedingt schildern muß, aber doch ein anderes Mal. Mein Zug wird bald von hier abgehen."
„Und der dicke Maler?"
„Der war bei dieser Aussöhnung Hahn im Korb. Er hat mich gebeten, nach Malineau zu gehen und seine dicke Marie Melac zu grüßen. So, das wäre es, was ich Ihnen mitzuteilen habe. Und nun bitte ich um die Erlaubnis, mich verabschieden zu dürfen."

„Sie werden die Bahn in Metz verlassen?"
„Ja."
„Und dann? Welche Gelegenheit benutzen Sie dann?"
„Hm, ich muß mir Geschirr mieten."
„Da sind Sie zu abhängig. Wollen Sie nicht mein Pferd nehmen? Wenn Sie reiten, sind Sie Ihr eigener Herr!"
„Das würde mir freilich lieber sein; aber ich mag mit Ihrem Pferd nicht auf dem hiesigen Bahnhof auffällig werden."
„Da ist bald geholfen. Ich reite hinaus, übergebe das Pferd und händige Ihnen das Billett ein."
„Aber unauffällig, bitte ich."
„Versteht sich. Es wird längst Nacht sein, wenn Sie nach Malineau kommen. Wie aber, wenn man Sie in Metz für verdächtig hält?"
„Das befürchte ich nicht."
„Oh, das ist ein Waffenplatz ersten Ranges, es geht da jetzt zu wie in einem Bienenkorb, und man ist auf das äußerste argwöhnisch."
„Nun, ich bin auf alle Fälle vorbereitet. Man kann mir nicht das mindeste anhaben."

Einige Stunden später verließ Doktor Müller in Metz die Bahn und bestieg das Pferd des Arztes. Er hatte sich als Franzose legitimieren können.

Es war dunkel geworden. Das Pferd war zwar für den Arzt ganz brauchbar, für einen Parforceritt aber nicht sehr geeignet. Hinter Conflans zeigte es sich so ermüdet, daß Müller, in einem Dorf angekommen, dort im Gasthof einkehrte, um das Tier ein wenig ausruhen zu lassen.

Das Gastzimmer war gut besetzt, freilich nur von älteren Leuten, da die jüngeren eingezogen worden waren. An einem der hinteren Tische saßen vier Männer, welche augenscheinlich hier fremd waren. Vielleicht gehörte ihnen das leichte Wägelchen, welches, mit zwei Pferden bespannt, draußen im Hof hielt.

Müller verlangte ein Glas Wein und einen kleinen Imbiß. Während des Essens hörte er die vier miteinander sprechen.

„Wie weit ist es noch bis Schloß Malineau?" fragte einer.
„Wir fahren noch zwei Stunden", wurde ihm geantwortet.

Als Müller diese letzte Stimme hörte, blickte er schnell auf und warf einen scharfen, forschenden Blick auf den Sprecher. Dann nahm er eine sehr gleichgültige Miene an, fragte aber nach einiger Zeit:

„Die Herren wollen nach Malineau?"

Jetzt blickte der vorige Sprecher rasch auf, um ihn genau zu betrachten. Dann antwortete er:

„Ja, Monsieur."

„Auch ich will dorthin. Ich kenne den Weg nicht. Dürfte ich mich anschließen?"

„Hm, eigentlich ist der Wagen bereits für uns vier zu klein, aber wir werden Rat schaffen."

„Was das betrifft, so beruhigen Sie sich, ich bin beritten."

„Noch besser. Bleiben wir also zusammen."

Nach einer kleinen Weile stand der Sprecher auf und ging hinaus. Müller folgte ihm unauffällig. Der andere stand, seiner wartend, hinter der Ecke des Hauses.

„Donnerwetter, Königsau, Richard, bist du des Teufels?" fragte er.

„Hohenthal. Dich hätte ich nicht erwartet. Bist du denn noch nicht heim?"

„Nein. Ich erhielt noch im letzten Augenblick Contreordre. Aber du warst schon fort?"

„Ja, bin aber wieder hier, wie du siehst. Dein Martin ist dabei, nicht?"

„Ja."

„Und die beiden anderen?"

Arthur von Hohenthal legte ihm die Hand auf die Achsel und antwortete:

„Du, das ist gerade für dich eine Kapitalnachricht! Hast du die Kerle noch nicht gesehen?"

„Nein!"

„Wenigstens den einen, den hagern?"

„Nein."

„Ja, die Kerle sind sehr gut verkleidet. Weißt du, ich erzählte dir von meinem Pariser Erlebnis: Die Komtesse von Latreau wurde geraubt ..."

„Ja. Du machtest sie frei und liegst ihr nun zu Füßen."

„Kannst du dich auch noch des Kerls besinnen, der die Untat ausgeheckt hat?"

„Ja. Ich habe auch in den Zeitungen davon gelesen. Es gelang ihm zu entkommen. Vater Main nannte man ihn."

„Richtig. Nun, ich habe den Kerl."

„Was? Wirklich?"

„Ja, er ist's."

„Welcher von beiden?"

„Der kleine Dicke."

„Welch ein Fang!"
„Aber erst der andere!"
„Wer ist der?"
„Das ist der Kerl, den du haben willst."
„Ich? Nicht daß ich wüßte."
„Freilich! Und dein Fritz sehnt sich ebenso nach ihm."
„Mein Wachtmeister?"
„Ja, nämlich von wegen des Löwenzahnes."
„Meinst du etwa den verschwundenen Bajazzo?"
„Ja."
„Das ist er nicht."
„Natürlich ist er es! Aber famos maskiert."
„Wenn er es wäre!"
„Er ist's, er ist's, sage ich dir! Ich gebe dir mein Ehrenwort, alter Junge!"
„Dann ist der heutige Tag ein Tag des Glückes für mich und meine Verwandten. Wie aber bist du zu den beiden Menschen gekommen?"
„Auf die einfachste Weise von der Welt. Ich heiße Melac; mein Vater ist Beschließer auf Schloß Malineau, und ich habe die beiden als Forstleute für uns engagiert."
„Papperlapapp!"
„Auf Ehre, wiederhole ich! Laß dir erzählen."
Er berichtete ihm in kurzen Worten, was er von seiner letzten Ankunft in Paris an bis heute erlebt hatte, und fragte dann:
„Glaubst du nun, daß er es ist?"
„Ja, nun glaube ich es. Gott sei Dank, daß wir den Kerl endlich haben. Aber nach dem, was du in dem Hausflur erlauscht hast, muß der junge Lemarch der Bruder meines guten Fritz sein."
„Natürlich."
„Wie nahe ist er da seinen Eltern gewesen, und wie sehr hat mich seine Ähnlichkeit mit Fritz frappiert. Er hat also einen Löwenzahn?"
„Ja; der Bajazzo hat ihn hergeben müssen."
„Gut, sehr gut. Was aber gedenkst du mit den beiden Kerlen in Malineau zu machen?"
„Nun, den Schänkwirt wollte ich dem General Latreau zum Geschenk machen."
„Er wird sich freuen. Und den anderen?"
„Mit dem hatte ich einen ganz eigenen Plan. Weißt du, wenn wir ihn der französischen Polizei überliefern, so wird er zwar wegen Unterschlagung der Kasse und fahrlässiger Tötung seiner

eigenen Stieftochter bestraft, aber für dich geht er verloren, zumal bei den jetzigen Kriegsverhältnissen. Besser wäre es, es würde ihm in Preußen der Prozeß gemacht. Er hat doch die beiden Kinder geraubt. Ich wollte ihn auf irgendeine Weise über die Grenze locken. Das geht aber nicht, da er mich ja nun als denjenigen kennt, der ihn festgenommen hat."

„Aber wenn du die Verkleidung ablegst?"

„So ist es noch schlimmer; da erkennt er mich als den sogenannten Changeur, welcher damals die Komtesse von Latreau befreite."

„Hm! Wie nun, wenn ich ihn herüberlockte?"

„Dieser Gedanke ist nicht schlecht."

„Aber wie es anfangen?"

„Freilich, es ist schwierig."

„Nun, weißt du, es ließe sich doch vielleicht machen."

„Hast du einen Gedanken?"

„Er wird auf Malineau natürlich ebenso wie Vater Main eingesteckt?"

„Natürlich!"

„Ich befreie ihn, aber . . ."

„Alle Wetter! Ja, das ist gut, das lasse ich gelten!"

„Er gewinnt Vertrauen zu mir und wird mir sehr gern über die Grenze folgen, da er sich in Deutschland sicherer weiß als hier in Frankreich."

„Richtig. So wird es gemacht. Nur ist es mir nicht lieb, daß du mit uns reiten willst."

„Warum?"

„Du hättest vor uns eintreffen können, um den alten Melac vorzubereiten. Ich habe ihm zwar geschrieben, wie ich dir sagte, aber er könnte mir dennoch ein Unheil anrichten."

Da wurden sie gestört. Martin kam herbei und meldete, daß Vater Main und der Bajazzo unruhig würden, da er sich auf so lange Zeit entfernt habe.

„Gut, gut, ich komme gleich. Richard, wir kehren in Etain noch einmal ein. Da wird es wohl Zeit für ein paar unbelauschte Worte geben. Du sagst da, daß du erst morgen nach dem Schloß wolltest und darum lieber zurückbleibst, nimmst Abschied von uns, gehst scheinbar auf dein Zimmer, reitest aber trotzdem voraus."

So wurde es auch gemacht.

In Etain kehrte man ein. Königsau erklärte, daß er so spät am Abend nicht erst nach dem Schloß wolle und ließ sich ein Zimmer geben. Er nahm Abschied und zog sich zurück, stieg aber zu Pferd und ritt im Galopp nach Malineau.

Er hatte Marion hergebracht, kannte also die Lokalitäten leidlich. Zwischen dem Dorf und dem Schloß floß ein kleines Wasser. Da stieg er ab, wusch sich die Schminke fort, setzte eine andere Haartour auf, welche er zu diesem Zweck bei sich trug, und nahm aus den Satteltaschen so viel Zeug, als er brauchte, um sich am Rücken wieder zu verunstalten. Dann ritt er vollends nach dem Schloß.

Fast sämtliche Fenster der ersten Etage waren hell erleuchtet. Das konnte bei den beiden, Vater Main und dem Bajazzo, Mißtrauen erwecken. Er sprang vom Pferd, band es an und klopfte bei dem Beschließer. Er fand ihn mit Frau und Enkelin beisammen.

„Herr Doktor Müller, Sie?" fragte er erstaunt.

„Ja. Bitte, Fräulein, schaffen Sie schnell mein Pferd in den Stall. Niemand darf es sehen."

Marie gehorchte sofort, und Königsau wendete sich an ihren Großvater:

„Sie haben heute aus Paris einen Brief erhalten?"

„Ja. Wissen Sie davon?"

„Ja. Haben Sie ihn verstanden?"

„Nicht ganz. Ich habe einen Sohn, und . . ."

Da keine Zeit zu verlieren war, unterbrach Königsau den Alten:

„Bitte, merken Sie sich kurz folgendes. Dieses Schloß gehört nicht dem Herrn General, sondern ist an einen Baron von Courcy verkauft, welcher heute ganz zufällig hier anwesend ist. Ferner: Der Herr Belmonte, welcher damals Ihre junge Herrin gerettet hat, hat auch den Übeltäter und einen seiner Kumpane gefangen. Um sie auf gute Manier hierherzubringen, hat er sich für Ihren Sohn ausgegeben."

„Ach, so ist die Sache."

„Ja, so ist sie. Die beiden Spitzbuben sind nämlich verkleidet. Sie suchen einen Ort, wo sie versteckt sein können, und da hat Herr Belmonte gesagt, daß Sie zwei Forstleute brauchen. Er hat sie als solche engagiert und wird in einer Viertelstunde mit ihnen hier sein."

„Herr, mein Heiland, solche Verbrecher!"

„Haben Sie keine Angst! Sie empfangen dieselben freundlich, geben ihnen zu essen und sagen dann, daß dieselben zum Baron kommen sollten, der sie engagieren werde. Sie führen sie natürlich zum General. Was da geschieht, wird sich finden. Herr Belmonte bringt seinen Diener Martin mit, den Sie bereits kennen. Auch diese beiden sind verkleidet. Der Diener ist scheinbar als Gartenbursche engagiert. Sie werden also mit den Verbrechern nicht allein sein. Wenn Sie im Zweifel sind, was Sie tun sollen, so lassen Sie Herrn Belmonte handeln. Teilen Sie das auch Fräulein Marie mit, die nicht hier ist, damit sie keinen Fehler macht. Ich werde mich hinauf zum Herrn General begeben."

Oben angelangt, wurde er von dem Diener sofort erkannt und sogleich angemeldet. Er fand sämtliche Bewohner im Speisesaal. Der General kam ihm freundlich entgegen, reichte ihm die Hand und fragte, indem er auf Marion deutete:

„Wollen Sie sich erkundigen, wie sich Ihr Schützling befindet?"

„Oh, Mademoiselle de Sainte-Marie befindet sich in guter Hut. Ich komme in einer sehr dringenden Angelegenheit. Bitte, Exzellenz, lassen Sie sämtliche Lichter, außer in einem einzigen Zimmer, auslöschen."

„Warum?"

„Bitte, davon später! Es ist jetzt keine Zeit zu verlieren."

Er begab sich selbst in die anstoßenden Zimmer, um die Lichter zu verlöschen, und auf einen Wink seines Herrn tat der servierende Diener dasselbe. Einige Augenblicke später war nur noch der Speisesaal erleuchtet.

„Das sind ja ganz befremdliche Maßregeln", sagte jetzt der General zu Müller.

„Die aber sehr notwendig sind", erklärte dieser. „Sie bekommen nämlich Besuch, Exzellenz, welcher nicht wissen darf, daß Sie sich hier befinden."

„Sonderbar. Welcher Art ist dieser Besuch?"

„Vater Main."

Bei diesen Worten fuhren alle empor.

„Vater Main? Vater Main?" erklang es von aller Lippen.

„Ja. Es ist endlich gelungen, dieses Menschen habhaft zu werden, meine Herrschaften."

„Und er kommt hierher?"

„Ja, und zwar in Begleitung eines seiner Komplicen, den Fräulein von Sainte-Marie kennt. Ich meine nämlich den Bajazzo, welcher in Thionville seine eigene Tochter vom hohen Seil stürzen ließ."

Das war eine Kunde, welche alle in die größte Aufregung versetzte. Königsau erklärte den Zusammenhang, aber ohne Belmonte und Martin namhaft zu machen.

„Erstaunlich!" sagte der General.

„Oh, für den Herrn Doktor ist nichts erstaunlich", schaltete Marion ein.

„Bitte, bitte", meine Müller. „In dieser Angelegenheit bin ich ohne alles Verdienst. Hören Sie, es fährt ein Wagen vor. Das sind sie. Wir haben also die Lichter gar nicht zu früh verlöscht."

„Aber wer sind denn die beiden Männer, welche mir die Gefangenen bringen?" fragte der General.

„Ich bin nicht beauftragt, es zu sagen", lächelte Müller. „Der eine gilt, wie bereits bemerkt, als der Sohn Ihres Beschließers Melac. Es wird gut sein, Exzellenz, sich mit einigen Waffen zu versehen. Den beiden Menschen ist nicht zu trauen. Lassen Sie die Messer von der Tafel entfernen."

Die Ankömmlinge waren indessen aus dem Wagen gestiegen und bei dem Beschließer eingetreten. Belmonte gab diesem die Hand und sagte:

„Guten Abend, Vater. Endlich wieder da!"

„Guten Abend, mein Sohn", antwortete Melac. „Wie ich sehe, ist die Reise nicht umsonst gewesen?"

„Ja. Hier ist der Gärtner, und hier die beiden Männer für den Forst. Ich habe ihre Papiere bereits geprüft und für gut befunden."

„Schön! Es trifft sich da recht zufällig, daß der gnädige Herr selbst bestimmen kann."

„Der Baron?"

„Ja. Er kam heute hier an, um für einen Tag im Schloß abzusteigen. Denkst du nicht, daß wir ihm diese drei Männer vorstellen?"

„Hm, ja; besser ist es. Es ist sogar unsere Pflicht und Schuldigkeit, da er einmal anwesend ist. Aber erst wollen wir einige Minuten ausruhen."

Sie nahmen Platz. Es war Vater Main und dem Bajazzo natürlich gar nicht recht, daß sie zum Baron sollten, doch ließen Sie es sich nicht merken.

„Essen wir etwas oder gehen wir vorher hinauf?" fragte Belmonte.

„Fertig ist fertig. Am besten, wir gehen erst hinauf."

„Wird er zu sprechen sein?"

„Jedenfalls."

„Na, versuchen wir es. Kommen Sie, meine Herren."

Oben angekommen, ging der Beschließer hinein, um anzumelden, während die anderen warteten. Bald öffnete ein Diener die Tür und ließ sie eintreten. Im Speisesaal befanden sich Müller und Melac. Der Diener trat zurück, und die beiden Gefangenen bemerkten nicht, daß er von außen die Tür verschloß.

Müller, Belmonte und Martin hatten die Hände in den Taschen, in denen ihre Revolver steckten.

„Das dauert lange“, flüsterte Main, dem es unheimlich zu werden begann.

„Geduld“, sagte Belmonte. „Ah, man kommt!“

Die Nebentür öffnete sich, und der General trat ein. Seine Enkelin und Marion folgten.

Vater Main fuhr zurück. Seine Augen vergrößerten sich und waren mit einem Blick des Entsetzens auf die Eintretenden gerichtet. Aber er war ein zu hartgesottener Sünder, als daß er sich gänzlich um seine Besinnung hätte bringen lassen. Er ermannte sich.

„Tausend Teufel. Wir sind verraten!“ schrie er auf. „Fort! Hinaus, Bajazzo!“

Er fuhr herum, nach der Tür zu, und sah drei Revolverläufe auf sich gerichtet.

„Pah. Nicht jede Kugel trifft. Kehrt! Schnell, schnell!“

Er sprang nach der Tür, um sie aufzureißen. Sie war verschlossen. Und nun traten auch von der anderen Seite zwei bewaffnete Diener ein.

„Gebt euch keine Mühe“, sagte der General. „Ihr seid gefangen!“

„Mit welchem Recht?“ fragte Main, dem es einfiel, daß er ja verkleidet sei.

„Macht euch nicht lächerlich! Ihr seid erkannt. Eure Maske nützt euch nichts.“

„Also entdeckt“, knirschte er. „Verraten! Und durch wen? Wart, euch Halunken zeige ich es doch noch!“

Er erhob beide Fäuste und stürzte sich auf Martin, erhielt aber von Müller, an dem er vorüber mußte, einen so gewaltigen Schlag an die Schläfe, daß er sofort zusammenbrach.

„Bindet sie“, befahl der General.

Der Bajazzo war vollständig eingeschüchtert. Er wagte keinen Widerstand. Sein Kumpan war bewußtlos, und so wurden beide gebunden und fortgeschafft. Man schloß sie einzeln in zwei feuerfeste Kellergewölbe ein.

„Und nun meinen Dank", wendete sich der General an die Männer. „Welcher von Ihnen ist denn der famose Sohn meines alten Melac?"

„Ich, Exzellenz", antwortete Belmonte.

„Darf ich vielleicht Ihren richtigen Namen hören?"

„Sie kennen ihn bereits."

„Wohl kaum."

„O doch! Mit Erlaubnis!"

Bei diesen Worten griff er nach einer auf der Tafel stehenden Wasserkaraffe, goß sich ein wenig auf das Taschentuch, fuhr sich mit demselben über das Gesicht und entfernte Bart und Haar. Martin tat dasselbe.

„Monsieur Belmonte!" rief der General.

„Wahrhaftig, Monsieur Belmonte", stieß Ella von Latreau hervor, indem sie vor freudigem Erstaunen die Hände zusammenschlug.

Hinter ihnen aber erklang es halblaut:

„Martin! Martin! Ach ja, er ist's!"

Es war die hübsche Alice, welche sich bisher furchtsam in dem Hintergrund gehalten hatte.

Es gab nun eine ganze Menge eiliger Fragen und Antworten, bis der General auf den besten Gedanken kam, den es geben konnte. Er sagte:

„Das Mahl ist auf wundersame Weise unterbrochen worden. Beginnen wir es von neuem. Dabei haben wir Zeit, uns alles erklären zu lassen."

Es wurden alle geladen, auch die ganze Familie Melac. Dann, nach der Tafel, bildeten sich kleine Gruppen. Diese Gelegenheit benützte Müller, zu Marie Melac zu treten.

„Ich habe noch ganz extra etwas für Sie", sagte er. „Werden Sie es erraten?"

„Wohl schwerlich!"

„Einen Gruß von einem gewissen Maler."

„Herrn Schneffke?" fragte sie errötend.

„Ja. Außer dem Gruß aber auch noch etwas. Hier!"

Er zog ein Briefchen hervor und gab es ihr. Sie dankte erglühend, war dann aber bald verschwunden, um sich mit dem Inhalt bekanntzumachen.

Sodann traf Müller auf Marion.

„Wieder einmal sind Sie der Retter gewesen", sagte sie.

Er antwortete nicht und zog nur die Hand, welche sie ihm reichte, an die Lippen.

Am Fenster stand Belmonte mit Ella. Ihr Auge ruhte fast stolz auf seiner männlichen Gestalt.

„Sie scheinen zu meiner Vorsehung prädestiniert zu sein", sagte sie. „Sie erscheinen, wenn man es am wenigsten erwartet."

„Darf ich denn solch Erscheinen wagen, gnädigste Komtesse?"

„Kommen Sie jeder Zeit! Sie kommen ja als Retter."

Und an der Tür zum Nebenzimmer lehnte Alice. Martin trat auf sie zu und sagte:

„Da ist mein liebes Vögelchen, dem ich ein Nest bauen soll. Kein Mensch blickt her. Komm, komm!"

Ohne daß sie es ihm wehren mochte, zog er sie hinaus in das andere Zimmer, drückte sie an sich, küßte sie herzhaft und fragte:

„Ist dir's recht, daß ich gekommen bin?"

„Oh, wie freut es mich! Wie lange bleibst du?"

„Vielleicht nur einige Stunden."

„Aber du kommst wieder?"

„Natürlich. Und zwar bald, recht bald, um dich zu holen, mein gutes Mädchen."

Und noch später standen Königsau und Hohenthal beieinander im ernsten Gespräch.

„Wann reitest du ab?" fragte der letztere.

„So bald wie möglich."

„Und nimmst den Bajazzo mit?"

„Ja."

„Dann kannst du aber nicht über Metz. Dort fassen sie ihn dir ab. Eine Festung darf so ein Kerl in jetziger Zeit gar nicht zu betreten wagen. Aber wie bringst du ihn denn fort?"

„Das ist die Frage. Zwei Reiter und ein Pferd."

„Nimm meinen Wagen! Du hängst dein Pferd hinten an. Du verkaufst den Kram und gibst mir bei Gelegenheit den Erlös."

„Das könnte sich machen, aber wie kommst du fort?"

„Ich borge mir Geschirr bis zur Lahn. Mache dir überhaupt um mich keine Sorge! Wie lange bleibst du in Thionville?"

„Noch drei Tage."

„So lange darf ich nicht warten. Wir treffen uns also erst wieder in Berlin. Laß aber unterdessen den Bajazzo nicht aus dem Auge."

„Willst du mir gerade hier eine Nachlässigkeit zutrauen? Habe ich ihn einmal, so entkommt er mir nicht wieder. Seine Wächter werden sich freilich wohl schwerlich erklären können, auf welche Weise er verschwunden ist."

Der Bajazzo lag gefesselt auf dem harten Steinboden eines Gewölbes. Er hatte alle Hoffnung aufgegeben und gab alles, alles verloren. Er hatte seinen Willen, seinen Charakter im Schnaps vertrunken; darum fand er jetzt in sich keinen Halt und schluchzte wie ein Kind.

Da plötzlich horchte er auf. Er hörte, daß der Riegel leise zurückgeschoben wurde. Dann erklang es:

„Pst! Ist jemand hier?"

„Ja", flüsterte er.

„Die Gefangenen?"

„Nur einer."

„Wo ist der andere?"

„Ich weiß es nicht."

„Nun, dann kann ich eben nur den einen befreien. Ich habe keine Zeit, das ganze Schloß zu durchsuchen. Kommen Sie."

„Ich bin ja gefesselt."

„Ach so! Na, ich habe ein Messer."

Wenige Augenblicke später schlichen sie sich fort, hinaus, bis dahin, wo in der Nähe des Gehölzes der Wagen stand, an welchen hinten das Reitpferd angebunden war. Sie stiegen ein, und dann setzten sich die Pferde in scharfen Trab.

Königsau hatte den Buckel wieder entfernt. Er sah gerade so wie vorher aus, ehe er ins Schloß gekommen war. Der Bajazzo erkannte ihn und sagte:

„Sie sind es! Warum befreien Sie mich?"

„Ich belauschte Ihre Begleiter und hörte, daß man Sie betrog. Ich hörte Sie sprechen. Ihre Aussprache ist eine deutsche. Sie sind ein Deutscher?"

„Ja, eigentlich."

„Ich bin auch von drüben her. Darum beschloß ich, Sie zu befreien. Das war ganz leicht, da ich im Schloß zu tun hatte. Ich blieb nur scheinbar in Etain zurück."

„Sie haben ja diesen Wagen."

„Ja, den habe ich annektiert. Konnten wir zu zweien auf meinem Pferde reiten? Den Kerlen, die es so schlimm mit Ihnen meinten, ist's ganz recht, daß sie den Wagen verlieren."

„Wohin bringen Sie mich?"

„Nach Thionville."

„O weh!" entfuhr es ihm.

„Haben Sie keine Sorge! Ich gehe da zunächst zu einem Freund, bei dem Sie vollständig sicher sind. Bei der ersten Gelegenheit gehen wir dann über die Grenze. Oder bleiben Sie lieber hier?"

„Nein, nein! Ich will hinüber."

„Schön! Nun haben Sie die Wahl, ob wir beisammen bleiben wollen oder nicht."

„Wenn es Ihnen recht ist, bleiben wir beisammen."

„Schön. Ich will jetzt nicht fragen, wer und was Sie sind. Landsleute müssen sich in solchen Zeiten unterstützen. Sie werden schon auch noch erfahren, wer ich bin!"

Bei Doktor Bertrand wurde dem Bajazzo eine Stube angewiesen, aus welcher er nicht entkommen konnte. Er glaubte, daß man diese Maßregel zu seinem eigenen Vorteil treffe. Nach einigen Tagen reisten sie zu Fuß nach der Grenze, und erst drüben benutzten sie die Bahn. So ging es bis Köln. Dort aber wurde der Bajazzo plötzlich, ohne daß er wußte, weshalb, im Gasthof arretiert. Beim Legitimationsverhör fragte er danach und erhielt zur Antwort, daß man ihn nach Berlin bringen werde, wo er sicher Auskunft über die Ursache seiner Arretur erhalten werde. Er ahnte noch immer nicht, daß er die letztere seinem Reisebegleiter zu verdanken habe.

Am neunzehnten Juli war die französische Kriegserklärung in Berlin überreicht worden, und am achtundzwanzigsten desselben Monats hatte Napoleon III. in Metz das Oberkommando über die französische Rheinarmee übernommen, nachdem er der Kaiserin Eugenie die Regentschaft übertragen hatte.

Der nun ausbrechende Krieg enthüllte außerordentlich schnell die äußere und innere Schwäche des zweiten Kaiserreiches.

Das französische Heer hatte, einer stehenden Redensart zufolge, einen Spaziergang nach Berlin machen wollen; aber die Wacht am Rhein war auf ihrer Hut gewesen. Die deutschen Heereskörper rückten über die feindliche Grenze, ehe die Franzosen ihre Armeekorps noch komplettiert hatten.

Am vierten August erstürmte die Kronprinzliche Armee Weißenburg und den Geisberg. Zwei Tage später war die siegreiche Schlacht bei Wörth, in welcher das Heer Mac-Mahons vollständig geschlagen wurde, und nun folgte Schlag auf Schlag. Die französischen Streitkräfte wurden an allen Punkten zurückgeworfen. Sie wurden gezwungen, sich immer und immer wieder rückwärts zu konzentrieren. Sie fanden keine Zeit, sich zu sammeln und festzusetzen. Paris wurde in Belagerungszustand erklärt, und die Deutschen waren an allen Orten Herren und Meister.

Niemand wurde durch dieses rapide Vordringen der Deutschen mehr in Grimm versetzt, als der alte Kapitän Richemonte. Zuerst hatte er Befehl erhalten, die letzten Schritte zur Organisation seiner Franktireurbande erst dann zu tun, wenn man die deutsche Grenze überschritten habe und er sich also im Rücken des eigentlichen Heeres befinde. Zu einem Überschreiten der Grenze war es aber nicht gekommen, und da die französischen Heeresleiter schon für sich so viel zu tun hatten, daß sie die Köpfe verloren, so hatte man nicht Zeit gefunden, an ihn zu denken, und er war ohne alle Nachricht und Instruktion geblieben.

Nun hauste er auf Ortry und wußte vor Ärger nicht, wo aus noch ein. Er hielt sich bereit loszubrechen, sobald er den Befehl erhalten würde.

Diese Erbitterung gegen die Deutschen herrschte natürlich auch in der Umgegend. Handel und Wandel stockten. Kein Arbeiter erhielt Beschäftigung. Man hatte Zeit genug, sich mit den Neuigkeiten zu befassen, und da diese für die Deutschen stets günstig lauteten, so wuchs der Grimm von Stunde zu Stunde.

Es war gegen das Morgengrauen, als mehrere Reiter durch einen Wald ritten, welcher in einer ungefähren Entfernung von zwei Stunden östlich von Ortry liegt. Sie waren von der Straße, welche von Merzig aus in westlicher Richtung nach Sierck führt, nach Süden abgewichen, um unbemerkt die Gegend von Thionville zu erreichen.

Sie zählten nur ihrer zwölf und waren in Zivil. Von Zeit zu Zeit blieb einer von ihnen halten und riß mit dem Messer ein Rindenstück von einem der an dem schmalen Fahrweg stehenden Bäume. Dies war ein Zeichen für diejenigen, welche nachkommen sollten.

Voran ritt eine hoch und stark gebaute Gestalt mit männlich ernstem, dunklem Gesicht, welches von einem Vollbart umrahmt wurde, der jedenfalls nur ein Alter von einigen Wochen hatte. Dieser Reiter war buckelig.

Der Morgen wurde heller und heller. Man konnte bereits in weite Entfernung sehen. Da sagte einer der jüngeren Herren zu dem beschriebenen Reiter:

„Wie steht es, Herr Major? Sind wir bald an Ort und Stelle? Zwölf Stunden im Sattel!"

„Ist das zu viel von Ihnen verlangt, Leutnant?"

„Nein; das wissen Sie ja. Aber weil dieser Ritt zu gefährlich war, wollte ich meinen Fuchs nicht aufs Spiel setzen und nahm hier diesen Gaul. Er kann kaum weiter."

Da wandte sich einer der anderen zu dem Sprecher und rezitierte aus einem bekannten Uhlandschen Gedicht die Strophe:

„Dem Pferde war's so schwach im Magen;
Fast mußte der Reiter die Mähre tragen."

Ein halblautes Lachen erscholl. Da wendete sich derjenige, welcher Major genannt worden war, um und warnte:

„Pst! Nicht so laut, meine Herren! Wir befinden uns in Feindesland. Und da, ah, dort steht die Eiche. Warten Sie!"

Er gab seinem Pferd die Sporen und galoppierte fort. Von seitwärts her winkte die dichte Krone einer Eiche von der bewaldeten Höhe. Der Major jagte am Wege hin und bog sodann zwischen die lichtstehenden Bäume ein. Dort, am Stamm der Eiche, stand ein junger Mann, auch in Zivil.

„Grüß Gott!" sagte der Major. „Sie sind da; also hat es geklappt?"

„Alles in Ordnung, Herr Rittmeister!"

„Oho! Keinen Fehler, mein Bester! Man hat mich zum Stabsoffizier gemacht."

„Aha, gratuliere, Herr Major! Ist jedenfalls wohlverdient."

„Haben Sie einen Platz?"

„Prächtig."

„Weit von hier?"

„Gar nicht weit. Eine tiefe Schlucht, mitten im Wald. Sie führt nach einem Talkessel, in welchem unter Umständen zehn Schwadronen Platz finden."

„Habe nur zwei und eine Kompanie Jäger. Wann erhielten Sie meine Order?"

„Vorgestern abend. Aber, Herr Major, wie können Sie es wagen, mit diesen Leuten durch feindliches Gebiet zu marschieren, um ein Schloß zu besetzen, welches eben auch mitten im Land des Feindes liegt?"

„Das ist nicht so schwer, wie Sie denken. Erstens sind wir nur in der Nacht geritten und haben jeden bewohnten Ort vermieden, und zweitens bin ich überzeugt, daß ich in Ortry nicht lange isoliert sein werde."

„Aber man konnte Sie dennoch bemerken. Man konnte Ihnen begegnen!"

„Das ist auch geschehen."

„So ist Ihr Ritt verraten!"

„Nein. Zwölf Mann in Zivil sind wir an der Spitze. Wer uns begegnete, wurde festgenommen und den Nachfolgenden übergeben. Auf diese Weise haben wir mehrere Gefangene gemacht, welche wir erst morgen wieder entlassen werden. Thionville ist natürlich von den Franzmännern besetzt?"

„Allerdings."

„So war es Ihnen unmöglich, bei Doktor Bertrand zu bleiben?"

„Ja, ich mußte fort. Aber ich habe einen wunderbar schönen Platz gefunden."

„Wo?"

„In Ortry selbst, nämlich im Dorf bei einem Häusler, den der Alte aus dem Dienst gejagt hat. Ich gelte für einen Verwandten von ihm."

„War das nicht gefährlich?"

„O nein. Dieser Mann ist so wild auf den Kapitän, daß ich mich ganz auf ihn verlassen kann. Übrigens wurde er mir von Doktor Bertrand, der ihn vorher gehörig unter die Sonde genommen hat, dringend empfohlen."

„Wie steht es nun mit den Franktireurs?"

„Sie warten nur auf das Signal."

„Oh, das wird heute noch gegeben werden. Wir sind sehr gut unterrichtet. Haben Sie vielleicht eine Ahnung, wie hoch ihre Anzahl sein wird?"

„Man munkelt von fünfhundert solcher Kerle, welche sich in Ortry ausrüsten wollen."

„Schön! Wir werden Sie bei der Parabel nehmen. Sonst ist alles in Ordnung?"

„Ja. Die Vorräte sind unverkürzt vorhanden."

„Und die Schlüssel, welche ich Ihnen anvertraute?"

„Habe ich noch. Wünschen Sie die Übergabe derselben?"

„Ja. Bitte!"

Er erhielt das Gewünschte und sagte dann:

„Sie werden uns jetzt unser Versteck anweisen. Dort angekommen, habe ich Zeit genug, Ihnen meinen Plan mitzuteilen. Kommen Sie!"

Dieser bucklige Reiter war natürlich kein anderer als Königsau. Der Leutnant in Zivil war derjenige Offizier, welchem er bei seiner Entfernung von Ortry die Bewachung dieses Ortes übergeben hatte.

Sie kehrten nach dem Fahrweg zurück, wo die anderen warteten. Gerade in demselben Augenblick kam ein Reiter angesprengt. Er trug die Uniform eines Ulanenleutnants, salutierte vor Königsau und meldete:

„Das Gros fünfhundert Schritt hinter Ihnen, Herr Major. Sollen wir absitzen?"
„Nein, sondern herankommen."
Der Zug setzte sich wieder in Bewegung und schwenkte dann auf Kommando, nachdem die Reiter abgesessen waren und die Pferde beim Zügel ergriffen hatten, in den pfadlosen Wald ein.
Nach wenig über einer Viertelstunde erreichte man die Schlucht, welche nach dem einsam im Forst gelegenen Talkessel führte. Dort angekommen, wurden Posten ausgestellt, welche den Befehl erhielten, jede Person, die sich bemerken lasse, als gefangen abzuliefern.
Sodann wurde eine längere Beratung, natürlich nur im Kreis der Offiziere, gehalten. Am Schluß derselben brachen diejenigen dieser Herren, welche in Zivil waren, mit Königsau auf, um sich die Heimlichkeiten von Ortry einzuprägen, damit zur angegebenen Zeit kein Fehler begangen werde. Auch Fritz Schneeberg hatte seine Uniform mit einem bürgerlichen Anzug vertauscht und schloß sich ihnen an.
Die Bewohner der Umgegend hatten keine Ahnung, daß über dreihundert Feinde so ganz in aller Gemütlichkeit den Einbruch des Abends erwarteten, um sich des Schlosses Ortry und der in den dortigen Gewölben befindlichen Vorräte zu bemächtigen.
In seinem Arbeitszimmer saß der alte Kapitän. Er war nicht allein, sondern es befanden sich mehrere Männer bei ihm. Das waren seine Vertrauten, welche später seinen Stab bilden sollten. Er befand sich augenscheinlich in höchst schlechter Laune. Er hatte ein Notizbuch in der Hand, aus welchem er mit beinahe knirschender Stimme folgende Stellen vorlas:
„Am 19. Juli Kriegserklärung. – Nächsten Tages Vorpostenscharmützel bei Saarbrücken. – Kampf bei Wehrden, Gefecht bei Hagenbach am 23., unglücklich für uns. – Ebenso die Gefechte bei Weißenburg und Wörth verloren. – General Douay tot. – General François gefallen. – Das feindliche Hauptquartier bereits in Kaiserslautern."
„Der Teufel hole diese Halunken!" warf einer der Anwesenden zornig ein.
Der Alte fuhr fort:
„Paris in Belagerungszustand! Hagenau verloren. – Saargemünd und Forbach ebenso. – Bazaine kommt nach Metz. – Mac-Mahon flieht nach Nancy. – Der gesetzgebende Körper fordert die Abdankung des Kaisers. – Festung Lützelstein verlo-

ren, Straßburg zerniert. – Festung Lichtenberg zum Teufel. – Frankreich borgt eine Milliarde, um den Krieg fortsetzen zu können. – Übergang der Bayern über die Vogesen. – Pfalzburg erobert durch die Deutschen. – Leboeuf nimmt seine Entlassung als Generalstabschef."

Er warf das Notizbuch von sich und fragte:

„Was sagt Ihr dazu, he?"

„Ich hielt das für unmöglich!" antwortete einer.

„Ich auch. Wer ist schuld an all diesen Unfällen?"

„Hm!"

„Ja, hm! Jetzt läßt sich gar nichts sagen. Der Teufel ist im Hauptquartier dieser verdammten Deutschen. Aber dieser Schleicher, der Moltke, soll es uns doch nicht machen wie einst Blücher, der in der Hölle braten möge! Ich habe . . ., was willst du?"

Diese Frage war an einen Diener gerichtet, welcher eintrat.

„Dieser Brief ist angekommen, Herr Kapitän."

„Gut!"

Der Alte öffnete und las. Seine Stirn legte sich in tiefere Falten. Er stieß einen lästerlichen Fluch aus und sagte:

„Wißt ihr, was mir da gemeldet wird?"

Und als keiner antwortete, fuhr er fort:

„Da steht es, das Unglaubliche: Unsere Armee ist bei Metz über die Mosel zurück, und die Deutschen haben die wichtigen Linien von Saar-Union, Grand-Tenquin, Faulquemont, Fouligny und Retangs längst überschritten. Ihre Kavallerie steht bereits bei Luneville, Metz, Pont-à-Mousson und Nancy."

Flüche und Verwünschungen erschallten.

„Still!" knurrte der Alte. „Das ist noch nicht alles! Das große Hauptquartier des Feindes befindet sich bereits zu Verny im Seinetal; die Bahn bei Frouard, nach Paris, ist zerstört, und Bazaine hat das Oberkommando über die ganze Armee übernommen. Nancy ist besetzt und der Kaiser von Metz nach Verdun gefahren. Die Preußen treiben unsere Truppen bis unter die Kanonen von Metz.

„Wißt Ihr, was das alles zu bedeuten hat?"

„Daß Metz belagert werden soll."

„Ja, Metz verloren, alles verloren! Jetzt warte ich keinen Augenblick länger. Jetzt ist der Augenblick gekommen. Während sich diese deutschen Kettenhunde um Metz legen, jagen wir ihnen von hinten unsere Kugeln in den Pelz. Ich warte nicht ab, daß ich Instruktion erhalte. Vielleicht ist es bereits nicht mehr möglich, mir einen Boten zu senden. Ich bin auf mich selbst angewiesen und werde zu handeln wissen. Es mag losgehen. Ist's euch recht?"

„Ja, ja", ertönte es im Kreis.

„Nun gut, so gebt das Zeichen. Heute um Mitternacht sollen sich die Mannschaften heimlich im Park einfinden."

„Warum heimlich?"

„Seht Ihr das nicht ein, ihr Toren? Könnte der Feind so weit gekommen sein, wenn er nicht ganz genau über alles unterrichtet wäre? Er hat talentvolle Spione; das ist gewiß. Und gerade wir sind zur größten Vorsicht verpflichtet. Das Völkerrecht verbietet die Bildung von Franktireurs. Werden wir erwischt, so behandelt man uns als Räuber und macht uns ohne Federlesen den Garaus. Die Deutschen werden, das ist sicher, auch nach hier kommen. Sie dürfen nicht erfahren, daß die Bewohner dieser Gegend zu den Waffen gegriffen haben. Sie würden zu Repressalien greifen. Darum also Vorsicht!"

„Und was dann, wenn wir uns bewaffnet haben?"

„Das wird sich finden, sobald ich morgen weitere Nachrichten erhalten habe, und dann ..."

Er wurde unterbrochen. Zwei Männer traten ein. Charles Berteu und sein Freund Ribeau waren es. Sie kamen unter allen Zeichen der Aufregung.

„Herr Kapitän, wichtige Nachrichten!" sagte der erstere, indem er sich auf einen Stuhl warf und sich den Schweiß von der Stirn wischte. „Sehr wichtige Nachrichten!"

„Noch gute?"

„Zunächst eine ganz armselige, ganz verfluchte, sodann aber eine, über welche Sie sich freuen müssen."

„Ein Sieg über die Deutschen etwa?" stieß er hervor.

„Nein, nein! Diese Hunde stehen mit der Hölle im Bunde! Die Preußen haben Vigneulles an der Maas besetzt und sind in St. Mihiel eingezogen. Die Festung Marsal hat sich ergeben und vor Bar-le-Duc lassen sich bereits Ulanen sehen. Einer der feindlichen Generäle rückt bereits von Metz nach Verdun vor."

„Alle Teufel! Das ist ja unsere Rückzugslinie!"

„Leider! Es steht schlimm, sehr schlimm! Man spricht bereits davon, daß der Feind einen seiner Generäle zum Gouverneur des Elsaß ernennen werde."

Da stampfte der Alte mit dem Fuß auf und rief:

„So dürfen wir keine Minute verlieren. Bazaine steckt in Metz, und Mac-Mahon befindet sich in Châlons, um seine geschlagenen Korps zu sammeln. Er beabsichtigt jedenfalls, dann herbeizueilen, um Metz zu entsetzen. Geht aber der Feind bereits nach Verdun vor, so wird dem Marschall dies zur Unmöglichkeit gemacht. Ihr müßt also da drüben auch zu den Messern greifen, und zwar augenblicklich!"

„Das wollen wir ja auch. Wir warten nur auf Ihre Anweisungen."

„Nun, die sollen Sie erhalten. Also, wieviel Mann werden Sie zusammenbringen?"

„Fünfhundert."

„Also soviel wie ich. Wir werden also tausend Mann haben. Damit läßt sich etwas ausrichten. Wo versammeln Sie sich?"

„In Fleurelle, hinter Schloß Malineau. Und dieser Name bringt mich auf die zweite Nachricht, welche ich Ihnen zu bringen habe. Sie ist eine gute."

„Dann schnell heraus damit! Gute Nachrichten sind jetzt so selten, daß man sie nicht schnell genug hören kann."

„Schön! Also erfahren Sie: Ich habe sie."

„Wen?"

„Fräulein Marion."

„Marion? Ah! Meine Enkelin?"

„Ja."

„Alle Wetter! Das ist allerdings eine ganz erfreuliche Neuigkeit. Wo befindet sie sich?"

„Eben auf Malineau."

„Sapperment! Das Schloß gehört dem General Latreau."

„Dessen Tochter wohnt jetzt dort, und bei ihr befindet sie sich als Gast. Und noch eine zweite Person gibt es da, auch eine Dame. Ich habe gelauscht und dabei gehört, daß sie von Mademoiselle Marion Mutter genannt wird, von den anderen aber Madame Liama."

„Liama!" stieß der Alte hervor. „Ah, Liama! Habe ich sie wieder! Berteu, Ihre Nachricht ist für mich Goldes wert. Sie müssen sogleich wieder fort!"

„Warum?"

„Sie müssen augenblicklich nach Fleurelle und unsere Leute zusammenrufen. Sie übernehmen einstweilen das Kommando. Sie haben dafür zu sorgen, daß Schloß Malineau in Ihren Besitz kommt. Sie bemächtigen sich dieser beiden Frauenzimmer. Ich komme nach. Ich stoße mit den Meinigen zu Ihnen. Wie es jetzt steht, wird der Kaiser einstweilen abtreten. Man wird eine interimistische Regierung bilden. Es wird ein wenig Anarchie geben, und dies benutzen wir. Messieurs, kommen Sie mit mir hinab in die Gewölbe, damit Sie sich für den heutigen Abend orientieren!"

Einige der Aufgeforderten erhoben sich und schritten nach der Tür; der Alte aber sagte:

„Nein, nicht dort hinaus. Es gibt einen anderen Weg. Folgen Sie mir hier durch die Tapetentür!"

Er verschloß die Eingangstür von innen und öffnete dann den geheimen Zugang nach den verborgenen Treppen. Er trat den anderen voran hinaus.

„Halt! Pst!" machte er und horchte gespannt nach unten. Dann fügte er hinzu: „War es mir doch, als ob jemand da unten über die Stufen lief. Aber hier kann doch kein Mensch sein. Also gehen wir weiter. Ich werde Sie dann durch das Waldloch entlassen."

Und doch hatte er sich nicht geirrt.

Königsau war in die geheimnisvollen Gänge eingedrungen, um sie seinen Begleitern zu zeigen. Damit fertig, ließ er sie im hintersten Gang warten und begab sich mit Fritz nach dem Innern des Schloßgebäudes. Er wollte gern wissen, wo sich der alte Kapitän befand.

Die beiden erreichten die Wohnung des letzteren und waren so glücklich, draußen vor der dünnen Holztäfelung stehend, die Unterredung, welche drin im Zimmer stattfand, zu belauschen. Sobald sie hörten, daß der Alte in die Gewölbe wollte, entfernten sie sich. Aber das ging doch nicht so schnell, wie sie dachten. Königsau wäre gewiß rascher entkommen; Fritz aber war mit der Treppe nicht so vertraut und tastete sich zu langsam hinab. Unten stolperte er sogar. Königsau durfte ihn nicht zurücklassen und faßte ihn bei der Hand. Da hörten sie das „Halt! Pst!" des Alten.

„Stehenbleiben!" raunte Königsau dem Gefährten zu.

Sie vernahmen nun ganz deutlich, was der Kapitän dann sagte, und als sie die Schritte der Franzosen wieder hörten, eilten sie weiter. Dies ging jetzt, da es keine Stufen mehr gab, schneller vonstatten. Der Kapitän konnte mit seinen Begleitern nur langsam weiter. Darum hatten die beiden bald einen Vorsprung erhalten, der sie in Sicherheit brachte.

Als sie dann später wieder auf die anderen stießen, gab ihnen der Major den Befehl, ihm zu folgen.

Er führte sie durch den Gang, der in das Waldloch mündete. Natürlich brachten sie die Verschlüsse hinter sich wieder in

Ordnung, daß nichts von ihrer Anwesenheit bemerkt werden konnte.

Als sie im Freien angekommen waren, sagte Königsau:

„Es sind also noch mehrere bei ihm. Er wird sie hier herauslassen. Ich möchte gern wissen, was gesprochen wird. Beim Abschied pflegt man ganz unabsichtlich eine Wiederholung des geendeten Gespräches zu geben; ich hoffe also, irgend etwas zu erlauschen, woraus ich auf die Dispositionen schließen kann, welche der Kapitän für den heutigen Abend getroffen hat."

„Das ist gefährlich!" bemerkte einer der Herren.

„Nicht so sehr, als Sie denken. Hier, gerade über dem Loch, gibt es ein Brombeergestrüpp. Darin verberge ich mich sehr leicht."

„In diesen Dornen?"

„Ja. Sie sind zwar meinem Anzug gefährlich, meiner Absicht aber sehr förderlich. Mit Ihrer Hilfe kann ich mich so verbergen, daß man mich gar nicht zu bemerken vermag. Sie brauchen nur ein wenig nachzuhelfen."

„Wo warten wir?"

„Da oben in dem Buchengestrüpp. Sollte ich ja in Gefahr geraten, so schieße ich meinen Revolver ab, und Sie eilen zu meiner Hilfe herbei."

Die Dornenzweige wurden möglichst auseinandergezogen und dann über Königsau, nachdem derselbe sich auf den Boden gelegt hatte, wieder so geschlossen, daß er gar nicht zu sehen war. Dann zogen sich die andern zurück.

Als sie es sich in dem dichten Buchengebüsch so bequem wie möglich gemacht hatten, wurde das Ergebnis der Untersuchung der unterirdischen Gänge leise besprochen. Bei dieser Gelegenheit bemerkte einer:

„Ein schneidiger Kerl, dieser Major Königsau! Und Sie, Kamerad, sind Wachtmeister in seiner Schwadron gewesen?"

Diese Worte waren an Fritz gerichtet.

„Ja", antwortete er. „Sein Wachtmeister und sein Freund, wie ich wohl sagen darf."

„Donnerwetter! Der Sohn eines Generals von Goldberg und Wachtmeister! Das ist unbegreiflich!"

„Ah, Sie kennen diese Verhältnisse nicht?"

„Nein, Kamerad. Bedenken Sie, daß Sie mit Königsau zu einem anderen Regiment gehören."

„Nun, so will ich Ihnen sagen, daß ich als Kind meinen Eltern geraubt wurde. Später diente ich unter Königsau, welcher, ohne daß wir beide es ahnten, mein Verwandter, mein Cousin war. Hier in Ortry kamen wir zufälligerweise hinter das Geheimnis. Der Kerl, welcher mich geraubt hatte, wurde gefangen und mit List über die Grenze und dann als Gefangener nach Berlin gebracht. Dort wurde er so scharf vernommen, daß er nicht mehr leugnen konnte, und so gestand er nicht nur, sondern bewies auch, daß ich der geraubte Sohn des Generals bin."

„Sapperment! Höchst interessant! Was sagten denn da Ihre Eltern?"

„Ist das nicht eine wunderbare Frage, Herr Kamerad? Lassen Sie uns jetzt an die Gegenwart denken! Aus dem Wachtmeister Fritz Schneeberg, der stets seine Pflicht getan hat, ist der Leutnant Graf Friedrich von Goldberg geworden, welcher sich keiner Nachlässigkeit schuldig machen will. Geben wir also auf den Major acht!"

Dieser hatte unter seinen Dornen eine wahre Geduldsprobe abzulegen. Es dauerte sehr, sehr lange, ehe er die Ankunft der Franktireurs bemerkte. Endlich glaubte er unter sich ein Geräusch zu vernehmen, und gleich darauf wurde der Stein von dem Loch, welches den Ausgang bildete, entfernt.

Die Männer traten hervor.

„Also, haben Sie sich alles gemerkt, Messieurs?" fragte der Alte. „Sie speisen heute mit mir zu Abend, und punkt zwölf Uhr begeben wir uns in das Gewölbe. Sie, Levers, können allerdings nicht mit am Mahl teilnehmen, da Sie die Versammelten hier zu erwarten und durch diesen Eingang zu dirigieren haben."

Der Kapitän Richemonte unterbrach plötzlich seinen Vortrag, den er an die Führer der Franktireurs hielt. Es war ihm, als ob er von außerhalb ein Geräusch vernommen, er horchte aufmerksamer, es blieb aber still in der Umgebung.

Nach einigen Minuten fuhr er jedoch fort und verordnete, zu Levers gewandt:

„Sie verschließen den Zugang natürlich wieder und bringen die Leute alle in das große Gewölbe, in welchem die Garderobevorräte aufgestapelt liegen. Die Leute müssen zunächst eingekleidet werden, ehe sie Waffen bekommen. Jeder erhält eine Bluse und ein Käppi. Ich lasse dieses Gewölbe offen, und Sie können, falls ich nicht gleich erscheine, die Einkleidung immer beginnen lassen. So, das ist alles, was ich noch zu sagen hatte. Adieu, Messieurs!"

Er gab ihnen die Hand, und sie gingen. Nur zwei blieben bei

ihm zurück, nämlich Berteu und Ribeau. Der erstere wartete, bis sich die anderen alle entfernt hatten. Dann sagte er:

„Wann darf ich erwarten, Sie in Fleurelle zu sehen, Herr Kapitän?"

„Möglichst bald. Auf dieser Seite der Mosel ist für uns nichts zu tun. Noch bleibt uns der Weg über Briecy offen, und den werden wir benutzen. Wir marschieren noch während der Nacht fort. Die Schnelligkeit unseres Marsches aber hängt von Umständen ab, die ich noch nicht kenne."

„Und ich soll mich unter allen Umständen des Schlosses Malineau bemächtigen?"

„Ja. Auf alle Fälle."

„Welchen Vorwand habe ich? Es gehört dem Grafen Latreau, der französischer General ist."

„Pah! General außer Dienst."

„Aber doch Offizier."

„Nun, ein Grund ist sehr leicht gefunden. Sie haben gehört, daß die Deutschen sich des Schlosses bemächtigen wollen, und so kommen Sie, es zu verteidigen."

„Hm, ja! Auf diese Weise bin ich der Beschützer des Schlosses und der Damen."

„Diese letzteren brauchen, bis ich komme, nicht zu merken, daß sie Ihre Gefangenen sind."

„Natürlich. Aber wie nun, wenn sich bereits reguläres Militär in der Nähe oder gar im Schloß selbst befindet? Dann kann ich doch nicht verlangen, daß das Kommando mir übergeben wird."

„Allerdings nicht. In diesem Falle haben Sie nur zu beobachten, daß meine Enkelin und diese Liama sich nicht entfernen. Das Weitere werde ich bestimmen, wenn ich dann ankomme. Haben sie sonst noch eine Frage oder eine Erkundigung?"

„Nein. Ich hoffe ja, daß wir uns bald wiedersehen."

„Jedenfalls. Adieu für jetzt!"

„Adieu, Herr Kapitän!"

Die beiden Freunde gingen, und der Alte zog sich in das Innere des Ganges zurück.

Nun wand Königsau sich vorsichtig aus den Dornen hervor und begab sich zu den auf ihn wartenden Kameraden, denen er mitteilte, daß sie nun in den Talkessel zurückkehren könnten, da der Zweck der gegenwärtigen Rekognoszierung erreicht worden sei.

Er schritt mit Schneeberg voran, da sie beide die Gegend kannten.

Ein Fehler ist es freilich, den braven Fritz noch Schneeberg zu nennen; denn er war von dem General von Goldberg als Sohn anerkannt worden. Königsau hatte mit dem gefangenen Seiltänzer eine förmliche Revolution in dem Familienleben seiner Verwandten hervorgerufen. Freilich war davon nicht viel in die Öffentlichkeit gedrungen. Die politischen und kriegerischen Ereignisse der Gegenwart hatten alles Interesse in der Weise absorbiert, daß das endliche Auffinden eines der verschollenen Söhne des Generals fast gar nicht beachtet worden war.

Desto größer allerdings war die Erregung im Kreise der Familie gewesen. Das einzige nach außen hingehende Ereignis bestand in der Ernennung Fritzens zum Leutnant.

Er sollte allerdings einen neuen Vornamen erhalten; da er aber an seinen bisherigen so gewöhnt war, hatte man beschlossen, denselben beizubehalten.

Königsau verkehrte mit ihm natürlich noch viel vertraulicher als früher. Sie durften sich nun du nennen, und es war dem für seine Dienste zum Major ernannten Rittmeister eine herzliche Genugtuung, den Freund, welchem er bereits früher zugetan war, auch jetzt noch bei sich haben zu können.

Während sie nun, gefolgt von den anderen, nebeneinander herschritten, fragte Fritz:

„Hast du deine Dispositionen für den Abend schon getroffen, Richard?"

„Ja. Wir werden ein wenig Komödie spielen."

„Hm! Wieso?"

„Nun, der Alte kennt und haßt dich."

„Das ist freilich wahr."

„Mich aber noch viel mehr."

„Das ist ebenfalls zutreffend."

„So bereiten wir ihm die freudige Überraschung eines Besuches."

„Doch nicht etwa gerade dann, wenn er mit seinen sauberen Kameraden bei der Tafel sitzt?"

„Doch, gerade dann."

„Hm! Wo wird er speisen?"

„Im Speisesaal keinesfalls. Diese Männer haben vieles zu besprechen. Er wird in seiner Wohnung servieren lassen."

„Das wird allerdings eine sehr hübsche Überraschung werden."

„Fast so groß wie die Überraschung, welche deine Nanon hatte, als ich dich als meinen Cousin vorstellte."

„Das gute Kind! Wo wird sie sich befinden?"

„Irgendwo beim Heer. Ich achte den Entschluß, mit ihrer Schwester unseren siegreichen Truppen als Krankenpflegerin zu folgen. Du wirst mit diesem Mädchen jedenfalls glücklich sein."

„Ich bin davon überzeugt. Sapperment, wenn ich daran denke! Da unten im Wald trafen wir uns. Ich sang: ‚Zieht im Herbst die Lerche fort!' Dann setzte sie sich auf meinen Pflanzensack und guckte mich mit so lieben Augen an, daß mir Hören und Sehen verging."

„Beneidenswerter."

„So? Bist etwa du zu beklagen?"

„Hm! Du hast ja gehört, in welcher Gefahr sich Marion befindet. Und ich bin nicht bei ihr!"

„Du machst dich aber schleunigst hin!"

„Werde ich Erlaubnis bekommen?"

„Allemal!"

„Ich habe morgen abend in Sanct Barbe einzutreffen. Ist es möglich, so bin ich eher dort. Und sollte ich ein Pferd tot reiten, obgleich ich sonst kein Schinder bin."

„Ich bin bei dir. Gibt man dir die Erlaubnis, wird man sie mir wohl nicht versagen. Du hast dich so verdient gemacht, daß man moralisch gezwungen ist, deine Bitte zu berücksichtigen."

„Wenn unser linker Flügel weit genug vorgeschoben ist, wird man mir die Erlaubnis allerdings nicht verweigern. Und dann, dann . . ."

„Dann werden wir zwei ernste Wörtchen mit diesem Berteu und seinem Freunde Ribeau sprechen", fiel Fritz ein. „Diese Kerle haben es verdient!"

Der Tag verging, es wurde Abend. Neun Uhr war vorüber; da regte sich ein eigentümliches, geheimnisvolles Leben in demjenigen Teil des Waldes, welcher in der Nähe des alten Klosters lag.

Aus dem schmalen Waldweg, welcher von Osten her auf die Ruine mündete, drangen zwei Schwadronen Ulanen und dann eine Kompanie Jäger hervor. Die ersteren erhielten den Befehl, hier zu warten, dann aber zur geeigneten Zeit hervorzubrechen, so daß zehn Minuten nach zwölf Uhr Ortry von ihnen in der Weise umringt sei, daß niemand von dort entkommen könne.

Die Jäger aber folgten ihren Offizieren in das Innere der Ruine. Dort wurden die mitgebrachten Leuchten entzündet, und die braven Leute drangen nun durch den Gang ein, durch welchen sich Fritz damals in den Versammlungssaal gewagt hatte.

Nachdem sie diesen letzteren erreicht hatten, wurden sie von Königsau, welcher ja überall öffnen konnte, weiter in das Innere der Gewölbe geführt. Beim Kreuzpunkt der vier Gänge blieb er stehen. Die Offiziere der Kompanie standen hinter ihm.

„Meine Herren", sagte er; „Sie sehen hier diese offene Tür. Sie führt in das Gewölbe, in welchem sich die fünfhundert Menschen ihre Blusen und Käppis holen sollen. Sie kommen ohne Waffen; sie sollen erst, nachdem sie eingekleidet sind, bewaffnet werden. Dazu aber dürfen wir es nicht kommen lassen. Wir nehmen sie, ehe sie diese Gewölbe verlassen, gefangen. Um das mit Sicherheit zu können, müssen wir sie einschließen. Ich öffne Ihnen die Türen der beiden Gewölbe, welche zu beiden Seiten des Garderobemagazins liegen; dort verstecken Sie sich, Herr Hauptmann, Herr Oberleutnant. Ich werde zur rechten Zeit erscheinen, um das Signal zu geben. Sie halten Ihre Türen offen, aber so, daß man von außen nichts bemerkt. Ich werde, wenn ich komme, bei Ihnen, Herr Oberleutnant, leise anklopfen und meinen Namen nennen. Jetzt kommen Sie!"

Er öffnete die beiden Türen, und die Gewölbe wurden besetzt, worauf man die Türen von innen zuzog.

Er hatte sich nur zehn Mann von der Kompanie zurückbehalten; diese waren im Gang bei ihm und Fritz geblieben. Er gab einen Wink und führte sie nach dem Schloß zu. Unter dem Gartenhaus angekommen, zog er seine Uhr und warf einen Blick auf das Zifferblatt.

„Dreiviertel elf Uhr", sagte er. „Wir haben länger gebraucht, als ich dachte. Jetzt kannst du an die Oberwelt steigen. Ich werde alles hören."

Fritz, der mit den Heimlichkeiten des Gartenhauses vertraut war, stieg hinauf, während Königsau mit den Soldaten den Weg fortsetzte.

Bei den geheimen Treppen angekommen, gab er strengen Befehl, jedes, auch das geringste Geräusch, zu vermeiden, und stieg mit ihnen empor.

Nur er hatte ein Licht. Die Leute trugen schwere Stiefel und übrigens auch ihre ganze Ausrüstung. Es war also für sie keine Kleinigkeit, ihm so geräuschlos, wie er es verlangte, zu folgen. Sie tasteten sich nur höchst langsam vorwärts, und als sie oben neben ihm standen, konnte es wohl schon halb zwölf Uhr sein.

Als sie nun so lautlos nebeneinander standen, hörten sie laute Stimmen.

„Sie sind da", flüsterte der Major ihnen zu. „Ich werde zuerst allein eintreten; sobald ich aber Ihren Namen nenne, Sergeant, folgen Sie nach. Wer Widerstand leistet, bekommt eine Kugel.

Nur den alten Graubärtigen schont mir; den muß ich lebendig haben."

Fritz war durch den Park in den Garten gelangt und ging von da aus zunächst in das Freie, um die bestimmte Zeit abzuwarten. Er sah die Fenster des Kapitäns erleuchtet und flüsterte vor sich hin:

„Ganz genau so, wie Richard dachte. Bin doch neugierig, was der Alte sagen wird."

Als halb zwölf Uhr vorüber war, begab er sich an das große Tor des Hofes. Es stand offen, jedenfalls auf besonderen Befehl des Kapitäns. Er trat ein, aber kein Mensch war zu sehen. Darum ging er über den Hof hinweg und stieg die breite Freitreppe hinauf. Erst oben trat ihm ein Diener entgegen, der ihn ganz erstaunt betrachtete.

„Was wollen Sie so spät?" fragte er.

„Ich muß zum Herrn Kapitän."

„Unmöglich! Jetzt ist keine Audienzzeit."

„O doch! Der Herr Kapitän erteilt ja Audienz."

„Das sind Herren, welche . . . welche . . ."

„Zu welchen auch ich gehöre."

„Ach so! Da muß ich Sie anmelden."

„Das ist nicht nötig. Ich bin für jetzt bestellt und habe strengen Befehl, mich nicht anmelden zu lassen."

Er schob den Diener zur Seite und ging weiter. Der Lakai blickte ihm verdutzt nach und brummte:

„Sonderbar! War das nicht der Kräutermann des Doktor Bertrand? Der ist auch ein Vertrauter des Kapitäns? Wer hätte das gedacht! Hm, hm!"

An der Tür des Kapitäns angekommen, klopfte er an und trat, als er die laute Antwort des Alten hörte, ein.

Dieser letztere mochte geglaubt haben, daß es der Diener sei, aber als er Fritz erblickte, machte er ein im höchsten Grade erstauntes Gesicht und sagte:

„Was! Wer hat Ihnen erlaubt, hier einzutreten?"

„Entschuldigung, Herr Kapitän", sagte Fritz in höflichem Ton. „Ich habe Ihnen eine wichtige Botschaft zu bringen."

„Sie mir! Sind Sie nicht der . . . der Kräutersammler des Doktors Bertrand?"

„Ja."

„Und Sie wagen sich zu mir?"

„Warum sollte ich nicht?"

„Das ist stark! Was haben Sie mir zu sagen?"

„Ich komme in einer sehr freundlichen Absicht und verdiene den feindseligen Empfang nicht, den ich hier finde.“

„So lassen Sie mich Ihre freundliche Absicht kennenlernen.“

„Ich soll Sie warnen.“

„Ah! Vor wem oder was?“

„Vor einem gewissen Doktor Müller.“

„Sapperment! Was ist's mit diesem?“

„Er sinnt auf Rache.“

„Das weiß ich. Wissen Sie vielleicht, wo er sich befindet?“

„Er soll sich in der Nähe des Schlosses herumtreiben.“

„Oh, er wird wohl an einem ganz anderen Ort sein, an einem Ort, den ich kenne.“

„Schwerlich!“

„Pah! Ich weiß das besser als Sie. Er ist da, wo sich Mademoiselle Marion befindet. Aber wir werden ihn zu treffen wissen. Wie aber kommt es, daß Sie, gerade Sie mich warnen? Wer hat Sie geschickt?“

„Raten Sie.“

„Fällt mir nicht ein.“

Er war von seinem Stuhl aufgestanden, ging an Fritz vorüber nach der Tür, öffnete, zog draußen den Schlüssel ab und verschloß dann die Tür von innen. Den Schlüssel steckte er ein, zog ein höhnisch grinsendes Gesicht und sagte:

„Sie merken jetzt wohl, wie dumm Sie sind?“

„Ich? Dumm?“ fragte Fritz.

„Ja, riesig dumm! Sie sind geradezu in die Höhle des Löwen gelaufen, der Sie verschlingen wird.“

„Des Löwen? Habe keine Ahnung. Wer soll das sein?“

„Ich.“

„Sie?“ meinte Fritz in äußerst gemütlichem Ton. „Sie wollen mich verschlingen? Gehen Sie; dazu sind Sie viel zu gut und freundlich. Übrigens glaube ich nicht, daß ich so sehr appetitlich bin, daß es Ihnen nach mir gelüstet.“

„Oh, es gelüstet mir doch sehr nach Ihnen. Sie sind mir längst verdächtig gewesen. Ich bemächtige mich Ihrer Person, Sie sind mein Gefangener.“

„Was! Gefangener soll ich sein?“

„Sie hören es ja.“

„Das ist aber doch die höchst verkehrte Welt.“

„Ah! Wieso?“

„Sie sind ja mein Gefangener.“

„Ich? Der Ihrige? Mensch, sind Sie verrückt?“

„Das scheint Ihnen auch noch unglaublich? Sie denken, weil Sie den Schlüssel abgezogen haben, bin ich Ihr Gefangener? Oh, mir ist es eben gerade recht, daß Sie die Tür verschließen. Da können Sie mir nicht entkommen."

Der Alte stieß ein lautes, höhnisches Gelächter aus, in welches die anderen einstimmten.

„Der Mensch ist wirklich übergeschnappt", sagte er. „Oder spielt er nur den Verrückten, um loszukommen? Aber da hat er sich verrechnet. Wir werden ihn einschließen."

„Wohl da, wo die Zofe gesteckt hat?" fragte Fritz.

Der Alte horchte auf.

„Welche Zofe?" fragte er.

„Ich meine dasselbe Loch, in welches auch Deephill eingesperrt worden ist."

„Hölle und Teufel! Was wissen Sie davon?"

„Oder meinen Sie das Loch, in welchem Herr von Königsau steckte, oder dasjenige, in welches einst ein kleiner, dicker Maler eingesperrt wurde?"

Da sprang der Alte auf ihn zu, faßte ihn bei der Brust und brüllte voller Wut:

„Ah, habe ich endlich den Kerl! Halunke, jetzt sollst du mir beichten, auf welche Weise ..."

Er sprach nicht weiter. Fritz hatte ihn bei der Gurgel gepackt, hob ihn empor und setzte ihn auf den nächsten Stuhl. Das ging so schnell, daß die anderen gar nicht Zeit fanden, dem Alten beizuspringen.

„Armer Teufel! Mich bei der Brust zu fassen", sagte er. „So einen alten Gardekapitän drückt man ja mit einer einzigen Hand zu Sirup. Und Sie, meine Herren, bleiben Sie ruhig sitzen, sonst geschieht Ihnen etwas, was Sie auf die Dauer nicht vertragen können."

„Schurke", stöhnte der Kapitän, indem er sich wieder von seinem Sitz erhob. „Ich lasse dich fuchteln, zu Tode fuchteln. Du sollst mir ... Tod und Verdammen ... wer ist das? Wer hat hier ..."

Das Wort blieb ihm im Munde stecken. Die Wand hatte sich geöffnet, und Königsau war eingetreten.

„Guten Abend, Herr Kapitän", grüßte er höflich.

„Was ... was ... was ...", stammelte der Alte, der vor Schreck weiter keine Worte fand.

„Was das ist?" fragte Königsau. „Besuch ist es!"

Da gewann der Kapitän wieder die Herrschaft über seinen

Schreck. Sein Auge leuchtete tückisch auf, und seine langen, gelben Zähne nagten an dem weißen Bart.

„Schön", sagte er. „Besser konnte es nicht kommen. Die Vögel haben sich gefangen. Verdacht hatte ich bereits damals. Jetzt aber weiß ich bestimmt, wer mir mein Haus durchspionierte. Aber Sie sind heute, da Sie heimlich zurückkehrten, in Ihr eigenes Verderben gerannt. Hier hinaus" – er deutete nach der Tür – „hier hinaus können Sie nicht, und da, wo Sie jetzt eingetreten sind, noch viel weniger."

„Wer wollte es mir verwehren?"

„Ich."

„Pah! Sie alter, schwacher Mann."

„Lachen Sie! Sie sind ein Spion. Ich aber will Ihnen sagen, daß Sie noch heute nacht aufgeknüpft werden. Da unten harren fünfhundert Mann tapferer französischer Krieger. Ihnen laufen Sie in die Arme!"

„Französische? Hm! Das machen Sie mir nicht weis."

„Sie werden sie sehen."

„Na, da werde ich Ihnen die tapferen, französischen Krieger zeigen, welche da unten warten. Sergeant Baumann, herein!"

Im nächsten Augenblick standen zehn preußische Jäger längs der Hinterwand postiert, die Läufe der schußfertigen Gewehre auf die Franzosen gerichtet.

„Nun, Herr Kapitän, was sagen Sie zu diesen tapferen Franzosen? Bitte, antworten Sie."

Ein lautes Stöhnen war zu hören, weiter nichts. Die Augen schienen dem Alten aus dem Kopf treten zu wollen; er fand keine Worte. Er bot einen schrecklichen Anblick dar. Er sah aus wie einer, den der Schlag im nächsten Augenblick treffen muß. Er rang nach Atem, und endlich, endlich stieß er einen lauten Schrei hervor.

„So sieht einer aus, den der Teufel holt", sagte Fritz, auf den Kapitän deutend.

Das aber gab diesem sofort die Fassung wieder.

„Hund!" brüllte er. „Sag das noch einmal, und ich zermalme dich."

Auch die anderen Franzosen traten um einen Schritt näher. Sie vergaßen um des Alten willen für einen Augenblick die drohend auf sie gerichteten Gewehrläufe.

„Halt! Bewegt euch nicht!" gebot Königsau. „Ein Wink von mir, und zehn Schüsse krachen. Und damit der Herr Kapitän Richemonte nicht zweifeln kann, daß es mir ernst ist, so will ich ihm sagen, daß ich eigentlich nicht Müller heiße. Mein Name ist Richard von Königsau, Major im königlich preußischen Gardeulanenregiment. Und hier steht Friedrich von Goldberg, mein Kamerad."

„Ein ... ein ... buckeliger Major", stieß der Alte hervor, indem er aber doch vor Schreck auf den Stuhl sank.

„Pah! Der Buckel wird von jetzt an verschwinden. Aber horch. Fritz, geh hinab. Sie sind da."

Von unten herauf ertönte Pferdegetrappel. Der Leutnant entfernte sich und kehrte nach wenigen Augenblicken mit einem Ulanenrittmeister zurück. Dieser salutierte vor Königsau und meldete:

„Schloß Ortry von allen Seiten zerniert, Herr Major, zehn Minuten nach zwölf."

„Schön, Herr Rittmeister! Sie sind pünktlich. Danke! Bringen Sie mir diese Leute hier herunter in den Speisesaal. Ich werde dafür sorgen, daß auch die anderen Bewohner des Schlosses da erscheinen."

Er ging mit Fritz. Während dieser auf seinen Befehl die Dienerschaft zusammenkommandierte, begab er selbst sich zu der Baronin. Sie befand sich in ihrem Gemach und war an das Fenster getreten. Sie war überzeugt, daß französische Reiter angekommen seien, erstaunte daher nicht wenig, als sie Königsau eintreten sah.

„Doktor Müller", stieß sie hervor.

„Einstweilen mag ich das noch sein. Wo ist Ihr Sohn?"

„Er schläft."

„So mag er noch weiter schlafen. Sie aber kommen mit."

Er bot ihr den Arm.

„Was fällt Ihnen ein?" sagte sie.

„Mir fällt ein, daß Sie mir zu gehorchen haben. Vorwärts!"

Er ergriff ihren Arm und hielt diesen so rücksichtslos fest, daß sie mit ihm gehen mußte. Als er mit ihr in den Saal trat, wurden durch die andere Tür die übrigen Gefangenen herbeigeführt. Königsau zählte sie durch und fand, daß niemand fehlte.

„Herr Rittmeister, bitte, nehmen Sie die Versammlung unter ihre eigene Obhut, bis ich zurückkehre. Es darf niemand entkommen. Folge mir, Fritz."

Er entfernte sich mit dem Leutnant, kehrte in das Zimmer des Alten zurück, und von da aus stiegen sie in den Gang hinab; dieses Mal ohne Licht.

Als sie ihr Ziel fast erreicht hatte, vernahmen sie ein dumpfes Stimmengewirr.

„Sie sind versammelt“, meinte Fritz.

„Und zwar scheinen alle sich im Gewölbe zu befinden. Es ist im Gang vollständig finster. Wir werden also leichte Arbeit haben.“

Sie schlichen weiter bis zur nächsten Tür. Dort klopfte Richard von Königsau an und nannte leise seinen Namen. Sofort wurde geöffnet, und der Oberleutnant trat heraus.

„Alles bereit und in Ordnung“, meldete er.

„Schön! Nähern Sie sich mit den Ihrigen so leise wie möglich dem Gewölbe. Ich werde den Herrn Hauptmann holen.“

Er gab dort dasselbe Zeichen, und nun kamen die Jäger von beiden Seiten herbei. Er trat zu der angelehnten Tür des Gewölbes und warf einen Blick hinein.

Der Raum war sehr groß. Er bildete einen Saal von bedeutender Länge und Breite. An der hinteren Wand standen eine Menge Kisten, welche jetzt geöffnet waren. Fünfhundert Menschen bildeten die verschiedensten, oft wahrhaft lächerlichen Gruppen. Man teilte sich in die Blusen und Kopfbedeckungen.

„Man beachtet den Eingang gar nicht“, sagte er. „Soll ich Ihnen die Sache überlassen, Herr Hauptmann?“

„Ich bitte darum!“

„Gut. Ich werde hier warten.“

Er trat mit Fritz weiter zurück, um den Jägern Raum zu lassen. Ein leises Kommando des Offiziers, und die Jäger marschierten mit dumpf im Takt klingenden Schritten in den Saal. Die beiden im Gang Stehenden hörten vielstimmige Rufe, ein wirres Getöse, welches aber von der Stimme des Hauptmannes übertönt wurde. Dieser letztere trat nach kurzer Zeit heraus und meldete, daß alles in Ordnung sei. Die unbewaffneten Franzosen hatten sich in ihr Schicksal ergeben.

„Nehmen Sie Ihre braven Burschen wieder heraus! Hier ist der Schlüssel zur Tür; er schließt auch alles andere. Lassen Sie den Eingang verrammeln. Material dazu finden Sie in jedem anderen Raum. Im übrigen haben Sie ihre Instruktion. Der Kamerad, welcher sich als Wächter hier befand, wird Ihnen jede gewünschte Auskunft erteilen. Gute Nacht!“

Er ging mit Fritz. Sie kehrten durch das Zimmer des Kapitäns nach dem Speisesaal zurück. Dort herrschte große Aufregung. Der Kapitän war fort.

Der Rittmeister selbst hatte ihn mit bewacht. Zehn Jäger und mehrere Ulanen hatten sich im Saal befunden. Der Alte hatte sich ganz bewegungslos verhalten, war aber plötzlich auf und nach dem Kamin gesprungen. Die Mauer hatte sich geöffnet und im nächsten Augenblick hinter ihm geschlossen.

Das war nun freilich eine höchst unangenehme Botschaft. Eben wollte Königsau zum Kamin treten, da hörte man draußen einen Schuß, dann noch einen.

„Ob er das war?" fragte Fritz.

„Möglich!" antwortete der Major.

Dann trat er an den Kamin.

„Hat man hier untersucht?" fragte er den Sergeanten.

„Ja, Herr Major. Aber der Herr Rittmeister hat nicht entdekken können, wie man da öffnen kann."

„Wo ist er jetzt?"

„Er ging selbst, um den Kordon fester schließen zu lassen."

„Bewachen Sie die übrigen gut, ich kehre bald wieder."

Er fand ganz die Vorrichtung wie bei den anderen geheimen Türen, ergriff ein Licht, winkte Fritz und öffnete. Sie traten durch die Öffnung und verschlossen sie hinter sich wieder.

„Ah, auch eine Treppe!" meinte Fritz.

„Sie kann aber nicht nach dem Gang führen, der mir bekannt ist. Ich müßte sie sonst entdeckt haben."

Sie stiegen hinab und gelangten allerdings in einen schmalen Gang, aber dieser führte zu einer niedrigen, eisernen Tür, welche nur angelehnt war. Als sie hinaustraten, befanden sie sich im Hof des Schlosses.

„Wie dumm, wie dumm!" meinte Königsau. „Wer aber konnte ahnen, daß hier so eine Ausfallspforte sei. Ich habe sie wohl bemerkt, ihr aber keine Beachtung geschenkt."

In diesem Augenblick kam der Rittmeister zum Tor herein. Er erblickte beim Schein der brennenden Hoflaternen den Major, kam auf ihn zu, salutierte und meldete:

„Herr Oberstwachtmeister, der Kapitän ist entkommen, doch ohne meine Schuld, wie ich bemerken möchte."

„Ich weiß es. Ich hätte den Saal untersuchen sollen. Hier durch dieses Pförtchen ist er ins Freie gelangt. Warum hat man geschossen?"

„Er hat sich durchgeschlichen. Die beiden Ulanen, zwischen denen er hindurchschlüpfen wollte, haben Feuer gegeben."

„Wurde er getroffen?"

„Ich weiß es nicht. Er scheint entkommen zu sein. Beim Aufblitzen der Schüsse haben beide seinen grauen Bart und sein weißes Haar erkannt. Er ist es gewesen."

„Lassen Sie mit Laternen nach Blut suchen."

„Dürfen wir es wagen, Laternen sehen zu lassen?"

„Ja. Ich hoffe, nach ein Uhr Nachricht zu bekommen, daß Oberst von der Heidten uns von Thionville aus die Hand reicht. Er hat Befehl erhalten, im Geschwindmarsch heranzurücken. Ich kehre in den Saal zurück."

Der Rittmeister ging.

„Eine verteufelte Geschichte!" brummte Fritz.

„Allerdings. Aber unsere Aufgabe, die hiesigen Vorräte zu fassen, ist glanzvoll gelöst. Dem Oberstkommandierenden kann es sehr gleichgültig sein, daß der Alte entkommen ist. Aber in unsere Privatangelegenheit macht es uns einen Strich durch die so wohl angelegte Rechnung."

„Ich denke, er wird nach Malineau gehen."

„Ganz gewiß. Aber, wenn es mir möglich ist, soll ihm das nicht gelingen. Wir reiten nachher fort."

„Was geschieht mit der Baronin und ihrem Mann?"

„Sie bleiben hier gefangen. Ich werde die nötigen Instruktionen hinterlassen."

Kurz vor zwei Uhr kam eine Ordonnanz angeritten, welche nach dem Oberstwachtmeister von Königsau fragte und diesem meldete, daß der Oberst von der Heidten Thionville gegenüber am diesseitigen Ufer der Mosel angekommen sei. Der Besitz von Ortry war gesichert.

Eine Stunde später verließen Königsau und Fritz von Goldberg das Schloß. Sie hatten einen weiten Ritt vor sich.

Am nächsten Tag hielt eine Equipage vor dem Tor des Schlosses Malineau. Der Graf von Latreau stieg aus und wurde von seiner Tochter auf das herzlichste bewillkommnet. Er hatte Vater Main, seinen Gefangenen, nach Metz geschafft, um ihn der dortigen Behörde zu übergeben. Sein Abschied war für längere Zeit berechnet gewesen; darum hatte Ella ihn noch nicht zurückerwartet. Als sie ihm, auf seinem Zimmer angekommen, dies sagte, schüttelte er traurig den Kopf.

„Mein Kind, ich konnte nicht länger dort verweilen", erklärte er. „Es wäre mir sonst vielleicht unmöglich gewesen, vor Monaten zu dir zurückzukehren."

„Warum?" fragte sie erstaunt.

„Ich bin zu alt, um persönlich in den Gang der Ereignisse einzugreifen. Ich konnte nur Rat geben! Man hat meine Ansichten berücksichtigt, so weit es möglich war; aber daß alle, alle, alle Schlachten und Gefechte für uns verloren gingen, das konnte man nicht wissen. Metz sieht einer schweren, langwierigen Belagerung entgegen. Ich habe es verlassen, um bei dir zu sein. Bereits morgen vielleicht hätte ich nicht mehr zu dir gelangen können."

„Mein Gott! So sind die Deutschen so nahe?"

„Ich befürchte, daß wir sie auch hier in Malineau sehen werden."

„Wie du mich erschreckst!"

„Fürchte dich nicht. Es sind keine Barbaren. Nur kenntnislose Leute können von ihnen als von halbwilden Leuten sprechen. Ich möchte mich fast schämen, wenn ich sage, daß wir sehr, sehr viel von ihnen lernen können. Gerade jetzt geben sie uns eine Lehre nach der anderen. Leider ist das Honorar, welches wir dafür zahlen müssen, ein so hohes, daß man weinen möchte – Menschenblut!"

Die Nachricht, welche er mitgebracht hatte, verbreitete sich schnell unter den übrigen Bewohnern des Schlosses. Sie war aufregend genug, und doch gab es drei Personen, welchen es nicht einfiel, ein Jammergeschrei anzustimmen, nämlich der Beschließer Melac mit Frau und Enkelin.

Diese drei saßen noch spät am Abend beisammen. Alice befand sich bei ihnen. Sie sprachen natürlich über die Ereignisse der Gegenwart und tauschten ihre Meinungen darüber aus. Da klopfte es leise an den Laden.

Sie glaubten sich getäuscht zu haben; aber das Klopfen wiederholte sich. Melac öffnete daher das Fenster.

„Wer klopft da?" fragte er.

„Bitte, öffnen Sie mir den Eingang, Monsieur Melac. Ich bin es. Martin, der Weinhändler."

„Ah, Martin!" rief Alice. „Geschwind, Monsieur, öffnen Sie; schnell, schnell!"

Der Alte schloß das Fenster, nickte ihr freundlich zu und sagte:

„Meine Beine sind alt und müde. Hier ist der Schlüssel. Öffnen Sie, Mademoiselle!"

Sie errötete, ließ es sich aber nicht zweimal sagen. Draußen im Flur brannte kein Licht mehr, denn die Herrschaften hatten sich bereits zur Ruhe begeben.

„Martin, wirklich?" fragte sie, indem sie öffnete.

„Ja. Ah, du, mein Schwälbchen. Wart, her mit dem Schnäbelchen! So! Das war herzhaft! Noch einmal!"

„Nein, nein! Sie merken es sonst drin."
„Ist jemand Fremdes bei ihnen?"
„Nein."
„Das ist gut. Komm!"
Er trat mit ihr, nachdem das Tor verschlossen war, in die Stube. Erst jetzt bemerkte Alice, daß er den rechten Arm in einer Binde trug.
„Herr, mein Gott!" schrie sie auf. „Was ist mit dir? Was hast du gemacht?"
„Verwundet bin ich, mein Kind."
„Verwundet? Mein Heiland! Wann ist denn das geschehen und wo? Ist's gefährlich?"
„Nein; an das Leben geht es nicht. Es ist weiter nichts, als ein tüchtiger Säbelhieb."
„Von wem denn?"
„Von einem preußischen Husaren."
„Der Unmensch der! Oh, diese Preußen! Diese Husaren! Und die Ulanen sollen noch schlimmer sein."
„Ja, Kind, das sagt man."
„Bist du denn gut verbunden? Wird es wieder ganz, ganz heil werden?"
„Ja. Das Wundfieber ist vorüber. Ich lag im Lazarett. Da dachte ich an dich und an den guten Papa Melac. Ich habe keinen Menschen, an den ich mich wenden kann, und da dachte ich, du gehst nach Malineau. Vielleicht erlaubt man dir, dort zu bleiben, bis du wieder eintreten kannst."
„Natürlich, natürlich, mein bester Monsieur Martin!" sagte Melac eifrig. „Der gnädige Herr wird sich freuen und die gnädige Demoiselle auch. Sie spricht so gern von Ihnen und Monsieur Belmonte. Wie geht es ihm?"
„Danke, gut! Er steht bei meiner Schwadron."
„Er ist doch nicht etwa auch verwundet?"
„Nein, er läßt alle herzlichst grüßen. Eigentlich hat er mich auf den Gedanken gebracht, nach Malineau zu gehen. Er sagte scherzend, daß er nachkommen werde, wenn er auch so eine Schramme bekäme wie ich."
„Davor wolle ihn unser Herrgott in Gnaden behüten!" sagte Frau Melac, indem sie die Hände faltete. „Sie aber, Monsieur Martin, sollen bei uns nach Kräften gepflegt werden. Ich gehe jetzt, um Ihnen das zweifensterige Gaststübchen, welches gleich neben unserer Wohnung liegt, zu öffnen."
„Ja, tue das, meine Liebe!" sagte ihr Mann. „Wir werden einst-

weilen . . . ah, Monsieur Martin, das ist schade, das ist wirklich jammerschade!"

„Was?"

„Daß Sie keinen Wein trinken dürfen."

„Warum nicht?"

„Sie sind ja blessiert, und ich weiß, daß Verwundete sich vor Wein und ähnlichen Getränken hüten müssen."

„Das liegt aber bei mir anders. Ich bin ja Weinhändler. Der Wein ist mir zur Notwendigkeit geworden. Der Regimentsarzt, welcher mich behandelte, hat mir streng befohlen, ja nicht etwa dem Wein zu entsagen. Er meinte, diese Abweichung von meinen Lebensgewohnheiten könne mir nur schaden. Wenn ich Wasser tränke, würden meine Säfte verderben; dann könne Blutvergiftung eintreten, und ich wäre rettungslos verloren."

„Herr Jesus!" rief Alice, indem sie einen rührenden, bittenden Blick auf Melac warf.

Dieser nickte ihr beruhigend zu und sagte:

„Wenn so ein Arzt das sagt, so müssen Sie gehorchen. Ich werde also eine Flasche holen, und während wir trinken und dabei eine Zigarre rauchen, werden Sie die Güte haben, uns vom Krieg zu erzählen."

Das geschah. Sie saßen noch lange Zeit beisammen. Martin schimpfte nach Herzenslust auf die verhaßten Deutschen und mußte fast gezwungen werden, endlich das Bett aufzusuchen.

Als die Familie Melac sich allein befand, fragte die Mama:

„Höre, meinst du, daß die Deutschen wirklich so schlecht sind, Vater?"

„Nein. Dieser Monsieur Martin zürnt ihnen, weil er von ihnen verwundet worden ist. Er ist ein Provenziale, und diese Südländer tragen immer in starken Farben auf. Ich hoffe zu Gott, daß die Deutschen siegen werden."

Erst am anderen Morgen konnte dem Grafen gemeldet werden, daß sich ein Verwundeter im Schloß befinde. Als er erfuhr, wer dieser war, lobte er Melac, daß er ihn aufgenommen habe. Er ließ sogar Martin zu sich kommen und lud ihn zur Tafel ein, wo Alice ihn speisen mußte, wie eine Mutter ihr unbehilfliches Kindchen.

Nach der Mittagszeit ließ sich ein ununterbrochenes, dumpfes Rollen vernehmen, fast so, als ob ein Erdbeben stattfinde. Als Ella fragte, erklärte der Graf:

„Das ist Kanonendonner, mein Kind."

„Also eine Schlacht?"

„Ja, und zwar eine bedeutende, eine fürchterliche. Dieses Rollen wird hervorgebracht durch hunderte von Geschützen. Gott möge uns in Gnaden bewahren, daß das Morden nicht auch in diese Gegend komme."

Der ganze Tag wurde in ängstlicher Erwartung verbracht. Der General sandte Boten aus, um Erkundigungen einzuziehen, konnte aber nichts Gewisses erfahren.

Wohl über neun Stunden lang hatte der Kanonendonner gewährt; da endlich schwieg er. Der General saß mit Ella, Marion und Alice beim Abendmahl. Liama war nicht zugegen; sie pflegte ihr Zimmer nur auf Minuten zu verlassen.

Die am ganzen Tag gehegte Besorgnis war gewichen. Man begann sich freier zu unterhalten. Da trat der Diener ein und meldete Herrn Berteu.

„Berteu?" fragte der Graf. „Welcher Berteu?"

„Der unserige, Exzellenz."

„Der Sohn des toten Verwalters?"

„Ja."

„Für ihn bin ich nicht zu sprechen."

„Er behauptet, in einer höchst wichtigen Angelegenheit, die nicht aufgeschoben werden könne, zu kommen."

„Und wenn sie für ihn noch so wichtig ist. Für mich kann nichts so wichtig sein, daß es mich veranlassen kann, einen solchen Menschen zu empfangen."

Der Diener ging, kehrte aber sofort zurück.

„Verzeihung, Exzellenz! Er läßt sich wirklich nicht abweisen."

„Wirf ihn hinaus!"

„Er sagt, daß . . . ah, da ist er!"

Der Diener zog sich durch die Tür zurück, durch welche Berteu eingetreten war. Er trug eine dunkle Bluse mit rotem Kragen und auf seinem Kopf ein Käppi mit goldener Tresse. Ein Säbel hing an seiner Seite.

„Ich höre, daß man mich nicht einlassen will", sagte er in barschem Ton. „Wer hat diesen Befehl gegeben?"

„Ich", sagte der General. „Gehen Sie."

„Ich lasse mir einen solchen Befehl nicht . . ."

„Hinaus!" rief der Graf, indem er sich erhob und nach dem Glockenzug griff.

Und als Berteu die Achsel zuckte, ohne zu gehorchen, schellte er, daß es im ganzen Schloß widerhallte. Die Diener kamen herbeigestürzt und Melac auch.

„Schafft augenblicklich diesen Menschen fort!" befahl er.

Aber sein Befehl fand keinen Gehorsam.
„Nun?“ rief er drohend.
„Gnädiger Herr, es geht nicht“, sagte Melac.
„Was? Warum nicht?“ fragte der Graf zornig. „Seit wann gebe ich Befehle, welche nicht auszuführen sind?“
„Unten ...“
„Nun, was ist unten?“
„Unten stehen seine Leute, über dreihundert Mann.“
„Was für Leute?“
Und als der Gefragte nicht sogleich antwortete, trat Berteu noch einen Schritt näher und sagte:
„Ja, das ist eine Überraschung. Wir kamen so leise, daß uns kein Mensch hörte. Jetzt aber wird man Ohren für uns haben müssen.“
„Was will denn dieser Mensch?“ fragte der General, sich abermals an Melac wendend. „Warum behält er die Mütze auf? Seit wann duldet ein Diener es so ruhig, daß sein Herr beschimpft wird?“
„Von einer Beschimpfung ist keine Rede“, sagte Berteu. „Ich bin es, der hier Achtung zu verlangen hat. Ich erkläre, daß ich von jetzt an hier mein Hauptquartier aufzuschlagen gedenke, Herr von Latreau.“
„Hauptquartier? Verstehe ich recht?“
„Ja. Ich bin Kommandant eines ganzen Bataillons Franktireurs. Ich werde hier wohnen und verlange, daß meine Soldaten Pflege und Unterkommen finden.“
„Lächerlich!“
„Oho. Haben Sie nicht den Kanonendonner gehört? Unsere Armee ist in einer neun Stunden langen Schlacht abermals total aufs Haupt geschlagen worden. Die Truppen des Kronprinzen von Preußen sind in Chalons eingezogen. Zwei deutsche Armeen sind auf dem Marsch nach Paris. Thiers hat beantragt, den Kaiser abzusetzen. Man wird es genehmigen. Da haben Sie alles. Jetzt wird das Volk sich erheben. Der Arbeiter wird zu seinem Recht gelangen. Wir bilden Regimenter und Divisionen, unter deren Fußtritten die Erde erzittern wird. Wir werden den Erbfeind über die Grenze werfen, um ihn in seinem eigenen Land zu zermalmen. Dazu aber bedürfen wir wenigstens ebensoviel, wie die Heere gebracht haben, welche nichts anderes konnten, als sich von den Deutschen schlagen zu lassen. Ich stehe hier als Kommandant meiner Truppen und verlange Quartier und Verpflegung.“

„Kein einziges Zimmer erhalten Sie!"
„Oho."
„Und keinen Schluck Wasser. Ehrenhafte Soldaten muß und werde ich bei mir aufnehmen. Schurken aber jage ich fort."
„Gut! Merken Sie sich, daß Sie uns Schurken genannt haben! Was man uns nicht gibt, das werden wir uns nehmen. Übrigens verlange ich unbedingte Auslieferung zweier Frauenzimmer."
„Welcher?"
„Einer gewissen Liama und einer gewissen Marion de Sainte-Marie."
„Die befinden sich unter meinem Schutz."
„Sie geben sie nicht heraus?"
„Nein."
„Wir werden sie uns holen. Der Herr Kapitän Richemonte, unser Oberst, wird bald eintreffen. Ihm haben wir sie abzuliefern."
„Er mag sie sich holen."
„Ah! Tun Sie nicht so stolz, alter Mann! Wen haben Sie denn, der Ihnen helfen könnte? Zwei Diener und den Schließer. Die werden wir einfach mit dem Besen aus dem Schloß fegen, wenn sie sich nicht fügen."
Er ging.
„Herr Gott", sagte Ella. „Großpapa, was fangen wir an?"
„Kommt schnell nach meiner Bibliothek. Bringt Wasser und Speisen! Schnell, schnell!"
Die Diener sprangen, während der Graf hinauseilte, um die starke Korridortür zu schließen und zu verbarrikadieren. Der wackere Melac hatte dasselbe auch mit der großen Eingangstür getan, sobald Berteu hinaus in den Hof getreten war. Als dann Einlaß begehrt wurde, waren genug Vorräte zusammengetragen worden, um eine kleine Belagerung aushalten zu können.
Melac hatte seine Frau und seine Enkelin mit nach oben genommen, dabei aber Martin vergessen.
Jetzt hatten die Franktireurs ihre Beratung beendet. Sie klopften unten an. Als nicht geöffnet wurde, begannen sie Gewalt anzuwenden.
Der Graf stand oben an einem dunklen Fenster und sah hinab, ohne daß man ihn von unten bemerken konnte.
„Wahrhaftig, das sind wenigstens dreihundert Mann", sagte er. „Man wird uns zu tun geben."
„Großpapa, du willst dich doch nicht wehren", bat Ella in größter Besorgnis.
„Warum nicht?"

„So wenige gegen so viele!"
„Kind, wir dürfen uns nicht freiwillig ergeben. Ich bin Offizier. Ich sterbe lieber, als daß ich mir von diesem Berteu Befehle erteilen lasse."
„Ja, wir verteidigen uns", sagte Marion kaltblütig. „Geben Sie mir ein Gewehr, Exzellenz!"
Jetzt hatten die Franktireurs unten den Eingang demoliert. Sie drangen in das Schloß und die Treppe empor. Hier begannen sie die verschanzte Tür zu bearbeiten. Da ertönte von innen die Stimme des Grafen:
„Weicht zurück! Wir werden uns verteidigen."
Ein neuer Kolbenstoß war die Antwort. Die Tür erzitterte unter neuen Stößen. Da aber krachte im Innern ein Schuß. Die Kugel durchschlug die Tür und verwundete einen der Franktireurs am Arm.
„Donnerwetter! Ich bin getroffen", schrie er laut, indem er schleunigst zurückwich.
Die anderen folgten. Aber die hinteren drängten vor, und ganz hinten befahl Berteu:
„Zerschlagt die Tür! Wir müssen hinein."
Einige Beherzte gehorchten diesem Rufe. Kaum aber hatten sie ihre Arbeit begonnen, so krachten mehrere Schüsse, und abermals wurde einer verwundet.
Sich niederschießen zu lassen, dazu waren diese Menschen freilich nicht hierhergekommen. Sie zogen sich zurück und begannen Beratung zu halten.
„Der Graf hat mich getroffen", meinte der zuerst Verwundete. „Blut um Blut."
Der andere Blessierte stimmte bei. Andere waren dagegen. Da sagte Berteu:
„Unsinn! Warum wollen wir das Leben riskieren? Dieser alte General hat da oben ein ganzes Zimmer voller Waffen. Wir hungern sie aus!"
„Dann sitzen wir in vierzehn Tagen noch da", sagte ein stämmiger Schmied. „Laßt mich nur machen! Wir müssen ganz ruhig sein, damit sie denken, daß wir den Angriff aufgegeben haben. Dann aber rennen wir mit einem gewaltigen Stoß die Tür in Stücke."
Er ging mit noch einigen anderen nach dem Ökonomiegebäude. Bereits nach kurzer Zeit brachten sie zwei Pflugschare geschleppt. Die kräftigsten Männer wurden ausgewählt, und dann ging man ans Werk. Während das Gros der Franktireurs

vor dem Schloß lärmen mußte, um die Aufmerksamkeit der Belagerten auf sich zu ziehen, schlichen sich diese Leute leise bis zur Tür. Es gab einen fürchterlichen Krach; die Tür, für solche Angriffe nicht gefertigt, prasselte auseinander. Der eine Flügel war aus den Angeln gerissen worden und fiel in den Korridor hinein.

Zwar gaben die Belagerten sofort einige Schüsse ab, welche aber nicht trafen, da die Stürmenden zur Seite gesprungen waren und man überhaupt die Vorsicht gebraucht hatte, kein Licht zu brennen. Ein Zielen war also dem General unmöglich.

Aber kaum, daß er seine Schüsse abgegeben hatte, drangen die Franktireurs zur Treppe wieder empor und drückten ihre Gewehre aufs Geratewohl ab. Die Kugeln pfiffen in den Korridor, trafen aber nicht, weil derselbe schleunigst geräumt war.

Unter lautem Jubel drangen die Franktireurs ein. Der Graf hatte mit seinem Scharfblick erkannt, daß mit so wenigen Personen eine ganze Zimmerreihe nicht zu halten sei. Darum hatte er, während er im Korridor den Eingang verteidigte, den Befehl gegeben, die Waffen und Nahrungsmittel nach zwei Turmzimmern am Giebel zu bringen. Dies geschah, und dorthin zog auch er sich schnell zurück. Die Tür wurde verschlossen und so gut wie möglich verrammelt. Draußen kamen die Franktireurs näher.

Als sie sich aber auch an dieser Tür zu schaffen machten, krachten drin vier oder fünf Schüsse. Das Holz war nicht stark. Die Kugeln drangen leicht durch, und mehrere wurden verwundet. Da zogen sie sich zurück, und einer rief voller Wut:

„Setzen wir den roten Hahn aufs Dach!"

„Unsinn!" rief Berteu. „Das Schloß gehört uns. Wollen wir unser Eigentum vernichten? Sehen wir lieber, was es enthält. Wir werden vieles finden, was wir gebrauchen können!"

Dieser Vorschlag rief ungeheuren Jubel hervor. Die Bande zerstreute sich augenblicklich in alle Räume des Schlosses.

In der Nähe der Turmzimmer wurde es ruhig. Darum kam es, daß die jetzigen Insassen desselben das Klirren mehrerer Steinchen gegen die Fenster vernahmen. Sie traten herzu, um zu sehen, was das zu bedeuten habe, und erblickten eine männliche Gestalt.

„Herr Jesus!" sagte Melac. „Monsieur Martin. Den habe ich ganz und gar vergessen!"

„Ist er es wirklich?" fragte der General.

„Ja. Er trägt den Arm in der Binde."

„So müssen wir erfahren, was er will.“

Latreau öffnete und fragte hinab:

„Monsieur Martin? Was wollen Sie?“

„Halten Sie aus. Ich bringe Hilfe.“

„Bis wann?“

„Das weiß ich nicht genau, ich bringe sie aber jedenfalls.“

Er hatte ohne Licht in seinem Zimmer gesessen, und da die Läden geschlossen worden waren, so hatte er von dem Nahen der Franktireurs nichts bemerkt. Erst als sie in das Schloß drangen, merkte er, woran er war. Da sie alle nach der großen Treppe drängten, konnte er seine Tür unbemerkt ein wenig öffnen. Er hörte, was sie sprachen; er vernahm, daß Liama und Marion an den alten Kapitän ausgeliefert werden sollten.

Das durfte nicht geschehen. Er öffnete Fenster und Laden und sprang hinaus. Kein Mensch bemerkte das, denn alle befanden sich im Schloß. Er musterte die Fenster desselben und bemerkte an dem Lichtschein, daß sich die Überfallenen nach den Turmzimmern zurückzogen.

Er begab sich also nach der Giebelseite und warf einige aufgeraffte Steinchen an das Fenster. Nachdem er versprochen hatte, Hilfe zu holen, eilte er nach dem Wirtschaftsgebäude. An der Tür desselben stand ein Mann.

„Wer sind Sie?“ fragte Martin.

„Der Kutscher.“

„Lieben Sie denn Ihren Herrn?“

„Ach ja.“

„Sie gehören also wirklich nicht zu den Franktireurs?“

„Nein. Diese Spitzbuben haben vorhin zwei Pflugschare gestohlen.“

„Das ist das wenigste, was zu beklagen ist. Sie wünschen natürlich, daß Ihre Herrschaft gerettet werde?“

„Das versteht sich.“

„Nun, so geben Sie mir ein Pferd. Ich will Hilfe holen.“

„Wo?“

„Aus der Gegend von Metz. Wer hat den Stallschlüssel?“

„Ich! Wer sind Sie denn?“

„Ein guter Freund von Monsieur Melac.“

„Mit verbundenem Arm? Sie sind Soldat?“

„Das ist Nebensache. Geben Sie nur den Schlüssel. Es ist keine Zeit zu verlieren!“

Da richtete der andere seine Gestalt empor und sagte, höhnisch lachend:

„Sehr gescheit sind Sie nicht, mein Lieber!"
„Warum?"
„Daß Sie so hübsch aus der Schule schwatzen. Das fehlte noch, Hilfe holen. Sie sind mein Gefangener."
„Donnerwetter!"
„Ja", nickte der Mann, der eine riesige Figur besaß. „Der Schlüssel zum Stall ist da in meiner Tasche; aber der Kutscher liegt gebunden im Stall. Er wollte uns die Pflugschare nicht nehmen lassen."
„So sind Sie Franktireur?"
„Ja. Ich arretiere Sie."
Er langte neben sich an die Mauer, wo seine Büchse lehnte, und fügte drohend hinzu:
„Ergeben Sie sich gutwillig. Sonst muß ich Sie erschießen!"
„Sapperment. Mich erschießen lassen, das ist nun gerade meine Leidenschaft nicht."
„Also! Lassen Sie sich einschließen?"
„Hier in den Stall?"
„Ja, das ist das Gefängnis!"
„So muß ich mich fügen. Erschießen lasse ich mich auf keinen Fall. Man lebt nur einmal."
„Richtig. Kommen Sie!"
Er schob Martin vor sich her nach der Stalltür zu. Da zog er den Schlüssel heraus und steckte ihn in das Schloß. Er war dabei gezwungen, sich abzuwenden.
„Eigentlich brauchten Sie sich nicht hierher zu bemühen", meinte Martin in höflichem Ton.
„Warum?"
„Ich kann mir selbst öffnen."
„Oho. Das ist meine Sache. Ich werde doch nicht . . ."
Er sprach nicht weiter; er fiel wie ein Klotz zur Erde. Er hatte von Martin einen Hieb gegen die Schläfe empfangen, der ihm die Besinnung raubte.
„So, mein Bursche", meinte der Deutsche. „Das war ein richtiger Husarenhieb. Merke ihn dir!"
Er schloß auf, trat ein und brannte ein Streichholz an. Dort auf der Streu lag eine menschliche Gestalt.
„Kutscher?" fragte er.
„Ja."
„Sind Sie gefesselt?"
„Zum Teufel, freilich."
„Na, ich werde Sie losmachen."

Er ging hin, zog sein Messer und schnitt die Stricke durch.
„Danke schön!“ sagte der Rosselenker. „Wer sind Sie denn? Ein Franktireur wohl nicht?“
„Nein. Der General wird belagert; man plündert das Schloß. Ich will Hilfe holen.“
„Schön, schön; tun Sie das.“
„Wieviele Pferde sind hier?“
„Nur drei jetzt.“
„Eins muß ich haben. Können sie die beiden anderen nicht retten, so auf die Seite bringen?“
„O doch. Ich müßte schnell anspannen und in das Nachbardorf fahren. Beim Maire bin ich geborgen.“
„Tun Sie, was Sie denken. Draußen liegt Ihr Wächter; ich habe ihn niedergeschlagen. Schließen Sie ihn hier ein. Welches Pferd ist das schnellste?“
„Der Rotschimmel. Ich werde ihn losmachen. Soll ich satteln?“
„Daß inzwischen die Franktireurs kommen, nicht wahr? Heraus mit dem Gaul!“
Der Kutscher führte das Pferd heraus, und der Husar sprang auf. Daß er weder Sattel noch Zaum hatte, das war ihm sehr gleichgültig. Er jagte trotz der Finsternis wie der wilde Jäger davon, zunächst nach Dorf Malineau, dann durch Etain und sodann nach Fresnes zu. Dort hoffte er, Freunde zu treffen.
Ja, er stieß auf deutsche Truppen, aber die, welche er suchte, nämlich Leute von der elften Kavalleriebrigade, zu welcher sein Regiment gehörte, fand er nicht. Und doch hatte er sie eigentlich hier zu suchen.
Endlich hörte er, daß er viel, viel näher an Metz heran müsse, und richtig, im Lauf des Vormittags stieß er auf Angehörige seiner Brigade und fand endlich seinen Rittmeister in der Nähe von Trouville, an der Straße, welche von da nach Puxieux führt. Er sprang vom Pferd und begab sich sofort zu ihm.
„Du, Martin?“ sagte Hohenthal. „Schon wieder hier?“
„Ja, Herr Rittmeister. Sie schickten mich gerade zur rechten Zeit nach Malineau. Der General sitzt mit seinen Damen tief in der Patsche.“
„Wieso?“
Er erzählte das Erlebnis. Er hatte jetzt den Arm nicht in der Binde, sondern bewegte ihn nach Belieben. Als er zu Ende war, meinte Hohenthal:
„Eine dumme Geschichte. Wir hoffen, hier engagiert zu wer-

den, wenigstens erwarten wir Order zum Vorrücken, und nun kommt diese Geschichte."

„Wollen Sie Mademoiselle Ella sitzenlassen?"

„Ella?" lächelte der Rittmeister. „Du meinst natürlich die andere, nämlich Alice."

„Auch mit, aufrichtig gestanden."

„Ich weiß nicht, ob mir der Alte die Erlaubnis gibt. Erstens geht der Ritt durch unsicheres Gebiet. Wie leicht können wir auf den Feind stoßen."

„Wir sind Husaren, Herr Rittmeister."

„Das ist richtig. Aber der Alte beurteilt die Angelegenheit ganz anders als wir, die wir beteiligt sind. Ferner gilt es zu bedenken, daß die Ausräucherung eines solchen Restes eigentlich Infanteriearbeit ist. Wir können zu Pferd das Schloß nicht stürmen."

„Läßt sich arrangieren."

„Etwa wie eine Partie Doppelkopf?"

„Ja. Man schneidet dem Gegner die Däuser heraus und verleitet ihn, seine hohen Trümpfe auszugeben. Dann hat man ihn im Sack. Man holt ihn aus."

„Ganz hübsch! Hm!"

„Übrigens handelt es sich zwar nicht um Deutsche, aber . . ."

„Aber . . .?"

„. . .aber um den General von Laterau, einen alten, braven, ehrenwerten und verdienten Offizier."

„Das ist der Grund, auf welchen ich den Ton legen muß. Ein braver General, der sich uns gegenüber neutral verhält, soll nicht von diesen Spitzbuben ausgehungert werden. Ich gehe erst zum Obersten und dann weiter. Lege einstweilen deine Uniform an."

Dieses letztere war bald geschehen. Der Telegrafist machte in dem schmucken Husarenanzug einen allerliebsten Eindruck. Er hatte lange zu warten, und seine Ungeduld trieb ihn hin und her. Endlich kehrte der Rittmeister zurück. Sein Gesicht leuchtete vor Freude.

„Gelungen?" fragte Martin.

„Ja."

„Wieviel?"

„Ganze Schwadron."

„Heisa, heirassassa!"

„Ist mir nicht leicht geworden."

„Aber unser Grund, wegen des alten, verdienten, ehrwürdigen Generales hat gezogen!"

„Es fiel mir noch ein weiterer ein, und der zog noch mehr. Der

Ausflug soll zugleich ein Rekognoszierungsritt sein. Also sage es den Herren Leutnants. In zehn Minuten muß die Schwadron zum Aufbruch bereit sein."

Das war eine Lust, als die wackeren Burschen hörten, daß es sich um eine Franktireursbande handle. In fünf Minuten schon waren sie fertig. Dann ging es lustig nach Westen hin, zwischen Konstanz und Fresnes hindurch und auf Etain zu.

Hohenthal besaß eine ausgezeichnete Sektionskarte dieser Gegend. Er hatte ja gerade hierfür gute Gründe. So kam es, daß er alle möglichen Richtwege einschlug und jedes Zusammentreffen vermied. Auch Etain wurde nicht direkt berührt, sondern umgangen. Dann hielt die Schwadron am Rand des Waldes, und die Offiziere berieten sich noch einmal.

„Am besten wäre es, wir könnten die Kerle über den Haufen reiten und unsere Klingen an ihnen probieren", sagte der Premier. „Erstürmen können wir das Schloß doch auf keinen Fall."

„Das ist richtig", meinte der Rittmeister. „He, Martin!"

Der Angerufene drängte sein Pferd herbei und salutierte.

„Sagtest du nicht, daß so ein Schuft am Stall Wache gehalten habe?"

„Ja. Er weiß, daß ich Hilfe holen will."

„Das ist ja famos!"

„Verzeihung! Ich dachte, ich hätte eine Dummheit begangen."

„Eigentlich, ja; in diesem Fall aber doch nicht. Man wird uns erwarten. Leutnant von Hornberg, Sie reiten mit Ihrem Zug langsam nach Malineau, lassen sich aber in nichts ein. Ihre Aufgabe ist es, die Aufmerksamkeit dieser Kerle auf sich zu lenken. Unterdessen machen wir einen Umweg, um von der anderen Seite nach Malineau zu kommen. Ich sehe hier auf meiner Karte so einen Weg, der uns passen könnte. Nehmen Sie an, daß wir in drei viertel Stunden dort sein werden. Sie kommen zu dieser Zeit dort an und plänkeln mit den Kerlen ein bißchen hin und her, damit ich sie auf passendes Terrain bekomme, am liebsten gleich vor die Front des Schlosses. Dann fegen wir sie über den Haufen. Scharfe Hiebe, Kinder, scharfe Hiebe, aber nicht zum Tode. Höchstens wenn sie anfangen sollten, unhöflich zu werden, dann ändern wir das Ding. Also, vorwärts, Leute!"

Der Nachmittag war angebrochen. In und um Malineau sah es übel aus. Man hatte die Möbel aus dem Schloß geschafft, auf einen Haufen geworfen und angebrannt. Aus Rache, daß der Wächter geschlagen und eingeschlossen worden war, hatte man auch das Wirtschaftsgebäude angesteckt. Es brannte lichterloh, und kein Mensch dachte an das Löschen.

Der Keller enthielt viel Wein. Die Franktireurs waren über den Vorrat hergefallen und befanden sich nun in einem aufgeregten Zustand. Die Fenster wurden zertrümmert. Man hatte nicht viel Geld gefunden und verlangte doch welches. Der General sollte es schaffen. Es war eine Deputation an ihn abgeschickt worden, welche die Kleinigkeit von einer Million Franken verlangt hatte. Er hatte mit dem Gewehr geantwortet.

Das verdoppelte den Grimm. Und nun hatte man dem Grafen das Ultimatum bekanntgegeben: Wenn er bis heute abend zehn Uhr nicht die verlangte Summe schaffe, so werde man das Schloß anbrennen und ihn im Feuer umkommen lassen.

Der Posten, den Martin niedergeschlagen hatte, war natürlich gefunden worden. Aus seiner Erzählung ergab es sich, daß jemand fortgeritten sei, um Hilfe für den Grafen zu holen. Daher hatte Berteu in der Gegend nach Etain Posten vorgeschoben, welche ihn von allem Auffälligen benachrichtigen sollten.

Er selbst saß in einem Zimmer des Schlosses und hörte mit Vergnügen auf die Schüsse, mit denen man die Belagerten in Atem hielt. Man schoß von innen nach der Tür, hinter welcher sie sich befanden, und von außen nach den Fenstern der beiden Turmzimmer.

Da kam einer der ausgesandten Späher eiligen Laufes über den Schloßplatz und begab sich zu dem Anführer.

„Sie kommen!" rief er, noch ehe er die Tür hinter sich geschlossen hatte.

„Dummkopf! Weißt du nicht, was sich schickt? Hast du das Wort Disziplin und Subordination noch nicht gehört?"

„Disziplin?" fragte der Mann erstaunt.

„Ja. Kommt man in dieser Weise in das Arbeitskabinett seines Stabsoffiziers gestürmt?"

„Stabsoffizier?"

„Natürlich! Ich bin ja Major."

„Hm! Ich habe Sie für Herrn Berteu gehalten. Na, mir egal! Aber sie kommen!"

„Wer denn?"

„Der Feind."

„Dummkopf! Feind. Wo denkst du hin! Es können ja doch nur Franzosen sein. Unsere regulären Truppen. Was für eine Gattung ist es?"

„Gattung?"

„Ja. Ist's Infanterie oder Artillerie?"
„Reiter."
„Wie viele?"
„Vielleicht vierzig."
„Wo?"
„Zwischen Etain und dem Dorf. Sie weideten ihre Pferde."
„Wie? Was?"
„Ja, auf der Wiese."
„Dann sind es keine Feinde. Wie sahen sie aus?"
„Rot."
„Hm! Was hatten sie auf dem Kopf?"
„Pelzmützen mit einem roten Zipfel."
„Sapperment! Das waren deutsche Husaren."
„Na, dachte ich's doch!"
„Sie werden vorher füttern, daß die Pferde Kräfte bekommen, nämlich zum Angriff. Warte, ich werde mich selbst um diese Sache bekümmern."

Die Belagerten hatten während der ganzen Nacht kein Auge zugetan. Sie mußten für jeden Augenblick gerüstet sein. Je vandalischer die Franktireurs sich zeigten, desto größer wurde die Gefahr, und als der General volle Weinflaschen in den Händen dieser Leute bemerkte, sagte er:

„Gott gebe, daß die Hilfe noch vor Abend kommt! Wenn es dunkel wird, sind wir verloren. Diese Menschen werden betrunken sein, und dann sind sie vollständig unzurechnungsfähig."

Die Worte brachten nicht geringe Besorgnis hervor. Marion blieb gefaßt; ihre Mutter war völlig teilnahmlos. Ella bangte mehr für den Großvater als für sich. Die Familie Melac verhielt sich still, befand sich aber in sehr gedrückter Stimmung, und die beiden Diener lugten voller Angst durch das Fenster nach der ersehnten Hilfe.

Freilich mußten sie sich sehr in acht nehmen, da die Franktireurs zu den Fenstern hereinschossen. Die Decke des Zimmers war mit Kugeln gespickt.

Da meinte einer der Diener:

„Exzellenz, es muß etwas los sein."

„Warum?"

„Die Franktireurs laufen so auffällig nach dem Wald, dem Dorf entgegen."

Der Graf überzeugte sich, daß der Diener recht hatte.

„Vielleicht kommt Monsieur Martin mit der ersehnten Hilfe", sagte er. „Wehe dann diesen Menschen. Ein jeder Offizier unserer Armee wird sie sofort füsilieren lassen. Wenn es nur genug sind."

„Sie kommen zurück!" bemerkte Ella.

Man sah allerdings, daß die Franktireurs sich nach dem Schloß zurückzogen. Sie hatten ihre Waffen ergriffen und bildeten einzelne nach dem Dorfwäldchen gerichtete Abteilungen.

„Ah! Dort, Großpapa!" rief Ella.

Sie deutete nach der Straße, welche vom Dorf durch das Wäldchen nach dem Schloß führte. Dort wurde der Zug Husaren sichtbar.

„O weh!" sagte der Graf in fast stöhnendem Ton.

„Was? Das ist ja Hilfe."

„Nein, Kind. Das sind preußische rote Husaren."

„Herrgott! Preußen!"

„Ja, Feinde! Aber es ist wahr, Hilfe werden sie uns doch bringen, wenn sie sich überhaupt mit den Franktireurs einlassen."

„Es sind ihrer so wenig!"

„Avantgarde, Kind! Dahinter kommt das eigentliche Gros. Warten wir es ab."

„Und du denkst, daß wir von ihnen nichts zu fürchten haben, Großpapa?"

„Nichts als Einquartierung."

„Ah, wenn sie doch nur schnell kämen, sehr schnell."

„Leider nicht! Sie steigen ab", sagte Marion.

„Ja", antwortete der General. „Sie sehen, daß sie zu schwach sind und erwarten die ihrigen."

„Werden diese bald kommen, Großpapa?"

„Wer kann das sagen! Ah! Schaut!"

Drüben am Waldessaum wurde ein leichtes Rauchwölkchen sichtbar, dann ließ sich ein einzelner, scharfer Knall hören.

„Sie schießen!" meinte Melac in frohem Ton.

„Ja, sie beginnen wirklich, sich zu rangieren. Kinder, sie bilden die Vorhut einer größeren Truppe. Wir scheinen gerettet zu sein, wenn nicht ..."

„Was meinst du, Großpapa?"

„Wenn nicht unsere Truppen kommen, welche Monsieur Martin holt. Treffen diese auf die Deutschen, so sind beide so miteinander beschäftigt, daß uns die Franktireurs unterdessen massakrieren können."

Es krachte da drüben Schuß um Schuß. Die Husaren hatten ihre Pferde unter den Schutz der Bäume gebracht und eröffneten, selbst hinter den Bäumen steckend, ein ziemlich lebhaftes

Feuer auf die Franktireurs. Sie wollten die Aufmerksamkeit derselben auf sich lenken, damit Hohenthal gut an sie herankommen könne. Die Franktireurs erwiderten das Feuer hitzig und avancierten langsam, so daß bald ein breiter Raum zwischen ihrer Rückenlinie und der Front des Schlosses entstand.

Da plötzlich stieß Liama einen lauten Ruf aus. Sie hatte am Seitenfenster gestanden, welches nach dem Park führte und deutete mit dem ausgestreckten Arm dort hinaus. Der General trat hin zu ihr und sah hinaus.

„Alle Wetter!" rief er aus. „Rettung, Rettung! Welch ein schlauer Gedanke! Seht ihr die roten Reiter da hinter den Bäumen des Parkes? Das ist eine ganze Schwadron. Der Rittmeister ist ein tüchtiger Offizier. Er lenkt die Aufmerksamkeit der Franktireurs nach vorn, hat sie unbemerkt umritten und wird sie nun überfallen. Wir sind gerettet."

„Gott sei Dank!" seufzte Ella.

„Ja, paßt auf, Kinder! Die Franktireurs haben keine Ahnung. Sie werden zwischen zwei Feuer kommen. Die da vorn werden sofort auch losbrechen, wenn die da im Park – paßt auf, paßt auf! Sie ordnen sich. Seht ihr den Rittmeister? Prächtiger Kerl! Ja, diese preußischen Reiter. Sie haben uns bei Roßbach über den Haufen geritten."

„Er zieht den Degen!" sagte Ella.

„Ja, nun geht's los. Da, da! Welch ein prächtiger Anblick! Hört ihr's? Hurra! Hurra!"

So riefen auch da unten die Husaren. In völliger Karriere kamen sie von rechts aus dem Park gesprengt, an der Front des Schlosses hin, dann ritten sie in einem Nu nach rechts und von hinten auf die Franktireurs hinein.

„Prächtig! Prächtig! Wer macht ihnen dies nach!" rief der alte Soldat begeistert aus.

„Du, das sind Deutsche! Deutsche!" flüsterte Melac seiner Frau sehr leise zu.

„Gott, die armen Menschen!" rief Ella.

Die Franktireurs hatten gar nicht Zeit gefunden, sich zu besinnen. Sie wurden überritten, ehe es einem von ihnen einfiel, eine Schuß zu tun. Sie rafften sich auf, um die Flucht zu ergreifen, aber die Husaren hatten kehrtgemacht und fielen von neuem über sie her.

Und der Zug, welcher vorhin geplänkelt hatte, war unterdessen auch beritten geworden und brach zwischen den Bäumen hervor. Verwundet oder nicht, wer laufen konnte, der lief davon, viele aber wälzten sich am Boden. Und nun hörte man gar den Rittmeister den Befehl zum „Streuen" geben.

„Fangt mir die Kerle ein!" rief er. „Aber nicht zu weit fortgehen!"

Er selbst hielt nicht weit vom Schloßtor, einen Wachtmeister an seiner Seite. Beide sprangen ab und traten ein.

„Er kommt, er kommt!" sagte der Graf. „Er ist zwar ein Deutscher, aber ein vortrefflicher Offizier. Wir müssen ihm entgegen, um ihm zu danken. Kommt!"

Sie eilten durch die Reihe der Zimmer. Er aber war doch so schnell gewesen, daß er zu der einen Tür in den zerstörten Salon trat, während sie durch die entgegengesetzte kamen. Er tat drei Schritte auf den General zu, schlug die Absätze sporenklirrend zusammen, salutierte und meldete:

„Rittmeister von Hohenthal von den preußischen Husaren, Exzellenz!"

Sie alle, alle standen ganz erstarrt. Sie trauten ihren Augen nicht. Der General faßte sich zuerst.

„Herr Rittmeister, ich weiß nicht, ob ich recht vernommen habe", sagte er. „Bitte um Wiederholung Ihres Namens!"

„Von Hohenthal, Exzellenz."

„Danke! Ah, welche Ähnlichkeit!"

„Welche Ähn. . ." Ella sagte es, sprach aber das Wort nicht aus. Ihre Augen waren mit einem unbeschreiblichen Ausdruck auf ihn gerichtet.

„Herr Rittmeister", fuhr der General fort, „es ist ein höchst glücklicher Zufall, welcher mir erlaubt . . ."

„Zufall?" fragte Hohenthal in künstlichem Erstaunen.

„Gewiß!"

„O nein, General!"

„Was könnte es anders sein?"

„Nun, haben Exzellenz nicht nach mir geschickt?"

„Nach Ihnen? Geschickt?"

„Allerdings. Sie ließen mir sagen, daß sie von den Franktireurs bedrängt seien. Ich stand in der Nähe von Metz und eilte natürlich herbei, um den Mückenschwarm zu zerstreuen."

„Sie sehen mich erstaunt, ja fast betroffen! Ich soll zu Ihnen gesandt haben? Zu einem deutschen Offizier?"

„Ja."

„Wen denn?"

„Den da! – Wachtmeister!"

Dieser hatte hinter der Tür gewartet. Er trat jetzt herein, salutierte ebenso stramm wie sein Rittmeister und meldete im dienstlich respektvollen Ton:

„Wachtmeister Tannert von den roten Husaren."

„Martin! O mein Martin!"

Mit diesem Ruf flog Alice auf ihn zu. Sie breitete die Arme aus; sie bebte vor Freude. Er aber nahm die Hand nicht aus dem Salut hernieder und machte ein so ernsthaftes Gesicht, daß sie einen halben Schritt vor ihm stehenblieb und die Arme sinken ließ. Sie erglühte jetzt vor Scham.

„Herr Rittmeister, darf ich?" fragte er.

„Ja", antwortete dieser.

„Zu Befehl! Na, komm her, mein Vögelchen. Wenn du dich fangen lassen willst, so will ich dich auch festhalten!"

Er drückte sie an sich und küßte sie. Nun gingen auch den anderen die Augen auf.

„Monsieur Belmonte . . .", stieß der Graf hervor.

„Bitte, Exzellenz: Graf Arthur von Hohenthal, königlich preußischer Husarenrittmeister."

„Ah, ah, ah, ah", dehnte der General. „Darum, darum Ihre wiederholten Siege."

„Nicht nur darum, Exzellenz. Ich folgte dem Befehl und tat meine Pflicht. Wollen Sie mir zürnen?"

„Nein. Ich heiße Sie vielmehr als meinen Retter willkommen. Hier, meine Hand!"

Sie schüttelten sich die Hände; dann trat der Rittmeister zu Ella, machte ihr sein Honneur und fragte:

„Gnädiges Fräulein, werden Sie weniger nachsichtig sein als Exzellenz?"

Sie erglühte bis in den Nacken hinab, reichte ihm die Hand und antwortete:

„Graf, Sie haben uns aus einer bösen Lage befreit. Ich werde es Ihnen nie vergessen. Ich wiederhole, was ich bereits sagte: Sie sind zu unserem Retter prädestiniert. Oder, sagtest du das nicht, liebe Marion?"

Diese verbeugte sich vor dem Rittmeister und antwortete:

„Ich glaube. Ich habe ja auch so einen Retter, welcher sicher erscheint, sobald ich mich in Gefahr befinde."

Da trat der Premier ein und meldete:

„Zweiundsechzig Gefangene, darunter dreißig Verwundete. Wohin damit?"

„Hinunter in die Keller einstweilen."

Er stellte den Oberleutnant vor, bat um Entschuldigung und

begab sich mit ihm und dem Wachtmeister hinab, während oben natürlich die lebhaftesten Ausdrücke des Erstaunens gewechselt wurden.

Dann stand Ella neben Marion am Fenster und flüsterte ihr zu:

„Ist das nicht ein Wunder, liebe Marion?"

„Ein großes Wunder und ein noch größeres Glück; denn er liebt dich, wie du ihn liebst."

Ella errötete und sagte, um die Verlegenheit zu überwinden:

„Nun sollte der – weißt du, wen ich meine – auch Offizier sein, Marion!"

„Unmöglich!"

„Warum nicht?"

„Ich habe ihn dir ja beschrieben: seine Gestalt!"

„Ah, ja! Verzeih! Ich wollte dir nicht weh tun! Lieber will ich dir wünschen, daß dein Ideal zur Wahrheit werden möge. Du hast es ja gesehen, in Sachsen."

„Mädchenphantasie! Ich sage dir, daß ich diesen armen Doktor mehr liebe, als ich den Offizier geliebt hätte. Werde du Gräfin Hohenthal; ich begnüge mich mit dem einfachen Namen – Frau Müller!"

„Famoser Offizier!" sagte jetzt der am anderen Fenster stehende General. „Seht, wie er Vorposten ausstellt und Streifpatrouillen entsendet! Ja, diese Deutschen verstehen sich auf den Dienst. Also ein Graf? Wer hätte das gedacht! Hm! Ich muß hinab zu ihm, der Gefangenen wegen. Die werden das in ihrem Leben nicht wieder machen."

Und als er fort war, wendete Marion sich an Alice:

„Aber, liebes Kind, nun ist er ja auf einmal ein Deutscher!"

Die Angeredete wurde nicht verlegen. Sie deutete zum Fenster hinaus und sagte:

„Mademoiselle haben gesehen, was die Deutschen können! Sie gewinnen Schlacht auf Schlacht und retten uns aus jeder Gefahr, in welche wir durch unsere Landsleute gebracht werden."

„Sie haben recht, liebe Alice. Auch Ihr Martin ist ein ganzer Mann. Er nannte sich Tannert. Wenn Sie Frau Tannert sind, werden wir uns vielleicht oft besuchen."

„Und ich bin mit dabei", meinte Ella. „Jetzt aber wollen wir uns daran erinnern, daß wir Wirtinnen sind. Sehen wir also nach, was diese häßlichen Franktireurs für unsere lieben Gäste übriggelassen haben."

Als nach einiger Zeit Hohenthal mit seinen Offizieren zur

gräflichen Tafel geladen wurde, erklärte er zwar, daß er eigentlich nicht Zeit dazu habe, da er zurück müsse, aber er ließ sich doch bewegen, noch zu bleiben.

Kaum aber hatte man sich gesetzt und zu speisen begonnen, so hörte man unten den galoppierenden Hufschlag eines Pferdes, und gleich darauf trat ein Unteroffizier ein.

„Verzeihung, Herr Rittmeister“, sagte er. „Französische Kavallerie im Anzug!“

„Aus welcher Richtung?“ fragte er ganz unbefangen.

„Es scheint von Briey her.“

„Wie weit von hier?“

„In zehn Minuten können sie hiersein.“

„Wie stark?“

„Zwei Schwadronen Gardekürassiere und eine Schwadron Gardedragoner!“

„Ah!“

Jetzt erhob er sich von seinem Stuhl. Der General mit all den Seinen war erbleicht. Sollte sein Retter einer so überlegenen Macht in die Hände fallen?“

„Herr Rittmeister, ziehen Sie sich schleunigst zurück!“ sagte er. „Noch ist es Zeit. Die Truppen sind Ihnen an Zahl dreifach überlegen, und gar Gardekürassiere!“

Wenn Hohenthal den Gedanken gehabt hatte, das Schloß zu verlassen, jetzt dachte er nicht mehr daran. Sollte er in Gegenwart der Heißgeliebten sich feig zeigen?

„Herr Premierleutnant, was meinen Sie?“ fragte er.

„Ganz das, was Sie meinen“, antwortete der Angeredete kalt, indem er die Gabel mit einem Schinkenstück zum Mund führte.

„Gut, so sind wir einig! Exzellenz, ein preußischer Husar flieht auch vor solcher Übermacht noch nicht . . .“

„Um Gottes willen!“

„Herr von Hohenthal, ich bitte Sie inständigst, schonen Sie sich“, fiel Ella ihrem Vater in die Rede.

Der Rittmeister warf ihr einen Blick wärmsten Dankes zu, sagte aber in gemessenem Ton:

„Ich darf nicht gegen Pflicht und Ehre handeln. Wachtmeister Tannert, es mögen sofort zwei Leute nach Trouville jagen und den Obersten um Verstärkung ersuchen. Ich halte mich bis dahin.“

Und als Martin sich entfernt hatte, fuhr er, zu dem General gewendet, fort:

„Exzellenz kennen den Kriegsbrauch und werden mir verzeihen. Ich erkläre Schloß Malineau in Belagerungszustand. Ich muß vor allen Dingen meine Pferde retten, denn ohne sie sind wir verloren. Dieselben werden im Schloß selbst untergebracht und sollte es im Salon oder hier im Speisesaal sein!"

„Parterre und Souterrain bieten Raum genug", bemerkte der General, welcher sich über die kaltblütige Umsicht des Rittmeisters freute.

„Ich danke. Die Tafel ist aufgehoben. Gestatten Sie, daß ich meine Vorbereitungen treffe!"

Er verließ mit den Seinen den Saal.

„Das ist ein Soldat! Bei Gott!" meinte der General.

Auch in den schönen Zügen seiner Enkelin wollte sich der Ausdruck des Stolzes mit dem der Besorgnis streiten. Sie fühlte jetzt, wie lieb sie diesen Mann hatte.

Der alte Richemonte war auf seiner Flucht, die mehr Hindernisse fand, als er erwartet hatte, bis in die Gegend von Briey gekommen. Er war zu Fuß, fühlte sich außerordentlich ermüdet und setzte sich, um auszuruhen, am Rand der Straße, welche durch ein Gehölz führte, nieder.

Er hatte noch nicht lange gesessen, so hörte er Hufschlag, und bald erblickte er ein Pikett Gardekürassiere, welches aus der Richtung kam, in welche er wollte. Als die Reiter ihn erreichten, blieben sie vor ihm halten. Es war ein Sergeant mit vier Soldaten.

„Wer sind Sie?" fragte er.

„Mein Name ist Richemonte, Kapitän der alten Kaisergarde", antwortete er stolz.

Sie salutierten, und der Sergeant fragte weiter:

„Entschuldigung, mein Kapitän, aber ich muß meine Pflicht tun! Woher kommen Sie?"

„Ich kenne Ihre Pflicht, Sergeant; aber ich sage Ihnen, daß ich mich freue, Sie zu treffen. Vielleicht finde ich dadurch einen Offizier, zu dem ich gern möchte. Stehen die Kürassiere in der Nähe?"

„Sie wissen, daß ich diese Frage nicht beantworten darf. Welchen Offizier meinen Sie?"

„Oberst Graf Rallion."

„Zu ihm wollen Sie?"

„Ja."

„Kürassier Lebeau, steigen Sie ab, lassen Sie den Herrn Kapitän aufsitzen und liefern Sie ihn richtig an den Herrn Obersten Rallion ab."

Der Mann stieg ab, Richemonte setzte sich auf dessen Gaul; dann ging es fort, während das Pikett noch weiterritt.

Als das Gehölz zu Ende war, ritt der Alte über eine Anhöhe, von welcher aus man ein breites Tal überschaute, in dem es von Soldaten förmlich wimmelte. Nach einer Viertelstunde waren sie unten, und der Kürassier Lebeau hielt vor einem Haus und führte den Kapitän in das Innere desselben.

Wahrhaftig, da saß Rallion an einem Tisch, über mehrere Karten gebeugt. Als er den Eintretenden erblickte, sprang er auf und rief im Ton des Erstaunens:

„Kapitän! Ah, das ist wahrlich eine große Überraschung!"

„Ich glaube es!"

„Wie sehen Sie aus! Dieser Hut!"

„Geborgt."

„Was, Sie borgen Hüte?"

„Von einem Bauersmann."

„Alle Teufel! Wie kommt das?"

„Ich bin flüchtig. Die Preußen sind in Ortry und auch in Thionville."

„Sie – sind – des – Satans!" kam es nur stoßweise aus dem Mund des Obersten.

„Ja. Ich war bereits gefangen, bin aber entkommen."

„Und unsere Vorräte?"

„Sind in den Händen des Feindes."

„Unglaublich!"

„Dieser Doktor Müller – ah, er ist ein Königsau."

„Sie machen mich starr! Erzählen Sie!"

Der Alte begann seinen Bericht. Er war nicht, wie der Ulanenrittmeister gesagt hatte, durch den Kordon geschlüpft, sondern er war zurückgewichen und hatte sich wieder in den Schloßhof geschlichen.

Dort hatten zufälligerweise ein paar Fässer gestanden, hinter welche er gekrochen war, um abzuwarten, bis der Kordon wieder aufgelöst sei. Die Fässer hatten sich ganz in der Nähe des eisernen Türchens befunden, durch welches er entkommen war, und so hatte es ihm glücken können, das Gespräch Königsaus mit Fritz und dann auch den Rittmeister zu belauschen.

Dann, erst im Morgengrauen, hatte er entkommen können; aber die ganze Gegend und auch das rechte Moselufer waren mit Posten besetzt gewesen, welche auf den Weg zu achten hatten. Ein Bauer, der ihm zu Dank verpflichtet war, hatte ihn aufgenommen, ihm einen Hut und Geld gegeben und dann erst einen Abend später über die Mosel gebracht.

Diese Erzählung machte einen tiefen Eindruck auf den Obersten. Er sagte in grimmigem Ton:

„Marion in Malineau, und dieser Müller will hin! Er ist ein Königsau! Alter, wir haben uns entsetzlich betrügen lassen! Er steht in Berlin; sie war in Berlin; sie sind Liebesleute."

„Verdammt. Das ist möglich."

„Darum also ließ sie sich so gern von ihm aus dem Wasser ziehen, und darum wollte sie von mir nichts wissen. Diese beiden haben unsere Geheimnisse belauscht! Oh, das muß gerächt werden, fürchterlich gerächt!"

„Wie denn?"

„Nun, wir reiten nach Malineau."

„Herrlich! Das war es ja, was mich veranlaßte, Sie aufzusuchen. Wir finden fünfhundert Franktireurs dort."

„Pah! Mit solchem Volk gibt sich ein Rallion nicht ab. Übrigens dürfen Sie nicht glauben, daß dieser kluge, durchtriebene Bursche ganz allein nach Malineau geht. Er nimmt sich ganz sicher ein Detachement Reiter mit. Wir müssen hin. Wir müssen hin!"

„Werden Sie Erlaubnis bekommen?"

„Sofort. Ich werde es schon zu Gehör zu bringen wissen. Übrigens kennen Sie den Einfluß meines Vaters. Man darf es mit mir nicht verderben. Ich gehe jetzt. Dort steht mein Koffer. Es befinden sich auch Zivilsachen darin. Nehmen Sie sich unterdessen heraus, was Sie bedürfen."

„Und Marion? Was tun wir dann mit ihr? Wollen Sie sie etwa noch heiraten?"

„Heiraten? Pah! Aber rächen werde ich mich. Ich schwöre Ihnen, daß ich diesem buckeligen, verkappten Deutschen mit dieser meiner eigenen Hand den Kopf spalten werde."

Er stürmte fort. Es dauerte auch gar nicht lange, so kehrte er wieder zurück.

„Nun?" fragte der Alte.

„Habe die Erlaubnis natürlich!"

„Wann geht es fort?"

„In einer Viertelstunde."

„Wieviel Mannschaft haben wir?"

„Drei Eskadrons. Zwei Gardekürassiere und eine Gardedragoner. Das sind Kerle, die es mit dem Teufel aufnehmen, um wieviel mehr mit einem Königsau."

Der Kapitän erhielt ein Pferd, und nach einer Viertelstunde wurde aufgebrochen.

Nach einem mehrere Stunden langen, angestrengten Ritt in der Nähe ihres Zieles angekommen, schwenkten sie von der nach Etain führenden Straße rechts ab und hielten auf einem ziemlich reitbaren Vicinalweg – Gemeindeweg – gerade auf Schloß Malineau zu.

Sie ritten hier durch lauter Wald. Der Oberst, die drei Rittmeister und der alte Kapitän an der Spitze. Diese genannten Herren unterhielten sich miteinander.

Da auf einmal ertönte ihnen zur Seite ein lauter Ruf, und unter den Waldbäumen trat ein Mann hervor, welcher ein blutiges Taschentuch um den Arm gewickelt hatte.

„Herr Kapitän, Herr Kapitän!"

Mit diesen Worten kam er auf den Genannten zu. Richemonte kannte ihn; es war einer der Franktireurs. Er blieb halten und sagte:

„Sapperment, Sie sind verwundet? Wie kommt das? Wo haben Sie sich das geholt?"

„Wir haben auf Schloß Malineau gekämpft."

„Gegen wen?"

„Gegen deutsche Husaren."

„Ah, sehen Sie, Oberst! Wer kommandiert diese?"

„Ein junger Rittmeister."

„Auch Husarenrittmeister? Nicht Ulan?"

„Nein."

„Er müßte Husarenuniform getragen haben. Wie ist es denn abgelaufen?"

„Sehr schlecht. Wir sind ganz zersprengt; die Hälfte wurde verwundet, und ich mache sicherlich keine Lüge, wenn ich sage, daß wenigstens fünfzig gefangen sind."

„Aber, Mensch, wie ist das möglich?"

„Wir wurden überfallen."

„Im Schloß?"

„Nein, sondern vor demselben."

„Erzählen Sie!"

Er schilderte den Vorgang nach seiner Weise; er hatte sich natürlich höchst tapfer benommen und wie ein wütender Roland um sich geschlagen. Als er geendet hatte, sagte der alte Kapitän im zornigsten Ton:

„Wie albern und jungenhaft! Ihr alle habt die Rute verdient. Wohin ist denn dieser Berteu?"

„Ich weiß es nicht. Keiner konnte sich um den anderen kümmern. Jeder hatte für sich selbst zu tun."

„Na, trösten Sie sich! Wir werden diese Scharte auswetzen. In einer halben Stunde befindet sich das Schloß in unseren Händen. Dann können Sie kommen und sich die gefangenen deutschen Helden ansehen, von denen Sie sich so wohlfeil niederreiten ließen."

Die Kolonne setzte sich wieder in Bewegung. Aber auf Veranlassung eines der Rittmeister beorderte der Oberst einige Eclaireurs an die Spitze.

An der linken Seite des Schlosses, wo der Park an den Wald stieß, war der vorstehende Rand des letzteren niedergeschlagen worden. Es gab da einige Reihen Holzklaftern und Reisigbündel, zwischen denen noch die Baumstümpfe aus der Erde ragten.

An dieser Stelle angekommen, mußten die Franzosen vom Schloß aus gesehen werden. Aber, eigentümlich, obgleich sie das letztere vollständig überblicken konnten, war es ihnen doch nicht möglich, die Spur eines feindlichen Reiters zu bemerken.

„Sie sind abgezogen!" meinte der Alte enttäuscht.

„Oder liegen im Hinterhalt", fügte der Oberst hinzu. „Seien wir vorsichtig!"

„Pah! Hinter uns, rechts und links von uns Wald! Wir können von Reitern nur vom Schloß selbst aus angegriffen werden. Also vorwärts!" sagte Richemonte.

Das letzte Glied der Kolonne hatte kaum die Waldlinie passiert, so hörte man aus einem Fenster des Schlosses einen Schuß erschallen. Sofort hielt der Zug an. Und im gleichen Augenblick wurde das Tor geöffnet, und es trat ein Husarenoffizier hervor, welcher sich, ein weißes Taschentuch in der Hand schwingend, ihnen näherte.

„Famos!" meinte der Oberst. „Ein Parlamentär. Man will wegen der Übergabe mit uns verhandeln."

„Warten wir das ab", sagte der Dragonerrittmeister.

Der Husar kam heran und blieb salutierend gerade vor den Offizieren stehen.

„Gestatten die Herren", sagte er. „Leutnant von Hornberg, von den königlich preußischen Husaren."

Die Offiziere nannten ihre Namen; dann meinte Hornberg: „Ich habe den Auftrag, Ihnen mitzuteilen, daß Schloß Malineau sich in Belagerungszustand befindet."

„Wer gab Ihnen diesen Auftrag?" fragte Rallion.

„Der Kommandierende, Rittmeister Graf von Hohenthal."

„Ah! Ein Rittmeister Hohenthal kommandiert hier?"
„Ja, wie ich sage!"
„Nicht ein Rittmeister von Königsau?"
„Nein."
„Hm. Wunderbar! Wo hat dieser Herr Kommandant denn eigentlich seine Truppen?"
„Ich bin nicht befugt, Festungsgeheimnisse zur Sprache zu bringen", antwortete der Husar lächelnd.
„Nun, wir werden bald genug hinter diese Geheimnisse kommen, Herr Leutnant. Wir beabsichtigen nämlich, dem Herrn General, Grafen von Latreau, der doch Besitzer des Schlosses ist, einen Besuch abzustatten."
„Heute?"
„Ja, heute, und zwar bald."
„Vielleicht ist Ihnen dies gestattet, natürlich unter gewissen Bedingungen."
„Wir beabsichtigen aber, unseren Besuch ganz bedingungslos zu unternehmen."
„Das wird wohl kaum möglich sein."
„Warum?"
„Weil man das Recht hat, Bedingungen zu machen."
„Ah, so. Werden Sie auch die Macht haben, dieses Recht zu beweisen und zu verteidigen?"
„Man hofft es."
„Schön. Grüßen Sie also den Grafen Hohenthal von mir, dem Grafen Rallion, und sagen Sie ihm, daß ich binnen einer halben Stunde bei dem Herrn General erscheinen werde, mit oder ohne Erlaubnis, das ist mir egal. Adieu."
„Der Herr Rittmeister wird sich freuen, Sie standesgemäß begrüßen zu können", antwortete der Husar mit einem spöttischen Lächeln. Dann kehrte er ins Schloß zurück.
„Impertinenter Junge, dieser rote preußische Gimpel!" sagte der Oberst. „Meine Herren, wo meinen Sie, daß diese Herren Husaren stecken werden?"
„Wir müssen rekognoszieren", meinte der Dragonerrittmeister. „Soll ich detachieren, Herr Oberst?"
„Tun Sie das."
Paarweise ritten die Piketts in verschiedener Richtung ab. Ein junges Leutnantchen, dem es sehr darum zu tun war, seinen Mut bewundern zu lassen, sporte sein Pferd an und trabte dem Schloß zu. Da erschien an einem geöffneten Fenster Hohenthal.
„Zurück!" rief er herab.

Der Franzose zog verächtlich die Achsel empor und ließ sein Pferd weitergehen. Da krachte ein Schuß, und der Reiter fiel, durch den Kopf geschossen, vom Pferd.

Ein vielhundertstimmiger Schrei erscholl auf französischer Seite. Der Oberst griff wütend an seinen Degen und sagte:

„Das sollen sie mir bezahlen! Dieses arme, unschuldige Kerlchen. Holt ihn her."

Dieser Befehl war an einige Dragoner gerichtet. Sie gehorchten und ritten nach der Stelle, wo der Tote lag. Sofort blitzte es aus mehreren Fenstern auf. Zwei der Leute sanken tot vom Pferd, und die anderen flohen, sämtlich verwundet, zurück.

Der Kapitän ballte beide Fäuste.

„Man wird euch das mit Zinsen wieder heimzahlen, ihr Schurken!" murmelte er. „Wollen wir nicht direkt hin und das Tor einschlagen?"

„So schnell nun nicht, Herr Kapitän. Wir wissen jetzt wenigstens das eine, nämlich, daß sich die Herren im Inneren des Schlosses befinden. Warten wir erst die Rückkehr unserer Eklaireurs ab."

Sie zogen sich ein wenig zurück. Die Leute kamen retour und konstatierten, daß sich in der ganzen Umgebung des Schlosses kein preußischer Soldat befinde.

„Nun gut, so sind sie darin. Da haben wir sie also fest!" meinte der Oberst.

„Hm! Das scheint nicht so leicht!" sagte der Dragoner.

„Kinderleicht. Wir lassen die Tür und die geschlossenen Läden einschlagen, so sind wir drin."

„Und diejenigen, welche das tun sollen, werden aus den oberen Fenstern heraus erschossen."

„Pah! Wir beherrschen ja die Fenster von unten. Während zum Beispiel die Hälfte der Mannschaft stürmt, hält die andere Hälfte die Preußen von den Fenstern fern. Zwei Gardekürassiere und ein Gardedragoner werden es doch mit einem windigen, preußischen Husaren aufnehmen, meine Herren!"

Es wurde gegen diesen Plan gesprochen; aber der Oberst blieb dabei und setzte seinen Willen durch. Die Mannschaften mußten absteigen. Die Pferde wurden zur Seite außer Schußweite geführt; sie kamen natürlich unter die Obhut einer Anzahl der Kavalleristen. Die übrigen wurden in zwei Abteilungen getrennt. Die erste war bestimmt, in das Schloß zu brechen, und die andere nahm rund um das letztere Stellung, um die Bewohner desselben unter Feuer zu halten.

Als diese Vorbereitungen getroffen waren, gab Oberst Rallion den Befehl zum Angriff.

Dieser konnte natürlich nur im Parterre erfolgen. Es war anzunehmen, daß das Eingangstor von innen sehr fest verrammelt worden sei. Darum hatten die Angreifer Befehl, ihr Augenmerk besonders auf die Fenster zu richten.

Mit lautem Rufen stürmten sie auf das Schloß los. Dort wurden in demselben Augenblick sämtliche Parterrefenster geöffnet. Eine fürchterliche Salve krachte aus diesen den Angreifern entgegen. Jede Kugel traf ihren Mann. Die preußischen Husaren waren nicht nur tüchtige Reiter, sondern ebenso wackere Schützen. Eine große Anzahl der Franzosen war gefallen.

Diejenigen, welche unverletzt geblieben waren, stutzten. Sie zauderten, vorwärts zu dringen.

„En avant; en avant!“ brüllte der Oberst.

Sie gehorchten. In langen Sätzen stürmten sie weiter und erreichten die Mauer, wo sie sich sicher wähnten.

„Pst!“ stieß der Oberst hervor. „Diese verdammten Preußen zielen besser, als ich dachte. Aber sie sind schon halb besiegt. Unsere Leute sind an der Mauer des Hauses vor jeder Kugel sicher; denn wehe dem Feind, der sich an einem der Fenster sehen lassen wollte, um zu schießen. Er wäre seines Todes sicher.“

Auf sein wiederholtes Kommando versuchten die Leute, in die Fenster zu steigen. Einer hob den anderen, aber – ein Schrei der Wut erscholl rings um das Gebäude; diejenigen, welche das Einsteigen gewagt hatten, fielen in die Arme derer, von denen sie gehoben worden waren, zurück, von den Säbelhieben der Husaren getroffen. Dem einen war sogar der Kopf mit einem Hieb vom Rumpf getrennt worden. Während der leblose Körper nach außen zurückstürzte, wurde ihm der abgehauene Kopf nachgeschleudert.

Leutnant von Hornberg hatte dem Rittmeister von Hohenthal gemeldet, wie er empfangen worden war und welchen Bescheid er erhalten hatte.

„Gut!“ sagte der Rittmeister. „Wollen sehen, ob er es so weit bringt, in der angegegebenen Zeit seinen Besuch zu machen.“

Er schickte nach dem General.

„Exzellenz“, sagte er, als dieser kam. „Eigentlich ist es meine Pflicht, mich aller Personen, welche das Schloß bewohnen, zu versichern. Ich glaube aber überzeugt sein zu dürfen, daß dies nicht nötig ist. Ich bitte Sie um Ihr Ehrenwort, daß keiner von

Ihren Leuten etwas unternimmt, was nicht mit meinen Absichten in Einklang zu bringen ist."

„Ich gebe es für mich und für alle die Meinigen."

„Ich danke! Darf ich Sie bitten, sich in das oberste Stockwerk zurückzuziehen?"

„Ich gehorche natürlich."

„Aber Sie werden die Güte haben, mir Ihren Beschließer zu senden. Ich bedarf natürlich sämtlicher Schlüssel, welche vorhanden sind."

„Er steht draußen schon bereit. Aber, Herr Rittmeister, in welcher Weise glauben Sie, daß der Angriff erfolgen wird?"

„Das werde ich erst nach näherer Beobachtung wissen. Auf alle Fälle wird man nur das Parterre angreifen. Natürlich werde ich Sorge tragen, daß Ihr Eigentum möglichst geschont wird. Bitte, kehren Sie zu den Damen zurück, um sie zu beruhigen!"

Melac mußte sämtliche unteren Räumlichkeiten öffnen. Hohenthal ließ die Läden aufmachen und auch die Fenster aufwirbeln, um selbst die Glastafeln möglichst zu schonen. Dann gab er Befehl, im Fall eines Angriffes zuerst eine Salve zu geben, dann aber jeden Eindringling mit dem Säbel zurückzuweisen. Auf diese Weise wurde die Munition gespart. Auch durfte sich keiner am offenen Fenster sehen lassen. Hinter dem Fensterpfeiler stehend, war der Verteidiger gedeckt und konnte doch den Säbel nach Kräften gebrauchen.

Während der Rittmeister das Kommando der Front übernahm, übergab er den anderen Offizieren die übrigen Seiten in Verteidigung. So waren sie gerüstet, den Feind zu empfangen.

Richard von Königsau war, nachdem er mit Fritz Schloß Ortry verlassen hatte, nach der Gegend von Metz geritten, wo die deutschen Heere im Begriff standen, den Marschall Bazaine einzuschließen.

Die beiden Ulanen kamen erst am Morgen nach Servigny, wo man sich zum Kampf vorbereitete. Um zu ihrer Truppe zu gelangen, mußten sie noch weiter nach Ars Laquenexy. Dort erfuhren sie, daß andere Dispositionen getroffen worden seien. Das Gardeulanenregiment war noch in der Gegend von Gorze zu suchen.

Dorthin gelangten sie erst am Nachmittag, während seit Vormittag im Norden die Kanonen gedonnert hatten, ein Zeichen, daß da eine Schlacht geschlagen werde.

In Gorze erfuhren sie endlich, daß drei Schwadronen nach

Chambley detachiert worden seien. Über den Aufenthalt der übrigen Schwadronen konnten sie nichts erfahren.

„Verteufelte Geschichte!“ meint Fritz. „Wir wollen und wir müssen nach Schloß Malineau, um die Machinationen dieses alten Kapitäns zuschanden zu machen. Dazu bedürfen wir der Erlaubnis. Wo aber den Oberst finden?“

„Es bleibt uns nichts übrig, als eben nach Chambley zu reiten“, meinte Königsau mißmutig.

„Hm! Könnten wir denn nicht auf eigenen Faust handeln?“

„Das ist zweifelhaft.“

„Warum? Es ist uns ja weder Zeit noch Ort bestimmt, wann und wo wir zu dem Regiment zu stoßen haben.“

„Aber unsere Instruktion lautet, sofort einzutreffen, nachdem wir unser Arrangement in Schloß Ortry getroffen haben.“

„Nun, mit diesem Arrangement sind wir ja noch nicht fertig!“

„Wieso?“

„Der alte Kapitän gehört doch auch dazu. Er ist entflohen. Wir müssen ihn suchen und finden!“

„Diese Art der Auslegung hat allerdings etwas für sich. Warten wir, wie es in Chambley aussieht. Dort können wir uns ja weiter entschließen.“

Wenn sie gewußt hätten, daß der alte Kapitän nicht so schnell fortgekommen war und noch in der Gegend von Ortry bei einem Bauern steckte, so hätten sie sich keine solchen Sorgen gemacht.

„Übrigens“, meinte Fritz, „scheint mir, als ob wir auf diese Weise nicht mehr sehr weit kommen würden. Mein Gaul ist so müde, daß ich ihn per Kutsche weitertransportieren lassen möchte.“

„Bis Chambley muß er wohl oder übel aushalten. Mein Pferd lahmt schon seit einer Viertelstunde. Müssen wir heute noch weiter, so wird es notwendig sein, uns nach anderen Pferden umzusehen.“

Sie waren noch nicht weit gekommen, so erkannten sie, daß es ihnen sehr schwierig sein werde, das angegebene Ziel zu erreichen. Straßen und Wege waren von Teilen des dritten und zehnten Armeekorps bedeckt, welche nach Trouville und Vionville dirigiert wurden. Es blieb ihnen nichts übrig, als von der Richtung abzuweichen und den Umweg über Saint Julien les Gorze einzuschlagen.

Als sie dort ankamen, war es Nacht geworden. Sie konnten unmöglich weiter. Sie fanden kein anderes Nachtquartier, als eine alten Schuppen, wo sie glücklicherweise etwas Stroh entdeckten.

Am anderen Morgen ging es weiter. Sie erreichten aber, weil es überall von Militär wimmelte, Chambley, welches so nahe lag, ziemlich spät.

Dort fand Königsau endlich Gardeulanen, aber auch nur eine einzige Schwadron. Die anderen beiden waren nach Troyon beordert worden, dem Heer des Kronprinzen entgegen.

Wie gern hätte der Major sich sofort an die Spitze dieser Leute gesetzt, um sie nach Malineau zu führen, aber das war unmöglich. Er hatte mit dem Etappenkommandanten sich ins Einvernehmen zu setzen, und dann waren noch andere Schritte zu tun, so daß es sehr spät wurde, als er endlich von Bouxieres, wohin er gesandt hatte, die Erlaubnis bekam, die Schwadron zu dem angegebenen Zweck zu verwenden.

Mittlerweile hatten er und Freund Fritz sich neu beritten gemacht. Der Ritt begann.

Aber Etain lag ziemlich weit entfernt, und er sah sich ganz zu denselben Vorsichtsmaßregeln gezwungen, welche auch Hohenthal angewendet hatte, um nicht bemerkt zu werden.

Er vermied so viel wie möglich alle bewohnten Orte, ritt endlich auch um Etain in einem weiten Bogen herum und kam mit seiner Schwadron auf dieselbe Straße, auf welcher Oberst Rallion sich mit seinen drei Eskadrons dem Schlosse genähert hatte.

Sie hatten vielleicht noch fünf Minuten zu reiten, ehe es möglich war, sich aus dem Waldweg im Freien zu entfalten; da hörten sie vor sich Schüsse fallen.

„Sapperment, dort ist man bereits engagiert!“ meinte Fritz.

„Das sind wohl die Franktireurs!“ bemerkte der Rittmeister, welcher die Schwadron kommandierte.

„Schwerlich“, antwortete Königsau. „Das war eine so ordnungsmäßige Salve, daß ich unbedingt annehme, es befindet sich Militär vor uns.“

„So müssen wir rekognoszieren.“

„Gewiß. Bleiben Sie mit den Leuten zurück. Fritz, steig mit ab! Wir gehen unter den Bäumen vor und werden sehen, was es gibt. Hören Sie meinen Revolver, drei Schüsse hintereinander, Herr Rittmeister, so eilen Sie herbei, denn dann befinden wir uns in einer Gefahr.“

Er stieg ab und Fritz ebenso. Sie begaben sich unter die Bäume und schlichen vorwärts.

Dort, wo man den Wald niedergeschlagen hatte, fanden

sie hinter den Reisighaufen ein sicheres Versteck, aus welchem sie alles ganz genau und völlig ungefährdet beobachten konnten.

„Ah!“ flüsterte Fritz. „Das sind allerdings keine Franktireurs, das sind Gardekavalleristen!“

„Kürassiere und Dragoner. Sie wollen das Schloß stürmen. Warum?“

„Hm! Man stürmt doch nur einen Ort, wenn sich der Feind da befindet!“

„Richtig! Welchen Feind könnten die Franzosen da haben?“

„Das weiß der Kuckuck, ich aber nicht. Schau, wieder eine Salve! Das sind brave Kerle dort drin!“

„Wer aber sind diese? Wollen sehen.“

Königsau nahm seinen Feldstecher heraus und richtete ihn nach den Fenstern des Schlosses.

„Kein Mensch ist zu sehen.“

„Natürlich!“ meinte Fritz. „Ließe sich einer blicken, so wäre er ja auch verloren. Das Schloß ist umzingelt, und auf jedes Fenster sind einige Gewehre gerichtet. Es hat ganz den Anschein, als ob da ein alter schlauer Fuchs ausgeräuchert werden solle. Schau, Richard, dort hinter der Baumgruppe hält der Stab des Belagerungsheeres. Die Herren kommen jetzt ein wenig zur Seite. Wollen doch einmal sehen, mit welchen Chargen wir es zu tun haben.“

Auch er nahm den Krimstecher vors Auge.

„Alle Teufel!“ stieß er hervor.

„Was?“

„Da hält ein Oberst, ein ganz junger Kerl. Ich kann das Gesicht nicht genau sehen; aber ich möchte wetten, daß es unser lieber Herr von Rallion ist.“

„Das wäre! Warte! Ah, jetzt wendet er sich nach rechts. Ich sehe ihn genauer. Bei Gott, er ist es. Und, Fritz, siehst du den Menschen in Zivil neben ihm?“

„Ja; der Graukopf? Höre, sollte das vielleicht gar der alte Kapitän sein?“

„Ich möchte es fast annehmen, obgleich er uns den Rücken zukehrt. Aber, wenn er es wirklich ist, so möchte ich daraus schließen, daß sich Deutsche da im Schloß befinden.“

„Sakkerment!“

„Ja. Man wird doch nicht etwa Franzosen belagern! Wäre der Alte nicht dabei, so dürfte man vermuten, daß man eine Bande Franktireurs zerniert habe, um sie wegen irgendeiner Schurkerei ad coram zu nehmen; aber weder Rallion noch der Kapitän würden das tun."

„Da, da, da", sagte Fritz schnell hintereinander. „Siehst du es? Da, am Giebel?"

„Ja. Schnell nieder mit den Köpfen. Das soll ein Zeichen für uns sein, und diese Franzosen könnten daraus auf unsere Anwesenheit schließen."

Sie bückten sich hinter den Reisighaufen nieder, aber bemerkten auch sogleich, daß sie nicht gefährdet seien.

„Weißt du, was das war?" fragte Königsau.

„Natürlich. Ein roter Husarendolman."

„Gewiß. Man hat uns vom Schloß aus bemerkt und will uns sagen, wer sich dort befindet."

„Also preußische Husaren."

„Ganz sicher."

„Wie kommen sie nach Schloß Malineau?"

„Wer weiß es. Jedenfalls eine Streifpatrouille. Wir müssen ihnen unbedingt zu Hilfe kommen."

„Natürlich. Es sind brave Kerle. Und scharfe Augen haben sie. Uns hier zu bemerken!"

„Vom oberen Stockwerk ist das nicht so schwer. Wenn das Auge zufällig diesen Punkt streift, versteht es sich von selbst, daß man uns sieht. Komm!"

Sie traten wieder unter die Bäume und kehrten zur Schwadron zurück.

„Nun?" fragte der Rittmeister neugierig.

„Drei Schwadronen französischer Gardekavallerie belagern eine preußische Husarenpatrouille, welche im Schloß Schutz gesucht hat", antwortete Fritz.

„Da kommen wir zur rechten Zeit. Oder . . .?"

Er warf einen fragenden Blick hinter sich auf seine Leute. Königsau verstand ihn und sagte:

„Ob wir zu schwach sind diesen drei Schwadronen gegenüber, Herr Rittmeister?"

„Es ist meine Pflicht, diesen Gedanken anzuregen."

„Gewiß. Aber wir werden uns doch nicht fürchten."

„Gar nicht. Horch!"

Man hörte von der Gegend des Schlosses her ein Signal.

„Ah!" meinte Fritz. „Die Herren sehen ein, daß es auf diese Weise mit der Belagerung doch nicht vorwärtsgeht. Sie rufen ihre Leute wieder zusammen. Man wird einen Kriegsrat halten."

„Das benutzen wir und hauen auf sie ein!" ergänzte Königsau.

„Nämlich die Kerle sind, außer den Offizieren, abgesessen. Ihre Pferde befinden sich links von der Mündung dieses Weges unter der Obhut von sehr wenigen Leuten. Kommen wir zwischen beide, nämlich zwischen die Reiter und die Pferde, so sind die ersteren verloren. Herr Rittmeister, es sind ein Drittel Dragoner und zwei Drittel Kürassiere. Sind sie zu Fuß, so haben wir leichte Arbeit. Wir reiten sie nieder und spießen sie mit den Lanzen fest. Gehen wir näher, daß auch Sie rekognoszieren können."

Oben an einem Fenster des Dachstockes hatte Melac gestanden. Dieses Fenster ging nach der Seite hinaus, von welcher die Feinde gekommen waren. Das Auge des Schließers streifte zufällig und absichtslos den Waldrand und blieb auf einem Punkt haften, an welchem sich etwas Farbiges zeigte, was eigentlich nicht an diesen Ort zu gehören schien.

Er blickte schärfer hin, aber er war alt und konnte das, was sich dort befand, nicht deutlich erkennen. Darum begab er sich in das Zimmer, in welchem sich die anderen befanden.

„Bitte, wo sind Seine Exzellenz, der Herr General?" fragte er, als er den Genannten nicht bemerkte.

„Warum?" fragte Ella, welche dem Ton seiner Stimme eine gewisse Ängstlichkeit anmerkte.

„Ich glaube, es kommen neue Feinde."

„Gott! Doch nicht!"

„Es war mir, als ob ich drüben hinter dem Reisig etwas Buntes, etwas Militärisches gesehen hätte."

„Großpapa ist für einige Augenblicke fortgegangen. Komm, liebe Marion, wollen sehen, was es ist."

Melac führte sie nach dem betreffenden Fenster. Kaum hatten sie einen Blick hinaus geworfen, so sagte Ella:

„Soldaten! Ja! Man erblickt sie nur nicht genau. Herrgott, was tun wir, liebe Marion?"

Diese behielt ihre Fassung.

„Sind es Franzosen oder Deutsche?" fragte sie.

„Wer weiß das?"

„Ich auch nicht. Aber liebe Ella, wollen wir als Freunde oder als Feinde dieses tapferen Grafen und Rittmeisters von Hohenthal handeln?"

„Als Freunde natürlich."

„Gut. Das denke ich auch. Monsieur Melac, Sie dürfen es den Herrn General nicht wissen lassen, aber eilen Sie hinab, um den Herrn Rittmeister schleunigst zu holen."

Das war dem Alten sehr lieb. Er war ja ein Freund der Deutschen. Nach wenigen Sekunden brachte er Hohenthal, welchen einer seiner Leute begleitete.

„Wo ist es?“ fragte er ohne alle Einleitung.

„Dort, gerade meinem Arm nach, hinter dem Reisighaufen“, antwortete Ella, indem sie den Arm ausstreckte.

Sein Auge folgte der angegebenen Richtung. Ein Blitz der Freude zuckte über sein schönes Gesicht.

„Herunter mit deinem Dolman!“ gebot er dem Husaren. „Halte ihn zum Fenster hinaus, damit die da drüben merken, daß Husaren sich hier befinden.“

Der Mann gehorchte. Der Rittmeister zog sein Rohr hervor und nahm es an das Auge.

„Alle Wetter!“ entfuhr es ihm.

Er warf noch einen kurzen Blick hinüber und gebot dann dem Husaren:

„Zurück wieder. Sie haben es bemerkt. Sie verbergen sich, weil unser Zeichen den Feind auf sie aufmerksam machen könnte. Entschuldigung, meine Damen, daß in der Überraschung mir ein etwas kräftiges Wort entfuhr.“

„Dürfen wir erfahren, wer es ist, Herr Rittmeister?“ erkundigte sich Marion.

„Eigentlich nicht“, antwortete er lächelnd. „Es ist mir aber vollständig unmöglich, Sie als feindliche Wesen zu betrachten. Darum will ich Ihnen mitteilen, daß ich zwei preußische Ulanenoffiziere gesehen habe.“

„Was wird das bedeuten?“

„Daß in wenigen Minuten Ihnen Gelegenheit geboten wird, den tapfersten Ulanenoffizier kennenzulernen. Ich habe ihn mit Hilfe meines Glases erkannt. Ein Freund von mir, Herr Richard von Königsau, kommt, diesen Herren da unten eine Lehre zu geben.“

„Königsau . . .?“ hauchte sie.

Sie war sehr bleich geworden.

„Ja. Wenn ich recht vermute, befindet er sich nicht allein in der Nähe. Bitte, treten Sie in das Eckzimmer, so werden Sie Zeugen eines sehr interessanten Kampfes sein. Ich aber muß nach unten.“

Er eilte mit seinem Begleiter fort.

Ella legte den Arm um Marions Schulter.

„Du bist erschrocken?“ fragte sie liebevoll.

„Sehr!“

„Nicht wahr, Königsau hieß jener Offizier, den du in Dresden erblicktest?"

„Ja. Und dessen Fotografie ich besitze."

„Ob er es wirklich ist?"

„Jedenfalls. Der Rittmeister wird kein schlechtes Fernrohr besitzen, denke ich."

„So werden wir ihn zu sehen bekommen."

Marion strich sich mit der Hand über die Stirn und antwortete nicht. Ella aber meinte:

„Wirst du nicht mit ihm sprechen können?"

Da antwortete das schöne Mädchen:

„Es war ein Traum, ich aber gehöre der Wirklichkeit. Seine Anwesenheit kann keine Einfluß auf mich haben."

Da hörte man das Signal, welches auch Königsau mit den Seinigen vernommen hatte. Einige Augenblicke später kam der General herbei.

„Wo seid ihr? Ich habe euch gesucht", fragte er. „Die Reiter ziehen sich zurück. Der Kampf scheint ein Ende zu haben."

„O nein", entfuhr es Ella.

Das fiel dem General auf.

„Warum nicht? Weißt du es anders?" erkundigte er sich.

„Liebe Marion, wollen wir es ihm nicht lieber sagen?" fragte sie die Freundin.

„Ja. Der General wird es ja unbedingt erfahren."

„Was?" fragte er neugierig.

„Es sind preußische Ulanen im Wald."

„Doch nicht!"

„Ja. Der Rittmeister Hohenthal sagte es."

„Nun, dann wehe unseren Kürassieren. Dürfte ich sie doch warnen."

„Würdest du das?"

„Unbedingt, wenn ich dabei nicht mein Leben riskierte. Ich würde als Spion erschossen werden."

„Tue es um Gottes willen nicht, lieber Papa!"

„Nein, nein. Aber, wo befinden sich die Ulanen?"

„Sie sind fort; man sieht sie nicht mehr."

Da waren wieder Schritte zu vernehmen. Rittmeister Hohenthal trat ein. Er erblickte den General und fragte:

„Die Damen haben Ihnen Mitteilung gemacht?"

„Ja."

„Es tut mir leid, daß es mir nicht vergönnt ist, Ihren Patriotismus zu schonen, Exzellenz. Es ist eben Krieg. Übrigens werden

Sie jetzt, wenn ich mich nicht irre, ein seltenes Reiterstück zu sehen bekommen."

„Sie haben bereits ein unvergleichliches geliefert."

„Oh, Königsau kommt! Das ist etwas ganz anderes."

„Königsau? Diesen Namen habe ich einmal gehört. So hieß ein preußischer Offizier, welcher sich der außerordentlichen Protektion Ihres Marschalls Blücher erfreute."

„Der, welchen ich meine, ist der Enkel dieses Veteranen. Sie verzeihen meine Gegenwart hier. Von hier aus kann ich den Plan besser überblicken, als von irgendeinem anderen Zimmer aus."

„Bitte! Sie sind Kommandant. Die Belagerer haben sich zurückgezogen. Man wird das Schloß zernieren und nach weiteren Truppen senden."

„Das steht zu erwarten; aber sie werden in der Ausführung dieses Vorhabens leider gestört werden. Hören Sie das Pferdegetrappel im Parterre?"

„Ja. Sie werden doch nicht . . ."

Der General blickte den Rittmeister erschrocken an.

„Was, Exzellenz?" fragte dieser.

„Sie werden doch nicht einen Ausfall machen?"

„Gewiß werde ich das."

„Welch ein Wagnis! Sie dürfen die Deckung, die Sie hier finden, nicht aufgeben."

„Warum nicht? Ah! Exzellenz, da drüben!"

Er deutete mit der Hand durch das Fenster. Der General blickte hinüber.

„Bei Gott! Preußische Ulanen!"

„Gardeulanen. Die Tete läßt sich ganz vorsichtig blicken. Jetzt ist meine Zeit gekommen. Ich muß die Aufmerksamkeit des Feindes auf mich lenken, damit Königsau sich unbemerkt nahen kann. Auf Wiedersehen!"

Er eilte fort, hinab.

„Gott, mein Gott", klagte der General. „Und ich darf unseren Reitern kein Zeichen geben! Es will mir das Herz abdrücken!"

Da schmetterte ein Signal durch die Räume des Hauses.

„Was bedeutet das?" fragte Ella.

„Ein preußisches Signal", antwortete der General. „Es wird wohl heißen sollen: Fertig zur Attacke! Ich weiß es nicht genau."

„Unsere Reiter erstaunen. Sie blicken alle nach dem Schloßtor!"

„Dieser Rittmeister ist wahrhaftig so tollkühn, das Tor öffnen zu lassen. Ich glaube gar, er hat seine Husaren im Inneren des Hauses aufsitzen lassen. Hört!"

Von drüben her, wo die Franzosen hielten, hörte man ein schallendes Gelächter. Die Dragoner und Kürassiere machten Front gegen den Eingang des Schlosses und nahmen die Karabiner auf.

„Die Husaren sind verloren, wenn sie jetzt wirklich die Attacke ausführen", sagte der General.

Ella legte die Hände auf die Brust.

„Herrgott, wende das ab", flüsterte sie.

Drüben, wo Oberst Rallion hielt, ertönten laute Kommandorufe. Seine Truppen dehnten sich aus. Das vordere Glied legte das Gewehr im Knien an, und das hintere Glied zielte im Stehen. So erwarteten sie die Husaren, welche aber nicht so dumm waren, im Vordergrund des Flures zu erscheinen.

„Jetzt, im nächsten Augenblick werden unserer Reiter Feuer geben", sagte der General. „Und heiliger Himmel! Da drüben, da drüben!"

Er deutete nach dem Waldesrand hinüber, den ihre Augen in den letzten Minuten vernachlässigt hatten. Dort kamen die Ulanen hervor, nahmen Front und – voran die Offiziere, von denen einer, nämlich Königsau, den Degen schwenkte; sie kamen herangedonnert, erst im Trab, dann im Galopp und dann in voller sausender Karriere.

Das war so schnell gegangen, daß die Franzosen gar nichts bemerkt hatten. Jetzt, da der Boden unter den Hufen der feindlichen Rosse erdröhnte, wendeten sie die Köpfe.

„Hurra! Hurra! Preußen hoch!"

Mit diesem Ruf waren sie da, die braven Ulanen. Wie ein Wettersturm brachen sie in den Feind herein.

„Hurra! Hurra! Preußen hoch!"

So ertönte es auch vom Schloß her. Durch das geöffnete Portal drangen die Husaren. Mit hochgeschwungenem Säbel stürzten sie sich von dieser Seite auf die Franzosen.

„Herr, mein Heiland", stöhnte Mama Melac. „Das kann ich nicht ersehen."

„Herrlich, herrlich!"

Dieser Ruf entfuhr dem Mund des Generals. Er konnte nichts dafür, er mußte dem Feind Bewunderung zollen.

Die Anführer der Franzosen hatten sich bisher ziemlich ferngehalten, so daß ihre Gesichtszüge nicht zu unterscheiden gewesen waren. Und da Rittmeister von Hohenthal nichts über die Unterredung des Parlamentärs mit dem Obersten Rallion geäußert hatte, so wußte Marion gar nicht, wer diejenigen eigentlich waren, die in das Schloß dringen wollten.

Sie hatte wohl bemerkt, daß sich ein Zivilist bei den Offizieren befand und daß dieser ein alter Herr sein müsse. Jetzt, als die Ulanen herangestürmt kamen und die Franzosen diesen unerwarteten Feind bemerkten, gab der Alte seinem Pferd die Sporen und riß es plötzlich zur Seite. Es stieg in die Höhe und galoppierte dem entgegengesetzten Teil des Waldes zu. Hierbei sah der Alte voller Angst zurück, so daß Marion sein Gesicht erkennen konnte.

„Himmel! Der Kapitän!" rief sie aus.

„Welcher?" fragte Ella.

„Richemonte!"

„Dein Peiniger? Wo?"

„Dort – der Alte, welcher eben im Wald verschwindet!"

„So ist es auf dich abgesehen gewesen!"

„Jedenfalls! Allen Heiligen sei Dank! Er ist fort!"

Die Attacke war auf das glänzendste gelungen; aber die Übermacht war doch zu groß. Die Franzosen wehrten sich wie die Teufel. Zuerst waren sie einfach überritten worden, wobei die Lanzen entsetzlich gewirkt hatten. Nun aber stellten sie sich zur Wehr. Sie ergriffen die ihnen entfallenen Karabiner, oder sie zogen blank. Es gelang ihnen zwar nicht, zu ihren Pferden zu kommen, aber sie kämpften zu Fuß. Das Gefecht löste sich in Einzelkämpfe auf.

„Dort, der Oberst!" rief der alte General begeistert. „Er verteidigt sich gegen zwei Husaren. Ein tüchtiger Fechter. Ah, wirklich, den kenne ich! Das ist Rallion!"

„Rallion?" fragte Marion. „Ja, ja, gewiß! Jetzt erkenne ich ihn auch! Es war also wirklich auf mich abgesehen. Wie wird das enden!"

„Welcher mag denn wohl Königsau sein?" flüsterte ihr Ella zu.

„Der Anführer, welcher voranritt!" antwortete sie.

„Wo ist er?"

„Der Anführer?" fragte der General. „Da ist er, mitten im Knäuel drin. Er trägt die Abzeichen eines Majors. Mille tonnerres, ist das ein Kerl. Seht, wie er mit dem Säbel umzugehen versteht! In der Rechten den Degen, und in der Linken den Revolver!"

Marion faltete die Hände. Sie sah ihn; sie stieß einen lauten Angstschrei aus.

„Herrgott!“ rief sie. „Er ist verloren!“

Ein Dragoner hatte sich von hinten an das Pferd Königsaus gedrängt und holte mit dem Säbel aus. Der Major aber bemerkte es, dreht sich um und schoß ihm eine Kugel durch den Kopf.

„Gerettet“, stöhnte Marion.

„Er läßt sein Pferd steigen!“ rief der General. „Da, da bekommt er Hilfe! Ein Leutnant, ein riesiger Kerl, mit noch mehreren! Alle Teufel, hauen die zu!“

„Rallion ist seine beiden Husaren noch nicht los“, bemerkte Ella jetzt, indem sie auf den Genannten deutete. „Paß auf, Marion! Der feindliche Ulanenmajor hat ihn erblickt. Er fegt auf ihn zu. Sieh, er ruft den Husaren etwas zu. Sie lassen von dem Obersten ab. Der Major will ihn für sich allein haben! Die Anführer im Kampf miteinander.“

„Ich brenne vor Begierde!“ rief Latreau.

Sie hatten die Worte Königsaus nicht hören können. Diesem war es bis jetzt noch nicht gelungen, an Rallion zu kommen. Er hatte sich mitten im Kampfgewühl befunden. Jetzt aber, da er mit Fritzens Hilfe, den der General als den riesigen Kerl bezeichnet hatte, seine Dränger losgeworden war, sporte er sein Pferd auf ihn zu.

„Halt! Zurück! Dieser gehört mir“, herrschte er den beiden Husaren zu.

Sie wendeten sich sofort von Rallion fort und suchten sich andere Arbeit. Der Oberst erblickte jetzt den neuen Feind.

„Heiliges Donnerwetter!“ rief er. „Wer ist denn das?“

„Ich hoffe, Sie kennen mich.“

„Doktor Müller.“

„Oder ein anderer.“

„Ah, ich weiß! Königsau! Verdammt! Fahre zum Teufel, verfluchter Halunke!“

Er drängte sein Pferd an dasjenige seines Feindes, holte zum fürchterlichen Hieb aus, gab aber eine Finte und modulierte zum tödlichen Stoß. Königsau aber war ihm überlegen; er parierte glücklich.

„Geh voran! Andere mögen dir folgen.“

Mit diesen Worten richtete er sich in den Bügeln auf. Ein Hieb aus hoher Luft – Rallion sank mit gespaltenem Kopf vom Pferd.

Droben im Dachzimmer ertönte ein lauter, mehrstimmiger Schrei.

„Ein fürchterlicher Mann“, stieß der General hervor.
„Rallion ist tot“, fügte Marion hinzu.
Sie atmete tief auf und ließ den Kopf ermattet auf die Schulter Ellas sinken, welche selbst an allen Gliedern zitterte, da sie im tiefsten Herzen für den Rittmeister Hohenthal bangte, welcher die Gefahr förmlich aufzusuchen schien.
„Ich kann nicht mehr“, stöhnt sie.
„Ja, es ist zu viel“, stimmte Marion bei. „Das werde ich nie, nie vergessen.“
Beide wendeten sich vom Fenster ab. Mama Melac war längst in einen Stuhl gesunken, der in einer Ecke stand. Auch der General fühlte sich angegriffen. Er wischte sich den rinnenden Schweiß von der Stirn und sagte:
„Gehen wir wieder in unser Zimmer. Hier ist es zu fürchterlich, besonders für euch.“
Sie folgten seiner Aufforderung.
Als Königsau den Obersten niedergeschlagen hatte, wendete er sein Pferd wieder zurück. Er sah den Rittmeister bedrängt und eilte ihm zu Hilfe. Er hatte bisher noch gar keine Gelegenheit gehabt, ihn näher zu sehen.
„Was?“ rief er nun. „Arthur, du?“
„Ja, ich! Komm! Hauen wir diese Kerle in Kochstücke! Sie sind wie die Wespen.“
Aber die schwerste Arbeit war bereits getan. Noch eine kurze Zeit, und der Sieg war errungen – zwei Schwadronen leichte Reiterei gegen diesen überlegenen Feind! Und glücklicherweise war der Sieg gar nicht teuer bezahlt worden.
Gleich anfangs hatte sich eine kleine Abteilung Ulanen auf diejenigen Franzosen geworfen, denen die Pferde anvertraut waren. Dieser Coup war gelungen.
Niedergeritten, niedergestochen und niedergesäbelt, hatten die Feinde es nicht vermocht, wieder zu ihren Tieren zu kommen. Wer nicht tot war, der war gefangen, und nur wenigen war es geglückt zu entkommen.
Königsau und Hohenthal trafen sich wieder und schüttelten einander die Hände.
„Das war Hilfe zur rechten Zeit!“ meinte der letztere. „Wie aber wußtest du, daß ich hier belagert wurde?“
„Kein Wort wußte ich davon.“
„Nicht? Und kommst doch nach Malineau! Jedenfalls aus reinem Zufall?“
„Nein. Ich komme von Ortry, wo ich erfuhr, daß der Kapitän

nach hier wollte, um Marion zu holen. Ich glaubte Franktireurs zu treffen, nicht aber dich."

„Oh, diese Kerle habe ich gezüchtigt. Ich habe eine tüchtige Zahl gefangengenommen."

„Marion ist doch da?"

„Ja."

„Ist sie wohl?"

„Gewiß. Ich erkannte dich, als du da drüben hinter dem Reisig stecktest. Sie stand bei mir, und ich sagte ihr, daß Herr von Königsau mich befreien werde."

„Was sagte sie?"

„Nichts. Aber ich sah, daß sie erbleichte . . ."

„Ich muß zu ihr."

„Bitte, nicht zu stürmisch! Du kannst dir denken, daß ich dabeisein möchte. Übrigens haben wir zunächst hier unsere Pflicht zu tun. Wir müssen tabula rasa machen und dann die weiteren Schritte beraten. Doch, wo ist der Kapitän?"

„Entkommen, wie es scheint."

„Verdammt."

„Ich hatte das Auge fest auf ihn; aber, er uns sehen und im Galopp fliehen, das war eins. Doch habe ich einige Ulanen auf seine Spur gebracht. Sie sind ihm nach."

Und nicht weit von diesen beiden hielten noch zwei andere nebeneinander, nämlich Fritz und Martin Tannert. Als letzterer jenen erblickte, machte er große Augen und rief:

„Ist's möglich, Fritz?"

„Daß ich hier bin?"

„Nein, das nicht. Aber, Donnerwetter, Epauletten!"

„Tut nichts zur Sache."

„Oh, das tut sogar sehr viel, denke ich."

„Du wirst dir sie auch holen."

„Schwerlich. Was will ich mit ihnen machen! Na, gratuliere von Herzen!"

Die Bewohner des Schlosses hatten sich, wie bereits gemeldet, in ein Zimmer zurückgezogen, von welchem aus sie vor dem Anblick des Kampfes bewahrt blieben. Sie verhielten sich vollständig passiv und warteten der Dinge, die nun kommen würden.

Da endlich trat Hohenthal ein.

„Entschuldigung, Exzellenz", sagte er. „Es galt zunächst unsere Pflicht zu tun."

Ellas Augen waren ängstlich auf ihn gerichtet, ob er vielleicht verwundet sei. Er bemerkte dies und fühlte sich ganz glücklich über diese Sorge.

„Sie sind Sieger, wie ich bemerkt habe", antwortete Latreau. „Hoffentlich gab es nicht zu viele Opfer."

„Wir sind sehr glücklich davongekommen. Leider aber ist dies mit unserem Gegner nicht der Fall!"

„Man muß es tragen."

Er blickte dabei traurig, schmerzvoll vor sich nieder.

„Sie dürfen meiner Versicherung glauben, daß ich nicht ein Freund roher Gewalttätigkeiten bin; aber man muß tun, was die Pflicht gebietet."

„Sie haben Gefangene?"

„Zahlreiche."

„Was tun Sie mit ihnen?"

„Sie befinden sich im Keller bei den Franktireurs. Wir werden sie abzuliefern haben."

„Wieviel Tote hat es gegeben?"

„Wir haben noch nicht gezählt. Übrigens wird man in Beziehung auf sie noch Bestimmung treffen."

„Aber eine Frage gestatten Sie wohl noch. Wird Schloß Malineau besetzt bleiben?"

„Darüber habe ich noch mit Herrn Major von Königsau zu sprechen. Er steht einen Grad höher, und so muß ich ihm das Kommando abtreten."

„Wo befindet sich dieser Herr?"

„Er wird baldigst um die Erlaubnis bitten, sich Ihnen vorzustellen. Vor allen Dingen hatte er die notwendigen Dispositionen zu treffen, welche sich auf unsere Sicherheit und anderes beziehen."

„Wie ich bemerkte, befand Oberst Rallion sich bei den Truppen, von denen Sie angegriffen wurden?"

„Ja. Er hatte einen Kapitän Richemonte bei sich. Beide beabsichtigten, sich des Fräuleins von Sainte-Marie zu bemächtigen. Sie sagten dies dem Offizier, welchen ich zu ihnen sandte; ich aber hielt es für geraten, es zu verschweigen, bis die Gefahr vorüber sei."

„Also waren Sie wieder der Retter."

„O nein. Diesmal hatte ein anderer dieses Amt übernommen, nämlich – ah, da kommt er ja! Meine Herrschaften, gestatten Sie mir, Ihnen meinen Kameraden, Herrn Major von Königsau, vorzustellen."

Richard war eingetreten. Er grüßte die Anwesenden militärisch, wartete, bis ihm die Namen genannt worden waren, und wendete sich dann an den General:

„Ich habe um Verzeihung zu bitten, Exzellenz, daß ich durch die Verhältnisse gezwungen bin, meinen Eintritt hier auf eine ungewöhnliche Weise zu nehmen. Hoffentlich ist es uns durch die Umstände gestattet, Sie baldigst von der Anwesenheit ungebetener Gäste zu befreien."

„Sie sind zwar ungeladen, aber nicht unwillkommen. Ich bin Offizier, wenn auch nicht mehr aktiv, und werde Sie nicht hindern, Ihre Pflicht zu tun."

Marions Augen waren auf Königsau gerichtet, als ob sie ein Gespenst erblicke, groß, offen und mit einem Ausdruck, welchen man Angst hätte nennen mögen. Sie zitterte, und ihr Gesicht war so blaß wie das einer Leiche.

Königsau tat, als ob er dies nicht bemerke, und er gab der Unterhaltung eine allgemeine Richtung. Als sie sich aber dann von ihrem Sitz erhob und, wie ganz ermüdet, hinauswankte, konnte er es doch nicht aushalten. Als sie sich bereits unter der Tür befand, sagte er in bittendem Ton:

„Fräulein de Sainte-Marie, bitte! Es gibt in meiner Schwadron einen, welcher behauptet, Sie zu kennen. Er wünscht, Ihnen vorgestellt zu werden. Gestatten Sie dies vielleicht?"

Sie hatte sich umgedreht und fragte:

„Wie ist sein Name, Herr Major?"

„Goldberg. Er ist ein Sohn des Generals der Infanterie Grafen Kunz von Goldberg."

„Ich erinnere mich nicht, einen Herrn dieses Namens zu kennen."

„Vielleicht doch! Er behauptet, Grüße nach Ortry mitgebracht zu haben, ist auch vorgestern dort gewesen, hat aber nicht die Ehre gehabt, Sie zu treffen."

„Grüße? Von wem?"

„Von Fräulein Nanon Köhler, welche allerdings, wie er mir mitteilte, jetzt einen anderen Namen trägt."

Da röteten sich ihre Wangen.

„Von Nanon?" sagte sie. „Oh bitte, lassen Sie diesen Herrn zu uns kommen."

„Sogleich!"

Er trat an das Fenster, öffnete dasselbe und rief hinab:

„Der Herr Leutnant von Goldberg wird gebeten, zu mir zu kommen."

Der Genannte schien bereitgestanden zu haben, denn kaum

war der Befehl erklungen, so öffnete sich die Tür, und der „riesige Kerl“ trat ein.

„Dieser Herr ist es“, stellte Königsau vor.

Marion hatte sich nicht wieder gesetzt. Sie stand noch in der Nähe der Tür. Als sie Fritzens Gesicht erblickte, fuhr sie fast erschrocken zurück.

„Mein Gott“, sagte sie – „das ist ja . . .!“

Er schlug die Sporen zusammen und sagte, die Hand zum Salut erhebend.

„Zu Befehl – der Pflanzensammler Schneeberg.“

„Ist's möglich – ist's . . .“

Sie stockte. Sie blickte ratlos um sich. Sie hatte diesen Mann bei Doktor Müller gesehen. Jetzt befand er sich bei Königsau. Sie konnte den Gedanken gar nicht fassen.

„Ja“, meinte der Major lächelnd. „Der Herr Leutnant hat in der Gegend von Thionville ein wenig Maskerade gespielt. Werden Sie es ihm verzeihen, gnädiges Fräulein?“

„Verzeihen? Ich habe ja nicht das Recht, über ihn zu richten“, stammelte sie.

Er ergriff ihre Hand und zog sie an seine Lippen.

„Dann darf ich die Hoffnung hegen, daß Sie auch einem anderen verzeihen werden, welcher ebenso gezwungen war, seinen eigentlichen Namen zu verbergen.“

Da schoß eine tiefe, tiefe Röte in ihr Gesicht.

„Was sagen Sie? Was ist's? Ist's möglich?“

Er hielt ihre Hand noch immer fest.

„Ich meine mich“, sagte er.

„Sie – Sie – sind, Sie waren – Gott, Sie waren Doktor Müller?“

„Ja, gnädiges Fräulein. Werden Sie mir verzeihen?“

„Gott! Gott! – Ella!“

Sie streckte die Arme aus. Ihr schwindelte. Sie wankte und sank der herbeieilenden Freundin an die Brust. Diese führte sie fort, damit sie sich erholen könne.

Als Ella dann nach einiger Zeit zurückkehrte, trat der Major ihr draußen auf dem Korridor entgegen.

„Bitte, gnädigste Komtesse, hat sie sich beruhigt?“

„Ja, Sie Böser, Unvorsichtiger!“

„Wo befindet sie sich?“

„Dort im hintersten Gemach, welches die Franktireurs am wenigsten zerstört haben.“

„Zürnt sie mir?“

„Ich – ich weiß es nicht. Fragen Sie die Ärmste selbst."

Er ging und klopfte an der bezeichneten Tür an. Ein halblautes „Herein" ertönte, und er öffnete.

Sie saß auf dem Sofa, das Köpfchen in die Hände gestützt.

Er zog die Tür hinter sich zu und fragte:

„Darf ich?"

Sie traf ihn mit einem langen Blick und antwortete:

„Sie sind Kommandant dieses Schlosses, niemand darf Ihnen den Zutritt versagen."

„Und doch gehe ich sofort, wenn meine Gegenwart Ihnen wehe tut."

Und als Sie nicht antwortete, trat er näher und fragte:

„Soll ich bleiben oder gehen?"

„Bleiben Sie", flüsterte sie errötend.

Da ließ er sich an ihrer Seite nieder und sagte:

„Marion, es ist mir schwer, sehr schwer geworden, aber ich durfte nicht anders. Wollen Sie mir Ihre Hand geben, zum Zeichen, daß Sie mir verzeihen?"

„Hier, Herr – Doktor!"

Sie lächelte dabei, halb glücklich und halb wehmütig.

„Verzeihen macht Freude, Marion. Sie aber sind traurig. Und doch möchte ich in Ihren Augen ein freudiges Licht sehen, welches mich so glücklich machen würde."

Da legte sie ihr Köpfchen an seine Brust und weinte. Er zog sie noch inniger an sich.

„Marion!"

„Richard!"

„Warum bist du traurig?"

„Weil du mir kein Vertrauen geschenkt hast."

„Ich war nicht als Privatperson in Ortry. Ich mußte mein Geheimnis wahren, selbst vor dir. Ich durfte dir nichts sagen, obgleich ich so unendlich glücklich war, dich gefunden zu haben."

Da ging es wie heller Sonnenschein über ihr Gesicht.

„So hättest du mich gesucht?" fragte sie.

„Ja. Ich hatte dich ja in Dresden gesehen, auf der Straße nach Blasewitz, im Vorüberreiten. Nur einen Augenblick lang erblickte ich dich, aber deine Züge waren mir doch unauslöschlich in das Herz geschrieben. Ich fühlte, daß ich dein sein müsse, dich lieben könne, und doch warst du mir so unbekannt wie ein Stern, den man am Himmel niederfallen sieht. Du freilich kanntest wenigstens meinen Namen."

„Du vermutest das?"

Sie war tief errötet. Er drückte sie liebevoll an sich und sagte: „Sollte dir der Fotograf nicht den Namen gesagt haben?“

Da barg sie ihr Angesicht noch tiefer an seiner Brust und antwortete leise:

„Ja, er sagte ihn.“

„Nun, Gott hat es gewollt, daß ich dich wiederfand – doch als Braut eines andern.“

„Dem ich niemals angehört haben würde. Du trugst mich aus dem Sturm und aus dem Wasser. Ich war dein.“

„Aber ich war Doktor Müller, als ich dich an das Land getragen hatte.“

„Ich liebte dennoch den Mann, der so kühn, so kenntnisreich und gemütvoll war.“

„O weh! Der arme Major Königsau.“

Da schlang sie die Arme um seinen Nacken und sagte:

„Gott sei Dank, daß es so gekommen ist! Ja, ich wäre Müllers Frau geworden, gern, von Herzen gern; aber jene Begegnung in Dresden hätte ich doch nie vergessen.“

„Ich danke dir. Also ich darf dir sagen, wie lieb, wie unendlich lieb ich dich habe?“

„Ja, Richard.“

„Und du willst mir gehören, willst bei mir sein und für immerdar mein, Marion?“

„Ich bin dein Eigen; ich kann ohne dich nicht sein!“

„So segne dich der Herrgott tausend und aber tausend Male. Dieses Wort gibt meinem Herzen eine Fülle unendlichen Glükkes. Und nie hätte ich gedacht, in Ortry, dem Wohnsitz unseres Todfeindes, ein solches zu finden.“

„Todfeind?“

„Ja. Erinnerst du dich jener Familie, von welcher ich dir erzählte, als wir miteinander im Steinbruch saßen?“

„Ja; der Kapitän hat sie um all ihr Glück gebracht.“

„Es ist die Familie Königsau, die meinige.“

„O Himmel! Nie kann ich gutmachen, was er an euch verbrochen hat. Und heute wollte er mich zwingen, mit ihm von hier fortzugehen.“

„Ich wußte es, daher kam ich.“

„Du? Du wußtest es?“

„Ja. Ich war bei ihm in Ortry.“

„Wie ist es jetzt dort?“

„Das Schloß befindet sich in unseren Händen. Alle Verschwörer sind unsere Gefangenen und – doch das weißt du nicht, und ich werde es dir später erzählen. Jetzt denke ich daran, daß du den braven Pflanzensammler gar nicht nach den Grüßen gefragt hast, die er dir zu bringen hat."

„Er ist – Nanons Verlobter?"

„Ja. Er ist Nanons Verlobter und Graf Lemarchs Bruder. Du kennst ja den Grafen."

„Lemarchs Bruder? Wie ist das möglich?"

„Auch das werde ich dir später erklären, meine süße Marion. Jetzt möchte ich nichts erzählen und nichts sagen. Jetzt möchte ich nur dir in deine herrlichen, klaren Augen blicken und ..."

Er hielt inne und blickte ihr mit herzlicher Innigkeit in das glücklich lächelnde Angesicht.

„Und ...?" fragte sie.

„Und das hier machen."

Er legte seine Lippen auf ihren Mund. Sie schlang die Arme um ihn und zog ihn noch inniger an sich.

„Richard, mein Richard! Wie glücklich, wie selig bin ich. Ich habe nicht gedacht, daß das Menschenherz eine solche Wonne zu fassen vermöge."

„Ja, es ist ein großes, großes Glück. Wir alle haben viel, sehr viel gelitten, und es ist eine Gnade von Gott, daß er das Herzeleid nun endlich in Freude kehrt. Wie lieb, wie herzlich lieb werde ich deine Mutter haben. Wo befindet sie sich? Ich sah sie noch nicht?"

„Sie war bei uns, bis du mit den deinen erschienst. Dann hat sie ihr Zimmer aufgesucht. Wenn du sie liebst, werde ich doppelt glücklich sein. Aber die Deinen! Was werden sie sagen, wenn sie erfahren, daß gerade ich dein Herz besitze?"

„Sie werden sich freuen. Meine Schwester kennt dich bereits und hat dich tief in ihr Herz geschlossen."

„Deine Schwester?"

„Ja."

„Wie heißt sie?"

„Emma."

„Und du sagst, daß sie mich kenne?"

„Gewiß. Sie hat dich oft gesehen."

„Wo?"

„In Thionville und Ortry."

„Unmöglich!"

„O doch! Du hast sogar mit ihr gesprochen, und sie hofft, daß du sie auch ein klein wenig liebhaben wirst."

„Aber Richard, ich besinne mich nicht im mindesten."

„Bedenke, daß ich inkognito bei euch war.“
„Ah, sie war also auch . . .?“
„Inkognito!“ nickte er lächelnd.
„Unter welchem Namen?“
„Miß de Lissa.“
„Mein Gott! Diese ist deine Schwester?“
„Ja. Ich hatte ihr voller Glück geschrieben, daß ich meine einzige, wahre Liebe gefunden habe. Das trieb sie herbei, sie wollte dich kennenlernen. Sie lernte dich nicht nur kennen, sondern auch lieben von ganzem Herzen.“
„Richard, wie wunderbar! Wie unendlich glücklich machst du mich! Ich habe sie so lieb!“
Da klopfte es leise, und die Tür wurde ein wenig geöffnet.
„Darf ich stören?“ fragte Ella.
„Ja. Komm, komm!“
Bei diesen Worten sprang Marion auf und eilte ihr entgegen.
„Verzeihung!“ sagte die schöne Komtesse. „Aber, Herr Major, Sie werden gesucht.“
„Wo?“
„Im vorderen Zimmer.“
Er begab sich vor und fand einen der Ulanen, welche er dem Kapitän nachgeschickt hatte.
„Zurück von der Verfolgung“, meldete er.
„Aber nicht gefangen?“
„Nein.“
„So ist er leider hin?“
„Zu Befehl, Herr Oberstwachtmeister, nein!“
„Wie? Nicht?“
„Er kommt wieder zurück.“
„Selbst? Freiwillig?“
„Ja.“
„Was? So kommt er nicht allein?“
„Mit einer Truppe afrikanischer Reiter.“
„Spahis?“
„Ja, so heißen sie.“
„Erzähle.“
„Wir konnten dem Alten nicht auf die Fersen kommen. Er hatte einen großen Vorsprung, und wir kannten ja die Gegend nicht, daß wir ihm den Weg hätten abschneiden können. Aber seine Spur fanden wir. Sein Pferd hatte im Galopp den Waldboden so sehr aufgerissen, daß wir gar nicht irren konnten. Wir folgten ihm durch verschiedene Waldwege, dann hinaus

auf das Feld. Es ging, wie ich aus meiner kleinen Karte bemerkte, auf Samigneux zu. Wir kamen wieder in einen Wald, welcher sich über eine Höhe zog. Oben angekommen, so daß wir das Tal überlicken konnten, bemerkten wir einen Zug Spahis, der uns gerade entgegenkam. Auf ihn traf der Alte. Wir sahen deutlich, daß er mit dem Anführer sprach und dann mit ihnen umkehrte."

„So führt er sie hierher?"

„Ja. Wir jagten schleunigst zurück, um von ihnen in offener Gegend nicht gesehen zu werden. Nicht weit von hier, jenseits des Waldes, sahen wir sie im Hintergrund der Gegend von der Höhe herabreiten."

„Konntet Ihr sie zählen?"

„Nein, aber einige Hundert sind es."

„Hm! Wie weit von hier darf man sie jetzt noch schätzen?"

„Sie können in einer halben Stunde dasein."

„Schön! Fertig?"

„Fertig!"

„Abtreten!"

Der Ulan ging. Der General hatte diese Unterhaltung oder vielmehr Meldung mit angehört. Er fragte:

„Herr Major, was werden Sie tun?"

„Hierbleiben."

„Ich darf mir nicht zumuten, auf Ihre Entschließungen bestimmend einzuwirken; aber meinen Sie nicht, daß Sie sich in Gefahr begeben?"

„Ich habe jetzt nur zu bedenken, daß ich die Bewohner des Schlosses nicht gewissen Eventualitäten preisgeben darf. Übrigens scheint Schloß Malineau bestimmt zu sein, kriegerische Wichtigkeit zu erlangen. Der Kronprinz von Preußen befindet sich weit im Westen von hier. Wenn ein feindlicher Truppenkörper sich unserer Verbindungslinie nähert, muß das eine gewisse Veranlassung haben, die ich kennenlernen möchte."

„Aber es wird wieder zum Kampf kommen."

„Möglich."

„Ihre Kräfte sind geschwächt. Die zersprengten Franktireurs und Reiter können sich sammeln und mit den Spahis den Angriff erneuern."

„Wir werden sie empfangen."

„Ganz gewiß", meinte Hohenthal. „Ich bin noch nicht veranlaßt worden, dir zu sagen, daß ich Verstärkung erwarte."

„Woher?"

„Aus Trouville. Ich sandte zwei Boten ab, als ich von der Ankunft der Reiter hörte."

„Sehr schön. Wann können diese Leute kommen?"

„Vielleicht bereits am Abend, jedenfalls aber noch während der Nacht."

„Nun, so ist ja ganz und gar nichts zu befürchten. Die Sonne ist hinab; in einer Viertelstunde ist es dunkel. Die Außenposten sind bezogen und werden den Spahis beweisen, daß wir auf unserer Hut sind. Das Weitere werden wir ruhig abwarten."

Er traf seine Vorkehrungen, und diese erwiesen sich als ganz vortrefflich.

Es war kaum dunkel geworden, so hörte man auf der Seite von welcher der Feind erwartet wurde, ein ziemlich lebhaftes Gewehrfeuer, und es kam die Meldung, daß die Spahis versucht hätten, sich dem Schloß zu nähern. Als aber das Feuer auf sie eröffnet wurde, zogen sie sich zurück.

Sie versuchten es dann auf der anderen Seite, doch auch da waren die Deutschen wachsam. Man hörte bald hier, bald dort einen Schuß fallen. Königsau, dessen Vorposten einen Kreis um das Schloß bildeten, zog dieselben mehr an sich, um keine Lükken zu bilden, zwischen denen die Angreifer einzudringen vermochten. Die Spahis folgten, und als später der Major rekognoszieren ging, konnte er sich überzeugen, daß außerhalb seiner Vorposten sich ein feindlicher Kreis gebildet hatte, der es ihm unmöglich machen sollte, zu entkommen.

Es fiel ihm gar nicht ein, an Flucht zu denken, vielmehr freute er sich darüber, daß der Feind ihn hier festhalten wolle. Die Verstärkung war ihm ja von Hohenthal bestimmt in Aussicht gestellt worden.

Es gab keinen Mondschein, und man vermochte selbst im freien Feld kaum einige Schritte weit zu sehen. Hinter dem Dorf zogen sich ein Erbsen- und ein Kartoffelfeld nebeneinander hin. Sie waren durch einen mit Gras bewachsenen Rain voneinander getrennt. Ein aufmerksamer Beobachter hätte, wenn er sich in der Nähe befand, hier eine Bewegung bemerken können. Zwei menschliche Körper schoben sich mit äußerster Vorsicht längs des Raines hin.

Da fiel vom Wald her ein Schuß.

„Wieder einer!" flüsterte eine der beiden Gestalten.

Der, welcher vorankroch, hielt inne, richtete den Kopf zurück und antwortete ebenso leise:

„Es ist ganz gewiß so, wie ich sagte, unsere Husaren sind eingeschlossen. Nicht?"
„Ganz meine Meinung, Herr Feldwebel."
„Schön! Aber mir sollen sie doch keinen Riegel vorschieben; das ist so gewiß wie Pudding. Vorwärts!"
Sie verfolgten ihre Richtung, bis sie an das Ende des Raines gelangten. Dieser stieß an den Wald.
„Jetzt links am Waldrand hinauf!" kommandierte der, welcher Feldwebel genannt worden war.
Er war von sehr kurzer, außerordentlich dicker Gestalt, schien aber trotzdem eine ungemeine Behendigkeit zu besitzen.
Es dauerte eine ziemliche Weile, bis der Wald eine Spitze bildete, hinter welcher sich eine Straße vom Schloß her verlor. Es war dieselbe, auf welcher heute Oberst von Rallion mit seinen Gardereitern gekommen war. Eben waren die beiden Geheimnisvollen hier angekommen, so ließ sich der Huftritt eines Pferdes vernehmen.
„Halt! Nicht weiter!" flüsterte der Dicke. „Duck dich ganz an die Erde; da sehen sie uns nicht."
Das Geräusch kam näher.
„Es sind Leute dabei. Man hört es", bemerkte der andere mit ganz leiser Stimme.
„Dummkopf! Das versteht sich ganz von selbst, daß ein Pferd nicht allein spazierengeht. Schweige jetzt!"
Zwei Männer nahten. Einer hatte einen weißen Paletot umgehängt. Der andere war dunkel gekleidet und führte das Pferd am Zügel.
„So! Hier können Sie aufsteigen", sagte der Erstere. „Die Vorpostenkette dieser verfluchten Deutschen zieht sich dort nach rechts hinüber. Hier nun merken sie also nicht, daß sich jemand entfernt. Haben Sie den Brief gut versteckt? Das ist die Hauptsache."
„Ja. Er steckt im Stiefelfutter."
„Ganz wie bei mir. Mac-Mahon ist ein Schlaukopf. Er gab mir zwei gleichlautende Schreiben. Kommt das eine nicht an das Ziel, so daß es vernichtet werden muß, so wird wenigstens das andere in Bazaines Hände kommen. Sie glauben also, daß sie den Weg zu ihm noch völlig frei finden?"
„Ganz bestimmt. Ich bin überzeugt, daß der Feind heute zurückgedrängt wurde. Und selbst, wenn das nicht der Fall wäre, so würde ich mich durchzufinden wissen."
„Gerade deshalb vertraue ich Ihnen diesen einen Brief an. Sie

kennen hier ja alle Wege. Also Sie wissen nicht, ob Oberst Rallion entkommen ist?"

„Nein. Ich war so klug, den Kampf gar nicht abzuwarten. Freilich hatte ich keine Ahnung, daß Sie, Oberst, so nahe seien."

„Machen Sie sich keine Sorge. Wenn er gefangen ist, so werden ihn die Deutschen herausgeben müssen. Mit Tagesanbruch greife ich den Feind an; dann setze ich den Ritt weiter fort, um den Brief zu übergeben. Jetzt gute Nacht, Herr Kapitän."

„Gute Nacht, Oberst."

Der Reiter stieg auf; ehe er aber fortritt, meinte er:

„Und Sie halten Wort in Beziehung auf das Mädchen?"

„Gewiß."

„Sie liefern es ab."

„Ich gab Ihnen mein Wort. Diese Mademoiselle de Sainte-Marie werde ich mir nicht entgehen lassen."

Der Weiße kehrte zurück, und der Reiter trabte die Straße entlang in den Wald hinein.

Die beiden Lauscher verhielten sich einige Minuten lang ruhig. Dann flüsterte der Dicke:

„Verdammt! Den Kerl sollte ich kennen!"

„Den Weißen?"

„Nein. Das war ein afrikanischer Menschenfresser. Ich meine den anderen. Er wurde Kapitän genannt und hatte ganz die Stimme eines Mannes, an dem ich meinen Narren gefressen habe. Also ein Brief von Mac-Mahon an Bazaine! Sehr hübsch! Höre, hier wartest du. Bin ich in zwei Stunden noch nicht wieder da, so haben sie mir den Kopf auf den Rücken gedreht und mich einbalsamiert. Dann schleichst du dich zurück und sagst, daß bei Tagesanbruch der Tanz losgehen soll."

Er bewegte sich wie eine Schlange, immer an der Erde über die Straße hinüber. Es war, als ob er sich zeitlebens in dieser Fortbewegungsart geübt habe.

Drüben kam er wieder unter die Bäume und schwenkte links ab, in der Richtung des Schlosses. Bald erkannte er einen mattglänzenden Punkt vor sich.

„Schau! Da steht so ein Bärlappsamenhändler!" flüsterte er vor sich hin. „Der will Vorposten sein?!"

Er kroch weiter, kam einige Schritte an dem Weißen vorüber. Sein Auge hatte sich an die Dunkelheit gewöhnt, und so sah er nach einiger Zeit eine andere Gestalt, aber dunkel gekleidet, an einem Baum lehnen.

„Das ist ein Deutscher", dachte er. „Will doch sehen, ob er mich merken wird!"

Er gab sich so außerordentliche Mühe, daß er auch hier nicht entdeckt wurde. Nun glaubte er, die Postenkette vollständig passiert zu haben. Darum erhob er sich und verfolgte seine Richtung gehend weiter. Er kam aus dem Wald hinaus. Da lag Reisig und Scheitholz. Noch war er nicht weit gekommen, so erklang es vor ihm:

„Halt! Werda!"

„Gut Freund!"

„Die Parole!"

„Unsinn! Ich kann doch gar nicht wissen, was Ihr hier für eine habt!"

„Also stehenbleiben, sonst schieße ich!"

„Schrei nicht so, Dummkopf! Die Franzmänner brauchen nicht zu wissen, daß ich da bin."

„Schweigen, sonst schieße ich!"

„Verdammt! Ich habe notwendig. Wann wirst du abgelöst, Gevatter?"

„In fünf Minuten. Nun aber still, sonst schieße ich wirklich! Ich mache keinen Spaß."

Der Dicke sah ein, daß er sich darein ergeben müsse. Er stand fünf Minuten lang auf derselben Stelle, wähend der andere den Karabiner auf ihn gerichtet hielt. Endlich kam die Ablösung.

„Herr Sergeant, hier ein Spion!" meldete der Posten.

„Donnerwetter! Ist's wahr?"

„Ja. Er hat sich da vorn wirklich hereingeschlichen."

„Schön, mein Bursche. Mit solchem Volke macht man kein Federlesen. Vorwärts, Anton!"

Mit diesem „Anton" war der Dicke gemeint. Er mußte in Reih und Glied treten und mitgehen. Er tat dies, ohne nur eine Silbe dagegen zu sagen.

Im Schloß angekommen, wurde er dem Ulanenwachtmeister abgeliefert:

„Ein Spion, Herr Wachtmeister. Herr Major von Königsau wird sich freuen."

Als der Gefangene diesen Namen hörte, zuckte es lustig über sein fettes Gesicht.

„Mensch, wie heißen Sie?" fragte der Wachtmeister.

„Pudding!" lautete die Antwort.

„Hübscher Name! Was sind Sie?"

„Pudding."

„Donnerwetter! Dick und fett genug sind Sie dazu. Aber Pudding heißen und Pudding sein! Wo sind Sie her?"
„Pudding."
„Kerl, glauben Sie etwa, daß Sie sich im Kasperletheater befinden? Hier handelt es sich um Leben oder Tod! Also, woher sind Sie?"
„Pudding."
Kurz und gut, die Frage konnte lauten, wie sie wollte, der Gefangene antwortete stets mit dem Wort Pudding. Der Wachtmeister geriet in fürchterlichen Grimm und ging endlich, die Meldung zu machen. Zwei Mann mußten den Gefangenen nachführen.
Die Herren Offiziere befanden sich mit den Bewohnern des Schlosses im Salon.
„Herr Oberstwachtmeister, es ist ein Spion eingefangen!" lautete die Meldung.
„Ein Spion? Ah! Wann?"
„Vor fünf Minuten."
„Wo?"
„Der Ulane Schellman hat ihn festgehalten. Da hat er ganz gut Deutsch gesprochen. Auf meine Fragen antwortete er aber nur mit dem einen Wort: Pudding."
„Herein mit ihm!"
Die Tür öffnete sich, und die beiden Soldaten traten mit dem Gefangenen ein. Dieser marschierte in strammer Haltung auf Königsau zu, salutierte und sagte:
„Herr Major, melde mich als Spion, durch die französischen Linien glücklich gekommen, von unsern Leuten aber festgenommen."
„Schneffke!" sagte der Major erstaunt.
„Zu Befehl! Hieronymus Aurelius Schneffke, Tiermaler und Feldwebel der königlich preußischen Landwehr."
„Wie kommen Sie hierher?"
„Auf meinem Bauch."
„Das müssen Sie erzählen."
„Zu Befehl."
Zu dem Wachtmeister sagte Königsau:
„Dieser Mann ist kein Spion. Abtreten."
Die drei folgten diesem Befehl, indem sie sehr verdutzte Mienen zogen.
„Also, woher, lieber Schneffke?" fragte der Major.
„Aus Trouville. Der Herr Rittmeister von Hohenthal hat Ver-

stärkung verlangt. An hoher Stelle vermutet man Wichtiges; daher wurden zwei Schwadronen Husaren und zwei Kompanien Infanterie abgesandt, die letztere natürlich per Wagen. Wir haben Etain besetzt, und ich bin mit einem Kameraden, welcher mich im Wald erwartet, vorgegangen, um dem Herrn Major unsere Ankunft zu melden und etwaige Befehle zu erbitten."

„Welch eine Verwegenheit!"

„Oh, mir geschieht nichts. Höchstens falle ich einmal; weiter aber kann es nichts geben."

„Es ist wirklich ein Wunder, daß Sie vom Feind nicht bemerkt wurden. Je zwanzig Schritte ein Posten."

„Ich bin zu dick, um gesehen zu werden. Ich passe in die heutige dicke Finsternis."

„Woher haben Sie denn diesen Anzug?"

„Ein dicker Lohgerber in Etain hat ihn borgen müssen. Er ist mir viel zu eng. Aber, ich habe gehorsamst sehr Wichtiges zu melden."

„Schießen Sie los!"

„Es ist ein Brief von Mac-Mahon an Bazaine unterwegs, Herr Oberstwachtmeister."

„Was Sie sagen."

„Ja, oder vielmehr sogar zwei Briefe."

„Woher wissen Sie das?"

„Ich habe es belauscht. Der eine der Briefe ist jetzt auf dem Weg nach Metz, und der andere befindet sich in dem Stiefelfutter des Obersten, der Sie belagert."

„Ich hoffe nicht, daß sie grad in diesem Augenblick sich in spaßhafter Stimmung befinden."

„Herr Oberstwachtmeister, ich kenne meine Pflicht. Das ist so fest wie Pudding."

„Erzählen Sie!"

Der dicke Tiermaler erstattete Bericht. Als er geendet hatte, fragte Königsau:

„Kapitän wurde der andere genannt?"

„Zu Befehl!"

„Und geflohen ist er bei unserm Angriff?"

„Ja."

„Sollte es etwa gar der alte Richemonte sein?"

„Jedenfalls."

„Sie kennen den doch auch."

„Werde ihn nicht vergessen. Habe ihn vorhin trotz der Dunkelheit an der Stimme sogleich erkannt. Übrigens hat er sich von dem andern ausbedungen, daß dieser Fräulein de Sainte-Marie festnehmen und abliefern soll."

„Wohin?"

„Das wurde nicht gesagt."

„Hm! Eine neue Teufelei, die ihnen aber nicht gelingen soll! Wer kommandiert Ihr Detachement?"

„Der Herr Major von Posicki."

„Hat er Ihnen irgend etwas anvertraut?"

„Nein. Ich habe mir Ihre Befehle zu erbitten."

„Wann ist er disponibel?"

„In jedem Augenblick."

„Getrauen Sie sich denn, wieder glücklich durchzuschlüpfen?"

„Ich denke, daß sie mich nicht bekommen werden."

„Schön! Ich werde dafür sorgen, daß Ihr Mut Anerkennung findet. Sagen Sie dem Major, daß er noch während der Nacht den Feind umstellen soll. Mit Tagesanbruch werde ich angegriffen, dann befinden sich die Herren Spahis zwischen zwei Feuern. Haben Sie Hunger oder Durst?"

„Nein, danke! Aber eine Bitte habe ich."

„Welche?"

„Darf ich, ehe ich aufbreche, zuvor erst einmal mit dem Beschließer Melac sprechen?"

„Hm! So, so! Ich habe nichts dagegen und gestatte Ihnen eine halbe Stunde. Sollte Herr Melac nicht zu finden sein, so wenden Sie sich an seine Tochter oder vielmehr Enkelin, Fräulein Marie Melac."

„Zu Befehl, Herr Oberstwachtmeister."

Er wendete sich ab und schritt steif und grad zur Tür hin, unten würdigte er die Ulanen und Husaren keines Blickes. Er klopfte bei Melac an und hörte die Stimme Mariens antworten. Als er eintrat, sah er, daß Vater und Mutter zugegen waren; trotzdem aber stieß Marie einen lauten Freudenschrei aus und flog an seinen Hals.

Droben aber, im Salon, sagte der General, indem sich in seinem Gesicht ein eigentümliches Lächeln zeigte:

„Es ist wirklich wunderbar, wie diese preußische Armee sich rekrutiert! Doktoren der Philosophie werden Majore; Weinhändler werden Rittmeister und Wachtmeister, und aus dem dicksten Maler wird immer noch ein höchst brauchbarer Feldwebel der Landwehr."

Die beiden Offiziere zuckten lächelnd die Achseln.

Der General zog sich später zurück, ebenso seine Tochter. Sie war aber noch nicht fünf Minuten lang in ihrem Zimmer, als es leise klopfte. Sie glaubte, daß es die Zofe sei und sagte „herein", errötete aber bis in den Nacken herab, als sie Hohenthal erkannte.

„Gestatten Sie, Komtesse?" fragte er, unter der Tür stehenbleibend.

„Treten Sie näher!" antwortete sie, allerdings erst nach einer ziemlichen Weile.

Er zog die Tür hinter sich zu, blieb in ehrerbietiger Haltung an derselben stehen und sagte:

„Die gegenwärtigen Verhältnisse mögen mich entschuldigen, wenn ich wage, unangemeldet bei Ihnen zu erscheinen, Komtesse!"

Sie war sehr ernst; das sah man ihr an.

„Der Verteidiger dieses Hauses hat das Recht, Zutritt zu nehmen, wenn es ihm beliebt", meinte sie. „Bitte, nehmen Sie Platz!"

Er setzte sich, und sie ging zu einem Sessel, der in weiter Entfernung von dem seinigen stand. Er mußte diese Absichtlichkeit merken. Er blickte einige Augenblicke lang wie verlegen vor sich nieder; dann begann er:

„Ich bin durch die Verhältnisse gezwungen gewesen, gegen Sie unwahr zu sein, gnädiges Fräulein. Es liegt mir sehr am Herzen, zu erfahren, ob Sie mir dies verzeihen können oder nicht."

„Sie taten Ihre Pflicht, oder vielmehr, Sie gehorchten der Ihnen gewordenen Weisung!"

„So allerdings ist es gewesen. Darf ich also annehmen, daß Sie mir nicht zürnen?"

„Ich habe kein Recht dazu."

„Ich danke Ihnen! Ihre Freundlichkeit nimmt mir eine schwere Last vom Herzen. Sie haben mich für einen Franzosen gehalten und mich nun so plötzlich als einen Deutschen, als einen Feind Ihres Vaterlandes kennengelernt. Es ist mir, als ob meine Gegenwart eine Beleidigung für Sie sein müsse, als ob ich die heilige Pflicht habe, Ihre Nähe für jetzt und für immer zu meiden, und doch ist mir das eine Unmöglichkeit. Ich stehe als Sieger in Feindesland, und dennoch bin ich heute nicht siegesfroh. Komtesse, ich weiß nicht, ob ich morgen um diese Zeit noch unter den Lebenden weile; bitte, geben Sie mir ein Wort mit hinaus in den Kampf, ein Wort, welches mich glücklich machen wird!"

Er hatte sich wieder erhoben und sich ihr einige Schritte genähert. Auch sie stand auf.

„Welches Wort meinen Sie?“ fragte sie.

„Die Versicherung, daß Sie mich nicht als Ihren Feind betrachten.“

Er streckte ihr seine Hand entgegen. Sie legte die ihrige hinein und versicherte:

„Sie waren wiederholt mein Retter; Sie können niemals mein Gegner sein.“

„Darf ich das wirklich glauben?“

„Ja.“

„Und wenn der Krieg beendet ist und die Erbitterung, welche Deutsche und Franzosen trennt, gewichen ist, darf ich dann, wenn ich in Ihre Nähe komme, Sie aufsuchen mit der Überzeugung, daß es zwischen uns beiden nie nötig war, Frieden zu schließen?“

„Kommen Sie, Herr Rittmeister. Sie werden mir und Papa stets willkommen sein.“

„Ich danke Ihnen.“

Er zog ihr Händchen an seine Lippen und wendete sich ab, um zu gehen. Ihr Blick folgte ihm; es kam eine Angst über sie, als ob sie ihn verlieren werde, wenn sie ihn so gehen lasse. Aber, konnte sie ihn halten? Er hatte ja nur beinahe Gleichgültiges gesagt!

Schon hatte er die Tür in der Hand. Da war es ihm, als ob es ihn mit einem kräftigen Ruck herumdrehe. Sein Auge fiel auf sie; er sah das ihrige in voller Angst auf sich gerichtet. Rasch kehrte er zurück, erfaßte ihre beiden Hände und fragte:

„Soll, muß ich so gehen, Komtesse?“

Was sollte sie antworten? Ihr Blick schimmerte feucht und feuchter zu ihm empor; eine Träne hing sich an ihre Wimper. Da zog er sie an sich, legte die Hände auf ihr Haupt und sagte, beinahe selbst weinend:

„Herrgott! Wie lieb, wie unendlich lieb habe ich Sie, Ella! Ich könnte Sie vom Himmel herabholen, könnte tausend Leben für Sie opfern, wenn das möglich wäre. Wie selig war ich, wenn ich Sie in der Oper erblickte. Welche Wonne, wenn ich mir dachte, daß auch Sie vielleicht einmal an mich denken könnten! Es wäre mir kein Opfer und keine Tat zu groß, Sie zu erringen. Und nun ich vor Ihnen stehe, will es mir scheinen, daß ich doch bin, wofür ich mich nie gehalten habe – ein Feigling. Der Besitz, nach welchem ich meine Hand ausstrecken möchte, ist zu herrlich, zu köstlich für mich. Habe ich recht, Ella?“

Sie antwortete nicht, aber sie legte ihren rechten Arm um ihn, ergriff mit der Linken seine Hand, blickte in inniger Liebe zu ihm auf und flüsterte dann:

„Arthur!"

Da zog er sie an sich und küßte sie, sich zu ihr niederbeugend, wieder und immer wieder auf den Mund.

„Ist's wahr?" fragte er jubelnd. „Du sagst meinen Namen? Du liebst mich?"

„So sehr!"

„Wirklich? Wahrhaftig?"

„Glaube es!"

„Dann sei der Tag gesegnet, an welchem ich in feindlicher Abwehr dein Vaterland betrat. Du sollst ein anderes finden, ein Vaterland, ein Vaterhaus, in welchem du die Königin bist, welche angebetet und verehrt wird, wie keine andere auf Erden."

Und unten bei Papa Melac hatte das Geprächt auch eine innigere Wendung genommen, nämlich zwischen Marie und ihrem Hieronymus. Der alte Schließer aber befand sich nicht mehr in den Jahren, in denen man Liebe speist und Mondschein trinkt. Er meinte:

„Also, mein bester Herr Schneffke, Sie sagen, daß Sie unsere Marie liebhaben?"

„Fürchterlich!" beteuerte der dicke Feldwebel, indem er seine Rechte wie zum Schwur erhob.

„Gehören Sie zu den Menschen, bei denen ein solches Gefühl von längerer Dauer ist?"

„Ich pflege ewig zu lieben!"

„So! Nun, ich sage Ihnen ganz aufrichtig, daß Sie mir gleich im ersten Augenblick gefallen haben. Aber jetzt sind Sie Soldat; da dürfen Sie nicht an die Erfüllung privater Wünsche denken."

„Warum nicht? Wenn ich zum Beispiel Appetit zu einem Glas Wein habe, so ist das wohl jedenfalls auch ein privater Wunsch. Oder nicht, Monsieur Melac?"

„Ja, gewiß."

„Nun, wer will etwas dagegen haben, wenn ich mir diesen Wunsch erfülle, Monsieur?"

„Ich nicht."

„Schön! Warum sind Sie denn da so streng in Beziehung meines ersten Wunsches?"

„Weil das eine ganz andere Sache ist. Ich will Ihnen sagen, mein bester Herr Schneffke: Glauben Sie, daß die Deutschen so fortsiegen werden, wie jetzt?"

„Ja, gewiß!"

„Nun, dann seien Sie getrost. Kommen Sie an dem Tag, an welchem Napoleon fortgejagt worden ist, zu mir, um Marie von mir zu verlangen, so werde ich Sie nicht fortjagen."

„So ist mir Mariechen sicher; denn fortgejagt wird der Napoleon."

„Etwa von Ihnen?"

„Ja, auch mit. Er soll nicht etwa mit mir besonders anfangen, sonst ist ihm sein Brot gebacken. Wir brauchen hier in Europa keinen Napoleon und in Frankreich keinen Neffen des Onkels. Er muß abdanken, damit ich eine Frau bekomme; das ist so sicher wie Pudding. Also, Sie geben mir Ihr Wort, Monsieur Melac?"

„Ja, mein Wort und meine Hand. Hier!"

Sie schlugen ein; dann verabschiedete sich der Maler.

Er mußte natürlich den Weg wieder zurücklegen, auf welchem er gekommen war. Einer der Unteroffiziere brachte ihn zu dem betreffenden Posten. Bei demselben angekommen, legte er sich auf die Erde nieder, um seine Kriechpartie zu beginnen. Noch aber war er nicht weit gekommen, so war es ihm, als ob er hart vor sich zwei ganz eigenartige Punkte erblicke.

„Sind das Menschenaugen?" dachte er.

Er kroch schnell zur Seite und wartete. Ja, wirklich, da schob sich eine menschliche Gestalt leise und langsam an ihm vorüber.

Wer war das? Freund oder Feind? Irrte er nicht, so trug der Mensch weite Pluderhosen, so wie bei den Orientalen getragen werden. Was tun?

Kurz entschlossen kehrte Schneffke wieder um, hart hinter dem anderen her. Es gelang ihm, demselben zu folgen, ohne von ihm bemerkt zu werden.

Der Fremde kam an dem Posten vorüber; aber nun hielt Schneffke es für geraten, einzugreifen. Er schlug einen kurzen Bogen, traf Kopf an Kopf mit dem anderen zusammen und faßte ihn an der Kehle, die er ihm so zusammendrückte, daß er keinen Laut von sich zu geben vermochte.

„Pst!" machte er dann leise.

Der Posten hörte es nicht.

„Pst, Ulane!"

„Was? Wer? Was?" antwortete der Angeredete.

„Leise, ganz leise! Ich habe einen Spion."

„Donnerwetter! Wer sind Sie denn?"

„Der Dicke."

„Der soeben hier war?"

„Ja."
„Das glaube der Teufel! Der ist ja fort."
„Unsinn. Ich bin noch da. Hier, überzeugen Sie sich. Ich begegnete diesem Kerl einige Schritte weit von hier und bin also wieder umgekehrt."
Der Posten bückte sich nieder und überzeugte sich mit den Händen, da die Augen nicht genügten.
„Wirklich", sagte er. „Das ist der dicke Klumpen."
„Mensch, ich bin Feldwebel."
„Wer's glaubt! Und der da, wie der zappelt! Halten Sie ihn nur fest."
„Er reißt mir nicht aus. Haben Sie nicht eine Schnur?"
„Einen Riemen."
„Her damit. Wir binden ihn, und dann schaffe ich ihn zum Wachtkommandanten."
Der Gefangene war wohl auch ein kräftiger Mensch, aber er war überrascht worden; er fand keinen Atem; dies raubte ihm sowohl die Besinnung, als auch die Kraft. Er ließ sich die Arme fesseln, ohne sich zur Wehr zu setzen.
„So, Gevatter, nun steh auf!" meinte Schneffke. „Wir gehen spazieren."
Er zog den anderen vom Boden auf und schaffte ihn fort.
„Verzeihung, Herr Major!" meldete einige Zeit später der Ulanenwachtmeister. „Ein Spion."
„Wieder?" fragte Königsau.
„Ja."
„Wohl wieder ein Pudding?"
„O nein. Jetzt ist's ein wirklicher Spion."
„Kein Feldwebel?"
„Nein, Herr Oberstwachtmeister. Der dicke Feldwebel hat ihn sogar gefangengenommen."
„Wo?"
„Da, wo er passieren sollte. Er bittet um die Erlaubnis, ihn vorführen zu dürfen."
„Herein also!"
Schneffke brachte den Gefangenen herein. Kaum hatte Königsau einen Blick auf den letzteren geworfen, so fuhr er erstaunt empor.
„Der Zauberer!"
Der Gefangene hatte starr vor sich niedergeschaut. Bei diesen Worten erhob er den Blick.
„Abu Hassan!" sagte der Major.

Der Beduine blickte ihn forschend an.
„Herr, kennst du mich?“ fragte er.
„Ja.“
„Wo hast du mich gesehen?“
„Das ist jetzt Nebensache.“
„Mir klingt deine Stimme bekannt; ich muß mit dir gesprochen haben.“
„Möglich. Was tust du hier?“
„Ich bin dein Gefangener. Töte mich.“
„Wie? Du verlangst nach dem Tod?“
„Ich bin in deiner Hand.“
„Du willst sterben, ohne Liama gesehen zu haben?“
„Liama? Allah! Was weißt du von ihr?“
„Mehr als du!“
„Du hast mich zufällig gesehen und ebenso zufällig von Liama gehört. Nun sprichst du von ihr.“
„Du irrst. Vorher aber sage, wie du hierher nach Malineau kommst.“
„Man hat mich gezwungen, unter die Spahis zu gehen.“
„Ach so! Du befindest dich draußen bei denen, welche uns eingeschlossen haben?“
„Ja. Man nahm uns fest und steckte uns in das Regiment, mich und meinen Bruder . . .“
„Saadi heißt er? Nicht?“
„Herr, was weißt du von Saadi ben Hassan?“
„Genug. Aber erzähle weiter!“
„Wir sind in den Krieg gezogen bis heute und bis hierher. Sollen wir weiter mitmachen? Sollen wir unser Blut und unser Leben geben für diejenigen, die unsere Feinde sind, mit denen wir eine ewige Blutrache haben? Nein. Während mein Bruder Wache stand, ging ich, um zu forschen, ob uns der Feind der Franzosen beschützen werde, wenn wir unsere Zuflucht bei ihm suchen.“
„So bist du demnach kein Spion?“
„Nein.“
„Sondern ein Überläufer?“
„Ja. Herr, darf ich meinen Bruder holen?“
„Wo befindet er sich?“
„Ich sagte dir bereits, daß er Wache steht.“
„Das weiß ich. Aber wo?“
„Da, wo dieser Mann mich fast erwürgte.“
„Wärst du ein Spion, so müßte ich dich töten lassen; aber ich

will dir glauben, denn ich kenne dich. Du bist also gezwungen worden, deine Heimat zu verlassen?"

„Ich hätte sie auch verlassen, aber nicht als Soldat."

„Wohin wolltest du?"

„Ich bin Hassan, der Zauberer; ich zeige den Leuten die Kunststücke, welche sie mir bezahlen."

„Ist Saadi auch ein Zauberer?"

„Nein."

„Warum nahmst du ihn mit?"

„Er sollte sehen . . ."

Er stockte.

„Ich weiß, was du sagen willst", meinte Königsau. „Er sollte sehen Marion, die Tochter Liamas."

„Herr, woher weißt du das?"

„Ich kenne deine Gedanken. Wie lange hat Saadi, dein Bruder, Wache zu stehen?"

„Eine Stunde; dann löse ich ihn ab."

„Komm! Ich will dir jemand zeigen."

Während der Maler warten mußte, begab sich Königsau mit dem Gefangenen eine Treppe höher. Dort blieb er an einer Tür halten und lauschte. Drin hörte man eine weibliche Stimme sprechen.

„Hier sollst du eintreten", sagte der Major.

„Wer befindet sich da?"

„Eine Frau."

„Ich höre sprechen!"

„Sie spricht mit sich selbst. Geh hinein!"

Er öffnete, ohne anzuklopfen, und schob den Beduinen in das Zimmer. Erst war alles still; dann aber hörte er Hassans Stimme:

„Liama! Allah ist groß und mächtig! Bist du Liama, oder bist du es nicht?"

„Hassan!" antwortete sie. „Hassan!"

„Sie kennt mich. Sie ist kein Geist, keine Vision; sie lebt; sie ist wirklich Liama!"

Es folgten Ausrufe des Erstaunens, des Entzückens, der Verwunderung, der Klage. Aber Königsau hatte keine Zeit; er öffnete die Tür und sagte:

„Hassan, komm! Die Zeit ist abgelaufen."

„Herr, sei gnädig! Laß mich noch einige Zeit bei der Herrin der Beni Hassan. Sie soll mir erzählen . . ."

„Nein, nein; jetzt nicht. Du sollst sie wiedersehen, noch heute; jetzt aber mußt du gehorchen."

Hassan warf einen bedauernden Blick auf Liama und ging mit Königsau zurück.

„Also, du bleibst dabei? Du willst mit deinem Bruder zu uns kommen?" fragte er.

„Ja, Herr, wenn du es erlaubst."

„Wie heißt dein Oberst?"

„Parcoureur."

„Was ist er für ein Mann?"

„Er ist ein Mann, den alle hassen."

„Kämpft er selbst mit in der Gefahr?"

„Ja; mutig ist er."

„Das ist gut, denn sonst könnte ich ihn nicht gefangennehmen."

„Willst du das?"

„Ja."

„Warum?"

„Ich habe mit ihm zu reden."

„Herr, nimmst du mich mit meinem Bruder hier auf, wenn wir dir den Obersten mitbringen?"

„Ja. Ich behalte euch auch ohne ihn. Aber, wie wollt ihr ihn in eure Gewalt bringen?"

„Sehr leicht. Er selbst sieht nach, ob die Posten wachsam sind. Wenn er kommt, bringen wir ihn zu dir."

„Gut. Gehe jetzt und hole deinen Bruder! Feldwebel, bringen Sie ihn wieder dahin, wo Sie ihn festgenommen haben! Sie haben es sehr gut gemeint; aber ein Spion ist dieser Mann ebensowenig wie Sie."

„Hm!" meinte Schneffke zu sich selbst, indem er sich mit Hassan entfernte. „Ein Spion also nicht. Aber was denn sonst? Na, er wurde ins Regiment gezwungen. Kein Wunder, wenn er es eigenmächtig wieder verläßt."

Als sie bei dem Posten ankamen und der Feldwebel nicht wieder umkehrte, flüsterte Hassan ihm zu:

„Du gehst nicht wieder in das Schloß?"

„Nein; ich muß weiter."

„Hinaus, über die Wächter hinaus?"

„Ja."

„Du brauchst nicht so zu schleichen, wie vorhin. Kannst aufrecht gehen, wie ich. Mein Bruder wird dich nicht anhalten. Komm, folge mir."

Schneffke wagte es, sich ihm anzuvertrauen und hatte es nicht zu bereuen. Er wurde durch die Kette der Vorposten gebracht und traf seinen Kameraden an derselben Stelle, an welcher er ihn verlassen hatte.

Fast eine Stunde war vergangen, da erkannte der Posten, welcher an der betreffenden Stelle stand, eine Gruppe von zwei oder drei weißen Männern, die sich auf ihn zu bewegten. Es war nicht der frühere Posten, sondern der, welcher diesen abgelöst hatte; aber er hatte seine Instruktionen erhalten.

Er fragte weder nach der Losung, noch nach dem Feldgeschrei; er legte das Gewehr schußfertig an, um im Fall eines Verrates gerüstet zu sein.

Sie gingen geräuschlos an ihm vorüber. Zwei Männer trugen einen dritten. Sie schafften ihn nach dem Schloß.

Am Eingang zu demselben stand der Wachtmeister Martin Tannert. Er hatte mit Spannung auf diesen Augenblick gewartet.

„Ist's gelungen?" fragte er.

„Dem Sohn der Wüste mißlingt kein Überfall", entgegnete Hassan der Zauberer.

„Bringt ihn herein."

Er wurde in die Wachtstube gebracht. Sie hatten ihm die Gurgel zugeschnürt und, als er den Mund öffnete, den Knebel hineingesteckt. Die Hände waren mit einer Schnur gefesselt, und um den Kopf hatten sie ihm ein Turbantuch gewunden. Im übrigen war ihm nichts geschehen. Er trug sogar alle seine Waffen noch.

Diese wurden ihm natürlich abgenommen. Man ließ Hassan und Saadi in ein Nebengemach treten, damit er sie nicht sofort erblicken möge; dann nahm man ihm die Fesseln ab. Er holte erst sehr tief Atem, blickte sich dann um und stieß einen grimmigen Fluch aus.

„Wo bin ich?" fragte er.

„In Schloß Malineau."

„Donnerwetter! Wer waren die Halunken, welche es wagten, sich an mir zu vergreifen?"

„Das interessiert uns nicht, Herr Oberst. Uns interessiert vielmehr der Besuch, welchen Sie uns machen."

„Besuch? Ja. Denn ich hoffe doch nicht, daß man die Kühnheit haben wird, mich als Gefangenen zu betrachten."

„Wir betrachten Sie zunächst als einen Mann, welchen der Herr Major von Königsau zu sprechen wünscht. Bitte, folgen Sie uns."

„Zu einem Major? Schön. Aber wo ist mein Degen? Her mit ihm. Ich muß ihn haben."

„Später, später."
„Nein, nicht später, sondern jetzt."
„Bitte, verkennen Sie nicht Ihre Lage. Ich handle nach dem mir gewordenen Befehl, und diese Kameraden hier sind bereit, dem, was ich sage, Nachdruck zu geben."
„Verdammnis über Euch. Also, vorwärts zu diesem Major von Kö . . . Königsau. Dummer Name!"
Königsau empfing ihn höflich, aber kalt. Es befanden sich nur die Offiziere bei ihm.
„Herr Kamerad", begann der Oberst, „ist es in Deutschland Brauch, Menschen zu stehlen?"
„Wohl schwerlich. Sind Sie gestohlen worden?"
„Ja."
„Dann scheinen Ihre Freunde keinen großen Wert auf Sie zu legen, sonst hätte man Sie besser bewacht."
„Herr Major!" rief der Franzose drohend.
„Schon gut. Spione und ähnliche Leute weiß man zu behandeln, Monsieur."
„Halten Sie mich etwa für einen Spion?"
„Ja."
„Donnerwetter."
„Pah! Vielleicht sind Sie sogar noch mehr als das! Was haben Sie mit Kapitän Richemonte in Beziehung auf Mademoiselle de Sainte-Marie besprochen?"
Der Oberst erschrak; aber er antwortete:
„Nichts, gar nichts."
„Wo ist der Kapitän gegenwärtig?"
„Ich weiß es nicht."
„Ach so! Sie haben ihn nicht nach Metz zu dem Marschall Bazaine geschickt?"
„Wie käme ich dazu?"
„Sie haben ihm keinen Brief anvertraut?"
„Nein."
„Aber vielleicht besitzen Sie selbst einen solchen Brief an den Marschall?"
„Herr Major, ich verstehe und begreife Sie nicht. Von wem sollte ich einen solchen Brief haben?"
„Von dem Marschall Mac-Mahon."
Der Franzose wurde sichtlich unruhig. Er gab sich die möglichste Mühe, dies zu verbergen, und antwortete:
„Wie kommen Sie zu dieser Vermutung?"
„Das ist Nebensache. Ich habe Grund zu behaupten, daß Sie

von Marschall Mac-Mahon einen Brief an Bazaine haben. Wollen Sie dies bestreiten?“

„Und wenn ich einfach sage, daß ich Ihnen gar nicht zu antworten brauche, Herr Major?“

„So würde dies ein Zugeständnis sein. Machen wir es kurz! Können Sie mir Ihr Ehrenwort geben, daß Sie einen solchen Brief nicht bei sich haben?“

Der Offizier schwieg.

„Gut“, fuhr Königsau fort, „Sie sind also im Besitz eines solchen Schreibens. Ich muß Sie ersuchen, es mir auszuhändigen.“

„Das würde ich auf keinen Fall tun, selbst wenn ich es hätte.“

„So zwingen Sie mich, Sie durchsuchen zu lassen.“

„Tun Sie das. Aber ich protestiere auf das energischste gegen eine solche Behandlung eines Stabsoffiziers, welcher nicht einmal das Unglück hat, Ihr Gefangener zu sein.“

„Ach, darf ich vielleicht fragen, was Sie sonst sind?“

„Haben Sie mich etwa gefangengenommen?“

„Wie Sie in unsere Hände geraten sind, darauf kommt es nicht an. Sie befinden sich eben in unserer Gewalt.“

„Ich bin Offizier. Ich trage die Uniform meines Kaisers. Ich kann nur durch einen Sieg Ihrerseits in Ihre Hände geraten.“

„Nicht durch Arretur?“

„Nein; denn ich bin mir keiner Tat bewußt, welche eine solche polizeiliche Maßregel rechtfertigen könnte.“

„Sie sind uns als Spion eingeliefert.“

„Vom wem? Etwa von einem Ihrer Leute?“

„Sie sind mir eingeliefert worden auf meine Veranlassung. Das ist genug. Werden Sie mir den Brief geben?“

„Nein.“

„Nun wohl. Ich werde Sie also aussuchen lassen. Ob sich dies mit Ihrer Offiziersehre verträgt, das ist mir nun sehr gleichgültig; ich habe Ihnen Gelegenheit gegeben, die Durchsuchung zu vermeiden. Wollen sehen, Herr Oberst.“

Es klingelte, und eine Ordonnanz erschien.

„Holen Sie einen Stiefelknecht!“ befahl er. „Dieser Herr wünscht, es sich bei uns bequem zu machen.“

Der Oberst erbleichte. Das hatte er nicht erwartet. Er mußte erkennen, daß Königsau nur zu gut unterrichtet sei. Aber er sagte kein Wort. Er preßte die Lippen zusammen und wartete, was man beginnen werde. Noch immer glaubte er, daß man sich hüten werde, einem französischen Oberst Gewalt anzutun.

Der Soldat brachte den Stiefelknecht.

„Bitte", meinte Königsau zu dem Franzosen.

„Tausend Donner!" antwortete dieser. „Meinen Sie wirklich, daß ich die Stiefel ausziehen werde?"

„Ja, gewiß. Ich meine, daß Sie so klug sein werden, mich nicht zu Gewaltmaßregeln zu zwingen."

„Die werden Sie unterlassen."

„Pah. Meine Zeit ist gemessen. Wollen Sie, oder wollen Sie nicht?"

„Fällt mir nicht ein."

„Holen Sie noch zwei Mann", befahl Königsau der Ordonnanz. „Sie ziehen diesem Herrn die Stiefel aus."

Der Befehl war in einer Minute vollzogen.

„Herr Major, ich mache Sie verantwortlich", knirschte der Oberst. „Ich werde Sie zur Rechenschaft ziehen. Ich bin keineswegs der Mann, den man ungestraft wie einen Dieb behandeln und aussuchen kann."

„Haben Sie keine Sorge um mich", lächelte Königsau. „Ich kenne meine Pflicht und weiß sie zu erfüllen. Also, vorwärts!"

Dieser letztere Befehl galt den Soldaten. Sie traten zu dem Franzosen. Der eine setzte ihm den Stiefelknecht hin und sagte:

„Allons Monsieur! Travaillez!"

Die deutschen Offiziere mußten sich Mühe geben, bei diesem komischen Befehl ein Lachen zu unterdrücken.

„Also wirklich", stieß der Oberst hervor.

„Oui, oui!" antwortete der Mann.

Zugleich faßte er ihn beim Arm.

„Fort, Mensch!" schrie der Franzose. „Wenn es denn einmal sein muß, so tue ich es selbst."

Er zog die Stiefel aus und setzte sich dann auf einen Stuhl, das Gesicht so abwendend, daß er die Deutschen gar nicht sah.

„Hier, Herr Major."

Bei diesen Worten hielt die Ordonnanz Königsau die Stiefel hin. Dieser aber sagte:

„In diesen Stiefeln befindet sich ein Brief versteckt, jedenfalls hinter dem Futter. Sehen Sie nach."

„Hm, gefüttert sind sie allerdings. Wollen sehen."

Er zog ein Taschenmesser und begann damit das Futter loszutrennen. Der erste Stiefel enthielt nichts; im zweiten aber befand sich ein kleines Kuvert, welches Königsau sofort öffnete. Es enthielt einen mehrfach zusammengefalteten Brief auf sehr dünnem Papier, unterschrieben und unterstempelt von dem Marschall Mac-Mahon. Der Inhalt lautete, ins Deutsche übersetzt:

„Herr Kamerad!

Soeben geht mir der Kriegsplan des Marschalls Palikao zu. Sein Befehl an mich lautet, mittels eines Flankenmarsches über Sedan und Thionville Ihnen die Hand zu reichen. Ich breche infolgedessen von Chalons auf, hoffe, Sie in guter Stellung in und bei Metz zu finden, und überlasse es Ihrer Einsicht und der Lage der Sache, ob Sie durch irgendwelche Vorstöße mir erleichtern wollen, Sie zu finden. Zur Sicherheit fertige ich ein Duplikat dieses Briefes.

Ihr ergebener Mac-Mahon."

Königsau faltete den Brief zusammen und steckte ihn wieder in das Kuvert.

„Nun, Herr Oberst", sagte er, „sehen Sie ein, daß ich sehr gut unterrichtet war?"

„Zum Teufel, Monsieur, mir bleibt nichts übrig, als mir eine Kugel durch den Kopf zu jagen."

Der Ulanenmajor winkte den Soldaten, sich zu entfernen und antwortete dann:

„Schonen Sie sich! Ihr Leben wird wahrscheinlich für Ihren Kaiser nicht ganz wertlos sein, obgleich es eigentlich uns verfallen ist."

„Wie? Verfallen?"

„Gewiß!"

„Wieso?"

„Sie kennen die Kriegsgesetze?"

„Natürlich!"

„Spione hängt man auf."

„Herr!"

„Natürlich. Habe ich recht oder unrecht?"

„Aber einen Obersten hängt man nicht auf."

„Pah! Wenn er ein Spion ist, doch!"

„Sie wollen doch nicht etwa sagen, daß ich einer bin?"

„Was sonst?"

„Monsieur, das verbitte ich mir."

„Pah! Sie sind mit einem Brief an den feindlichen Oberbefehlshaber getroffen worden. Daß dies ein Verbrechen, natürlich in unseren Augen, sein muß, geben Sie doch zu?"

„Auf keinen Fall!"

„Warum verstecken Sie den Brief, wenn es kein Verbrechen ist?"

„Das ist eine Spitzfindigkeit, auf welche ich mich gar nicht weiter einlassen kann."

„Nun, so muß eben ich mich damit befassen. Bitte, ziehen Sie Ihre Stiefel wieder an."

„Danke. Sehr freundlich", antwortete der Franzose. „Soll ich etwa noch etwas ausziehen? Vielleicht das Hemd?"

Er hatte dies in so höhnischem Ton gesprochen, daß Königsau zornig auf ihn zutrat, um zu antworten:

„Monsieur, verkennen Sie Ihre Lage nicht. Nicht Sie sind hier Herr und Meister. Wir verlangen diejenige Achtung, welche Sie uns schuldig sind. Sie sind unser Gefangener. Haben Sie vielleicht noch etwas bei sich, was Sie uns eigentlich abzuliefern hätten?"

„Darauf antworte ich nicht."

„Gut! Ich werde Sie also aussuchen lassen."

„Oho!"

„Jawohl! Aussuchen bis auf das Hemd, welches zu erwähnen Sie ja doch die Güte hatten."

„Nun wohl, ich habe nichts bei mir."

„Geben Sie Ihr Ehrenwort darauf?"

„Ja."

„Dann ist es gut. Ich denke, daß Sie Offizier und Kavalier sind und also die Wahrheit sagen werden. Sie werden natürlich hier bei uns bleiben, bis ich weitere Bestimmungen über Sie erhalten habe. Ich weise Ihnen ein Zimmer an und fordere von Ihnen das Versprechen, dasselbe nicht ohne die Erlaubnis des Kommandanten dieses Schlosses zu verlassen."

„Wer ist das?"

„Jetzt bin ich es. In einigen Sekunden aber wird es hier dieser Herr, Rittmeister Graf von Hohenthal sein."

„Ich?" fragte Hohenthal rasch.

„Ja. Wir sprechen dann darüber. Jetzt, Herr Oberst, ersuche ich Sie, mir zu folgen."

Er wies ihm ein Zimmer an und gab ihm einen Husaren zur Bedienung und natürlich auch zur Bewachung. Dann kehrte er zu den Kameraden zurück.

„War's ein guter Fang?" fragte Hohenthal.

„Ein sehr guter."

„Also der Brief ist wichtig?"

„Sogar von außerordentlicher Wichtigkeit. Hier, lies!"

Hohenthal las und meinte:

„Donnerwetter, das ist allerdings höchst wichtig! Der Brief muß sofort zum König, zu Moltke."

„Das denke ich auch."
„Wer schafft ihn fort?"
„Ich selbst. Ich kann ihn natürlich keinem anderen anvertrauen."
„Ganz richtig. Also darum werde ich Kommandant. Aber, Freundchen, wie willst du hinauskommen?"
„Zu Pferde natürlich", lächelte Königsau.
„Wir sind eingeschlossen."
„Pah. Ich werde mich sehr leicht durchhauen. Wir unternehmen einen kräftigen Vorstoß, gerade auf die Straße hin. Da müßte es mit dem Teufel zugehen, wenn es mir nicht gelingen sollte, durchzukommen."
„Das denke ich freilich auch. Diese Herrn Spahis werden keine Unterbrechung ihrer nächtlichen Ruhe erwarten."
„Übrigens steht ja Major Posicki in Etain. Bin ich bis dahin, so bin ich sicher."
„Aber allein reitest du nicht?"
„Nein. Leutnant von Goldberg begleitet mich."
„Das versteht sich ganz von selbst!" meinte Fritz, der mit dieser Bestimmung sehr einverstanden war.
„Was aber tun wir mit den beiden Überläufern?" erkundigte sich der Rittmeister von Hohenthal.
„Die brauchst du weder als Gefangene zu behandeln noch überhaupt bewachen zu lassen. Sie werden im Gegenteil die besten Beschützer für Frau Liama und Mademoiselle Marion sein. Es tut mir wirklich leid, daß ich nicht dabeisein kann, wenn ihr am Tagesgrauen über die Spahis herzieht. Der Coup gelingt natürlich auf alle Fälle."
„Das versteht sich ganz von selbst. Aber ob wir uns für die Dauer hier halten sollen oder können, das ist eine andere Frage."
„Nein, das ist im Gegenteil gar keine Frage. Nach dem, was wir von Mac-Mahons Absichten wissen, ist es ganz notwendig, Etain und Umgegend festzuhalten. Wir müssen mit der Linie der Meuse in Fühlung stehen, und so versteht es sich ganz von selbst, daß man Schloß Malineau so besetzt, daß es nicht wieder verlorengehen kann. Ich werde das an geeigneter Stelle zum Vortrag bringen."
„Gut, das beruhigt mich. Wann reitest du ab?"
„In einer halben Stunde."
„Ah, einige Minuten für den Abschied."
„Nein. Lassen wir die Damen immerhin schlafen! Was ich zu

sagen hatte, das ist gesagt, und jetzt sind wir ja vor allen Dingen Soldat."

Nachdem die angegebene Zeit vorüber war, sammelten sich zwei Züge Ulanen vor dem Schloß. Das geschah so geräuschlos wie möglich. Als sie sich in Bewegung setzten, ertönten die Rufe der französischen Wachen, und Schüsse krachten, einzeln, hier und da.

Die Deutschen gewannen jedoch die Straße und fegten in Karriere auf das Dorf zu.

Die Franzosen hatten, obgleich ein Verhau auf die leichteste Weise herzustellen gewesen wäre, die Straße offengelassen, so daß die mutigen Reiter das Dorf erreichten und dasselbe auch passierten, ohne auf ein Hindernis zu treffen.

Hier nun gab Königsau ihnen den Befehl, wieder umzukehren. Sie gelangten in das Schloß zurück, ohne einen einzigen Mann zu verlieren. Nicht einmal verwundet war jemand worden, da es zu gar keinem Widerstand gekommen war.

Königsau und Fritz setzten ihren Weg fort. Vor Etain stießen sie auf die Vorposten des Majors Posicki, zu dem sie sich natürlich führen ließen. Königsau bat ihn, die Schwadron Ulanen zu ihrem Gros zurückzudirigieren, wenn er die Überzeugung erhalten sollte, das Schloß bis zur Ankunft anderweiter Truppen halten zu können, und dann ritten sie weiter die ganze Nacht hindurch.

Als sie am Morgen in Tornville anlangten, erfuhren sie, daß am vorigen Tag eine Schlacht gewonnen worden sei, die bekannte Schlacht von Vionville-Mars la Tour. Es hatten infolgedessen bedeutende Truppenverschiebungen stattgefunden, doch gelang es Königsau, über Saint Marcel hinaus das dritte Armeekorps zu erreichen, dessen Kommandanten er durch seine Darstellung bewog, ein genügend starkes Detachement nach Etain abzuordnen.

Hier, im Hauptquartier des dritten Korps, erfuhr er auch, wo sich das große Hauptquartier befinde, welches er kurz nach Mittag erreichte. Die Offiziere und Beamten desselben befanden sich natürlich in ungeheurer Tätigkeit; aber als er meldete, daß er eine Nachricht von größter Wichtigkeit bringe, wurde er sofort Moltke angemeldet.

Er war kaum durch die eine Tür in das Vorzimmer getreten, als man durch die andere einen Mann brachte, welcher in Zivil gekleidet war und das Zeichen der Genfer Konvention, die Binde mit dem Roten Kreuz, am Arm trug. Ihn sehen und erkennen war eins. Er trat auf den Offizier, welcher diesen Mann begleitete, zu und fragte:

„Herr Hauptmann, bitte, wo waren Sie mit diesem Mann?"

„Drinnen!" war die kurze Antwort, welche nichts anderes heißen sollte, als bei Moltke selbst.

„Wer ist er?"

„Er hat sich da in der Nähe herumgetrieben und verdächtig gemacht, doch ist es ihm gelungen, sich zu legitimieren. Er soll entlassen werden."

„Wie nennt er sich?"

„Bonblanc aus Soissons."

„Das ist eine große Lüge. Entlassen Sie ihn nicht. Geben Sie scharf acht auf ihn, und warten Sie, bis ich da drin gewesen bin."

„Sapperlot. Kennen Sie ihn?"

„Nur zu gut."

„Impossible!" fiel der Mann ein, welcher sehr bleich geworden war.

Der Hauptmann blickte rasch auf.

„Alle Wetter", sagte er. „Er hat Sie verstanden?"

„Natürlich. Er spricht ja sehr gut deutsch."

„Und uns gegenüber behauptete er, kein Wort zu verstehen. Da, Herr Major, man winkt Ihnen, ich werde also auf das Weitere warten!"

Als Königsau zu dem berühmten Schlachtendenker eintrat, saß dieser an einer langen Tafel, welche mit Karten und Plänen bedeckt war. Er erwiderte den Gruß des Majors mit einem ernsten, aber doch wohlwollenden Kopfnicken und sagte:

„Sie bringen Wichtiges?"

„Zu Befehl. Hier."

Er zog den Brief hervor und gab ihn hin. Moltke las. Kein Zug seines Gesichtes veränderte sich. Er fragte nur:

„Wie gelangte dieses Schreiben in Ihre Hand?"

Königsau erzählte. Nachdem er geendet hatte, sagte Moltke:

„Also jener Kapitän Richemonte hat das Duplikat dieses Schreibens gehabt?"

„Ganz gewiß."

„Es scheint ihm gelungen zu sein, es an den Adressaten zu geben, wenigstens ist er unsererseits nicht ergriffen worden. Man ist Ihnen großen Dank schuldig, Herr Oberstwachtmeister, man wird sich Ihrer erinnern. Sie stoßen jetzt natürlich zu Ihrem Korps?"

„Nachdem ich mir die Bitte um eine Bemerkung gestattet haben werde."

„Sprechen Sie."

„Soeben wurde ein Mann abgeführt, der sich, wie ich auf meine Erkundigung erfahren habe, Bonblanc nennt?"

„Ja. Was ist mit ihm?"

„Er sollte entlassen werden, ich habe aber dem Hauptmann die Weisung gegeben, im Vorzimmer mit ihm zu warten. Dieser Mann ist nämlich kein anderer als der Graf Rallion, dessen Sohn Oberst der Gardekürassiere war, welchem ich gestern auf Schloß Malineau den Kopf gespalten habe."

Diese Nachricht brachte einen bedeutenden Eindruck hervor, von dem sich aber der große Schweiger nichts merken ließ.

„Kennen Sie ihn?" fragte er.

„So genau wie mich selbst."

„Nochmals herein mit ihm."

Königsau öffnete die Tür und winkte dem Hauptmann, welcher sofort mit dem Grafen wieder eintrat. Dieser wollte leugnen, als aber Königsau auf die Narbe an der Hand verwies, welche von der Verwundung herstammte, die der Graf von Fritz in der Klosterruine erhalten hatte, war es mit dem Leugnen aus.

Als kurze Zeit später Königsau mit Fritz das große Hauptquartier verließ, nahm er die Gewißheit mit, daß einer der größten Feinde seiner Familie sich im festen Gewahrsam befinde und es ihm nicht möglich sei, zu entkommen.

Das Schlachtfeld, über welches die beiden nun ritten, war ein solches, wie es selbst die Ebene von Leipzig nicht aufzuweisen hat, ein breitgedehntes, wellenförmiges Hochplateau.

Der Kampf hatte die Spuren einer wahrhaft grauenvollen Vernichtung hinterlassen. Die Felder waren mit Leichen förmlich bedeckt. Weithin schimmerten die roten Hosen der Feinde, die weißen Litzen der stolzen, zurückgeworfenen Kaisergarde, die Helme der französischen Kürassiere. Im Wirbelwind jagten die weißen Blätter der französischen Intendanturwagen gleich Mövenscharen über das Feld. Die Waffen blitzten weithin im Sonnenglanz, aber die Hände derer, welche sie geführt hatten, waren kalt, erstarrt, im Todeskampf zusammengeballt. Mit zerfetzter Brust und klaffender Stirn lagen sie gebrochenen Auges in Scharen am Boden. Schrittweise war jede Elle des Landes erkämpft worden. Zerschmetterte Leiber, Pferdeleichen, zerbrochene Waffen, Tornister, Zeltfetzen, Chassepots und Faschinenmesser lagen umher. Es war ein so entsetzliches Bild, wie es selbst Magenta, Solferino und Sadowa nicht geboten hatten. Wie roter Mohn und blaue Kornblumen leuchteten die bunten Farben der gefallenen Feinde auf dem Todesfeld, weithin über die Höhen, tief hinab in die Täler. Dazwischen die grünen Waffenröcke der Jäger und hier und da ein umgestürzter Wagen.

Und in den Dörfern, durch welche die beiden ritten, sah es noch viel, viel gräßlicher aus als auf dem offenen Feld.

So ging es bis in die Gegend südlich von Hanonville, wo das Gardekorps lag und die beiden Offiziere endlich zu den Ihrigen stießen, um dort eine große Überraschung zu finden.

Königsau fand hier die Schwadron, welche er als Rittmeister kommandiert hatte. Sein Nachfolger in dieser Charge, welcher sich sofort bei ihm meldete, sagte nach der ersten Begrüßung und den notwendigen dienstlichen Auseinandersetzungen:

„Das interessanteste für Sie werden unsere jetzigen Sanitätsverhältnisse sein. Darf ich Sie vielleicht ersuchen, mich einmal nach der Ambulanz zu begleiten?"

Königsau blickte ihn verwundert an und antwortete:

„Natürlich müssen mich auch unsere Sanitätsverhältnisse interessieren; aber die Art, in welcher Sie mich zur Besichtigung der Ambulanz auffordern, kommt mir doch ein wenig geheimnisvoll vor."

„Das ist sie allerdings."

„Es handelt sich doch nicht etwa um eine Überraschung?"

„Um nichts anderes."

„Nun, so stehe ich zur Verfügung."

Sie stiegen zu Pferde und ritten hinaus in das Feld, wo ein großes, langes Zelt errichtet war, in welchem die Ärzte und ihre verschiedenen Helfer und Helferinnen ihres Amtes walteten.

Schon von weitem erblickte Königsau einen alten, grauhaarigen und graubärtigen Herrn, welcher beschäftigt war, einem dort am Boden sitzenden Verwundeten den Arm zu verbinden. Es überkam ihn eine Ahnung, infolgedessen er seinem Pferd die Sporen gab.

Er hatte sich nicht getäuscht. Er sprang vom Pferd und eilte mit offenen Armen auf den Alten zu.

„Großvater!" rief er aus.

Dieser drehte sich um, erblickte ihn und antwortete jubelnd: „Richard!"

Sie lagen einander am Herzen.

„Aber", meinte der Major nach der ersten herzlichen Begrüßung, „wie kannst du es wagen, im Feld zu erscheinen?"

„Wagen? Ah, Junge, die Kriegserklärung hat mich wieder jung gemacht, und als du fort warst, hat es mich auch nicht länger gelitten. Als Kombattant hat man mich freilich nicht annehmen wollen, aber ich habe wenigstens die Erlaubnis erzwungen, Wunden zuflicken zu helfen."

„Aber sie haben dich daheim doch nicht allein fortgelassen?"

„O nein. Sie sind mit."

„Wer?"

„Mensch, du fragst, wer? Alle natürlich, alle."

„Alle? Also auch der Vater?"

„Ja."

„Etwa auch Emma?"

„Versteht sich. Sie hat auch noch andere mit."

„Meinst du Nanon und Madelon?"

„Ja, und Deephill oder vielmehr den jungen Herrn von Bas-Montagne, der auch seinen Vater mitgenommen hat. Warte, ich werde sie holen."

„Sie sind hier, gerade hier?"

„Ja, natürlich. Wir halten zusammen."

Er wollte in das Zelt treten. Richard hielt ihn zurück:

„Halt, ich gehe selbst, um sie zu begrüßen."

„Nein, du bleibst hier. Ihr würdet ein Aufsehen erregen, welches den armen Verwundeten schädlich sein müßte. Also warte hier."

Er ging hinein und kehrte bald mit allen den Genannten zurück. Die Herzlichkeit der Begrüßung läßt sich denken. Nanon aber achtete gar nicht auf Königsau.

„Fritz, lieber Fritz!"

Mit diesem Ruf flog sie an die Brust des einstigen Kräutermannes, der sie herzlich an sich drückte und Kuß auf Kuß bekam, ohne daß die beiden sich um die anderen bekümmerten.

„Na", meinte da ihr Vater, „darf ich mir nicht auch ein Wort der Begrüßung ausbitten, Herr von Goldberg!"

„Sogleich, sogleich", lautete die Antwort, wobei Fritz mit offenen Armen auf ihn zuging.

Da man sich so viel zu erzählen hatte, nahmen Königsau Vater und Großvater nebst Emma von dem dirigierenden Arzt für kurze Zeit Urlaub und begaben sich mit Richard in das Lager, wo man bereits ein Unterkommen für den letzteren besorgt hatte.

Sie hatten dort eben Platz genommen und wollten mit der Erzählung ihrer Erlebnisse beginnen, als ihnen eine abermalige große und freudige Überraschung wurde. Es kam ein Bote des Kommandierenden und meldete, daß eine Dame anwesend sei, welche bereits seit Tagen nach dem Gardekorps forsche, um da Angehörige der Familie Königsau aufzusuchen.

„Eine Dame?" meinte der Major. „Das ist kühn, ja das ist sogar verwegen, unter diesen Verhältnissen dem Heer zu folgen. Woher ist sie?"

„Aus Paris."

„Unglaublich. Eine Dame aus Paris? Eine Französin, welche nach uns die Schlachtfelder absucht? Ich erinnere mich nicht, eine einzige Pariserin zu kennen, welcher ich ein solches Unternehmen zutrauen könnte. Ist sie alt?"

„Nein, jung und nicht uninteressant. Übrigens kommt sie nicht direkt aus Paris, sondern aus Berlin, wo sie vergebens nach Ihnen gesucht hat."

„Sonderbar."

„Sie hat ihre Legitimation aus Paris und befindet sich auch im Besitz deutscher Papiere, welche es ihr ermöglicht haben, Sie hier zu suchen, ohne Gefahr befürchten zu müssen."

„Wie heißt sie?"

„Ihr Name ist Agnes Lemartel."

„Kenne ich nicht; ist mir völlig unbekannt. Wo befindet sie sich?"

„Draußen. Sie wartet auf die Erlaubnis, eintreten zu dürfen."

„So wollen wir sie nicht länger warten lassen. Bitte, sagen Sie ihr, daß wir bereit sind, sie zu empfangen!"

Er empfahl sich und schickte die Tochter des Lumpenkönigs herein. Sie ging in Trauer und sah sehr blaß und angegriffen aus. Sie grüßte fast demütig und machte ganz den Eindruck einer Bittenden, deren Bitte eine so große ist, daß sie nur schwer an die Erfüllung derselben glauben kann.

„Bitte, mein Fräulein, nehmen Sie Platz", sagte Richard, indem er ihr eine umgestürzte Kiste hinschob.

„Ich muß danken, gnädiger Herr", sagte sie traurig und mit fast leiser Stimme. „Ich möchte nicht wagen, Ihrem gütigen Befehl Gehorsam zu erweisen. Ich habe im Stehen zu Ihnen zu sprechen."

„Nicht doch, man soll nicht von uns sagen, daß wir einer Dame die mögliche Bequemlichkeit verweigert hätten."

„Sie wissen ja nicht, in welcher Angelegenheit ich zu Ihnen gekommen bin, Herr Major."

„Ich werde es hören. Also, bitte, setzen Sie sich."

Und als sie es auch jetzt noch nicht tat, nahm Emma sie am Arm und zog sie auf die Kiste nieder, indem sie in aufmunterndem Ton sagte:

„Wenn Ihre Angelegenheit eine so niederdrückende ist, bedürfen Sie ja erst recht der Unterstützung. Nehmen Sie also Platz, und seien Sie überzeugt, daß Sie auf unsere Freundlichkeit rechnen können."

„Mein Gott, wenn ich das wirklich glauben dürfte", sagte sie, indem sich ihre Augen mit Tränen füllten.

„Sie dürfen davon überzeugt sein. Sprechen Sie getrost. Wir sind ja gern bereit, Sie anzuhören."

Und um ihr Mut zu machen, sagte der alte Großpapa:

„Wir hörten, daß Sie von Berlin kommen?"

„Ja. Ich reiste von Paris dorthin, um Sie aufzusuchen."

„Leider waren wir ins Feld gezogen."

„Ich erfuhr, daß Sie dem Gardekorps angehören. Das war mir ein Fingerzeig, Sie hier zu finden."

„Ist die Angelegenheit denn so dringlich, daß Sie sich zu solchen Strapazen und Wagnissen entschließen konnten? Hätte es sich nicht aufschieben lassen?"

„Nein. Ich weiß nicht, ob Ihnen von dem Offizier, der die Güte hatte, mich zu Ihnen zu bringen, mein Name genannt worden ist?"

„Sie heißen Agnes Lemartel, wie wir hörten."

„Ja. Jedenfalls ist dieser Name Ihnen unbekannt?"

„Ganz und gar."

„In Paris kennt ihn ein jeder. Mein Vater war der bedeutendste vendeur de chiffons in ganz Frankreich. Man nannte ihn nur den Lumpenkönig. Sie haben also zunächst zu verzeihen, daß die Tochter eines Lumpenhändlers es wagt, Sie zu inkommodieren."

„Bitte", sagte Richard, „es muß allerlei Menschen geben. Ich weiß sehr gut, was ein Pariser Lumpenhändler zu bedeuten hat. Diese Herren gehören keineswegs zu den Leuten, welche nicht zu beachten sind. Sie tragen Trauer, und Sie sagen, daß Ihr Herr Vater vendeur de chiffons gewesen sei. Er ist also nicht mehr? Er ist tot?"

„Ja. Er starb vor kurzer Zeit, und zwar in Algier, wo ich mit ihm war. Er wurde ermordet."

„Mein Gott. Von Eingeborenen?"

„Nein, sondern von Franzosen, von zwei berüchtigten Subjekten, nach denen die Polizei schon längst, jedoch vergebens, gefahndet hatte. Es war ein Mensch, der nur Vater Main genannt zu werden pflegte, und der andere hieß Lermille und war Seiltänzer gewesen."

„Alle Wetter!" entfuhr es dem Major.

„Wie? Haben Sie von diesen beiden Menschen gehört?"

„Ja. Erst gestern habe ich mit einem Freund und Kameraden, dem Rittmeister von Hohenthal, von ihnen gesprochen. Den Seiltänzer habe ich sogar steckbrieflich verfolgen lassen."

„Jedenfalls auch vergebens."

„O doch nicht. Sie sind beide ergriffen worden. Vater Main befindet sich in Metz in Gewahrsam und wird mit dieser Stadt in unsere Hände geraten, hoffentlich wenigstens. Und den andern habe ich selbst über die Grenze nach Deutschland gebracht. Er befindet sich jetzt in Berlin in Untersuchung und hat bereits sehr wichtige Eröffnungen gemacht."

„So hat ihn die Nemesis also doch ereilt. Diese beiden Männer ermordeten meinen Vater, indem ich im Nebenzimmer weilte. Er war von dem Messer so getroffen worden, daß er mir nur noch sagen konnte, sein Name sei nicht Lemartel, und ich solle im Geldschrank nachsehen. Ich ließ ihn begraben und eilte trotz meines Gemütszustandes nach Paris. Im Schrank fand ich neben seinen Ersparnissen ein Portefeuille, nur für mich bestimmt. Es enthielt zwei Briefe und sodann ein schriftliches Geständnis meines Vaters, welches sich auf Sie bezieht."

„Auf uns?" fragte Richard. „Sie machen uns wirklich wißbegierig, Mademoiselle."

„Der eine der beiden Briefe war geschrieben von dem Grafen Rallion und der andere von einem Kapitän Richemonte."

„Ah! Wirklich? Wir sind gespannt."

„Beide Briefe beweisen, daß die Genannten beabsichtigten, das Besitztum der Familie Königsau mit Hilfe eines Unterhändlers Samuel Cohn zu kaufen . . ."

„Herrgott! Ist es das?" rief der alte Großpapa.

„Ja", fuhr das Mädchen fort. „Der Preis sollte ausgezahlt, dann aber gestohlen und unter die beiden Genannten verteilt werden."

„Das ist ja auch geschehen. Also geteilt haben sich diese Schurken in diese Summe? Dachte ich es mir doch."

„Nein, gnädiger Herr, sie haben nicht geteilt. Derjenige, der das Geld stahl, hat es ihnen gar nicht gegeben; er hat sie betrogen und die Summe für sich behalten."

„Kennen Sie seinen Namen?"

„Ja."
„Henry de Lormelle?"
„So nannte er sich; aber er hieß nicht so. Er war der Diener des Grafen und des Kapitäns."
Der alte Hugo von Königsau fuhr sich mit der Hand nach dem Kopf und sagte:
„Das sind böse, böse Erinnerungen. Jenes Ereignis kostete meiner Frau das Leben. O Margot, meine Margot."
Es trat eine minutenlange Pause ein. Alle waren vom Schmerz tief bewegt. Endlich fragte Richard:
„Was aber haben Sie mit jenen Ereignissen zu tun, Mademoiselle? Wollen Sie uns das erklären?"
„Ich sagte, daß das Portefeuille die Bekenntnisse meines Vaters enthalten habe . . ."
„Allerdings."
„Und daß er mir kurz vor seinem Tode gesagt habe, daß sein Name eigentlich nicht Lemartel sei . . ."
„Das sagten Sie."
„Nun, meine Herrschaften, mein Vater war – war . . ."
Sie stockte und nahm das Tuch an die Augen, um den Strom ihrer Tränen zu hemmen.
„Sprechen Sie. Sprechen Sie!" bat Richard.
Sie nahm alle Kraft zusammen und gestand:
„Er war – er war jener – Henry de Lormelle."
Bei diesen Worten fuhr der alte Königsau empor. Er richtete das große, starre Auge auf sie und sagte:
„Was? Ihr Vater war jener Dieb?"
„Ja", schluchzte sie.
„Ah. Er stahl mir mein Vermögen, und er mordete mir mein Weib. Ich habe ihm geflucht mit Worten und in Gedanken, und ich wiederhole auch jetzt noch in dieser Stunde: Fluch ihm, Fluch . . ."
„Großvater!" unterbrach ihn Emma in flehendem Ton. „Halt ein. Kann sie denn dafür? Sie ist ja unschuldig."
„Unschuldig! O Kind, es tat doch so weh, so unendlich weh, als – aber du hast recht, sie ist unschuldig, und ich will sie nicht betrüben."
„Sprechen Sie weiter", forderte Richard die Französin auf.
Sie gab sich Mühe, ihre Schluchzen zu überwinden und fuhr fort:
„Ich las die Bekenntnisse meines Vaters und die beiden Briefe; ich erkannte, daß er ein Dieb – o mein Gott, ein Dieb gewesen

sei, und daß ihm nichts, gar nichts gehöre und mir auch nicht. Alles, was er hinterließ, war Eigentum der Familie von Königsau. Ich war verpflichtet, es zurückzugeben."

„Das war natürlich ein schwerer Schlag für Sie", sagte Emma in bedauerndem Ton.

„Das?" fragte Agnes. „Daß ich das Geld zurückerstatten mußte? O nein, das war kein Schlag für mich. Es gehört mir nicht, und ich gebe es gern und willig zurück. Aber daß mein Vater ein Dieb sei, das traf mich ins tiefste Leben. Ich bin die Tochter dieses Mannes. Sie werden mich hassen und verachten, und ich muß es tragen. Verzeihen Sie mir, daß ich es wagte, Sie aufzusuchen."

Da sagte Richard in festem, überzeugendem Ton:

„Sie irren, Mademoiselle. Wir hassen und verachten Sie nicht. Warum haben Sie die Bekenntnisse Ihres Vaters nicht vernichtet? Niemand wußte davon, und Sie wären Besitzerin seines Nachlasses geblieben."

„Herr Major", sagte sie vorwurfsvoll.

„Gut, gut. Sie sehen also, daß wir vielmehr alle Veranlassung haben, Sie hochzuachten. Sie sind brav und ehrlich. Hier haben Sie meine Hand. Ich gebe sie Ihnen im Namen aller meiner Verwandten und versichere Ihnen dabei, daß von der Tat Ihres Vaters nicht der Hauch eines Schattens auf Sie fällt."

Da ging ein Zug stillen Glückes über ihr schönes, bleiches Angesicht. Sie antwortete:

„Ich danke, o ich danke Ihnen, gnädiger Herr. Dieser Augenblick ist seit dem Tode meines Vaters der erste, an dem ein Strahl in das Dunkel meines Daseins fällt. Ich war fast leblos, fast konnte ich nicht denken. Und doch mußte ich handeln, um Ihnen Ihr Eigentum zurückzuerstatten. Der Krieg stand vor der Tür; man konnte nicht in die Zukunft sehen. Wer würde siegen und wer unterliegen? Ich tat, was ich für das beste hielt. Ich wußte einen zahlungsfähigen Käufer und verkaufte ihm das Geschäft und alles, was wir besessen hatten. Den Erlös und die Summen, welcher der Vater bar hinterlassen hatte, verwandelte ich beim Bankier in Anweisungen auf Berlin und reiste damit nach Deutschland, um Sie zu suchen. Sie waren fort, und ich folgte Ihnen. Nun habe ich Sie gefunden. Hier haben Sie die Anweisungen, und hier ist auch die Brieftasche meines Vaters. Seien Sie überzeugt, daß Sie alles erhalten. Ich habe nichts, gar nichts für mich weggenommen. Ich habe alles, was auch ich besaß, Kleider, Ringe und sonstiges verkauft und den Erlös dazugetan."

Sie gab dem alten Königsau zwei Brieftaschen. Er zögerte, die Hand nach ihnen auszustrecken.

„Mademoiselle, Mädchen", sagte er. „Sie sind ja ganz und gar des Teufels."

„O nein. Ich gebe Ihnen zurück, was Ihnen gehört."

„Aber das ist ja eine Großmut, welche ganz ohnegleichen ist, welche wir gar nicht akzeptieren können."

„Nicht Großmut, sondern Pflicht ist es. Und obgleich ich es tue, stehe ich doch als Sünderin vor Ihnen und flehe Sie inständigst an, mir das zu vergeben, was an Ihnen verbrochen worden ist."

Da streckte ihr der Alte denn doch die Hand entgegen und sagte in herzlichem Ton:

„Fräulein Lemartel, Ihnen haben wir nichts zu verzeihen, und auch – auch . . ." es wurde ihm schwer, aber er fuhr doch fort: „auch Ihrem Vater sei vergeben. Er mag in Frieden ruhen. Was aber dieses Geld betrifft – Gebhardt, Richard, was sagt ihr dazu?"

Der Major antwortete, indem er sich an Agnes wendete:

„Sie haben nichts für sich behalten?"

„Nein; glauben Sie es mir."

„Wir glauben es. Aber wovon wollen Sie leben?"

„Meine Zukunft ist gesichert. Ich gehe in ein Kloster, um für meinen Vater zu beten."

Emma sah das schöne, brave Mädchen mitleidig an, faßte sie bei beiden Händen und sagte:

„Nein, nein! Das sollen Sie nicht! Das dürfen Sie nicht!"

„Ganz gewiß nicht!" stimmte Richard bei. „Wir werden dieses Geld keineswegs annehmen. Wir werden es vielmehr an sicherer Stelle deponieren. Jetzt sind wir in Anspruch genommen, wir haben keine Zeit zu ruhiger, unparteiischer Prüfung. Ist der Krieg vorüber, so werden wir sehen, ob das Geld uns wirklich gehört und wieviel wir davon beanspruchen können. Sind Sie damit einverstanden?"

„Nein. Es gehört ganz Ihnen."

„Das würde ja eben zu prüfen sein. Bis dahin aber ist es Ihr rechtmäßiges Eigentum, und da Sie es nicht behalten wollen, so müssen wir es eben deponieren. Großvater, Vater, ist das nicht auch eure Meinung?"

„Ja, ganz und gar!" lautete die Antwort.

„Ich darf Ihnen nicht widersprechen“, sagte sie. „Aber ich darf Ihnen sagen, daß ich getröstet von Ihnen gehe. Sie haben mir und dem Vater verziehen.“

Sie stand auf. Emma hielt sie fest.

„Gehen Sie noch nicht“, sagte sie. „Sie sind ohne Mittel. Wohin wollen Sie sich wenden?“

„Ich werde im ersten besten Kloster, welches am Weg liegt, Aufnahme finden.“

„Was und wie denken Sie von uns! Haben Sie Verwandte oder Freunde in Paris?“

„Keinen Menschen. Ich habe sehr einsam gelebt.“

„Sie würden die Hauptstadt auch nicht mehr erreichen. Nein. Ich mache Ihnen einen Vorschlag. Bleiben Sie hier bei uns. Beteiligen Sie sich an unserem gegenwärtigen Beruf. Wir gehören zur Krankenpflege. Dieses fromme, schöne Werk wird Ihr Herz beruhigen und Ihr Gemüt entlasten.“

„Ja, tun Sie das“, stimmte Richard bei. „Es ist das beste, was Sie tun können.“

Da leuchteten ihre Augen freudig auf, und sie fragte:

„Wird man es mir denn erlauben? Wird man mich auch wirklich annehmen?“

„Ganz gewiß, Mademosielle. Sie bleiben bei meiner Schwester und deren Freundinnen, welche sich auch hier befinden. Ist der Krieg zu Ende, so werden Sie ja wohl eine Heimat finden, welche nicht hinter finsteren Mauern liegt. Die Ereignisse der letzten Zeit haben Ihr Gemüt umdüstert. Es werden auch wieder helle Tage kommen, und dann werden Sie sich freuen, unserem Rat gefolgt zu sein.“

„O mein Gott! Ich habe nicht erwartet, eine solche Freundlichkeit bei denen zu finden, an welchen unsererseits so schwer gesündigt worden ist. Nehmen Sie meinen Dank, meinen herzlichsten und innigsten Dank!“

Kaum getraute sie sich, Emma die Hand entgegenzustrecken. Diese aber drückte ihr dieselbe mit freundlicher Bereitwilligkeit, und auch die drei Männer bekräftigten durch einen Druck ihrer Hände, daß in ihrem Herzen die Versöhnung wohne.

Bereits am nächsten Tag konnte Agnes sich ihrem neuen, schweren Beruf widmen, denn das war der Tag der Schlacht von Gravelotte und Saint Privat.

Eisern fielen die Würfel, und wieder fielen sie zum Vorteil der Deutschen. In blutigem Ringen wurden Bazaines Heersäulen zurückgedrängt bis unter die Kanonen von Metz und dort vollständig eingeschlossen. Im voraus sei bemerkt, daß ein am ersten September unternommener Durchbruchsversuch vom ersten preußischen Armeekorps und der Division Kummer unter General von Manteuffel in der Schlacht von Noisseville zurückgeschlagen wurde. Dann fanden nur noch kleinere Gefechte statt, bis Metz kapitulierte.

Das Ergebnis dieser Kapitulation war ein noch nie dagewesenes. Drei Marschälle, fünfzig Generäle, sechstausend Offiziere, hundertdreiundfünfzigtausend Mann und zwanzigtausend in den Lazaretten befindliche Militärpersonen mußten sich den Deutschen ergeben. In der Festung wurden vorgefunden: dreiundfünfzig Adler, sechsundsechzig Mitrailleusen, fünfhunderteinundvierzig Feld- und achthundert Festungsgeschütze, Material für fünfundachtzig Feldbatterien, zweitausend Militärfahrzeuge, dreimalhunderttausend Infanteriegewehre und große Vorräte an Ausrüstungsgegenständen und Munition.

Vor dieser Kapitulation aber war bereits eine andere Festung gefallen; Sedan nämlich.

Während der blutigen Schlachten vor Metz hatte Mac-Mahon sich mit seinem bei Wörth geschlagenen Korps und demjenigen de Faillys nach Châlons zurückgezogen, wo eigentlich seine Vereinigung mit Bazaine erfolgen sollte. Da dieser letztere aber bei Metz zurückgehalten wurde, so sollte Mac-Mahon, wie bereits erwähnt, sich mit ihm durch einen über Sedan und Thionville gehenden Flankenmarsch vereinigen.

Dieser Plan war kühn, und bei nur einiger Versäumnis deutscherseits war zu erwarten, daß er gelingen werde. Gelang er aber nicht, so stand nicht nur eine schwere Niederlage, sondern eine völlige Vernichtung der Armee Mac-Mahons zu befürchten.

Nach der Schlacht von Gravelotte waren von der ersten deutschen Armee das Garde-, vierte und zwölfte (sächsische) Armeekorps abgezweigt und zu einer vierten deutschen Armee vereinigt worden, über welche der Kronprinz von Sachsen den Oberbefehl erhielt.

Diese hatte dieselbe Bestimmung wie die vom Kronprinzen von Preußen befehligte dritte Armee, über Verdun auf Châlons und auf der Straße von Nancy nach Toul zu gehen.

Eigentlich wäre bei Châlons eine Schlacht zu erwarten gewesen, zumal ein etwa zwei Meilen von dieser Stadt gelegenes stehendes Lager außerordentlich befestigt sein sollte. Als aber die Führer der beiden genannten deutschen Armeen bemerkten, daß die direkt nach Paris führende Straße preisgegeben worden sei, wurden sofort Rekognoszierungen eingeleitet. Diese ergaben, daß Mac-Mahon eine Marschrichtung ungefähr auf Stenay und Le Chesne genommen habe. Er wollte also die Absicht ausführen, welche er in dem aufgefangenen Brief genannt hatte.

Natürlich wurde den beiden deutschen Armeen sofort eine Direktion gegeben, welche es ermöglichte, die von dem Feind ins Auge genommenen Marschpunkte noch vor ihm zu erreichen.

Dieser rasche Entschluß und die ohne irgendeine Verwirrung oder den geringsten Verzug bewirkte Ausführung desselben müssen als eine der bewundernswertesten Leistungen der deutschen Truppen und ihrer Heeresleitung betrachtet werden. Die Verwirklichung des feindlichen Planes konnte damit als vereitelt gelten.

Bereits am Abend des 31. August hielten die Deutschen den Feind in einem weiten Halbkreis umspannt, und es war nur noch nötig, diesen in seinem Rücken zu schließen, so war er verloren, denn er konnte dann nicht auf das neutrale belgische Gebiet übertreten, um sich zu retten.

Aus diesem Grund erhielt das sächsische Korps seine Stellung in Pouru Saint Remy und Pouru aux Bois, dem Feinde zunächst. Das vierte preußische Korps war zur Unterstützung bestimmt, und das Gardekorps erhielt die Aufgabe, sich hinter beiden Heeresteilen gegen Norden hinaufzuziehen, um die von Sedan über La Chapelle zur belgischen Grenze führende Hauptstraße zu besetzen.

Am Morgen des ersten Septembers verhüllte ein dichter Nebel jede Fernsicht und breitete über die Niederung der Maas und ihre Seitentäler einen undurchdringlichen Schleier. Denoch zögerte man nicht, die Schlacht zu beginnen.

Nun kam es, wie der Dichter sagt:

„Nun gilt's ein Ringen um den höchsten Preis,
Ein heißes Wogen und ein heißes Wagen,
Und manch' ein Herze schwitzt purpurnen Schweiß
Und schlägt nur, um zum letzten Mal zu schlagen.“

Und auch hier wieder fielen die Würfel zugunsten der Deutschen. Der von ihnen um Sedan gebildete, erst nach Norden zu offene Ring wurde geschlossen. Zusammengehauen und zusammengeschossen, wurde die französische Armee am Nachmittag nach vergeblichem Ringen von einer wahren Panik ergriffen. Zu

Tausenden ließen sich die an jeder Rettung verzweifelnden Franzosen gefangennehmen, und in wahnsinniger Flucht strebten ihre aufgelösten Haufen Sedan zu erreichen, wohin sämtliche Trümmer der geschlagenen Armeekorps zurückgeworden wurden.

Gleich am Beginn der Schlacht war Mac-Mahon verwundet worden. Sein Nachfolger hatte nicht vermocht, das Glück an seine Fahnen zu fesseln.

Nur in Daigny und Balan hatten sich zwei Korps lange Zeit behauptet, doch ein konzentrischer Vorstoß der kämpfenden Deutschen entschied auch hier. Von den tapferen Sachsen in der Front durchbrochen und von den preußischen Garden und dem vierten Armeekorps an beiden Flanken umfaßt, sahen sich die Franzosen mit unwiderstehlicher Gewalt nach Sedan hineingeworfen.

Zu diesem Schlag waren die preußischen Garden über das Bois de Garenne und durch das Tal der Givonne vorgerückt. Bei ihnen stand Königsau, welcher, da der Oberst und der Oberstwachtmeister verwundet waren, das Regiment befehligte.

Kurz vor dem letzten, entscheidenden Stoß, als die Franzosen einen wahrhaft verzweifelte Widerstand leisteten, mähte eine ihrer Batterien mit ihrem wohlgezielten Eisenhagel die Glieder der Deutschen förmlich nieder. Es war ihr mit Artillerie nicht beizukommen; sie wurde von zwei Bataillonen Infanterie gedeckt und hatte im Rücken ein Bataillon Zuaven. Die deutschen Infanteriekörper waren an dieser Stelle engagiert, und so erhielt das Gardeulanenregiment den Auftrag, die Batterie zum Schweigen zu bringen.

Königsau ließ zur Attacke blasen. Er sah, daß er buchstäblich einen Todesritt vor sich habe. Er gab mit dem gezogenen Degen das Zeichen, und das Regiment setzte sich in Bewegung.

Erst Schritt, dann Trab, nachher Galopp und endlich Karriere donnerte es gegen den Feind. Eine fürchterliche Salve riß tiefe und weite Lücken, welche sich aber augenblicklich wieder schlossen. Wie ein Hagelsturm krachten die Ulanen in die zwei Bataillone, welche sich schnell zur Verteidigung formiert hatten. Ein fürchterliches Gewirr, kaum einige Minuten andauernd, und die Bataillone waren zusammengeritten.

Dann ging es, allerdings sehr gelichtet, auf die Batterie los. Im Nu war sie genommen. Aber da avancierte das hinter ihr stehenden Zuavenbataillon.

„Drauf und durch!" rief Königsau.

Die Seinen flogen hinter ihm her. Der Feind ließ sie nahe herankommen, und dann gab er Feuer. Königsau erhielt eine Kugel in den linken Arm; er bemerkte es gar nicht. Er flog mit einem gewaltigen Satz seines Pferdes in die Reihen der Franzosen, ohne sich umzublicken, ob die Seinen ihm auch folgten.

Aber sie waren da, die Tapferen, hart hinter ihm, neben ihm aber Fritz, der treue, todesmutige Freund.

Die Schwerter und Lanzen wüteten. Die Reihen der Zuaven waren aufgelöst, aber diese verteidigten sich, sie flohen nicht.

Der Kampf löste sich zu Einzelgefechten auf.

Vor allem machte sich ein Kapitän durch fast wunderbare Tapferkeit bemerkbar. Wer ihm zu nahe trat, mußte sterben. Sein Gesicht war von Pulver geschwärzt, seine Züge konnte man kaum erkennen.

„Verdammter Kerl!" rief Fritz. „Dich kaufe ich mir!"

Er spornte sein Pferd auf ihn zu, erreichte ihn und holte zum tödlichen Hieb aus; aber der Kapitän war auf seiner Hut und parierte. Sein Hieb traf Fritz in die Seite, doch glücklicherweise nicht gefährlich.

Königsau war dem Freund gefolgt. Er sah ihn in Gefahr; er sah aber auch, daß er diesem Franzosen gewachsen sei. Jetzt befand er sich ganz nahe bei ihm, so daß er das Gesicht des Franzosen erkennen konnte. Eben holte Fritz aus; der Kapitän hatte sich eine Blöße gegeben, welche der Ulan augenblicklich benutzte. Der Hieb mußte tödlich sein.

„Um Gottes willen!" schrie Königsau. „Fritz, es ist ja dein Bruder!"

Er schlug ihm den Degen auf die Seite, aber doch nicht so weit, daß er sein Ziel nicht zu erreichen vermocht hätte; er fuhr dem Franzosen in die Achsel.

Dieser ließ sich dadurch keineswegs stören und holte nun seinerseits zum Stoß aus. Er mußte treffen, denn Fritz hatte den Säbel sinken lassen und starrte dem Gegner in das Gesicht.

„Halt!" schrie Königsau. „Graf Lemarch, töten Sie Ihren Bruder nicht!"

Jetzt gelang es ihm, den Stoß mit seinem Degen zu parieren.

„Meinen Bruder?" stammelte Lemarch.

„Ja." bestätigte Königsau.

„Herr Haller!" rief Fritz. „Tausend Donner! Haben Sie einen Löwenzahn?"

„Ja."

„Herr, mein Gott! Bruder, du bist ein Deutscher! Unser Vater ist ein preußischer General. Komm an mein Herz!"

Er stürzte sich, gar nicht auf das Kampfgewühl achtend, vom Pferd und zog ihn an seine Brust.

Königsau hatte sich sofort wieder abgewendet. Die Zuaven hatten doch nicht zu widerstehen vermocht und liefen in hellen Haufen davon. Die Ulanen verfolgten sie, konnten dabei aber in das Feuer einer rückwärts stehenden feindlichen Batterie kommen. Darum ließ Königsau zum Sammeln blasen.

Das Regiment hatte seine Aufgabe glänzend gelöst. Es hatte drei Bataillone niedergeritten und eine Batterie genommen; aber es hatte auch fast den vierten Teil seiner Mannschaft verloren.

Während sich seine Glieder wieder vereinten, hielt Fritz den Kapitän bei der Hand gefaßt.

„Bruder, du mußt mit mir", sagte er.

„Ich kann nicht."

„Warum nicht?"

„Meine Pflicht."

„Pah, Pflicht! Du bist ein Deutscher."

„Noch nicht. Noch bin ich französischer Offizier."

„Und du denkst wirklich, daß ich dich fortlasse?"

„Du mußt! Noch habe ich meinen Säbel."

„Unsinn. Siehe dich um. Dort laufen deine Zuaven. Du bist mein Gefangener. Wenn du dich nicht ergibst, haue ich dich ohne Gnade und Barmherzigkeit nieder. Du bist ja von uns vollständig umschlossen."

Der Kapitän blickte sich um und sah, daß Fritz recht hatte. Dieser aber fügte noch hinzu:

„Übrigens bist du verwundet – von deinem eigenen Bruder."

„Du auch."

„So lassen wir uns verbinden."

„Wo?"

„Da unten im Tal. Ich lasse mich von Nanon verbinden und du – na, rate."

„Von wem?"

„Von einer gewissen Madelon."

„Mille Diables! Ist sie hier?"

„Jawohl, als Krankenpflegerin."

„Bruder, hättest du doch ein bißchen tiefer gehauen."

„Und du noch ein bißchen tiefer gestochen. Dann legten wir uns nebeneinander, und die beiden Schwestern müßten uns pflegen nach Noten. Na, ergibst du dich?"

„Ja; hier ist mein Degen."

„Unsinn! Du gibst mir dein Ehrenwort, daß du nie wieder gegen Deutsche fechten willst."

„Ich gebe es."

„So behalte den Säbel. Dort läuft ein lediger Gaul. Ich will ihn holen, damit du aufsteigen kannst."

Das Regiment kehrte zurück, Königsau, Fritz und der gefangene Kapitän an der Spitze. Der General kam ihnen entgegengesprengt und reichte dem ersteren die Hand.

„Bravo, Herr Oberstwachtmeister! Das war Hilfe in der Not, und welche Hilfe! Man wird es nicht vergessen."

Er ließ ein Regiment Infanterie vorgehen, um das eroberte Terrain zu besetzen und gab den Ulanen den Befehl, sich aus dem Feuer zurückzuziehen.

Sie konnten dies. Die Schlacht war gewonnen, und der Widerstand des Feindes vollständig gebrochen.

Die Sonne neigte sich zum Untergang und beleuchtete die Höhenzüge, um deren Besitz so blutig gerungen worden war. Die Aufmerksamkeit der Sieger hatte sich jetzt ausschließlich auf die Festung gerichtet. Man zögerte dort, die weiße Fahne aufzupflanzen. Der König hatte einen Generaladjutanten mit der Aufforderung zur Übergabe abgesandt.

Man vernahm ein dumpfes Getöse und den Knall einzelner Schüsse. Der König war, um die Lage besser beurteilen zu können, bis zu der auf der Höhe von Saint Pierre aufgefahrenen großen Batterie geritten. Dorthin sendeten inzwischen die Sieger alle die dem Feind am heutigen Tage entrissenen Feld- und Siegeszeichen.

Endlich, gegen sechs Uhr, sprengten einige Reiter der Höhe zu, auf welcher der König mit dem Stab hielt. Es war der nach der Festung gesendete Generaladjutant, in dessen Begleitung sich General Reille befand, der erste persönliche Adjutant des Kaisers Napoleon.

Dieser General händigte dem König ein Schreiben ein. Der Kaiser bat in demselben um die Erlaubnis, seinem Besieger, dem Oberfeldherrn der verbündeten Armee, König Wilhelm, seinen Degen zu Füßen legen zu dürfen.

Man hatte keine Ahnung gehabt, daß Napoleon in Sedan anwesend sei. Der König teilte diese Kunde dem Kreise seiner Heerführer mit; sie pflanzte sich in weiteren und immer weiteren Kreisen fort. Ein Taumel des Entzückens schien die um die Festung postierten Hunderttausende zu ergreifen. Die Trommeln wirbelten, und die Trompeten schmetterten. Da aber erscholl es von Höhe zu Höhe:

„Herr Gott, dich loben wir! Herr Gott, dir danken wir!"

Die Nacht sank hernieder, und welch eine Nacht! Was Frankreich seit Jahrhunderten an Deutschland verschuldet hatte, war in dieser ewig denkwürdigen Nacht vor Sedan zur Vergeltung gekommen.

Noch um Mitternacht wurde zwischen Moltke und dem General Wimpffen, welcher an Mac-Mahons Stelle heute das Oberkommando geführt hatte, die Kapitulation abgeschlossen. Am nächsten Morgen fand eine Unterredung zwischen Bismarck und Napoleon statt, nach welcher der letztere die Erlaubnis erhielt, vor König Wilhelm zu erscheinen. Jenes an Benedetti telegrafierte „Brusquez le roi" hatte sich schnell gerächt.

Um die Mittagszeit streckten die Franzosen das Gewehr.

Gegen neunzigtausend Mann mußten sich gefangen geben. Dreihundertdreißig Kanonen, sechsundsiebzig Mitrailleusen und hundertvierunddreißig Festungsgeschütze wurden erbeutet. Acht Adler und fünfzig Geschütze waren bereits während der Schlacht dem Feind abgenommen worden. Außerdem betrug der Verlust der Franzosen an Toten und Verwundeten gegen zwanzigtausend Mann – eine fürchterliche Lehre, die sie erhalten hatten. Ob sie dieselbe beherzigen werden?

Nachdem Königsau sich mit seinem siegreichen Regiment zurückgezogen hatte, gab er das Kommando für kurze Zeit ab, um nach der Ambulanz zu reiten. Man brachte von allen Seiten Verwundete herbei.

Ein alter Herr, mit dem Genfer Zeichen am Arm, schleppte einen Schwerverwundeten zum Arzt. Er mußt an den dreien vorüber, erblickte sie, sah den Franzosen und rief erstaunt:

„Herr Haller!"

„Herr Untersberg!" antwortete dieser. „Sie hier, Sie? Haben Sie sich entschließen können, Ihre Kolibris zu verlassen?"

„Oh, zwei habe ich mit!"

„Wo?"

„Sie sind da drinnen." Dabei deutete er auf das Zelt. „Sehen Sie, da kommt der eine."

Madelon war am Eingang erschienen. Sie erblickte die drei und rief, genau wie ihr Vater:

„Herr Haller!"

„Ah, Mademoiselle Madelon, wer hätte denken können, Sie

hier zu treffen. Sie wagen sich in so gefährliche Nähe des Todes?“

Da sagte Königsau:

„Bitte, keine Verwechselung, meine Herrschaften. Dieser Herr heißt nicht Haller, sondern von Goldberg; er ist der Bruder unseres Herrn Leutnant von Goldberg. Nun aber und vor allen Dingen wollen wir einmal nach unseren Wunden sehen.“

Diese zeigten sich glücklicherweise bei allen dreien als nicht gefährlich. Die Männer wurden verbunden und zogen sich dann zurück, da die Sanitäter zu sehr in Anspruch genommen waren.

Als dann später die Kunde verlautete, daß der Kaiser gefangengenommen worden sei, hielt Königsau vor seinem Regiment in der Nähe von Daigny. Sie stimmten alle in das „Herr Gott, dich loben wir“ mit ein.

Da kam ein Bataillon Infanterie vorübermarschiert. Es waren Gardemänner, hohe breitschulterige Gestalten. Daher stach ein kleiner Kerl gegen sie ab, welcher an der Flanke marschierte. Er war außerordentlich dick, trug die Zeichen eines Feldwebels von der Linie und hatte, anstatt Pickelhaube oder Mütze zu tragen, seinen Kopf mit einem roten Taschentuch umwickelt.

Er war blessiert, beteiligte sich aber mit weit geöffnetem Mund an dem Lobgesang.

Die Begeisterung, mit welcher er dies tat, und der Kontrast seiner kugeligen Figur mit den anderen Gestalten riefen bei den Ulanen ein lustiges Lachen hervor. Er bemerkte es, blieb einen Augenblick stehen und trat dann schnell näher.

„Mensch“, sagte er zum Flügelmann. „Was lachst du denn? Bin ich dir etwa zu dick?“

„Ja.“

„Gut. Und du bist mir zu dumm. Guten Abend!“

Er marschierte weiter und mußte an Königsau vorüber. Diesen erblicken und sofort halten bleiben, war eins.

„Donnerwetter! Herr Doktor Mül – Oh, Pardon! Wollte sagen, Herr Oberstwachtmeister von Königsau.“

„Feldwebel Schneffke!“ rief der Genannte, der den Kleinen erst jetzt erkannte.

„Zu Befehl. Hironymus Aurelius Schneffke, Kunst- und Tiermaler außer Dienst.“

„Was haben Sie denn am Kopf?“

„Hm. Bin an eine vorüberfliegende Kanonenkugel gerannt.“

„Ich dachte, Sie wären gefallen.“

„Heute nicht. Im Dienst überhaupt nicht. Ah, wer ist denn das?

Sapperlot, Herr Haller aus dem Tharandter Wald? Ja, grüß' Sie doch der liebe Gott, alter Schwede! Aber, französische Uniform? Kapitän?“

„Ja, Sie sehen, wie man sich irren kann“, sagte Königsau. „Aber, bester Feldwebel, wie kommt denn eigentlich Saul unter die Propheten?“

„Sie meinen, der Dicke unter die Langen?“

„Ja.“

„Ich hatte Briefschaften zu überbringen, und da hier der Krakeel kein Ende nehmen wollte, so habe ich tüchtig mit zugehauen. Es ist deshalb so rasch alle geworden.“

„Schön, schön! Ich habe aus Malineau keine Nachricht empfangen können. Wie ging es dort?“

„Wir nahmen drei Viertel der Spahis gefangen; die anderen mußten dran glauben. Herr Rittmeister von Hohenthal ritt mit seinen Husaren ab. Er liegt jetzt mit vor Metz. Vielleicht erstürmt er es, wenn es sich nicht freiwillig ergibt.“

„Und die Damen des Schlosses?“

„Sie befanden sich sehr wohl, als wir drei Tage später abgelöst wurden und abziehen mußten.“

„Danke! Wann gehen Sie zurück?“

„Morgen.“

„Begeben Sie sich nach der Ambulanz da unten, um sich verbinden zu lassen. Sie werden Bekannte treffen.“

Der Dicke salutierte und setzte dann seinen Marsch fort, jetzt freilich allein.

Am Abend gab es ein entsetzliches Gedränge in der Festung. Auf den Straßen fand sich kaum Platz, daß sich einer an dem anderen vorbeidrängen konnte. Militär und nur wieder Militär! Zivilisten waren kaum zu sehen.

Daher kam es wohl, daß ein bürgerlich gekleideter Mann, welcher langsam hart an einer Häuserreihe hinstrich, sich einen Begegnenden, welcher auch Zivil trug, etwas genauer anblickte, als er es sonst wohl getan hätte. Sie waren schon aneinander vorüber, da blieb er halten, wandte sich um und sagte:

„Pst, Sie da! Warten Sie einmal.“

Der Angeredete blieb stehen und ließ den anderen herankommen. Dann fragte er:

„Was wollen Sie?“

„Kennen wir uns nicht?“

„Hm. Wüßte nicht.“

„O doch! Nur ist es Ihnen vielleicht nicht lieb, wenn Ihr Name genannt wird."
„Warum nicht?"
„Aus gewissen Gründen."
„Die möchte ich doch kennenlernen."
„Sie können sie erfahren."
Er bückte sich zu dem anderen, welcher etwas kleiner war, nieder und flüsterte ihm ins Ohr:
„Vater Main."
„Donnerwetter!" entfuhr es diesem.
„Habe ich recht?"
„Nein. So ist mein Name nicht."
„Papperlapapp! Ich kenne Sie. Fürchten Sie sich nicht. Sehen Sie einmal her."
Er schlug die Hutkrempe, welche den oberen Teil seines Gesichtes verdeckt hatte, empor, so daß der Schein einer Laterne auf Stirn und Nase fiel.
„Wetter noch einmal!" sagte Vater Main.
„Nun, kennen Sie mich?"
„Natürlich, Herr Kapitän."
„Was treiben Sie hier?"
„Hm. Was treiben Sie denn hier?"
„Auch hm. Haben Sie Obdach?"
„Nein."
„Kommen Sie mit mir."
„Wohin?" fragte Main ein wenig arwöhnisch.
„Fürchten Sie sich nicht. Ich will Ihr Unglück nicht. Ich wohne bei einem Offizier der bisherigen Garnison."
„Bin ich dort sicher?"
„So gut wie ich."
„O weh! Sicher sind Sie doch nur bis morgen."
„Leider! Doch vorwärts jetzt."
Sie wanderten miteinander weiter. Der alte Kapitän führte den einstigen Wirt in ein nicht sehr großes Haus, in den Hof desselben und dirigierte ihn dann eine steile, schmale, hölzerne Treppe empor.
„Wohin geht das denn?" fragt Vater Main. „Etwa gar in den Taubenschlag?"
„Nein, es ist nur die Holzkammer. Da; bleiben Sie stehen, bis ich Licht angebrannt habe, damit Sie sehen können."
Bald leuchtete ein Flämmchen auf, bei dessem Schein Main sehen konnte, daß er sich in einem mit Brettern verschlagenen,

kleinen Raum befand, dessen vier Wände von hohen Lagen gespaltenen Brennholzes verdeckt waren. In der Mitte stand ein Schemel, und in der einen Ecke lag eine wollene Pferdedecke.

„So", sagte der Alte. „Haben Sie sich jetzt orientiert?"

„Ja. Man braucht nicht lange Zeit. Die Bude ist klein genug."

„So wollen wir wieder auslöschen. Setzen Sie sich auf den Schemel. Ich lege mich auf die Decke. Haben Sie etwa Hunger?"

„Mehr als genug."

„Nun, ich habe da zwischen dem Holz etwas Fleisch und Brot stecken. Das wird für beide zureichen."

Er zog seinen kleinen Vorrat hervor, teilte ihn, gab Vater Main die Hälfte und sagte dann:

„Ein eigentümliches Zusammentreffen. Ich glaubte gehört zu haben, daß Sie in Metz gefangen sind?"

„Ich war es."

„Also entflohen?"

„Nein. Es galt Briefschaften herauszuschaffen, durch den Kreis der Belagerer. Das ist lebensgefährlich. Man ließ mich frei mit der Bedingung, diese Briefe zu besorgen."

„Und Sie haben es fertiggebracht?"

„Nur halb."

„Wieso?"

„Die Briefe bekamen die Deutschen; ich aber entkam ihnen."

„Sapperment! Wie ist das möglich?"

„Man rannte mir nach, als man mich bemerkt hatte. Ich warf einen Brief nach dem andern von mir. Während sie hinter mir die Schreibereien auflasen, erreichte ich den Wald."

„Und dann?"

„Dann, verdammte Geschichte. Ihnen kann ich es ja sagen: Ich bin vogelfrei. Da traf ich einen Bauern, welcher Spannfuhre hatte tun müssen. Ich bemächtigte mich seines Fuhrwerks und seiner Legitimation und setzte mich auf seinen Wagen. So kam ich in die Nähe von Stonne. Da kamen die verdammten Soldaten und zwangen mich, sie zu fahren, während ich nebenherlaufen mußte."

„Wohin wollten Sie?"

„Hier ganz in die Nähe, nämlich nach Daigny. Da habe ich einen nahen Verwandten, der mir verschiedenes zu verdanken hat und mir sicher durchgeholfen hätte."

„Paßte denn die Legitimation zu dieser Tour?"

„Wunderbar gut. Der Bauer war nämlich aus der Gegend von Mezieres; ich mußte also über Sedan, wenn ich dahin wollte."
„Sapperment! Das könnte passen."
„Was? Wie?"
„Sagen Sie mir vorher, was aus dem Bauern geworden ist, dem Sie das Fuhrwerk abgenommen haben."
„Ich weiß nicht. Ich glaube, er lebt nicht mehr."
„Ach so! Ja, ich kenne Vater Main. Wissen Sie, als Sie in Ihrer Wirtschaft in Paris den Werber für mich machten, hätten wir nicht gedacht, welch elenden Anfang dieser Krieg nehmen würde."
„Anfang?"
„Ja doch."
„Ich denke, daß es das Ende ist."
„Glauben Sie dies ja nicht. Es ist ein Zusammentreffen verschiedener unglücklicher Umstände, welches diese Deutschen bisher begünstigt hat. Aber Frankreich besitzt unerschöpfliche Hilfsquellen. Das Unglück wird uns stark und einig machen und uns zum endlichen Sieg führen."
„Davon habe ich nichts."
„Sie als Franzose!"
„Ja doch. Ich bin gar nichts mehr, also auch kein Franzose. Ein jeder kann mich totschlagen. Ich will zu meinem Verwandten; der muß Geld schaffen, damit ich nach Amerika oder nach Australien kann."
„Sind Sie denn ganz mittellos?"
„Hm! Ich hatte Geld, da drüben in Algier; aber die Polizei hatte entdeckt, welche Banknotennummern es waren."
„Sie hatten also einen Geniestreich ausgeführt?"
„Ja. Er war so prächtig gelungen. Aber, der Teufel hole das Genie. Glück ist die Hauptsache."

Der Kapitän hielt es nicht für geraten, zu sagen, daß er jetzt selbst blutarm sei. Er antwortete:

„Was nützt einem das Geld, wenn es einem an den Kragen geht."
„An den Kragen?"
„Ja. Wenn mich morgen die Deutschen erwischen, bin ich verloren. Sie haben Ursache dazu."
„Das ist dumm!"
„Freilich, freilich. Wie nun, wenn wir uns gegenseitig unterstützten, Vater Main?"
„Wie sollte das geschehen?"

„Sie bringen mich aus der Stadt, und ich sorge für Geld."
„Das letztere wäre mir schon recht, wenn nur auch das erstere ermöglicht werden könnte."
„Sehr leicht."
„Auf welche Weise?"
„Haben Sie Ihr Fuhrwerk noch?"
„Das ist zum Teufel! Alles kaputtgeschossen."
„Aber die Legitimation haben Sie noch?"
„Ja, hier in der Tasche."
„So wird man Sie ja doch passieren lassen.
„Meinen Sie?"
„Gewiß. Und weil Sie sich ausweisen können, ist es Ihnen ja sehr leicht, mich zu legitimieren."
„Auf diese Art und Weise. Sie sind aus meinem Dorf und haben mit Pferd und Wagen dem Heer folgen müssen gerade ebenso wie ich. Sie haben dabei alles verloren, mehr noch als ich, nämlich die Legitimation."
„So meine ich es."
„Wir können es versuchen. Aber, Sie haben doch Konnexionen im Kreis der Offiziere."
„Oh, selbst ein Marschall könnte mich nicht retten, wenn die Deutschen einmal erfahren, wer ich bin."
„So möchte ich fragen, wie Sie hier nach Sedan gekommen sind. Das ist ja gefährlich."
„Wer konnte dies ahnen? Wer wußte, daß die Deutschen an allen Stellen siegen würden? Ich hatte einen Brief Mac-Mahons nach Metz zu bringen. Es gelang mir. Ich empfing Antwort und brachte sie dem Marschall, nachdem ich den Deutschen entkommen war. Sie hatten Metz noch nicht vollständig zerniert. Ich blieb bei der Armee, weil ich glaubte, daß wir die Deutschen schlagen würden. Nun stecke ich in der Mausefalle. Der Teufel hole Preußen."
„Meinetwegen mag er die ganze Welt holen und mich mit. Zuvor aber will ich das Leben noch ein wenig genießen. Was fangen wir heute abend an? Könnten wir nicht schon heute aus der Stadt kommen?"
„Unmöglich. Man läßt keine Maus hinaus."
„So müssen wir uns allerdings leider gedulden."
Sie hatten sich für heute nichts weiter zu sagen, da es keinem einfiel, den anderen zum Vertrauten seiner besonderen Erlebnisse zu machen. Darum streckten sie sich nieder und waren bald in Schlaf versunken.

Sie erwachten bereits am sehr frühen Morgen. Der ungeheure Lärm, den es auf den Straßen gab, machte es unmöglich weiterzuschlafen. Sie begaben sich hinunter auf die Gasse. Dort erfuhren sie, daß die Stadt noch vollständig eingeschlossen sei und kein Mensch sie vor Abschluß der Kapitulation verlassen dürfe.

Infolgedessen zogen sie sich wieder in ihr Versteck zurück, wo der Alte mehr aus Langeweile als aus Aufrichtigkeit dem einstigen Restaurateur mitteilte, daß er freilich im Augenblick nicht bei Mitteln sei, bald aber zu Geld gelangen könne, wenn es ihm nur gelinge, das Lager der Deutschen ungehindert zu passieren.

„Nun", sagte Vater Main, „wenn es auch Ihnen am Geld fehlt, so wird mein Cousin welches schaffen müssen. Er soll es wiedererhalten."

Als sie gegen Mittag die Straße wieder betraten, erfuhren sie, daß die Kapitulation abgeschlossen sei, und daß man es Zivilpersonen bereits erlaube, sich aus der Stadt zu entfernen.

Sie machten den Versuch und gelangten in das Freie, ohne daß sie gehindert worden wären. Nur draußen am Tor wurden sie von dem wachthabenden deutschen Offizier nach Namen und Stand gefragt, und als Vater Main seine Legitimation vorzeigte und dabei bemerkte, daß sein Begleiter ein Kamerad von ihm sei, der mit ihm nach der Heimat wolle, so wurde ihnen nichts in den Weg gelegt.

Sie passierten verschiedene Truppenteile und sahen all die Spuren des gestrigen Kampfes. Sie erreichten nach kurzer Zeit Daigny, wo der Cousin Vater Mains sich vor einigen Jahren als Krämer niedergelassen hatte.

Main kannte das Haus, vor dessen Tür ein vielleicht fünfzehnjähriger Junge stand. Er sah sich die beiden an, welche eintraten, ohne daß er ihnen ein Wort sagte.

Sie öffneten die Tür zur Wohnstube, fuhren jedoch erschrokken zurück. Der Raum war voller Verwundeter; er wurde als Lazarett benutzt.

Gerade jetzt trat aus der gegenüberliegenden Tür der Besitzer des Hauses. Er sah seinen Verwandten und erschrak.

„Himmel! Du bist hier", stieß er hervor.

„Ja. Bin ich dir unwillkommen?"

„Nein. Aber, hat man dich gesehen?"

„Die da drinnen."

„Du bist in diese Stube getreten?"

„Ja, weil es die Wohnstube ist."

„Was! Und dieser dumme Junge, dieser Nichtsnutz, steht hier

an der Tür und sagt den Fremden, welche eintreten, nicht, daß da das Lazarett ist. Wie nun, wenn jemand dich erkannt hätte. Warte, Bursche! Hier."

Er gab dem Knaben einige Ohrfeigen und führte dann die beiden eine Treppe höher. Dort öffnete er eine Tür.

Das Haus hatte nur ein Stockwerk. Unten befand sich die Wohnstube und der Kramladen. Darüber lagen zwei einfache Kammern mit Bretterwänden. In die eine derselben brachte er sie.

„Hier wohne ich jetzt", sagte er. „Dieser Krieg ist ein Unglück, aber er bringt mir Geld ein. Ich habe seit gestern früh fast alle meine Vorräte verkauft. Es ist jammerschade, daß ich nicht mehr habe. Wer ist dieser Herr?"

„Ein Freund von mir. Der Name tut nichts."

„So kennt er dich?"

„Natürlich."

„Auch deine gegenwärtigen Verhältnisse?"

„Nicht genau. Er weiß nur, daß die Polizei die Patschhändchen nach mir austreckt."

„Wie aber kannst du dich in diese Gegend wagen!"

„Ich bin überall gefährdet. Ich mußte zu dir, weil ich Geld brauche, ohne welches ich nicht weiterkann."

„Du sollst haben, was ich entbehren kann. Wohin willst du dich wenden?"

„Nach Amerika."

„Hm! Hast du Legitimation?"

„Hier mein Freund wird sorgen – Donner und Doria. Da kommen drei auf dein Haus zu."

Er hatte durch das Dachfensterchen geblickt. Sein Cousin warf auch einen Blick hinaus und sagte:

„Meine Einquartierung."

„Alle Teufel! Sie wohnen bei dir?"

„Ja. Es ist ein Major von den Ulanen. Diese Herren sind auch froh, wenn sie unter Dach und Fach sind. Die Zimmer werden als Lazarette benutzt, darum nehmen die Offiziere die Kammern."

Auch der Kapitän war ans Fenster getreten. Er erbleichte.

„Kommen diese Männer hierher?"

„Ja. Sie kommen hier herauf. Sie logieren drüben in der anderen Kammer."

„Alle Wetter! Sie dürfen uns nicht sehen. Was ist zu tun?"

„Sind es Bekannte von Ihnen?" fragte Vater Main.

„Freilich, freilich."

„Pfui Teufel", sagte der Krämer. „Sie treten auch in diese Kammer, wenn sie mich suchen."

„Und hinunter können wir nicht, denn sie sind nur noch wenige Schritte entfernt. Ein Versteck, ein Versteck! Gibt es denn keins hier oben?"

„Einen ganz engen Raum oben unter dem Dachfirst."

„Dann schnell da hinauf."

„Es geht weder Leiter noch Treppe hinauf. Turnen Sie sich da an den Balken in die Höhe."

Die beiden Flüchtlinge kletterten bis zu dem engen, schmalen Hahnebalkenboden empor und krochen so weit wie es möglich war, hinein. Sie hatten sich kaum in Sicherheit gebracht, so kamen die drei Männer zur Treppe herauf. Es waren die drei Königsau , Enkel, Vater und Großvater.

Der erste trat in die Kammer des Wirts und fragte:

„Hat jemand nach mir begehrt?"

„Nein, Herr Major."

„Schön! Gehen Sie hinab. Sorgen Sie dafür, daß niemand nach hier oben kommt. Bei diesen Bretterwänden ist ja jedes gesprochene Wort für jedermann hörbar."

Der Wirt gehorchte und stieg hinab. Richard überzeugte sich, daß niemand vorhanden war; dann traten sie in die gegenüberliegende Kammer, über welcher die beiden Flüchtlinge steckten.

Die Kammer enthielt drei Strohsäcke und einen Stuhl; das war das ganze Mobiliar. Es war eben Krieg. Ein Dachfenster erlaubte den Ausblick ins Freie.

Der Großvater mußte auf dem Stuhl Platz nehmen; die beiden anderen setzten sich auf die Strohsäcke.

„So", sagte der Major. „Die Anstrengung ist für Großpapa zu viel. Gestern und die ganze Nacht im Lazarett tätig gewesen. Du sollst hier nun einige Stunden schlafen."

„Ein wenig ruhen, ja", sagte der alte Liebling Blüchers. „Schlafen aber kann ich nicht."

„Du mußt ja mehr als müde sein!"

„Nicht im geringsten. Kinder, Ihr glaubt nicht, was mit mit vorgeht. Der Kanonendonner, der Hufschlag, das Kriegsleben hat in mir Erinnerungen geweckt, welche längst gestorben schienen. Ich befinde mich auf dem Schauplatz früherer Taten."

Er trat an das Fensterchen, blickte hinaus und fuhr fort:

„Dort geht es nach Raucourt und Chesne. Dort sang ich als Erkennungszeichen die Arie Ma chérie est la belle Madeleine.

Da drüben geht es nach dem Meierhof Jeanette, wo ich den großen Napoleon belauschte, und da rechts führt die Straße nach Bouillon, wo ich damals – ah, die Kasse, die Kriegskasse."

„Großpapa schone dich", bat Richard.

„Schonen? Schonen? Jetzt, wo es hell und licht wird? Nein, nein! Denken will ich; denken muß ich! Oh, mein Gott, die Erinnerung kommt."

Er hielt sich an den Fensterbalken an und starrte hinaus. Seine Lippen zitterten; über sein altes, ehrwürdiges Gesicht ging ein wechselvolles Mienenspiel. Dabei fuhr er fort:

„Da geht's nach Bouillon. In der Schänke blieb ich über Nacht. Dann am Wasser entlang, bei den Bäumen links ab, an der Köhlerhütte vorüber nach der Schlucht. Dort erschlug der Kapitän den Baron Reillac. Und da gruben wir – gruben wir – die Kriegskasse aus und – schafften sie – Herr, mein Heiland, ich hab's; ich hab's! So ist's gewesen. O Gott, o Gott! Endlich, endlich weiß ich alles, was damals geschehen ist! Hört, hört! Ich muß es euch erzählen."

Und er erzählte es, Wort für Wort, was damals geschehen war. Er konnte sich auf jedes Wörtchen, auf jeden Strauch besinnen. Er beschrieb die Stelle, an welcher er die Kasse zum zweiten Male vergraben hatte, so genau, als wenn es erst gestern geschehen wäre. Dann fügte er hinzu:

„Wir müssen hin, unbedingt hin, heute oder morgen oder wann es sei, aber bald, recht bald!"

„Welch ein psychologisches Rätsel", sagte Gebhardt von Königsau.

Aber sein Sohn winkte ihm Schweigen zu. Der Großvater fuhr fort:

„Nun möchte ich den Kapitän haben! Ah, könnte ich doch mit ihm kämpfen, noch heut, noch heut! Kinder, ich weiß nicht, wie mir ist. Es strengt mich doch an. Laßt mich ruhen; ich will schlafen; ich will ausschlafen, und dann gehen wir nach der Kasse – der Kasse – der Kasse!"

Er stand vom Stuhl auf und setzt sich auf einen der Strohsäcke. Sein Sohn wollte irgend welche Bemerkungen machen; aber Richard sagte bittend:

„Laß ihn, Vater! Ja, er mag schlafen. Später werden wir ja weitersprechen können."

Er nahm den Kopf des alten Mannes in den Arm und ließ ihn langsam nach hinten gleiten. Wunderbar! Es währte nicht eine Minute, so war Hugo von Königsau in einen Schlaf versunken, aus welchem ihn vielleicht kein Schuß zu erwecken vermocht hätte.

„Die Anstrengung des Gehirns war zu groß“, sagte der Enkel. „Der Schlaf wird ihn stärken. Komm, Vater, gehen wir wieder. Wir könnten ihn stören.“

„Seltsam. Seltsam!“

„Sogar unbegreiflich. Der fünfzig Jahre lang verlorene Zusammenhang ist plötzlich gefunden, einzig und allein durch den Anblick dieser Gegend. Komm, wir werden bald wieder nach ihm sehen.“

Sie gingen.

Die beiden Männer über ihnen hatten jedes Wort verstanden; sie konnten sogar durch einige im Boden befindliche Ritzen herabblicken.

„Da waren Sie gemeint“, flüsterte jetzt Vater Main.

„Ja“, antwortete der Kapitän, welcher schnell berechnete, daß er ohne Hilfe nichts unternehmen könne.

„Diese Kriegskasse existiert wirklich?“

„Freilich! Es ist genau so, wie dieser alte Satan erzählte.“

„Donnerwetter! Wollen wir sie holen?“

„Warum nicht? Aber es fehlt uns eins dazu, was wir unumgänglich nötig haben.“

„Was?“

„Geld.“

„Geld, wenn wir Geld holen?“

„Ja. Wir können von hier nicht mitnehmen, was wir brauchen: Wagen, Hacken, Schaufeln und anderes.“

„Mein Cousin mag Geld schaffen. Oder, noch besser, er soll mit. Drei sind besser als zwei.“

„Das ist sehr richtig. Aber wird er Zeit haben?“

Der alte Schlaukopf sagte sich im stillen: Helfen mögen sie; dann schaffe ich sie auf die Seite.

„Er muß Zeit haben. Seine Frau mag während seiner Abwesenheit den Kramladen versorgen.“

„Gut. Dann aber so bald wie möglich aufbrechen. Wir haben gehört, daß diese Menschen da unten hinwollen. Sie könnten uns zuvorkommen.“

„Ich will den Cousin holen.“

Er stieg leise hinab, und der Kapitän folgte ihm, um in die Kammer zu treten. Vater Main brachte sehr bald den Wirt. Sie führten eine leise, eifrige Unterhaltung, welche allerdings gar nicht lange dauerte.

Während derselben kam leise, leise der Knabe, welcher vorhin geschlagen worden war, zur Treppe heraufgeschlichen und lehnte den Kopf an die Bretterwand. Als er bemerkte, daß die Unterredung zu Ende sei, wollte er sich zurückziehen, stolperte aber im Eifer und fiel hin auf den Boden. Sofort wurde die Kammertür aufgerissen, und der Wirt trat heraus.

„Bube, du hast gelauscht", sagte er.

„Nein", lautete die Antwort.

„Was willst du hier?"

„Es sind Leute unten, die kaufen wollen. Ich kam, um Sie zu rufen und stolperte über die letzten Stufen."

„So bist du gleich erst gekommen und hast nichts gehört?"

„Gar nichts."

„Hier hast du etwas für das Stolpern."

Er gab ihm abermals eine Ohrfeige und stieß ihn zur Treppe hinab. Der Knabe war ihm in die Lehre gegeben; er wurde brutal behandelt und haßte seinen Meister. Als dieser nach einiger Zeit mit den zwei Männern das Haus verließ, um die Straße nach Bouillon einzuschlagen, folgte ihnen der Knabe mit seinen Blicken und sagte leise zu sich selbst:

„Sie sollen die Kriegskasse nicht haben. Ich werde es dem schönen, guten Offizier sagen, der mir gestern einen ganzen Franken geschenkt hat und heute wieder."

Und als nach einiger Zeit Königsau wiederkam, um nach seinem Großvater zu sehen, ging er ihm nach, hinauf auf den Boden und machte sich durch ein Husten bemerkbar.

„Was willst du?" fragte ihn der Offizier.

„Sie wollen die Kriegskasse."

„Wer?"

„Die drei."

Königsau war überrascht.

„Welche drei?" erkundigte er sich.

„Mein Meister und die Fremden. Sie kamen und versteckten sich da hinauf."

Er zeigte nach dem Hahnebalkenboden.

„Da oben haben Männer gesteckt?" fragte Königsau förmlich erschrocken.

„Ja, zwei. Sie steckten sich da hinauf. Ich kenne sie nicht; aber der Alte war der Kapitän. Der andere hat ihn so genannt."

„Beschreibe ihn mir."

Der Knabe tat dies, und Königsau bekam die Überzeugung, daß wirklich Kapitän Richemonte hier gewesen sei.

„Was haben sie denn gesprochen?“ fragte er.

„Als Sie fort waren, kam der eine hinab in den Laden, nicht der Alte, sondern der andere. Sie sprachen leise; aber ich hörte doch, daß sie einen Schatz heben wollten. Dann gingen sie hinauf zu dem Alten, der wieder in der Kammer war. Ich schlich nach und horchte. Sie wollen die Kasse ausgraben und teilen. Dann aber, wenn sie wiederkommen, wollen sie drei totmachen, welche Königsau heißen.“

„Haben sie nicht gesagt, wann sie wiederkommen werden?“

„Nein.

„Gut, mein Sohn. Hier hast du fünf Franken. Deine Mutter ist arm, wie du mir sagtest. Ich werde sie so beschenken, daß es ihr wohlgehen soll. Aber sage jetzt noch keinem Menschen ein Wort von dem, was du weißt.“

Er weckte den schlafenden Großvater nicht auf, sondern begab sich in die Ambulanz zu seinem Vater, dem er das Ereignis erzählte. Dieser war natürlich im höchsten Grade aufgeregt. Er sagte:

„Das ist kein Unglück, sondern ein Glück für uns!“

„Natürlich. Der Alte läuft uns da hübsch in die Hände.“

„Nur schleunigst nach!“

„Bitte keine Überstürzung, Vater. Wir reiten natürlich, und die drei sind zu Fuß. Wir werden sie überholen, und das ist nicht vorteilhaft.“

„Warum nicht? Wir nehmen sie gefangen, da, wo wir sie treffen.“

„Bedenke, daß Bouillon jetzt luxemburgisch ist. Ich darf nicht einmal in Uniform hinüber.“

„Das ist fatal, höchst fatal!“

„Großpapas Beschreibung nach aber liegt die Kasse wieder auf französischem Boden vergraben, da man von Bouillon sich nach rechts, also nach Westen zu wenden hat. Fassen wir die Kerle dort, so sind sie uns sicher.“

„Werden wir sie transportieren dürfen?“

„Ja. Wenn wir sie auf französischem Boden verhaften und nur um eine Ecke des Luxemburger Gebietes wieder auf französisches Territorium schaffen, kann man es uns nicht verbieten. Übrigens wird es Nacht sein, da wird alles möglich gemacht.“

„Wer reitet mit?“

„Du, Großvater, ich und Fritz. Vier sind genug. Um aber auf alle Fälle sicher zu sein, wollen wir auch Fritzens Bruder mitnehmen. Wir sind seiner sicher.“

„Werdet ihr Urlaub bekommen?“

„Gewiß. Da laß mich sorgen. Freilich brauchen wir Zivilanzüge für die beiden Brüder und mich. Ich hoffe, daß sie in Sedan zu haben sind. Ich werde sie besorgen.“

„Wann also reiten wir?“

„Kurz vor Einbruch der Dunkelheit.“

„Aber, wird Großvater während der Nacht den Ort auch finden? Es ist fünfzig Jahre her.“

„Ich hoffe es. Er hat ihn so genau beschrieben, daß ich allein ihn zu finden mir getraue.“

Er teilte Fritz und dessen Bruder mit, um was es sich handelte. Der erstere hatte den letzteren bereits mit den Schicksalen der Familie Königsau bekannt gemacht, und so war der bisherige französische Kapitän sofort bereit, an dem Ritt teilzunehmen.

Der Urlaub wurde gewährt, und kurz vor Abend ritten sie davon, drei ledige Pferde mit sich am Zügel führend.

Da sie nicht Uniform trugen und auch keine Waffen sehen ließen, wurden sie an der Grenze gar nicht inkommodiert. Jenseits derselben kehrte Richard ganz allein in einer an der Straße liegenden Restauration ein und erfuhr, daß die drei hier gerastet hatten.

Es war eigentümlich, welchen Eindruck der Anblick dieser Gegend auf Hugo von Königsau machte. Er fühlte sich wie ein Jüngling, er ritt an der Spitze und machte erst wieder halt, als sie Bouillon passiert und die letzten Häuser erreicht hatten.

„Hier“, sagte er, „ist die Schänke, in welcher ich übernachtete. Es ist ein neues Gebäude angebaut worden, wie ich sehe; aber das alte erkenne ich sofort. Von hier aus müssen wir laufen, lieber Richard.“

„So steigt ab und wartet. Ich werde die Pferde einstellen. Fritz mag helfen.“

Die beiden führten die Pferde nach dem Gasthof, wo genug Stallung vorhanden war, und ließen sie unter ihrer Aufsicht einstellen. Dann wurde die Fußwanderung begonnen.

Sie folgten dem Wasser bis zu den bekannten Erlen, welche wirklich noch standen. Dann bogen sie links ein und stiegen den Berg hinauf.

Die Köhlerhütte war zwar nicht mehr vorhanden, doch diente die Lichtung, auf welcher sie gestanden hatte, zur Orientierung. Von da aus erreichten sie die Schlucht, welche der alte Hugo sofort trotz der Dunkelheit erkannte, und trotz der veränderten Baumphysiognomie, welche sie zeigte.

„Da drinnen hat der Schatz gelegen", sagte er. „Da drin wurde Reillac erschlagen. Jetzt drehe ich mich nach Süden. Kommt, folgt mir, aber leise, heimlich! Die drei Halunken sind sicher da."

Der Abend war heute hell; die Sterne glänzten am Himmel. Hier gab es kein Unterholz. Man konnte ohne große Schwierigkeit die Richtung einhalten.

Es ging talabwärts und dann wieder empor. Auf der Bodenwelle oben angekommen, blieb der Alte stehen. Trotz seiner Betagtheit war sein Gehör so scharf, daß er einen hier des Nachts ungewöhnlichen Laut vernommen hatte.

„Horcht!" flüsterte er. „Da unten ist der Ort. Habt ihr es gehört? Das klang wie eine Hacke."

„Ja. Ich sehe sogar Licht", bestätigte Richard.

„So wollen wir hinab. Aber um Gottes willen äußerst vorsichtig. Wir müssen sie plötzlich fassen, daß sie ganz starr sind vor Schreck."

Sie stiegen leise in die neue Bodenvertiefung hinab, einer hinter dem andern. Je tiefer sie kamen, desto heller und größer wurde der Schein des Lichtes. Endlich waren sie so nahe, daß sie alles genau bemerken konnten.

Die drei hatten bereits ein ziemlich bedeutendes Loch aufgeworfen. Sie waren so vorsichtig gewesen, den Rasen behutsam abzustechen, um dann mit ihm die Stelle so belegen zu können, daß nichts zu bemerken war.

Eine Laterne stand dabei. Zwei hackten, und der alte Kapitän schaufelte.

„Das ist Richemonte, mein Herr Schwager", flüsterte Hugo Königsau, „und unser Wirt aus Daigny. Wer aber ist der dritte?"

„Ich kenne ihn", antwortete Richard wieder ebenso leise. „Er ist einer der gefährlichsten Verbrecher der Hauptstadt und muß aus Metz entsprungen sein. Umgehen wir sie. Sobald ich mit der Zunge schnalze, werfen wir uns von allen Seiten auf sie. Am besten wird es sein, wir stoßen sie ins Loch hinab. Das vermindert ihre Beweglichkeit. Stricke zum Binden haben wir mit."

Sie teilten sich, um die nichtsahnenden Schatzgräber zwischen sich zu bekommen. Diese letzteren arbeiteten mit lautloser Anstrengung. Trotz des unzureichenden Lichtes, welches die Laterne verbreitete, sah man ihre Augen vor Gier leuchten.

Da erscholl ein dumpfer Schlag.

„Halt! Was war das?" fragte der Kapitän.

„Das war meine Hacke", antwortete Vater Main. „Sie ist auf einen hohlen Gegenstand getroffen."

„Weiter, weiter! Es ist die richtige Stelle; sie ist es, bei allen Teufeln, ja!"

In zwei Minuten war ein Stück des Deckels bloßgelegt.

„Ha!" jubelte der Alte. „Da steckt das Geld, da, da! Ihr Hunde aus dem verfluchten Geschlecht der Königsau, kommt herbei, wenn Ihr uns den Fund streitigmachen wollt!"

„Hier sind wir schon!" ertönte es hinter ihm.

Zehn Hände griffen zu. Im nächsten Augenblick stürzten die drei Schatzgräber in die von ihnen gegrabene Grube.

„Tod und Teufel!" schrie Vater Main. „Wer ist das? Ha, das soll euch nicht gelingen!"

Er schnellte sich empor, aus der Grube heraus, wie ein Panther aus seiner Höhle springt. Richard faßte ihn; Fritz und Gebhardt von Königsau griffen zu. Er schlug mit den Fäusten um sich wie ein Rasender.

„Vater Main, deine Stunde ist gekommen. Uns sollst du nicht entwischen, wie du aus Metz entwichen bist!" sagte Richard, indem er ihn zu packen suchte.

Der Mörder erkannte die Gefahr, in welcher er schwebte. Das verdoppelte, verdreifachte seine an und für sich bereits ungewöhnlichen Kräfte.

„Ihr kennt mich!" rief er. „Nun, so wißt ihr auch, daß ich nicht mit euch spaßen werde."

Er ließ sich nicht anfassen. Er schlug mit den Fäusten und stieß mit den Füßen. Es gelang ihm, erst den einen, dann den anderen von sich abzuhalten. Dabei entfernte er sich von der Grube. Geriet er in das Dunkel, war es schwierig, ihn zu halten.

„Nur drauf!" gebot Richard. „Fassen, fassen müssen wir ihn. Dann ist er unser."

„Versucht es, ihr Jungen!"

Auch der Krämer hatte sich herausschnellen wollen; aber Lemarch hatte sich auf ihn geworfen. Er hielt ihn fest, aber mehr konnte er nicht. Um ihn zu fesseln, dazu waren zwei nötig, und drei hatten ja bereits mit dem wütenden Vater Main zu tun.

Der alte Kapitän war im ersten Augenblick ruhig liegengeblieben. Er war von jeher mehr schlau als kühn gewesen; das zeigte sich auch hier. Erst als er bemerkte, daß Vater Main mehrere beschäftigte, machte er den Versuch, sich zu erheben. Er sah die hohe Gestalt seines alten Erzfeindes vor sich stehen, der die

Arme über der Brust verschränkt hielt und sich um die anderen gar nicht kümmerte.

„Königsau!" entfuhr es ihm.

„Richemonte! Heute rechnen wir ab!" tönte es ihm kalt, stolz und drohend entgegen.

Der Kapitän überflog mit einem schnellen Blick die Szene. Er sah sich dem Feind allein gegenüber; das stählte seinen Mut.

„Ja, heute rechnen wir ab!" erwiderte er. „Heute gibt es das letzte Fazit, und das ist dein Tod!"

Im Nu raffte er die Hacke auf und drang damit auf den alten Hugo ein. Dieser stieß ein höhnisches Lachen aus, bückte sich, sprang zur Seite und schlug dem Gegner die Faust unter das Kinn, daß dem Kapitän ein heiserer Schmerzensschrei entfuhr und ihm die Hacke aus der Hand flog. Sie kam an eine Wurzel zu liegen, so daß die Spitze nach oben gerichtet wurde.

„Hund, das war dein letzter Hieb!" brüllte Richemonte.

Er tat einen mächtigen Satz auf den Gegner zu. Dieser wich abermals geschickt zur Seite, faßte ihn mit beiden Händen, hob ihn empor wie einen Knaben und schleuderte ihn zur Erde.

Ein fürchterlicher, entsetzlicher Schrei erscholl aus Richemontes Mund. Er blieb liegen, ohne sich zu regen.

„Da hast du es!" sagte der Sieger. „Jetzt her mit dir!"

Er zog zwei Stricke hervor, band dem Besinnungslosen die Füße zusammen und wendete sich nun den anderen zu.

Jetzt endlich war Vater Main überwältigt worden. Er schäumte wie ein wildes Tier. Die drei waren eben dabei, ihn zu binden.

„Hierher, zu mir!" bat Lemarch.

Der alte, tapfere Hugo eilte hinzu und half, den Krämer zu fesseln. Er wurde neben Vater Main geworfen. Als man auch Richemonte diese Stelle anweisen wollte, zeigte es sich erst, daß Großpapa Königsau ihn so auf die Hacke geschleudert hatte, daß dem Kapitän die Spitze derselben in den Rücken gedrungen war.

„Ist es tödlich?" fragte Fritz.

„Vielleicht", antwortete Richard. „Wollen ihn, so gut es geht, verbinden."

Selbst während man dies tat, blieb der alte Schurke besinnungslos.

„Was nun?" fragte Lemarch. „Die Kasse ist da."

„Aber fortschaffen können wir sie nicht. Das muß berechtigteren Leuten vorbehalten bleiben. Füllen wir die Grube wieder zu, und zwar so, daß man keine Spur der Arbeit, welche hier getan worden ist, entdecken kann."

Dies geschah, und nun setzte sich der Zug in Bewegung.

Unten im Tal angekommen, weckten Richard und Fritz den Hausknecht des Gasthofes, um sich ihre Pferde ausliefern zu lassen. Die Gefangenen wurden festgeschnallt, was bei Richemonte allerdings höchst schwierig war. Dann trat die Kavalkade ihren Rückweg an.

Der Kapitän war aufgewacht. Ein immerwährendes Ächzen und Stöhnen ließ erraten, welche Qualen er auszustehen hatte; darauf konnte aber keine Rücksicht genommen werden. Möglichst im Galopp ging es durch Bouillon und dann der französischen Grenze entgegen, über welche sie mit Hilfe eines Seitenweges, der zufälligerweise nicht von einem Posten besetzt war, glücklich gelangten.

Die Gefangenen wurden in Sedan ausgeliefert.

Die Frau des Krämers erhielt durch unbekannte Hand einen Brief ihres Mannes, in welchem er sie benachrichtigte, daß er auf kurze Zeit verreist sei, aber bald zurückkehren würde; sie solle dem Geschäft indessen vorstehen. Die Mutter des Lehrlings empfing ebenso von unbekannter Hand ein Geldgeschenk, durch welches sie in den Stand gesetzt wurde, ihre Lage aufzubessern.

Richemontes Verletzung war tödlich. Sie verursachte ihm so entsetzliche Schmerzen, daß er wie ein gespießter Eber brüllte. Und diese Qualen machten ihn so mürbe, daß er ein vollständiges Geständnis aller seiner Sünden und Verbrechen ablegte.

Es war ihrer eine schaurige Zahl. Die Vernehmung erforderte so viel Zeit, daß dieselbe unterbrochen werden mußte. Von seiten des herbeigerufenen Arztes wurden alle Mittel angewendet, den Tod von dem Verbrecher fernzuhalten, was auch auf einige Zeit noch gelang.

Nach den in Vorstehendem geschilderten Ereignissen ist es zum Schluß nötig, den Leser nach Berlin zu führen, um zu erfahren, was sich vorher dort alles ereignet hatte.

Es war Abend. Der alte, greise Hugo von Königsau, der einstige Liebling des Feldmarschalls Blücher, hatte Besuch. Sein Vetter, der General Kunz von Goldberg, befand sich bei ihm.

Sie plauderten von vergangen Tagen, von ihren Kriegserlebnissen, und so war es kein Wunder, daß das Gespräch auch auf die gegenwärtige, bedrohliche Konstellation kam.

„Er fängt wieder an! Paß auf, er fängt wieder an", sagte Königsau. „Der Franzose kann von seiner Art nicht lassen. Er hat sich in die Tinte geritten und will sich nun durch einen Krieg wieder herausbeißen."

„Das steht allerdings zu befürchten."

„Zu befürchten? Haben wir etwas zu befürchten, wie?"

„Hm! Gott gebe, daß es gut geht."

„Es wird gut gehen. Wie sollte es anders?"

„Wir sind leider nicht allwissend."

„Nein, aber sehen können wir, rechnen können wir. Wir sehen, daß der Franzmann am Ende seiner Klugheit angekommen ist."

„Wir wollen ihn nicht zu niedrig schätzen."

„Wie? Das sagst du als preußischer, als deutscher General?"

„Ja. Man braucht als Offizier nicht den Bramarbas zu spielen."

„Das bin ich auch nicht. Oder hältst du mich etwa dafür?"

„Nein, das sei mir ferne."

„Na, also! Ich sehe mit meinen gesunden Augen, daß der Franzose krank ist. Er fiebert; man muß ihn zur Ader lassen. Eher gibt er nicht Ruhe,"

„Leider muß der Bader, welcher ihn zur Ader läßt, auch sein Blut hergeben."

„Das ist nicht anders; das ist stets so gewesen. Wir haben damals unser Blut auch hergeben müssen. Und wer war schuld daran? Etwa wir?"

Der General schüttelte langsam den Kopf. Er fragte:

„Du meinst, Napoleon sei schuld gewesen?"

„Natürlich."

„Da bin ich anderer Ansicht."

„Was! Anderer Ansicht! Willst du ihm das Wort reden?"

„Nun, das fällt mir gar nicht ein, aber ich betrachte ihn von einem anderen Standpunkt als du."

„So, so! Von einem anderen Standpunkt? Von welchem denn, wenn ich fragen darf, he?"

Wenn die Rede auf Napoleon kam, pflegte der alte Veteran stets heftig zu werden, obgleich er es so sehr schlimm gar nicht meinte. Das wußte der General. Er nickte ihm lächelnd zu und antwortete:

„Vom Standpunkt der Objektivität."

„Ah, so! Bin ich etwa nicht objektiv?"

„Nein, lieber Vetter."

„Alle Teufel! Ist's dein Ernst?"

„Ja."

„Na, dann begreife ich dich nicht."
„Aber ich dich."
„Hoho! Ich bin kein junger Springinsfeld mehr, kein Sausewind, der an nichts denkt. Ich bin alt genug, um ruhig zu beobachten und beurteilen zu können. Ich halte mich für ebenso objektiv, wie du dich."
„Das bist du ja auch."
„Na also!"
„Aber nur in dieser Angelegenheit nicht."
„Beweise es!"
„Du bist damals zu sehr mitgenommen worden; du hast zu viel Schlimmes zu erfahren, zu leiden und zu dulden gehabt. Darum läuft dir selbst jetzt, nach so langen Jahren, die Galle über, wenn du an jene Zeiten denkst."
„Wozu habe ich die Galle?"
„Nur zum Überlaufen wohl?" lachte der General.
„Na ja, sie ist auch zu einigem anderen da. Aber dieser Familie Napoleon habe ich es einmal getippt."
„Und dabei wirst du subjektiv."
„Das heißt, ich urteile ungerecht?"
„Ja."
„Sapperment! Das hat mir noch niemand gesagt."
„Hoffentlich aber ist dies kein Grund, es mir, deinem Vetter, übelzunehmen."
„Nein. Ich denke, daß du mich kennst. Wir werden doch nicht uneins werden. Dieses Bonaparte wegen erst recht nicht. Er ist es gar nicht wert. Er war doch nichts weiter als ein großer Räuber, ein großer Dieb, ein großer . . ."
„Ein großer Regent", fiel ihm der General ein, „und ein noch größerer Feldherr."
„Was! Willst du etwa eine Ode auf ihn dichten?"
„Beinahe."
„Das laß nur bleiben! Ich singe sie nicht mit."
„Ist auch nicht nötig. Wenn du jene außerordentliche Zeit kaltblütig und unparteiisch beurteilst, so wirst du über Napoleon anders denken lernen."
„Wie denn?"
„Nun, ich nannte diese Zeit eine außerordentliche."
„Ja. Weiter."
„Also muß man auch einen außergewöhnlichen Maßstab an sie legen, wenn man über sie referieren will."
„Schön."

„Und eben weil sie eine außergewöhnliche Zeit war, mußte sie auch ungewöhnliche Erscheinungen hervorbringen."
„Richtig!"
„Und ungewöhnliche Männer."
„Auch das gebe ich zu."
„Zu diesen gehörte Napoleon."
„Ohne Zweifel."
„Auch darf er nicht mit dem gewöhnlichen Maßstab gemessen werden, Vetter."
„Tue ich das etwa? Ich nenne ihn Dieb und Räuber. Sind das gewöhnliche Leute? Lege ich also einen gewöhnlichen Maßstab an ihn?"
„Nein, aber einen sehr ordinären."
„Donner und Doria! Soll ich die Elle, mit welcher ich ihn messe, etwa vergolden und mit Edelsteinen besetzen lassen?"
„Das ist nicht nötig. Napoleon war ein Kind seiner Zeit."
„Wie jeder andere Mensch auch, ja."
„Er war vielleicht, ja ganz gewiß, der legitimste Sohn der Revolution."
„Ist das eine Ehre für ihn?"
„Wenn es keine Ehre für ihn sein sollte, was ich sehr bezweifle, so ist es doch ein Entschuldigungsgrund. Gibst du etwa nicht zu, daß die Revolution die notwendige Folge der damaligen Zustände war?"
„Was das betrifft, so stimme ich dir bei. Die Luft war verdorben, es lagen Miasmen und Dünste über den Reichen; es mußte ein Sturm kommen."
„Du erklärst also die Revolution für berechtigt?"
„Für berechtigt nicht, aber für begründet."
„Das ist eins. Was einen Grund hat, da zu sein, das hat auch das Recht des Daseins."
„Meinetwegen. Ich bin kein Wortklauber."
„Und wenn du die Revolution für berechtigt hältst, so erklärst du auch ihren größten, begabtesten Sohn, nämlich Napoleon, für legitim."
„Du sprichst wahrhaftig wie ein Professor!"
„Sage lieber, wie ein Rechtsanwalt! Ich verteidige den Angeklagten."
„So laß dich nur von seinem Neffen gut bezahlen."
„Ich verlange kein Honorar; ich tue es aus Gerechtigkeitsgefühl. Bonaparte hat viel, viel gefehlt, aber er hat unendlich mehr

Segen gebracht. Der Sturmwind, welchen er anfachte, hat vieles Verfaulte zum Land hinausgejagt."

„Auf wie lange? Die Fäulnis begann sofort wieder."

„Daran war er nicht schuld."

„Das gebe ich allerdings zu, aber ich darf nicht auch zugeben, daß du das Kind mit dem Bade ausschüttest."

„Mit deiner Heftigkeit bist du schnell zur Hand!"

„So entschuldige mich", lachte der Alte, sich grimmig den weißen Schnurrbart streichelnd.

„O bitte, bitte! Er war ein Löwe, und du weißt, daß der Löwe ein etwas wildes Tier ist, den man nicht so wie ein zahmes Kaninchen beurteilen darf."

„Wen meinst du mit dem Kaninchen?"

„Direkt niemanden."

„Ich hätte dich auch aus der Tür geworfen."

„Danke, Vetter! Aber Zahme gab es damals gerade genug."

„So, so. Und Blücher, Gneisenau, York, Wellington?"

„Das war später. Napoleon war ein gefallener Löwe. Man hatte ihm die Pranken gefesselt. Einen gefallenen Gegner aber, welcher sein Unglück mit Würde trägt, muß man achten."

„Hm! Du sprichst nicht übel."

„Habe ich nicht recht?"

„Mit der letzteren Bemerkung, ja."

„Ich sage dir, daß ich ihn nicht nur achte, sondern in vielem sogar bewundere."

„Oho! Bete ihn doch lieber an."

„Das fällt mir nicht ein. Du hast viele Deutsche, welche ihr Vaterland lieben, den damaligen Druck schwer empfanden und doch mit Begeisterung von ihm sprechen."

„So! Wer sind denn diese guten Leute?"

„Ich kann dir nicht Hunderte von Namen nennen."

„Aber bitte, doch wenigstens einige."

„Es gibt genug deutsche Dichter, welche dem großen Kaiser ihre Feder weihten."

„Zum Beispiel?"

„Heine."

„Ah! Der war ein Abtrünniger."

„Als Dichter nicht. Kennst du seine Grenadiere?"

„Ist mir noch nicht vor die Augen gekommen."

„Wie ergreifend, wie überwältigend schildert da Heine die Opfertreue und die Inbrunst, mit welcher die Krieger des großen Napoleon an ihrem Feldherrn hingen."

„Das ist die Pflicht eines jeden Soldaten.“

„Natürlich! Ich weiß das auch. Aber es gibt da doch wohl einen Unterschied. Die Preußen liebten ihren alten Fritz über alle Maßen . . .“

„Das will ich meinen.“

„Aber es war – hm, wie drücke ich mich aus. Es war etwas sehr viel Gemütlichkeit dabei. Die Liebe des französischen Soldaten war blindlings, war bigott. Es gibt kein anderes Wort als dieses letztere, welches den Nagel auf den Kopf trifft.“

„Und das schildert dieser Heinrich Heine?“

„Ja. Er erzählt von zwei franzöischen Grenadieren, welche todesmüde aus den Schneefeldern Rußlands zurückkehren, wo sie gefangen gewesen sind. Sie hörten in Deutschland, daß Frankreich besiegt und der Kaiser gefangen sei. Das schmetterte sie nieder. Der eine sagte:

––– Wie weh wird mir,
Wie brennt meine alte Wunde.“

„Was ist das weiter. Es brennt manchem alten Krieger die Wunde, die er erhalten hat.“

„Der Dichter meinte, daß die alte Wunde aufgebrochen sei, so daß der Grenadier sich daran verbluten müsse. Der andere Grenadier antwortete:

––– Das Lied ist aus,
Auch ich möcht’ mit dir sterben,
Doch hab’ ich Weib und Kind zu Haus,
Die ohne mich verderben.“

„Das ist sehr verständig und vernünftig von diesem Mann. Er hat für seine Familie zu sorgen.“

„So aber dachte der andere Veteran nicht. Er antwortete:

Was schert mich Weib, was schert mich Kind,
Ich trage weit beßres Verlangen;
Laß sie betteln gehn, wenn sie hungrig sind –
Mein Kaiser, mein Kaiser gefangen!“

„Dieser Mensch verdient Prügel“, knurrte der alte grimmige Veteran.

„Der Dichter kann ja den Todesmut des Grenadiers nicht packender schildern, als in dieser Weise. Er fährt fort:

Gewähr mir, Bruder, eine Bitt’:
Wenn ich jetzt sterben werde,

So nimm meine Leiche nach Frankreich mit,
Begrab mich in Frankreichs Erde.
Das Ehrenkreuz am roten Band
Sollst du aufs Herz mir legen,
Die Flinte gib mir in die Hand,
Und gürt mir um den Degen.
So will ich liegen und horchen still,
Wie eine Schildwach, im Grabe,
Bis einst ich höre Kanonengebrüll
Und wiehernder Rosse Getrabe.
Dann reitet mein Kaiser wohl über mein Grab,
Viel Schwerter klirren und blitzen;
Dann steig' ich gewappnet hervor aus dem Grab –
Den Kaiser, den Kaiser zu schützen!"

Nachdem der General geendet hatte, beobachtete Königsau ein momentanes Schweigen und sagte dann:

„Und diese alten Krieger, wer hat sie niedergehauen?"

„Ihr natürlich."

„Ja, wir. Und ebenso werden wir ihren Nachfolger besiegen!"

„Ich wünsche von ganzem Herzen, daß deine Ansicht die richtige sei."

„Du glaubst doch nicht etwa das Gegenteil?"

„Nein. Aber kein Mensch ist allwissend. Der Krieg ist auf alle Fälle ein Unglück. Besser wäre, er könnte unterbleiben."

„Oho! Ein lustiger Krieg führt zum Sieg. Ich freue mich königlich, daß die Franzmänner mit uns anbinden wollen, und wünsche ihnen von ganzem Herzen gesegnete Prügel."

„Frankreich ist stärker, als du denkst."

„Pah! Es hat sein Prestige seit Sadowa verloren."

„Daher schnaubt es auch seitdem Rache für Sadowa. Es hat sich gerüstet, und nun müssen wir eben abwarten, wie die Würfel fallen."

„Ich mache mit."

„Bist du toll?"

„Nein. Ich bin im Gegenteil sehr bei Verstand."

„Du in deinen Jahren."

„Oho! Noch habe ich Mark in den Knochen."

„Aber dein Kopf."

„Sapperment! Erinnert mich nur nicht so oft an diese Schwäche. Es ist ja nur eine Lücke des Gedächtnisses, an der ich leide, weiter nichts."

„Und dennoch denke ich, daß du dir die Sache vorher doch erst reiflich überlegen wirst."

„Sie ist überlegt."

„Sei gescheit, Vetter! Laß das sein."

„Ich wüßte keinen Grund dazu."

„Ich wiederhole: dein Alter!"

„Alle Wetter! Ich bin ja noch nicht einmal achtzig Jahre alt. Wo denkst du hin."

„Aber neunundsiebzig und dreiviertel."

„Das ist doch noch kein Alter, bei welchem man sich auf das Sofa setzt, wenn der Tanz mit den Franzosen losgeht. Es bleibt dabei: Ich mache mit!"

„Als was?"

„Am liebsten als Kombattant; aber leider würde man mich da zurückweisen. Es bleibt mir also nichts übrig, als unter die Krankenpfleger zu gehen."

„Aber, bedenke die Anstrengung."

„Ich fürchte sie nicht. Ich gehe mit der Gardereiterei; da bleibe ich in Richards Nähe."

„Hm! Ob er es billigen wird, daß du dich solchen Gefahren und Anstrengungen aussetzt?"

„Ich werde ihn wohl schwerlich um seine Erlaubnis fragen. Ich hoffe, da drüben, jenseits der Grenze, mit einem zusammenzukommen, mit dem ich noch eine alte, sehr alte Rechnung quitt zu machen habe."

„Du meinst den Kapitän Richemonte? Es würde wohl besser sein, ihn jüngeren Leuten zu überlassen."

„Jüngeren? Vetter, ich sage dir: Wenn ich an diesen Menschen denke, so fühle ich mich wie ein zwanzigjähriger Jüngling. Wehe ihm, wenn er das Unglück hätte, zwischen meine Fäuste zu geraten."

Der alte, ehrwürdige Mann hatte sich von seinem Sitz erhoben. Seine Augen blitzten; seine Fäuste waren geballt. Beim Anblick des greisen Recken hielt es der General allerdings für sehr wahrscheinlich, daß Richemonte im Falle eines Kampfes mit demselben unterliegen müsse.

Da trat der Diener ein.

„Gnädiger Herr", meldete er, „es ist jemand da, der Sie zu sprechen wünscht."

„Heute abend noch, wer ist es?"

„Eine Dame."

„Hat sie ihren Namen gesagt?"

„Sie will ihn selbst nennen.“
„Das ist eigentümlich. Sie ist eine Unbekannte?“
„Nein.“
„Ah, so kenne ich sie? Also vielleicht eine Überraschung? Kerl, was machst du für ein Gesicht. Du lachst von einem Ohr zum anderen, und doch glaube ich, daß deine Augen naß sind. Sapperment! Es wird doch nicht etwa Emma . . .“
„Ja, sie ist's; sie ist's, Großpapa!“
So tönte es vom Eingang her, und Emma warf sich in die Arme des Alten.
Er war wortlos vor Freude. Er drückte sie an sich und strich ihr nur immer mit der Hand über das reiche Haar.
Dann zog sie seinen Kopf zu sich herab, küßte ihn zärtlich auf den Mund und fragte:
„Habe ich dich erschreckt, Großpapa?“
„Ja, aber freudig, sehr freudig“, antwortete er mit zitternder Stimme.
„Mein Gott! Es wird dir doch nichts schaden?“
„Nein. Für eine solche Freude sind meine alten Knochen noch stark genug. Aber laß mich sitzen.“
Sie führte ihn zum Sofa, auf welches er sich niederließ, und dann begrüßte sie auch den Onkel General.
„Du bist erst jetzt angekommen?“ fragte dieser.
„Ja, vor einer Viertelstunde.“
„Aber doch nicht allein?“
„Nein. Ich reise in Gesellschaft.“
„Mit Madelon?“
„Mit ihr und noch einigen, welche ihr kennenlernen werdet.“
„Gut, daß du da bist. Der Krieg ist erklärt, und dort in und bei Ortry wird es bald gefährlich werden. Wo steckt denn jetzt Richard?“
„Er mußte zurückbleiben; aber wir wurden unterwegs aufgehalten, weil Madelon unwohl wurde, und da, und da . . .“
Sie hielt inne und blickte den Großvater besorgt an.
„Was dann?“ fragte dieser. Denke nicht, daß du mir schadest. Die Freude tötet nicht. Also weiter, liebe Emma! Und da . . .?“
„Und da ist es ihm gelungen, uns einzuholen. Er erreichte uns in Hannover.“
„Und fuhr dann mit euch weiter?“
„Ja.“
„So ist er auch hier?“
„Ja, Großpapa.“

„Wo denn?“
„Willst du ihn denn sehen?“
„Natürlich! Spielt nur keine Komödie mit mir.“
Er stand auf und schritt nach der Tür. Da kam ihm Emma zuvor und öffnete sie. Herein trat – Doktor Müller.
Der Großvater hielt seinen Schritt an, als er ihn erblickte, und sagte erstaunt:
„Richard! Sapperment. Irre ich mich denn? Ah, ja, du hat dich ja verstellen müssen. Komm her, mein Junge, laß dich umarmen.“
Sie lagen sich Brust an Brust. Dann schob der Alte den Jungen von sich, betrachtete ihn abermals und sagte:
„Buckelig also. Höre, der Buckel geht doch herunter?“
„Sofort“, lachte Richard.
„Und diese schwarze Perücke?“
„Da liegt sie.“
Dabei nahm er sie ab und warf sie zur Erde. Ein Griff unter den Rock, wo er die Schnalle öffnete, und auch der Höcker fiel zu Boden.
„Aber das dunkle Gesicht! Du siehst aus wie ein Kalabrese.“
„Das ist leider Walnußsaft und wird nicht leicht zu entfernen sein. Es bedarf einiger Wochen.“
„Und dein Bart, dein prächtiger Bart. Schade, schade um ihn, mein Junge.“
„Oh, der Bart wird wieder wachsen. Aber, ich muß doch nun auch den Onkel begrüßen.“
Dies geschah, und dann nahmen die vier Leute an dem Tisch Platz. Der Großvater klingelte und befahl dem Diener, Wein zu bringen und das Abendessen zu besorgen. Als der Diener sich entfernen wollte, hielt er ihn mit dem Ruf zurück:
„Halt! Mensch, du machst ja ein Gesicht, wie ich es noch gar nicht bei dir gesehen habe? Du siehst aus wie Weihnachtsabend. Was hast du denn?“
„Freude, herzliche Freude, gnädiger Herr.“
„Worüber?“
„Ich habe auch Besuch bekommen.“
„So, so. Welchen?“
„Aus Frankreich.“
„Sapperlot. Wer ist es denn?“
„Der Fritz.“
„Welcher Fritz? Wohl der Wachtmeister?“
„Ja, freilich.“

„Prächtig. Wo steckt er denn?"
„Hier im Vorzimmer."
„Dann nur immer herein mit ihm."
Der wackere Fritz trat ein, als Pflanzensammler gekleidet, mit einem Sack auf dem Rücken. Der Großvater lachte und streckte ihm die Hand entgegen:
„Willkommen, Wachtmeister, willkommen. Ist dies Ihre französische Gestalt gewesen?"
„Zu Befehl, Herr Rittmeister."
„Dann legen Sie sie schleunigst ab. Sie sollen heute mit uns zu Abend essen."
„Ja, das hat er verdient, lieber Großvater", sagte Richard. „Ich habe ihm viel, sehr viel zu verdanken."
Auch der General streckte dem Wachtmeister die Hand entgegen, und es war ein eigentümlicher, tief aus dem Herzen herausschimmernder Blick, welchen der junge Mann auf Goldberg warf. Dann entfernte er sich und kam nach wenigen Minuten in seiner Ulanenuniform wieder.
„So ist's recht. Diese Bluse darf nicht auf dem Leib eines braven Preußen bleiben. Setzen Sie sich her zu uns. Da stehen Zigarren, und hier ist Wein. Schänken Sie sich ein, Wachtmeister. Bald wird serviert; das wird unseren Reisenden willkommen sein. Und dann, wenn wir gegessen haben, soll das Erzählen beginnen. Ich bin neugierig, eure Erlebnisse zu erfahren."
Da räusperte sich Richard und sagte:
„Lieber Großvater, es wird besser sein, wenn wir mit unserem Bericht nicht so lange warten."
„Warum?
„Ich habe keine Zeit. Ich muß mich melden und Bericht erstatten."
„So spät noch?"
„Ich würde mich melden, selbst wenn ich mitten in der Nacht eingetroffen wäre."
„Ist dein Bericht so wichtig?"
„Ungeheuer."
„Dann gratuliere! Sage uns vor allen Dingen das eine: Hast du gute Erfolge gehabt?"
„Ausgezeichnete."
„Das genügt. Das andere kann ich ruhig abwarten."
„Ich wiederhole, daß ich diese Erfolge zum großen Teil dem Wachtmeister zu verdanken habe. Nicht wahr, Fritz?"

Der Gefragte machte eine abwehrende Handbewegung und sagte:

„Oh, es ist nicht so schlimm. Ich habe meine Pflicht getan, weiter nichts. Du urteilst viel zu freundlich über mich."

„Pah! Du weißt am besten, wie wir stehen."

„Bitte, laß das sein. Schweigen wir darüber."

Sowohl der Großvater wie auch der General blickten die beiden erstaunt an. Der erstere fragte:

„Was ist denn das, Richard? Habe ich richtig gehört?"

„Was?"

„Ihr nennt euch du?"

„Ja."

„Du hast mit dem Wachtmeister Brüderschaft gemacht?"

„Ja, lieber Großvater."

„Reitet dich denn der Teufel?"

„Hast du etwas dagegen?"

„Gegen den Wachtmeister Fritz Schneeberg habe ich gar nichts; er ist ein braver Mensch und ein tüchtiger Soldat, aber das ist für den Garderittmeister Richard von Königsau denn doch noch kein Grund . . ."

„Mit ihm Brüderschaft zu trinken, nicht wahr?"

„Ja, das will ich sagen. Der Wachtmeister wird so viel Verstand und Einsicht haben, mir dies nicht übelzunehmen."

Da antwortete Emma anstatt ihres Bruders:

„Es fällt ihm gar nicht ein, es übelzunehmen, Großpapa. Aber auch ich billige diese Brüderschaft."

„Was! Auch du? Dann gibt es dabei irgend etwas, was ich nicht weiß. Wie ich euch beide kenne, vergeßt ihr wohl niemals, daß unsere Ahnen mit Gottfried von Bouillon Jerusalem eroberten."

„Nein, das vergessen wir nicht. Fritz hat uns solche Dienste geleistet, daß wir ihm diese Anerkennung schuldig sind. Wir können auf ihn gerade so stolz sein wie auf unsere Ahnen."

„Das begreife, wer es vermag. Hoffentlich erfahre ich etwas über diese Dienste. Euch hat er sie geleistet, sagst du? Du meinst aber doch wohl nur Richard?"

„Nein, auch mir."

„Hm."

„Und auch dir und dem Onkel General."

„Was? Diese Dienste beziehen sich auch auf uns?"

„Sogar sehr. Die ganze Familie ist ihm zum allergrößten Dank verpflichtet."

„Wieso?"

„Das führt mich auf meine vorige Bemerkung zurück", sagte Richard. „Ich muß mich noch heute melden, und es ist möglich, daß ich schon morgen Berlin wieder verlassen werde. Darum ist es mir erwünscht, alles, was wir zu besprechen haben, schnell zu erledigen."

„Gehören denn dazu auch des Wachtmeisters Dienste?"

„Jawohl, Großvater. Wir haben nämlich nicht nur in Beziehung auf die mir gestellte Aufgabe, sondern auch in privater Angelegenheit große Erfolge gehabt."

„Beziehentlich unserer Familie?"

„Ja. Zunächst meine ich damit Onkel Goldberg."

„Mich?" fragte der General. „Ich habe doch mit Eurem Aufenthalt in Frankreich gar nichts zu schaffen."

„Aber dieser Aufenthalt hat sehr viel mit dir zu schaffen. Denn es handelt sich um – ah, es ist gut, daß die Tante nicht da ist. Sie würde uns mit einigen Ohnmachten zu schaffen machen."

„Ohnmachten? Richard, du hast etwas Schlimmes für uns?"

„Nein."

„Aber du sprichst von Ohnmachten!"

„Man kann auch vor Freude in Ohnmacht fallen."

„Mensch, spanne mich nicht auf die Folter."

„Nun, du bist Soldat. Du wirst wohl nicht die Besinnung verlieren oder die Krämpfe bekommen. Es handelt sich nämlich um die – Löwenzähne."

Er sprach das Wort langsam und mit schwerer Betonung aus. Der General fuhr empor, starrte ihn an, griff sich mit beiden Händen an den Kopf und fragte:

„Verstehe ich dich recht? Die Löwenzähne?"

„Ja."

„Herr, mein Gott! Sprich, sprich schnell!"

„Nun, Fritz hat eine Spur gefunden, daß diese Zähne noch existieren."

„Wo, wo?"

„Der eine in Deutschland, der andere in Paris."

„Ist's wahr? Ist's wahr?"

„Ja. Deshalb sagte ich, daß auch ihr ihm Dank schuldet, lieber Onkel."

„Natürlich, o ganz natürlich. Aber wie und wo ist diese Spur gefunden worden?"

Der General befand sich in einer sehr erklärlichen Aufregung. Er sprudelte seine Worte so schnell hervor, daß man sie kaum verstehen konnte. Darum sagte Richard:

„Bitte, lieber Onkel, setz dich nieder und trinke einen Schluck Wasser, ich fürchte doch, daß wir dich mehr aufregen, als dir gut ist.“

Der General zog das Taschentuch hervor, um sich die Stirn zu wischen, setzte sich nieder und griff mechanisch nach dem Wasserglas. Richard fuhr fort:

„Übrigens brauchst du noch nicht in Ekstase zu geraten. Die Angelegenheit ist noch keineswegs klar; sie muß geprüft werden. Also, Ruhe, Ruhe.“

Der General trank und sagte dann:

„Gut, ich will ruhig sein. Ich bin gleich zu sanguinisch gewesen. Es war ja nur von einer Spur die Rede. Also, wo habt ihr sie gefunden?“

„In Ortry und sodann auf Schloß Malineau. Die beiden Zähne existieren. Da wir aber sicher gehen wollten, so begnügten wir uns nicht nur mit dem Gerücht, welches wir hörten, sondern wir versuchten, uns in den Besitz der Zähne zu setzen, um sie prüfen zu können.“

„Recht so. Recht so. Ist's vielleicht gelungen?“

„Zur Hälfte.“

„Was heißt das?“

„Wir haben nicht alle beide, sondern nur einen erlangt.“

„Gott sei ewig Lob und Dank!“ jubelte der General. „Wo ist der Zahn? Habt ihr ihn mit?“

„Ja, natürlich!“

„Wo?“

„Fritz hat ihn.“

„Sie? Sie?“ fragte der General.

„Ja,“ antwortete Richard. „Ich mußte ihn in seinen Händen lassen, weil er ein Recht dazu hat.“

„Dann bitte, schnell, schnell, Herr Wachtmeister.“

Das Gesicht Fritzens war totenbleich, und seine Hand zitterte sichtbar, als er in die Tasche griff und den Löwenzahn hervorzog, um ihn dem General zu geben.

Dieser griff mit Begierde zu.

„Er ist's, er ist's“, rief er laut, als er den ersten Blick darauf warf. „O mein Gott, mein Gott!“

Er wollte den Zahn öffnen, allein seine Hände zitterten noch mehr als diejenigen des Wachtmeisters. Es dauerte eine Zeit, bis der Inhalt zum Vorschein kam.

Der alte Großvater hatte während der letzten zehn Minuten kein einziges Wort gesprochen, aber seine Augen waren ständig mit allergrößter Spannung auf die Hände des Generals gerichtet. Jetzt aber fragte er:

„Ist's wirklich einer der Zähne?"

„Ja, ja", jauchzte der General. „Es ist der rechte, der aus der rechten Kinnlade; ich habe ihn meinem Erstgeborenen umgehängt. Richard, Richard, schnell, schnell, heraus damit! Bei wem ist dieser Zahn hier gefunden worden?"

„Beruhige dich zuvor, lieber Onkel."

„Ich bin ja ganz ruhig."

„O nein! Du fieberst ja förmlich."

„Nun, so laßt mich vorher ein wenig frische Luft schöpfen!"

Er trat an das Fenster und öffnete es. Wohl erst nach fünf Minuten fühlte er sich gesammelt genug. Er kehrte zum Tisch zurück und sagte:

„So! Jetzt wird es gehen. Also, wo ist der Zahn gefunden worden?"

„Bei einem blut-, blutarmen Teufel. Wir müssen also sehr vorsichtig sein."

„Seit wann ist er im Besitz dieses Kleinodes gewesen?"

„Seit frühester Kindheit."

„Wie alt ist er?"

„Gerade so alt, wie die beiden Knaben jetzt sein würden."

„Mein Heiland! Ihr kennt doch seinen Namen?"

„Das versteht sich ganz von selbst."

„Wo befindet er sich?"

„Hier in Berlin."

„Seit wann?"

„Oh, seit langer, langer Zeit. Ich habe ihn sehr gut gekannt."

„Dann ich vielleicht auch?"

„Ja, ebensogut wie ich."

„Was ist er?"

„Soldat."

„Den Namen, den Namen."

„Bitte, liebster Onkel", sagte Richard abwehrend, „jetzt noch nicht. Sprechen wir zunächst von dem anderen Zahn."

„Der in Paris ist?"

„Ja."

„Wer hat ihn?"

„Zunächst sage ich dir, daß der Besitzer vor kurzem auch hier in Berlin gewesen ist."

„Was? Auch hier?"

„Ja. Es geht wirklich ganz und gar wunderlich mit diesen Zähnen zu. Der Pariser hat sich sogar auf unserer Straße befunden."
„Was du sagst!"
„Ja, sogar in unserem Haus."
„Bei mir?" fragte der Großvater.
„Ja, bei dir."
„Hier ist nur eine einzige Person gewesen, welche aus Paris war."
„Wen meinst du?"
„Den Maler Haller."
„Den meine ich auch."
„Was? Dieser befindet sich im Besitz des anderen Zahnes?"
„Ja."
„Welch eine Fügung! Du schriebst uns, daß er gar nicht Maler sei?"
„Ja; er ist Offizier."
„Sein Vater ist Graf?"
„Sein Pflegevater."
„Was? Sein Pflegevater?" rief der General.
„Ja. Graf Lemarch ist nicht der rechte Vater des angeblichen Malers Haller."
„Kennt man den richtigen Vater?"
„Der bist jedenfalls du, lieber Onkel."
„Ich weiß wirklich nicht, wo mir der Kopf steht. Ich habe sehr gute Nerven, aber es greift mich denn doch an."
„Das sehe ich, und darum ist es am besten, wir sprechen nicht weiter über diese Angelegenheit."
„Wo denkst du hin! Ich muß unbedingt alles erfahren, was ihr wißt, alles!"
„Wenn die Aufregung dir nicht schadet, ja!"
„Sie schadet mir nichts. Wie alt ist dieser Graf Lemarch?"
„Hast du ihn gesehen?"
„Einmal, aber nur vorübergehend."
„Ich habe ihn nicht nach dem Alter gefragt; ich denke aber, daß dasselbe stimmen wird. Übrigens wird man ja den Lermille fragen können."
„Wer ist dieser Lermille?"
„Ein Bajazzo, ein Seiltänzer."
„Hat denn dieser auch mit unserer Angelegenheit zu schaffen?"
„Sogar sehr", antwortete Richard, welcher sich wohl hütete,

gleich alles zu sagen. Das wäre doch wohl gefährlich gewesen. Der General mußte erst vorbereitet werden.

„Inwiefern?“ fragte der letztere.

„Nun, er ist eigentlich ein Vagabund, ein verbrecherisches Subjekt. Er gab in Thionville Vorstellungen und hatte eine Stieftochter bei sich, welche Seiltänzerin war und sich in unseren Wachtmeister hier zum Sterben verliebte.“

„Gehört das auch hierher?“

„Vielleicht.“

„Spanne mich nicht auf die Folter!“

„Nein; ich will dir nur beweisen, daß die Person dieses Bajazzos für uns von Wert ist.“

„Dann weiter.“

„Dieser Mensch tötete seine Stieftochter und ging dann mit der Kasse seines Direktors durch. Die Tochter war nicht sofort tot; sie erzählte noch in ihren letzten Augenblicken, daß ihr Stiefvater einst zwei Knaben geraubt habe, welche zwei Löwenzähne bei sich getragen hätten.“

„Ah, jetzt kommt es! Wo hat er sie geraubt?“

„In Preußen.“

„Und wohin geschafft?“

„Einer der Knaben ist unterwegs verlorengegangen, ich glaube in der Nähe von Neidenburg in Ostpreußen.“

„Und der andere?“

„Der wurde nach Paris geschleppt.“

„Aber warum?“

„Der Vagabund war von Richemonte und dem Grafen Rallion gekauft worden, wie ich vermute und später zu beweisen hoffe.“

„Ah! Also diese beiden. Diese Halunken sind es gewesen! Gebt mir Beweise in die Hände, Beweise, und ich werde Rallion und Richemonte zermalmen!“

„Um Beweise bringen zu können, muß man sich des Knabenräubers bemächtigen.“

„Allerdings. Aber du sagtest, er sei entflohen?“

„Leider!“

„Er muß verfolgt werden.“

„Ich hetzte sofort die Polizei hinter ihm her, aber vergeblich, bis ganz unerwartet ...“

„Unerwartet – was denn, was?“

„Er mir im Schloß Malineau in die Hände lief.“

„Du hieltest ihn fest? Er ist also gefangen?“

„Ja.“

„Gott sei Dank“, sagte der Graf, tief aufatmend. „Wir haben die Zähne, und wir haben den Knabenräuber; nun endlich wird Klarheit in diese – doch, o weh!“

„Was, lieber Onkel?“

„Dieser verteufelte Krieg! Der Bajazzo hatte den Mord auf französischem Gebiet begangen.“

„Ja, in Thionville.“

„Dann ist für mich zunächst nichts zu hoffen.“

„Warum?“

„Die Kriegserklärung ist geschehen; Frankreich ist unser Feind; es wird uns den Räuber nicht ausliefern.“

„Das sagte ich mir auch.“

„Aber ich werde dafür sorgen, daß er uns nicht entgehen kann.“

„Was willst du tun?“

„Ich wende mich nach Paris an den Justizminister.“

„Das ist zu zeitraubend und zu unsicher.“

„Weißt du etwas Schnelleres und Sicheres?“

„Wende dich an mich.“

„An dich? Was soll das heißen? Mensch, du steckst ja heute ganz und gar voller Geheimnisse!“

„In welche ich dich aber einweihe. Ich habe dafür gesorgt, daß du keines französischen Beamten bedarfst. Nämlich dieser Bajazzo ist wieder entsprungen.“

„Alle Teufel! Wie ist ihm das gelungen? Einen Mörder pflegt man doch festzuhalten!“

„Ich selbst habe ihm zur Freiheit verholfen.“

„Bist du gescheit?“

„Ganz dumm bin ich wohl nicht gewesen.“

„Aber nun ist er doch wieder fort!“

„Von Malineau, ja. Nämlich nicht ich habe ihn gefangengenommen, sondern mein Freund, der Rittmeister von Hohenthal, welcher ihn . . .“

„Hohenthal?“ fiel der General ein. „Mein Kopf brummt förmlich von allen diesen Überraschungen.“

„Darum will ich nicht auf Details eingehen, für welche ja später Zeit ist, sondern ich will nur die Konturen zeichnen. Hohenthal kannte ihn als Verbrecher, ohne zu ahnen, daß er der Räuber der Zwillinge sei. Er traf ihn in Malineau und nahm ihn fest. Ich kam dazu, erfuhr davon und ließ den Bajazzo des Nachts aus seinem Gefängnis.“

„Aber, Richard, das ist ja geradezu verrückt.“

„Nein. Höre mich an. Ich wußte ja, daß uns der Kerl nichts nützen könne, so lange er sich in Frankreich befände. Er mußte unbedingt über die Grenze herüber. Darum befreite ich ihn, gab mich für einen auch mit dem Gesetz Zerfallenen aus und floh mit ihm über die Grenze, um ihn da in meine Gewalt zu bringen."

„Gott sei Dank!" stieß der General hervor.

„Nun, war das dumm?" lächelte Richard.

„Nein, sondern es war ein Geniestreich."

„Freut mich, daß du mich nun gar für ein Genie hältst."

„Aber du hast ihn doch festnehmen lassen?"

„Natürlich."

„Wo befindet er sich in Gewahrsam?"

„Hier in Berlin."

„Das ist herrlich; das ist prächtig!"

„Wir gehen gleich morgen früh zum Staatsanwalt, um die Untersuchung einleiten zu lassen."

„Ja; ich verliere keinen Augenblick. Also du glaubst, daß der junge Lemarch . . ."

„Ich weiß zunächst, daß er der Besitzer des zweiten Zahnes ist. Das Weitere müssen wir abwarten."

„Und der erste Zahn? Also sein Besitzer ist Soldat?"

„Ja. Er ist ein Waisenkind."

„Jetzt Soldat. Aber welchen Beruf hat er?"

„Barbier und Friseur."

„Mein Gott! Wenn er wirklich unser Sohn wäre! Und Barbier! Was muß er gelitten haben! Wann ist er eingetreten? Weißt du das?"

„Vor bereits längerer Zeit."

„Natürlich! Seinem Alter nach! Und er dient noch?"

„Ja."

„So muß er chargiert sein!"

„Ja, das ist er."

„Welchen Grad?"

„Wachtmeister."

„Er ist also Kavallerist?"

„Ja."

„Bei welchem Regiment?"

„Gardeulanen."

„Wie? Also in deinem Regiment?"

„Ja, sogar in meiner Schwadron."

Fritz saß da mit völlig blutleerem Gesicht; er wagte nicht, die

Augen zu erheben. Der General war abermals aufgesprungen; er starrte Richard wie geistesabwesend an, brachte aber kein Wort hervor. Statt seiner aber rief der Großvater über den Tisch herüber:

„Gott stehe mir bei! Da kommt mir ein Gedanke!"

„Nun, welcher denn?" fragte Richard lachend.

„Der Betreffende ist Wachtmeister deiner Schwadron, und der Maler Haller hat den anderen Zahn?"

„Ja."

„In deiner Schwadron ist nur ein einziger Wachtmeister?"

„Natürlich."

„Ist dir nicht eine Ähnlichkeit aufgefallen, Richard?"

„Du meinst, zwischen Haller und dem Wachtmeister?"

„Ja."

„Oh, die ist sogar ungeheuer groß."

„So ist – alle Teufel, es will fast nicht heraus! – so ist dieser Fritz Schneeberg hier der Wachtmeister?"

„Aufrichtig gestanden, ja."

„Und zugleich der Besitzer des Zahnes?"

„Gewiß."

„Er hat ihn Zeit seines Lebens bei sich getragen; er war Barbier und Friseur; er stammt aus der Gegend von Neidenburg. Sapperlot und Sapperment, Goldberg, General, Vetter, der Fritz da ist der ältere Zwillingsjunge!"

Kunz von Goldberg war noch immer sprachlos. Er hielt den Blick auf Fritz gerichtet; er wollte die Arme erheben, um ihn zu umarmen; aber er konnte sie nicht bewegen.

Da stand Fritz von seinem Platz auf, richtete den tränenden Blick auf den General und sagte:

„Verzeihung, Exzellenz, ich kann nicht dafür!"

„Natürlich kannst du nicht dafür!" rief der Großvater.

Und als der Wachtmeister ihn fragend ansah, fuhr er fort: „Nämlich, daß du geraubt worden bist."

„Das meine ich nicht."

„Was denn?"

„Daß ich für das eine der verlorenen Kinder erklärt werde. Richard kann mir bezeugen, daß ich mich lange, lange Zeit gesträubt habe."

„Warum denn aber! Dieser Zahn ist doch Ihr Eigentum? Nicht?"

„Ja."

„Nun, so ist ja alles in Richtigkeit. Wie wunderbar! Befindet sich der Kerl seit Jahren hier bei uns, und niemand ahnt, daß er unser Verwandter ist! Aber, Goldberg, bist du dumm?"

Jetzt erst kam in den General Bewegung. Er stieß einen unartikulierten Schrei aus, stürzte auf Fritz zu und riß ihn in seine Arme.

„Mein Sohn, mein Sohn!" mehr brachte er nicht hervor, aber es lag eine ganze Welt voll Wonne in diesem Ausruf.

Es trat eine tiefe Stille ein. Aller Augen waren naß. Großvater, Enkel und Enkelin blickten in tiefster Rührung auf die Gruppe. Der General weinte wie ein Kind. Fritz war ruhig. Er vermochte nicht, an sein Glück zu glauben. Er entzog sich fast der Umarmung des Generals und sagte:

„Exzellenz, wenn Sie sich irren . . ."

„Nein ich irre mich nicht; jetzt fühle ich es", antwortete dieser. „Der beste Beweis liegt in dem Umstand, daß ihr beide, in deren Händen sich die Zähne befinden, euch so ungeheuer ähnlich seid. Sag du zu mir, mein Sohn! Du wirst mir viel, sehr viel zu erzählen haben, aber das verschieben wir auf später. Jetzt mußt du sofort mit zu deiner Mutter!"

„Mann, bist du toll?" sagte der Alte.

„Toll? Wieso?"

„Willst du deine Frau töten?"

„Töten? Ach ja."

„Du bist selbst so angegriffen, daß du kaum stehen kannst; wie soll es erst mit deinem Weib werden."

„Du hast recht, Vetter. Aber, darf ich ihr denn die Wonne versagen, ihren Sohn zu umarmen?"

„Für heute, ja. Bereite sie vor; gib ihr Tropfen um Tropfen, damit sie es ertragen lernt. Jetzt setzt du dich her und trinkst ein Glas Wein mit uns. Wir haben noch vieles zu besprechen."

„Mehr, als du denkst, Großpapa", sagte Emma.

„Wie? Habt ihr vielleicht noch weitere Überraschungen?"

„Frage Richard."

„Nun, Junge?"

„Ja, es gibt noch einiges, was dich interessieren wird, Großvater", antwortete der Rittmeister.

„So? Ich errate es."

„Das kannst du unmöglich erraten."

„Und doch! Ich wette mit."

„Ich nicht, denn ich weiß, daß du die Wette verlieren wirst."

„Da irrst du dich. Soll ich es dir sagen, womit ihr mich überraschen wollt?"

„Nun?“
„Mit einer gewissen Marion de Sainte-Marie.“
Der Rittmeister errötete.
„Ah, du bekommst Farbe! Also habe ich recht.“
„Nein, Großvater.“
„Leugne nicht.“
„Ich meine wirklich eine ganz andere Überraschung.“
„Aber mit dieser Marion ist es wohl auch nicht so ohne? Wie?“
„Nun, Emma hat mir gestanden, daß sie nach Ortry gekommen ist, um diese Dame kennenzulernen.“
„Das ist richtig. Ich gab ihr die Erlaubnis dazu. Also, Emma, wie hat sie dir gefallen?“
„Sie ist ein Engel, Großpapa!“
„Natürlich! Das seid ihr ja alle.“
„Aber sie ist's wirklich!“
„Eine Französin.“
„Großmama Margot war auch eine Französin.“
„Freilich, ja. Aber sie hatte mich lieb.“
„Marion liebt Richard auch.“
„Hat sie es ihm gesagt?“
„Noch nicht.“
„Sie hat ihn dort nur mit dem Höcker und der falschen Perücke gesehen, deshalb bildet euch um Gottes willen nicht ein, daß sie ihm gut ist! Der Kerl sah ja wie ein Scheusal aus, als er hier bei uns eintrat.“
„Fritz, wie steht es?“ sagte Emma.
„Nun“, antwortete der Wachtmeister, „ich stimme bei, daß Mademoiselle Marion einst Frau von Königsau sein wird.“
„Halt!“ sagte Richard. „Ihr beide redet da von meinen Herzensangelegenheiten, ohne mich erst um Erlaubnis zu fragen. Wie nun, wenn ich mich rächen und auch die eurigen ausplaudern wollte!“
„Was?“ fragte der Alte. „Sie haben auch welche?“
„Freilich.“
„Alle beide?“
„Ja.“
„Höre ich recht?“
„Es ist so, wie ich sage.“
„Nein, nein!“ rief Emma.
„Nein, nein!“ stimmte Fritz im Spaß bei.
„Leugnet nicht!“ gebot Richard.
Dem General wollte darüber bange werden. Sein Sohn hatte

als Wachtmeister sein Herz sicherlich nur an irgendeine Tochter bürgerlicher, vielleicht sogar obskurer Eltern verschenkt. Darum fragte er Richard voller Sorge:

„Er ist wirklich bereits engagiert?“

„Ja“, lachte der Gefragte, „sogar sehr.“

„Doch nicht unwiderruflich?“

„Ganz sicher unwiderruflich. Sie geben einander nicht her; sie bleiben sich treu.“

„Eine Berlinerin?“

„Nein.“

„Aber doch aus der hiesigen Gegend?“

„Nein.“

„Doch eine Deutsche?“

„Auch nicht.“

„Ah! Also eine Französin?“

„Ja.“

Und als der General bemerkte, daß sich Fritz durch diese Erkundigungen gar nicht aus der Fassung bringen ließ, fragte er weiter:

„Was ist sie denn?“

„Gesellschafterin.“

„In einem anständigen Hause?“

„Gewiß!“

„Wo?“

„Sie ist von der erwähnten Marion de Sainte-Marie engagiert.“

„O weh!“ entfuhr es ihm. „Die Gesellschafterin der zukünftigen Frau von Königsau soll Gräfin von Goldberg werden?“

„Hoffentlich.“

„Wie heißt sie?“

„Köhler, Nanon Köhler.“

„Nanon von Köhler?“

„Nein, nur Köhler, bürgerlich.“

„Die Gräfin Hohenthal hat doch eine Gesellschafterin, die auch Köhler heißt?“

„Diese ist die Schwester von Nanon.“

Da wendete sich der General an Fritz:

„Du hast dieses Mädchen wirklich lieb?“

„Sehr, von ganzem Herzen, und sie ist's auch wert.“

„Nun, wir werden später darüber sprechen. Lebe dich nur erst bei uns ein.“

„Nein, lieber Onkel“, sagte Emma. „Wir wollen lieber von Nanon Köhler sprechen, noch ehe Fritz sich bei euch einlebt. Sie hat nämlich eine ausgezeichnete, für uns sehr wertvolle Eigentümlichkeit."

„Welche wäre das?"

„Sie ist, grad wie ihre Schwester, ein Waisenkind."

„Ohne beide Eltern?"

„Bis vor kurzer Zeit. Nanon hat ihren Vater nicht gekannt, und ihre Mutter war unter dem angenommenen Namen Köhler gestorben."

„Angenommen? Also ist der Name Köhler falsch?"

„Ja."

„Ist der richtige bekannt?"

„Ja. Die Schwestern haben nämlich glücklicherweise ihren Vater gefunden, in Thionville, während wir uns dort befanden."

„Wie heißt er?"

„Deephill", antwortete sie, innerlich belustigt.

„Das ist ein englischer oder amerikanischer Name?"

„Amerikanisch."

„Und was ist dieser Mann?"

„Bankier und Millionär."

„So, so! Hm!"

„Du scheinst noch immer bedenklich?"

„Es ist ja stets bedenklich, solche Angelegenheiten in fliegender Eile zu behandeln."

„Aber ich bin nun einmal gewillt, diese Angelegenheit bis auf den Grund zu verfolgen. Der Name Deephill ist nämlich wieder falsch."

„Auch? Aber Kinder, Ihr habt es ja außerordentlich mit falschen Namen zu tun!"

„Bloß zufälligerweise. Dieser Deephill ist nämlich eigentlich nicht Amerikaner, sondern Franzose. In seiner Heimat hieß er Bas-Montagne!"

„Das ist ein alter Name. Ein französisches Geschlecht führt ihn vielleicht seit einem halben Jahrtausend."

„Nun, er gehört diesem Geschlecht an."

„Was! So ist er Baron?"

„Ja. Baron Gaston de Bas-Montagne."

„Und seine beiden Töchter sind legitim?"

„Gewiß. Es haftet kein Makel an ihnen."

Da nickte er befriedigt vor sich hin und sagte:

„Sprechen wir doch später hierüber. Großvater hat vorhin falsch geraten. Welche Überraschung war es denn, die unserer noch wartet? Betrifft sie mich oder euch?"

„Dich und uns“, antwortete Richard. „Man hat mir nämlich von einem fremden Mann erzählt, welcher vor Jahren in den hinter Sedan liegenden Bergen Schätze gesucht haben soll. Er soll ein Deutscher gewesen sein.“

„Herrgott!“ fuhr der Alte auf. „Sollte man deinen Vater gemeint haben, Richard?“

„Ich vermutete es.“

„Hast du dich erkundigt?“

„Sehr genau.“

„Und was hast du erfahren?“

„Das er es gewesen ist.“

„Mein Heiland! Was werde ich weiter hören müssen.“

„Ich will lieber jetzt noch schweigen, Großvater.“

„Nein! Erzähle!“

„Aber es ist aufregend.“

„Ich werde es ertragen. Ich habe ja so lange Zeit gelitten; die Ungewißheit war peinigend, die Gewißheit wird mir Ruhe bringen. Nicht wahr, man hat ihn ermordet?“

„Man wollte es.“

„Wer?“

„Richemonte.“

„Ah! Also wieder dieser. Sie sind also zusammengeraten?“

„Sogar auf höchst feindselige Weise.“

„Und da hat mein Gebhardt, dein armer, armer Vater, unterliegen müssen?“

„Unterliegen, ja; aber getötet ist nur der gute Florian worden.“

„Was sagst du? Höre ich recht?“

Hugo von Königsau erhob sich bei diesen Worten von seinem Sitz, legte die beiden Fäuste auf den Tisch und blickte mit den Augen eines Mannes, der durch zehn eiserne Türen sehen will, den Rittmeister an.

„Es ist so, wie ich sage“, antwortete dieser.

„Nur Florian wurde getötet?“

„Ja.“

„Dein Vater blieb leben?“

„Ja, wenn auch schwer verwundet.“

„Warum kehrte er nicht zu uns zurück?“

„Er war Gefangener des Kapitäns Richemonte.“

„Alle tausend Teufel! Er hat ihm die Freiheit geraubt. Eine so lange Zeit. Wohin hat er ihn gesteckt?“

„In ein unterirdisches Gewölbe.“

„Donner und Doria. Ich möchte gleich mit dem nächsten Zug

nach Ortry, um diesem Teufel von Kapitän die Seele aus dem Leib zu jagen. Er ist ein Satan."

„Er wird seinen Lohn finden; da laß mich nur sorgen."

„Aber dein Vater? Lebt er noch?"

„Ich – vermute es."

„Du vermutest? Du weißt also nichts Gewisses?"

„Hm. Ich habe nachgeforscht."

„Pah. Sieh mich einmal an. Sehe ich jetzt aus wie ein altes Weib, welches sich von irgendeiner frohen oder traurigen Botschaft niederwerfen läßt?"

„Allerdings nicht."

„Nun, so rede offen. Ich bemerke, daß du lavieren willst. Ich will die Wahrheit haben, und zwar schnell. Er ist tot?"

„Nein."

„Mein Gott im Himmel! Er lebt. Wo? Noch in diesem unterirdischen Gefängnis?"

„Nein. Ich war mit Fritz unten bei ihm."

„So habt ihr ihn befreit?"

„Ja. Er ist frei."

„Und wo befindet er sich?"

„Auf dem Weg zu dir."

„Auch dies ist nicht wahr. Heraus damit, heraus. Er ist bereits da, und ihr habt ihn versteckt?"

Er kam hinter dem Tisch hervor wie ein Jüngling, so kräftig und schnell.

„Ja, der Vater ist da", sagte da Emma.

„Wo ist er, wo?"

„Er wartet in deinem Schlafzimmer."

Da stieß der Alte einen Jubelruf aus und stürmte zur Tür hinaus, die anderen ihm nach.

Auch der dicke Maler Hieronymus Aurelius Schneffke war mit in Berlin angekommen. Er begab sich zunächst nach seiner Wohnung, um sich ein wenig zu restaurieren, und ging dann nach der Nummer 16 derselben Straße, wo er im Hinterhaus vier Treppen hoch emporstieg und klingelte.

Es ließen sich von innen langsame, schlürfende Schritte hören, und dann fragte die Stimme des alten Sonderlings Untersberg:

„Wer ist da?"

„Ich, der Maler Schneffke."

Die Tür wurde geöffnet, nicht ganz, sondern nur so weit, wie es die Sicherheitskette zuließ. Der Alte lugte heraus und fragte:

„Sind Sie allein?"
„Ja."
„Wirklich?"
„Ja."
„Wissen Sie, als Sie zum letzten Mal bei mir waren, brachten Sie mir auch einen Menschen mit, welcher nicht wieder gehen wollte."
„Ich konnte nichts dafür. Heute bin ich allein."
„So kommen Sie."
Die Tür wurde jetzt ganz geöffnet, und der Maler durfte eintreten. Hinter ihm verschloß der Alte sofort wieder und winkte seiner Dogge, sich als Wächter an die Tür zu setzen.
Das Zimmer war in demselben Zustand wie vor Schneffkes Reise. Der Alte schien sein Abendbrot gegessen zu haben, denn auf dem Tisch stand ein alter Teller mit einem harten Brotrest und einer dürren Käserinde.
Untersberg deutete auf einen Stuhl, auf welchem der Maler Platz nahm, und setzte sich selbst auf einen zweiten. Er beobachtete den Dicken eine ganze Weile, ohne ein Wort zu sagen, dann begann er:
„Erinnern Sie sich unseres letzten Gespräches noch?"
„Sehr genau."
„Sie wissen, daß ich Sie warnte?"
„Wovor?"
„Ah, sehen Sie, daß Sie nichts mehr wissen!"
„Sie haben mich nicht gewarnt."
„Sogar sehr streng. Ich warnte Sie vor Unvorsichtigkeiten."
„Ah so! Das meinen Sie. Nun ja, Sie rieten mir Vorsicht an."
„Haben Sie das befolgt?"
„Natürlich."
„Haben Sie auch nichts verraten?"
„Kein Wort."
„Schwören Sie."
„Ich schwöre."
„Gut, so können wir beginnen. Sie waren also doch in Frankreich?"
„Wo sonst!"
„Es wäre doch möglich, daß Sie von meinem Geld eine Lustpartie nach einem ganz anderen Ort gemacht hätten."
„Das wäre ja Betrug."
„Ja. Man darf keinem Menschen trauen."
Da stand Schneffke von seinem Stuhl auf und sagte:

„Sie behandeln mich wie einen Spitzbuben und Betrüger; das brauche ich mir nicht gefallen zu lassen. Gute Nacht."

Er schritt der Tür zu.

„Ja, gehen Sie. Gute Nacht", hohnlachte der Alte.

Die Dogge erhob sich und fletschte drohend die Zähne.

„Rufen Sie den Hund fort", sagte Schneffke.

„Wozu?"

„Daß ich gehen kann."

„Gehen Sie doch. Ich halte Sie nicht."

Da drehte sich Schneffke wieder um, setzte sich abermals auf seinen Platz und sagte:

„Na, zerreißen lasse ich mich von dem Hund nicht; aber antworten werde ich Ihnen auch nicht, wenn Sie nicht höflicher werden. Ich habe Zeit, ich kann sitzen bleiben."

Er griff in die Tasche, zog sich eine Zigarre hervor und machte Miene, sie anzubrennen.

„Was fällt Ihnen ein! Wollen Sie mir meine Bilder und Bücher, meine ganze Bibliothek anbrennen?"

„Nein, sondern nur diese Zigarre."

„Es kann ein Funke herunterfallen."

„Ich nehme mich in acht."

„Nein, nein. Sie rauchen nicht."

„Wenn Sie höflich sein wollen, werde ich die Zigarre wieder einstecken."

„Sie sind ein sonderbarer Mensch."

„Und Sie ein komischer Kauz. Sie machen sich selbst das Leben schwer, Herr Untersberg."

„Ich habe auch alle Ursache dazu. Also, wollen Sie mir jetzt Rede und Antwort stehen?"

„Ja."

„Sie waren in Malineau?"

„Ja."

„Haben Sie den jungen Berteu gesehen?"

„Ja."

„Und mit ihm gesprochen?"

„Viel."

„Viel? Ah! Hatten Sie Gelegenheit dazu?"

„Ich hatte sie mir verschafft. Erinnern Sie sich meiner Versicherung, daß ich Anlage zum Gendarm besitze?"

„Ja."

„Nun, ich sollte Berteu aushorchen. Das konnte ich am allerbesten, wenn ich bei ihm wohnte."

„Was? Wie? Sie haben bei ihm gewohnt?"

„Ja."

„Wie lange?"

„Einige Tage."

„Das ist gut, das ist wirklich gut. Wie aber kam es, daß er Sie zu sich nahm?"

„Ich tat, als ob ich das Schloß abzeichnen wolle, da kam er dazu und sagte mir, daß er einige Bilder besitze, welche er restaurieren lassen wolle. Ob ich diese Arbeit übernehmen könne."

„Sie sagten, ja?"

„Natürlich."

„Und haben ihn ausgehorcht?"

„Ganz und gar."

„Wußte er etwas?"

„Nichts, kein Wort."

„Ah! Wovon denn?"

„Das weiß ich auch nicht."

„So können Sie es ja gar nicht wissen, daß er kein Wort gewußt hat."

„Oh, er war so zutraulich mit mir, daß er mir alles, alles gesagt hat, was auf seinem Herzen liegt."

„Was denn?"

„Von dem Krieg."

„Was weiß er davon?"

„Sehr viel. Er will Franktireur sein."

„Ach so. War sein Vater wirklich tot?"

„Ja."

„Woran war er gestorben?"

„Er war an einem Knochen erstickt."

„Der Unglückselige. Hat er vor seinem Ende gebeichtet?"

„Hm. Kann man mit einem Knochen im Hals beichten?"

„Nein. Hat er seinem Sohn etwas anvertraut?"

„Kurz vor dem Tode nicht."

„Das wissen Sie genau?"

„Sehr genau. Er hatte ein Schweinskotelett gegessen. Dabei war ihm der Knochen in die Gurgel gekommen. Fünf Minuten darauf war er eine Leiche."

„Das ist gut. Das ist schön."

„Hm. Ist's nicht möglich, daß er bereits vorher etwas gesagt haben kann?"

Der Alte erschrak.

„Was soll er gesagt haben?“ fragte er. „Wissen Sie vielleicht etwas, was er gesagt hat?“

„Ja.“

„Was denn?“

„Er hat zu seinem Sohn gesagt, daß dieser ein liederlicher Strick sei, den eines schönen Tages der Teufel holen werde.“

„Weiter nichts?“

„Nein.“

„So bin ich zufrieden, sehr zufrieden.“

„Hm. Man muß vorsichtig sein.“

„Wie? Was? Wissen Sie noch etwas?“

„Nein. Aber der Tote könnte seinem Sohn vielleicht etwas Schriftliches hinterlassen haben.“

„Ist Ihnen so etwas bekannt?“

„Nein.“

„Dann gut. Wie haben Sie Ihre Zeit dort verbracht?“

„Ich habe dem Berteu die Gemälde gereinigt, bin spazierengegangen und habe mir auch das Schloß besehen.“

„Es gehört jetzt dem Grafen von Latreau?“

„Ja.“

„Was arbeiten Sie morgen?“

„Ich werde von der Reise ausruhen.“

„Kommen Sie her zu mir. Wir werden ein wenig nach dem document du divorce suchen.“

„Wozu?“

Sofort machte der Alte ein finsteres Gesicht.

„Was geht Sie das an?“ fragte er.

„Mich? Nichts, gar nichts.“

„So fragen Sie auch nicht.“

„Schön. Gute Nacht.“

„Gute Nacht! Also kommen Sie morgen!“

„Gleich früh aber kann ich nicht“, sagte der dicke Maler, der sich bereits nach der Tür bewegte. Er spielte nur mit dem Alten.

„Warum nicht?“ erkundigte sich dieser.

„Ich muß zu Fräulein Köhler gehen.“

Im nächsten Augenblick hatte ihn Untersberg beim Arm erfaßt.

„Zu einem Fräulein Köhler?“ fragte er.

„Ja.“

„Wie heißt sie noch?“

„Madelon.“

„Ah! Oh! Was ist sie?“

„Gesellschafterin."
„Wo?"
„Bei der Gräfin von Hohenthal."
„Was wollen Sie bei ihr?"
„Ich soll sie porträtieren."
„Was? Porträtieren? Eine Gesellschafterin?"
„Allerdings."
„Hat sie denn Geld, das Porträt zu bezahlen?"
„Ich male es umsonst."
„Sind Sie des Teufels!"
„Nein, aber verliebt."
„In wen?"
„Eben in diese Madelon Köhler."
„Und das Mädchen? Werden Sie wiedergeliebt?"
„Oh, mit himmlicher Wonne!"
Da donnerte ihn der Alte an:
„Herr, Sie sind ein Lügner!"
„Oho!"
„Ich kann es Ihnen beweisen!"
„Beweisen Sie es!"
„Als Sie sich vor Ihrer Reise bei mir befanden, waren Sie bereits verliebt."
„Das bin ich stets."
„Sie sagten, in eine Gesellschafterin."
„Natürlich."
„Ich fragte Sie nach ihr."
„Das ist möglich."
„Sie antworteten, daß sie bei der Gräfin von Goldberg in Stellung sei."
„Ach so! Ja, das ist wahr."
„Und jetzt zeigt es sich, daß sie bei der Gräfin von Hohenthal ist!"
„Aber doch nicht dieselbe!"
„Ist's denn eine andere?"
„Ja. Mit der vorigen war es nichts; sie war arm und hatte obskure Eltern. Bei dieser Madelon Köhler aber ist es ganz anders."
„Inwiefern?"
„Hm! Das ist Geheimnis."
„Aber mir teilen Sie es mit?"
„Wozu?"
„Weil ich mich für Sie interessiere."

„Ich mich für Sie auch; aber das ist doch kein Grund, Ihnen die Geheimnisse meiner Braut mitzuteilen."

„Sie ist schon Braut?"

„Ja, gewiß."

„Ist sie denn reich?"

„O sehr! Und nicht bloß das."

„Was noch?"

„Sie ist auch vornehm."

Die Gestalt des Alten sank immer mehr zusammen. Er stellte seine Fragen mit außerordentlicher Hast und Ängstlichkeit. Jetzt stieß er hervor:

„Vornehm will sie sein?"

„Ja."

„Eine Gesellschafterin!"

„Oh, sie hat ja nicht gewußt, daß sie selbst von Adel ist."

„Von Adel! Eine – Köhler!"

„Das ist ein falscher Name, welchen ihre Mutter zuletzt getragen hat."

„Wie heißt sie denn?"

„Sie heißt eigentlich Madelon de Bas-Montagne."

Da konnte sich der Alte nicht mehr halten; er sank auf den Stuhl nieder und stieß einen tiefen, tiefen Seufzer aus.

„Was ist Ihnen?" fragte der Maler. „Sind Sie plötzlich unwohl geworden?"

„Ja."

„Wovon?"

„Wohl von dem Essen. Ich habe doch wahrscheinlich zu viel zu mir genommen, und mein Magen ist ja ebenso alt wie ich. Doch das braucht Sie ja nicht zu kümmern. Bitte, erzählen Sie weiter, Herr Schneffke."

„Nein; ich werde doch lieber gehen."

„Bleiben Sie! Wo haben Sie diese Madelon kennengelernt?"

„In Malineau."

„War sie dort?"

„Ja. Sie war mit ihrer Schwester Nanon gekommen, um den alten Berteu zu begraben, welcher ihr Pflegevater gewesen ist. Das waren wohl die beiden Mädchen, nach denen ich fragen sollte?"

„O Himmel, o Himmel!"

„Warum jammern Sie?"

„Ich wollte es verschweigen, nun haben Sie es doch erfahren."

„Was denn?"

„Daß ich diese beiden meinte."

„Warum interessieren Sie sich für dieselben?"

„Ich war mit Berteu bekannt. Er schrieb mir zuweilen und erwähnte dabei auch diese Mädchen. Er meldete mir einige Monate vor seinem Tode, daß er mir in Beziehung auf diese ein Geheimnis mitzuteilen habe, welches für sie von hohem Wert sei. Dann kam plötzlich die telegrafische Nachricht, er sei gestorben. Darum sandte ich hin, um zu erfahren, ob er seinem Sohn das gesagt habe, was eigentlich für mich bestimmt gewesen ist."

Der Maler hatte nicht die Absicht gehabt, dem Alten heute zu entdecken, daß alles an den Tag gekommen sei. Jetzt aber hielt er es für besser, mit dieser Mitteilung vorzugehen.

„Hm!" brummte er nachdenklich. „Seinem Sohn hat Berteu nichts gesagt; aber das Geheimnis ist dennoch an den Tag gekommen."

„Wie denn?"

„Das darf ich nicht sagen."

„Und worin besteht es?"

„Eben darin, daß der Name der Mädchen nicht Köhler ist, sondern Bas-Montagne. Sie sind die Töchter einer französischen Freiherrnfamilie."

„Wie wollen Sie das beweisen?"

„Durch ihre Geburtsscheine."

„Ah! Sind diese vorhanden?"

„Ja; sie sind aufgefunden worden."

„Wo?"

„Im Schloß Malineau."

„Wann?"

„Vor wenigen Tagen."

„Wo haben sie gesteckt?"

„In einem Buch der Bibliothek", log der Maler.

„So kann man doch nicht behaupten, daß sie sich gerade auf diese beiden Mädchen beziehen."

„Und doch! Es hat nämlich ein Brief ihrer Mutter dabei gelegen. Sie muß eine sehr unglückliche Frau gewesen sein."

„Wieso?"

„Sie war eine Deutsche, eine Protestantin, und heiratete den Baron Gaston de Bas-Montagne gegen den Willen seines Vaters. Dieser suchte sie zu verderben. Während sein Sohn verreiste, zwang er sie, zu entsagen. Sie entfernte sich mit ihren zwei Kindern und ließ einen Brief an ihren Mann und an ihren Schwiegervater einen Schein zurück, in welchem sie in die Scheidung willigte."

„Ah, dieser Schein! Dieser Schein!“

„Was wissen Sie von ihm?“

„Nichts, gar nichts. Sie selbst sprachen ja davon.“

„Ach so!“

„Erzählen Sie weiter!“

„Wissen Sie denn, daß diese Geschichte noch weitergeht?“

„Ich kann es mir denken.“

„Nun, als der junge Baron von seiner Reise heimkehrte, log ihm der Vater vor, daß sein Weib ihm untreu gewesen sei und mit einem anderen die Flucht ergriffen habe. Der Sohn nahm sich dies zu Herzen und ist seitdem verschwunden. Man hat nichts wieder von ihm gehört.“

„Verschwunden – verschwunden!“ ächzte der Alte.

„Was haben Sie, tut Ihnen etwas weh?“

„Nein; aber Ihre Erzählung greift mich an.“

„Die geht Sie doch gar nichts an!“

„Nein; aber man hat doch Mitgefühl.“

„Ja, Sie sind ein edler Mensch; so wie Sie hätte der alte Baron sein sollen, dann wäre die arme Frau nicht verstoßen und verjagt worden, die arme, gute, süße becque-fleur!“

Da fuhr der Alte auf und rief:

„Was sagen Sie da für ein Wort, Herr!“

„Becque-fleur, zu Deutsch Kolibri.“

„Ich mag dieses Wort nicht leiden. Wissen Sie, was es zu bedeuten hat?“

„Ja.“

„Nun?“

„Es war der Kosename für die arme Frau. Der junge Baron hat sie stets sein kleines, liebes, gutes, süßes becque-fleur genannt. Er muß sie sehr liebgehabt haben.“

„Ah. Oh!“ stöhnte der Alte, indem er den Kopf in die beiden Hände legte.

„Was ist Ihnen denn?“

„Nichts. Sie verstehen es, so herzzerreißend zu erzählen.“

„Meinen Sie? Ja, die arme Frau tut mir wirklich herzlich leid. Sie hat sterben müssen, vereinsamt, verstoßen, verkannt und verurteilt. Wissen Sie, wie ich sie mir vorstelle?“

„Nun, wie?“

„Darf ich mir hier dieses Papierblatt nehmen?“

„Nehmen Sie es.“

Der Maler setzte sich an den Tisch, zog die Lampe näher, griff zu Stift und Papier und begann zu zeichnen. Der Alte sah ihm mit Spannung zu. Es dauerte kaum zwei Minuten, so hielt ihm der erstere das Blatt hin.

„Sehen Sie, Herr Untersberg, so stelle ich mir diese Frau vor. So muß sie gewesen sein, als sie noch glücklich war und kaum zwanzig Jahre zählte."

Untersberg blickte auf die Zeichnung. Sie war ganz genau nach dem Porträt gehalten, welches der Maler in dem Kolibribild gefunden hatte.

„Herr, mein Heiland! Das ist sie; das ist sie!" rief der Alte. „So, ja, so war sie!"

„Wie?" fragte Schneffke. „Haben Sie denn vielleicht diese Frau gekannt?"

„Nein."

„Aber Sie sagen ja, daß sie es sei!"

„Nun, Sie sind ja ein tüchtiger Maler und müssen sie also getroffen haben."

„Ah, so meinen Sie es!"

„Ja, anders natürlich nicht! Haben Sie sie denn gesehen?"

„Nein."

„Und treffen sie so vorzüglich!"

„Das ist kein Wunder. Ich habe mir von ihr erzählen lassen, ich kenne ihren Charakter, ihr Temperament, ihre Tugenden, nach denen ich mir ihre Physiognomie ausbilde."

Da erhob sich der Alte rasch von seinem Stuhl und fragte: „Gelingt das immer?"

„Wenigstens mir."

„Also wenn man Ihnen einen Menschen beschreibt, können Sie sein Gesicht zeichnen?"

„Ja."

„Auch wenn es kein Weib, sondern ein Mann ist?"

„Gewiß."

„Hat man Ihnen vielleicht den Baron Gaston beschrieben?"

„So ziemlich."

„Getrauen Sie sich, ihn zu treffen?"

„Ja, doch vielleicht nicht mit einem Male!"

„Wollen Sie es nicht einmal versuchen?"

„Wozu?"

„Es macht mir Vergnügen. Sie haben ja bemerkt, wie sehr ich mich für diese Sache interessiere."

„Sie scheint Ihnen nicht so unbekannt zu sein, wie Sie sich stellen, Herr Untersberg."

„Wie kommen Sie auf den Gedanken?"

„Infolge meiner Beobachtung. Habe ich nicht recht?"
„Nein."
„So habe ich mich also getäuscht."
„Nun, wollen Sie den Kopf versuchen?"
„Danke! Ich habe Sie bereits zu lange belästigt."
„Oh, das war keine Belästigung."
„O doch. Ich habe heute mit ihnen über Dinge gesprochen, wegen deren Sie mich früher mit dem Hund fortgehetzt hätten. Ich darf Ihre große Güte nicht mißbrauchen."
„Das Gespräch war mir interessant."
„Aber früher durfte ich manches nicht erwähnen, was ich heute erwähnt habe."
„Das liegt in der Stimmung des Augenblickes. Ich bitte Sie wirklich, den Kopf zu versuchen."
„Ich könnte nicht, selbst wenn ich wollte."
„Warum nicht?"
„Wenn mir dieser Kopf gelingen soll, so muß ich ihn mit Buntstift zeichnen. Haben Sie vielleicht solche Stifte hier?"
„Nein."
„So sehen Sie, daß es nicht geht."
„Es geht, es geht! Ich lasse welche holen. Welche Farben brauchen Sie?"
Er war ganz geschäftig und beweglich geworden. Schneffke wehrte ab und sagte:
„Holen lassen? Ich danke. Ein guter Zeichner besorgt sich seine Stifte stets selbst."
„Ist dies denn so unbedingt nötig?"
„Unbedingt zwar nicht: aber es hat ein jeder seine Eigentümlichkeiten. Ich arbeite mit keinem Stift, den ich mir nicht selbst ausgewählt habe."
„Nun, so gehen Sie doch, um welche zu holen!"
„Ich begreife Sie nicht, Herr Untersberg. Sie tun ja, als ob Leben und Tod von dieser Zeichnung abhänge."
„Ich habe Ihnen gesagt, daß ich mich für diese Mädchen interessiere, und ich bin gerade ebenso ein Sonderling wie Sie. Ich verlange es als einen Freundschaftsbeweis, daß Sie die Stifte holen."
„O wehe! Da fassen Sie mich ja förmlich bei der Ambition an."
„Ich hoffe, daß es nicht ohne Erfolg geschieht."
„Nun gut, ich will Ihnen den Willen tun; aber einen Zweck kann ich dabei nicht erkennen."
„Das kann Ihnen ganz gleichgültig sein."

Er ließ den Maler hinaus und verschloß sodann die Tür wieder. Als er allein war, veränderte sich sein Gesicht. Er nahm den Kopf, welchen Schneffke gezeichnet hatte, und betrachtete ihn mit Augen, aus denen ein teuflischer Haß leuchtete.

„Dich habe ich elend gemacht, und deine Brut soll noch elender werden. Aber ihn muß ich wiederhaben, ihn, meinen Sohn. Wenn dieser Maler wirklich seine Züge trifft, so muß meine Annonce den Verlorenen finden."

Er stieß ein heiseres Lachen aus. Es klang wie das Gelächter eines Wahnsinnigen. Und wahnsinnig war er auch, dieser alte Mann. In seinem Verhalten hatte keine Konsequenz gelegen.

Schneffke hatte in Malineau das Bild des Barons Gaston gesehen. Er wußte, daß er dasselbe recht gut mit gewöhnlichem Bleistift wiedergeben könne; aber er hatte während seiner Unterredung mit dem Alten den Entschluß gefaßt, dessen Sohn, Deephill, herbeizuholen. Es galt also, nach einem Vorwand zu suchen, sich zu entfernen, und da war er auf die Idee gekommen, farbige Stifte für notwendig zu erklären.

Als er jetzt langsam die Treppe hinabstieg, schüttelte er den Kopf und murmelte vor sich hin:

„Daß der Alte einen kleinen Knopf im Gehirn habe, das dachte ich immer; daß dies aber ein gar so großer sei, das ist mir doch nicht beigekommen. Ich denke, wenn ich ihm seinen Sohn bringe, so schnappt er entweder vollends über oder er geht in sich und wird ein anderer Kerl. Beides kann nichts schaden. Aber Deephill wird sich wundern, wohin ich ihn führe. Er hat ja gar keine Ahnung, daß er seinen alten Isegrimm heute noch sehen wird."

Er fand Deephill in dem Hotel, in welchem derselbe Quartier genommen hatte. Zwar hatte Madelon ihren Vater gebeten, die ihm von der Gräfin von Hohenthal angebotene Gastfreundschaft anzunehmen; er aber hatte abgelehnt, um einerseits niemandem beschwerlich zu fallen, und andererseits für seine Angelegenheiten freie Hand zu haben.

Nanon wohnte natürlich bei ihm. Madelon hatte es aber nicht übers Herz gebracht, ihre gütige Herrin so schnell zu verlassen. Sie war von der Gräfin nie wie eine untergeordnete Person behandelt worden. Jetzt war die Herrin ganz entzückt zu erfahren, daß ihre Gesellschafterin eigentlich die Tochter eines französischen Barons sei, und freute sich herzlich, als sie hörte, daß Madelon noch bei ihr bleiben wolle, bis in ihre Familienverhältnisse die gewünschte Klarheit gekommen sei. Es erfüllte sie das mit der Genugtuung, nicht nur die Achtung, sondern auch die Liebe ihrer Gesellschafterin errungen zu haben.

Also Deephill hatte Madelon zu der Gräfin von Hohenthal gebracht und war dann in das Hotel zu Nanon zurückgekehrt. Diese befand sich beim Auspacken ihrer Sachen. Im Koffer befand sich auch das Bild des Vaters, welches der dicke Maler bei dem Beschließer Melac auf Schloß Malineau entdeckt hatte. Sie nahm es heraus und sagte:

„Da ist dein Porträt, lieber Vater. Wie schön wäre es, wenn wir auch ein solches von der Mutter besäßen."

„Ja, wie schön", antwortete er. „Zwar kann ich mich aller ihrer Züge noch sehr gut erinnern, aber ich freute mich doch, wenn ich dieselben nicht nur mit dem geistigen Auge zu erblicken brauchte. Und du und Madelon, ihr könnt euch ja doch unmöglich an die Mutter erinnern."

„Hat es kein Porträt von ihr gegeben?"

„O doch! Und zwar ein sehr gutes und kostbares. Es war von einem Meister hergestellt worden."

„Wohin mag es gekommen sein?"

„Sie hat es leider . . ."

Er hielt inne. Seine Züge verfinsterten sich.

„Sprich weiter, lieber Vater."

Er schüttelte den Kopf und antwortete in traurigem Ton:

„Es würde dich schmerzen, liebes Kind."

„Und dennoch bitte ich dich, es mir nicht zu verschweigen. Es ist ja besser, wir sind aufrichtig gegeneinander."

„Meine Mitteilung würde das Andenken trüben, welches ihr der Mutter bewahrt habt."

„Oh, ich kann nicht glauben, daß es etwas gebe, was dem Andenken der Mama schaden könne."

„O doch; es gibt etwas."

„Und ich soll es nicht erfahren?"

„Es ist besser, daß ich schweige."

Sie blickte ihm nachdenklich in das Gesicht. Dann glitt ein Zug der Entschlossenheit über das ihrige. Sie sagte:

„Aber, lieber Vater, ich kann von dir fordern, daß du mir diese Mitteilung nicht vorenthältst."

„Wieso?"

„Wenn es in der Vergangenheit etwas gibt, was imstande ist, das Andenken meiner armen Mutter zu trüben, so ist es meine Pflicht, es zu erfahren. Du wirfst auf sie irgendeine unbekannte Schuld; ich aber glaube nicht an diese Schuld, und so ist es meine heilige Pflicht, die Mutter zu verteidigen und sie von dem Flecken zu reinigen."

„Mein Kind, das wird dir leider nicht gelingen."

„O doch!" behauptete sie im Ton festester Überzeugung. „Teile mir nur mit, welche Schuld auf ihr lasten soll."

Er wendete sich ab und antwortete:

„Die der Untreue."

„Das ist nicht wahr."

Sie hatte diese Worte laut ausgerufen. Sie war dabei zu dem Vater getreten und hatte seinen Arm ergriffen. Sie blickte mit fast zornigem Vorwurf zu ihm auf.

„Leider ist es wahr", entgegnete er.

„Verleumdung, tückische Verleumdung!"

„Nein, Wahrheit, unumstößliche Wahrheit."

„Beweise es."

„Oh, dieser Beweis ist ein sehr unerquicklicher. Nennst du es Treue, wenn ein Weib ihren Mann verläßt, um mit einem anderen davonzugehen?"

„Das hätte sie getan?"

„Ja."

„Oh, das ist eine große, eine ungeheure Lüge, eine Niederträchtigkeit, welche ihresgleichen sucht."

„Du irrst dich. Ich war verreist. Als ich zurückkehrte, war sie fort. Und mit ihr war alles, alles fort, was mich an die Tage des Glückes erinnerte, auch ihr Bild. Sie hatte es mitgenommen."

„Ich glaube es nicht. Wer war der Mann, mit dem sie sich entfernt haben sollte?"

„Was nützt es dir, seinen Namen zu wissen."

„Er müßte doch bei ihr gewesen sein."

„Allerdings."

„Man hat aber nie gehört, daß sich außer uns beiden Kindern eine dritte Person bei ihr befunden habe. Sie ist mit uns beiden nach Malineau gekommen, ganz allein mit uns."

„Aber zwischen ihrer Flucht und der Ankunft auf Malineau liegt eine Zeit, in welcher . . ."

„Weiter, weiter", sagte sie, als er zögerte, fortzufahren.

„Lassen wir diese Zeit im dunkeln liegen."

„Kennst du den Tag ihrer Flucht?"

„Nein."

„Und den Tag ihrer Ankunft auf Malineau?"

„Natürlich auch nicht."

„Und dennoch nimmst du an, daß zwischen diesen beiden Tagen eine Zeit verbrecherischen Umganges gelegen habe?"
„Muß ich nicht?"
„Nein. Ich bin überzeugt, daß sie sofort mit uns nach Malineau gegangen ist."
„Warum aber, warum, warum? Hat sie den Verführer nicht mit nach Malineau gebracht, so ist dies nur ein Zeichen, daß er sie unterdessen verlassen hat."
„Kannst du denn wirklich beweisen, daß sie der Stimme eines Verführers gefolgt ist?"
„Ja."
„Womit?"
„Mit den Aussagen meines Vaters."
„Gut. Bringe deinen Vater. Ich werde ihm in das Angesicht sagen, daß er gelogen hat, wenn er nicht von anderen getäuscht worden ist. Nimmt ein ungetreues Weib ihre Kinder mit, wenn sie ihren Mann verläßt, um sich an einen Verführer zu hängen?"
„Sie liebte euch trotz ihrer Untreue gegen mich."
„Nimmt eine solche Frau das Porträt ihres Mannes mit, den sie in böswilliger Weise verläßt?"
„Hm! Zum Andenken. Warum nicht. Sie ist ihm doch auch einmal gut gewesen."
Er sagte das im Ton der Ironie. Nanon aber entgegnete:
„Nein. Ich kann mir nicht denken, daß eine flüchtige Frau sich mit solchen Andenken schleppt."
„Sie hat übrigens das Bild von sich gegeben."
„Kurz vor ihrem Tode."
„Mein Kind, streiten wir uns nicht. Deine Mutter hat mich verlassen. Diese Tatsache ist nicht hinwegzudisputieren. Ich habe nach ihr gesucht, lange Jahre hindurch. Sie hat sich nicht finden lassen. Das beweist und vergrößert ihre Schuld. Daran ist gar nicht herumzudeuteln. Sie war eine Verbrecherin, nicht nur gegen mich, sondern auch gegen euch."
„Wieso?"
„Indem sie euch mit sich nahm. Sie machte euch zu armen Waisenkindern, euch, die Baronessen von Bas-Montagne, die bei dem Vater eine ihres Standes würdige Erziehung erhalten hätten."
„Oh, Papa, sie hat trotz ihres frühen Todes dafür gesorgt, daß wir nicht verwahrlost wurden."
„Aber um eure Jugend hat sie euch betrogen. Nur einem Zufall habe ich es zu verdanken, daß ich meine Kinder fand. Und nur

demselben Zufall habt ihr es zuzuschreiben, daß ihr nicht gezwungen seid, als arme Gesellschafterinnen dem Glück des Lebens zu entsagen."

Sie lächelte leise vor sich hin und antwortete:

„Was das betrifft, Papa, so glaube ich nicht, daß ich zur Entsagung gezwungen gewesen wäre."

„Pah. Was hättest du als Gesellschafterin von der Zukunft, von dem Leben überhaupt zu erwarten?"

„Viel, sehr viel", sagte sie im Ton der Überzeugung.

„Willst du mir nicht sagen, was du unter diesem „Sehr viel" eigentlich verstehst?"

Sie errötete. Auch sein bisher so ernstes Gesicht verzog sich zu einem Lächeln, und er sagte:

„Denkst du vielleicht, ich errate es nicht?"

„Was?"

„Du hättest die Chance gehabt, eine Kräuterfrau zu werden."

„Oh! Nur eine Kräuterfrau?"

„Nun, dann meinetwegen eine Frau Ulanenwachtmeisterin."

„Vielleicht noch viel, viel mehr. Dieser gute Wachtmeister ist der Sohn vornehmer Eltern."

„Beweise es erst."

„Ich hoffe, daß dieser Beweis erbracht werde."

„Was hätte es dir genützt? Ist er der Sohn eines adeligen Geschlechtes, so hätte die arme Gesellschafterin ihm sicher entsagen müssen."

„Da hast du recht, lieber Vater. Gott aber hat das in seiner Güte und Liebe nicht gewollt, und ich bin . . ."

Da klopfte es. Schneffke trat ein. Er sah es den beiden an, daß sie in einer Unterredung begriffen waren, zu welcher ein Dritter wohl nicht gehörte, darum sagte er:

„Ich störe? Entschuldigung, meine Herrschaften."

„Sie stören nicht, mein bester Herr Schneffke", antwortete der Baron, indem er ihm die Hand reichte.

„O doch."

„Nein. Sie unterbrechen im Gegenteil ein Gespräch, welches für uns beide sehr unerquicklich war."

„Dann hoffe ich, daß Sie mir verzeihen. Ah, das Bild. Ich errate den Gegenstand Ihres Gespräches."

„Wirklich?"

„Ja. Sie sprachen von der, welche dieses Bild besessen hat."

„Sie erraten das Richtige."

„Von ihrer vermeintlichen Schuld . . ."

„Vermeintlich?“
„Ja. Ich halte die arme, gute becque-fleur nicht für schuldig, Herr Baron.“
„Ah, wenn Sie die Beweise bringen könnten.“
Nanon ergriff den Dicken beim Arm und sagte:
„Ich danke Ihnen für Ihre Bereitwilligkeit, der Mama beizustehen. Vater ist von ihrer Schuld überzeugt. Er bemerkte es als ein Zeichen derselben, daß sie ihr Bild mitgenommen hat, welches ihn an sie erinnern konnte.“
Schneffke machte ein erstauntes Gesicht und fragte:
„Ist denn ein Bild von ihr dagewesen?“
„Ja.“
„Hm!“
„Sogar ein sehr gutes Porträt, ein Porträt von der Hand eines berühmten Meisters.“
„Welche Schlechtigkeit, daß sie es mitgenommen hat.“
„So sagen Sie, Herr Schneffke?“
„Ja, natürlich.“
„Ich denke, Sie wollen mir helfen, Mama zu verteidigen!“
„Das wird uns schwer werden, wenn sie sogar dieses Porträt mitgenommen hat. Wissen Sie dies so genau?“
Diese Frage war an den Baron gerichtet.
„Ja“, antwortete dieser.
„Woher denn eigentlich?“
„Nun, es war ja weg.“
„Ach so. Weg war es. Und da ist natürlich sie es gewesen, welche es mitgenommen hat?“
„Wer sonst?“
„Na, natürlich ist sie es gewesen. Aber wohin mag es doch nur gekommen sein?“
„Das habe ich mich auch gefragt.“
„Es müßte sich doch in ihrem Besitz, in ihrem Nachlaß befunden haben. Nicht?“
„Allerdings.“
„Da ist es aber nicht dabeigewesen, folglich . . .“
„Was, folglich?“
„Folglich hat sie es gar nicht gehabt.“
„Oh, es ist auf diese oder jene Weise ihr abhanden gekommen.“
„Zweifle sehr. Ein Meisterwerk kommt nicht abhanden.“
„Aber es ist mit ihr verschwunden gewesen.“
„Mit ihr? Wirklich?“

„Ja."
„Vielleicht zu derselben Zeit, ob aber wirklich mit ihr?"
„Was wollen Sie sagen?"
„Daß ich so eine leise, leise Ahnung habe, das Bild sei von einem anderen entfernt worden."
„Sie täuschen sich."
„Hm. Ich bleibe bei meiner Ahnung."
„Wer sollte ein Interesse daran gehabt haben, das Bild verschwinden zu lassen?"
„Vielleicht Ihr Vater?"
„Er? Ah! Dieser Gedanke deutet allerdings auf etwas hin, was nicht ganz unmöglich ist. Hat Ihre Ahnung vielleicht einen triftigen, nachweisbaren Grund?"
„Ja, freilich."
„Welchen?"
„Ich kann nicht behaupten, daß dieser Grund stichhaltig sei. Aber er ist doch geeignet, gewisse Vermutungen zu erregen. Ich sah nämlich vor einiger Zeit das Porträt einer Dame, welches eine frappante Ähnlichkeit mit den Demoiselles Nanon und Madelon hatte."
„Jedenfalls der reine Zufall."
„Oh, es war von Meisterhand."
„War der Maler bezeichnet?"
„Nein. Das Porträt besaß weder Namen, Faksimile oder Zeichen des Künstlers."
„Hm! Das war bei demjenigen, von welchem wir sprechen, auch der Fall. Können Sie sich auf die Einzelheiten des Porträts besinnen?"
„Sehr gut."
„War die Dame dunkel?"
„Nein, blond, herrlich goldblond."
„Was trug sie für ein Kleid?"
„Rosa Seide mit goldig schimmerndem Federbesatz. Die Seide war meisterhaft getroffen."
„Mein Gott! So trug sich allerdings Amély, als sie dem Künstler zum Gemälde saß. Besinnen Sie sich vielleicht auf den Goldschmuck, den sie trug?"
„Goldschmuck gab es nicht."
„Was sonst?"
„Das Porträt zeigte als einzigen Schmuck eine weiße Rose in der Hand und einen Kolibri im lockigen Haar."
Da erfaßte der Baron den Dicken bei beiden Armen, zog ihn

so, daß der Schein des Lichtes in sein rotglänzendes Gesicht fiel und rief:
„Mann, phantasieren Sie, oder ist's Wirklichkeit?"
„Wirklichkeit! Das ist so wahr wie Pudding."
„Wann haben Sie dieses Gemälde gesehen?"
„Vor ganz kurzer Zeit, es ist kaum zehn Tage her."
„In Malineau?"
„Nein."
„Wo denn?"
„Hier in Berlin."
„Unmöglich."
„Hm! Kann man etwas Unmögliches sehen?"
„Herr Schneffke, Sie versetzen mich in Aufregung. Das Gemälde, welches Sie beschreiben, scheint dasjenige meiner Frau zu sein. Wie kann dies nach Berlin kommen?"
„Durch Ihren Vater."
„Ah. Haben Sie Veranlassung zu dieser Behauptung?"
„Ja."
„Welche? Schnell, schnell!"
„Nun, ich habe mir einmal vorgenommen, die Ehre ihres lieben Kolibris zu retten, und so will ich es auch tun. Ihr Vater hat sehr schlecht an Ihnen und Ihrer Frau gehandelt."
„Beweisen Sie es."
„Er hat einfach die Erzählung von ihrer Untreue erfunden."
„Beweise, Beweise!"
„Sie ist mit keinem anderen durchgegangen."
„Dann hätte er gelogen?"
„Ja."
„Und das Porträt?"
„Sie hat auch ihr Porträt nicht mitgenommen."
„Es war doch verschwunden!"
„Ihr Vater hat es versteckt."
„Das wäre allerdings eine Schlechtigkeit, die ich ihm nie verzeihen könnte. Warum aber ist sie fortgegangen?"
„Er hat sie gezwungen."
„Womit? Etwa durch Drohungen?"
„Vielleicht. Dann aber auch dadurch, daß er an ihr gutes Herz appellierte. Er hat ihr vorgestellt, daß sein Stammbaum durch die Mißheirat befleckt sei. Er hat ihr zu beweisen gesucht, daß sie durch diese Mesalliance und durch die von ihr eingegangene Mischehe Ihnen nicht nur einen unauslöschlichen Makel gebracht, sondern auch alle Ihre Ansprüche an das Leben, an die

Zukunft vernichtet habe. Er hat ihr keine Ruhe gelassen; er ist in sie eingedrungen auf alle mögliche Weise; er hat sie gequält, ihr wohl gefälschte Briefe, scheinbar von Ihrer Hand, gezeigt; er hat kein Mittel unversucht gelassen, sie zu überzeugen, daß sie Ihr Lebensglück vernichtet. Er hat nicht geruht und gerastet, bis sie im Widerstand ermüdete und er seinen Zweck erreicht sah."

„Donnerwetter! Wenn dies wahr wäre!"

„Es ist wahr!"

„Haben Sie etwa sichere Unterlagen für diese Behauptung?"

„Ja."

„Aber Sie hätte mir doch eine Nachricht hinterlassen sollen, ja hinterlassen müssen, eine Zeile, eine einzige Zeile!"

„Das hat sie auch getan."

„Ich habe nichts erhalten."

„Er hat Ihren Brief unterschlagen."

„Wissen Sie das?"

„Sehr genau!"

„Herr Gott! Woher wissen Sie es?"

„Durch einen Zufall. Der Brief, welchen sie damals an Sie geschrieben hat, existiert noch."

„Wo? Wo?"

„Hier in Berlin. Bei dem Mann, der Ihr Bild besitzt."

„So hat er beides, Bild und Brief von meinem Vater?"

„Hm! Jedenfalls."

„Ach! Da kann ich bei ihm wohl auch eine Spur meines Vaters entdecken?"

„Das glaube ich gern."

„Wer ist dieser Mann?"

„Ein alter Sonderling, welcher keinen Menschen zu sich läßt. Ich bin der einzige, mit dem er verkehrt. Er ist ein Bilderfex. Er läßt sich aber nichts anderes malen als Kolibris und immer wieder Kolibris."

„Das ist höchst sonderbar."

„Freilich. Bitte, Herr Baron, haben Sie wohl früher irgendein Zeichen geistiger Störung an ihrem Vater bemerkt?"

Der Baron machte eine Bewegung der Überraschung und erkundigte sich:

„Wie kommen Sie zu dieser Frage? Was wollen Sie damit sagen? Etwa – daß dieser Bilderfex . . .?"

„Bitte antworten Sie mir."

„Nun, mein Vater war bigott und außerdem sehr zur Menschenfeindlichkeit geneigt. Er tat allerdings zuweilen etwas, von dem man nicht sagen konnte, daß es begreiflich sei. Es kam vieles vor, was andern unmotiviert erscheinen mußte, und nach meiner Rückkehr von jener langen Reise und nach dem Verschwinden meiner Frau zeigte er eine körperliche und geistige Ruhelosigkeit, welche mich für ihn besorgt machte."

„Und noch später . . .?"

„Das weiß ich nicht. Ich suchte meine Frau. Als ich nach längerer Abwesenheit einmal wiederkehrte, hatte er alles verkauft und war spurlos verschwunden."

„Ohne Ihnen eine Nachricht zurückzulassen?"

„Ohne eine Zeile, ohne ein Wort."

„Das dachte ich mir. Nun, Sie haben recht. Wir werden bei unserem alten Bildermann jedenfalls eine Spur Ihres verschwundenen Vaters finden."

„Wäre das der Fall, so wollte ich es Ihnen reichlich lohnen, Herr Schneffke."

„Na, schön! Ich bin meiner Belohnung gewiß."

„Wo wohnt dieser Mann?"

„Gar nicht weit von hier. Man kann in zwei Minuten von hier aus bei ihm sein."

„Ah! Wollen Sie hin zu ihm?"

„Haben Sie Zeit?"

„Natürlich, natürlich!"

Er langte eifrig nach Hut und Überrock, Schneffke bemerkte dies lächelnd und sagte:

„Aber nach seinem Namen fragen Sie nicht?"

„Nach seinem Namen? Ach wirklich, das habe ich ganz vergessen. Also, wie heißt er?"

„Untersberg."

Da warf der Baron Hut und Überrock von sich, trat auf den Maler zu und rief:

„Untersberg? Habe ich recht gehört?"

„Ja, Herr Baron."

„Das würde doch auf Französisch Bas-Montagne heißen!"

„Allerdings! Und auf Englisch Deephill."

„Also mein Name?"

„Ganz genau."

„Herr Schneffke, meinen Sie etwa . . .?"

Er war außerordentlich erregt. Er sprach die Frage zwar nicht aus, aber sie war in seinen Zügen zu lesen.

„Ja, gerade das meine ich", nickte Schneffke.

„Daß dieser Untersberg . . ."

„Ja.“
„Identisch mit meinem Vater sei?“
„Ja.“
„Sind Sie des Teufels?“
„Nein.“
„Welch eine Überraschung!“
„Daß ich nicht des Teufels bin?“
„Nein, scherzen Sie nicht, sondern sprechen Sie im Ernst.“
„Das tue ich ja doch!“
„Also Sie behaupten wirklich, daß mein Vater hier in Berlin lebe, unter dem Namen Untersberg?“
„Ich behaupte und beweise es.“
„So lassen Sie uns zu ihm gehen, sofort, sofort!“
Er raffte Hut und Überzieher wieder auf und wollte eiligst das Zimmer verlassen. Der Maler aber stellte sich ihm in den Weg und sagte:
„Halt, nicht so schnell, Herr Baron.“
„Warum nicht?“
„Es gibt vorher noch einiges zu erwähnen.“
„Was soll es noch geben? Nichts, gar nichts. Ich höre, daß mein Vater hier lebt; ich gehe zu ihm. Alles was es noch gibt, werde ich bei ihm hören.“
„Nichts, gar nichts werden Sie hören.“
„Alles, alles! Dafür werden Sie mich sorgen lassen!“
„Nein, nichts hören Sie, denn er wird Sie nicht einlassen.“
„Oho!“
„Ich sagte Ihnen bereits, daß er nur mit mir verkehrt.“
„Kann er seinen Sohn abweisen?“
„Es ist ihm zuzutrauen.“
„Ich werde ihn zwingen.“
„Wie?“
„Durch die Polizei.“
„Wollen Sie die Polizei in Ihre Angelegenheiten blicken lassen, Herr Baron?“
„Wenn ich auf keine andere Weise mit ihm sprechen kann, ja.“
„Ich werde Sie einlassen.“
„Sie?“
„Ja.“
„Ohne seinen Willen?“
„Mit oder ohne denselben. Wir gehen jetzt. Sie aber lassen sich zunächst gar nicht sehen. Sie warten vor der Tür, bis ich Ihnen öffne.“

„Gut! Einverstanden."
„Es ist möglich, daß er mich, wenn er Sie erkennt, aus dem Zimmer weist. Das aber geben Sie nicht zu."
„Warum nicht?"
„Er würde Ihnen gegenüber alles leugnen; ich aber bin imstande, ihm alles zu beweisen, was er gegen Sie und Ihre Frau gesündigt hat; ich muß also bleiben."
„Einverstanden! Also kommen Sie!"
Er erfaßte den Maler bei der Hand, um ihn mit sich fortzuziehen.
„Vater, sagst du mir kein Wort?" fragte Nanon.
Sie hatte sich bis jetzt schweigend verhalten.
„Verzeihe, mein Kind! Ich glaube, daß du auch in Aufregung bist; aber ich muß eilen, mich von der Unschuld deiner guten Mutter überzeugen zu lassen."
Die beiden Männer entfernten sich. Der Baron hatte kaum noch die Kraft, die Unruhe, welche ihn innerlich gefaßt hatte, zu bemeistern. Als sie dann die letzte Treppe emporstiegen, sagte Schneffke leise:
„Hier in dieser dunklen Ecke bleiben Sie, bis ich Sie einlasse. Er wird Sie beim Öffnen nicht sehen."
Er klopfte an die Tür.
„Wer ist draußen?" fragte es von innen.
„Schneffke."
„Ah, endlich!"
Der Alte öffnete und verriegelte die Tür sofort wieder, als der Maler eingetreten war.
„Sie sind ja eine ganze Ewigkeit fortgeblieben", zankte er ihn aus.
„Ich fand nicht eher die richtigen Stifte."
„Jetzt aber haben Sie welche?"
„Ja."
„Gut. Hier ist Papier."
Schneffke hatte gar nicht nötig gehabt, sich farbige Stifte zu kaufen. Er trug stets dergleichen in einem Etui bei sich. Er zog dieses letztere hervor, setzte sich an den Tisch und begann zu zeichnen. Der Alte stand hinter ihm und folgte mit der größten Spannung den Bewegungen seiner Hand.
Schneffke spannte ihn dadurch auf die Folter, daß er zunächst die hinteren Teile des Kopfes zeichnete.
„Schnell, schnell! Das Gesicht", sagte Untersberg.
„Warten Sie; warten Sie! Alles hat seine Zeit!"

Jetzt begann er mit Stirn, Nase und Mund. Als er das eine Auge beendet hatte, rief der Alte:

„Himmel! Er ist's!"

„Wer?"

„Mein Sohn. So war er; so war er, ganz genau so!"

„Warten Sie noch."

Der Alte stand hinter ihm, mit ausgestreckter Hand, bereit, das Papier sofort nach dem letzten Strich zu erfassen. Er hatte das Aussehen eines bösen Geistes, welcher im Begriff steht, sich auf eine arme Seele zu stürzen. Sein Wunsch, sein heißer Wunsch, das Bild seines Sohnes zu besitzen, war erfüllt.

„So", sagte Schneffke sich erhebend. „Da ist der Kopf. Sie meinen also, daß er ähnlich ist?"

„Ja, ja! Vollkommen. Zeigen Sie. Her damit!"

Seine Augen ruhten mit halb irrem Blick auf dem Blatt; dann sagte er:

„Das ist mein; das bekommen Sie nicht wieder. Ich werde es sofort einschließen, sofort."

Er eilte in das Nebenzimmer. Der Hund folgte ihm. Das war dem Maler lieb. Er eilte an die Tür und öffnete.

„Schnell, schnell", flüsterte er.

„Wo ist er?" fragte der Baron, leise eintretend.

„Da draußen. Stecken Sie sich da hinter den Ofen."

Bas-Montagne tat es, und der Maler trat wieder an den Tisch. In diesem Augenblick kehrte der Alte zurück. Er machte die Tür zum Nebenzimmer zu, ohne zu bemerken, daß der Hund draußen geblieben war.

„Also sind Sie mit dem Kopf zufrieden?" fragte der kleine Dicke lächelnd.

„Ja, ja", antwortete Untersberg.

Sein Auge ruhte dabei forschend auf dem Frager.

„Das ist mir lieb."

„Aber mir vielleicht nicht!"

„Warum nicht? Sie wollten das Bild doch haben."

„Ist es wirklich nur Phantasie?"

„Nein."

„Ah! Alle Donner! Also doch nicht."

„Nein. Jeder Zeichner muß etwas Wirkliches zugrunde legen; so ist es auch bei mir."

„Sie haben also einmal einen solchen Kopf gesehen?"

„Ja."

„Wann?"

„Vor einiger Zeit."
„Wo?"
„In Frankreich."
„Donnerwetter! An welchem Ort?"
„In Thionville."
„War die Ähnlichkeit groß?"
„Sehr. Nur war der Mann älter als ich ihn hier bei Ihnen porträtiert habe."
„Was war er?"
„Bankier."
„Ach so. Woher?"
„Aus Nordamerika."
„Haben Sie seinen Namen erfahren?"
„Ja. Er hieß Deephill, auf französisch Bas-Montagne und auf deutsch Untersberg."
Da fuhr der Alte zurück und rief:
„Mensch, ist das wahr?"
„Natürlich."
„Wo befindet sich dieser Mann jetzt?"
„Hier ist er", erklang es vom Ofen her.
Untersberg drehte sich erschrocken um. Dort stand sein Sohn, welcher hinter dem Ofen hervorgetreten war.
„Gaston!" rief der Alte.
„Herr Baron!" antwortete der Sohn, welcher kein Zeichen der Freude gab, seinen Vater wiederzusehen.
„Gaston! Wie kommst du hier herein?"
„Durch die Tür."
„Sie war verschlossen."
„Ist das alles, an was du jetzt denkst? Denkst du nur an den Riegel, den du vorgeschoben hattest? Denkst du an nichts Anderes, an nichts Wichtigeres?"
„Oh, ich denke daran!"
„Nun, an was denn?"
„An die Freude des Wiedersehens."
„Fühlst du sie wirklich?"
„Zweifelst du daran?"
„Du hast nicht das Aussehen eines Vaters, welcher entzückt ist, von seinem Sohn überrascht worden zu sein."
„O doch! Komm her an mein Herz."
Er öffnete die Arme.
„Laß das", wehrte der Sohn ab. „Spielen wir nicht Komödie."
„Komödie? Ich freue mich wirklich, aufrichtig."

„Wollen sehen. Ich komme zunächst nicht als Sohn zu dir."
„Als was denn?"
„Als Mann meines Weibes."
„Wieso?"
„Ich habe dich nach ihr zu fragen."
„Ich weiß nicht mehr von ihr, als das, was ich dir vor Jahren mitgeteilt habe. Ich hörte nie wieder von ihr."
„Ich hoffe, daß du dies zu beweisen vermagst."
„Sicher. Setz dich. Ich werde Wein holen . . ."
„Wein? Laß den Wein. Die Familienangelegenheiten gehen vor; sie müssen wir besprechen."
„Gut. Ganz wie du willst. Aber hier ist ein Mann, den diese Sachen nichts angehen. Herr Schneffke, wir sind für heute fertig. Kommen Sie morgen wieder, um sich das Honorar für die Zeichnung zu holen."
„Ihr seid noch nicht fertig!" fiel der Sohn ein.
„Wieso? Was weißt du von unserem Geschäft?"
„Nichts; aber ich weiß, daß er gerade jetzt hierher gehört. Er muß hören, was wir miteinander sprechen."
„Ah! Warum?"
„Er kennt unsere Angelegenheiten besser als wir beide."
Da warf der Alte einen glühenden Blick auf den Maler und fragte diesen:
„Ist das wahr?"
„Ja", lautete die furchtlose Antwort.
„Sie wissen, daß dieser Herr mein Sohn ist?"
„Ja."
„Er ist's, den Sie in Thionville getroffen haben?"
„Ja."
„Sie haben ihn zu mir gebracht?"
„Wie Sie sehen."
„So haben Sie gewußt, daß ich eigentlich Bas-Montagne heiße, nicht aber Untersberg?"
„Ich vermutete es."
„Woher?"
„Davon später."
„So haben Sie mich also getäuscht?"
„Nein. Sie wünschten das Porträt Ihres Sohnes. Ich habe ihn in Person gebracht und erwarte eigentlich dafür den Ausdruck Ihrer Dankbarkeit."
„Der Teufel soll Ihnen danken. Sie haben mich betrogen. Wissen Sie, daß ich meinen Hund auf Sie hetzen werde?"

„Versuchen Sie es!"

„Pah!" sagte der Sohn. „Das sind Kindereien. Lassen wir sie. Wir haben Wichtigeres zu tun. Setzen Sie sich, Herr Schneffke. Wir wollen diesem Herrn Untersberg doch einmal ein paar Fragen vorlegen."

Er nahm Platz, und der Maler tat dasselbe. Der alte Baron ließ seinen Blick von dem einen nach dem anderen schweifen. Seine Lippen zuckten, und sein Gesicht war der Spiegel ängstlicher Besorgnis.

„Ich begreife dich nicht!" stieß er hervor.

„Du wirst mich begreifen lernen. Erinnerst du dich noch des Tages, an welchem meine Frau verschwunden war?"

„Ja."

„Weißt du, weshalb sie verschwand?"

„Natürlich! Sie war dir untreu geworden."

„Das ist Lüge. Damals habe ich an diese Untreue geglaubt, jetzt aber tue ich das nicht mehr."

„Ich kann dir Beweise dafür bringen."

„Womit?"

„Durch Briefe, welche sie mit ihrem Verführer gewechselt hat."

„Bist du im Besitz derselben?"

„Ja."

„Zeige sie mir."

„Sogleich."

Der Alte öffnete ein Fach und zog ein Päckchen hervor, das er seinem Sohn mit den Worten gab:

„Da sind sie. Lies!"

Der Baron öffnete einen nach dem anderen und las sie, ohne sich merken zu lassen, welchen Eindruck der Inhalt auf ihn mache. Dann fragte er:

„Warum hast du mir diese Briefe damals nicht gezeigt?"

„Ich hatte sie noch nicht."

„Du behauptest also, erst später in den Besitz derselben gekommen zu sein?"

„Ja."

„Auf welche Weise?"

Der Alte schien verlegen zu werden, doch war er sehr schnell mit einer Erklärung da:

„Ein Fremder brachte sie."

„So, so. Natürlich hast du ihn gefragt, wer er sei?"

„Gewiß."

„Und auf welche Weise er zu den Briefen gekommen war?"
„Das versteht sich."
„Nun, was antwortete er?"
„Er war ihr Diener gewesen. Der Verführer hatte ihn engagiert, aber schlecht behandelt. Aus Rache hatte er ihm diese Briefe gestohlen."
„Hatte ihm sein Herr denn gesagt, wen er entführt habe?"
„Jedenfalls."
„Und daß sie eigentlich eine Baronin Bas-Montagne sei?"
„Gewiß."
„Ein sauberer Herr. Aber ich gestehe aufrichtig, daß ich an diesen schlecht erfundenen Roman nicht glaube."
„Oho!"
„Du lügst."
„Alle Teufel! Was fällt dir ein!"
„Oh, ich habe meinen guten Grund, dies anzunehmen."
„Welchen denn?"
„Diese Briefe hat Amély nicht geschrieben, das macht mir niemand weis. Die Handschrift ist der ihrigen so ziemlich ähnlich, aber ich lasse mich nicht täuschen. Sie sind gefälscht."
„Ah, was du sagst."
„Ich bin überzeugt davon."
„So hätte er mich getäuscht?"
„Wer? Etwa der angebliche Diener?"
„Ja."
„Pah! Der existiert nur in deiner Phantasie. Übrigens bist du selbst in deine eigene Falle geraten."
„Was meinst du?"
„Du behauptest, diese Briefe später erhalten zu haben."
„Ja, so ist es auch."
„Und vorher sagtest du, daß du niemals wieder etwas von ihr gehört habest."
„Ich dachte nicht daran."
„Schon gut. Du hast mich früher täuschen können, jetzt aber gelingt es dir nicht mehr."
„Donnerwetter. Du hältst mich also für einen Lügner?"
„Ja."
„Und dies sagst du mir in Gegenwart dieses Mannes?"
„Wünschest du etwa, daß ich damit warte, bis wir uns unter vier Augen befinden?"
„Das ist eine Beleidigung, die ihresgleichen sucht."
„Pah! Spiele dich nicht als Unschuldigen auf. Du hast ein

Verbrechen an mir begangen, welches so groß ist, daß selbst Gottes unendliche Barmherzigkeit es dir niemals zu verzeihen vermag."

„Bist du toll! Von welchem Verbrechen redest du?"

„Du hast mich um das Glück meines Lebens gebracht, indem du mein Weib beschuldigtest, ein Verbrechen begangen zu haben, an welches sie nie dachte."

„Unschuldig? Ah, warum entfloh sie?"

„Von einer Flucht war keine Rede."

„Wie willst du ihre Entfernung sonst nennen?"

„Eine Folge deiner Intrigen."

„Sapperment! Also ich bin schuld daran?"

„Ja."

„Beweise mir das."

„Wo hast du den Brief, den sie mir zurückgelassen hat?"

„Ich weiß von keinem Brief."

„Wirklich nicht?"

„Nein."

„Herr Schneffke, jetzt sind Sie an der Reihe."

„Ah, was will dieser Mensch?" sagte der Alte.

Schneffke stand von seinem Stuhl auf und antwortete:

„Was ich will? Ihnen beweisen, daß Sie lügen."

„Kerl, was wagen Sie! Denken Sie an meinen Hund."

„Zunächst muß ich an etwas anderes denken, nämlich an dieses Bild."

Er zeigte auf das Bild, welches er damals mit den anderen gereinigt hatte und hinter welchem nebst Amélys Porträt auch ihre beiden Briefe versteckt gewesen waren.

„Was ist es mit dem Bild?" fragte der Alte.

„Das sollen Sie sogleich sehen."

Er nahm es von der Wand, entfernte die hintere Seite und zog das Porträt hervor.

„Hier, meine Herren, sehen Sie."

Der Blick des Alten fiel darauf.

„Alle Teufel! Der becque-fleur!"

Mit einem raschen Sprung warf er sich auf den Maler, um ihm das Porträt zu entreißen; aber sein Sohn kam ihm zuvor. Er faßte den Vater bei den Achseln, drückte ihn in den Stuhl zurück und sagte:

„Hierher setzt du dich und bleibst sitzen, bis ich mit dir fertig geworden bin."

„Oho, redest du in dieser Weise mit deinem Vater?"

„Ja. Und wenn du mir nicht gehorchst, werde ich in noch ganz anderer Weise mit dir sprechen."
„Welche wäre dies?"
„Durch die Polizei. Ich gebe dir mein Ehrenwort, daß ich dich, falls du nicht ruhig bist, arretieren lassen werde, um dich für das, was du getan hast, dem Strafrichter zu übergeben."
„Deinen Vater!"
„Pah! Du hast nicht wie ein Vater, sondern wie ein Schurke an mir gehandelt. Hier ist das Bild meines Weibes, nach welchem ich vergebens gesucht habe. Wie kommt es hierher?"
„Ich weiß es nicht."
„Du lügst."
„Ich lüge nicht."
„Sie lügen!" erklärte da der Maler.
„Mensch, schweigen Sie!"
„Und dennoch sage ich, Sie lügen. Sie haben gewußt, daß Sie dieses Bild versteckt hatten, aber Sie haben den Ort vergessen, wo es verborgen wurde."
„Was fällt Ihnen ein?"
„Haben Sie etwa nicht nach dem document de divorce gesucht, Herr von Untersberg?"
„Ah, dieses Dokument!" stöhnte der Alte, dessen Gesicht plötzlich wieder einen irren Ausdruck annahm.
„Und hat die arme Amély etwa nicht einen Brief an Sie geschrieben, bevor sie sich entfernte?"
„Ich weiß von nichts!"
„Ich meine folgenden Brief."
Er hatte das eine der Schreiben geöffnet und las:
„Dem Herrn Baron de Bas-Montagne.
Ihr Unterhändler ist bei mir gewesen. Sie sind ein harter, grausamer Mann. Ihre Forderungen zerreißen mir das Leben. Aber ich bin ein Weib, habe ein Herz und zwei Kinder. Ich fühle, was es heißen mag, ein Kind verlieren, einen Sohn aufgeben zu müssen. Es war nie meine Absicht, Ihnen Gastons Herz zu rauben; Sie haben es von sich gestoßen. Aber Sie haben ein älteres, vielleicht auch ein heiligeres Recht an Ihrem Sohn. Ich trete zurück. Ich willige in die Scheidung unserer Ehe, obgleich ich weiß, daß ich damit mein Todesurteil unterzeichne.
Gott allein mag Richter sein zwischen Ihnen und Amély de Bas-Montagne geborene Rénard."
Kaum hatte der Maler geendet, so sprang der Alte wieder von seinem Sitz auf und rief:

„Das ist's, das ist's. Her damit."

Aber sein Sohn drückte ihn mit unwiderstehlicher Gewalt wieder nieder und gebot ihm:

„Bleib sitzen, wenn du größeres Unheil verhüten willst. Ich gebe nicht zu, daß du dich an diesem Bild oder an dem Brief vergreifst."

Und sich an den Maler wendend, fragte Gaston:

„Das steht da auf diesem Papier?"

„Ja."

„Zeigen Sie."

„Hier, lesen Sie."

Der Baron nahm den Brief in die Hand und betrachtete Zeile für Zeile, Wort für Wort.

„Ihr Todesurteil", flüsterte er. „Sie hat mich geliebt; sie mußte sich von mir trennen, und sie ist daran gestorben. Gott, mein Gott! Und warum?"

„Der dort zwang sie", sagte Schneffke, auf den Alten deutend.

Der Baron drehte sich zu diesem um und erschrak fast bei dem Anblick, welchen sein Vater bot. Die Augen starr vor sich hin gerichtet, saß er da. Vor seinem Mund stand weißer Schaum, und seine bleichen Lippen murmelten leise:

„Es ist's, es ist's, das document de divorce."

„Er ist verrückt", sagte der Maler.

„Ja, er ist nicht bei Sinnen. Was tun wir nun mit ihm?"

„Es sieht fast wie ein epileptischer Anfall aus. Lassen wir ihn ruhig gewähren."

„Ja, bekümmern wir uns gar nicht um ihn."

„Gott! Und es ist Ihr Vater."

„Leider! Wäre er das nicht, so würde ich ihn mit dieser meiner Faust zu Boden schlagen. Denken Sie sich, daß mein armes Weib gezwungen worden ist, mir zu entsagen!"

„Leider, leider."

„Wie mag er sie gepeinigt haben! Ein jedes ihrer Worte hier ist eine Flut von Tränen."

„Ich war schon damals tief gerührt, als ich diesen Brief zum ersten Male las", sagte Schneffke.

„Wann war dies?"

„Am Tag meiner Abreise nach Frankreich."

„Wie kamen Sie zu diesem Brief?"

Der Maler erzählte es.

„Und Sie haben meinem Vater nichts davon gesagt?"

„Nein."

„Warum nicht?"

„Weil ich bereits ahnte, daß Madelon Ihre Tochter sei. Freilich konnte ich es mir nicht träumen lassen, daß ich so bald danach Sie treffen würde. Ich steckte also das Bild und die beiden Briefe an ihren Ort zurück, um zur geeigneten Zeit Gebrauch davon zu machen."

„Sie sagen ‚die Briefe'. Waren mehrere da?"

„Ja. Ich sagte doch vorhin im Hotel zu Ihnen, daß Ihre Frau für Sie einen Brief zurückgelassen habe."

„Ja. Ist er dabei?"

„Hier, hören Sie."

Er las:

„Mein bester, mein teuerster Gaston!

Wenn Du von der Reise zurückkehrst, findest Du wohl diesen Brief, nicht aber Deine Amély, Deinen süßen Kolibri, vor. Mein Herz bricht, indem ich dieses schreibe; aber ich kann, ich darf nicht anders. Du hast mich geliebt, und ich fand den Himmel in Deinen Armen. Deine Liebe zu mir hat Dich von dem Vater getrennt, welcher unserer Verbindung fluchte. Du hast mir alles, alles geopfert, mir, dem armen, fremden, bürgerlichen Mädchen. Jetzt ist die Leidenschaft verschwunden, und Du beginnst zu denken und zu rechnen. Ich beobachtete Dich im stillen und sah, daß ich Dir nicht mehr alles bin.

Gott ist mein Zeuge, daß mein Leben nur Dir allein gehört. Indem ich von Dir scheide, gebe ich mir den Tod, denn ich kann ohne Dich nicht sein. Aber ich gebe Dich frei; ich gebe Dich Deinem Stand, Deinem Beruf, Deiner Ehre und Deinem Vater zurück. Ich lege meine von dem Notar kontrasignierte Einwilligung zur Scheidung bei.

Meine Hand zittert, mein Herz bebt, und meine Augen stehen voller Tränen. Ich nehme nichts, gar nichts mit, als meine Kinder, meine süße Nanon und meine herzige Madelon. Du hast sie mir geschenkt, und sie sind mein Eigentum. Forsche nicht nach uns, denn Du würdest uns doch nicht finden.

Dein Kolibri entweicht. Sein Gefieder wird den Glanz verlieren, und sein Flug wird sich bald zum Grab senken. Aber noch im Sterben wird er dem heißen Wunsch meinen letzten Atem widmen: Sei glücklich, glücklich, glücklich!

Dein Weib, Deine Amély, Dein armer,
unschuldiger Kolibri."

Der Baron hatte wortlos zugehört. Mit weit geöffneten Augen stand er ohne Bewegung da. Dann entrang sich seiner Brust ein heiserer Schrei, und er rief:

„Das steht dort, das – das?"

„Ja."

„Alles, was Sie gelesen haben?"

„Alles."

„Zeigen Sie her."

Die letzten Worte kamen zischend und mühsam heraus. Er streckte die Hand aus; er war unfähig, den einen Schritt bis zu dem Maler zu machen.

Dieser gab ihm den Brief in die Hand. Der Baron verschlang die Zeilen, drückte dann das Papier voller Inbrunst an sein Herz und stöhnte herzzerreißend:

„Amély, meine arme, arme unschuldige Amély!"

Er drehte sich um, ballte die Fäuste und schrie:

„Ungeheuer! Teufel! Satan! Ah, ich zermalme dich!"

Er tat zwei Schritte auf den Vater zu, hielt aber dann erschrocken inne.

„Gott, mein Gott! Es ist doch mein Vater", sagte er. „Mein Vater! Welch eine Qual das ist! Sehen Sie ihn, wie er sprechen möchte und doch nicht kann."

Er warf sich auf den Stuhl nieder und weinte, weinte laut und bitterlich. Der Maler sagte nichts; er blieb still, bis das laute Schluchzen nach und nach erstarb und der Baron sich wenigstens äußerlich beruhigte.

„Jedes dieser Worte trifft wie ein Dolchstoß mein Herz", klagte Bas-Montagne.

„Nun, geben Sie zu, daß sie unschuldig war?"

„Rein und unschuldig wie die liebe Sonne am Himmel. Und ich habe sie verurteilt; ich habe nach ihr gesucht, um mich an ihr und an dem Verführer zu rächen."

Er trat auf seinen Vater zu, faßte ihn bei der Schulter, schüttelte ihn und fragte:

„Mensch, hörst du, was ich dir sage?"

„Ja", erklang es gurgelnd.

„War Amély unschuldig?"

Der Alte antwortete nicht.

„Hast du gewußt, wohin sie ging?"

„Ja."

„Und wo sich dann ihre Töchter befanden?"

„Ja."

„So hast du gewußt, daß Nanon in Ortry und Madelon hier in Berlin war?"

„Ja."

„Sie waren deine Enkelinnen, und du hast dich ihrer nicht angenommen! Sie konnten sterben und verderben."

Da nahm der Alte alle seine Kräfte zusammen. Es gelang ihm mit Zuhilfenahme seiner ganzen Willenskraft, den Anfall zu besiegen. Er gewann die Sprache wieder. Er erhob sich langsam von seinem Stuhl und sagte:

„Ich mich ihrer annehmen? Warum? Wer sind sie?"

„Deine Enkelinnen."

„Pah. Die Kinder einer Deutschen, einer Protestantin."

„Die Kinder meines Weibes."

„Was geht mich dein Weib an. Ich habe sie niemals als Schwiegertochter anerkannt."

„Aber ihre Kinder wirst du als Enkelinnen anerkennen."

„Nie, nie!"

„So bist du mein Vater gewesen."

„Oho! Noch bist du mein Sohn. Noch habe ich Macht über dich. Noch hat du mir zu gehorchen."

„Mach dich nicht lächerlich, alter Mann. Warum bliebst du nicht daheim? Warum verkauftest du alles, und warum verschwandest du?"

„Das geht dich nichts an."

„Ah! Ich bin dein Erbe. Ich kann Rechenschaft fordern."

„Hole sie dir. Ein jeder tut, was ihm beliebt. Ich habe dir nicht zu antworten. Packt euch fort. Wenn ihr euch nicht augenblicklich entfernt, hetze ich den Hund auf euch."

Er ging zur Tür, welche in das Nebenzimmer führte, hinaus, schloß dieselbe zu, aber sie hörten dennoch die Worte:

„Tiger, komm, paß auf."

Ein grimmiges Knurren war die Antwort. Der Hund schnüffelte jenseits an der Tür und winselte begierig.

„Sollte er wirklich so wahnsinnig sein, den Hund auf uns zu hetzen?" fragte der Baron.

„Ich traue es ihm zu."

„Ich würde das Tier töten."

„Ah, Sie kennen die Dogge nicht! Es wäre ihr nur mit einer Schußwaffe beizukommen, und wir befinden uns nicht im Besitz einer solchen."

„So meinen Sie also, daß wir gehen sollen?"

„Ja. Es ist das Beste, was wir tun können."

„Gut. Aber ich werde morgen wieder hergehen, und da wird er mir beichten müssen."

„Er wird Sie fortjagen."

„Wohl schwerlich. Ich nehme Polizei mit und einen Gerichtsarzt. Ich kenne seine Pflicht gegen mich und die meinige gegen ihn. Ich werde untersuchen lassen, ob er zurechnungsfähig oder irrsinnig ist. Kommen Sie. Das Bild und die Briefe nehmen wir natürlich mit."

„Ja, gehen wir. Ich werde diese Wohnung nicht wiedersehen, denn wehe mir, wenn ich es wagen wollte, noch einmal vor seinen Augen zu erscheinen."

„Ich werde Sie entschädigen. Ich bin Ihnen überhaupt zu größtem Dank verpflichtet und werde das niemals vergessen. Verfügen Sie über mich und alles, was ich habe."

„Schön", lachte der Dicke. „Da habe ich zum Beispiel jetzt gleich eine Bitte. Ich hoffe, daß Sie mir sie erfüllen werden."

„Sehr gern. Um was handelt es sich?"

„Ich wünsche eine Ihrer beiden Töchter zur Frau."

Der Baron blickte ihn betroffen an und fragte:

„Das ist Ihr Ernst?"

„Natürlich."

„Ah, da tun Sie mir leid."

„Warum?"

„Sie können keine von beiden bekommen."

„Weshalb denn nicht?"

„Sie sind bereits versprochen."

„Donnerwetter! Da hat man diese Dankbarkeit."

„Wer denkt denn aber, daß . . ."

„Na, na, ereifern Sie sich nicht. Ihre beiden Baronessen sind zwar wunderbar hübsch, für mich aber viel zu niedlich und zu fein. Da ist meine Marie Melac ein ganz anderes Mädchen. Die hat Knochen im Leib und Fleisch an diesen. Wenn ich deren Porträt anfertigen will, brauche ich drei Zentner rote Farbe mehr, als bei Demoiselle Nanon und Madelon in summa. Die wird meine Frau, keine andere!"

„Gott sei Dank!" lachte der Baron. „Fast hatte ich befürchtet, daß Sie sich wegen unglücklicher Liebe das Leben nehmen würden."

„Fällt mir gar nicht ein! Unglückliche Liebe gibt es für mich nicht. Wenn eine mich nicht mag, so läßt sie es bleiben; es ist ihr eigener Schade, aber nicht der meinige."

Sie schlossen die Tür auf und verließen die Wohnung des alten Isegrimms. Als sie die Straße erreichten, blieb der Baron stehen und fragte den Maler:

„Sind sie für heute abend irgendwo engagiert?"

„Nein."

„So bitte, kommen Sie mit zu mir."

„Wozu denn?"

„Ich muß Leute haben, denen ich mein Glück mit fühlen lassen kann. Ich bin so froh, daß Amély nicht schuldig gewesen ist. Kommen Sie."

„Danke!"

„Nicht? Warum?"

„Was nützt mir Ihr Glück! Ich werde Ihnen einen senden, dem es mehr Vorteil bringen wird als mir."

„Wen meinen Sie?"

„Warten Sie es ab. Gute Nacht."

Er lief davon, und zwar begab er sich nach der Wohnung der Familie Königsau. Die Glieder derselben befanden sich in der besten Stimmung, als der Diener einen fremden Herrn meldete.

„So spät noch!" sagte der alte Hugo. „Wie heißt er?"

„Er nannte sich den Tier- und Kunstmaler Hieronymus Aurelius Schneffke."

„Ah, unser Dicker!" lachte Richard. „Der mag sofort kommen."

Und als der Maler eintrat, faßte er ihn bei der Hand, führte ihn zum Großvater und sagte:

„Hier, liebster Großvater, ist unser Freund und Künstler, dem wir es zu verdanken haben, daß ich den Vater fand."

Der greise Herr hielt Schneffke die Hand entgegen und sagte:

„Ich danke Ihnen! Seien Sie uns willkommen. Setzen Sie sich und nehmen Sie mit teil an der Freude, die wir wohl nur Ihnen verdanken."

„Mir? O nein."

„Wem sonst?"

„Meinem Pech. Ich habe nämlich das Unglück, jeden Stein, über den man stolpern, und jedes Loch, in welches man stürzen kann, immer mitten auf meinem Weg zu finden."

„Aber Sie scheinen sich sehr wohl dabei zu fühlen", meinte Hugo, indem er seinen Blick über die wohlbeleibte Gestalt gleiten ließ.

„Gott sei Dank, ja! Das Purzeln bekommt mir äußerst gut! Verstauchen kann ich mir nichts, brechen noch weniger, und so will ich denn so weiter purzeln wie bisher."

„Viel Glück dabei! Also nehmen Sie Platz."

„Gern, Herr Rittmeister. Aber ich habe vorher eine Botschaft."
„An wen?"
„An den Herrn Wachtmeister Schneeberg."
„Bitte, Sie meinen wohl den Herrn Wachtmeister von Goldberg?"
Der Dicke verzog sein Gesicht zu frohem Grinsen und rief aus:
„Sackerment! So ist diese Geschichte also bereits heute abend zur Perfektion gekommen?"
„Ja."
„So gratuliere ich aus ganzem Herzen, Herr Wachtmeister. Übrigens wird es sich bald ausgewachtmeistert haben. Ein Herr von Goldberg kann nur als Offizier existieren. Ich bin doch neugierig, wessen verlorener Sohn ich einmal sein werde. Es muß äußerst angenehm sein, die Himmelsleiter ganz unbewußt emporzusteigen, bis man erwacht, weil man mit der Nase an einen Grafen oder General gestoßen ist. Unter diesen Verhältnissen wird meine Botschaft allerdings weniger Wert besitzen."
„Was bringen Sie denn, lieber Freund?" fragte Fritz.
„Mit den Bas-Montagnes ist es glatt geworden."
„Wieso?"
„Der Baron hat seinen Vater gefunden."
„Wann? Wo?"
„Heute abend. Hier in Berlin, wo der alte Herr in größter Verborgenheit lebte, von mir aber entdeckt wurde."
„Sie sind wirklich ein Tausendsassa!"
„Die Folge davon ist sehr erfreulich. Es hat sich herausgestellt, daß Frau Amély unschuldig ist, daß also auf den beiden jungen Damen nicht der mindeste Makel haftet. Und die Hauptsache: Es ist nun über allem Zweifel erhaben, daß die beiden Demoiselles wirklich die Töchter des Barons sind. Dieser letztere ist soeben von seinem Vater zu Fräulein Nanon zurückgekehrt. Beide sind allein; beide befinden sich in der glückseligsten Stimmung und wenn der Herr Wachtmeister Schneeb – wollte sagen Goldberg . . ."
„Schön, schön!" fiel Fritz ein. „Gut, sehr gut! Ich danke Ihnen, lieber Schneffke, und werde Ihren Wink auf der Stelle befolgen. Meine Herrschaften, Sie entschuldigen. Ich muß dem Baron de Bas-Montagne unbedingt sogleich gratulieren. In spätestens einer halben Stunde bin ich wieder zurück."
Er hatte während der letzten Worte den abgelegten Säbel umgeschnallt und eilte zur Tür hinaus.

Wir wenden uns noch einmal der Untersuchung zu, die gegen Rallion, sowie gegen Vater Main und Genossen schwebte.

Bei einem dieser Verhöre wurde Graf Rallion vorgeführt.

Die Nachricht von dem Tode seines Sohnes hatte ihn tief getroffen; der Anblick des Kapitäns wirkte fast betäubend auf ihn; er vermochte nicht, die Geständnisse desselben zu entkräftigen. Er gestand, und man legte ihn in ein sehr sorgsames Gewahrsam bis zu der Entscheidung, welche Behörde für ihn zuständig sei.

Ebenso wurde mit Vater Main verfahren. Er hatte nur in Frankreich gesündigt; er mußte nach dem Friedensschluß dem französischen Strafrichter übergeben werden.

Der Krämer kehrte bereits nach wenigen Tagen von seiner Reise zurück. Seine Frau hat nie erfahren, welcher Ort das Ziel derselben gewesen ist.

Nach den ruhmreichen Tagen von Sedan traten die deutschen Heere den Marsch auf Paris an. Der junge Graf Lemarch oder eigentlich von Goldberg erhielt die Erlaubnis, sich dem Heer als Krankenpfleger anzuschließen. So blieb er in der Nähe seiner Madelon.

Noch am Tag nach der Schlacht von Sedan hatte Richard von Königsau zwei Depeschen abgehen lassen. Die eine war an den Grafen von Goldberg gerichtet; infolge derselben setzte er sich mit seiner Gemahlin sofort auf die Eisenbahn und gelangte bereits am dritten Tag nach Schloß Malineau, wo er sich dem General von Latreau vorstellte. Die zweite Depesche gelangte auf dem Umweg über die Schweiz an den Grafen Lemarch, welcher sich sofort nach demselben Ziel aufmachte.

Doch Schloß Malineau sollte noch mehrere Gäste sehen.

Die günstige Marschrichtung des deutschen Heeres brachte für die Beteiligten die Möglichkeit mit sich, einen kurzen Urlaub zu erhalten, und so kam es, daß eines schönen Tages mehrere Wagen und Reiter vor dem Portal hielten, denen als der erste — Herr Tier- und Kunstmaler Hieronymus Aurelius Schneffke, die Gäste bewillkommnend, entgegentrat.

„Sie hier, Herr Feldwebel?“ fragte Major Richard erstaunt.

„Zu Befehl, ja!“ antwortete er. Und auf seine angeschwollene und verbundene Stirn deutend, fuhr er fort: „Der Pudding, der mir den Schädel gestreift hat, ist von verflucht festem Teig gewesen. Um zwei Haare breit weiter nach hinten, so wäre eins verloren gewesen, entweder mein Kopf oder die Kanonenkugel. Ich dachte, daß mir nur die Haut abgeschürft worden sei; aber die Herren Doktors behaupten steif und fest, daß ich auch noch tiefer, nämlich am Verstand gelitten habe, und so ist mir die Erlaubnis geworden, mir meine fünf Sinne von der dicken Marie Melac wieder in Ordnung bringen zu lassen. Ich glaube, das kann nur durch eine fidele Trauungszeremonie geschehen."

Nun gab es zunächst ein Bewillkommen, Verbeugen, Begrüßen und Händeschütteln. Dann ein wirres Durcheinander von Fragen und Antworten. Hierauf setzte man sich zur Tafel, und erst dann war es den einzelnen, welche sich zu- und nacheinander sehnten, möglich, sich hier oder da unter vier oder mehr Augen zu finden, zu sprechen – und zu küssen.

Der alte Graf und General Lemarch erfuhren, was der Bajazzo, den übrigens eine lebenslängliche Zuchthausstrafe erwartete, in Berlin über den Kindesraub ausgesagt hatte. Er war von Richemonte und Rallion dazu gedungen worden. Lemarch mußte wohl oder übel zugeben, daß sein bisheriger Sohn das Kind Goldbergs sei, erhielt aber die Versicherung, daß er trotzdem Vaterrechte behalten solle, falls er zugebe, daß die beiden Brüder sich von den beiden Schwestern Nanon und Madelon die weißen Bräutigamshandschuhe schenken lassen dürften.

Richard von Königsau stellte den Seinen die schöne Marion vor und hatte die Freude, sie von Vater und Großvater unter den innigsten Segenswünschen umarmt zu sehen.

Da stand Deephill oder Baron Gaston von Bas-Montagne von ferne und warf einen sehnsüchtigen Blick auf Emma von Königsau. Sie trat auf ihn zu, ergriff seine Hand und fragte:

„Hassen Sie immer noch die Deutschen?"

„Hassen? Oh, was sind das doch für prächtige Menschen!"

„Und ich?"

„Sie sind von allen die Prächtigste. Soll ich Ihnen diese Überzeugung mein ganzes Leben hindurch beweisen?"

„Würde Sie das glücklich machen?"

„Unendlich!"

„Nun gut! Ich will versuchen, Sie alles Leid, was Ihnen das Leben gebracht hat, vergessen zu lassen."

Sie reichten sich die Hände. Das sahen zwei andere, und sofort streckten auch sie ihre Hände einander entgegen: Arthur von Hohenthal und Ella von Latreau.

Nur ein Umstand warf einen leisen Schatten auf das Glück der Betreffenden. Nämlich Hassan der Zauberer und Saadi waren vorgestern von Schloß Malineau verschwunden und mit ihnen – Liama. Der erstere hatte, da er französisch schreiben konnte, einen Brief hinterlassen, in welchem er sagte, daß Liama zu Saadi gehöre, daß sie sich nie glücklich in abendländischen Verhältnissen fühlen würde und daß sie also mit dem Geliebten gehe, um sich eine sonnige Oase zu suchen, wo sie unter Palmen segnend an Marion denken könne, ohne dem Glück derselben hinderlich zu sein.

„Nun habe ich niemand als nur dich!“ sagte Marion weinend und doch glücklich zu Richard.

„Klage nicht, mein Leben“, antwortete er. „Liama war lange Jahre für dich tot. Sie ist dir wieder erschienen, um dich zu segnen. Sie wäre doch hier eine Fremde in der Fremde geblieben.“

Es versteht sich von selbst, daß an eine sofortige Vermählung dieser Paare nicht gedacht werden konnte. Noch stand das von Napoleon heraufbeschworene Gewitter donnernd am Himmel, und die Blitze zuckten ebenso drohend wie vorher. Man mußte scheiden.

Als aber dann die Friedensbotschaft durch die Gaue erklang und der neuerrichtete deutsche Kaiserthron seine Strahlen siegreich leuchten ließ, da fanden sie sich zusammen, und selbst Doktor Bertrand verließ die Mosel, um sich an der Spree eine Heimat zu gründen, welche ihm erlaubte, denen, die er liebte und schätzte, nahe zu sein.

Auch Freund Schneffke wurde glücklich mit seiner dicken Marie, denn durch die fürstliche Belohnung, die ihm Deephill aufgedrungen hatte, konnte er sorgenlos leben und wurde ein berühmter Maler.

Und die anderen, welche noch zu erwähnen wären? Denken wir lieber nicht an sie. Selbst wenn ein Mensch die härteste Strafe verdient, ist es für ein fühlendes Herz quälend, sein Schmerzgeschrei zu vernehmen. So fand Deephill seinen alten Vater, als er nochmals zu ihm zurückkehrte, tot im Bett liegen, er hatte sich selbst gerichtet. Und so ist Kapitän Richemonte gestorben unter körperlichen und geistigen Qualen, die jeder Beschreibung spotten. Die, an denen er sündigte, haben ihm vergeben.

Wer heute hinter Bouillon am Wasser entlanggeht und sich dann links hinauf zur Höhe wendet, der findet im Wald eine Stelle, deren Decke tief eingesunken ist.

„Hier hat eine Kriegskasse gelegen“, sagen die Leute.

Aber wer sie hinweggeholt hat, das weiß außer einigen niemand; darüber schweigt die Geschichte und also auch – der Verfasser.

KARL MAY

Werke in Originalfassungen

Winnetou

(4 Bände)

Old Surehand

(3 Bände)

Satan und Ischariot

(3 Bände)

Der Schatz im Silbersee

Der Ölprinz

Der Sohn des Bärenjägers

Der Geist des Llano Estacado

Der schwarze Mustang

Auf fremden Pfaden

VERLAG NEUES LEBEN BERLIN

KARL MAY

Werke in Originalfassungen

Durch Wüste und Harem

Durchs wilde Kurdistan

Von Bagdad nach Stambul

In den Schluchten des Balkan

Durch das Land der Skipetaren

Der Schut

Orangen und Datteln

Am Jenseits

Ardistan und Dschinnistan
(2 Bände)

Im Lande des Mahdi
(3 Bände)

Die Slavenkarawane

VERLAG NEUES LEBEN BERLIN

KARL MAY

[redacted]

Am Rio de la Plata
In den Kordilleren
Das Vermächtnis des Inka
Am Stillen Ozean
Der blaurote Methusalem
Die Herren von Königsau
Napoleons letzte Liebe
Der Kapitän der Kaisergarde
Der Spion von Ortry
Durch Kampf zum Sieg

VERLAG NEUES LEBEN BERLIN